POUR ÉVITER LE PIRE

CAROLINE VAN PAPEN

Le code de la propriété intellectuelle n'autorisant, aux termes de l'article
L. 122-5, 2° et 3° a, d'une part, que les "copies ou reproductions strictement réservées à l'usage privé du copiste et non destinées à une utilisation collective" et, d'autre part, que les analyses et les courtes citations dans un but d'exemple et d'illustration, "toute représentation ou reproduction intégrale ou partielle faite sans le consentement de l'auteur ou de ses ayants droits ou ayants cause est illicite" (art. L. 122-4).
Cette représentation ou reproduction, par quelque procédé que ce soit, constituerait donc une contrefaçon, sanctionnée par les articles L. 335-2 et suivants du Code de la propriété intellectuelle.

Copyright © Caroline van Papen, 2017
ISBN : 978-1542979986

À la mémoire de mes grands-parents,
Francina et Johan Gerrit WARK,
De Flip Premseler,
Et de tous les résistants.

Pour mes enfants Mélanie, Corinne et Rémy.

AVANT-PROPOS

Dans ce livre, il y a de multiples vérités, d'autres faits pourraient aussi être réels.
Pour certaines personnes, ayant réellement existé, j'ai préféré changer leurs noms.
Pour d'autres, ce n'était pas nécessaire.

Cet ouvrage, basé sur la vie réelle de Johan, n'en est pas moins une fiction.

REMERCIEMENTS

Merci Maman, d'avoir enfin voulu me raconter ton histoire qui, je le sais, a fait remonter à la surface tant de souvenirs mais également des douleurs si profondes... Que ceci puisse être une forme de thérapie ! Je t'aime Maman !

Je remercie tout particulièrement Maria et Aimé MUCCI qui m'ont constamment soutenu dans l'écriture de ce roman. Une pensée pour toi Aimé, parti trop tôt.

Un grand merci à mon époux Christian pour tous ses précieux conseils, sa patience et son soutien.

Un clin d'œil de remerciements à mes amis et membres de ma famille, lecteurs de la première heure, pour leurs encouragements.

On saura jamais c'qu'on a vraiment dans nos ventres
Caché derrière nos apparences
L'âme d'un brave ou d'un complice ou d'un bourreau ?
Ou le pire ou le plus beau ?
Serions-nous de ceux qui résistent ou bien les moutons d'un troupeau
S'il fallait plus que des mots ?

Et si j'étais né en 17 à Leidenstadt
Sur les ruines d'un champ de bataille
Aurais-je été meilleur ou pire que ces gens
Si j'avais été allemand ?

Et qu'on nous épargne à toi et moi si possible très longtemps
D'avoir à choisir un camp

Extrait de « Né en 17 à Leidenstadt »
de Jean Jacques Goldman

1. LES PÊCHEURS

Un crayon mauve dans sa petite main, Dylan colorie. Son nouveau livre de coloriage le passionne. Le soleil voilé laisse gentiment glisser par moments ses quelques rayons de fin d'après-midi sur les dessins du livre.

Une Tramontane à décorner les bœufs souffle sur la plaine du Roussillon, il fait particulièrement froid en ce mois de février 2015.

Avec un tel vent, nul n'a envie de sortir, il fait bon se calfeutrer à l'intérieur.

Le petit garçon sourit fièrement à sa grand-mère. Pour un bonhomme de quatre ans, il est très assidu.

— Mamie, quand j'aurai fini, je donnerai mon coloriage à Papa. Tu penses qu'il l'aimera ?

— Sûrement. Tu t'es vraiment appliqué et tu as très bien choisi les couleurs.

Tout comme sa grand-mère Dylan semble s'intéresser au dessin et à la peinture.

— Mamie, tu pourras m'acheter un livre avec des bateaux ? Ce sont des pêcheurs là-haut sur ton tableau ? dit le petit garçon en pointant du doigt le mur.

— Mon tableau ? Ah oui, c'est une famille de pêcheurs au bord de la mer du Nord.

— C'est quoi la mer du Nord ?

— C'est la mer qui borde le pays où je suis née, les Pays-Bas.

— Et comment tu l'as eu, eh Mamie, ce tableau ?

— C'est un tableau qui est dans notre famille depuis très longtemps, tu sais et j'y tiens énormément.

— Mais pourquoi qu'il est déchiré là ? demanda le petit garçon.

— C'est ma mère qui a fait cela.

— Et pourquoi ? C'était une mamie «Bêtise», elle aussi ? L'enfant lève sur elle son regard interrogateur. Betty sourit.

Bêtise est le surnom que ses petits-enfants lui ont donné parce qu'elle fait trop souvent brûler le pain, au lieu de le griller. Elle a beau surveiller la cuisson, il vient toujours un moment où son attention dévie et voilà que c'est déjà trop tard !

— Oui peut-être, si tu veux, répond pensivement Betty.

Son regard se perd par la fenêtre.

— Eh! Mamie regarde, même là, c'est aussi déchiré ? Mamie, mamie !

Il tire impatiemment sur sa jupe, mais Betty ne l'entend pas.

Que peut-elle lui dire ? Comment expliquer à un bambin innocent ce geste furieux, ce geste de révolte, ce geste de destruction que sa mère a eu à ce moment-là ? C'était, il y a si longtemps et pourtant les souvenirs sont encore tellement précis, tellement clairs, tellement horribles. Une empreinte indélébile, à jamais.

2. LE RENDEZ-VOUS

Les mouettes planaient au-dessus du miroir d'argent, se laissant emporter par moments volontairement au gré des rafales du vent du nord. Mais que l'on ne s'y trompe pas ! Donnant l'impression de voguer où bon leur semble sur la mer du Nord, elles guettaient en réalité avec leurs yeux experts les bateaux de pêche revenant du large avec leurs ventres chargés de poissons, crustacés et coquillages. L'heure du repas facile allait arriver : les déchets rejetés par les marins.

Aimant particulièrement ce moment de la journée, où les bateaux rentrent au port, l'homme suivait du regard les oiseaux affamés. À leurs cris se faisant plus stridents, il comprit que les navires se rapprochaient.

S'appuyant sur un arbre dénudé, Johan observait des enfants qui malgré le vent glacial de cette journée d'automne de 1931 cherchaient dans ce coin un peu plus tranquille du vieux port d'Amsterdam, des vers dans la vase.

Il sourit malgré lui en se souvenant alors de ces doux moments passés avec ses compagnons de jeu à gratter et à creuser le sable avec un bâton pour trouver quelques vers. Et, le dimanche, munis d'appâts, avec son père et ses trois frères ils allaient pêcher. C'étaient des instants de pur bonheur mais qui hélas ne durèrent guère.

En effet, son père mourut relativement jeune laissant derrière lui une épouse désemparée, et neuf enfants. Sa pauvre mère se retrouvait sans revenus mais avec toujours dix bouches à nourrir !

Pour y remédier, elle décida d'ouvrir une petite blanchisserie à son domicile. Elle s'occupait essentiellement de laver, amidonner et repasser les coiffes de ces dames de la ville. Mais malgré son courage et son dur labeur, l'argent vint à manquer.

Pour les garçons ceci signifiait que l'école était bel et bien terminée, ainsi que les après-midi libres entre copains et la pêche...

Johan se fit engager comme commis à tout faire dans une entreprise de transport. En fait, il était le "petit" bouche-trou et donnait un coup de main là où l'on avait besoin de lui.

Ceci lui permit d'observer les différents postes de la firme et rapidement il se rendit compte qu'il aimerait bien lui aussi devenir un chef d'entreprise.

Cependant, pour ce faire, il fallait des diplômes. Tout en travaillant, il suivit des cours du soir avec son frère aîné et tous deux obtinrent bientôt leur diplôme de comptabilité, option langues étrangères. Rapidement il devint le comptable de l'entreprise. Un an plus tard, il décida de créer sa propre affaire : "W express", une firme de coursiers express. Aujourd'hui après trois années de travail acharné, c'était devenu une société prospère dont il était très fier.

Les cris des mouettes le tirèrent de sa rêverie, il jeta un rapide coup d'œil à sa montre. Klaas est en retard, pensa-t-il.

Johan avait créé son entreprise avec Klaas, son copain de jeunesse, parce qu'il le savait honnête, loyal et travailleur. Jamais encore il n'avait eu à le regretter, travailler ensemble était un bonheur.

Aujourd'hui Klaas devait assurer une des deux tournées que

l'entreprise exécutait quotidiennement. Partant d'Amsterdam, capitale des Pays-Bas, le transport express reliait trois autres villes : Delft, Rotterdam et La Haye. C'était la seule entreprise de transport à offrir ce service en ce temps-là et pour s'assurer de l'entière satisfaction des clients, Klaas effectuait deux fois par mois cet itinéraire.

Enfin un coup de klaxon indiqua l'arrivée du camion. Le chauffeur baissa sa vitre et une tête blonde en sortit.

— Eh ! Johan ! Cela fait un moment que tu m'attends ? J'ai eu un petit ennui, j'ai crevé, il fallait bien que ça tombe sur moi ! Un large sourire venait cependant éclairer son visage et ses yeux d'un bleu saphir pétillaient gaiement.

— Une crevaison ? Et tu crois vraiment que je vais gober cela ? demanda Johan en rigolant. Ce ne serait pas plutôt la jolie petite brune de l'autre jour ?

— Ça alors, comment as-tu fait pour le deviner ? Et puis, zut, grimpe !

Johan fit le tour du camion et se hissa à côté du chauffeur. Son ami le regarda et il eut un sourire malicieux.

— Ne t'en fais pas mon vieux ! Je t'ai arrangé un coup : tu sors avec nous ! Tu ne fais que travailler ! Il faut bien que tu t'amuses de temps en temps ! Sinon tu vas finir vieux garçon, à vingt-sept ans il faut commencer à penser à sa descendance, ricana Klaas.

— Ne t'inquiète donc pas pour moi, Klaas, je suis bien comme cela. J'ai mon entreprise et elle me suffit !

— En attendant, demain soir tu m'accompagnes ! Nous allons au théâtre puis nous terminerons notre soirée à l'American.

Tout en discutant, ils traversèrent la ville et arrivèrent devant leur entreprise située dans le vieux centre d'Amsterdam. Ensemble ils devaient terminer la comptabilité du mois de septembre.

Quand la vieille horloge sonna vingt heures, les deux amis avaient terminé.

— À demain donc, Johan, je passe te chercher, sois prêt ! Sans lui laisser le temps de répondre, Klaas disparut.

— Oui, à demain donc, marmonna Johan pour lui-même. Il n'avait aucune envie d'accompagner son ami, mais comment refuser quelque chose à Klaas, lui qui était toujours là quand on avait besoin de lui ? Non, c'était impossible. Il pouvait bien lui faire plaisir à son tour. En réalité il aimait bien sortir, mais trouvait qu'il perdait du temps, et le temps c'était de l'argent.

Cependant l'idée d'aller au théâtre municipal ne lui déplaisait pas pour autant. Sa situation sur la Leidseplein, place la plus connue d'Amsterdam, en faisait une sortie des plus agréables. Cette place, qui était jadis le terminus des diligences, était bordée de cafés et de vieilles tavernes.

Leurs intérieurs étaient sombres, mais la douce lumière des abat-jour et des petites lampes de différentes couleurs donnait un charme et une chaleur particulière à ces lieux. L'on racontait qu'ici on pouvait goûter le meilleur des cafés. Les bières, les pressions étaient toujours servies à la bonne température. Ceci expliquait sûrement que l'on aimait s'y rejoindre.

L'American, bâtisse datant du XIXe siècle avec ses lampes en verre jaune, son joli mobilier, ses vitraux aux fenêtres, était l'endroit de prédilection des acteurs, qui, après leur représentation, souvent s'y retrouvaient.

Johan adorait cet endroit où il pouvait, avec un certain amusement, observer ces acteurs sous leur vrai jour, tellement différents de ce que l'on pouvait imaginer tout en dégustant un café vraiment excellent. Sur scène, les comédiens les plus comiques semblaient parfois les plus cyniques dans la vie, ou les plus effacés se révélaient être des personnages dominants.

3. LE THÉÂTRE

La grille du magasin grinça comme à son habitude, réveillant à coup sûr ceux des alentours qui dormaient encore ce dimanche matin. Elle avait déjà causé de nombreux petits désagréments à Francine et à sa tante. Tantôt on n'arrivait pas à la fermer, car elle se coinçait sur son rail, tantôt on n'arrivait pas à l'ouvrir le matin. Tante Sylvia était alors obligée d'appeler le petit Jan pour la décoincer. Et si ce n'était que cela… C'était surtout ce bruit horrible, donnant la chair de poule, qu'émettait la grille dès que l'on voulait la tirer. Tout le voisinage s'en plaignait ! Mais que faire, les temps étaient difficiles pour tout le monde. Et cette crise de 1929 n'avait pas arrangé les choses, elles arrivaient tout juste à tenir la boutique ouverte.

Il n'est pas question de remplacer cette grille et tant pis pour les voisins, pensa Francine.

Elle entra rapidement dans la boutique et ouvrit son sac. Elle en sortit une adorable petite barboteuse rose, un petit gilet et des chaussons dans la même teinte qu'elle avait fini de tricoter chez elle pour gagner du temps. Avec une infinie douceur elle déshabillait le bébé mannequin de la vitrine pour le revêtir en rose. Ayant fini, elle sortit dans la rue et jeta un coup d'œil dans la vitrine. Il fallait que l'ensemble fût parfait.

Comme elle aimait son travail ! Cela faisait deux ans maintenant qu'elle travaillait à la mercerie avec sa tante. Mais c'était elle qui avait créé le rayon de layette qu'elle affectionnait particulièrement. Il avait un certain succès, même si les gens n'étaient pas riches, ils étaient toujours prêts à acheter quand il s'agissait de leurs bébés ! De cette réussite elle en était très fière et, avec tante Sylvia qui crochetait coiffes et napperons comme personne, elles formaient une bonne équipe !

Elle essaya de refermer la grille avec douceur, mais déjà elle voyait sortir une tête hirsute du pignon au troisième étage de la maison.

Dans ces petites rues des vieux quartiers d'Amsterdam, les maisons étaient hautes et étroites, toutes couronnées d'un pignon, mais aucun n'était cependant identique.

— Ce n'est pas bientôt fini non ? On n'a pas idée de réveiller les gens à une heure pareille le dimanche ! criait le voisin.

— Excusez-moi, Monsieur Deblank, mais j'avais un travail à faire, s'exclama Francine.

— Va pour ta jolie frimousse Francine, mais que je ne t'y reprenne pas ! La fermeture abrupte des vitres mit fin à la discussion.

Vieux grincheux, pensa Francine. Elle enfourcha sa bicyclette et s'en alla le long du canal. Elle prenait plaisir à regarder les canaux qui lui renvoyaient une image complètement déformée des maisons et des arbres qui les longeaient.

On comparait souvent Amsterdam avec Venise. Située en dessous du niveau de la mer, un réseau de digues et de jetées avait été créé pour la protéger de ses humeurs intempestives. Ses anciens bâtiments reposaient tous sur des pilotis en bois. Pour protéger

Le vent de la veille était tombé et elle décida de faire un détour avant de rentrer à la maison. En pédalant nonchalamment vers la place du Dam, elle traversa l'un des trois principaux canaux qui assuraient le fret de la ville.

La Vierge de la Paix sur le palais royal de la place du Dam semblait lui sourire.

Décidément c'est une très belle journée, pensa la jeune femme. Mais il va quand même falloir rentrer.

Tout en profitant du spectacle qu'offraient les couleurs rouges et jaunes des arbres en cette belle journée d'automne, elle traversa une multitude de petits ponts pour faire durer le plaisir et arriva enfin devant la maison où elle vivait avec ses parents et sa sœur aînée.

— Ah, enfin te revoilà, Francine. Tu en as mis du temps, rentre vite, ta mère a besoin de toi, lui dit son père qui se trouvait sur le trottoir juste en face de leur maison où ils avaient une écurie pour leurs deux chevaux.

— Bonjour Pa ! dit-elle, et d'un geste rapide elle mit son vélo sur sa béquille et glissa ses deux bras autour du cou de son père et lui administra un baiser sonore sur la joue. Elle s'échappa aussitôt tout en riant, car elle savait à quel point il détestait ces démonstrations bruyantes et elle prenait un malin plaisir à l'embrasser de cette façon.

Pa avait une entreprise de déménagement. Les chevaux servaient encore pour tirer la charrette, mais il avait depuis peu acheté un camion, ce qui facilitait quand même considérablement le travail. Ils faisaient les déménagements à deux, avec Dirk, son fidèle employé. Pour les plus importants, Pa pouvait toujours compter sur l'aide de Jaap et de Willem.

Ces deux-là vivaient de petits boulots encore que Jaap eût un travail fixe, il était gardien de nuit.

Willem, un petit Juif, vivotait tranquillement de tout ce qu'il pouvait trouver comme activité. Il avait une démarche étrange : alors que son pied droit semblait vouloir aller à droite, le gauche prenait à gauche, lui donnant l'air d'avancer tel un canard ou même un pingouin. Même son cerveau n'avait pas l'air d'être plus intelligent que celui d'un canard... Il était cependant très aimé de tous, la nature ne l'ayant pas gâté physiquement, elle s'était rachetée en le dotant d'un cœur immense.

Le père rentra dans l'écurie pour soigner ses chevaux. Le dimanche, ils méritaient bien qu'on s'occupât un peu plus d'eux. Il les bouchonnait avec une infinie tendresse et mettait un soin particulier à brosser leurs belles crinières. Il leur était très attaché et leur avait même donné des prénoms : Jan et Katrijn.

En face, dans sa maison Francine aidait sa mère à préparer le repas du dimanche. Elle avait mis un joli tablier d'un bleu lavande où elle avait brodé son prénom. Ses boucles blondes retombaient sur son front lui donnant un air espiègle. Elle épluchait les pommes de terre et les mettait dans une bassine remplie d'eau, afin qu'elles ne noircissent pas. À côté d'elle, sa sœur Neel, préparait le dessert. Elle battait des œufs avec du sucre, y rajouta des flocons d'avoine et fit frire des petits tas de cette préparation dans une poêle.

— J'adore cette odeur, dit Francine, ça ouvre l'appétit !
— Toi, tout t'ouvre l'appétit, petite sœur, répondit gentiment Neel.

Un rayon de soleil fit briller ses cheveux châtain, elle avait vingt ans, deux ans de plus que Francine.

Elles étaient sœurs certes, mais cependant tellement différentes. L'une était très blonde alors que l'autre était plutôt brune.

Cela amusait leurs parents, ainsi ils en avaient chacun une qui leur ressemblait. Elles avaient par contre toutes les deux des yeux d'un bleu azur très clair, mais là s'arrêtait leur ressemblance.

— Dis, ce soir je sors avec Klaas et j'ai demandé à Ma si tu pouvais m'accompagner. Nous allons au théâtre, ça te dit ?

— Et comment ! Oh oui ! Merci Neel d'avoir pensé à moi, merci !

Neel pense toujours à moi, songea-t-elle, sans ma sœur, je ne sortirais pas, Ma me trouve encore trop jeune. Heureusement qu'elle arrive à la faire fléchir en ma faveur. Je me demande bien jusqu'à quand Ma sera aussi sévère avec moi. Elle soupira, prit le torchon et commença à essuyer la vaisselle qui l'attendait dans l'évier depuis le matin.

4. LES RETROUVAILLES

— Il vous reste une place à côté du bar, c'est vraiment tout ce que je peux vous proposer ce soir, leur dit la jolie serveuse aimablement. Plusieurs tables sont déjà réservées et comme vous pouvez le constater, il y a beaucoup de monde !

— Nous saurons bien nous en contenter et puis nous nous serrerons, n'est-ce pas, Johan ? Ce sera parfait, dit gaiement Klaas. Ce n'est quand même pas cela qui va nous gâcher une si belle soirée !

— Parfait, alors si vous voulez bien me suivre.

— Neel, si tu veux bien te donner la peine de t'asseoir ici.

Avec une élégance toute naturelle, Klaas recula le confortable fauteuil de velours rouge et y installa son amie. Voyant Johan tout gauche ne sachant s'il devait l'imiter ou non, il le devança, en tira un autre et invita tout aussi cérémonieusement Francine à s'y installer.

Quel séducteur, ce Klaas, songea Johan. Il a vraiment tout pour lui. Il est grand, il est beau et il sait parler aux femmes. Et ça lui vient tout naturellement en plus, quel veinard ! Ce n'est vraiment pas étonnant qu'à vingt-sept ans je sois toujours célibataire... Il avait bien sûr eu de petites aventures mais rien de vraiment sérieux.

La porte de l'American s'ouvrit et les comédiens firent enfin leur apparition. Aussitôt tout le monde se leva et un fort applaudissement leur souhaita la bienvenue. On n'entendait plus que des : Bravo ! Fantastique ! Superbe !

— Quelle acclamation ! C'est vrai que c'était magnifique. Et Roméo... comme il est beau, dit rêveusement Francine.

— Juliette n'était pas mal non plus. Quelle jolie brune, quelle taille de guêpe et quelle bouche en cœur ! s'enflamma aussitôt Klaas en grand connaisseur de dames et s'approchant de Johan il ajouta à voix basse de manière à n'être entendu que de ce dernier :

— Et avec ça un balcon joliment fleuri en plus !

— Tu ne changeras jamais Klaas, commandons plutôt à boire à nos jolies compagnes, dit en riant Johan.

Un peu plus tard, les jeunes femmes dégustèrent leur café servi dans de belles tasses de porcelaine blanche finement décorées d'un filet d'or alors que les hommes buvaient du bout des lèvres le Genièvre servi dans des verres en forme de tulipe et remplis à ras bord.

Cette liqueur néerlandaise très forte est une véritable boisson nationale.

Les conversations avaient repris et un agréable brouhaha emplissait la pièce bondée. L'ambiance était à la fête et l'on entendait sauter des bouchons de Champagne, des verres s'entrechoquer et des "proost" de plus en plus bruyants !

Au fond de la pièce un jeune homme, vêtu d'un long manteau beige et d'un haut de forme noir regardait depuis un certain temps dans leur direction.

Neel finit par le remarquer et demanda : — Tu connais cet homme, Johan ? J'ai l'impression qu'il t'observe à moins qu'il ne louche...

Johan suivit le regard de la jeune femme. Le visage de l'inconnu au manteau beige ne lui semblait toutefois pas totalement étranger.

Il était grand et élancé, avait des cheveux blonds presque blancs et un nez parfait. Pourtant il n'arrivait pas à mettre un nom sur ce visage. Soudain l'homme sourit, des fossettes se creusèrent et son visage s'illumina. Plusieurs dames le remarquèrent. Il est vrai que cet homme était beau comme un ange. Il s'avança à grands pas.

— Johan, c'est bien toi ? Johan, dis-moi que c'est bien toi, tu ne me reconnais pas ?

— Oh ! Oui ! Et Johan se leva aussitôt et serra l'inconnu dans ses bras. Tous autour de la table se jetèrent des regards interrogateurs.

— Paul quel plaisir de te revoir, tu es enfin de retour à Amsterdam ; mes amis, je vous présente Paul, mon ami d'enfance. C'est avec lui que j'allais chercher des vers le dimanche quand j'étais petit.

Puis se tournant vers Paul, il ajouta :

— Oh Paul ! Tu ne peux pas t'imaginer quel bonheur j'éprouve à te retrouver ! Quand tu es parti, je croyais ne jamais te revoir. D'abord j'avais perdu mon père. Mon chagrin d'enfant me semblait insurmontable. Mais tu étais là pour me consoler et pour me faire rire malgré ma peine. Puis ton père a voulu aller travailler en Allemagne t'emmenant à son tour loin de moi.

— Cela n'a pas été facile pour moi non plus, tu sais Johan, quitter mon pays, apprendre une nouvelle langue, aller dans une autre école. Pour ma mère non plus d'ailleurs, elle qui n'avait encore jamais quitté sa chère Hollande et qui ne voulait point apprendre l'allemand. Mon père essaya pourtant de le lui inculquer par tous les moyens. Elle avait espéré que son mari ne voudrait plus jamais retourner chez lui... Mais c'est la vie et me voici et te voilà, quelle chance ! Nous devons arroser cela !

5. TRISTE SOIRÉE

Paul leur raconta sa vie en Allemagne. Après avoir passé plusieurs années à Cologne, il s'était installé à Berlin pour pouvoir suivre des études de journalisme.

Avec une passion à peine contenue, il leur raconta ses voyages et ses rencontres avec quelques stars du moment comme Marlène Dietrich qu'il avait eu le plaisir d'interviewer à plusieurs reprises. Les deux jeunes femmes étaient suspendues à ses lèvres et voulaient bien sûr qu'il leur racontât tout jusqu'au moindre détail.

— Berlin est vraiment magnifique. Les fêtes berlinoises resteront à jamais gravées dans ma mémoire. J'adore cette ville, mais l'atmosphère est en train de changer et me devient assez insupportable...

Paul lança un regard furtif sur chacun et continua :

— Depuis la crise de 1929, tout va mal. Avec six millions de chômeurs, l'argent qui n'a plus de valeur, et les nombreuses grèves, la situation n'est pas près de s'améliorer. Tout ceci profite bien sûr aux courants nationalistes. Hitler et son parti national socialiste m'effraient vraiment. Le simple fait d'entendre ce petit homme brun qui hurle à la radio des mots d'ordre d'une violence inouïe me donne la chair de poule.

Tous avaient entendu parler de cet Adolf Hitler, la tête du NSDAP, parti national-socialiste des travailleurs allemands. Son nom apparaissait régulièrement dans les journaux. Les membres de son parti menaient une propagande effrénée dans toute l'Allemagne. Francine entendait souvent ses parents parler de ce personnage et de l'idéologie nazie.

— Ma est persuadée qu'il gagnera les prochaines élections et cela lui fait peur, dit Neel.

La guerre était encore bien gravée dans la mémoire de la population hollandaise même si les Pays-Bas, de par leur neutralité durant cette période, n'avaient peut-être pas autant souffert que d'autres pays.

— Les dictatures gagnent du terrain, fit observer Johan. Prenez l'exemple des Italiens ! Ils ont préféré ce fasciste de Mussolini plutôt qu'un communiste !

— Là-bas c'est à partir de six ans qu'ils embrigadent les jeunes. Ils appellent ces unités les "Fils de la louve" et les font participer aux parades conduites par Mussolini lui-même ! J'ai déjà assisté à une de ces manifestations et je peux vous affirmer que la population les adore ! Elles leur font oublier jusqu'à la suppression même des libertés ! Les jeunes Allemands font également leur propagande, on les appelle *Hitlerjugend*. Vous ne pouvez pas vous imaginer ce que cela fait de les voir défiler au son des tambours. Hitler les bride comme tous les autres et ils ne s'en rendent pas vraiment compte. Paul s'arrêta un instant puis poursuivit :

— Ma profession me permet d'observer le monde qui m'entoure avec un regard neutre et objectif. Je n'ai personnellement aucune envie d'obéir à ce petit bonhomme. Même quand on se trouve dans un café, il exige qu'on se lève et que l'on se décoiffe quand il prononce un discours à la radio. Je m'y refuse et l'autre jour on m'a frappé à la tête pour m'enlever mon chapeau et on m'a obligé à me lever ! Mais le pire, je crois, est à venir. Je ne sais pas si vous êtes au courant de la persécution des Juifs. L'antisémitisme s'insinue peu à peu dans l'esprit des gens, ils les rendent responsables de tout et de rien. Ma voisine m'a même dit « Oh, quand Hitler sera au pouvoir, vous allez voir, on va les mettre au pas, ces Juifs ! » Et pourtant elle se dit opposée au national-socialisme ! Je ne pense pas qu'ils se rendent compte du danger d'éventuelles dérives.

— Vous me glacez le sang, Paul, dit Neel.

— Mais tu le sais bien tout çà Neel. Tu n'as qu'à voir les vagues de réfugiés qui nous envahissent depuis quelque temps. Ce sont des Juifs, de sales petits Juifs. Ils fuient l'Allemagne comme la peste !

— Comment peux-tu parler comme cela, Klaas ? J'avoue que tu m'étonnes. J'ai déjà entendu des propos désagréables à leur encontre. À une seule différence près. Ils visaient leur côté allemand alors que toi, tu critiques leur côté juif, la voix de Neel se perdit en fin de phrase et un silence gênant s'installa.

— Allons, mes amis, ne dramatisons pas, dit Johan pour rompre ce mutisme. Il est vrai qu'actuellement il y a de nombreux Juifs qui viennent s'installer chez nous. Mais n'oublions pas cependant qu'il y a toujours eu de nombreux immigrants ici à Amsterdam ! Pensez au Jodenbuurt, quartier juif à l'est de la ville, qui fut créé au XVII° siècle, tout comme le Jordaan d'ailleurs.

Dans ce dernier de nombreux réfugiés huguenots français et belges s'y installèrent, alors que dans le Jodenbuurt c'étaient des réfugiés juifs bien sûr, mais de pays différents. Ils sont venus du Portugal, d'Espagne ou encore de Pologne. Tous cherchaient déjà à fuir l'oppression, politique ou religieuse. Tous sont venus là, rappela Johan.

— Ils viennent ici depuis longtemps parce qu'on dit les Amstellodamois très tolérants, précisa Paul.

— Oui, ils sont bien mieux ici finalement, dit Francine. Ici on ne leur fera pas de mal.

Un long silence tomba. Chacun semblait réfléchir ou se perdre dans ses pensées. Leur gaieté si pétillante du début de la soirée s'était envolée. Leurs visages s'étaient rembrunis. Chacun méditait. Qui pouvait à ce moment-là imaginer ce qu'entraînerait l'antisémitisme quelques années plus tard ? Si quelque cartomancien était venu prédire l'horreur de ce qui allait suivre, sans aucun doute, on l'aurait pris pour un grand affabulateur...

6. LE BAISER DU CRAPAUD

Johan avait gentiment proposé de raccompagner Francine. Cette jeune fille fraîche lui plaisait.

Son rire cristallin l'avait charmé tout au long de la soirée et ses yeux bleu si clair et si brillants la rendaient fascinante. Elle n'était pas vraiment ce que l'on pouvait appeler une beauté fatale, comme sa sœur. Mais son joli visage, ses cheveux blond ondulé mi-long et son petit nez retroussé la rendaient cependant très attirante. Elle n'était pas très grande, tant mieux, lui-même n'était pas un géant. En marchant dans les rues pavées du vieil Amsterdam, il avait eu tout le loisir de bien l'observer. Tout le long du canal le Herengracht, l'un des trois principaux canaux d'Amsterdam, destinés à transporter le fret dans toute la ville, le clair de lune avait doucement illuminé le visage de la jeune femme, la rendant un peu mystérieuse. Il l'avait interrogée, sur sa vie, sur son travail, sur ses sorties. Apparemment c'était une jeune fille très sage et il s'était surpris lui-même quand il lui demanda si elle voulait bien l'accompagner au cinéma un jour prochain.

Il était donc là devant sa porte et hésita un instant avant d'appuyer sur la sonnette. Peut-être que ses parents ne seront pas d'accord pour la laisser sortir. Francine avait l'air de dire que sa mère était assez sévère et qu'elle ne sortait finalement pas beaucoup. Il observa la façade de la maison.

Elle était en brique patinée par le temps et ornée d'une jolie corniche blanche en forme de gradins. C'était une ancienne demeure de riche bourgeois du XVIe siècle sans doute, peut-être d'un marchand d'épices, située dans le vieux centre de la ville. À cette époque, votre adresse était une indication de votre réussite sociale et en observant celle-ci, Johan se félicitait d'avoir lui aussi une adresse distinguée, ce qui pouvait être un bon point pour lui, face aux parents de Francine. Il se demandait bien pourquoi il appréhendait tant ce premier contact alors qu'après tout, il était tout à fait présentable. Il n'était plus un gamin ! En fait, c'était surtout leur différence d'âge qui pouvait éventuellement déranger. Francine était encore une toute jeune fille. Il se décida et appuya sur la sonnette. Rapidement il entendit quelqu'un approcher.

— Ah, vous voilà ! dit la femme qui vint lui ouvrir sans autre salutation et ne laissant guère le temps à Johan de se présenter. Sans doute l'avait-elle vu arriver grâce au petit miroir-espion fixé au montant de la fenêtre, comme c'était si souvent le cas pour la plupart des maisons à Amsterdam. Il permettait aux habitants d'identifier le visiteur sans ouvrir la porte.

— Francine vous attend, mais permettez-moi jeune homme, de vous dire deux mots. Neel n'a cessé de me répéter que vous êtes un jeune homme des plus respectables et que je peux vous faire entièrement confiance. C'est bien possible. Cependant, je tiens à préciser que Francine est encore bien jeune, qu'elle ne connaît pas encore grand-chose de la vie et qu'il vous sera donc facile de la séduire avec votre belle voiture, votre belle prestance et votre épingle à cravate où brille une vraie perle, je suppose ? ! Vous comprenez bien sûr tout ce que je veux vous dire ! Par conséquent, je vous mets en garde : vous me ramènerez donc ma fille dans l'état où vous l'avez prise. Est-ce bien clair, jeune homme ? dit sévèrement celle qui ne pouvait être que la mère de Francine.

— La séance se termine aux alentours de vingt-trois heures, je vous attends donc peu de temps après, soit au plus tard minuit !

Elle devait avoir une cinquantaine d'années, peut-être moins. Elle était un peu forte, mais élégamment vêtue. Ses cheveux, qu'elle avait encore d'un joli blond, lui rappelaient la jeune fille.

— Elle a été certainement une belle femme, songea Johan, mais quelle douche je me prends d'entrée, ça promet !

— Mes hommages, chère Madame, lui dit-il en enlevant son chapeau et en essayant malgré tout de lui offrir son plus beau sourire.

Quelle vieille bique celle-là, ne put-il s'empêcher de penser. Il fut sauvé par l'apparition de la jeune fille. Son rire joyeux lui fit oublier l'accueil peu chaleureux et tous deux s'empressèrent de sortir.

— Dis donc, ta mère, c'est vrai qu'elle n'a vraiment pas l'air facile, hein ?

— Ma ? Oh ! Tu sais, elle a voulu t'impressionner et apparemment elle a bien réussi son coup, s'exclama Francine en riant. Elle n'est pas bien méchante, tu verras, mais Ma en a bavé quand elle était jeune, elle a beaucoup travaillé et c'est vrai qu'elle n'autorise pas les faux pas.

Ma était l'aînée d'une famille de quatre enfants. Elle n'avait pu aller à l'école que jusqu'à sa dixième année.

Quand son père mourut, sa mère l'avait placée comme bonne dans une famille bourgeoise, pour aider à subvenir aux besoins de la famille. Là, elle découvrit le luxe et goûta pour la première fois de sa vie, du vrai beurre. Ce fut pour elle comme une révélation, et elle se jura qu'elle aurait aussi un jour du beurre à manger !

Depuis ce jour elle ne cessa de travailler. Elle faisait la bonne le jour et l'autodidacte le soir. Elle lisait ou plutôt dévorait les livres que la bibliothèque pouvait lui prêter. Sa ténacité peu commune impressionna la bibliothécaire. Cette dernière devint rapidement sa conseillère pédagogique. Quelques années plus tard, la jeune fille ignare était devenue une jeune femme vraiment instruite qui pouvait converser de tout, de littérature, d'histoire ou même d'économie.

Aujourd'hui, elle mangeait effectivement du beurre et vivait relativement dans le luxe, mais elle n'oubliait point d'où elle venait et elle continuait à travailler durement. Elle dirigeait d'une main de fer les affaires de son mari, tenant la comptabilité de la société.

Le cinéma ne se trouvant pas loin de là, Johan proposa de s'y rendre à pied. Il fit mine de ne pas voir la déception sur le visage de sa jeune compagne et lui offrit galamment son bras. Elle portait une petite robe fleurie bleue et un petit chapeau couleur crème. Les chaussures et son petit sac à main étaient de la même couleur. L'observant du coin de l'œil Johan la trouvait vraiment bien élégante. Elle lui parla de sa semaine et de la petite boutique de sa Tante Sylvia où elle travaillait et lui avoua qu'elle aimerait bien la lui présenter.

— Pourquoi pas ? dit-il, mais pour l'instant pressons-nous sinon nous allons finir par rater le début !

Heureusement il restait encore des billets pour voir « La momie », mais la salle était quand même presque comble. Les places restantes étaient celles les plus proches de l'écran.

— Eh bien, je crains que tu n'aies vraiment très peur si proche de l'écran, dit en plaisantant Johan.

— Mais je n'aurai pas peur, tu sais. De toute façon je sais bien que tout est truqué, alors...

— D'accord, nous verrons bien. Ça y est, ça va commencer.

Malgré son stoïcisme, vers le milieu du film la jeune fille se mit à trembler. Avec une douceur infinie, Johan mit alors son bras autour de ses épaules. Il sentait son petit corps frêle si proche du sien et il aurait bien voulu l'embrasser à cet instant précis.

Mais il préféra s'abstenir, se disant que le moment était peut-être inopportun. Il choisit de la serrer un peu plus contre lui et se força à se concentrer sur l'écran.

À la fin de la séance Johan lui proposa d'aller au café le Kras. Ce magnifique établissement était situé juste derrière le Dam. Son créateur, un Polonais, avait eu la riche idée de transformer une partie des locaux en jardin d'hiver. Là, on pouvait se faire servir un repas ou tout simplement prendre un verre, le tout au son agréable d'un petit orchestre. Son concepteur avait su créer, grâce à un ameublement riche, une intimité exceptionnelle. Mais l'on venait surtout chez Kras pour y déguster des Pannekoeken. Ces grandes crêpes, dont la recette était jalousement gardée, étaient très prisées. Le jeune couple s'installa et Johan commanda deux crêpes, un jus d'orange et pour lui-même un bock. L'orchestre jouait une valse douce rendant l'endroit encore plus romantique. La jeune fille était comblée, jamais encore elle n'était venue ici de nuit et elle se disait que c'était bien différent et autrement plus beau.

— Veux-tu m'accorder cette danse, Francine ?

La jeune fille accepta avec plaisir, mais dut se rendre rapidement à l'évidence. Johan était un compagnon bien agréable, mais côté danse, il était plutôt très moyen. À plusieurs reprises il écrasait la pointe de ses jolis petits souliers tout neufs. Mais qu'importe, se dit-elle, il est tellement beau. Elle réprima un petit rire et se dit qu'elle pourrait toujours lui apprendre.

L'heure tournait et minuit approcha.

— Je dois te ramener maintenant Cendrillon, sinon ta mère va me transformer en crapaud baveux ! En lui prenant le bras Johan guida Francine vers la sortie.

Devant la porte de la maison parentale, les jeunes gens pouvaient entendre les cloches de l'église, la Westerkerk, sonner les douze coups de minuit.

— À bientôt Francine. J'ai passé une excellente soirée en ta compagnie. Merci. J'espère qu'il y en aura encore bien d'autres. Et se penchant sur le visage de la jeune fille, il le prit doucement entre ses deux mains et déposa un tendre baiser chaste sur sa bouche. Ils n'entendirent pas s'ouvrir la porte derrière eux. Ma était là, à observer ce petit couple et leur dit :

— Voilà, c'est minuit, souhaite-lui le bonsoir maintenant, Francine !

La jeune fille rougit, murmura un « bonsoir » maladroit et se faufila rapidement à l'intérieur.

Johan haussa les épaules et trouva la situation plutôt comique. L'air hirsute de Ma avec son peignoir de velours rose et son bonnet de nuit le fit éclater de rire. Franchement elle avait l'air de sortir tout droit d'un conte de fées.

Elle ressemblait à une de ces sorcières que savaient si bien dépeindre les frères Grimm. Et à voir le regard que Ma jetait sur lui, il était le prince charmant transformé en crapaud... Avec un sourire entendu, il rentra chez lui, heureux !

7. PRIS LA MAIN DANS LE SAC

Johan était maintenant plus ou moins un habitué de la maison. Pour Ma plutôt moins d'ailleurs que pour Pa. Il restait souvent dîner et y passait la plupart des dimanches. Ma et lui s'étaient tout de même lentement apprivoisés. On pouvait dire qu'ils se respectaient mutuellement. Ma semblait cependant l'observer tel un chat perché sur une branche et qui attend tranquillement que l'oiseau fasse enfin le mauvais pas afin de mieux l'attraper. Il en allait tout autrement pour Pa. Il appréciait Johan et puis une présence masculine de temps en temps en sa demeure n'était pas faite pour lui déplaire. Il faut dire qu'avec ses trois femmes il ne lui était pas toujours facile de se faire entendre. De plus ils avaient une passion commune : les échecs. À l'heure où les dames de la maison allaient se coucher, ils s'attablaient pendant de longues heures, munis de cigares et de bières. Et dans les volutes bleues du séjour, ils retrouvaient une intimité particulière créant une véritable complicité entre les deux hommes.

Ce soir cependant, il leur faudrait patienter un bon moment avant de pouvoir se livrer à leur jeu préféré. C'était la veillée du 5 décembre, celle de la fête de Saint-Nicolas. Les deux hommes pouvaient entendre les joyeux rires venant de la cuisine. Pa sourit en imaginant l'effervescence qui devait régner en ce moment dans cette pièce.

Et cela doit être pareil dans tout le pays, se dit-il. S'il est une tradition nationale, c'est bien celle de Saint-Nicolas.

Il ferma un instant les yeux et revit ses petites filles tout excitées, s'affairant devant leurs petits sabots. Tout en chantant des chansons pour que Saint-Nicolas ne les ait pas oubliées le 6 décembre au matin, elles y fourraient du foin et des carottes. Ces « gourmandises » étaient destinées au coursier du bon saint, son cheval blanc avec lequel, la nuit venue, il chevauchait les toits avec son fidèle serviteur « Piet » (Pierre) et à la place du foin les enfants trouvaient des cadeaux souvent convoités.

Chaque année, il allait avec sa femme et ses filles accueillir Sinterklaas (Saint-Nicolas) qui arrivait, leur disait-on, en bateau directement d'Espagne à Amsterdam, quelques semaines avant sa fête.

Derrière la gare, il descendait majestueusement la passerelle de son navire sur le dos de son magnifique cheval blanc pour être acclamé par une foule en liesse. Pour les enfants, il n'était que Sinterklaas, homme sans religion, malgré ses habits d'évêque, dévoué corps et âme aux enfants sages sur lesquels il exerçait une influence salutaire de moraliste généreux. Là où il passait, il semait des friandises et écoutait les chansons populaires qu'on lui chantait.

Maintenant que ses filles avaient grandi, qu'elles ne crussent plus à Sinterklaas, la veillée avait certes perdu cet enchantement féerique, mais n'en était que plus amusante. En effet tout adulte devait préparer des présents anonymes, parfois confectionnés avec la plus grande fantaisie, créant un effet de surprise. Ainsi des boutons de manchettes pouvaient sortir d'une simple paire de chaussettes, qui leur servait d'emballage.

C'était en même temps l'occasion de se moquer d'un événement passé, de révéler un flirt ou de faire une blague à quelqu'un, car chaque présent était accompagné de son poème de circonstance, qui devait être lu à haute voix. Souvent un N.B. à la fin du poème indiquait le lieu où chercher son cadeau et on les cachait parfois dans des endroits les plus insolites tels que les toilettes par exemple. On riait alors beaucoup. Parfois même la fratrie réglait ses comptes, mais toujours dans une bonne ambiance, sans méchanceté.

Un éclat de rire fit sortir Pa de sa rêverie.
— Je ne sais pas ce que nous préparent les filles, mais en tout cas cela les amuse déjà bien, fit remarquer Johan.
Il était loin de penser que c'était bel et bien de lui qu'elles se moquaient.
Francine avait ramené de la boutique de Tante Sylvia, la jambe d'un mannequin de vitrine. Elle y avait enfilé un bas et comptait s'en servir pour faire une farce à Johan. Elle avait confié son projet à Neel et cette dernière avait ri aux éclats en la traitant de « folle ».
Dans la cuisine, la bouilloire se mit à siffler. Ma avait sorti pour l'occasion son service à thé en porcelaine blanche. Après avoir préchauffé la théière avec de l'eau bouillante, elle la vida, y mit des feuilles de thé de Ceylan sur lesquelles elle versa de l'eau frémissante. Faire un bon thé est tout un art ! Sur un plat en argent couvert d'une dentelle blanche, Neel déposait des lettres en chocolat noir.
Une majuscule en pâte de cacao représentait chaque prénom. Elle était allée les acheter chez le plus grand chocolatier d'Amsterdam, qui en fabriquait de toutes sortes à l'époque de la fête de Sinterklaas.
Sur un autre plateau, Francine faisait faire une ronde aux petites figurines en pain d'épices, confectionnées avec Neel. Entre chaque figurine, elle intercalait un petit biscuit en forme de Sinterklaas, fait-maison également, parfumé au gingembre, à la cannelle, à la noix de muscade et aux amandes.
Neel entra dans le salon et déposa son plateau sur la table.
— Voilà, il ne reste plus qu'à allumer les bougies et tout sera fin prêt, annonça-t-elle joyeusement.
Tous s'installèrent autour de la table. Ma servit cérémonieusement le thé et fit passer les plateaux de gourmandises.
Alors la fête commença. Chacun à son tour ouvrit un paquet. Quand vint le tour de Johan, les filles se regardèrent d'un air complice. Neel eut du mal à se contenir de rire et Johan craignait le pire. Lentement il enleva le petit poème et commença à le lire à haute voix. Il s'attendait à rougir d'un moment à l'autre. Mais la poésie était plutôt correcte et l'envoya chercher son présent à la cave. Dès qu'il fut sorti, Francine demanda à ses parents de fermer les yeux et de ne les rouvrir que lorsqu'elle le leur demanderait. Elle fonça dans sa chambre pour aller chercher la fausse jambe, revint en courant et s'installa vite à table en prenant soin de bien la caler contre la sienne.
— C'est bon, vous pouvez ouvrir les yeux, mais chut, il arrive, ricana-t-elle.
Johan revint avec un énorme paquet. Le poème lui avait fait comprendre qu'il pouvait s'agir d'un vêtement ou quelque chose dans

ce genre, mais l'objet lui semblait bien trop lourd. Il déchira le papier cadeau et l'ouvrit. La boîte était remplie de papiers journaux et de cailloux, ce qui amusait les filles ! Au fond était cachée une petite boîte à bijoux. Il l'ouvrit et découvrit des boutons de manchette en or. Sa surprise fut grande et l'émotion l'envahit. Il comprenait que Francine s'était ruinée pour les lui offrir et malgré la joie que lui procurait la sensation de se savoir aussi aimé, il était gêné. Étant donné que les cadeaux étaient anonymes, chacun disait tout simplement « Merci Sinterklaas ! », mais Johan était tellement ému qu'il regarda Francine et la remercia d'une voix enrouée.

— Encore un peu de thé, proposa Pa en jetant un clin d'œil à Johan, espérant ainsi sauver ce pauvre garçon.

Ce dernier accepta avec gratitude. Après avoir bu quelques gorgées, il semblait se remettre de ses émotions. Il regarda Francine et dans ses yeux on pouvait y voir l'amour. Il glissa sa main sous la table, comme il faisait si souvent pour caresser discrètement Francine. Un peu rêveur, il lui toucha la jambe, sentit la douce soie du bas, la retâta et fut tellement surpris qu'il retira aussitôt sa main d'un mouvement sec. Il eut un regard tellement éberlué que les deux sœurs rirent aux éclats. Cette fois-ci il sentit le rouge envahir son cou et remonter jusqu'à ses joues. Il se sentait comme un collégien pris en flagrant délit.

Pa et Ma ignorant tout de la farce, ne comprenaient rien de cette soudaine hilarité de leur progéniture et se demandaient bien ce qui pouvait émouvoir à tel point un gars comme Johan.

Il faudra que je tire cette histoire au clair, se promit Ma.

8. L'AVEU

— Espèce de traînée ! Fille de mauvaise vie ! Une putain, oui, une putain !

La voix de Ma résonnait à travers toute la maison, faisant trembler les murs. Ses yeux jetaient des éclairs. Francine n'osa plus la regarder en face. Ma lui fit peur. Jamais jusqu'alors elle n'avait vu cette lueur de haine dans ses yeux bleus si doux d'ordinaire !

— Comment as-tu pu nous faire une chose pareille ? Nous déshonorer !

Cette voix stridente et inhabituelle de Ma était tellement violente, que même Pa, pendant un instant en resta sans voix. Mais il lui fallait pourtant réagir. Pour qui se prenait-elle, sa cadette ? Il attrapa sa fille par les épaules et la secoua dans tous les sens. Il avait envie de la frapper, de la cogner, peut-être même de la tuer. La tête de Francine ballottait d'un côté puis de l'autre, telle celle d'une poupée en chiffon.

— J'ai envie de vomir, se dit-elle. La pièce se mit à tourner autour d'elle, elle vacilla.

— Non, tu ne vas pas tomber, lui dit Pa la retenant par le bras. Cela serait bien trop facile ! Tiens, voilà qui devrait te remettre d'aplomb !

Une violente gifle s'abattit aussitôt sur son joli petit visage. Ses joues rougies étaient inondées de larmes. Il ne restait déjà plus rien de la jeune fille rieuse qu'elle avait été, il y a encore si peu de temps, il y a à peine quelques heures. Tout d'un coup ses jambes flageolantes ne la tenant plus, elle s'affaissa. Elle tenta de protéger sa tête de ses deux bras, craignant d'autres claques, mais Pa lui flanquait à présent des coups de pieds partout, n'importe où. Elle avait mal. Elle se demanda quand cela allait s'arrêter. Pa ne se fâchait pas facilement, mais lorsque cela se produisait, il valait mieux ne pas être présent.

Même Ma redoutait ses colères. En général elles n'atteignaient pas leur paroxysme, comme aujourd'hui. Il devenait alors violent.

— Ça suffit Pa, arrête, laisse-la, lui dit-elle en le tirant en arrière. Monte dans ta chambre Francine et tu n'en sortiras que lorsque je te le dirai.

La jeune fille tenta de se relever, mais un violent haut-le-cœur l'en empêcha. Elle vomit, inondant le parquet lustré de frais et une odeur âcre envahit la pièce. La honte la fit rougir !

— Regarde-toi, Francine, tu n'es déjà plus rien, vociféra Ma.

Cette fois Francine se leva, passa malhabilement sa main sur sa jupe pour la lisser et quitta d'un pas mal assuré le séjour en fixant le sol, sans un regard pour ses parents. Elle ne pouvait supporter la façon avec laquelle ils la regardaient. Comme si elle était sale, un détritus, une moins que rien.

Restés seuls dans la pièce, Pa tourna en rond. Il ne décoléra pas. Ma s'était affalée dans le sofa et son regard était absent.

— Dire qu'elle s'est fait engrosser comme une vulgaire bonniche. Ce n'est pas faute de l'avoir avertie. Nous faire ça, à nous, sa voix se brisa.

Me le faire à moi, pensa-t-elle tout bas. Moi qui ai tant peiné pour me hisser vers le haut, pour gravir les marches supérieures de l'échelle sociale, pour me faire respecter ! S'en rend-elle seulement compte à quel point ma vie a été difficile ? À plusieurs reprises j'ai dû me battre pour ne pas me faire violer par mon patron quand il rentrait tard, ivre. Il m'a fallu le repousser alors que je risquais ma place. Mais je voulais rester digne, fière, pouvoir marcher la tête haute. Et voilà que maintenant la honte me la fera courber.

La voix de Pa la fit sortir de sa méditation.

— Elle nous a bien caché son jeu avec ses airs de sainte nitouche. Nous avons été trompés. Elle nous a trahis ! Elle va devoir payer, dit amèrement Pa.

Le cerveau de Ma était en ébullition. Comment allaient-ils s'organiser ? Elle voulait à tout prix éviter un scandale, elle ne supporterait pas de sentir les gens rire dans son dos. Ils seraient bien trop contents de les savoir déshonorés, eux les parvenus, les nouveaux riches. Surtout elle, l'ancienne bonniche. Non, il fallait rapidement trouver une solution.

— Il faut l'envoyer loin d'ici, le plus tôt sera le mieux. Avant que des signes extérieurs puissent révéler son état, dit Ma.

Le mot « grossesse » ne pouvait pas franchir ses lèvres. « Grossesse » pour elle devait signifier bonheur. Bonheur de transmettre la vie, bonheur de partager l'attente de l'enfant, bonheur qui est le fruit même de l'amour. Alors qu'ici il n'était question que de bâtard.

Un vulgaire bâtard, une chose en somme, qu'il fallait cacher, abandonner et ne plus jamais revoir.

— Où veux-tu l'envoyer ? Toi pour qui un problème n'est là que pour être résolu, dis-moi que tu as déjà une idée. Il savait sa femme très inventive et voulait, cette fois encore, croire qu'elle trouverait une solution. Non pas une, mais la solution. Cette idée suffit pour le calmer un peu.

9. UNE LONGUE ATTENTE

Elle regardait droit devant elle, semblant ignorer les gens qui l'entouraient, fixant du regard l'horizon infiniment bleu. Elle ne voulait pas se retourner, gardant ses coudes appuyés avec force sur le bastingage du bateau qui l'emmenait vers l'inconnu. Elle ne voulait pas non plus diriger ses pensées vers le passé, vers Amsterdam, vers tout ce qui lui avait été familier. Non, désormais elle allait s'efforcer de tout oublier, de tout effacer comme s'il s'agissait d'un ordinaire tableau noir accroché au fond de la classe de l'école. Prendre l'éponge et éliminer tout ce qui y avait été écrit, les quelques paragraphes de sa vie.

Ma voulait qu'elle disparaisse jusqu'à sa « guérison ».

Ainsi soit-il.

Amen.

Elle obéirait. Certes. Mais elle ne reviendrait pas. Jamais. Elle se l'était promis.

Elle était dorénavant indésirée, la reniée, la répudiée. Elle allait donc s'enfoncer dans le gouffre de l'oubli, un gouffre si profond qu'il est impossible d'en sortir.

Plus tard s'il le faut, elle changera même de nom, elle trouvera bien une solution, mais jamais, non jamais elle n'abandonnera son bébé. Elle était prête à tous les sacrifices, mais pas à celui-là ! Comment peut-on seulement concevoir l'idée de renoncer au fruit de ses entrailles, le fruit de son amour même si pour Ma il n'était que le fruit de son péché.

Tout s'était passé très rapidement. Ma l'avait cloîtrée dans sa chambre, fermant soigneusement chaque fois la porte à clef après lui avoir monté son plateau-repas. Elle n'avait même pas le droit d'ouvrir sa fenêtre, de parler à qui que ce soit. Cinq jours entiers s'étaient ainsi écoulés, dans la plus grande solitude. Seule la visite du docteur avait amené un peu d'animation. Il confirmait bien sûr le diagnostic, elle était bel et bien enceinte de deux mois environ.

Même Neel n'avait pas l'autorisation de venir voir Francine. Elle était venue à plusieurs reprises gratter à la porte et suppliait sa sœur de lui répondre. Elle ne comprenait pas ce qui se passait.

Ma disait qu'elle était atteinte de la Tuberculose et que c'était pour cela qu'il fallait la garder en quarantaine, et ce, jusqu'à son transfert prochain. On devait à tout prix éviter la contagion du reste de la famille. Mais elle ne semblait pourtant point souffrante lors du dernier dîner qu'elles avaient pris ensemble ! Était-elle vraiment malade ?

À toutes ces questions Francine restait muette comme une huître et Neel finissait à chaque fois par s'en aller le cœur lourd, devinant qu'il se tramait quelque chose, quelque chose de grave.

Dans la rue les gens la regardaient comme une pestiférée. La nouvelle s'était diffusée telle une traînée de poudre. Les voisins l'évitaient comme si un simple regard pouvait leur être fatal. Neel en fit part à Ma qui se garda bien de manifester sa satisfaction.

Cette dernière avait en effet confié à sa voisine que sa fille était malade, que les bacilles de Koch avaient cette fois-ci frappé au sein de sa propre maisonnée. Et le médecin lui-même avait demandé que l'on isole la jeune fille jusqu'à son envoi dans un sanatorium, ce qui ne saurait plus tarder. Ce n'était plus qu'une question de jours. Ma avait imploré la charmante femme de garder son secret, tout en sachant qu'elle n'aurait pu choisir meilleure langue bien pendue.

Le résultat avait cependant été bien au-delà de ses espérances. Tout un chacun pressait le pas dès qu'un membre de sa maison était aperçu dans les environs. Ils avaient tous peur du postillon contaminé qui pourrait éventuellement par malheur les atteindre. Tant mieux, cela lui épargnait bien des choses et elle n'avait pas besoin de mentir davantage. C'était une excellente solution. Elle était cependant attristée de voir à quelle vitesse l'on vous fuit. Dès qu'il s'agit de maladie, tout le monde vous évite. Personne ne vous demande des nouvelles du malade. Vous vous retrouvez tout seul, abandonné à votre sort.

Ma avait confié à Willem la tâche de déposer la jeune fille devant l'estuaire. Francine adorait cet homme qui venait si souvent, depuis son enfance, donner un coup de main à son père.

Petite, il la prenait sur ses genoux, il la faisait sauter de plus en plus haut, tout en lui chantant une comptine sur les différentes façons de marcher d'un cheval : le pas, le trot, le galop. Francine riait alors aux éclats et en demandait encore et encore.

Ce brave Willem riait d'ordinaire tout le temps, mais ce matin quand il vint sonner à la porte son visage était sombre.

Il salua à peine Ma et Pa et l'on pouvait deviner sa gêne. Quand Francine apparut, il baissa la tête, stoppant net la jeune fille dans son élan spontané vers lui. Elle avait l'habitude de l'embrasser sur la joue, mais le voyant embarrassé elle se dit que Ma lui avait sûrement donné l'interdiction de lui parler. Elle en fut encore plus attristée et elle sentit de nouveau cette boule atroce qui lui serrait la gorge.

— Bonjour, Willem, je suis prête, nous pouvons y aller.

Pour toute réponse, Willem eut un imperceptible mouvement du chef, souleva la petite valise et ouvrit la porte qui donnait sur le perron.

Ses yeux larmoyants lui brouillant la vue, Francine dut s'appuyer contre le mur du vestibule pour ne pas dégringoler les quelques marches qui amenaient à la porte d'entrée. Maintenant sa gorge lui brûlait tellement qu'elle avait l'impression d'avoir ingurgité une boisson bouillante.

Au revoir, Papa, au revoir Maman, se dit-elle mentalement.

Un sanglot s'échappa et sans un mot, Willem posa sa main sur son épaule pour lui donner un peu de courage. Avec un immense effort, elle le gratifia d'un mince sourire. En le voyant claudiquant devant elle tel un pingouin, une petite risette illumina un instant son pâle visage. En un éclair de temps, elle revit passer quelques clichés de sa jeune vie et les moments de bonheur où, avec sa sœur, elles gloussaient, se moquant parfois de ce gentil Willem...

Elle embarqua sur le petit bateau à vapeur Elizabeth qui allait l'amener vers l'inconnu. Willem regardait son petit corps frêle monter le pont d'embarcation et son cœur se serra. Francine en guise d'adieu leva timidement sa main puis se retourna brusquement.

Le navire Elizabeth avait quitté le port d'Amsterdam depuis une heure environ. Le temps était clément, presque agréable, et ce malgré un ciel chargé de nuages. C'était déjà presque l'été et le long du Noordhollandsch Kanaal, la jeune femme observa les poules d'eau qui semblaient occupées à nourrir leurs petites familles. Trouvant des vers, les petits mâles semblaient obéir aux ordres pressants des femelles, amenant leur repas jusqu'au nid où les oisillons criaient famine. C'était un spectacle agréable et Francine s'en amusa malgré sa douleur.

Ici et là se trouvaient encore des moulins. L'un d'eux faisait majestueusement tournoyer ses bras. Si au Moyen Âge ils avaient été construits pour évacuer l'eau et assécher les terres marécageuses, certains servaient encore pour moudre le grain ou pour scier le bois comme celui qu'elle pouvait apercevoir de l'autre côté de la rive.

Une heure plus tard, ils traversèrent un lac. De magnifiques cygnes y avaient élu domicile. Ils naviguaient tranquillement sur l'eau, mais à l'approche de l'Elizabeth, ils prirent la fuite. Lentement leurs ailes se déployèrent, leurs cous s'allongèrent et avec une grâce infinie ils décollèrent.

Francine aimait la force tranquille qui émanait du cygne et qui en renforçait la beauté. Elle se dit qu'elle aurait bien aimé être un cygne pour pouvoir s'envoler où bon lui semblerait.

Après un bref arrêt à Den Helder, au nord du pays, l'Elizabeth s'engagea sur la mer du Nord. Francine remonta le col de son petit manteau, l'air marin devenait plus frais au large. Le vent s'était levé et les vagues devenaient plus grosses au fur et à mesure que l'on s'éloignait de la terre ferme. Avait-elle faim ou était-ce la nausée qui revenait ? Elle n'avait pu déjeuner ce matin. D'habitude elle raffolait de la bouillie de flocons d'avoine légèrement sucrée, mais le nœud qui lui serrait la gorge depuis son réveil semblait refuser tout passage. Elle avait seulement bu un peu de thé au lait. Ce n'était bien sûr pas suffisant dans son état. Ma lui avait donné un petit panier avec quelques vivres, mais elle n'avait toujours rien avalé de plus. La traversée n'allait plus être très longue, se dit-elle pour se donner du cran.

Au bout d'un voyage quelque peu mouvementé, elle aperçut enfin au loin quelque chose qui semblait surgir du brouillard. Pourrait-ce être l'île de Texel ? Voyant autour d'elle les gens s'activer, prenant leurs bagages, elle comprit qu'ils arrivaient.

Elle n'avait jamais vu cette île et tout ce qu'elle en savait, c'était ce qu'elle avait appris à l'école : Texel était la plus grande et la plus peuplée des îles de la mer des Wadden, située le plus à l'ouest de l'archipel frison qui s'étend jusqu'au Danemark.

Et bien éloignée de tout, pourrait-on ajouter, pensa-t-elle.

Le bateau jeta l'ancre et le pont d'embarcation fut installé. Le ciel était devenu d'un gris profond et un crachin désagréable donnait un air bien triste au petit port.

Francine avait hâte maintenant de rencontrer sa famille d'accueil. Elle se demandait de quoi ces gens avaient l'air, s'ils avaient des enfants, s'ils avaient des animaux. Sûrement, se dit-elle, car dans une ferme il y a en principe toujours des chats et des chevaux, ou encore des chiens.

À côté de l'embarcadère, plusieurs cochers attendaient les clients. En un rien de temps, tous les voyageurs se dispersèrent et bientôt Francine se retrouva quasiment toute seule sur le quai. Elle décida d'attendre à proximité de l'Elizabeth pour que l'on puisse facilement la trouver. Elle posa sa petite valise sur le sol humide et finit par s'y asseoir dessus. Elle était fatiguée. Le crachin se transformait en gouttes de plus en plus grosses et bientôt une pluie drue tomba du ciel.

Pourvu qu'ils se dépêchent, pensa Francine. Il commence à faire froid.

Elle resta pourtant longtemps ainsi prostrée, assise sur son bagage. La pluie avait fini par traverser son manteau et son corsage. Même son corset était trempé. Elle était transie de froid, mais c'était surtout la fatigue qui la faisait souffrir. L'horloge d'une église sonna. Elle compta : un, deux ... six coups ! Mon Dieu, il était déjà dix-huit heures, il y avait donc plus de deux heures qu'elle attendait. Le crépuscule allait tomber rapidement, puis ce serait la nuit noire. Affolée, elle se leva, prit sa valise ainsi que son petit panier, et se mit à arpenter les rues alentour à la recherche de quelqu'un qui pourrait l'aider à trouver la ferme de la famille De Zwart.

10. LE MARCHAND D'ALGUES

Au tournant d'une ruelle, elle vit une échoppe de plein air où l'on pouvait déguster un hareng salé à tout moment de la journée. À cette heure-ci et malgré la pluie, il y avait foule. Une dame opulente, la tête renversée en arrière, était prête à avaler son hareng qu'elle tenait par la queue. Ceci fait, elle salua le marchand d'un air joyeux et vit alors Francine.

— Veuillez m'excuser Madame, mais pourriez-vous avoir la gentillesse de m'indiquer où se trouve la ferme 't Zwartje ?

— Vous n'êtes pas près d'y arriver, mademoiselle, dit-elle sur un ton aimable. 'T Zwartje se trouve à environ sept kilomètres d'ici. À pied il vous faudra une heure, à peu près. Vous comptez vous y rendre maintenant ?

— Oui, on m'attend là-bas, répondit Francine avec une petite voix.

— Dans ce cas... Suivez-moi et je vais vous accompagner jusqu'au canal. Il vous suffira de le longer. Au bout vous trouverez la ferme.

Francine se mit en route. Il faisait quasiment nuit maintenant. Fort heureusement la pluie avait cessé, le vent s'était levé et avait commencé à chasser les nuages. Avec un peu de chance, la lune pourrait guider ses pas. Le chemin semblait monotone. Le paysage ne changeait guère. Le canal était bordé de saules pleureurs dont on devinait les jeunes pousses. De part et d'autre du canal il y avait des champs immenses, interminables.

Les paysans ont dû rentrer les vaches pour la nuit, les prés sont vides, constata Francine.

À présent il faisait nuit, au loin elle entendit une chouette hululer. Elle avait peur de ces oiseaux et son cri lui parut encore plus effrayant que d'ordinaire et lui donna la chair de poule.

Allez, ma fille, se dit-elle, ce n'est pas le moment d'avoir des phobies. Et pour se changer les idées, elle fouilla dans son panier en osier, à la recherche d'un peu de pain avec du lard que Ma lui avait préparé. En relevant la tête, son cœur faillit s'arrêter.

Quelque chose s'approchait d'elle, elle ne pouvait distinguer ce que cela pouvait être. La chose avait l'air énorme. Son cœur se mit à battre à tout rompre.

Elle se rapprochait rapidement et elle plissa les yeux pour mieux y voir. Quand elle ne fut plus qu'à quelques mètres, elle vit qu'il s'agissait en fait de quelqu'un qui poussait une charrette à bras.

Maintenant elle pouvait voir l'homme, il était énorme et portait une barbe épaisse, un grand chapeau et un long manteau qui soulignait sa hauteur. La jeune fille frissonna alors que l'inconnu n'était plus qu'à quelques pas. Un sanglot s'échappa de sa gorge et interpella l'inconnu.

— Vous pleurez, Mademoiselle ? Comment est-ce possible qu'une jeune fille marche toute seule ici, à cette heure ? lui demanda-t-il d'une voix chaleureuse.

Cela en fut trop pour Francine. Lâchant sa valise et son panier d'osier, elle tomba à genoux et éclata en sanglots. C'étaient des sanglots étranges, convulsifs et sans larmes. Des sanglots d'angoisse, de fatigue et de froid. Un trop-plein en somme.

— Eh bien, en voilà une drôle d'histoire. Je vous adresse à peine la parole et déjà je vous fais pleurer, s'excusa-t-il. Ce n'est pas l'effet recherché, je vous l'assure. Mais qui que vous soyez Mademoiselle, n'ayez pas peur de moi, je ne vous veux aucun mal ! Dites-moi plutôt s'il m'est possible de vous aider ? Je m'appelle Kees, ajouta-t-il en ôtant son chapeau, pour vous servir !

Francine releva la tête et observa ce géant. Autour de lui flottait une odeur bizarre. Elle avait du mal à l'identifier. Elle se dit que cela devait provenir de sa charrette et demanda d'une voix tremblante :

— Qu'est-ce que vous transportez donc là-dedans ?

— Des serpents morts, des souris pelées et quelques araignées macérées dans leur jus, dit-il très sérieusement.

Francine poussa aussitôt un cri strident qui lui fit reprendre tout son courage. En un rien de temps, elle ramassa ses affaires et voulut déguerpir.

— N'ayez aucune crainte, Mademoiselle, ce n'était qu'une blague. Excusez-moi, j'aime bien plaisanter. Ce que je transporte n'est rien d'autre qu'un tas d'algues. Mais pas n'importe quelles algues. Celles-ci sont en effet magiques et si vous séchez vos larmes, je vous raconterai pourquoi.

Francine était épuisée. Elle avait du mal à se tenir debout.

— Pitié, Monsieur ! Laissez-moi m'en aller ! J'ai encore de la route à faire et il commence à se faire vraiment très tard. De plus, on m'attend pour souper.

— Et où est-ce que vous pensez donc aller ? Savez-vous que ce chemin ne mène qu'à la ferme de la famille De Zwart ?

— C'est elle-même qui m'attend, Monsieur. Maintenant, soyez gentil, laissez-moi passer.

— Écoutez, Mademoiselle, vous avez l'air complètement à bout de force. Je vous propose de vous y amener. J'en reviens juste, mais je me ferai un vrai plaisir de vous y conduire. Et joignant le geste à la parole, il prit la jeune fille et l'installa sur sa charrette, y posa la valise et mit le panier sur ses genoux.

— Voilà qui est mieux, allez, nous y allons, dit-il gaiement.

Aussitôt il saisit la charrette de ses bras vigoureux et emporta Francine. Elle n'osa plus parler et malgré sa peur elle lui était reconnaissante. C'était vrai qu'elle n'en pouvait plus.

— Donc comme promis, je vous révèle le secret de mes algues. Ce ne sont pas des algues ordinaires, comme je vous l'ai déjà dit. Ce sont des algues spéciales. Elles savent prédire le temps qu'il va faire.

— Des algues divinatoires ? Ce n'est pas possible, Monsieur. Ce n'est pas gentil de vous moquer de moi.

— Loin de moi cette pensée, jeune fille. Mais vous verrez bien chez la famille De Zwart, que ce que je dis est vrai. Je leur en ai déjà vendu à plusieurs reprises. Il faut les mettre dans un bocal. Quand le temps change, les algues dégagent de petites bulles.

— Des bulles qui apparaissent quand le temps change, j'aimerais bien le voir, dit Francine incrédule.

Tout en marchant, Kees lui parla de l'île de Texel, de ces us et coutumes. Francine avait du mal à garder les yeux ouverts.

11. LA MANSARDE

Kees frappa d'un coup sec à la porte de la vieille ferme. Une voix rauque et masculine ordonna aussitôt d'entrer. La porte grinça et s'ouvrit non sans difficulté. Il en était toujours ainsi après l'hiver souvent froid et humide sur cette île. Les embruns de la mer font gonfler les bois qui ne retrouveront leur forme que l'été bien installé.

Le feu brûlait dans l'âtre, car les soirées étaient encore fraîches au mois de juin. Sur la cuisinière à bois, une grosse marmite laissait échapper une vapeur qui embaumait la pièce tout entière. L'odeur alléchante de la soupe aux pois cassés et au lard fumé vint chatouiller les narines de la jeune fille qui se tenait derrière Kees dans l'embrasure de l'entrée. Ce dernier était tellement grand et imposant qu'il cachait complètement Francine qui se tenait derrière lui.

— Parbleu, mais c'est encore toi, monsieur Météo ! s'étonna la voix rugueuse du sexagénaire.

C'est ainsi que les habitants de l'île avaient surnommé Kees, un surnom qu'il affectionnait particulièrement et qui lui donnait un réel statut, bien différent de celui plus simple de marchand d'algues.

— Que diable t'arrive-t-il ? Tu voudrais peut-être partager une autre bière en ma compagnie, à moins que tu n'attendes Greet, mais dans ce cas, mon gars il te faut patienter encore un peu, elle n'a sûrement pas fini tout ce qu'elle a à faire.

— Ah, Monsieur De Zwart, j'aurai plaisir à boire avec vous une autre fois. Je viens vous amener une jeune fille dont vous attendez apparemment la venue, lui lança Kees. Il jeta un regard par-dessus son épaule, fit un clin d'œil à Francine puis s'effaça pour la laisser entrer.

— Bonsoir Monsieur De Zwart, dit-elle timidement. Elle s'avança vers le vieil homme et lui tendit la main. Elle se sentait pitoyable avec ses cheveux dégoulinants et ses affaires détrempées. De plus il lui faisait peur. Tout de noir vêtu, un visage d'une pâleur atroce, un nez crochu et des yeux noirs enfoncés dans les orbites qui semblaient lui lancer des éclairs.

— Je m'appelle Francine et je suis enchantée de vous connaître, dit-elle de sa voix la plus charmeuse.

— Dans d'autres circonstances je l'aurais peut-être été également, mais ce n'est pas le cas, n'est-ce pas Mademoiselle, lui répondit le propriétaire de la ferme d'une voix sèche et très sévère.

Francine sentit ses joues s'empourprer et le rouge descendre jusque sur son cou. Elle baissa ses yeux et n'osa plus regarder ni Kees ni l'homme près de la cheminée. Elle ne savait pas ce qu'elle devait faire maintenant et pria pour que Kees dise quelque chose pour la sortir de l'embarras. Mais celui-ci ne dit mot et sembla tout aussi gêné qu'elle. Un long silence s'installa et la jeune fille resta là, son petit panier dans une main, la valise dans l'autre.

Un chat noir vint lui caresser les jambes, lui souhaitant la bienvenue à sa façon et ce petit signe d'affection lui fit venir les larmes aux yeux. Elle eut envie de pleurer, mais elle réprima cette idée, car elle ne voulait pas donner à cet homme la satisfaction d'une humiliation. Non, elle était forte et saurait le démontrer. Un joyeux jappement près de la porte vint troubler le lourd silence et Knabbel, un Berger Allemand et Greet firent leur entrée.

Le doux visage auréolé de boucles rousses et parsemé de taches de rousseur donnait un air très juvénile à Greet, mais Francine devina qu'elle devait être la fille de Monsieur De Zwart. Un petit nez retroussé lui donnait en plus un air espiègle. D'emblée Francine l'adora.

— Enfin te voilà, Francine. Je commençais à m'inquiéter de ne pas te voir arriver. Viens donc par ici que je te regarde un peu mieux. C'est toi qui l'as conduite ici, Kees, je suppose. Je t'en remercie. Je reconnais bien là ta gentillesse.

Ces quelques mots suffirent à faire rougir ce géant de Kees à son tour. C'était avec peine s'il parvint à balbutier :

— Ce fut un plaisir, la pauvre enfant m'a paru épuisée et j'ai eu peur qu'elle ne tombe avant d'arriver jusqu'ici. Mais à présent je vous laisse, à bientôt. D'un pas rapide, il gagna la sortie et disparut.

— Tu m'as l'air mouillée comme une poule, tu dois avoir froid. Viens, je vais te faire chauffer de l'eau pour le bain, tu vas pouvoir te laver et te réchauffer. Ensuite je te montrerai ta chambre, à l'étage.

Pour toute réponse, Francine lui adressa un sourire et Greet put y lire de la reconnaissance.

La petite salle d'eau était très rudimentaire. Une vasque accrochée sur un pan de mur servait de lavabo. Au-dessus pendait un miroir ovale. Une grande cruche remplie d'eau était posée par terre et Francine constata qu'il n'y avait pas d'eau courante. Un grand bac servait de baignoire. Francine cherchait les toilettes et ne les trouvant pas finit par demander à Greet où elles étaient. Celle-ci eut un franc sourire et lui répondit :

— Ma chère enfant, nous n'habitons pas la ville. Ici c'est la campagne. Les latrines sont à l'extérieur, au fond du jardin. Dans ta chambre tu disposeras d'un seau pour tes besoins nocturnes. Si tu veux y aller maintenant, prends la torche à côté de la porte d'entrée, sinon tu n'y verras rien.

La voyant hésiter elle poussa Francine pour l'encourager à sortir. La jeune fille n'avait aucune envie de repasser devant monsieur De Zwart et de subir quelques commentaires désagréables, mais n'y tenant plus elle traversa la pièce sur la pointe des pieds, espérant ainsi ne pas faire de bruit. Elle prit la torche et s'engouffra dans la nuit noire. Elle fit promener le faisceau lumineux le long de la grange et aperçut au fond de la cour un petit cabanon. Sur le devant il y avait une porte qui ne couvrait pas la totalité de l'entrée. Francine regarda autour d'elle et ne se sentit pas du tout rassurée. Elle ouvrit et une odeur pestilentielle lui indiqua qu'elle était bel et bien au bon endroit. Elle avait le cœur au bord des lèvres. Elle se dépêcha de se soulager dans le trou au milieu des planches et voulut trouver un peu de papier hygiénique pour s'essuyer. Sur le sol de bois gisaient des feuilles de papier journal et elle se demanda si ces dernières pouvaient avoir un autre usage que celui de la lecture. Elle émit un long soupir et se rappela avec nostalgie combien sa maison à Amsterdam était confortable.

C'est avec un grand plaisir qu'elle retrouva la salle d'eau qui avait un parfum de roses. Greet lui expliqua qu'elle avait ajouté des sels de bain dans l'eau de la baignoire pour favoriser la détente. Francine s'y laissa glisser avec une joie non dissimulée et se frotta énergiquement le corps non seulement pour se laver, mais surtout pour bien se réchauffer. Petit à petit, elle se sentait renaître. Elle appuya quelques instants sa tête contre la paroi du bac et ferma les yeux. Elle revit la mine déconfite de Neel lors de son adieu et l'air sévère de Ma. Elle repassa le film de sa journée et eut du mal à se dire que le matin même, elle était encore chez elle.

Un son de cloche la sortit de sa rêverie. Peu après, Greet frappa doucement à la porte de la salle d'eau et lui dit de se dépêcher, car le repas allait être servi et qu'il valait mieux ne pas impatienter monsieur De Zwart.

La soupe aux pois cassés était délicieuse. Greet avait également confectionné un pain noir très goûteux à base de plusieurs céréales. Elle le coupa en belles tranches sur lesquelles elle tartina une bonne couche de beurre salé, produit également à la ferme. Francine trouva ce beurre agréable, mais d'un goût quelque peu étrange.

Pendant le repas Francine fit la connaissance de Karel, un fils de paysan de vingt-deux ans. Il travaillait à la ferme depuis la mort subite de Wim, le mari de Greet, il y avait bientôt trois ans. C'était un jeune gaillard tellement joyeux qu'on en oubliait quasiment son visage ingrat aux yeux si bleus qu'on aurait dit qu'ils étaient de glace. Il était très bavard et ne laissait guère la parole aux autres. Francine l'en remercia en son for intérieur, car ainsi elle n'avait pas à parler, se contentant d'avaler sa soupe et d'épier le vieux à travers ses yeux mi-clos.

Ce dernier mangeait sa soupe en aspirant à grand bruit. Quand il eut terminé son assiette, il la repoussa, posa bruyamment sa cuillère, marmonna un bref « bonne nuit » et quitta la pièce sous le regard étonné de Francine.

— Le vieux est ainsi, il parle peu et est un peu sauvage. Mais il n'est pas mauvais, expliqua Greet comme pour rassurer Francine.

— C'est vrai, le vieux il est plutôt gentil, concéda Karel. Mais, ajouta-t-il à voix très basse pour n'être entendu que de Francine, c'est un vieux grincheux. Et il l'imita en faisant une horrible grimace.

Francine pouffa de rire alors que Greet fronça les sourcils et dit :

— Je ne sais pas qui tu singes, Karel, mais tu ferais mieux de m'aider à débarrasser la table. Ensemble, ils eurent vite fait de tout ranger et Greet amena Francine dans sa nouvelle chambre.

Elle découvrit la mansarde qui allait être pendant un certain temps son chez elle. La pièce était minuscule et elle ne pouvait se tenir debout qu'à côté de la petite lucarne. Un petit lit de camp à ressorts était installé le long du mur et en face de celui-ci, Francine découvrit une petite penderie qui avait été aménagée dans les combles. Elle y rangea rapidement ses quelques affaires et se déshabilla en vitesse pour enfin se mettre au lit. Elle se coucha sur le dos et eut un long soupir. Elle ferma les yeux, mais le sommeil ne vint pas. Elle pensa à Johan et ses yeux se remplirent de larmes. Elle se posait des milliers de questions à son sujet. Où était-il ? Était-il de retour de son voyage d'affaires ? Allait-il tout bonnement accepter la version de sa maladie ? Elle ne voulait pas y croire. Pas après tout ce qu'il lui avait dit, ce jour-là, dans sa mansarde, à Amsterdam.

12. LA DÉCOUVERTE

Il était venu la chercher au début de l'après-midi. Un ciel bien dégagé et une température agréable les avaient incités à aller marcher dans le Vondelpark où de nombreux amoureux aimaient venir se promener.

Ensemble, ils avaient pris plaisir à observer le prochain réveil de la nature, les bourgeons prêts à éclater, les oiseaux excités de préparer leur nid et les tapis de crocus qui illuminaient littéralement le parc. En s'approchant de l'entrée, ils entendirent le son si particulier de l'orgue de barbarie dont les cylindres perforés égrenaient un air à la mode. L'énorme machine était magnifiquement incrustée de statues, de cloches et d'une scène colorée d'une célèbre bataille.

L'homme qui tournait la manivelle fit un clin d'œil amusé aux amoureux, tout en se concentrant sur la manette, car tourner cette dernière au bon rythme n'était pas chose simple. Son collègue musicien ambulant vint à leur rencontre pour obtenir une pièce.

Johan sortit aussitôt son porte-monnaie et fit tomber quelques pièces dans le petit récipient en cuivre lustré de frais du joueur. Il tira Francine un peu de côté à l'abri des regards, puis lui prenant la main, il la regardait droit dans les yeux et se mit à chanter doucement sur la musique romantique de l'orgue.

— « L'eau calme est seulement ridée par le vent,
Sur le côté mon bateau t'attend,
Veux-tu m'accompagner chère enfant,
Mon navire promet du bon temps,
Il te bercera doucement,
Tout en naviguant,
Vers le plus grand des bonheurs,
Là, je te donnerai mon cœur,
Je t'emmènerai vers un endroit bien réel,
Qui n'est rien d'autre que le septième ciel,
Là, je te dirai combien je t'aime... ». Puis sa voix se brisa et relevant doucement le menton de la jeune fille il ajouta :
— Je t'aime Francine, bien plus que tu ne peux imaginer.

Il la prit dans ses bras et l'embrassa avec une passion non contenue. Francine sentit un frisson courir le long de son dos. Comme il était charmant et beau ! Tout en lui l'attirait ! Rien que l'idée de pouvoir le perdre lui serrait le cœur.

— Je crois que je t'aime aussi Johan. Oh ! Oui ! Je t'aime, je t'aime, je t'aime !

— Alors, accompagne-moi chez moi ! Allez, viens !

Francine n'eut pas la force de lui résister ni l'envie d'ailleurs et elle s'entendit dire :

— Oui, allons chez toi. Elle fit taire la petite voix qui se faisait entendre au plus profond de son être. Cette petite chose qui disait qu'il ne fallait pas, surtout ne pas l'accompagner.

Johan occupait le premier étage et le grenier d'une maison étroite dont le pignon raffiné avait l'élégance d'une corniche à la française. Le vestibule était garni d'un stuc à l'ancienne donnant dès l'entrée un air majestueux à la demeure. Les cages des escaliers, recouvertes de lambris peints, qui menaient aux étages, étaient très étroites, guère plus de soixante centimètres de large. Les architectes de l'époque les avaient conçues ainsi pour gagner un maximum de place.

— Cette volée de marches rectilignes est tellement raide qu'on dirait presque une échelle, se dit Francine.

L'appartement de Johan était tel que Francine se l'était imaginé. Sobre et typiquement masculin. Peu de meubles encombraient la pièce : un divan, un petit dressoir et une table ronde avec quatre chaises.

Même pas un bouquet de fleurs, pensa Francine.

Elle s'avança jusqu'à la fenêtre pour regarder dans la rue. À cette heure de la journée, beaucoup de gens rentraient chez eux. Elle aimait observer ce remue-ménage. Elle était absorbée par ce spectacle et n'entendit pas Johan s'approcher. Tout doucement il glissa ses bras autour de sa taille et la serra tout contre lui. Il l'embrassa dans le cou. De tendres baisers d'abord. Ensuite il lui prit les lèvres avec ardeur. Puis sans crier gare, il la lâcha et s'éloigna d'un pas rapide, laissant Francine frustrée et plus étourdie qu'elle ne l'avait jamais été.

Je dois me ressaisir, se dicta-t-elle. Elle se demanda ce qu'elle devait faire pour reprendre ses esprits.

— Francine, tu me rends fou, je t'aime, je veux que tu sois mienne, lui dit Johan d'une voix rauque qui trahissait son profond désir de la posséder.

Francine était comme clouée au sol. Son cœur battait la chamade. Elle n'osait pas bouger. Alors il s'avança jusqu'à elle, la souleva de ses bras musclés et grimpa jusqu'au grenier où se trouvait sa chambre.

C'était une mansarde relativement grande où étaient installés non seulement un grand lit avec deux chevets, mais également de l'autre côté un lavabo avec une grande glace et des toilettes. Par les lucarnes, quelques timides rayons de soleil de fin de journée venaient inonder la pièce.

Avec une douceur infinie, Johan la posa à côté du lit. Lentement il déboutonna la petite robe de coton de la jeune fille. Puis, dégageant ses épaules fit glisser sa robe à ses pieds et la coucha sur le lit. Les lèvres de Johan suivirent toutes les courbes de son corps parfait, insistant sur le galbe de ses seins fermes. Il sentit son corps se cambrer. Francine étouffa un gémissement. Il la regarda avec un sourire de vainqueur et s'attarda un instant sur la forme gracieuse de ses hanches. Avec une délicatesse il caressait ses seins puis descendit jusqu'à l'entrejambe. La jeune fille sentait ses reins se cambrer presque malgré elle. Elle le désirait, tout son corps l'attendait, elle le voulait, tout comme lui la désirait.

Elle sentait ses doigts la parcourir, la fouiller, la creuser et elle l'enlaça avec passion. Johan, en amant attentionné, attendit qu'elle soit vraiment prête pour s'imposer à elle. Quand, les yeux écarquillés, elle eut un instant de déroute, alors qu'une douleur acérée déchira en un éclair son ventre, Johan ralentit son balancement et lui murmura des mots tendres. Puis la peau moite, ils s'enlacèrent avec la force de leur passion, se laissant emporter par les vagues du désir. Ce fut un déchaînement mutuel.

Plus tard, les lèvres glissées dans ses cheveux, il lui parla d'amour et d'avenir aussi.

Elle en rêva le soir, dans sa petite chambre fleurie. Elle était sur un petit nuage. Elle avait voulu que Johan fût le premier. Qu'il fasse d'elle une femme, une vraie ! Avec un sourire malicieux, elle se disait qu'il avait été un bon initiateur. Mais avant tout elle savait qu'elle l'aimait, plus que tout, comme on n'aime qu'une fois, comme on aime d'Amour avec un grand A.

Les semaines qui suivirent ne furent que bonheur. Johan lui rendit souvent visite le soir après le travail, parfois simplement pour lui donner un tendre baiser. À chaque fois, il avait l'air plus amoureux et il le lui prouvait lorsqu'il était rentré d'un petit voyage d'affaires en apportant à son retour un magnifique bouquet de roses pour sa bien-aimée. Le temps s'écoula ainsi dans des tons pastel.

Puis vint l'inquiétude. Son ciel si bleu devint orageux, les nuages devinrent gris pour s'accumuler et se teinter finalement de noir.

Depuis quelques jours elle n'était plus la même. Elle se sentait différente, d'humeur changeante, souvent somnolente. Un matin en se réveillant, elle se sentit nauséeuse. D'un bond elle se leva et rejoignit son bureau pour y prendre un petit calendrier. Son regard se fixa sur la minuscule croix rouge dans la marge. Son sang se glaça.

Se pouvait-il ...? Non, c'était impossible. Il lui arrivait quelquefois d'avoir du retard dans son cycle, cela n'avait rien d'alarmant. Les nuits suivantes ne furent cependant qu'insomnies, et à chaque lever du jour elle constatait avec horreur l'absence de ses règles. Elle s'abstint pourtant d'en parler à Johan. Elle avait peur de le lui dire, peur d'une possible colère, peur d'un éventuel refus. Elle se sentait comme fautive. Coupable d'avoir engendré la vie malgré elle. Coupable d'être si fertile. Coupable tout simplement.

Elle continua donc ainsi, perdant l'appétit et dormant peu. Elle devint pâle, et elle scruta minutieusement le reflet de son miroir la peur au ventre. La peur d'y observer un changement quelconque, la peur d'y voir peut-être des joues plus rondes, la peur de constater que sa grossesse devenait une évidence même ! Elle n'arrêtait de s'examiner qu'une fois les yeux rougis par l'effort, et se demandait alors jusqu'à quand elle arriverait à garder son lourd secret.

Une fin d'après-midi, elle prit son courage à deux mains. Profitant de l'absence de ses parents et de sa sœur pour la soirée, elle prit le combiné du téléphone et demanda d'une voix tremblante le numéro de travail de Johan. Il lui sembla préférable de lui avouer son état par voix interposée. Elle se passa la main sur le visage et inspira profondément. Une sueur froide perla sur son front.

Au bout de quelques sonneries maussades, la voix joviale de son collègue Klaas, se fit entendre. Les cordes vocales tendues, elle demanda à parler à Johan.

— Alors jolie Francine, tu ne peux donc plus te passer de ton Johan ? Il en a bien de la chance celui-là, ricana-t-il. Ta sœur se montre bien plus froide avec moi ! Tu ne pourrais pas lui parler un peu en ma faveur ? Lui dire que j'aimerais bien sortir un peu plus avec elle que par menus épisodes. C'est vrai quoi, c'est une relation en pointillés. Je...

Francine le coupa net et insista pour qu'il lui passe Johan.

— Désolé, petite. Il est parti tôt ce matin pour une affaire urgente en Belgique. Il y a des complications là-bas et il ne reviendra qu'une fois toutes les questions épineuses réglées. Par le temps qui court, on ne peut pas se permettre de refuser du travail. Mais ne t'en fais donc pas, ce n'est qu'une question de jours, ma belle. Tu peux bien patienter jusque-là, non, gloussa-t-il d'un air entendu.

Après un bref salut, Francine jeta le combiné sur son socle. Comme elle le détestait parfois ce Klaas, avec ces sous-entendus lourds ! Elle monta dans sa chambre, se regarda dans la glace, se fit pitié et s'effondra sur son lit en éclatant en sanglots. Elle finit par s'endormir d'épuisement.

Le lendemain, ne sachant que faire d'autre, elle était allée chercher des graines de moutarde à la droguerie. Elle avait entendu parler de leurs bienfaits. En prenant un bain de siège dans de l'eau tiède additionnée de trois poignées de ces graines, un avortement spontané pouvait avoir lieu. Elle s'exécuta donc. La maison de Ma avait une salle de bains très luxueuse au second étage avec une grande baignoire. Francine la remplit et ajouta bien plus que la dose indiquée. La chaleur douce et agréable de l'eau enveloppait tout son corps, alors que l'épice poivrée brûlait et semblait enflammer les chairs les plus tendres au creux de son ventre. Elle resta longtemps dans ce bain, jusqu'à ce que ces doigts soient tellement fripés qu'on aurait dit qu'ils appartenaient à une vieille personne. Elle renouvela l'expérience plusieurs jours d'affilée, mais rien de miraculeux ne se produisit.

Johan l'appela deux fois pendant cette première semaine, mais jamais elle n'eut l'occasion de lui parler seul à seul. Il appelait toujours tardivement et ses parents étaient alors à la maison.

Puis vint ce maudit jour où Ma était rentrée dans sa chambre comme une furie, portant à la main quelques-uns de ses vêtements.

— Tes jupes ont toutes été élargies, Francine, vociféra-t-elle. Tu es enceinte, n'est-ce pas ?

Un rouge des plus écarlates envahit le cou puis les joues de Francine, mais aucun mot ne parvint à franchir ses lèvres.

— Quand ton père sera rentré, tu descendras. Nous avons à parler, ajouta Ma et elle quitta la chambre de la jeune fille en claquant la porte.

Dès lors, Francine sut qu'aucun jour ne serait jamais plus pareil. Même si le lendemain le ciel était dégagé, pour elle, il serait sombre.

13. LA FERME

Ce fut le chant du coq qui la tira d'un profond sommeil. Elle eut un instant d'étonnement en entendant ce joyeux cocorico, mais quand elle ouvrit totalement ses yeux, la réalité du lieu où elle se trouvait lui fit l'effet d'une gifle.

Elle glissa de son lit d'appoint pour jeter un coup d'œil par la lucarne. Le ciel était bas, mais le soleil semblait vouloir percer cet épais brouillard. De sa petite fenêtre, elle pouvait deviner les champs et le canal qu'elle avait longé la veille au soir. À son grand étonnement, elle ne voyait aucune vache dans les prés. Seulement quelques chevaux et deux poulains.

Elle s'habilla rapidement, se brossa les cheveux et s'observa dans la glace. Elle fit une grimace souriante à la jeune fille qui la regardait et se dit qu'elle était bien mieux ainsi.

En descendant les dernières marches, elle pouvait entendre Greet et son beau-père. Elle était sûrement en retard pour le petit déjeuner et donnait ainsi une nouvelle occasion au vieux de maugréer. Elle se mordit la lèvre puis décida de faire bonne impression en affichant un beau sourire.

— Bonjour Greet, bonjour monsieur De Zwart, dit-elle en rentrant dans la cuisine.

Greet s'inquiéta aussitôt de la santé de la jeune femme. Elle voulait savoir si elle avait passé une bonne nuit et si elle avait pu récupérer un peu de la fatigue de son voyage. Francine remercia le ciel d'être tombée sur la douce Greet au moment même où la voix rude de son beau-père se fit entendre.

— En voilà assez de ces minauderies. Vous êtes en retard, mademoiselle ! Sachez désormais que le petit déjeuner est servi à sept heures précises. S'il n'y avait que moi, à cette heure-ci, la cuisine serait fermée. Voyez-vous, la ferme ce n'est pas la ville. Les bêtes n'attendent pas. Tenez-le-vous pour dit ! Et lui jetant un regard méprisant il ajouta :

— Et ne restez pas plantée là, dépêchez-vous plutôt de manger ! Le travail vous attend. Je ne vous ai pas accueillie que pour faire de la charité. Compris ?

— J'ai bien compris, monsieur De Zwart et je vous prie de m'excuser, balbutia Francine.

Pour toute réponse, le ronchonneur recula sa chaise et quitta la cuisine en traînant ses pantoufles.

— Je t'ai préparé une bonne tasse de lait chaud ainsi que des tartines beurrées. Si tu veux, il y a également du fromage. Dans ton état, tu dois t'efforcer de bien manger.

Francine n'avait en fait plus du tout faim, elle sentait de nouveau ce nœud dans la gorge. Elle s'efforça d'avaler ses larmes, mais une petite perla déjà au bord de ses cils.

Greet vint s'asseoir tout à côté de la jeune fille avec une bassine contenant des pommes de terre qu'elle devait encore éplucher.

— Pauvre petite. Ne t'en fais donc pas. Je vais bien m'occuper de toi. N'aies pas peur, il est ainsi le vieux. Les villageois l'appellent grincheux, tu vois bien, ce n'est pas sans fondement ! Allez, fais-moi un petit sourire et bois ton lait avant qu'il ne refroidisse.

Francine tenta de sécher ses yeux et sourit timidement.

— Merci, Greet. Merci d'être si gentille avec moi, alors que je ne le mérite pas.

Elle prit sa tasse et but une gorgée. Aussitôt elle fit une grimace horrible, faillit cracher, mais se retint de justesse. Greet à qui la moue de la jeune fille n'avait pas échappé éclata de rire. Francine n'osa cependant pas la regarder. Elle se demanda si Greet ne s'était pas jouée d'elle.

— Francine, tu es délicieuse. Tu n'aimes pas ce goût, hein ? Tu le trouves peut-être étrange ! Tu ne le connais pas ? C'est du lait de brebis ! Ici sur l'île, il n'y a pas de vaches. Il n'y a que des brebis, aussi nous buvons uniquement leur lait. J'imagine que cela doit surprendre au début. Elle se leva tout en riant encore et alla jusqu'à l'évier pour rincer les pommes de terre pour le repas de midi.

Pour plaire à Greet, Francine s'efforçait de finir son lait. Elle eut beaucoup de mal. Après chaque gorgée, elle s'empressait de croquer son pain pour faire passer cette saveur particulière.

On frappa à la porte et la tête de Karel apparut. Il ne rentra pas dans la cuisine, ses sabots étaient bien trop crottés et il resta sur le pas de la porte.

— Bonjour Francine, je viens te chercher puisque je ne te vois pas arriver, dit-il d'une voix un peu moqueuse. Le réveil a dû être difficile, à ce que je vois ! Quelle tête tu as !

Francine se dépêcha d'avaler le reste de sa tartine et débarrassa la table. Karel lui tendit une blouse bleue et lui fit signe de l'enfiler. Il l'amena à l'écurie et lui montra le travail à faire. Il fallait ramasser le crottin de cheval qui servirait d'engrais au potager, nettoyer les litières des brebis, remplir les mangeoires pour le soir et changer l'eau des abreuvoirs. Karel était un compagnon agréable. Un peu naïf, se dit Francine, mais les gens de la campagne doivent être ainsi.

La journée passa très vite et la jeune fille se rendait rapidement compte qu'il y avait une multitude de choses à faire à la ferme.

Le soir venu il fallait traire les brebis. Karel lui montra comment faire et même si au départ elle eut un peu de mal, elle se débrouilla quand même assez bien. Elle se concentra tellement sur son travail, voulant arriver à la même cadence que Karel, que de petites gouttes de sueur coulaient sur son front. Karel l'observa du coin de l'œil. Il trouvait décidément cette jeune personne bien à son goût, mais elle ne souriait pas beaucoup. Blagueur comme il était, il eut une idée. Par intermittence, au lieu de diriger le pis dans le seau, il visa la tête de Francine. Cette dernière mit un certain temps à comprendre que la moiteur de son visage n'était pas seulement due à l'effort. Bientôt une véritable bataille eut lieu. Ils s'amusaient comme des enfants. Ils étaient insouciants. Ils étaient contents. Ils n'entendirent pas les pas qui se rapprochaient et la voix qui tonna les fit sursauter.

— Suffit ! Suffit, je vous dis ! Vous rentrez immédiatement Francine, vous n'êtes pas ici pour dévergonder mon jeune employé. Non, mais vraiment, je crois rêver ! Non seulement il lui faut un toit, mais en plus elle fait du gaspillage, enragea monsieur De Zwart. Filez, lui ordonna-t-il en faisant virevolter sa canne. Francine eut honte de son comportement. Pourquoi tout allait-il de travers ? En s'éloignant de l'écurie, elle continuait d'entendre la voix menaçante du vieux même si elle ne pouvait pas comprendre ce qu'il disait exactement.

Pauvre Karel, il ne méritait vraiment pas cela après une dure journée.

Le soir à table personne ne parla. Francine garda les yeux baissés tout le long du repas. Karel ne cessa de l'épier entre ses cils épais, il ne comprenait pas la hargne du fermier à l'égard de Francine. Jamais encore il ne l'avait vu aussi exécrable.

Francine quant à elle, était tellement honteuse qu'elle n'osait même pas accepter une ration supplémentaire que Greet lui proposait. Pourtant elle avait encore faim.

Après avoir tout rangé, elle fut heureuse de pouvoir monter dans sa chambre.

14. LA CHUTE

— Francine ! Francine ! cria Greet.

Au loin, la jeune femme arborant un sourire radieux se tenait à la magnifique crinière blonde de la jument. Elle ne s'aventura pas à lâcher une de ses mains. Elle n'était jamais montée à cru et se laissait griser par cette nouvelle sensation. Karel avait parié qu'elle n'oserait jamais monter ainsi, sans selle, sans mors, rien d'autre qu'une longe. Il l'avait traitée de citadine avec un tel dédain qu'elle avait attrapé aussitôt la jument par la longe et, s'aidant d'une balle de paille, avait sauté comme elle avait pu sur son dos sans plus y réfléchir. L'animal plutôt surpris par ces manières cavalières des plus drôles s'élança au trot pour finir au galop. Cheveux au vent, s'agrippant tant bien que mal, Francine se laissa emporter. Le paysage défila à toute allure et elle s'en enivra. Elle adorait cette sensation de liberté que lui procurait la vitesse. La peur la quitta et bientôt elle ne faisait plus qu'un avec sa monture.

Karel était perplexe. Il n'en croyait pas ses yeux. Après un bref instant de déséquilibre, la jeune femme avait serré fort ses cuisses. Ainsi juchée sur l'animal, elle disparaissait.

Oh, quelle demoiselle, cette fille-là, se dit-il. Il enleva sa casquette et se frotta le front. Il émit un sifflement. Elle l'avait bien eu !

Des pas rapides et des cris aigus le firent se retourner. Greet arriva presque en courant et avait l'air complètement affolé.

— Francine ! s'égosillait désespérément cette dernière. Veux-tu immédiatement revenir ici !

Mais Francine ne pouvait l'entendre et la jument n'obéissait qu'à elle-même. Elle semblait éprise de la même liberté que la jeune femme. Au bout d'une course folle, elle décida pourtant de rejoindre ses compères et à bout de souffle conduisit enfin Francine auprès de Greet.

— Mais tu es devenue complètement folle ! Greet était rouge de colère. Comment as-tu pu monter à cheval ! Mais tu es complètement inconsciente, dans ton état !

— Dans son état ? Qu'est-ce que tu veux dire par là, Greet, lui demanda Karel. Ne me dis pas que..., sa voix se brisa. Cette révélation lui fit l'effet d'une gifle. Il ne connaissait la jeune fille que depuis peu, c'était vrai.

Mais sa fraîcheur et sa spontanéité l'avaient presque aussitôt conquis et le soir dans son lit il s'était mis à rêver d'elle. Elle était la meilleure chose qui lui fût arrivée depuis longtemps et il avait remercié Dieu de la lui avoir envoyée.

— Eh oui, Karel ! Francine attend un enfant. C'est même pour cela qu'elle est ici. Pour pouvoir avoir une grossesse tranquille et voilà que tu la laisses partir à cheval !

— Mais je ne le savais pas, se défendit Karel. Je n'en avais aucune idée. Je suis désolé..., il froissa nerveusement son couvre-chef entre ses mains. Ses yeux étaient tristes et son visage était devenu cireux.

— Oh ! Ce n'est pas à toi de t'excuser, Karel, j'aurai dû te le dire dès le début, mais je m'étais dit que j'avais le temps, balbutia Francine hors d'haleine.

Karel attrapa la longe de la jument et aida la jeune fille à descendre. Elle avait les joues toutes rouges d'excitation et cela la rendait encore plus belle.

Greet s'était caché le visage dans ses mains. Son maigre corps était secoué de spasmes. Elle pleurait et en hoquetant dit d'un ton amer :

— Tu ne t'es jamais encore demandé pourquoi ta mère t'a envoyée précisément ici ? Rentrons, je vais faire du thé et tout te raconter.

Assises toutes deux devant une tasse fumante, Greet se laissa aller à la confidence. Elle et Ma avaient travaillé pour les mêmes patrons. Des bourgeois de la haute société. Lui était un bel homme d'un âge mûr. À la différence de Ma, elle avait succombé à ses avances pressantes. Quand il fut évident qu'elle était grosse, il lui avait donné une belle somme pour qu'elle débarrasse le plancher sans le dénoncer. Son argent en poche, elle était repartie dans son village, Enkhuizen, et était prête à faire inscrire son bébé au registre de la mairie « de père inconnu ». Mais elle fut sauvée de ce déshonneur. Elle fit la rencontre de Joost, qui l'aima et l'accepta, elle et son futur bébé. Il l'épousa et l'emmena dans son île de Texel, à la ferme 't Zwartje. Personne ne sut jamais que l'enfant qu'elle attendait n'était pas de Joost. Mais une mauvaise chute de cheval lui fit perdre son bébé, et elle n'avait pu en avoir d'autres. Elle restait stérile et son beau-père lui en voulait de ne pas lui donner d'héritier.

Après trois années de vrai bonheur, Joost succomba à la suite d'une maladie foudroyante, la laissant seule à la ferme, avec comme unique compagnie son beau-père. Cette tragédie n'arrangea en rien le caractère de ce dernier. Il n'arrivait pas à s'en remettre et devint de plus en plus acariâtre et amer.

— Alors tu vois Francine, j'avais de quoi être folle d'inquiétude quand je t'ai vue sur ce cheval. Promets-moi de mettre sagement cet enfant au monde. Même dans les circonstances qui sont les tiennes, un enfant, fruit de ta propre chair, est la plus belle chose qui puisse arriver dans la vie d'une femme. Ne l'oublie jamais, ajouta Greet en donnant une gentille accolade à la jeune femme.

Les jours puis bientôt les semaines passèrent ainsi, partagés entre le travail de la ferme le jour et les quelques travaux de couture que Greet lui demandait de faire le soir.

Francine sentait son corps s'arrondir de plus en plus. Tous les matins, elle enfilait sa ceinture de grossesse couleur peau qu'elle avait de plus en plus de mal à défaire en fin de journée. Elle se sentait un peu plus fatiguée de jour en jour. Le soir, elle lessivait une robe de grossesse et repassait l'autre qui attendait sur un cintre.

Elle pouvait désormais sentir la vie au creux de son être. L'enfant bougeait doucement, tranquillement, sereinement. Couchée sur son lit, elle voulait consciemment profiter de ces instants que personne ne pourrait jamais lui voler. Elle caressait alors son ventre et voilà que le bébé, son bébé, lui répondait. Alors plus rien au monde ne comptait. Sa chambre pouvait bien être qu'une minuscule mansarde, son lit des plus rudimentaires, son annulaire sans alliance, tout ceci finalement n'avait aucune importance. Seule comptait cette communication entre la mère et son enfant. Elle se sentait alors transportée dans un monde où elle était une princesse habitant un magnifique palais, couchée dans un grand lit aux draps blancs, brodés de fils d'or et son prince charmant lui effleurait le ventre avec une tendresse infinie en chuchotant des mots tendres... Elle pouvait rester des heures ainsi dans l'ombre, les yeux clos, tissant lentement mais sûrement ce lien essentiel de la vie : l'amour.

Est-ce qu'elle en oublia le père de son enfant ? Il était devenu comme irréel, ne faisant aucunement partie de son nouveau décor.

Au début de son séjour, elle avait pleuré à chaudes larmes, se demandant souvent s'il l'avait oubliée ou s'il la cherchait, s'il se contentait de se satisfaire des « on-dit » ou s'il s'entêtait à connaître la vérité.

Puis, elle en eut assez de se lamenter sur son sort. Se rappelant qu'elle n'était pas le style de fille qui se laissait abattre, mais plutôt une battante, elle s'efforça d'oublier. C'était du moins ce qu'elle prétendait. Elle agissait comme si Johan n'avait plus une importance primordiale dans sa vie. Elle se le répétait continuellement et arrivait presque à s'en convaincre.

En réalité, il en était tout autrement. La moindre pensée concernant celui qu'elle avait aimé la brisait. Dès qu'elle pensait à lui, elle ressentait une profonde douleur qui traversait son cœur. Le soir elle s'endormait en faisant une prière non seulement pour son enfant à venir, mais également pour ne plus se réveiller en pensant à lui. Ne pas penser, mais travailler. Travailler pour ne plus penser. Travailler pour ne plus être. Quand malgré ses efforts, une pensée fugitive parcourait son esprit, immédiatement elle se mettait à chantonner tout bas, créant ainsi diversion.

Ne pas penser.

Ne plus penser.

Parfois, elle avait l'impression d'être une veuve qui jour après jour vient jeter une poignée de terre sur le cercueil de son bien-aimé pour l'ensevelir définitivement.

15. LE MARCHÉ

C'était jour de marché. Mais pas un marché comme il y en avait tous les vendredis à Den Burg, le bourg le plus important de Texel.

Le troisième vendredi du mois d'août s'y tenait la plus importante foire de l'année. Elle amenait une réelle animation sur l'île. De toutes parts, on venait à ce rendez-vous annuel.

Karel qui conduisait la charrette tenait à jouer le guide touristique. Le vieux grincheux maugréait comme d'habitude, mais pour une fois Karel n'en avait cure. Les sorties étaient bien assez rares pour ne pas en profiter pleinement. De plus, il avait envie de montrer à sa jeune amie, ce joli village qui l'avait vu naître et ses belles maisons construites au XVIIe siècle quand Den Burg avait commencé à fleurir.

Francine, elle, se réjouissait pleinement de cette visite. Les maisons ainsi que les étroites ruelles lui rappelaient Amsterdam. Ici également les demeures étaient décorées de jolis pignons, magnifiques même pour certains, elles étaient cependant nettement moins hautes.

La ballade s'acheva dans la Weverstraat. Cette rue devait sûrement son nom aux tisserands qui y demeuraient, Texel produisait depuis très longtemps une importante quantité de laine. On arrivait sur la Stenenplaats, place centrale du bourg.

Une effervescence y régnait et le soleil radieux de ce jour de 1932 y ajoutait un charme estival.

Derrière leurs étals aux couleurs multiples, des marchands criaient, les uns vantant les bienfaits de leurs produits, les autres leurs prix exceptionnels. Des cris de bétail agrémentaient ce vacarme de notes musicales. Le tout formait une partition des plus joyeuses.

Les paysannes endimanchées pour l'occasion avaient sorti leurs plus belles tenues et s'affairaient telles des abeilles autour d'une ruche, ne voulant pas rater une bonne affaire, voire l'Affaire de l'année. Les hommes ne possédaient souvent qu'un seul costume pour la messe. Mais aujourd'hui ils le portaient avec fierté et étaient heureux de se retrouver entre eux. Ils s'étaient regroupés à côté de la fontaine pour évoquer les dernières nouvelles pessimistes venues du continent, ajoutant un bémol à cette belle journée.

Ils parlaient de la crise du mouton, de la baisse du prix de vente qui allait les mettre en difficultés si la tendance s'accentuait. Et également des grèves qui faisaient souvent la Une des journaux. Grève dans l'industrie textile, grève dans les mines. On y parlait aussi d'une crise dans le bâtiment. Il y avait de plus en plus de chômage et même si, ici sur Texel, ils ne se sentaient pas directement concernés par ce nouveau fléau, cette situation les inquiétait. La crise de 1929, venu d'Amérique atteignait maintenant l'Europe. Certaines industries que l'on croyait pourtant prospères imposaient un chômage partiel pour ne plus travailler que quatre ou même trois jours par semaine. D'autres licenciaient. Ils disaient que cette compression de personnel allait appauvrir et détruire la santé des pays. Dans peu de temps, les gens pauvres ne pourront plus payer les loyers, régler leurs dettes. Les petits commerçants fermeront boutique. À cela un jeune répondait avec véhémence, qu'on n'avait qu'à changer de gouvernement, prendre l'exemple de l'Italie.

Puis on parlait du communisme qui faisait peur et finalement d'Hitler. Presque quotidiennement paraissait un article le concernant.

— Vous vous rendez compte qu'il a bien failli devenir chancelier, dit fièrement Piet le facteur, dont on connaissait les penchants nationalistes. Mais tu parles, le vieux Hindenburg ne le laissera pas faire ! Donner le pouvoir à son parti, il faut être inconscient pour seulement y songer, répondit le laitier.

— Peut-être qu'il le prendra de force, de toute façon, il ne partagera pas le pouvoir, cria Piet.

— À mon avis, c'est sûrement vrai ce que tu dis là, Piet, dit l'instituteur. Mais Hitler a déjà connu un échec et cela le rend prudent. Je pense que l'orage est passé et que Hindenburg tient bien les rênes.

— N'empêche qu'il leur faut une personne comme lui, avec tout le chômage qu'ils ont en Allemagne, ajouta le jeune boucher, avec autant d'ardeur.

— 'Faut virer les étrangers, les métèques, les Juifs. Il y aura ainsi plus de place pour les autres.

En entendant ces paroles, le vieux De Zwart ne voulut plus suivre ce débat et quitta le groupe d'hommes en secouant la tête avec un air de désapprobation.

La vieillesse lui avait apporté certes un caractère des plus difficiles, mais également une certaine sagesse. Il ne disait rien, préférant se taire. Il trouva ces jeunes bien échauffés, ne connaissant encore rien ou si peu de la vie. Il pensa tristement que finalement depuis la nuit des temps, rien n'avait changé : il fallait toujours un bouc émissaire dès lors que les choses allaient mal.

Un peu plus loin Greet était en pleine discussion avec une marchande d'étoffes. Elle avait trouvé un joli tissu pour décorer sa cuisine. Mais comme il lui en fallait plusieurs mètres, elle essayait de débattre son prix. Elle était ravissante avec sa jolie robe fleurie, resserrée autour de sa fine taille, étrennée l'an dernier pour le baptême d'un neveu, et son petit chapeau de paille couleur crème lui donnait l'air beaucoup plus jeune qu'elle ne l'était. Elle était heureuse. Elle adorait la foire qui mettait un peu de divertissement dans sa vie si monotone. Un peu d'excitation avant l'arrivée prochaine et mortelle de l'hiver.

Francine souriait devant cette ébullition des agriculteurs. Elle était enchantée de pouvoir goûter leur bonheur si simple. Pour laisser plus de temps à Greet pour dénicher les bonnes affaires, elle avait proposé de faire les emplettes hebdomadaires. Son panier en osier était rempli de victuailles et commençait à peser. Elle avait chaud et sa ceinture de grossesse lui entaillait la chair. Elle ne pouvait plus cacher ses rondeurs, mais ici, à la « ville », comme disaient les gens, cela lui était égal.

Contrairement au marché du port 't Horntje, là où avec Greet elles avaient l'habitude de faire leurs achats, on ne la remarquait pas. En tout cas bien moins, elle se fondait dans la masse. Elle ne sentait pas tous les regards posés sur elle, comme si elle était une curiosité. Elle n'entendait pas les commères chuchoter sur son passage. Elle ne voyait pas de femmes indignées lui tourner le dos. Ici finalement elle était libre et elle croquait cette liberté à pleines dents. Elle discutait avec les maraîchers, avait un petit mot gentil pour le boucher, plaisantait avec le poissonnier et tout cela lui rappelait le temps où elle-même était commerçante, lorsqu'elle travaillait avec Tante Sylvia et qu'elle s'occupait de la vente de la layette. Elle eut un pincement au cœur. Oh nostalgie quand tu nous tiens... ! Elle se promit une nouvelle vie pour bientôt, après la naissance de son bébé. Elle ne savait pas encore que cette nouvelle vie arrivait à grands pas.

16. L'ESPOIR

Francine transpirait à grosses gouttes. Ella avait du mal à supporter l'étouffante chaleur de cette belle journée. Peut-être l'agitation environnante du marché y était-elle pour quelque chose. Toujours était-il qu'elle avait du mal à porter ses paniers, surtout après avoir fait le plein de fruits et de légumes. Elle avait soif. Ainsi chargée, elle s'approcha péniblement de la fontaine pour se désaltérer. Son regard se posa sur le seul homme portant un feutre beige. Puis il n'y eut plus rien. Son regard se brouilla. Elle s'écroula, inconsciente.

Johan, lui aussi, l'avait reconnue, immédiatement, sans un instant d'hésitation. Malgré sa tenue paysanne, ses rondeurs, ses grosses joues qui lui transformaient tellement le visage. Courant vers elle, il n'avait pourtant point eu le temps de la rattraper. Il s'agenouilla à ses côtés et tenta à l'aide de son mouchoir imbibé d'eau froide, de la rafraîchir. Il espérait que la vive fraîcheur de l'eau de la fontaine la ramènerait rapidement auprès de lui. Ses yeux inquiets scrutaient les alentours, mais aucun mot ne parvint à franchir ses lèvres. L'émotion était trop forte.

Des badauds commencèrent à s'attrouper autour d'eux, les uns ramassant les fruits et les légumes, d'autres tâchant de retrouver les crevettes échappées du sachet en papier et des poissons éparpillés. Des femmes voulaient se rapprocher de la victime en jouant de leurs coudes pour pousser la foule. Un malaise de femme enceinte n'est jamais bon. Un homme au ventre rebondi accourut. Je suis médecin, laissez-moi passer s'il vous plaît !

— Le pouls est ralenti. Il faudrait pouvoir l'allonger correctement, dit le docteur.

— Vous pouvez l'amener chez moi, proposa aussitôt un vieux tisserand édenté, le regard plein de bonté.

— C'est à deux pas d'ici, ajouta-t-il.

Francine ne remarquait pas que des bras musclés la soulevaient pour l'amener dans la maison de l'Artisan. Après avoir traversé l'atelier de tissage, Johan se retrouva dans la cuisine qui tenait lieu également de chambre. Il étendit Francine avec une douceur extrême.

Lui chuchotant des mots doux, il n'entendit pas le médecin lui dire de se pousser afin qu'il pût l'ausculter plus aisément. Avec impatience et une moue de dégout, il lui prit le bras et le dirigea sans façon vers la porte en lui ordonnant de sortir de la pièce. Il avait déjà rencontré cette jeune fille mère pour l'avoir reçue à son cabinet pour une visite de contrôle. Il l'avait trouvée exquise avec ses boucles blondes et ses joues roses. Il ne connaissait rien de son histoire, mais comprit qu'elle était venue sur l'île à cause de sa maternité. Il se doutait bien que l'homme dans l'autre pièce était le géniteur de ce fruit. Certainement un quelconque bourgeois de la ville, à en juger de par le complet-veston beige au feutre assorti et les chaussures fraîchement cirées. Il était prêt à parier qu'il venait prendre des nouvelles de sa maîtresse avant de s'en retourner de nouveau sur le continent pour retrouver femme et enfants légitimes.

Saligaud, se dit-il. Gâcher ainsi la vie d'une jeune personne. Si ce n'est pas triste quand même ! Et encore celui-là vient prendre de ses nouvelles !

— Je vous ferai signe quand elle se sera remise, dit-il à Johan en refermant rapidement la porte derrière lui.

Après avoir déboutonné la robe, le médecin commença à défaire le laçage de la ceinture de grossesse.

Elle a bien trop serré les lacets, se dit-il tout bas, pas étonnant qu'elle ait eu un malaise. Il reprit le pouls de la jeune femme et fut heureux de constater qu'il était déjà bien plus régulier. Il continua l'examen à l'aide de son stéthoscope. Après l'avoir auscultée minutieusement il était rassuré. Il n'avait rien constaté d'anormal. Il souleva un peu le dos de Francine et y cala plusieurs coussins.

Rouvrant la porte donnant sur l'atelier et tendant un bras muni d'une cruche aux couleurs bleues de Delft, il ordonna qu'on aille lui chercher de l'eau fraîche à la fontaine. Johan fut rapidement de retour. Le médecin versa de l'eau dans un petit verre à liqueur, le couvrit d'un mouchoir. D'un mouvement rapide, il posa le verre retourné sur le front de la jeune femme. Tout en faisant de petits cercles il expliqua :

— Elle a eu un coup de chaleur. Bientôt des bulles vont apparaître au fond du verre et ainsi elle retrouvera ses esprits.

Francine gémissait doucement en haletant.

Johan était bien sceptique quant aux bienfaits de cette « médecine », mais n'osa rien dire.

On frappa à la porte et Greet fit son apparition. Elle accourut près du lit et leva des yeux inquiets vers le médecin.

— C'est grave docteur, s'empressa-t-elle de demander ?

— Sa ceinture était bien trop serrée, ajoutez-y un peu la chaleur moite et le tour est joué... Mais je doute que ce soit l'unique raison... Il fit un signe en direction du bourgeois et ce n'est qu'à ce moment-là que Greet s'aperçut qu'il y avait quelqu'un d'autre dans la pièce. Elle ne l'avait jamais vu auparavant et le trouva fort élégant.

Johan se présenta avec une suite de mots incohérents. Il était confus.

— Je suis venu pour la chercher... et pour l'épouser, bien sûr, ajouta-t-il.

À ces mots Francine rouvrit les yeux qui aussitôt se remplirent de larmes.

— Johan ! Oh Johan ! Enfin tu viens me chercher ! Je n'y croyais plus. Je pensais que tu m'avais oubliée... Sa voix se brisa.

Doucement Johan enlaça de ses bras la jeune fille. Oubliant ceux qui l'entouraient il la berça tendrement en l'embrassant passionnément.

17. CENDRILLON

Comme toute jeune fille, Francine avait rêvé d'un mariage grandiose, d'une robe magnifique accompagnée de sa longue traîne, d'une foule joyeuse qui acclamerait les jeunes mariés à la sortie de la mairie dans une profusion de « Vive les Mariés ! » Elle était venue si souvent observer ces couples quand elle n'était encore qu'une enfant. Elle aimait tellement, alors, venir sur cette place pour applaudir les mariés, puis le soir venu, dans la pénombre de sa chambre, couchée dans son petit lit, elle créait sa propre robe. Bien plus belle encore que celle de Cendrillon dans son livre d'images.

Het Prinsenhof, rien que ce nom suffisait à la faire rêver. Se marier dans une mairie qui s'appelait « La Cour des Princes » était déjà le début d'un conte de fées, n'est-ce pas ? Là ne pouvaient se marier que des princesses, ne seraient-ce que celles d'un jour. Souvent en attendant patiemment de les voir ressortir, elle levait son petit nez retroussé pour mieux inspecter ce bâtiment datant du XVIIe où prônait si fièrement le Lion hollandais, veillant sur son jardin. Comme il avait l'air puissant et arrogant ! Et les deux anges au-dessus de sa tête tenant une couronne de laurier, faisaient de ce lion un Saint. Ma lui avait raconté des histoires magiques concernant les personnes de grande considération qui autrefois, avaient été logées à cet endroit.

Aujourd'hui, ce 15 septembre 1932, Francine était bien une princesse d'un jour, mais une mariée tellement éloignée de l'image qu'elle s'en était faite ! À mille lieues des clichés enfermés dans la boîte des souvenirs. Une robe sobre remplaçait la robe étincelante, un petit chignon l'interminable voile et un petit cercle d'intimes pour toute affluence.

Seul son prince charmant était devenu une réalité dans son conte de fées.

Il lui avait offert un magnifique bouquet de roses blanches et en portait lui-même une à la boutonnière, ainsi que le voulait la tradition.

Ils formaient cependant un beau couple. En s'avançant vers l'adjoint au maire, au bras de son futur époux, la jeune femme sentait quelques regards curieux braqués sur elle. Elle venait d'entamer son cinquième mois de grossesse et avait déjà pris beaucoup de poids.

Mais malgré cela elle était resplendissante avec ses yeux étincelants de bonheur. Johan, élégant dans son costume gris, arborait un sourire narquois qui semblait vouloir montrer à toute personne présente sa fierté d'être père dans peu de temps. Il se tourna vers sa mère, présente à la cérémonie, et lui fit un clin d'œil.

Johan avait eu la même attitude après la violente scène qui avait éclaté quand il avait avoué à sa mère que Francine était enceinte. Mère, qui avait épousé l'élu de son cœur malgré la désapprobation de sa riche famille, trouvait cependant regrettable que son fils ne fît pas un « beau mariage » pour pouvoir réintégrer la haute société qu'elle avait dû quitter. À cela s'était ajoutée la honte d'une mariée au ventre bien rond.

— Tu as déshonoré cette jeune personne, Johan. Tu t'en rends compte au moins, avait-elle crié.

— Mais non, Mère, vous n'y êtes pas du tout, avait-il répondu. Disons plutôt que je l'ai honorée... à ma façon !

Il avait prononcé ces mots avec une telle malice que Mère avait ri malgré elle. Elle n'avait jamais su résister à son enfant préféré. Elle finit donc par accepter la venue de cette bru qui arriva sans crier gare. Mais elle ne l'admit pas entièrement et le lui avait montré dès la première visite.

Mère l'avait attendue dans le vestibule dans une attitude de statue. Pourtant elle affichait un sourire bienveillant, mais sa voix réprobatrice ne cachait rien de ses sentiments profonds.

— Quelle surprise ! Voilà donc la jeune fille qui a su tenter mon fils, dit-elle, pour l'accueillir. Sans rien ajouter de plus, elle la fit entrer, la guidant jusqu'au salon où l'on allait servir le thé.

Francine, cramoisie, était comme paralysée. Son regard était absent. Elle n'entendait pas Johan qui bavardait nonchalamment avec sa mère.

— Le thé, avec ou sans sucre, demanda Mère. Mais Francine ne l'entendait pas. Mère réitéra la question.

— Eh bien, vous êtes dans la lune, ma parole ! Francine, je vous parle, fit Mère. Le ton était rude et fit sursauter la jeune fille.

— Vous étiez sûrement bien plus alerte lorsque vous étiez seule avec mon fils !

— Mère, je vous en supplie, avait rétorqué Johan les yeux implorant grâce, mais d'une voix ferme. Soyez gentille avec elle.

Francine était restée muette. Dès cet instant, elle avait compris que Mère n'hésiterait jamais à lui dire ses quatre vérités. Tout dans son attitude l'avait impressionnée. Ainsi avait commencé leur entente laborieuse.

Aujourd'hui Mère était obligée d'admettre que son fils avait l'air heureux. Elle en eut un pincement au cœur, Francine lui avait pris son fils et elle n'avait rien pu faire. Désormais il serait heureux sans elle.

Ma et Greet étaient toutes deux émues, mais si Greet osait le montrer, Ma n'en fit rien. Elle était ainsi. Un cœur d'or caché sous une carapace épaisse. Karel n'avait pas voulu assister au mariage et était resté sur l'île de Texel.

Pa qui avait été si violent, était finalement relativement heureux de ce dénouement.

Neel, dans son élégant tailleur bleu pervenche, était très fière de sa sœur. Elle était contente de voir s'accomplir ce mariage. Klaas à ses côtés enviait son copain.

Après les signatures des différents actes, le cortège se rendit à pied jusqu'à l'Amsterdam Hôtel où un délicieux buffet fut servi.

18. ELIZABETH

Johan avait dû emmener sa femme à l'hôpital très tôt ce matin du 12 janvier 1933. Francine avait perdu les eaux et le futur père était heureux de posséder une voiture pour conduire lui-même sa femme à la maternité. Depuis leur arrivée, il patientait dans la chambre de la future maman et seul, devant la fenêtre donnant sur la rue, il fumait cigarette sur cigarette, essayant de tuer le temps. Il n'en pouvait plus d'attendre. Jamais il n'aurait pensé qu'il serait ainsi bouleversé. Il entendait sa femme crier par moments et serrait alors les poings pour se maîtriser et ne pas foncer sur la porte de la salle de délivrance. Le travail avait commencé maintenant depuis quelques heures. Il n'y avait toujours rien, aucune nouvelle, pas d'information, ce qui mettait le futur père à cran.

Dans la pièce de travail, l'accouchement avait débuté, mais difficilement.
— Poussez, madame, poussez, encouragea la sage-femme. Nous y sommes presque.
— Je n'en peux plus, dit Francine dans un murmure à peine audible. Son visage était d'une blancheur inquiétante et dans ses yeux cernés on pouvait lire l'épuisement. Elle repoussa la main qui tentait de rafraîchir son front. Elle en avait assez. Assez de pousser, assez de ces douleurs qui la déchiraient, voire lui écartelaient le bas ventre, assez de toutes ces souffrances vaines. Rien ne semblait se produire. Elle sentait ses forces s'en aller malgré elle. La tête rejetée en arrière, le front moite, les cheveux collés, elle faisait pitié. Elle avait envie qu'on la laisse tranquille, que cette femme avec ses bons conseils s'en aille. Au fond qu'en savait-elle de ce qu'elle endurait ? Et ces yeux de veau doucereux qui se voulaient rassurants... Avait-elle seulement déjà enfanté ?

Non, se dit Francine, elle ne pourrait pas rester à tel point impassible si elle savait ! Une nouvelle contraction d'une violence inouïe traversa son corps. Francine hurla de plus belle.
— Courage, madame, tenez bon. Maintenant inspirez, bloquez puis poussez. Allez, poussez, POUSSEZ ! Il faut y aller. Je vois la tête, allez POUSSEZ !

Puisant dans ses dernières réserves, se raccrochant à l'unique idée de la délivrance prochaine, Francine s'exécuta, se cramponnant aux plis des draps. L'expulsion fut une libération totale quand elle entendit son bébé pousser de timides petits cris craintifs, tel un chaton. Elle s'affaissa alors contre les oreillers, totalement épuisée. Bientôt se mêlaient aux cris allant crescendo du nouveau-né, les gémissements de la mère. Ils exprimaient ce drôle de mélange de bonheur et de douleur qui suit une naissance.

La sage-femme déposa délicatement le petit être encore humide sur le ventre de sa mère. Francine posa un regard admiratif sur ce bébé tant attendu. Elle découvrait un tout petit visage d'un rond parfait, un petit crâne dépourvu de cheveux, une petite bouche cerise puis un minuscule petit nez retroussé qui lui rappelait le sien.

Pendant un court instant, elle ferma les paupières et remercia Dieu de lui avoir permis de donner la vie. Sans Lui, une telle merveille ne serait pas possible, c'est une certitude ! Une telle perfection. Des petites mains qui se crispent sur son sein, cette bouche avide déjà de vie, ce petit cœur qui bat... Quelle merveille que la nature, que la vie ! Puis un flot de sentiments merveilleux et inexplicables la submergea aussitôt.

— Te voilà donc enfin, fruit de ma chair ! Petite créature, ma fille, je t'ai sentie grandir à l'abri de mon ventre, jour après jour, lui chuchota-t-elle.

Tout en observant le petit être couché sur son sein, elle fit une découverte stupéfiante : finalement, cette enfant, dont il lui semblait connaître tous les détails était une parfaite inconnue ! De multiples fois elle avait imaginé ce bébé, et voici que ce dernier était si différent de tout ce dont elle avait pu rêver. Quel désarroi de découvrir qu'un être sorti de vos entrailles, dont on connaît chaque mouvement, chaque geste, chaque mimique, puisse être aussi familier et tout aussi étranger à la fois.

— Nous aurons toute notre vie, pour nous apprivoiser, nous connaître et nous aimer, murmurait-elle.

Toutes ces pensées se bousculaient dans sa tête alors que l'on s'occupait de laver et de donner les premiers soins au nouveau-né.

Puis venaient de nouvelles contractions. Celles qu'elle n'attendait pas. Celles dont personne ne lui avait jamais parlé. Celles nécessaires à l'expulsion du placenta.

Que de douleurs supplémentaires, dont la pauvre Francine déjà tellement exténuée, se serait bien passée ! Le placenta eut du mal à se décrocher de son nid douillet. La sage-femme dut même appuyer de toutes ses forces sur le ventre de la mère pour le dégager, le détacher. Quand le tout fut disposé dans une bassine, Francine eut un haut-le-cœur en le voyant. Décidément la vie est un miracle, se dit-elle.

Puis ce furent les présentations. Johan, s'il eût préféré un garçon, n'en montra rien à sa femme. Il scruta le petit visage de sa fille avec une fierté non dissimulée. Il lui trouva un air de ressemblance avec la maman, qui venait sûrement de ce petit nez pointu.

Ils décidèrent d'appeler leur fille Elizabeth en souvenir de ce bateau qui avait d'abord éloigné Francine avant de la ramener auprès de Johan.

— Betty pour les intimes, proposa Francine et un sourire radieux illumina son visage fatigué. Comme s'il s'agissait d'un acquiescement, Betty émettait de petits cris aigus.

— C'est l'heure de la première tétée Madame, annonça la sage-femme.

Tout en déboutonnant sa chemise brodée, Francine se demanda si elle allait savoir comment faire téter ce petit bout de chou. Mais dès que l'enfant se rapprocha du sein de sa mère, ses inquiétudes s'envolèrent. Betty nicha son petit nez immédiatement contre ce sein chaud et accueillant. Et de ses petites mains minuscules le saisit goulûment. Aucun savoir-faire supplémentaire ne fut donc nécessaire. Francine en fut soulagée et éprouva un vrai bonheur. Le partage continuait ainsi. Un moment unique entre la mère et l'enfant. Une continuité d'échanges qui tisse les liens du futur.

Après avoir laissé la jeune maman et son bébé se reposer, Johan partit chercher Ma et Pa. Tous deux furent très émus devant leur premier petit enfant. Ma déposa un baiser sur le front de Betty, avec une telle tendresse, que Francine vit s'envoler toutes ses anciennes rancœurs comme par magie.

Pa n'arrivait pas à détacher ses yeux du petit visage de cet ange, il était comme désemparé et ne savait que faire. Ses yeux étaient larmoyants, mais pour rien au monde il ne s'avouerait troublé, de peur qu'on ne le traitât de vulnérable, lui, l'homme de la famille !

Il avait l'air comique avec ses deux mains enfoncées dans les poches de son pantalon, se balançant d'un pied sur l'autre telle une marionnette. Johan lui tapota gentiment le dos et fut à son tour ému devant ce spectacle de famille de nouveau réunie.

L'amour est plus fort que tout, se dit-il.

Un joyeux rire se fit entendre dans le couloir et attira soudain toute leur attention.

Neel fit une entrée plutôt fracassante. Portant une brassée de fleurs de toutes les couleurs et chargée de nombreux paquets qu'elle jeta presque à terre, elle s'approcha de sa sœur pour l'embrasser. Ensuite elle se pencha sur le bébé et s'émerveilla.

— Eh bien, petite Betty, lui dit-elle en riant, avec le même nez que ta mère, pour sûr que tu seras un sacré numéro ! Tu ne te laisseras pas faire, tu as déjà l'air tout décidé ! Je suis ta tante et je te promets que je m'occuperai bien de toi, regarde tous les cadeaux que je t'apporte ! Joignant le geste à la parole, elle sortit d'un sac en papier une petite peluche adorable qu'elle mit près de la tête de l'enfant. Neel continua ainsi ses joyeux bavardages, sans s'apercevoir que Francine s'était endormie.

Johan était reparti avec sa voiture et ne pouvait s'empêcher cependant de le faire savoir à sa femme. Il insista sur son klaxon, au son de clarinette, certain que Francine le reconnaîtrait. Ce fut le cas, loin dans ses songes, elle l'entendit et sourit dans son sommeil. Les jours suivants, à chaque passage, dans la rue de l'hôpital, Johan fit ainsi jouer son klaxon, pour dire à son amour : « Je travaille, mais je pense à vous ».

19. JOYEUX ANNIVERSAIRE

Le petit garçon était tout excité. Il venait de préparer son gâteau d'anniversaire avec l'aide exceptionnelle de sa maman. Une forêt noire, c'était son dessert préféré. Il adorait la chantilly et les cerises confites. Ce soir, quand son papa sera de retour, on y posera trois bougies et il pourra les souffler. Il avait hâte d'y être. Mais il était tout aussi émoustillé par l'idée d'aller se promener avec sa maman. La plupart du temps, c'était la gouvernante qui s'occupait de lui. Mais aujourd'hui, le jour de ses trois ans, Inge prendrait de son temps pour l'amener en promenade. Elle le lui avait promis. Elle n'irait pas à l'hôpital où elle exerçait tous les après-midi, ni à une quelconque réunion du parti nazi dont elle était membre depuis 1930. Elle s'occuperait de lui. Cette sortie s'accompagnerait donc d'un air de fête.

— Mon manteau et mon chapeau, vite, ordonna Inge. La bonne, Helga, accourut aussitôt avec les affaires de sa maîtresse qui ne supportait pas d'attendre. Elle portait également les chaussures et le petit manteau de Karl. Elle habilla l'enfant avec soin. Elle éprouvait beaucoup de tendresse pour ce petit qu'elle chérissait depuis sa naissance. C'était un gentil petit gars, obéissant et intelligent, qui n'avait pas fort heureusement, hérité du caractère austère de sa mère.

— Amuse-toi bien, Karl, lui dit-elle à l'oreille en lui laçant les souliers. Elle fit glisser un instant sa main dans les boucles brunes du petit garçon. Elle aurait aimé l'embrasser, mais y renonça. La mère aurait désapprouvé ce geste de tendresse trop familier.

— À tout à l'heure, Helga. Et dans un élan de spontanéité, comme seuls les enfants peuvent le faire, Karl mit ses petits bras autour du cou de la bonne et lui administra un baiser. Par-dessus l'épaule de la bonne, il croisa le regard froid d'Inge. Et pour la première fois de sa vie, il soutint ce regard. N'était-ce pas son anniversaire aujourd'hui ?

Sur les grandes avenues de Berlin, persistait encore un air de Noël. Il y avait toujours des guirlandes dans les vitrines, de beaux sapins aux carrefours et de nombreux éclairages.

Sa petite main posée dans celle de sa mère, Karl avait du mal à suivre le pas cadencé de celle-ci. Par moments il trébuchait, manquait de tomber, mais se débrouillait pour continuer. Il ne voulait pas déplaire à sa maman.

Aujourd'hui, il ne la voulait que tout sourire. Elle était tellement belle quand elle souriait !

Le long du trottoir quelques marchands attendaient les clients. Inge s'arrêta devant un étal couvert de sucreries. Karl leva vers elle des yeux interrogateurs.

— C'est ta fête, Karl, mon chéri. Tu peux choisir autant de bonbons que tu voudras, mais attention de ne pas avoir les yeux plus gros que le ventre ! Puis elle ajouta à l'intention du marchand comme pour s'excuser : il vient d'avoir trois ans, cela se fête, n'est-ce pas ?

Le marchand félicita Karl. Il y avait longtemps qu'il n'avait eu de clients aussi généreux. Les gens étaient ruinés depuis la terrible inflation.

Le vieil homme se demandait quand tout cela allait s'arrêter, on était déjà si proche du fond... Avec un pincement amer au cœur il repensa à l'époque des grandeurs, celle où l'Allemagne connaissait la gloire.

Assis sur un banc dans le Tiergarten, Karl dégustait ses gourmandises. Il n'était pas goulu et préférait choisir avec soin dans son petit sachet. Parfois il mettait le doigt à la bouche pour faire durer le plaisir de l'embarras du choix. En plus, cela lui permettait d'attendre qu'une des balançoires fût libre. Voyant qu'Inge était toujours aussi absorbée par sa lecture, il eut une idée et décida de passer à l'action. Il se laissa glisser du banc et s'avança vers les balançoires.

— Bonjour, c'est mon anniversaire. Vous voulez un bonbon ? Maman m'en a acheté un sachet tout plein !

Les trois enfants tournèrent leurs têtes presque en même temps. Un garçon, apparemment le plus grand, d'une dizaine d'années, sauta de la balançoire et s'approcha aussitôt de Karl. Inge observa du coin de l'œil sa progéniture, elle le trouvait très beau avec ses boucles brunes et ses yeux bleus. Il faut être jeune pour être aussi généreux, pensa-t-elle. D'autres enfants s'approchaient et bientôt un petit groupe s'était formé autour du garçonnet. On entendait de timides « merci », « c'est gentil », « comment tu t'appelles », « t'as quel âge ? »

Inge sourit devant ce spectacle, elle se redressa même un peu plus pour mieux en profiter. Ses yeux passaient sur les têtes de ces chérubins. Tout d'un coup son sourire se figea. Les yeux fixés sur une seule petite tête, elle s'avança vers le groupe. D'une voix coupante et joignant le geste à la parole elle dit :

— Toi, petite juive, va-t'en ! Tu n'as rien à faire ici. Allez, oust !

Tous regardaient maintenant la fillette, certains déjà avec mépris. Le grand garçon lui cracha au visage et la qualifia de Fickjude, ordure juive. Il la roua de coups quand la petite voix de Karl s'éleva :

— Arrêtez, arrêtez. Vous n'avez pas le droit de la traiter comme ça ! Mon Papa il dit qu'on est tous pareils ! Tous pareils ! Vous n'avez pas le droit, et il éclata en sanglots.

— Les Juifs ne sont pas comme nous, pauvre crétin. Tu n'es qu'un minus aussi je te pardonne, vociféra le grand garçon. Il bouscula Karl, et tous les bonbons s'éparpillèrent sur le sol. Inge revenait chercher son fils et le tira par le bras tout en le réprimandant. Elle lui expliqua qu'il ne fallait pas écouter son père. Que de toute façon, son père n'était pas allemand ! Qu'un vrai Allemand n'aime pas les Juifs.

— Un point c'est tout, dit-elle pour clore la discussion.

Le garçonnet avait le cœur lourd. Pourquoi fallait-il que tout soit toujours tellement compliqué quand maman était présente ? Avec son père tout allait toujours bien, sans complications. Il aimait sa mère, mais voilà, il aimait aussi son père. Il n'aimait pas quand maman lui disait de ne pas écouter papa. Mais il y avait bien plus grave encore. Même s'il n'avait que trois ans, il sentait bien qu'entre ses parents, quelque chose avait changé. Il ne savait pas expliquer quoi, mais il le sentait. Ses parents s'aimaient moins, c'était certain. Karl eut une moue triste qui n'échappa pas à sa mère.

— Puisque tu boudes, nous rentrons.
— Dix-huit, dix-neuf, vingt ! Attention, j'arrive ! cria le père. Un visage d'une grande intelligence, des yeux perçants et un nez droit, donnaient beaucoup d'allure à cet homme. Il avançait à pas feutrés et faisait semblant de ne pas entendre le rire étouffé de son fils.
— Voyons voir ici... ah, il n'y a personne ! Mais où se cache-t-il donc, ce chenapan ?
Karl pouffait de plus belle.
— Il doit sûrement être par ici, oh, mais c'est bien trop sombre pour un petit garçon, et il referma la porte.
Là Karl n'y tint plus et éclata de rire. Son papa ouvrit donc le placard et l'enfant lui sauta au cou. Se serrant tout contre son père, et d'une toute petite voix, il lui raconta la scène de l'après-midi. Fritz en fut réellement désolé et en voulut à sa femme, mais s'abstint de l'avouer à son fils.
— Je suis très fier de toi, Karl, d'avoir agi ainsi. Tu deviendras un grand homme, il n'y a aucun doute là-dessus ! Il souleva son fils, l'assit sur ses épaules et gagna la salle à manger où le repas allait être servi.
Helga avait préparé ce dîner spécialement pour le bambin. Une choucroute bien garnie, rien ne pouvait lui faire plus plaisir. Mais malgré ses bons soins, l'ambiance de fête n'y était pas. Karl gardait ses yeux rivés sur son assiette. Même les bougies sur le beau gâteau n'amenaient pas de sourire sur ses lèvres. Et son père était tellement soucieux. Ce dernier trouvait que sa femme avait, cette fois-ci, dépassé les bornes. Il lui avait pourtant déjà demandé de ne pas mêler Karl à ses affaires nazies.
Il avait souvent attribué son fanatisme à son jeune âge. La fougue de la jeunesse est souvent responsable d'actes irréfléchis. Il était de quinze ans son aîné et venait d'avoir quarante ans et de ce fait voyait les choses d'un œil plus mûr, certainement plus tolérant aussi. Elle était libre d'avoir ses propres idéologies tant qu'elle n'y mêlait pas son fils. Il était enfoui dans ses sombres pensées quand soudain, elle fulmina :
— Tu pourrais faire au moins un effort ce soir, Fritz. Être un peu bavard, sourire, être agréable quoi !
C'en était fini de la fête.
La gouvernante Hanneke, embarrassée par l'atmosphère empoisonnée, était heureuse de ce début d'altercation, qui lui donnait l'occasion de pouvoir s'échapper. Elle annonça qu'il était l'heure d'aller coucher le garçonnet.
Restés seuls les époux donnèrent libre cours à leur colère.
— Comment peux-tu rester si naïf, Fritz ? Hitler est l'homme qu'il nous faut. Lui seul peut redresser ce pays ! Tout le monde te le dira. Tous l'admirent.
— Tu m'excuseras, Inge. Je le trouve vulgaire. Chaque fois que je l'entends à la radio, je le trouve ridicule avec son accent autrichien ! D'ailleurs au passage je te rappelle qu'il n'est allemand que depuis le 25 février 1925. Ce qui fait que je suis Allemand depuis bien plus longtemps que lui, au cas où tu l'aurais oublié... Je n'aime pas quand tu dis à Karl que je ne suis même pas Allemand. À quoi ça rime ? Si tu vas

par là, ton Hitler ne l'est pas plus que moi !

— Mais c'est toi qui es ridicule Fritz ! Ouvre donc les yeux. Regarde où en est la république ! Elle s'effondre avec ses démissions, ses élections, ses dissolutions. Hitler amènera la stabilité. Il annulera le Diktat de Versailles ! Diktat de la honte ! On aura de nouveau une grande armée et on retrouvera la gloire ! Le nazisme est le seul candidat plausible de la république Weimar. Hitler est notre dernier espoir !

— Hitler est violent et démagogue, Inge !

— Il est le seul à pouvoir nous sauver du communisme ! Tu préférerais peut-être que l'Allemagne devienne un état communiste, Fritz ?

— Non, bien sûr que non, marmonna Fritz.

Sur ces dernières paroles Inge recula sa chaise, se leva et toisa Fritz du regard. Le buste bien droit, élégante, divinement belle dans sa robe du soir noire, elle quitta la pièce en claquant la porte.

Bien sûr Fritz ne préférerait pas un état communiste. Il avait lui-même fui la Russie avec ses parents quand l'armée rouge avait pris le pouvoir par la force. Il la savait capable de tout. C'était une vraie menace. Mais Hitler alors, n'est-il pas un danger pire encore ? Il n'y a qu'à voir ses troupes, ses chemises brunes, qui sèment la terreur dans la ville ! Et c'est le pays tout entier qui est soumis à la terreur des Sturmabteilung (SA — section d'assaut) avec leurs démonstrations de force, leurs combats de rue et leur prosélytisme. Ils se substituent à la police pour rétablir l'ordre. C'est une guerre civile larvée. En même temps il faut reconnaître que, la crise économique qui atteint l'Allemagne de plein fouet, favorise cette radicalisation politique. Et que penser de cet antisémitisme grandissant, dont le parti fait son cheval de bataille ?

L'autre jour, il avait été lui-même témoin d'une scène horrible. Un vieux marchand de chaussures s'était fait agresser et rouer de coups par les SA.

Le pire était que personne n'était intervenu. Lui pas plus que les autres ! Il s'en voulait d'ailleurs, d'être un froussard, mais il était comme tout le monde. Il avait bien trop peur de représailles. Les méthodes de dissuasion des SA étaient hélas très efficaces... Le pauvre homme avait succombé à ses blessures et personne ne s'en était soucié. Quelle tristesse que l'Allemagne actuelle, pensa Fritz.

Hanneke, la gouvernante hollandaise, s'était installée à côté de Karl, sur son lit, pour lui lire un conte en néerlandais. L'enfant était devenu totalement bilingue. Mais le cœur, ce soir, n'y était pas. Il n'arrivait pas à se concentrer et mille pensées traversaient son esprit d'enfant. Il ne comprenait pas l'attitude de sa mère face à cette fille juive. Il voulait en avoir le cœur net.

— C'est quoi, une juive, Hanneke ?

La gouvernante trouva cette question bien embarrassante. Elle avait, dans son pays natal, une très bonne amie juive. Alors elle décida de lui raconter, avec beaucoup de tendresse, ces différences qui l'avaient émerveillée ou étonnée, quand elle n'était encore qu'une petite fille. Elle lui expliqua les prières, et que le jour du sabbat, c'était la maîtresse de maison qui allumait les bougies, les entourait de ses mains puis bénissait cette lumière et disait la prière. Elle énumérait les nombreuses fêtes comme Rosh ha Shana et Yom Kippour. Pour finir, elle lui confiait que dans les synagogues, les femmes ne pouvaient pas prendre place à côté des hommes.

— C'est bizarre cela tout de même, s'étonna Karl. Mais est-il vrai que les juifs ont tous des nez crochus, des cheveux frisés, de longues oreilles et aussi des jambes tordues ? demanda le petit bonhomme. Parce que, la petite fille, elle n'était pas du tout comme cela. Elle était belle !

— Les Juifs sont comme toi et moi, Karl. Tu es brun et je suis blonde. Nous sommes différents et pourtant nous sommes pareils, car nous sommes des humains.

Le petit garçon avait bien du mal avec toutes ces idées différentes les unes des autres. Mais une chose était certaine, la petite fille de cet après-midi n'était pas laide.

20. L'HEURE D'HITLER A SONNÉ

Paul était de nouveau de passage à Amsterdam. Il avait reçu, à Berlin, un faire-part de naissance, que Johan lui avait envoyé. C'était donc une raison de plus pour rendre visite à son ami d'enfance. Il avait porté une petite peluche pour Betty.

Confortablement installé dans un fauteuil, il observait avec amusement les jeunes parents. Comme ils avaient l'air heureux !

Assis tous deux sur le canapé en face lui, Johan et Francine étaient radieux. La petite Betty dormait paisiblement contre le sein de sa mère. Francine était tout de même un peu fatiguée. Elle se leva, proposa un peu de liqueur de Genièvre aux hommes, et se retira avec la petite.

Enfin seuls, Johan et Paul pouvaient parler librement de leurs affaires, de la crise économique qui touchait chacun de façon différente, mais surtout de la situation inquiétante de l'Allemagne et de la nouvelle crise politique qu'elle traversait depuis hier, le 28 janvier 1933. Le chancelier Von Schleicher venait de démissionner, laissant le vieux président Hindenburg, dans l'embarras le plus total.

— Il y a de fortes chances pour que Hindenburg appelle maintenant Hitler à la chancellerie, s'exclama Paul.

— Un Autrichien, à la chancellerie ! Il me semble pourtant que le parti nazi est en perte de vitesse depuis les élections de novembre dernier.

— Tu as raison, mais cela peut arriver. C'est vrai qu'au départ de nombreuses personnes le considéraient avec beaucoup de mépris, comme tu le fais en ce moment. Mon propre père pensait comme toi. Après chaque discours d'Hitler écouté à la radio, il se moquait de lui, le trouvant ridicule avec son accent autrichien. Puis, peu à peu, il s'est mis à l'admirer. Je pense surtout parce qu'Hitler parle inlassablement de la révision du Schand Diktat, le diktat de la honte. Cette mesure mettrait du baume sur de nombreuses humiliations. Je crois même qu'aujourd'hui, la violence verbale d'Hitler le grise. Je peux même dire que l'énergie et le culot de cet individu forcent l'admiration de toute une société. En plus il incarne le renouveau et Hindenburg en a bien besoin pour rétablir l'ordre.

— Et toi, qu'en penses-tu ?

— Je te l'ai déjà dit. Il me fait peur. Un de mes collègues l'a interviewé à plusieurs reprises. Il le croit fou, mais avoue que son enthousiasme a comme un effet magique qu'il juge extrêmement dangereux. En tant que journalistes, nous avons tous lu Mein Kampf, mon Combat, livre qu'il a écrit en 1924, lorsqu'il était emprisonné à la suite du putsch raté de la Brasserie à Munich. Il rêve d'un monde basé sur la notion de la race comme fondement de la vie des peuples. Il veut créer un état raciste et a donc un programme pour accomplir cette « mission » du peuple allemand. En fait ses conceptions ne concernent pas tellement l'économie. Il fait bien état de la nécessité de la justice sociale et de la coopération des patrons et des ouvriers, cependant la seule réforme qui compte est celle qui touche à la race. Il veut fonder un État où l'on protégera et développera la force raciale du peuple germanique, où tous les Allemands seront de nouveau réunis... Et cela ne pourra se faire sans guerre.

Un silence lourd s'installa.

Johan pensa à Betty, un si petit être, tout au début de sa vie. Allait-elle bientôt connaître les atrocités de la guerre ? Allait-elle connaître les privations ? Devrait-elle un jour supporter son absence ? Tout est plus horrible, dès qu'il s'agit de sa propre chair. Et Francine ? Que deviendrait-elle s'il devait partir ? Toutes ces questions maintenant le hantaient.

Paul n'avait pas à se préoccuper d'un enfant ou d'une femme. Il était toujours célibataire et se complaisait dans cette situation. De par son travail qui l'amenait à beaucoup voyager, une famille l'encombrerait plus qu'autre chose, se disait-il souvent comme pour se convaincre. Mais en réalité, il n'avait pas trouvé la femme de sa vie. Du moins, celle qui aurait pu l'être, n'était pas libre et surtout ne s'intéressait guère à un petit journaliste comme lui. Elle était actrice et se voyait déjà étoile. Elle fréquentait tout le gratin de Berlin, sphères auxquelles il n'avait pas accès. Il l'avait revue récemment et avait été profondément déçu de la voir au bras d'un officier de carrière, chef de la SA. Il ne comprenait pas qu'une jeune femme comme elle pût s'amouracher d'un tel personnage, s'amuser avec celui qui favorise la guerre de rue et conduit lentement le pouvoir vers le parti nazi. Elle devait être loin de la jeune fille douce et pleine de bonté qu'elle avait été.

Les nazis. Il y pensait souvent. Arriveraient-ils vraiment au pouvoir ?

Même si Hitler devenait chancelier, le gouvernement resterait en partie conservateur. Cette idée le rassura quelque peu. Il n'adhérait pas à l'idéologie nazie. Mais qu'en sera-t-il un jour ? Restera-t-il fidèle à ses convictions actuelles, ou bien, sera-t-il comme son amie la petite starlette russe, attiré par l'intérêt ? Olga épousait-elle cette idéologie qu'il pensait absurde ? Il préférait croire qu'elle ne fréquentait ce personnage hideux que pour naviguer vers la gloire.

— Pourquoi enlèves-tu ce tableau ? Maman n'aime plus le Kaiser Guillaume ? Les mains sur les hanches, Karl observait Helga qui décrochait le portrait de celui qui avait fait la grandeur de l'Allemagne.

— Non, mon petit gars, ce n'est pas parce qu'on n'aime plus le Kaiser. Ta maman m'a demandé de remplacer son portrait par celui de Monsieur Hitler. Aujourd'hui est un grand jour dont tu te souviendras certainement tout au long de ta vie ! Ce 30 janvier 1933, Hitler est devenu chancelier ! Sa nomination officielle est d'une grande importance pour l'Allemagne. Tu verras !

Et elle reprit ses fameuses explications qui n'en finissaient plus et que le petit avait du mal à comprendre.

— Ce soir ta maman va participer à un grand défilé de fête. Hanneke et moi-même allons y assister, ce sera magnifique ! Ton papa voudra peut-être bien t'accompagner. Il faut absolument que tu vives ce moment historique !

Puis elle se mit à rêver tout haut :

— En plus ce sera un défilé tout en musique. Il y aura de beaux gars en uniforme...

C'était l'heure du goûter et Helga servit un grand bol de lait au petit garçon ainsi que quelques biscuits aux noisettes. Elle écoutait la radio qui diffusait la grande nouvelle.

— Tiens, écoute donc ! Voilà qu'ils annoncent le défilé de ce soir. Ce sera grandiose !

Karl pensait à tout ce qu'on venait de lui dire. Il ne comprenait plus rien à rien. Ces derniers temps son père était de plus en plus soucieux, il riait beaucoup moins. Pendant les repas certains mots revenaient souvent tels que : inflation, crise ou encore chômage. La situation semblait grave.

Et pourtant, voilà que maintenant on parlait de fête !

21. L'ARCHE DE LA GLOIRE

Ce soir-là, Fritz, derrière son bureau, la tête entre ses mains, l'air effondré, observait son ami Paul. Ce dernier était tout aussi consterné par l'arrivée au pouvoir d'Hitler. Les deux amis n'appréciaient pas ce petit homme et se moquaient de cette mauvaise copie de Charlie Chaplin. Ils en débattaient souvent ensemble, se sachant du même bord. Mais c'était toujours en l'absence d'Inge, qui n'aurait pas apprécié. Qui aurait cru, il y a quelques années, que cet ancien petit caporal, ex-clochard et postulant déconfit à l'École des Beaux-Arts de Vienne, deviendrait un jour Chancelier dans la légalité, c'est-à-dire désigné par le président du Reich, Hindenburg en personne ? s'exclama Paul.

— Qu'il rentre à la chancellerie par la grande porte, c'est bien ce qui me désole le plus, tu sais. J'aurais mille fois préféré qu'il prenne le pouvoir par la force, comme il avait tenté de le faire lors du putsch de la Brasserie. Je me sentirais aujourd'hui moins triste.

— Pour les conservateurs, Hitler ne représente pas un réel danger, et ils ne prennent pas ses discours racistes au sérieux. Par contre, Hindenburg n'éprouve aucune sympathie pour le « caporal bohémien » comme il l'appelle volontiers. On ne peut cependant nier que de nombreuses personnes le voient comme un éventuel sauveur providentiel, celui qui sortira le pays du gouffre. Reste à voir de quelle manière il compte le faire.

Quelqu'un frappa timidement à la porte, interrompant la conversation.

Après avoir entendu un « oui » irrité, Karl fit son apparition. Il avait entendu son papa rentrer et était impatient de le voir. Il n'avait pas l'habitude de faire irruption dans le bureau de son père, mais la bonne lui avait appris que Paul était là également. Le petit garçon l'adorait tellement qu'il n'avait pu résister à l'idée de les rejoindre.

Karl se jeta d'abord dans les bras de son père, avant de se tourner vers Paul. C'était un jeu entre eux que de se saluer de façon très solennelle, comme au temps de l'empereur Guillaume, dont Karl adorait l'histoire grandiose.

Cet accueil amusait toujours autant Paul. À la fin de leur petite mise en scène habituelle, il souleva le petit et le fit tournoyer, jusqu'à ce qu'il éclatât de son rire joyeux, qui ne laissait personne indifférent.

— La voilà la relève, Fritz !

Karl était aux anges et profita de cet instant de bonne ambiance pour demander :

— Est-ce que je peux venir avec vous ce soir, père ? À entendre Helga, je dois y aller !

Dès lors, les rides se creusèrent de nouveau sur le front de Fritz, lui donnant cet air grave, tellement inquiet, que son fils détestait tant.

— Oui, mon petit, nous t'emmènerons, Paul et moi.

Il lui caressa doucement les cheveux. Et d'un air pensif et comme se parlant à lui-même il ajouta :

— Ta mère doit être sur place et déjà dans tous ses états. Depuis le temps qu'elle attendait ce moment...

Tandis que Karl ne retenait plus sa joie et rejoignait la bonne pour lui annoncer l'excellente nouvelle, Fritz et Paul reprirent leur discussion.

Roulant quasiment au pas, la DKW avançait avec difficulté vers le centre de Berlin. Le petit Karl se régalait du spectacle. La ville était illuminée de mille feux. Une lueur rouge semblait se dégager : partout les réverbères éclairaient des bannières nazies qui étaient suspendues aux balcons, accrochées dans les vitrines, clouées sur les fenêtres.
— Il va falloir laisser la voiture. La foule devint de plus en plus dense. Nous allons continuer à pied. Tu nous tiendras bien la main, Karl.   Ils s'unirent à l'affluence joyeuse, rieuse, houleuse. Paul constata qu'il y avait des familles au grand complet, elles étaient heureuses, enthousiastes, joviales. Fritz serra un peu plus la menotte de son fils. Il avait peur de le perdre dans cette marée humaine. Des groupes de SA chantaient un hymne nazi, rythmé par la cadence de leurs bottes sur le pavé. Ils approchaient maintenant de la porte de Brandenbourg. Karl adorait cette grande arche de pierre, avec au-dessus ces magnifiques statues de chevaux. Son père lui avait expliqué que l'arche était le symbole de la grandeur prussienne.

Le rassemblement devint si dense que Fritz prit le petit sur ses épaules, de peur qu'il ne soit piétiné.

Décidément, se dit le petit bonhomme, ce soir c'est vraiment la fête !

Il était médusé de voir du monde à perte de vue. Des milliers de personnes suivaient ce défilé aux flambeaux organisé par la SA dont les hommes marchaient en rangs serrés, six par six. Après avoir traversé tout le centre de Berlin ils se dirigeaient maintenant à la chancellerie pour rendre hommage à leur chef. La lueur des milliers de torches faisait briller les cuivres des fanfares de mille étoiles étincelantes. Tout d'un coup, les bras se levèrent à l'unisson et une déflagration de voix déchira le ciel.

— « *Sieg Heil*, *Heil Hitler* » criait le public enflammé à l'apparition d'Hitler au balcon. L'acclamation était telle que le garçonnet songeait que le monde entier devait l'entendre. Maintenant la foule ivre applaudissait, à s'en faire rougir les mains.

Jamais plus, ni Fritz, ni Paul, ni même le petit garçon, du haut de ses trois ans, n'oublieront cette soirée.

Cette nuit froide à peine réchauffée par les flambeaux engloutit le flot de fanions rouges, ornés d'un cercle blanc et d'une croix gammée. Elle marqua à tout jamais la destinée de Karl, comme de tant d'autres d'ailleurs.

22. HELGA LA DOUCE

En ce jour ensoleillé de 1937, Hanneke, la gouvernante hollandaise du petit Karl, était venue le chercher à la sortie de l'école, comme à l'accoutumée. Pourtant dès qu'elle eut glissé la petite main de garçonnet dans la sienne, il sut que quelque chose n'allait pas. La gouvernante, quant à elle, n'affichait point un air inquiet, elle souriait même quelque peu. Mais à sa façon de lui empoigner la main, le petit garçon flairait un imperceptible danger. Comme tous les jours, la DKW les attendait dans une rue parallèle à celle de l'école. Le chauffeur leur ouvrit la portière en saluant le bonhomme. Dès qu'ils furent installés, Hanneke ordonna au chauffeur de les conduire au centre de la ville. L'arrivée précoce du printemps, et la poussée de croissance du gamin, expliquait-elle, l'obligeaient à courir les magasins après les cours. Le chauffeur les déposa devant le Kaufhaus Des Westens, surnommé KaDeWe, grand magasin de huit étages, construit au début du siècle.

— Nous allons d'abord commencer par de nouvelles chaussures. Tu peux en choisir trois paires.

— Trois paires ?

Il leva les sourcils en signe d'étonnement, mais s'abstint de poser des questions. Après tout, se disait-il, trois paires neuves à choisir aujourd'hui, mieux vaut ne pas la contrarier, au cas où elle changerait d'avis.

Après ce rayon, Karl avait également le droit de sélectionner deux culottes courtes et trois chemises. Il en oubliait complètement le sentiment d'insécurité qui l'avait envahi quelques instants plus tôt. Il était surexcité. Quand il eut choisi, Hanneke le dirigea vers les spacieuses cabines d'essayage. Une fois le rideau tiré, le petit garçon se déshabilla en hâte et voulut enfiler une culotte courte quand Hanneke l'arrêta net. Elle s'accroupit auprès de lui en posant son doigt sur ses lèvres pour lui imposer le silence. Elle s'approcha de son oreille :

— Ton père a été arrêté en début d'après-midi. Tu n'es plus en sécurité à ta maison. Ton père avait tout prévu. J'avais l'ordre de t'amener ici pour que tu puisses te changer. Paul t'attend au troisième étage et te conduira dans une famille où tu passeras la nuit.

Au fur et à mesure que Hanneke lui confirmait la raison de son anxiété fugitive de tout à l'heure, ses yeux se remplissaient de larmes. Mais il les avala. Il fallait être un homme, comme disait son père, et il voulait lui faire honneur. Il passa rapidement les affaires usées qu'on lui destinait sans pour autant réprimer une moue. La veste dégageait une odeur de poisson et le béret était douteux. Avant de le lui mettre, Hanneke lui ébouriffa les cheveux ; les mèches rebelles correspondaient bien mieux à sa nouvelle tenue que la coupe parfaite et gominée qu'il avait d'habitude. Pour finir sa transformation, elle lui passa un peu de charbon sur le visage. Quand il fut fin prêt, elle le serra très fort sur son cœur et lui donna les détails de son évasion.

— Sale petit voyeur ! Dégage donc de là ou j'appelle la Gestapo !

Hanneke poussa le garçon de rue dans les rayons et hurlait de plus belle, attirant ainsi toute l'attention sur sa personne.

— Non, mais, je vous assure ! On aura tout vu. Ces effrontés. Les voilà maintenant qu'ils font les voyeurs ! Il ne leur suffit plus de quémander à longueur de journée sur les pavés, ils vous poursuivent jusque dans les cabines ! Je crois que je vais me trouver mal !

Des clients s'étaient groupés autour d'elle, créant ainsi la diversion espérée.

Elle fouillait ses poches et criait :

— Heureusement il n'a pas eu le temps de me voler, le chenapan.

Une employée accourait avec un flacon d'eau de Cologne et lui proposa de la rafraîchir.

Karl n'avait pas perdu son temps et courait à perdre haleine. Malgré son jeune âge, il avait tout à fait bien saisi la gravité de la situation. Il ne comprenait pas bien pourquoi son père avait été arrêté, la seule chose qu'il savait c'est qu'il n'était pas d'accord avec Monsieur Hitler, mais qu'il ne fallait surtout pas en parler. Ces pensées eurent le temps de traverser son esprit d'enfant avant qu'il ne retrouve Paul, comme prévu, dans la cabine d'essayage convenue. Là, il fallait agir également avec rapidité. Et surtout ne pas parler ni poser de questions, avait recommandé Hanneke. Il se changea de nouveau, se frotta le visage et redevint un petit bourgeois, avec cette fois-ci, une raie au milieu qui le vieillissait. Paul était tout aussi méconnaissable avec ses moustaches et ses cheveux bruns.

Ils quittèrent nonchalamment KaDeWe pour se retrouver à l'arrière d'une Opel, dernier modèle.

— Désormais tu t'appelles Ernst Lang. Tu as bien entendu ? Ernst Lang. Personne ne t'appellera plus Karl. Il faut oublier. Karl a fini d'exister aujourd'hui. D'ailleurs, la famille qui va t'accueillir pour quelques jours ne connaît que ce nom-là. Ernst, répète, tu veux bien ?

— Ernst, balbutia timidement Karl devenu Ernst.

Il restait pensif, on lui avait donné si peu d'explications, il ne savait pas où il se rendait ni pourquoi.

— Mais ce prénom ne me va pas tout de même ! osa-t-il chuchoter.

Le chauffeur, un homme trapu et joufflu, l'observa dans la glace. Paul eut un haussement d'épaules et la contrariété se lisait sur son visage.

Un long silence s'installa. Ils traversèrent des villages, des champs, d'autres villages, d'autres champs. Au loin il apercevait le train, le plus rapide du monde disait fièrement sa maman.

— Maman, où es-tu ? Pourquoi m'as-tu abandonné ?

À présent, il faisait nuit noire, et il semblait au garçonnet que le voyage s'éternisait. Son estomac criait famine. Il n'avait rien avalé depuis midi. Point de goûter. On aurait dit qu'un ventriloque l'habitait, réclamant du ravitaillement. Comme il était fatigué ! Il luttait contre le sommeil, mais ses paupières devinrent de plus en plus lourdes, ses yeux commencèrent à papilloter puis Morphée remporta la victoire.

Une dame imposante lui caressa le front.

— Liebchen[1], réveille-toi ! Tu vas manger de la bonne saucisse et des lentilles. Je suis sûre que tu vas les aimer. De la saucisse maison.

---

[1] Chéri

Faite ici, à la ferme, dit la fermière fièrement.

Une tête bien ronde, où les joues roses respiraient l'air de la campagne s'était penchée au-dessus du lit. De petits yeux perçants lui souriaient.

— Allez, allez, un peu de courage ! répéta la grosse voix à l'accent rocailleux que Karl ne connaissait pas.

À sa grande surprise, il constata qu'il faisait jour et en un éclair il revécut la dernière journée.

— Je n'ai pas faim !

Mais la douce main de fer de *Frau* Fuch ne le lâcha que devant l'assiette fumante. Une odeur des plus alléchantes vint lui chatouiller les narines. Son regard se posa sur le plat en céramique qui le fit saliver. La fermière rit en oubliant la boutade. Karl mangea avec appétit. *Frau* Fuch était ravie de ce bon mangeur qui faisait honneur à sa cuisine. Elle lui raconta qu'elle était fière de constater qu'elle n'avait point perdu la main et que l'on aimait toujours ses petits plats préparés avec amour, précisa-t-elle.

— Cela se voit, pensait Karl en observant du coin de l'œil le tablier qui n'arrivait pas à cacher ses splendides rondeurs. Puis il pensait à Helga. La douce bonne, toujours gentille, prête à le gâter, à lui préparer tous ses mets préférés. Miam, ses forêts noires et...

Frau Fuch interrompit ses rêveries et venait de monter le son de son poste émetteur. Il allait ouvrir la bouche.

— Chut ! et elle tapa sur la table avec sa grosse main et le fit sursauter.

Hitler hurla dans le poste. *Frau* Fuch était comme médusée. Ses yeux brillants, devenant fiévreux, lui rappelaient Helga. Elle aussi s'exultait en entendant celui qui se faisait appeler le Führer. Tous semblaient devenir euphoriques en l'écoutant. Tous, sauf son papa et son ami Paul bien sûr.

Fritz, son papa chéri, avait l'air plutôt inquiet dès qu'il entendait le Fürher. Karl l'avait bien constaté. Un jour il s'était risqué à le lui faire remarquer. Son père ne lui avait point répondu, mais ses yeux s'étaient assombris. Soudain, il lui avait semblé vieilli.

À la maison rien n'était plus pareil. Il n'y avait plus les éternelles disputes de ses parents. Et ce n'était pas l'amélioration de leurs relations qui en était la cause. Inge avait quitté la maison quelques mois après l'arrivée au pouvoir de son idole.

Le petit garçon s'était persuadé d'abord, que sa mère traversait une crise passagère et qu'elle rentrerait rapidement à la maison. Mais Inge n'était pas revenue.

Pis encore, si au début elle s'était inquiétée de son petit garçon et passait le voir, certes en coup de vent, après l'école, rapidement elle l'oublia. Elle ne vivait plus que pour ses idéaux, mais cela, le petit Karl, ne l'aurait pas compris.

Il lui trouvait plein d'excuses, la plaignait même de ne pouvoir trouver un moment pour seulement lui rendre visite.

Elle consacre tout son temps à ses malades, se disait-il. Ils en ont bien plus besoin que moi, se répétait-il souvent pour se consoler.

Soigner ses malades, c'est beau de ne vivre que pour cela !
Ma Maman est merveilleuse, ne cessait-il de se répéter.

Il était vrai qu'Inge passait le plus clair de son temps à l'hôpital. Elle était passionnée par la purification de la race allemande et prenait son travail très à cœur. Elle était responsable du service de stérilisation des jeunes filles susceptibles de tacher le sang allemand. Mais cela, Karl l'ignorait.

Son mari n'était pas plus au courant de ses véritables activités, pensait-elle. Leur vie commune était devenue insupportable. Toute communication paisible était impossible : Fritz ne partageait aucune idée de son idéologie nazie. Elle se sentait incomprise et trouvait son mari inculte, immoral et ridicule jusqu'à le haïr. De plus, Hitler ne portait pas la noblesse dans son cœur et elle avait donc fini par le quitter pour vivre pleinement sa vie de militante national-socialiste.

Fritz de son côté, était entré dans un mouvement d'opposants au régime. Son rôle était moindre, en tout cas c'est ainsi qu'il le considérait. Il distribuait des tracts et participait à des réunions d'information clandestines, jusqu'au jour de son arrestation par la Gestapo. Cette Geheime Staatspolizei, police d'État, créée en 1933, avait un pouvoir sans limites et était rapidement devenue l'instrument privilégié pour liquider les adversaires au régime.

Le jour de son arrestation, Fritz fut tiré du lit à 5 heures du matin par la police. La délation venait de la bonne et fidèle servante, Helga. Encouragée par l'euphémisme de la détention « préventive » elle s'y était décidée. Son patron ne négligeait-il pas ses devoirs envers la communauté, mettant ainsi en danger la sécurité de l'État ? Une détention préventive le rééduquerait et l'aiderait à mieux s'adapter à l'intérêt commun, elle en était persuadée. En somme, elle lui rendait un bon service.

23. LE TEMPS DU PRINTEMPS

Francine avait tout préparé pour un copieux déjeuner sur l'herbe en ce beau dimanche du mois de mai. Exceptionnellement, Johan avait délaissé son travail pour sortir les deux femmes de sa vie.

Betty portait une ravissante petite robe chasuble de vichy rose.

Francine finissait de la coiffer et la fillette avait hâte que ce soit terminé. Du haut de ses quatre ans, elle avait décidé qu'elle ne voulait pas avoir l'air d'une petite fille modèle, contrairement aux souhaits de sa mère.

— Tu veux bien arrêter un peu de bouger, Betty ! Sinon je n'y arriverai pas. Tu seras tellement jolie avec ce ruban dans tes cheveux. Un ange, dit Francine. Délicatement elle finit par y accrocher le nœud assorti à la robe et observa sa fille avec satisfaction.

— Ah ! Voilà qui est parfait, va te regarder dans la glace.

La petite obéit et pour toute réponse fit une moue dubitative tout en jetant un coup d'œil amusant en direction de sa mère.

— Chipie va ! Prend ton petit sac, nous partons. Attends un peu, il te manque ton chapeau de paille. Elle l'ajusta sur la tête de sa fille et l'embrassa sur la joue.

Johan les attendait en bas, à côté de sa voiture. Son visage s'illumina en les voyant arriver. Il trouva sa fille gracieuse dans sa jolie robe, ses chaussettes blanches et ses petits souliers vernis. Ce n'était pas vraiment une tenue pour pique-nique, songea-t-il. Un joyeux jappement le fit se retourner.

— Allez, grimpe-toi aussi, coquin ! dit-il à l'attention du petit Pékinois.

Francine avait appelé le chien « Munkie ». En effet son museau ressemblait plus à celui d'un singe qu'à celui propre à sa race. Munkie était de toutes les sorties, il faisait intégralement partie de la famille. Tout juste s'il ne dormait pas dans le lit de Betty, qui d'ailleurs n'y aurait trouvé aucune objection. L'animal s'installa fièrement sur la banquette arrière, les oreilles dressées, la langue pendante.

Une voiture s'arrêta derrière eux en faisant grincer les pneus et fit sursauter Munkie qui aboya aussitôt. Johan jeta un coup d'œil irrité dans son rétroviseur.

— Ah ! Voilà ta sœur et Klaas, nous ne sommes pas prêts de partir, souffla-t-il. Son visage s'était légèrement assombri.

Francine glissa rapidement sa main sur la jambe de son mari, comme pour l'apaiser, mais il la repoussa aussitôt d'un mouvement sec qui trahissait son énervement.

Ces derniers temps, Johan avait du mal à supporter son ami d'enfance avec lequel il travaillait depuis la création de leur entreprise « W Express ».

Klaas n'était plus le garçon travailleur de jadis. Leur réussite semblait lui monter à la tête et il pensait bien plus aux amusements et fêtes tardives qu'au labeur. Il arrivait en retard au bureau, ce qui exaspérait Johan.

De plus, depuis quelques mois, il était devenu le petit ami officiel de la sœur de sa femme, mais n'en restait pas moins un coureur de jupons. Jusque-là, ce penchant l'avait amusé, mais l'insupportait maintenant et cela n'arrangeait évidemment rien.

Les deux femmes, quant à elles, étaient ravies de considérer l'entreprise dès lors comme vraiment familiale. Johan n'osait pas critiquer ouvertement son collègue et avait l'impression de marcher sur des œufs. Francine n'était pas dupe. Elle sentait la tension monter de jour en jour et même si son mari ne lui racontait pas grand-chose, elle comprenait fort bien que l'entente harmonieuse quasi fraternelle des deux copains s'était ébréchée.

— Vous étiez sur le départ, interrogea gaiement Klaas ? Coucou, Betty, tu viens embrasser tonton ?

Il souleva l'enfant, la fit virevolter et l'embrassa bruyamment sur la joue.

Dès qu'il la reposa à terre, cette dernière alla se réfugier dans les bras de sa tante qu'elle aimait par-dessus tout.

— Kaki, Kaki, piaillait-elle, tout excitée.

Kaki était devenu le surnom de Neel depuis que Betty avait commencé à babiller. Francine salua sa sœur et eut un sourire tendre devant ce spectacle spontané que donnait sa fille.

— Kaki, tu viens pique-niquer avec nous ? Allez, dis oui, s'il te plaît, dis oui ! Tu sais, Maman a préparé tout un tas de bonnes choses et...

La fillette continua son bavardage joyeux, mais Neel ne l'écoutait pas. Son regard s'était glissé par-dessus l'épaule de Francine, là où Klaas et Johan venaient de s'éloigner. Elle ne pouvait pas entendre ce qu'ils se disaient, mais à en voir leurs gestes, ils étaient loin d'être d'accord. Elle eut un pincement au cœur.

Nous avons tout pour être heureux tous les quatre, pensa-t-elle, et voilà que les hommes semblaient se disputer une fois de plus. Sûrement pour des broutilles. Cela l'agaçait, car elle était follement éprise du beau Klaas. Et dans son uniforme, qui le seyait comme un gant, elle fondait littéralement pour lui. Un rien le mettait en valeur.

C'était justement ce costume qui était la cause de la brouille des deux hommes.

— Si tu crois vraiment que je vais accepter que tu portes cet accoutrement dans l'entreprise, tu te trompes, Klaas !

— Je te signale que c'est autant mon entreprise que la tienne, que cela te plaise ou non ! Et à ce titre, je peux me vêtir comme je le souhaite, Monsieur, ajouta-t-il d'un air haineux.

— Il ne faut pas mélanger travail et politique. Que tu aimes t'habiller ainsi le dimanche, c'est ton affaire. Libre à toi... Mais je t'interdis de venir ainsi déguisé au bureau.

— Je ne te permets pas de me traiter de clown ! Tu portes atteinte au parti. Porter cet uniforme, car cela en est un, est un honneur pour moi, tu entends ? Il leva son poing, l'air menaçant. Regarde-le bien, car tu n'as pas fini de me voir avec. Désormais au NSB nous sommes nombreux à être habillés de cette façon, et tu n'y peux rien, que tu le veuilles ou non !

Partout en Europe, la tension internationale, la crise économique et la menace révolutionnaire favorisaient la montée des partis extrémistes qui aspiraient à restaurer les cadres d'une société traditionnelle. Aux Pays-Bas, le NSB, (Nationaal Socialistische Beweging)[2] était un mouvement politique national socialiste créé en 1931 par un certain Anton Mussert qui avait remporté une première victoire électorale en 1935. Le mouvement n'avait de social que son nom et se calquait davantage sur le programme du NSDAP, hormis cependant l'idéologie raciale, tout au moins au début.

Pour protéger ses adhérents, l'organisation avait créé le WA (Weerbaarheidsafdeling), une section en uniforme qui comptait également faire respecter l'ordre et était la cause de nombreuses rixes. Johan éprouvait une véritable répulsion pour cette section qui semblait vouloir imposer sa loi envers et contre tout.

La bonne humeur s'était effacée sur le beau visage de Klaas et d'un mouvement brusque, il repoussa Johan. Il ordonna à Neel de le suivre, grimpa dans sa voiture et s'éloigna en faisant souffrir son moteur.

Francine, tenant Betty dans ses bras, s'était approchée de son mari et levait vers lui un regard interrogateur. Mais il s'imposa le silence. Il ne voulait en rien gâcher cette journée qui s'annonçait pourtant si agréable.

— Allez, oust, petit monstre ! En voiture, s'efforça-t-il de dire d'un ton joyeux, en poussant la petite fille.

Betty voulait rester debout, derrière ses parents pour mieux profiter du voyage, une petite main posée sur l'épaule de son papa, l'autre sur celle de sa maman. Ses yeux brillaient de mille feux.

Ils allaient passer une journée au bord du Zuiderzee. Johan avait de tout temps une préférence pour ce golfe du centre-nord des Pays-Bas et conservait cette prédilection en raison de la beauté des paysages. Aujourd'hui, il accompagnait sa petite famille à Oudnaarden où se trouvait également un merveilleux jardin d'enfants que Betty connaissait déjà, mais dont elle ne se lassait pas.

De nombreux Amstellodamois aimaient se rendre aux abords de cette lagune gigantesque et peu profonde, surtout depuis qu'on l'avait isolée de la mer du Nord au moyen d'une digue, la mettant ainsi à l'abri des tempêtes du nord-ouest qui repoussaient les eaux dans ce cul-de-sac.

En traversant la rue où habitaient ses beaux-parents, Johan appuya avec frénésie sur le klaxon de sa voiture. La « sirène » se fit aussitôt entendre. Avec une rapidité imprévisible, Betty s'approcha et l'actionna à plusieurs reprises. Plusieurs visages apparurent aux fenêtres, ce qui eut pour effet de faire éclater de rire la petite équipe joviale à l'intérieur de la voiture. Francine reconnaissait sa mère parmi toutes ces têtes curieuses.

Ma les salua gaiement avec un torchon, elle avait l'habitude de ce vacarme à chaque passage de son gendre et ne s'en étonnait plus. Cela l'amusait, surtout lorsqu'elle voyait apparaître ses voisines qui ne pouvaient réprimer leur curiosité.

Ces vieilles chouettes doivent être sacrément déçues de voir que ce n'est que lui, comme toujours, ricanait-elle. Avant de refermer la

---

[2] NSB : Alliance national-socialiste

fenêtre, elle leur envoya un baiser de la main.

— On les a bien eus, hein papa, ces vieilles pies ! triompha Betty.

— Ne t'avise plus jamais de jouer avec mon klaxon, mademoiselle, réprimanda Johan qui avait cependant du mal à cacher son sourire. Reprenant son sérieux il ajouta :

— Une jeune fille bien élevée ne fait pas ce genre de sottise, c'est réservé aux hommes. C'est entendu ? Va donc t'asseoir à côté de Munkie maintenant, gronda-t-il.

Francine glissa doucement sa main sur la jambe de Johan, pour lui dire que ce n'était pas si grave. Il était toujours tellement sévère avec leur petite que parfois c'était pénible. Il la voulait si parfaite qu'elle avait le droit de ne rien faire.

— Un enfant unique ne fait pas ceci, ne fait pas cela, lui disait-il chaque fois. Il ne faut pas gâter un enfant unique. Elle connaissait la chanson.

La fenêtre ouverte en grand, Betty respira à fond. Dès qu'elle montait dans la voiture, elle avait le mal de transport. Elle pencha sa tête blonde un peu en dehors de l'habitacle. Elle se grisait de sentir le vent dans ses cheveux. Comme c'était agréable ! Elle pouvait maintenant observer les grands champs verts, bordés de petits canaux d'irrigation où des vaches paisibles broutaient tranquillement. Plus loin, elle pouvait apercevoir une cavalière sur un cheval blanc pommelé de taches noires.

— Oh, Maman ! s'exclama-t-elle, toute à sa joie. Regarde, le cheval de Saint Nicolas, là-bas. De sa petite main dodue, mais sans douceur, elle poussait le visage de sa mère dans la direction du cheval.

— Là-bas, regarde ! Tu le vois, cria-t-elle. Sautant de nouveau sur la banquette arrière, elle inclina un peu plus sa tête vers l'extérieur et le vent s'engouffra sous son chapeau. Il s'envola.

— Mon chapeau, mon chapeau, criait-elle.

Francine s'était retournée et voyant le minois inquiet de sa progéniture proposa :

— Nous allons nous arrêter et récupérer ton bien, ne t'inquiète pas !

— Nous n'allons pas nous arrêter pour un chapeau, mesdames. Il fallait qu'elle y pense plus tôt, imposa Johan d'une voix sans équivoque.

La lippe boudeuse, Betty se cala au fond de la banquette.

Une bonne demi-heure plus tard, ils arrivèrent enfin. Francine installa le beau plaid en damas bleus et ouvrit le panier en osier. Munkie s'approcha pour voir s'il y avait quelque chose pour lui. Des odeurs alléchantes se dégageaient de la corbeille et il décida de se coucher près d'elle pour mieux la surveiller. D'un œil il observait ce trésor et de l'autre il épiait Betty.

Cette dernière s'était approchée de la rive et essayait de réparer une canne à pêche de fortune trouvée sur place. Sa petite langue pointue sortie à peine de sa bouche témoignait de sa concentration. Elle s'efforçait de ne pas se salir. C'était difficile. Il fallait s'appliquer !

Johan faisant semblant de lire le journal veillait sur son rejeton. Il saisit un caillou et le jeta dans l'eau. La réaction ne se fit pas attendre.

— Papa ! Papa ! Il y a plein de poissons ! Je les entends sauter, viens voir, vite ! cria Betty.

Le papa, fier d'être ainsi appelé, rejoignit sa fille avec un peu de mie de pain.

Ce fut sa première leçon de pêche.

Munkie était également attiré par l'eau. Il y pénétra, s'avança tranquillement et finit par atteindre une presqu'île. Il jappa jovialement pour qu'on le regarde.

— Il aime l'aventure, Munkie, nota Johan.

Tout à coup il vit le petit chien s'enfoncer dans le sable.

— Mon Dieu, du sable mouvant. On m'avait dit qu'il y en avait par ici, mais je ne l'ai jamais cru. Vite, Francine, cria-t-il, trouve-moi un morceau de bois, des bouts de planches, des branches, n'importe ! Il lui faut quelque chose pour s'accrocher, sinon il va se faire engloutir.

— Munkie, Munkie, pleurnicha Betty.

Fort heureusement, du bois il n'en manquait pas. Tout doucement et en prenant mille précautions, Johan se dirigea vers Munkie.

Le petit animal suffoquait dans son affolement.

Avec rapidité Johan construisit un radeau sur lequel il se coucha. Et tendant lentement le bras, il put attraper la petite bête par son collier. Betty, sur la rive, hurlait de joie des « merci Papa ».

Après le déjeuner, ils se reposèrent un peu. La petite Betty, serrant Munkie dans ses bras, s'endormit vite, laissant aux parents l'illusion que le monde cessait d'exister.

À l'abri de tout regard, Johan se pencha sur Francine, la prit dans ses bras et l'embrassa tendrement puis passionnément. Il lui murmura des mots d'amour, des mots fous. Il avait envie de dénouer ses cheveux, d'y enfouir son visage, mais se retint. Il avait envie de la dévêtir, mais se contenta de glisser sa main sous son corsage. Francine, les yeux clos, se laissa gagner par ses caresses.

— Ma petite femme chérie, murmura-t-il le visage rayonnant d'amour, je t'aime.

— Je t'aime aussi, Johan, je t'aimerai toujours, chuchota-t-elle à son tour. Elle n'osait plus bouger, préférant rester ainsi blottie au creux de ses bras puissants.

— Coucou, je suis réveillée, dit une toute petite voix, brisant ainsi violemment cet instant magique.

Francine s'était aussitôt redressée et prit Betty sur ses genoux. C'était déjà l'heure du goûter.

Après avoir essayé toutes les balançoires de l'aire de jeu, être descendue des différents toboggans et avoir complètement épuisé ses parents, Betty était heureuse de retrouver sa maison.

Francine lui donna son bain et l'essuya bien pour enlever toute cette poussière qui s'était comme incrustée dans la peau de sa fille.

Au moment du coucher, Francine lui lut une histoire de son gros livre d'aventures. Betty se frottait les yeux.

— Fais ta petite prière maintenant, ma chérie.
Solennellement, elle remonta un peu sa chemise de nuit blanche avant de plier ses jeunes jambes et récita d'une petite voix pleine de confiance :
— Ik sluit mijn oogjes,
Vouw mijn handjes,
Buig mijn knietjes voor U neer,
Lieve Here in de Hemel,
Kijk met Liefde op ons neer.[3]
Francine s'attendrissait chaque fois devant ce spectacle : sa petite fille agenouillée, le visage dressé vers l'au-delà, avait l'air d'un petit ange.
Comme c'est beau la foi d'un enfant, tellement pur, songea-t-elle.
Betty se redressa, remercia ses parents pour cette bonne journée et se glissa aussitôt sous la couverture. Francine déposa un affectueux baiser sur son front et sortit de la chambre sur la pointe des pieds. Avant de refermer la porte, elle lui souhaita « bonne nuit », mais Betty ne répondit pas. Morphée l'avait déjà emportée.

Merveilleusement seuls dans leur chambre, Francine et Johan se retrouvèrent enfin.
— Francine, gémit-il, tu es si belle ! Il caressa son corps qui s'éveilla sans tarder. Lentement il la déshabilla et la posa sur le lit. Ses lèvres se mirent à parcourir ce corps tant aimé, laissant se diffuser délicatement le plaisir. Quelques instants plus tard, leurs corps s'unirent et un bonheur intense et fulgurant leur fit perdre toute réalité.
Lorsqu'elle rouvrit les yeux, Johan se pencha sur elle et lui dit :
— Bonne nuit Princesse, nous nous aimerons toujours, jusqu'à ce que la mort nous sépare.

Ce bonheur ne semblait jamais devoir finir.

---

[3] Je ferme mes petits yeux ,
Je plie mes petites mains
Je m'agenouille devant vous
Cher Seigneur qui êtes au ciel
Jetez sur nous un regard plein d'amour
(Prière protestante néerlandaise)

24. ERNST

Aujourd'hui, on préparait une petite fête à la ferme de *Frau* Fuch. Il y avait déjà un an que le petit Karl alias Ernst, avait fait irruption dans la vie de solitude que menait la brave fermière. Elle s'était attachée à ce petit garçon, raffolait de sa petite tête auréolée de boucles brunes et fondait littéralement devant son sourire déjà ravageur.

Ernst se tenait debout devant la table. Un grand torchon à carreaux rouges et blancs était noué autour de son cou. À l'aide d'une cuillère en bois, il remuait la préparation d'un fondant au chocolat. Il adorait aider *Frau* Fuch dans la cuisine. Cela lui rappelait Helga et surtout la seule fois où il avait préparé une forêt noire avec sa maman.

Il n'avait aucune nouvelle d'elle ni de son père d'ailleurs ; en fait, il n'en avait de personne.

Au début ce fut très difficile. Il pleurait à chaudes larmes tous les soirs quand, seul dans son lit, serrant sa peluche tout contre son cœur, il évoquait sa maman et son papa. Souvent *Frau* Fuch, bouleversée, montait jusqu'à sa chambre, et le berçait contre ses gros seins douillets. Avec sa grosse voix aux accents rocailleux, elle lui disait des mots tendres, des mots d'amour d'une telle douceur, que rapidement les spasmes et pleurs du gamin s'espaçaient. Quand elle sentait sa respiration redevenir régulière, elle fredonnait la berceuse que lui chantait sa propre mère. Elle ne redescendait qu'une fois Ernst paisiblement endormi.

Frau Fuch n'avait point de nouvelles de l'homme qui lui avait confié l'enfant. Mais qu'importe, après tout, puisqu'il lui avait donné une coquette somme, bien plus qu'elle n'avait espéré. Quant au reste...

Comme il a bonne mine maintenant mon petit Ernst ! Il n'y a rien de tel que l'air de la campagne, se dit-elle. Il a même un peu grossi, eh oui, les produits du terroir y sont bien pour quelque chose, pensa-t-elle fièrement.

— Alors jeune homme, c'est prêt, l'interrogea-t-elle. Le four est chaud à présent, il ne te reste plus qu'à verser le tout dans le moule beurré.

— Est-ce que je peux lécher la cuillère après, demanda-t-il.

— Et moi alors, tu me laisseras le pot, interrompit la voix joyeuse d'une jeune fille qui venait d'entrer dans la cuisine à grand bruit.

— Ah, te voilà enfin, Eva ! Ce n'est pas trop tôt. Viens d'abord te laver les mains avant de nous dresser la table dans la salle à manger ! Ce soir c'est la fête chez Fuch ! Tu as invité quelques camarades ?

Eva était une jeune fille de dix-huit ans. Elle était originaire de Baden et avait été envoyée ici pour travailler à la ferme. Comme toute bonne jeune fille aryenne du troisième Reich, elle était enrôlée dans la jeunesse hitlérienne. Après avoir passé quelques mois au sein des *Jungmädel*, organisation nazie pour fillettes de dix à quatorze ans, elle était entrée chez les BDM[4], qui s'occupaient de l'éducation des jeunes filles jusqu'à leurs vingt-et-un ans. Tout comme les garçons des *Hitlerjugend*, elles portaient un uniforme. Une blouse blanche, une jupe

---

[4] Bund Deutscher Mädel

bleu-marine, longue et stricte et des socquettes. De grosses chaussures de marche très masculines complétaient l'accoutrement.

Frau Fuch était très satisfaite de la petite Eva. Elle s'acharnait autant aux tâches ménagères qu'à celles des champs. Elle mettait vraiment son *Landjahr*[5] à profit.

En effet, la jeune gent féminine n'était pas oubliée par la nazification. Elles bénéficiaient des mêmes entraînements que les garçons du même âge, faisaient les même longues marches cadencées au pas et recevaient le même enseignement de la philosophie nazie. Avec cependant un petit plus. On leur inculquait le rôle essentiel de la femme dans le troisième Reich : avant toute chose, elles devaient devenir des mères en bonne santé, pouvant donner naissance à de nombreux enfants solides et resplendissants ! À dix-huit ans, les jeunes filles des BDM, devaient s'acquitter de leur *Landjahr*. Les jeunes filles étaient envoyées dans les fermes et devaient s'occuper de l'intérieur, mais également participer aux travaux des champs. Certaines d'entre elles vivaient alors sur place comme Eva, d'autres dormaient dans des camps et étaient amenées en camion sur leur lieu de travail.

Frau Fuch se félicitait tous les jours de cette main-d'œuvre quasi gratuite. Décidément monsieur Hitler débordait de bonnes idées.

En 1934 elle était encore criblée de dettes. Mais grâce à la réforme agraire, elle n'avait pas eu besoin de vendre des terres pour pouvoir survivre.

Lui au moins s'était intéressé au monde paysan.

Lui au moins ne pensait pas qu'au monde des affaires ou bien qu'aux ouvriers.

Lui au moins s'intéressait aux gens de la terre.

Hitler avait déclaré le paysan « héros national » ! De ce fait, l'agriculteur était devenu un citoyen honoré !

Mais ce dont elle le remerciait le plus, c'était d'avoir augmenté les prix d'au moins vingt pour cent, ce qui lui garantissait de vendre avec profit. Et depuis la chute spectaculaire du chômage, la crise semblait faire partie d'un passé lointain...

Ernst présidait, la fierté de cet honneur se lisait sur son visage enfantin.

La table était dressée avec la plus belle vaisselle de la maison, celle en porcelaine blanche aux liserés dorés. L'argenterie avait été polie et scintillait à la douce lumière que dégageaient les chandeliers. Les mets, préparés avec soin par *Frau* Fuch, les régalèrent tous, sauf peut-être Eva.

Ce soir elle était toute pâle et ne semblait pas dans son assiette.

— Il faut que tu manges, l'encouragea *Frau* Fuch. Il te faut des forces, si tu n'avales rien, tu ne vaudras pas grand-chose demain.

La fermière fit semblant de ne pas y attacher davantage d'importance, mais elle se posait des questions. Ce n'était pas la première fois durant ces derniers jours que la petite mangeait peu, voire, pas du tout. C'était une gentille fille. Belle, oui, très belle. Une vraie citadine, élégante, bien éduquée, fine, mais sotte. Infiniment

---

[5] Sorte de service national obligatoire pour les jeunes filles.

sotte. Mais le genre à faire tourner la tête aux garçons des environs. Ne serait-elle pas amoureuse, par hasard ?

— Tu t'es fait des amis, Eva, l'interrogea-t-elle.

— Euh, non... Enfin... oui, répondit-elle en rougissant. Elle jeta un regard noir en direction du garçonnet. Avait-il tout raconté ? Que savait *Frau* Fuch ?

— Très bien, c'est très bien..., finit par dire la fermière. Elle scruta de ses petits yeux perçants le joli minois d'Eva et agita la tête d'un air entendu.

— Au fait, lança cette dernière pour changer de sujet, la semaine prochaine nous irons jusqu'à Brême. Pour un rassemblement. Garçons et filles. Nous ferons une parade à travers la ville, puis nous allumerons un grand feu et nous chanterons ! Son visage s'éclaircit légèrement en prononçant ces mots.

— Vous en avez bien de la chance, les jeunes filles d'aujourd'hui. Quand j'avais votre âge..., commença-t-elle. Et la voilà partie dans des explications qui n'en finissaient plus. Cependant, souffla-t-elle enfin, il se fait tard. Allons chercher le dessert que nous a préparé Ernst.

Ce dernier avait sommeil et bailla à plusieurs reprises. Mais à la vue du fondant au chocolat, il se réveilla. *Frau* Fuch distribua une bonne part à chacun. On n'entendit plus rien. Ernst regarda autour de lui, inquiet. Plus personne ne parle ! Pourquoi ? Puis un bravo ! à l'unisson se fit entendre.

— Ouf ! Vous m'avez fait une de ses peurs, glapit-il l'air très sérieux, ce qui eut pour effet de faire rire les deux femmes de la maison.

Vraiment ils avaient passé une excellente soirée.

25. PARIS BY NIGHT

Pour fêter le septième anniversaire de leur rencontre, Johan avait décidé d'emmener sa femme en France, à Paris. Neel, Klaas et Paul étaient également du voyage. Paul, de par son travail de journaliste, connaissait un peu cette belle ville et leur servait de guide.

Ce dernier était revenu vivre aux Pays-Bas. Il avait déclaré à ses amis qu'il avait pris cette décision, non seulement parce qu'il n'avait plus de travail en Allemagne, mais également à cause de ses convictions politiques. En réalité il était exilé, car il avait écrit un rapport expliquant que pour les derniers Jeux olympiques à Berlin, tous les écriteaux antisémites avaient été enlevés pour mieux duper les étrangers en leur faisant croire que tout allait pour le mieux en Allemagne. Mais il préférait garder cela secret, peut-être par prudence, peut-être par intuition.

Confortablement installées sur une banquette en velours rouge, les deux jeunes femmes dégustaient pour la première fois de leur vie un verre de Bordeaux.

— Merci d'avoir choisi, pour notre dernière soirée, cet endroit merveilleux, Paul, ajouta Francine, et nous te remercions d'avoir été un si bon accompagnateur.

— *Proost*, firent-ils tous en cœur en levant leurs verres qui s'entrechoquèrent.

Ce n'était pas un hasard si Paul avait préféré la brasserie La Rotonde, pour conclure leur joyeux périple parisien. Après avoir été littéralement ébloui par la beauté de la tour Eiffel et les allées du Champ de Mars, la balade romantique en bateau-mouche sur la Seine, les Champs-Elysées, le quartier de Montmartre, il fallait à tout prix connaître ce nouveau quartier à la mode : Montparnasse.

La Rotonde, située à l'angle des boulevards Raspail et Montparnasse, était devenue, depuis plusieurs années, un des lieux mythiques de la vie parisienne. La bohème cosmopolite s'y réunissait quasi quotidiennement.

À l'extérieur, la terrasse avec ses fauteuils en rotin vermeil, abritée par temps morose ou de grand soleil, par un store de la même couleur, laissait deviner le décor intérieur.

Tout ici n'était qu'harmonie. Dès que le client franchissait l'entrée du café, il était saisi par l'ambiance chaleureuse que dégageait le pourpre des murs et des plafonds. Seules trois matières et deux couleurs semblaient envahir la pièce : le rouge des fauteuils en velours et des tapis épais se mariait parfaitement bien avec le ton ébène du bois et du carrelage. Partout étaient accrochés, sur des piliers de bois, des luminaires identiques en verre jaune, embellis par des franges d'un rouge éclatant, diffusant une lumière tamisée. Les murs étaient ornés de tableaux d'artistes. Neel avait cru reconnaître une œuvre de Matisse. La pièce contenait des tables rondes et carrées, parfois séparées par une balustrade en bois, contribuant à créer plus d'intimité.

La joyeuse équipe était installée à une table près d'une alcôve donnant sur la rue. Ils venaient d'assister à un spectacle aux Folies

Bergère.

Joséphine Baker y était à l'affiche. Personne n'avait pu aller la voir lors de son passage à Amsterdam. Le spectacle les avait émerveillés, étonnés et parfois même choqués. Le seul à avoir éructé un bémol était bien sûr Klaas.

— Tu fais une critique ce soir, le 9 novembre 1938. Enfin..., et tout en jetant un coup d'œil à sa montre gousset, Paul ajouta, vu l'heure, plutôt, le 10 novembre 1938 ! Aujourd'hui elle est mondialement connue ! Imagine un peu comment cela a pu être vu en 1925 ! Paris affichait déjà une certaine liberté de mœurs, on pouvait acheter librement des photos représentant des femmes nues, mais Joséphine était bien plus qu'une simple danseuse. Il gloussa en repensant à ce qu'il allait leur raconter.

— À l'époque, j'avais eu une invitation personnelle en tant que journaliste, pour l'avant-première de son spectacle la Folie du Jour de la Revue Nègre. Je fus ébahi, mais conquis tout autant que le public. Vous pouvez aisément imaginer que les nombreuses critiques qui ont été faites après, bonnes ou mauvaises d'ailleurs, ont contribué à son succès. Le Tout-Paris voulait voir son spectacle. Des noirs presque nus jouant du tam-tam et Joséphine seulement vêtue d'une ceinture de bananes en peluche, avouez que c'était plutôt osé et... piquant !

— Pour moi tout cela est indécent, souffla Klaas. Je trouve ces danses africaines, qui montrent une sensualité totalement débridée, très obscènes. On voit bien là l'infériorité de cette race primitive, ajouta-t-il avec dédain.

— Klaas ! s'indigna Neel. Comment peux-tu dire de telles choses !

— D'autres l'ont également perçu ainsi, Neel. Ils n'ont pas compris que le spectacle illustrait surtout l'exotisme, une façon d'appréhender une autre culture, une civilisation tellement différente de la nôtre. Sa tournée européenne rencontra quelques vives oppositions. En Autriche, par exemple, les cloches de Saint-Paul, située à côté du théâtre où elle devait se produire, ont sonné désespérément pour détourner en vain le public du péché. À Berlin on avait organisé une manifestation hostile aux Noirs, à Munich le spectacle fut carrément interdit. Mais tout cela n'a nullement empêché les applaudissements enfiévrés, expliqua Paul.

— En ce qui me concerne, ce spectacle n'en reste pas moins dégradant, et crois-moi, les applaudissements ne me feront pas changer d'avis ! Tout cela n'amènera jamais rien de bon, marmonna Klaas. Et réprimant un geste d'agacement il crut bon d'ajouter en raillant :

— Quand est-ce que nous allons enfin retrouver une société digne de ce nom, nous ferions mieux de suivre l'exemple de l'Allemagne !

Cela en fut trop pour Paul.

— Mon Dieu, Klaas ! explosa-t-il. Comment oses-tu me tenir, à moi, de tels propos ? As-tu déjà oublié qu'ils ont sauvagement tué mon ami Fritz, que d'autres sont actuellement enfermés dans un camp si toutefois ils sont encore en vie, et tout cela parce qu'ils n'approuvent pas le régime en place ? Es-tu seulement conscient que les Allemands perdent petit à petit toute liberté ? Que l'on se démène pour leur voiler la face ! Que tous les quotidiens sont censurés, que chaque en-tête et article est spécialement étudié afin de mieux servir la propagande nazie ! Tu le sais pertinemment bien, je l'ai déjà raconté ! Mais tu n'as cependant pas la moindre idée de ce que peut être la vie d'un Juif là-bas depuis les lois de Nuremberg de 1935. Qu'il ne soit plus considéré comme un citoyen allemand n'est rien à côté des difficultés qu'il rencontre pour s'alimenter ! Partout dans les vitrines on peut lire sur des panneaux *Juden unverwünscht*... Que souvent il a même du mal à trouver du lait pour nourrir son bébé, rien que parce qu'il est juif ! Et toi, tu tiens des propos indignes et gratuits, comme tout à l'heure. Tu te crois supérieur parce que tu es un blanc. Mais tu ne vois donc pas où cela conduit. Et tu dis de suivre leur exemple...., sa voix se brisa.

Johan s'était enfoncé dans son siège. Il ne dit mot. Derrière les vitres, il voyait passer des ombres confuses vaguement éclairées par une lanterne. Malgré le tintement des verres et le doux murmure des voix qui tissaient un cocon de bien-être, une immense lassitude l'envahit soudain. Ce que Klaas venait d'exprimer témoignait bien de la tentation autoritaire qui traversait toute l'Europe. L'Italie et l'Allemagne étaient de bons exemples pour de nombreuses personnes. Le fascisme n'était qu'une réaction aux idées libérales, pensa-t-il. Mais l'affrontement de races qui s'annonçait également lui faisait bien plus peur. Une guerre finira par éclater, se dit-il tristement.

Il était temps maintenant de se décider pour le dessert sur la carte des menus. Ils choisirent à l'unisson de déguster un millefeuille aux fraises des bois, accompagné de son coulis de framboises.

C'était l'heure aussi où de nombreux artistes se retrouvaient à la Rotonde. Picasso venait de faire son entrée en compagnie du fameux photographe Man Ray et de son égérie Kiki de Montparnasse. Pour Paul, c'était l'occasion rêvée de sortir de l'ambiance maussade dans laquelle le petit groupe joyeux s'était englué. Sur un ton badin recherché, il se mit à leur raconter que Kiki avait fait ses débuts en chantant ici même, sur la terrasse de la Rotonde. Cette histoire, si bien contée, fit rêver les jeunes femmes.

Leur soirée se termina dans des boîtes de nuit où ils purent s'essayer à danser des tangos et des charlestons.

Pendant qu'ici, à Paris, on s'abandonnait aux joies des rythmes endiablés des musiques de fêtes, ailleurs, dans de nombreuses grandes villes d'Allemagne, on s'appliquait à frapper les consciences à travers une opération spectaculaire.

26. LE DÉBUT DE LA FIN

Frau Fuch était inquiète. Eva n'allait pas bien. Pas bien du tout. Elle allait mal.

Les yeux bouffis d'avoir trop pleuré, le teint cireux, elle manquait d'appétit. Mais ce qui préoccupait le plus la brave femme, c'était surtout ce mutisme dans lequel la jeune fille semblait vouloir se réfugier.

Elle était ainsi depuis son retour ce matin de Brême.

La fermière avait bien sûr tenté de l'interroger, d'abord avec douceur, puis en la menaçant de la renvoyer chez elle, ce qui équivalait à un véritable déshonneur. Rien n'y fit. Aucun son n'avait franchi ses fines lèvres livides de toute la journée. Elle n'était pas allée travailler. Elle était restée ainsi assise, toute recroquevillée, anéantie ! Même Ernst n'avait pas pu lui enlever cet air abattu, et ce malgré des grimaces les plus vilaines, dont lui seul avait le secret.

Deux jours passèrent ainsi et la nuit suivante allait maintenant tomber. *Frau* Fuch avait pris sa décision : il fallait faire venir le médecin.

La jeune fille se laissait ausculter par les mains moites du praticien. Il dégageait une odeur fort discutable, faite d'un mélange d'eau de Cologne et de transpiration. Elle eut un haut-le-cœur qu'elle ne put réprimer.

Le docteur plissa son front en sueur et palpa de ses doigts boudinés le frêle corps puis le ventre plus dodu. Il pria *Frau* Fuch de quitter la chambre, ce qu'elle fit non sans maugréer.

Au bout d'une demi-heure, le médecin refit enfin apparition dans la cuisine, l'air soucieux, ce qui eut pour effet d'affoler la fermière.

— Est-ce grave, Docteur ?

— Une grossesse n'est jamais une chose gravissime en soi, *Frau* Fuch. Cependant, parfois les circonstances la rendent intolérable. Et c'est précisément le cas d'Eva.

— Elle est enceinte ! Son visage couperosé s'enflamma sous une soudaine montée de tension.

— Mais alors que va dire sa famille ? s'enquit-elle.

— Elle va être furieuse et ira s'en plaindre, comme le font bon nombre d'entre elles. Je ne vous cacherai pas que je constate de nombreux cas de grossesse depuis quelques mois chez les jeunes filles effectuant leur *Landjahr*. Si pour certains c'est un honneur et un devoir de mettre des enfants au monde pour le Reich, fut-ce en dehors du mariage, cela n'est pas mon cas. Prenez bien soin d'elle, *Frau* Fuch. Il réajusta ses lunettes sur son nez gras et sortit en claquant la porte, laissant une odeur insupportable dans la pièce et une *Frau* Fuch totalement désemparée.

Eva, quant à elle, se sentait encore plus mal qu'avant le diagnostic. Et contrairement à ce que l'on pourrait imaginer, ce n'était pas tant le fait de son état qui la faisait le plus souffrir. Non, c'était de savoir qui l'avait engrossée.

Il avait pourtant eu tout pour lui plaire. Il était grand, blond, musclé. Il était encore plus séduisant quand il portait son uniforme de SS qui faisait ressortir ses yeux couleur azur de façon merveilleuse. Il était ce dont toutes les filles rêvaient et il l'avait aimée. Elle, Eva.

Elle avait succombé à plusieurs reprises jusqu'à ne plus pouvoir s'en passer. Il était devenu sa drogue, son envie de vivre, la joie de son existence. Jusqu'à ce soir du 10 novembre 1938 où elle l'avait aperçu sous un autre jour.

En expiation de l'assassinat de l'ambassadeur nazi Von Rath à Paris, par un jeune juif polonais, Hitler ordonna les actions de cette fameuse nuit-là, celle qui allait tristement devenir La Nuit de Cristal, un immense pogrom anti-juif lancé dans toute l'Allemagne.

Exploitant cette violence par la propagande, SA et SS, pour la plupart en tenues de ville pour faire croire à une manifestation populaire spontanée, s'attaquaient aux synagogues, bâtiments et organisations juives, pillant leurs magasins, saccageant leurs biens particuliers.

Eva, tout comme ses camarades, suivait ce soir-là, une meute frénétique, assoiffée de vengeance et terriblement sanguinaire. Ils hurlaient d'excitation, semant la terreur, riant à gorge déployée.

Ils avaient d'abord mis le feu à la synagogue. Quand de la fumée noire commença à s'échapper du toit, leurs cris de guerre s'élevèrent dans le ciel de Brême. Puis ils avaient mis à sac la maison de retraite israélite et s'attaquaient maintenant aux biens personnels des juifs. Ils s'appliquaient à vider les maisons de leurs meubles, emportant même des cadres de photos de famille ou encore des jouets d'enfants. Tout était ensuite jeté dans la rue, détruit, parfois même on y mettait le feu. Ils prenaient un réel plaisir à tout piller, à tout saccager, à tout anéantir. Il fallait voir avec quelle frénésie ils dépouillaient les gens de leurs possessions.

Avec des matraques, ils faisaient pleuvoir des coups sur les hommes qu'ils avaient maintenant rassemblés sur la placette, après avoir enfermé les femmes et les enfants dans une salle de la mairie.

Les malheureux tentaient de se protéger la tête de leurs bras. Eva les entendait demander pitié, ce qui n'eut pour effet qu'une nouvelle vague de violence. Certains hommes, les plus vieux assurément, tombèrent à terre. On leur assénait des coups de pied, même en plein visage, tout en leur ordonnant de se relever.

Eva était scandalisée. Ce petit jeu l'avait bien amusée au départ. Il fallait se venger pour l'assassinat de ce conseiller d'ambassade par un jeune juif. De plus, ses parents disaient que les juifs suçaient le sang des peuples. Ce qu'ils faisaient n'était alors que justice.

Mais à présent, elle trouvait que cela suffisait. Les juifs avaient assez payé. Elle n'osait cependant prononcer tout haut ce qu'elle pensait tout bas. Que dirait-on d'elle si elle leur montrait quelque compassion ? Elle pourrait bien se faire battre à son tour, mieux valait être prudent.

Au coin de la rue, de longues flammes incendiaires léchaient maintenant ce qui restait du toit de la synagogue. Plusieurs bâtiments étaient en feu, mais paradoxalement, les pompiers étaient absents, se dit-elle. Aussi loin que son regard pût se porter dans cette cohue, il n'y avait que des vitrines brisées, des objets déchiquetés jonchant le sol.

Un coup de feu retentit et soudain ce fut le silence pour quelques secondes. Parmi les hommes réunis sur la place, une tête venait d'exploser faisant gicler le sang alentour. Un rire gras surgit comme du néant puis ce ne fut plus qu'une hilarité, une liesse, une jubilation parmi les tortionnaires.

Eva ne put réprimer un cri de dégoût, attirant ainsi le regard de son amoureux. Il ricana, l'air benêt. Il saisit sa fine main et la porta à ses lèvres dans un geste victorieux et lui adressa un sourire radieux.

— Non, non ! criait-elle en le repoussant de toutes ses forces. Laisse-moi, laisse-moi ! Et elle s'éloigna en pleurant.

Elle marcha ainsi pendant une heure environ, ne sachant où aller. Partout la vue des devantures brisées, des meubles cassés et des immeubles en feu lui donnaient envie de fuir. Fuir loin de cette horreur. Mais il lui fallait retrouver son groupe, les autres filles de la BDM. Seulement voilà, elle devait bien se rendre à l'évidence, elle s'était perdue. Les rues se ressemblaient si toutefois on pouvait encore les reconnaître dans ce chaos.

Elle se réfugia près d'une petite école, s'effondra en pleurs. Quand enfin elle se calma, elle entendit quelqu'un gémir ! Non, il devait y avoir plus d'une personne. Tout doucement elle se redressa et remarqua derrière le mur un atelier qui laissait échapper par une toute petite fenêtre, une faible lueur. De nouveau elle perçut des gémissements. Sa curiosité l'emporta sur la prudence. Doucement elle se glissa jusqu'à l'ouverture. Les bruits se faisaient plus précis maintenant. Plusieurs personnes se trouvaient là-dedans, elle en était certaine. Se dressant sur la pointe des pieds elle osa jeter un regard à l'intérieur. Ce qu'elle vit lui glaça le sang. Un seul coup d'œil lui suffit pour mesurer toute l'atrocité de ce qui se passait. Elle posa sa main sur sa bouche pour ne pas crier, puis se mit à courir comme elle ne l'avait jamais fait.

Depuis elle ne cessa de voir passer devant ses yeux ces images de viol collectif sur deux jeunes juives. Des images de son amant penché et haletant sur le corps vulnérable de sa victime, tenant sa magnifique chevelure bouclée dans une main alors que de l'autre il lui pétrissait les seins, le mouvement de va-et-vient bestial et surtout son visage rayonnant. Aussi radieux que ce qu'il avait été quand il lui avait fait l'amour, à elle, alors que les relations entre juifs et habitants de race allemande étaient strictement interdites.

Elle attendait un enfant de cette bête !

Désormais elle se faisait horreur.

Quelqu'un grattait timidement à la porte de sa chambre et la tira de ses terribles pensées.

— C'est toi Ernst ? demanda-t-elle en reniflant. Entre si tu veux.

Eva passa sa main sur son nez en guise de mouchoir et observa le petit garçon désemparé. Une mèche de cheveux lui cachait les yeux gonflés d'avoir versé trop de pleurs.

— Tu n'es pas belle maintenant, chuchota-t-il d'une toute petite voix. Pourquoi pleures-tu ? Je sais garder un secret, tu sais, alors si tu veux, tu...

— Tu es un gentil petit bonhomme, je le sais bien, l'interrompit-elle, mais les affaires des grandes personnes sont trop compliquées pour être expliquées aux petits.

— Je ne suis pas petit ! Je...

— Chut ! Vient plutôt me faire un bon câlin, c'est ce dont j'ai le plus besoin.

Ernst ne se fit pas prier et grimpa sur le grand lit. Il se nicha tout contre elle tel un chaton qui retrouve sa mère pour téter. Lui aussi avait besoin d'être cajolé.

Comme elle sent bon, se dit-il. Mais ce n'est pas le même parfum que Maman. Maman se parfumait à l'eau de rose, c'était frais. Il adorait se frotter contre elle pour en emporter un peu. Elle était bien plus belle qu'Eva, plus douce aussi. Les larmes lui piquaient désormais les yeux, mais il les ravalait. Il était là pour la consoler !

Au loin il entendit comme un moteur de voiture. Oui c'était bien cela. Elle s'approchait. Elle ralentissait à présent. Les pneus firent grincer le gravier de la cour intérieure de la ferme et une raie de lumière éclaira fugitivement la chambre. Un coup de frein bref suivi d'un bruit de portières. Ernst se libéra de son étreinte, sauta par terre et s'approcha de la lucarne. Pour mieux y voir, il y colla son petit nez, mais ne distingua pourtant personne. La cour était toujours plongée dans une obscurité totale. Mais il entendait des voix.

Son cœur battait à se rompre. Cette voix, c'était celle de Maman. Il avait tellement pensé à elle qu'elle l'avait retrouvé. Bien sûr, c'était elle. Ce ne pouvait être qu'elle !

D'un geste vif, il ouvrit la porte et se jeta littéralement dans l'escalier. Il ne prit même pas la peine d'allumer et déboula dans la cuisine.

— Ka... euh, Ernst, mon petit ! Comme je suis heureuse de te voir ! Approche donc pour que je puisse t'embrasser.

Le petit était comme pétrifié. Ses yeux fous de douleur en disaient long sur sa surprise. Un cri déchirant sortit du plus profond de son âme. Les yeux de *Frau* Fuch s'embuèrent et une boule lui serrait la gorge. Elle était aussi paralysée que lui.

Hanneke, la gouvernante, regarda à tour de rôle la fermière interdite et le gamin désespéré. Elle s'était fait une telle joie de ces retrouvailles et maintenant, tout ce qu'elle voyait était teinté d'une telle tristesse que son cœur se serra. Elle s'avança et s'agenouilla près de lui. Il avait mis ses bras devant son visage et ne voulait pas la voir.

— Va-t'en, hurla-t-il. Va-t'en, je ne veux pas te voir ! Je veux ma Maman ! Maman ! cria-t-il de plus belle, puis sa voix se brisa, pour ne devenir qu'un murmure où l'on percevait toute la douleur si longtemps contenue.

Hanneke réfléchit un instant puis décida de le prendre doucement dans ses bras et entonna la petite berceuse qu'elle avait l'habitude de lui chanter à Berlin, quand il avait du chagrin.

L'effet désiré ne se fit pas attendre. Dans un geste de totale détresse, il se cramponna à son cou pour enfouir sa tête dans ses cheveux dorés. Son petit corps n'était plus que soubresauts.

— Là, susurra-t-elle. Et avec une infinie douceur, elle lui caressa le dos. Cela va aller maintenant. Tout va bien. Je suis venue te chercher.

27. LE PASSAGE

Karl, alias Ernst, avait finalement fini par s'endormir aux côtés de Hanneke.

Le chauffeur roulait à vitesse modérée, non seulement pour ne pas se faire remarquer lors d'un contrôle, mais également à cause du véhicule lui-même. La vieille Ford grise n'aurait sûrement pas supporté de rouler à plus vive allure. Et d'ailleurs, la jeune femme était contente de ce bercement tranquille qui lui donnait l'impression d'être transportée plutôt en diligence qu'en voiture. Enfin, elle pouvait respirer même si tout n'était pas encore joué et qu'il restait la frontière à franchir. Après avoir rencontré Paul la veille, tout s'était promptement déroulé.

Après les terribles évènements de ces derniers jours en Allemagne, Hanneke avait reçu un coup de téléphone de Paul. Il lui avait donné rendez-vous à l'American Hotel, en plein centre d'Amsterdam, le lendemain à 15 heures pour parler de l'avenir du petit Karl, s'était-il empressé à lui expliquer.

La jeune femme avait été étonnée qu'il sût où elle habitait et qu'il connût son numéro de téléphone. Elle n'avait jamais revu l'ami de son ancien patron et était déconcertée de le savoir à Amsterdam.

Aujourd'hui, avec la menace grandissante d'une nouvelle guerre et d'une éventuelle invasion allemande à l'intérieur même des Pays-Bas, elle ne désirait vraiment pas d'être vue avec un Allemand.

Mais il avait parlé de Karl et elle se rappela avec quel dévouement ce Paul avait organisé la mise à l'abri du petit. Elle se souvenait également qu'il était hostile au NSDAP.

Le cœur hésitant entre la curiosité d'en savoir plus sur Karl et la peur qu'on la prenne pour une espionne, elle se rendit au café à l'heure dite.

Le temps était maussade, un vent de nord-ouest soufflait violemment. Perchée sur sa bicyclette elle pédalait vaillamment. Elle se posait mille questions. Et si, et si... En s'approchant de la place Leidseplein, son cœur s'emballait à la seule idée de le revoir.

Elle l'avait trouvé tellement séduisant surtout lorsqu'il souriait.

Elle rangea soigneusement son vélo et poussa la porte du café. Elle aimait cet endroit privilégié de la vie publique d'Amsterdam, avec ses arcades surchargées, ses peintures murales qui lui donnaient un aspect jovial, social et intime à la fois. Elle s'installa près d'une fenêtre décorée de vitraux de manière à pouvoir surveiller la porte.

Les petites lampes de verre jaunes diffusaient une lumière apaisante. Elle jeta un regard sur sa montre, se dit qu'elle était en avance et qu'il ne devrait plus tarder. Elle décida de commander une tasse de thé. Dix longues minutes passèrent puis il fit son entrée.

Son grand corps élancé et sportif apparut dans l'encadrement de la porte. Elle leva la main pour lui indiquer sa présence, mais il l'avait déjà repérée et avança à grands pas vers elle. Un grand sourire éclaira son visage, creusant d'irrésistibles fossettes sur ses joues. Hanneke en eut le souffle coupé ! Il était bien plus beau encore que dans ses souvenirs. Elle se leva et sentit ses jambes flageoler.

— *Hallo*[6], balbutia-t-elle timidement en lui tendant la main.

— *Leuk U weer te zien*[7], lui dit-il chaleureusement en lui serrant très fortement la main, ce qui eut au moins pour effet de la ramener à la réalité, *Ik ga eerst een Pils halen*[8], annonça-t-il en s'éloignant. *Dat heb ik nu wel nodig*[9], ajouta-t-il encore par-dessus son épaule.

Hanneke s'assit de nouveau et croisa ses mains de façon à se donner une contenance. Elle respira profondément. Que lui arrivait-il ? Elle l'avait déjà rencontré maintes fois, il ne l'avait jamais vraiment remarquée en tant que femme, et cela n'allait pas changer aujourd'hui, alors il n'y avait pas de quoi s'emballer ainsi !

Elle se frotta nerveusement les paumes des mains tout en l'observant. Il semblait plaisanter librement avec le barman qui essuyait les verres avec soin.

Même la serveuse qui l'avait vu entrer venait à présent le saluer. Il semblait être un habitué de l'établissement, songea Hanneke un peu troublée. Tout d'un coup, elle se redressa en secouant sa tête comme pour mettre de l'ordre dans ses idées et elle se tourna un peu plus en direction du bar pour mieux entendre ce qui se disait.

Mais oui, c'était cela ! Paul s'était adressé à elle dans un parfait néerlandais et sans accent allemand perceptible et c'est ce qu'il faisait encore à cet instant même. Elle en fut profondément bouleversée.

Qui était-il en réalité ? Un Allemand ? Un Néerlandais ? Un espion pour le compte d'Hitler déguisé en antifasciste ? De quel bord était-il finalement ?

Une sueur froide lui montait le long de l'échine. Ce fut facile pour lui de l'attirer ici. Il n'avait eu qu'à prononcer le mot « Karl » et elle était accourue. Elle se traita d'imbécile.

Il revenait en portant lui-même un plateau sur lequel était posé un bock de bière rempli à ras bord et une autre tasse de thé pour elle. Il la servit avec une élégance toute naturelle et s'installa nonchalamment à ses côtés. Il semblait moins tendu que tout à l'heure.

À croire que la petite serveuse lui a fait miroiter des merveilles, rumina-t-elle amèrement.

Elle prit un morceau de sucre et se mit à remuer son thé bruyamment. Elle garda obstinément ses yeux rivés sur la tasse.

— *Hé, wat is er nou aan de hand*[10], s'inquiéta-t-il.

Elle choisit délibérément sa façon d'attaquer.

— *Sie fragen mir was los ist*[11] ? fulmina-t-elle en allemand. Sa voix s'était emportée et plusieurs clients s'étaient retournés, mais elle n'en avait rien à faire et décida de les ignorer totalement. Elle lui déballa tout. Sa perplexité de le voir converser dans un néerlandais parfait, ses

---

[6] Bonjour
[7] Ravi de vous revoir
[8] Je vais d'abord chercher une bière
[9] Je vais en avoir besoin
[10] Et bien, que se passe-t-il ? (En Néerlandais dans le texte)
[11] Vous osez me demander ce qui se passe ? (En Allemand dans le texte)

craintes sûrement fondées, sa façon malhonnête de l'attirer dans ce traquenard. Le rouge lui était monté aux joues et à présent elle manquait d'air pour continuer. Paul la contempla avec amusement puis, renversant sa tête en arrière, éclata de rire.

— Je vous signale, ricana-t-il en néerlandais, que vous amusez la clientèle de cet honorable établissement, *Fräulein* !

Hanneke, qui n'appréciait nullement sa moquerie lui adressa un regard noir. Ses yeux brillaient de colère. D'un geste vif, elle repoussa sa chaise et s'apprêta à se lever, mais il la retint fermement par le bras et s'exclama :

— Trêve de plaisanterie, Hanneke. Veuillez m'excuser pour mes manières d'ours. J'ai vraiment besoin de votre aide, c'est une question de vie ou de mort !

Il la força à s'asseoir. Son air si jovial il y a encore quelques secondes à peine, avait totalement disparu. Son visage avait retrouvé son sérieux, laissant même se creuser quelques rides au coin des yeux.

Comme il est beau, mon Dieu, pitié, songea la jeune femme. Qu'il en finisse vite !

Paul posa ses mains devant lui sur la table et inspira profondément et se lança. Il lui dévoila tout : d'abord sa double nationalité, allemande et néerlandaise, de par ses parents. Puis il lui raconta sa jeunesse ici même, à Amsterdam, puis à Cologne. Il lui expliqua également qu'il n'avait jamais eu vraiment l'occasion de le lui dire et avoua même, que quelquefois cela l'avait amusé quand elle s'adressait à Karl en néerlandais et qu'elle croyait n'être comprise que par lui seul. Il souriait à présent, devant ces souvenirs.

Quant à Hanneke, elle l'écouta avec passion, mais fut quand même un peu indignée par ses dernières révélations. Elle découvrait un homme totalement différent de celui qu'elle avait connu.

Un bref silence suivit, chacun songeant à Berlin. Paul en profita pour se désaltérer un peu puis reprit sur un ton beaucoup moins badin :

— Vous avez pu lire dans les journaux ce qui s'est passé en Allemagne. Je n'ai pas besoin de vous dire que cette nouvelle montée de violence n'annonce rien de bon pour l'avenir de ce pays. Pendant un certain temps, Hitler a parlé de paix, mais il va maintenant pouvoir passer à un stade supérieur pour satisfaire son besoin de *Drang nach Osten*[12]. D'autant plus qu'il a pu tester en Espagne, grandeur nature, son nouveau matériel de guerre. Et je peux vous confirmer son efficacité pour y avoir été envoyé. Je vous épargnerai les détails...

Il s'arrêta et réfléchit. Il sonda le regard de la jeune femme pour voir si elle suivait bien sa réflexion.

— La guerre d'Espagne est selon moi la première bataille internationale contre le fascisme. Il vida d'un trait son verre de bière. Il semblait loin d'ici tout d'un coup, comme absent.

Il a dû en voir des atrocités là-bas, se dit la jeune femme.

— Enfin, reprit-il au bout d'un moment, fermons cette parenthèse et revenons à cet horrible pogrom. La population a été littéralement terrorisée par la violence de ces actes. Le Führer a su briser les

---

[12] La poussée vers l'est

dernières résistances. Il a maintenant psychologiquement préparé le peuple allemand à la guerre. Il a désormais les mains libres... C'est ainsi que je le conçois en tout cas et je crains bien que le futur ne me donne raison.

De nouveau, il inspira profondément avant de poursuivre :

— Si je vous dis tout cela, c'est à cause de la promesse que j'ai faite à Fritz. Il est décédé, vous le saviez, non ?

Hanneke accusa le coup. Son regard se voila. Elle baissa la tête, l'air désabusé. Paul respecta son mutisme. Levant finalement ses yeux embués elle se confia d'une voix rauque à Paul.

Non, elle ne le savait pas. Comment aurait-elle pu le savoir d'ailleurs ? Peu après l'arrestation de Fritz, elle avait subi un interrogatoire musclé qui l'avait laissée avec un visage tuméfié, un bras cassé, mais la conscience indemne. La gouvernante avait nié savoir où se trouvait Karl, n'avait nommé personne. Cela avait été difficile. On l'avait humiliée. S'il n'y avait eu l'intervention de Inge, la mère du petit, membre des SS, elle aurait sûrement fini par craquer et serait peut-être dans un des camps de redressement qui en Allemagne poussaient comme des champignons.

De mentir à Inge, la propre mère de l'enfant, n'avait pas été facile, mais elle avait prêté serment à Paul qui lui avait assuré que c'était l'unique façon de protéger le petit. Inge avait abandonné la demeure conjugale, pis son enfant, pour suivre son amant !

Inge avait eu vite fait de persuader ses collègues de l'innocence évidente de la gouvernante. Ne perdait-elle pas une très bonne situation ? De plus, elle lui accordait une confiance absolue depuis de nombreuses années.

Et c'était finalement grâce à une demande expresse de la part de cette dernière qu'elle avait été libérée pour retourner dans son pays natal.

Les souvenirs de ces jours de garde à vue avaient ravivé ses blessures intérieures et ses fantômes. Avec un rictus amer, elle repensait à son patron. Elle s'imaginait trop bien les souffrances qu'il avait dû endurer avant de mourir. La mort l'avait en quelque sorte délivré.

— Et Karl dans tout cela ? interrogea-t-elle.

— Karl ? Oh, grâce au ciel, il va bien ! Il s'est bien adapté à son nouvel environnement même si cela lui a été difficile. Je n'ai bien sûr, comme vous le devinez aisément, jamais eu un seul contact direct avec lui, mais toujours par une personne interposée. Il vida son verre et continua.

— La fermière qui l'a accueilli, semble-t-il, était en manque d'enfant. Elle a été comme une mère pour lui. Mais malgré tous ses bons soins, je ne peux le laisser là-bas plus longtemps. Il sera plus en sécurité ici. L'Allemagne respectera notre neutralité comme par le passé. Je ne peux supporter l'idée qu'il ait à affronter une guerre à son âge... Et c'est là que vous interviendrez, si toutefois, vous l'acceptez.

Le visage incrédule, Hanneke articula avec difficulté :

— Moi ?

— À qui d'autre pourrais-je le demander ? Karl vous suivra sans difficulté, vous êtes pour ainsi dire sa seconde mère.

La jeune femme était perplexe quand Paul lui tendit les nouveaux papiers d'identité de Karl. Ainsi il était certain qu'elle accepterait !

Elle observa attentivement la pièce d'identité et lut lentement à voix basse :

« Reinhard Busch, né le 10 septembre 1932 à Vienne. »

Elle leva un regard interrogateur vers Paul.

— Mais il y a une erreur importante. Karl est né en 1930 et non en 1932 !

— Oui, je sais, s'exclama tranquillement Paul. Je l'ai fait exprès. C'est une mesure de sécurité supplémentaire que j'ai prise. Personne ne s'inquiétera de le voir grand pour son âge, les jeunes sont de plus en plus grands.

Paul lui avait ensuite pris les mains, l'approchant un peu plus de lui, l'entraînant ainsi dans la plus grande confidentialité. Il lui expliqua son plan pour réaliser l'enlèvement du petit garçon.

Ils approchaient de la frontière. L'essuie-glace avait du mal à faire face à la trombe d'eau qui tombait sur le pare-brise de la voiture. Ils venaient de passer un panneau annonçant le poste de contrôle.

La pluie battante n'empêchait apparemment pas un contrôle des plus sévères, remarqua Hanneke. Elle serra Karl tout contre elle. Son cœur battait à se rompre. Elle lui avait fait réciter « sa leçon » à plusieurs reprises, mais elle avait peur qu'il ne fût impressionné, puis troublé. Une seule hésitation et ils seraient perdus.

Le chauffeur baissa sa vitre et tendit leurs papiers d'identité. Le douanier les inspecta soigneusement puis éclaira l'intérieur de l'habitacle à l'aide d'une torche. Le violent fuseau lumineux vint tout fouiller et s'arrêta un instant sur le petit garçon. L'homme, après leur avoir ordonné d'éteindre le moteur, recula et alla s'entretenir avec un de ses collègues. Les grosses gouttes de pluie étouffaient leurs voix.

Hanneke, qui n'était pas très pratiquante au grand désespoir de ses parents, se mit à réciter des psaumes avec ferveur. L'agent s'avança et aboya :

— *Alle raus !*[13] D'un mouvement brusque, il ouvrit la portière arrière.

— *Kommen Sie mahl hier*[14], ajouta-t-il sur le même ton agressif en indiquant Karl de son doigt.

— *Denk erom, geen paniek*[15], s'empressa Hanneke de rappeler en néerlandais au petit bonhomme sur un ton faussement détaché qui était bien loin de la détresse qu'elle ressentait.

Ils amenèrent Karl à l'intérieur du poste de contrôle, mais Hanneke n'avait pas le droit de le suivre. Le chauffeur la sondait du regard, mais ne prononça un seul mot. C'était ce dont ils avaient convenu. Ils restaient là, sous la pluie diluvienne qui bientôt traversa leurs manteaux, deux fusils braqués sur eux. L'un et l'autre s'efforçaient de

---

[13] Tout le monde dehors
[14] Vous, venez vers ici
[15] Rappelle-toi, pas de panique (en Néerlandais)

rester calmes comme s'ils n'avaient rien à se reprocher.

Hanneke était en train de penser qu'elle ne supporterait pas une seconde arrestation lorsque la porte du poste s'ouvrit et que Karl en sortit.

— *Entschuldigung, Fräulein, alles in Ordnung*, lui dit l'agent cette fois d'un air amiable. Tout est en règle, veuillez nous excuser ! Et tout en lui rendant leurs papiers d'identité, il lui ouvrit la portière et enlevant sa casquette s'inclina devant elle.

Hanneke le remercia d'un geste de la tête et pria le chauffeur de démarrer.

Une heure et demie plus tard, le trio s'arrêta devant une ferme. Juste avant de descendre Hanneke, heureuse, demanda à Karl :

— Dis, tu vas bien finir par me dire comment tu as réussi à les amadouer ?

Le garçon sourit fièrement et lui lança malicieusement en se redressant au maximum pour paraître plus grand :

— Rien ne sert de rêver, Hanneke, c'est mon secret, un secret d'homme !

28. LA RUPTURE

Johan posa ses lunettes sur le bureau et se passa une main dans les cheveux. Il se leva et ouvrit la fenêtre pour laisser entrer un peu d'air frais. En cette journée ensoleillée du 23 août 1939, il faisait particulièrement chaud. Une vraie journée d'été, lourde, moite, insupportable quand il fallait travailler.

Il était fatigué, déprimé et découragé. Il n'en pouvait plus de cette situation.

Ce matin encore, comme cela avait été le cas quasi quotidiennement depuis bientôt trois semaines, Klaas n'était pas au bureau à l'ouverture. Il lui en avait fait la remarque à plusieurs reprises. Et il recevait la même réponse à chaque fois. Il se confondait en excuses, plus invraisemblables les unes que les autres, accompagnées d'un haussement d'épaules et d'un sourire narquois qu'il croyait charmeur.

Il ne pouvait heureusement plus venir travailler dans son uniforme du NSB. Il y avait déjà quelque temps que le gouvernement en avait interdit le port, comme on avait interdit à tout fonctionnaire d'adhérer à ce parti. Mais étant donné qu'il était un travailleur indépendant, rien ne l'empêchait d'être un membre assidu et d'assister aux multiples réunions qui souvent se terminaient tard dans la nuit. Depuis quelques mois, les membres se réunissaient de plus en plus souvent. Les « réunions » se poursuivaient souvent dans les bars du quartier rose, où, dans les bras de quelques catins, ils refaisaient le monde. Suivaient souvent des rixes, car ils voulaient régler des comptes à ceux qui ne respectaient pas les règles que le parti imposait.

Klaas n'aimait pas y participer. Pour rien au monde, il n'aurait accepté qu'une seule petite égratignure vînt abîmer son beau visage, même si pour certaines c'était synonyme de virilité. Il finissait donc régulièrement la soirée dans le lit d'une brune, d'une blonde, d'une rousse, alors qu'il s'était fiancé avec Neel, la sœur de Francine depuis plusieurs mois déjà !

Même s'il ne s'en vantait pas devant son futur beau-frère, Johan connaissait tout de sa vie nocturne. Il avait un informateur anonyme qui l'appelait au bureau de bonne heure et qui le mettait mal à l'aise avec certains détails.

C'est ce qui s'était passé ce matin-là. Son indicateur avait cru bon d'ajouter quelques détails des plus croustillants, ce qui l'avait mis hors de lui. Il avait frappé de son poing le dessus de son bureau de toutes ses forces, avait injurié son interlocuteur et avait fini par lui raccrocher au nez.

Depuis cette communication, il attendait l'arrivée de son associé. Des idées les plus noires bouillonnaient dans son cerveau. Il avait envie de casser la petite gueule de ce salopard. Il pianotait nerveusement de ses doigts. Il n'arrivait pas à se concentrer sur son travail. Heureusement, ce jour-là était assez calme. Pour se décontracter un peu, il sortit une cigarette de son étui, gratta une allumette et l'alluma. Il appuya son dos contre le dossier de son fauteuil et inhala la nicotine.

— Que ferait-on sans tabac ? médita-t-il en regardant par la fenêtre.

Il jeta un coup d'œil sur sa montre gousset. Il était déjà plus de dix heures, jamais encore Klaas n'avait atteint de telles limites. C'en était trop. Et trop, c'est trop ! Cette fois sa décision était prise.

Il décrocha le combiné d'un téléphone à fourche pour annuler son rendez-vous. Quand ce fut chose faite, il se sentit déjà légèrement mieux. Il allait l'attendre.

— Il faut battre le fer quand il est chaud, se convainquit-il.

Klaas, croyant Johan absent arrivait en sifflotant. Il était de fort bonne humeur. Il avait passé une excellente soirée où réflexion et plaisir s'étaient agréablement mêlés.

Il était d'une élégance rare ce matin-là. Son nouveau costume à rayures grises lui allait comme à merveille. Ses chaussures fraîchement cirées brillaient dans la pénombre du couloir. Il avait laissé pousser une moustache qui lui donnait un air encore plus séduisant, c'était en tout cas ce que lui affirmaient les œillades admiratrices des femmes.

Il ouvrit la porte et resta un instant figé sur le seuil, l'air déconfit, comme un gamin pris en flagrant délit, qui ne dura qu'une seconde. Il se reprit aussitôt.

— Bonjour Johan, mon ami ! Tu ne devais pas aller à Hilversum ce matin ou aurais-tu oublié l'heure ? Et d'un air entendu, il ajouta :

— Une nuit mouvementée peut-être...

Johan ne releva pas et crispa ses mains sur le bureau. Il s'était promis de garder son calme, il ne servait plus à rien de s'énerver davantage. Il fit un effort considérable pour accueillir son associé le plus normalement possible. Pour arriver à ses fins, il devait ruser, rester calme, flegmatique, maître du jeu. C'est lui qui distribuait les cartes.

— Bonjour Klaas. Je t'attendais. J'ai remis à demain mon rendez-vous. Il faut qu'on parle. Sérieusement, je veux dire. Sa voix était sereine, quasi habituelle. Malgré ses nerfs mis à l'épreuve, il avait fort bien réussi cette entrée en matière.

Klaas, visiblement soulagé de n'avoir pas à affronter une nouvelle fois la colère de son collègue s'installa confortablement en face de lui, un sourire narquois sur les lèvres.

Johan réajusta ses lunettes d'un air soucieux qui n'échappa pas à Klaas, qui le connaissait depuis tant d'années.

— Toi, tu as quelque chose qui te pèse sur le cœur, avança-t-il et sa voix retrouva soudain sa chaleur d'antan, celle de l'amitié. Tu as des problèmes familiaux ? s'inquiéta-t-il en observant Johan. Prenant le silence de ce dernier pour un aveu il lança jovialement :

— T'as une maîtresse, et tu ne sais pas comment t'en défaire, c'est là ton problème, n'est-ce pas ? Il rit de sa propre plaisanterie qui pourtant tomba à plat quand Johan grommela doucement :

— C'est toi, mon problème ! Je...

— Dis-moi que j'ai bien entendu, c'est moi ton problème, l'interrompit-il en haussant la voix.

— Non, l'arrêta Johan. Nous n'allons pas recommencer.

Il lui fit part de toutes ses réflexions, d'une voix posée sans aucune agressivité. Klaas le laissait parler, mais ne put s'empêcher à un moment donné de rétorquer :

— Tu te fais une piètre idée de ma personne, Johan. Il avait l'air exaspéré et blessé malgré lui.

— Mais ce n'est pas ça du tout, s'exclama Johan. Je me suis sûrement mal exprimé ! Je te prie de m'en excuser. Il se retroussa les manches. Il avait chaud. C'était maintenant qu'il devait abattre son brelan d'or. Malgré nos divergences, tu es un sacré patron, mais je crois que tu t'ennuies ici maintenant. Nous avons gagné notre pari. Ensemble, nous avons créé une des plus grandes entreprises de transport de tout le pays. Il est temps maintenant pour toi de relever un autre défi, de voler vers d'autres horizons. Et ne me dis pas que tout cela n'est pas vrai, Klaas ! Si ton travail t'intéressait toujours autant, tu n'arriverais pas en retard tous les matins.

Johan s'était levé et faisait de grands pas dans la pièce. Il ne voulait surtout pas s'avancer sur un terrain plus glissant, celui de sa vie de fêtard, il préférait faire l'ignorant.

— Klaas, poursuivit-il, je te connais tellement bien, et d'un geste qui se voulait fraternel et convaincant, il posa sa main sur l'épaule de son ami d'enfance.

— C'est à cause de tout cela que je t'ai préparé cette lettre de crédit, pour que tu puisses une nouvelle fois faire montre de ton ingéniosité en tant qu'homme d'affaires, susurra-t-il en posant une enveloppe devant Klaas.

Ce dernier était étonné du cours que prenait la conversation. Il ouvrit l'enveloppe, en sortit fiévreusement la lettre et vit avec stupeur le montant qui y était inscrit. Il leva vivement la tête puis lut une deuxième fois le montant pour être certain de ne pas s'être trompé. Un large sourire naissait à présent sur son visage. Il se sentait énormément flatté. Le taureau qui était en lui releva la tête avec fermeté.

— Bien, crâna-t-il, je suis content de constater que tu m'apprécies enfin à ma juste valeur. Et, ajouta-t-il en montrant l'enveloppe, puisque ceci signifie mon congé immédiat, je me retire, mais non sans regret, sois en certain.

Il recula son fauteuil, glissa l'enveloppe dans la poche intérieure de sa veste, la boutonna et se leva. Portant la main à sa tête, il adressa un salut militaire à l'attention de Johan, se retourna et disparut.

Resté seul, Johan souffla. Une immense lassitude l'envahit et pourtant il se sentait tellement soulagé, libéré même en un certain sens. Il avait géré avec courage cette rupture qui était devenue inévitable. Mais il devait bien reconnaître qu'une page venait d'être tournée. Désormais il était seul maître à bord. Serait-il à la hauteur ?

Il était marié et avait deux bouches à nourrir et des temps plus difficiles allaient sûrement venir maintenant qu'il s'était défait d'une bonne part de sa fortune. Et dire qu'il venait juste d'acquérir une nouvelle maison dans le quartier est d'Amsterdam, qui nécessitait de nombreux travaux pour être habitable.

Mais la paix intérieure avait-elle un prix ? Et de toute façon : un mauvais arrangement vaut mieux que le meilleur des procès !

Pour se changer un peu les idées, il décida d'aller prendre un café chez Ma. Il aimait la femme d'affaires qu'elle était. Elle savait toujours faire face à toutes les situations et il avait besoin de savoir si elle partageait son point de vue sur ce qui venait de se passer.

Sa voiture était garée dans une rue derrière son bureau. C'était le dernier modèle de chez Ford. Une voiture de luxe dont il était très fier. En l'ouvrant, il attira le regard admiratif des passantes.

— En cas de besoin, je pourrai toujours la vendre. J'en tirerai un bon prix, songea-t-il pour se remonter quelque peu le moral.

29. PRÉLUDE DE GUERRE

Quelle chaleur ! Johan s'essuya le front. Il faisait même lourd. C'était plutôt un temps pour aller flâner en famille au bord de la mer, songea-t-il. Il monta les trois marches du perron et appuya deux fois de suite sur la sonnette : c'était un code entre Ma et lui, annonçant son arrivée.

La porte d'entrée s'ouvrit presque immédiatement. Il en conclut qu'elle l'avait vu s'approcher grâce au miroir-espion fixé sur le montant de la fenêtre.

— Entre donc, Johan, je suis contente de te voir. Viens dans la cuisine. J'ai déjà pris un café, mais je vais nous en faire un autre, dit-elle en lui tendant la joue pour qu'il l'embrasse.

L'humeur sombre de son gendre ne lui avait pas échappée. C'était normal, vu ce qui se préparait.

— Bonjour Ma, et regardant l'heure sur sa montre gousset il vit qu'il était déjà onze heures et demie. D'habitude, quand il passait à l'improviste, c'était aux alentours de dix heures trente, l'heure à laquelle le pays entier prenait le café.

Ma remplit la bouilloire d'eau et la posa sur la cuisinière.

— Assieds-toi donc j'en ai pour quelques instants. Elle prit la cafetière et le moulin à café. Elle y mit des grains bien parfumés et commença à moudre. Après quelques tours de manivelle, elle tira le petit tiroir et en sortit le café fraîchement moulu. La bouilloire sifflait à présent : l'eau était bouillante. Elle posa un filtre sur la cafetière, versa le café et une première dose d'eau chaude. La cuisine s'emplit aussitôt de cet arôme de café corsé qu'elle aimait tant. Quand il n'y eut plus d'eau dans le filtre, elle en rajouta, se tourna vers Johan et demanda d'une voix consternée :

— Alors tu as écouté le journal exceptionnel du ANP[16], toi aussi ?

— Non, en fait je suis là car je... Et réalisant soudain que Ma était très inquiète, il ajouta : Quel journal ? Que se passe-t-il ?

— Mais n'es-tu donc pas au courant ? J'étais sûre que tu venais à cause de cela !

— Allez-vous me dire enfin de quoi il s'agit, Ma ? insista-t-il.

— La radio vient de nous annoncer la signature d'un pacte germano-soviétique.

— Un pacte germano-soviétique ?

— Oui, ce matin à l'aube, Ribbentrop et Molotov ont signé un traité de non-agression mutuelle.

Johan en fut perplexe.

— C'est impossible, simplement impossible ! Staline négocie depuis des mois avec le Royaume-Uni et la France. Il ne peut pas avoir fait une chose pareille ! C'est contre nature, s'exclama Johan.

— En attendant, il l'a fait ! Hitler a besoin d'un allié puissant. Il n'a rencontré aucune résistance lors de l'*Anschluss* de l'Autriche.

Ma se gratta la tête tout en continuant de réfléchir à voix haute :

---

[16] ANP Algemeen Nederlands Perbureau : Bureau national de presse néerlandaise

— Et il sait depuis les accords de Munich[17] que la France et l'Angleterre marcheront main dans la main.

— Et ce n'est pas tout ! L'URSS prévoit d'effectuer des livraisons de matières premières à l'Allemagne pendant douze mois !

— La guerre devient donc inévitable. Avec cette aide de l'URSS, Hitler va pouvoir améliorer sa technologie militaire. La guerre d'Espagne n'a été finalement qu'un camp d'entraînement pour ses forces militaires, souffla-t-il amèrement.

Ma posa deux tasses sur la table et les remplit de café. Un lourd silence s'installa. Johan prit deux morceaux de sucre brun et remua machinalement. Il paraissait perdu dans la contemplation de sa boisson.

Il se revoyait petit, vers ses treize ans, feuilletant des livres illustrés, assis à califourchon par terre dans sa petite chambre.

C'étaient de grands livres épais qui illustraient la guerre. Il passait des heures à regarder ces images du premier conflit mondial. Les dessins étaient terriblement magnifiques. Il affectionnait particulièrement les scènes illustrant des combats à la baïonnette et les attaques au gaz. Certains dessins étaient d'une cruauté saisissante.

Depuis l'affaire des Sudètes, le mot GUERRE faisait souvent la Une des journaux. Les Pays-Bas avaient été épargnés lors du dernier conflit, mais qu'en serait-il, si une nouvelle guerre venait à éclater ?

— Nous resterons neutres, dit Ma en rompant le silence et donnant une réponse à sa question. Neutre comme en 1914 !

— Que Dieu vous entende !

Juste avant de s'en aller, Johan finit par lui raconter le véritable but de sa visite. La crainte qu'il avait éprouvée en venant chez Ma, et qui ne concernait en fait que sa propre famille, n'était rien à côté de celle qui l'oppressait maintenant. Une crainte pour l'avenir en général, pour les siens comme pour tous les autres !

Ce même jour, en fin d'après-midi, la sonnette retentit chez Francine qui préparait le repas du soir.

— Va donc ouvrir ma chérie, dit-elle à sa fille qui jouait à la dînette avec ses poupées.

Neel se tenait sur le seuil de la porte, livide. Betty piaillait. Immédiatement son joyeux et habituel « Kaki, Kaki » retentit ; elle semblait ne rien remarquer du mal-être de sa tante. Elle lui avait pris la main et la tirait vers l'intérieur de l'appartement. Déjà tout excitée, elle lui parla de deux ses nouveaux petits voisins qui ne comprenaient pas le néerlandais.

— Tu t'en rends compte, dis, Kaki ? Ce n'est pas facile pour parler, je suis obligée de faire un tas de gestes ! L'enfant entreprit une démonstration et s'attendait à faire rire sa tante adorée. Au lieu de

---

[17] L'Angleterre et la France, craignant une nouvelle guerre, signent ces accords qui reconnaissent l'annexion par l'Allemagne du territoire des Sudètes. Ils obtiennent en échange la promesse que l'Allemagne n'envahira pas plus avant la Tchécoslovaquie.

cela, Neel s'effondra en pleurs sur le canapé.

— Oh ! Neel, que se passe-t-il ? s'inquiéta Francine en apercevant sa sœur. Et s'adressant à sa fille :

— Sois gentille, va jouer dans ta chambre.

Totalement désemparée, la tête baissée, Betty ramassa son poupon préféré, le serra dans ses petits bras potelés et s'en alla en traînant les pieds. Entendre sa tante pleurer lui fendait le cœur. Comme elle aurait aimé la consoler... Dans sa chambre elle n'entendait plus que des murmures.

— Tu vas voir, je vais lui faire un beau dessin qui lui fera sûrement plaisir. Pauvre Kaki, dit-elle en s'adressant à son poupon.

— Depuis quand as-tu cela ? Pourquoi ne m'avoir rien dit ? Quand est-ce que tu es allée chez le médecin ? s'inquiéta Francine.

Les questions se bousculaient dans sa tête. Pour toute réponse Neel pleurait de plus belle.

— Mais enfin Neel ! J'ai le droit de savoir ! La jeune femme haussait le ton. Bon je vais faire du thé et tu vas tout me raconter calmement, d'accord ?

De la cuisine Francine l'entendait se moucher bruyamment. Elle déposa deux grandes tasses de thé sur un plateau, y ajouta un soupçon de lait, remplit la boîte à biscuits et porta le tout dans le salon. À présent Neel avait les yeux rougis, elle faisait peine à voir. Elle prit la tasse avec gratitude et but quelques gorgées. Elle semblait se calmer quelque peu.

— Alors, raconte-moi, la pria doucement sa sœur.

— Raconte, raconte, si tu crois que c'est facile, tu te trompes ! Prenant d'abord une grande inspiration comme pour se donner du courage elle se lança. Depuis quelques jours j'avais une sensation de démangeaison, mais rapidement c'est devenu insupportable. J'ai donc décidé d'aller consulter... Les larmes coulaient de nouveau sur son joli visage et sa voix se brisa.

Francine se rapprocha un peu plus d'elle et posa un bras protecteur autour de ses épaules pour l'inciter à poursuivre.

— Et puis le médecin m'a posé des questions bizarres, si j'avais un fiancé ..., depuis combien de temps... Je ne comprenais pas... où il voulait en venir, hoquetait-elle maintenant. C'est alors qu'il m'a parlé...

— Eh bien ?

— De maladies qui se transmettent par voie sexuelle...

— Neel, non !

— Non. Non, fort heureusement ce n'est pas ce que tu penses. Ce n'est pas la syphilis, mais ce n'en est pas moins une maladie qui se contracte sexuellement, et de nouveau elle éclata en sanglots. Quelle honte, mais quelle honte !

Francine ne savait ni quoi faire ni quoi dire. Elle était perplexe, même choquée dans un certain sens. Klaas et Neel étaient ensemble depuis longtemps et elle ne comprenait pas ce qui lui arrivait.

— Je... Je ne sais pas quoi dire, Neel, je suis tellement désolée ! Vraiment. Elle prit sa sœur dans ses bras.

— Il m'a trompé, chuchota cette dernière d'une voix quasi inaudible.

Puis soudain elle se redressa vivement.

— Cela s'appelle un chancre mou. C'est une maladie répandue dans les pays tropicaux, surtout chez les prostituées. La voix de Neel s'était durcie à présent. Francine, les yeux écarquillés, ouvrit la bouche, mais aucun son n'en sortait.

— Je t'explique, ajouta durement Neel. Il est certain que Klaas fréquente les prostituées du quartier rose ! Le médecin m'a confié qu'il avait déjà diagnostiqué ce cas chez certaines de ces femmes. Les marins... comprends-tu ?

Oui, elle comprenait fort bien maintenant. Trop bien même. Un lointain souvenir lui revenait. Johan lui en avait parlé très vaguement, à demi-mot, une seule fois. Et c'était tellement gênant... tellement difficile aussi. L'associé et meilleur ami de son mari, le fiancé adoré de sa sœur.

— Finies les fiançailles, fini mon bel avenir, s'exclama Neel. Je suis désolée pour ton mari et vraiment navrée qu'il se soit associé à un tel abruti, un NSB de surplus ! Un membre d'un parti nazi !

À cet instant-là, les jeunes femmes auraient trouvé un peu de réconfort si elles avaient su que Klaas n'était déjà plus l'associé de Johan.

30. UN PETIT COIN DE PARADIS

Il y avait déjà neuf mois que le petit Karl, alias Reinhard, était arrivé à Woudenberg. Le petit village était situé non loin d'Utrecht, une des plus grandes villes des Pays-Bas, dans la province du même nom.

À Woudenberg, on avait tout de suite adopté cet enfant autrichien dont les parents avaient « tragiquement disparu ». Il faut dire qu'ici l'on s'était habitué à recevoir des enfants venant de divers horizons depuis longtemps. C'était la conséquence même de l'exclusion des Pays-Bas du Traité de Versailles, parce qu'elle avait préservé sa neutralité. En effet, comme l'Allemagne avait beaucoup de mal à faire face aux réparations financières qu'elle était obligée de verser, de nombreux enfants allemands, hongrois ou autrichiens avaient été placés dans des familles d'accueil hollandaises. Ces derniers étaient adultes maintenant et s'étaient, pour la plupart d'entre eux, mariés avec des gens des alentours.

Mien et Wim, les parents de Hanneke, habitaient une grande ferme à proximité de Woudenberg.

Le bâtiment rappelait l'antique maison saxonne. Étable, grange, fenil et pièces d'habitation étaient rassemblés sous un même toit. C'était une exploitation mixte où l'on associait élevage de bétail et culture de céréales. Les fermiers jouissaient d'un niveau de vie élevé et Hanneke n'eut donc aucun remords à confier la garde de Karl à sa mère et à son père, même s'ils étaient un peu âgés maintenant.

Ils n'avaient pu avoir qu'un seul enfant, Hanneke, et étaient restés en quelque sorte en manque d'amour.

Quelle ne fut donc pas sa joie, quand un après-midi de 1920, sa mère avait lu l'annonce à la mairie ! L'on recherchait d'urgence des familles d'accueil... De trois personnes, ils étaient passés à sept.

Non seulement ces petits orphelins avaient trouvé quelqu'un pour les nourrir et pour s'occuper d'eux, mais ils avaient également un vrai foyer. Mien et son mari les adoraient.

C'était ainsi que Hanneke apprit l'allemand, avec simplicité, jusqu'à devenir bilingue.

Cela lui donna en plus le goût de l'aventure et Mien pleura beaucoup quand en 1930, sa fille partit travailler en Allemagne.

Aujourd'hui, Mien était très fière de Reinhard, ce grand gaillard, avec ses boucles brunes et ses magnifiques yeux verts. À l'école il dépassait largement ses camarades. C'était encore plus frappant sur la photo de classe, qui avait été prise au printemps. On avait l'impression de ne voir que lui !

— Vu ta taille, tu seras vraiment un bel homme, lui avait dit la brave femme en regardant l'image, tu n'auras aucun mal à te faire respecter, Rein, avait-elle ajouté avec un doux sourire.

Rein était devenu son diminutif, et il l'aimait bien.

À ces mots, il avait rougi un peu. Il se sentait mal à l'aise chaque fois qu'il avait l'impression d'abuser de la confiance qu'on lui accordait de si bon cœur. Parfois cela l'énervait de devoir être plus jeune. Avoir deux ans de moins, ce n'était pas rien ! Il trouvait que ses copains de classe étaient de vrais bébés, mais il ne pouvait l'avouer à personne.

Hanneke avait lourdement insisté sur l'importance de ne jamais rien révéler de son identité ni de son âge véritable. Sinon il ne serait plus en sécurité. La jeune femme n'avait pas dit la vérité à ses parents, ils ne connaissaient même pas la véritable origine de Karl.

— Moins ils en savent, mieux cela vaut, lui avait expliqué Paul.

Rein avait beaucoup d'amis. Deux d'entre eux habitaient tout à côté.

Tom et Sjors, huit et neuf ans, vu leur âge, étaient ses préférés. Ils étaient venus le chercher pour aller faire un tour en barque sur les canaux derrière la ferme.

Ici, l'eau était vraiment omniprésente. Les innombrables cours d'eau et fossés, indispensables pour maintenir l'assèchement des terres, rompaient la monotonie du paysage.

Les garçons avaient négligemment jeté à terre leurs vélos tout près de l'embarcation. Rein partageait une barque avec Sjors alors que Tom se retrouvait tout seul.

— Le premier à atteindre le pont bleu a gagné ! cria ce dernier.

— Ce n'est pas juste, râla Sjors. Toi, tu es toujours tout seul alors que moi, je me traîne Rein !

C'était à celui qui ramait le plus vite. De temps en temps, Rein recevait une giclée d'eau et riait alors aux éclats. Cela faisait du bien de se rafraîchir un peu. On n'entendait plus que les cris des chenapans.

Un pêcheur qui comptait sur la tranquillité du lieu pour attraper des poissons, leva un visage renfrogné et retira sa ligne de peur de la voir emportée par ces petits voyous.

Le pont approchait. Les rames envoyaient de plus en plus d'eau. Rein fut bientôt tout trempé. Leurs cris devenaient stridents, insupportables.

— Gagné ! hurla Tom et il entreprit une danse dans la barque en levant les rames comme s'il s'agissait là de trophées. Sjors fulmina. Il n'aimait pas perdre. Il jeta les rames en pestant :

— C'est ta faute, et son index vint s'écraser sur le torse de son compagnon.

— Comment ? Mauvais perdant, va ! Il se leva d'un bond rendant l'embarcation instable. En un rien de temps, ils chavirèrent et se retrouvèrent à l'eau. Tom, les mains sur les hanches, se tordait de rire. Les deux autres, la première surprise passée, se regardèrent en riant et s'adressant un clin d'œil complice, nagèrent jusqu'à lui. Le vainqueur, comprenant la combine qui se préparait, tacha de s'emparer des rames, mais en vain. Quatre mains s'agrippèrent au bateau.

— Un, deux... et TROIS ! triomphèrent-ils ensemble. À son tour Tom tomba à l'eau. Une fois sa tête sortie, il s'écria :

— Vous êtes fous ! Il y avait mes sous dans ma poche. Maman me les avait donnés pour qu'on s'achète une glace !

Cela ne suffit pas, cependant, pour faire s'envoler la bonne humeur des enfants.

Après la baignade ils se laissèrent sécher au soleil, au bord de la route. Ils s'allongèrent à même le sol. Ils ne sentaient pas les brins d'herbe chatouiller leur jeune peau.

Un taureau, de la race frisonne pie-rouge, réveillé de sa sieste, s'approchait du trio.

Rein le trouvait magnifique, majestueux. Tout seul dans l'immense prairie verte, au milieu des boutons d'or en fleur, l'animal se tenait tel un roi. Et là, tout à sa contemplation, le garçonnet lança des notes joyeuses, heureuses, et libres. Il se sentait renaître. Ses camarades ne pouvaient suivre sa musique, Rein l'inventait au fur et à mesure. Elle exprimait sa joie de vivre ici, à Woudenberg.

Le goudron odorant se collait un peu à leurs chaussures quand ils allèrent reprendre leurs bicyclettes.

Faire du vélo, marcher, se balader à cheval, voilà ce qu'était l'essentiel de leurs distractions.

Leurs cœurs chantaient.

Leur jeunesse jubilait.

Leur insouciance triomphait.

C'était l'été du bonheur, des jours simples.

31. MOBILISATION

Le lendemain, le 24 août 1939, Johan rendait visite à un client à La Haye.

On étouffait littéralement dans la capitale administrative du pays. La tension qui régnait partout accentuait la sensation de chaleur.

Ce n'était pas seulement dû à la température extérieure. C'était également le fait de la pression du climat politique européen qui semblait atteindre son paroxysme.

Une odeur de cigare flottait dans le bureau de son interlocuteur. L'atmosphère y était opaque et étouffante. Un cendrier en cuivre étincelant et propre démentait la présence des effluves tenaces.

Les deux hommes se tenaient debout à côté d'un poste de radio. La voix austère du speaker annonçait que l'Allemagne menaçait à présent l'indépendance de la Pologne : une guerre entre les deux nations semblait inévitable, expliqua-t-il. La France et l'Angleterre avaient déclaré qu'elles viendraient en aide à la Pologne. Le gouvernement néerlandais avait donc décidé de procéder à une première mobilisation.

Il n'était plus question d'aborder les négociations de prix, cela devenait insignifiant. L'actualité était bien plus préoccupante. D'un commun accord, les deux hommes d'affaires décidèrent d'aller boire un café au centre-ville. Les rues étaient soudainement noires de monde après cette annonce.

Plusieurs dizaines de personnes patientaient devant le siège social de chaque grand quotidien, dans l'attente de nouveaux bulletins. Et ils tombaient les uns après les autres, ne se ressemblant que par leur contenu pessimiste.

Le Führer ne voulait rien céder. Le Premier ministre anglais, Chamberlain, déclara qu'une guerre entre la Pologne et l'Allemagne entraînerait l'Angleterre et la France dans le conflit.

En rentrant chez lui, en fin d'après-midi, Johan roulait machinalement, sans rien voir de la beauté du paysage. Les images terrifiantes de son livre illustré devenaient obsédantes.

Le surlendemain, les murs de la capitale étaient recouverts d'affiches orange. Cette couleur royale devenue nationale rappelait que la reine Wilhelmine descendait de la maison des Orange-Nassau.

Les passants s'agglutinaient devant ces publications officielles : médusés, passionnés, angoissés.

On pouvait y lire en gros caractères « MOBILISATION GÉNÉRALE ».

— Il fallait s'y attendre, murmura à voix haute un monsieur d'un certain âge. En signant le pacte germano-soviétique, Hitler a enfin les mains libres pour continuer sa politique expansionniste. La Pologne va y passer, puis il s'attaquera à nous !

Une dame indignée par ces propos ne put s'empêcher de rétorquer :

— Mais enfin Monsieur, ne savez-vous donc pas que Monsieur Hitler s'est officiellement engagé à respecter notre neutralité ? C'est le baron Zech von Burkersroda lui-même qui a lu sa déclaration à notre majesté.

— Si vous croyez vraiment qu'un tel personnage s'embarrasse d'un quelconque engagement, ajouta un jeune homme qui devait être un peintre à en juger par sa tenue.

Francine qui se trouvait à proximité de cette foule porta malgré elle sa main à son corsage, comme pour serrer un peu le col de sa robe d'été. Un froid glacial l'envahit, pourtant l'aube s'était de nouveau levée sur une belle journée. De l'autre main, elle tenait fermement le bras de sa fille, perchée sur son vélo.

Du haut de ses six ans, cette dernière prêtait une oreille attentive aux conversations. Elle n'aimait pas le nom Hitler. Il revenait souvent dans les discussions des grandes personnes. Elle le comparait au gendarme Flageolet, partenaire de Guignol, personnages du théâtre de rue. Elle l'imaginait comme lui, tapant partout avec son bâton. Sauf que sa moustache était moins longue et que lui, il faisait même peur aux adultes, alors...

— Vient ma chérie, lui dit sa mère. Mais Betty voulait rester, elle avait envie d'écouter les grands même si elle ne comprenait pas tout. Ils avaient l'air tellement excités ! Elle ne voulait pas appuyer sur les pédales pour avancer et Francine était obligée de la pousser.

Heureusement que Johan n'avait pas encore enlevé les deux petites roues adjacentes qui assuraient la stabilité. La gamine avait bien trop hurlé quand il avait tenté de les supprimer.

—... et ce sera la guerre, cria quelqu'un. Une nouvelle guerre mondiale !

— La guerre...

La petite en avait entendu parler, mais c'était quoi au juste ?

— C'est comment la guerre, Maman ? demanda-t-elle en tirant sur le bras de sa mère.

La guerre ? Francine réfléchit un instant.

— Fort heureusement je n'en ai pas vécu de guerre et j'espère que tu ne la connaîtras jamais ! Que Dieu nous protège ! Et elle leva un regard inquiet vers le ciel, espérant un signe, quelque chose qui pût la rassurer.

Ce soir-là, la petite famille recevait la visite de la mère de Johan. Francine avait passé une bonne partie de l'après-midi à cuisiner, à tout nettoyer, à enlever la moindre poussière et à faire briller les cuivres.

Même Betty n'y avait pas échappé. Ses cheveux étaient parfaitement disciplinés. Une barrette retenait une mèche rebelle sur le côté. Ses mains et ses genoux étaient d'une propreté irréprochable. Une adorable petite robe faite main et des socquettes d'un blanc immaculé complétaient sa tenue.

La mère de Johan fit retentir la sonnette à l'heure indiquée, elle était toujours d'une exactitude maniaque.

Après un solennel « Bonjour ma bru » elle entra.

Betty n'avait le droit de saluer sa grand-mère qu'après une inspection méticuleuse. Elle se tenait bien droite en attendant patiemment la fin. Les yeux de furet de la vieille dame la détaillaient de haut en bas.

Puis de bas en haut. Rien ne semblait lui échapper. La petite en avait l'habitude, c'était ainsi à chaque rencontre, mais aujourd'hui cela lui semblait bien plus long qu'à l'ordinaire. Francine en retint sa respiration. Enfin une brève inclinaison de la tête accorda à Betty la permission de la saluer.

Johan recevait chaque fois un accueil bien plus chaleureux, il restait son enfant préféré.

Francine l'invita à table. Johan lui faisait face, Betty s'installa à ses côtés.

La jeune femme apporta un délicieux curry de poulet servi avec du riz et des bananes cuits dans du beurre. L'odeur alléchante qui s'en dégageait ne pouvait qu'exciter l'appétit.

Mais ce soir l'ambiance était tellement lourde que Francine resta derrière sa chaise, n'osant s'asseoir, prête à devancer le moindre désir de Mère.

Bientôt, seul le bruit des couverts interrompit le silence pesant qui s'était installé dans la cuisine.

Betty trempait ses lèvres dans son verre de lait et glissait de temps à autre un regard sur sa grand-mère, puis sur son père et finalement sur sa mère. À plusieurs reprises, cette dernière lui avait adressé des yeux suppliants qui lui imposaient le silence. Francine avait remarqué l'agitation inhabituelle de sa fille et elle était certaine qu'elle allait lui désobéir.

— Mère-grand, pourquoi êtes-vous si triste ? demanda à brûle-pourpoint la jeune enfant.

Elle avait pourtant lutté, s'était mordue la lèvre supérieure à plusieurs reprises, mais la question lui avait échappé. Francine courba aussitôt sa tête, prête à affronter l'orage qui allait suivre.

Mère, assise en bout de table, dans son attitude de statue qu'elle affectionnait particulièrement, posa immédiatement ses prunelles réprobatrices sur le visage cramoisi de sa bru. Elle lui reprochait souvent la spontanéité de sa fille. En réalité elle adorait Betty, mais ne tenait pas à le dévoiler pour pouvoir continuer à jouir d'une certaine autorité sur sa belle-fille.

— La parole est d'argent, mais le silence est d'or ! Les enfants n'ont pas droit à la parole à table, Betty ! Je te prie de t'en souvenir à l'avenir, réprimanda la grand-mère sèchement et s'adressant maintenant à Francine :

— Cela est pourtant une règle des plus élémentaires.

Et on ne prend pas les mouches avec du vinaigre, pensa Francine en acquiesçant avec soumission. Elle détestait Mère quand elle utilisait les proverbes pour mieux sermonner Betty. C'était plutôt idiot puisque chacun dans ce pays en utilisait au quotidien. Cela faisait pour ainsi dire partie des mœurs. Mais Mère avait une façon de les dire qui les rendait insupportables.

— Cependant, ajouta la vieille femme d'un ton plus clément, l'heure étant grave, je pardonne ta désinvolture. Et je vais donc répondre à ta question.

Elle expliqua à l'enfant ce que tout le monde savait déjà. C'était la mobilisation. Son oncle, Adrie, avait reçu un télégramme aujourd'hui et devait partir le lendemain. Betty ouvrit grand ses yeux.

— Et Papa, il devra partir aussi ?

— Non, mon enfant, vois-tu, seul l'aîné de chaque famille est mobilisé. Ton Père étant le deuxième garçon restera à la maison.

Johan posa tendrement sa main sur celle de sa mère. Elle avait l'air tellement petite et fragile à cet instant.

— Cette mobilisation n'est qu'une question de jours, Mère, ils reviendront tous bientôt. Ce n'est qu'une simple précaution que prend la reine, la rassura-t-il.

— Es-tu vraiment assez naïf pour croire que le gouvernement déploierait une mobilisation générale, avec toutes les conséquences économiques et sociales que cela entraîne, sans parler du désordre que cela va créer, s'il n'était pas certain que la guerre éclate ?

32. ON ENTEND SIFFLER LE TRAIN

Pour soulager son frère, Johan portait la petite valise et un sac. Adrie avait bien du mal à soulever l'énorme malle que Rika, sa femme, avait préparée.

Johan avait eu beaucoup de mal à garer sa voiture à proximité de l'entrée de la gare Centrale d'Amsterdam. Par chance il avait vu un chauffeur démarrer un peu plus loin.

La façade de la Centraal Station s'étendait sur quelques centaines de mètres, repoussant ainsi la mer, qui n'avait plus le droit, comme jadis, d'amener ses voiliers jusqu'au Dam.

La gare fut bâtie sur trois îlots artificiels. Huit cent mille sept cents pilotis avaient été nécessaires pour construire ce vaste bâtiment.

Aujourd'hui il y régnait une activité exceptionnelle

Des centaines de trains supplémentaires étaient mis à la disposition des mobilisés. Le hall d'entrée était déjà bondé alors qu'il n'était pas huit heures du matin. Jamais Betty n'y avait vu autant de gens. Elle serrait la main de sa maman, elle avait peur de se perdre dans cette cohue.

— Ils vont tous à la guerre ?

— Certainement pas. Chaque famille accompagne un des siens, tout comme nous et cela fait beaucoup de monde, lui expliqua Francine.

Mère avait le visage déconfit. Les traits tirés de Rika témoignaient de sa détresse.

— Oh ! Maman, ricana la petite. Regarde ! Le costume du Monsieur là-bas, brailla-t-elle en le désignant, il ne pourra jamais fermer sa veste avec son gros ventre !

— Chut, gronda Francine en lui baissant sa petite main. On ne montre pas du doigt et on ne critique pas ! Cet homme est à coup sûr un réserviste et a dû remettre son ancien uniforme.

Force était de constater que nombreux étaient ceux qui avaient un uniforme trop serré, des pantalons qui ne fermaient plus, des chaussures usées. Il y aura de quoi faire pour remettre cette armée sur le pied de guerre.

Certains adieux autour d'eux étaient plus que déchirants. Le plus jeune des fils d'Adrie, Léo, se cramponna à son père. Il ne voulait plus le lâcher. Son père le prit dans ses bras et l'embrassa.

Un autre coup de sifflet strident résonna sur le quai de gare. Un train partait, suivi immédiatement par un nouveau qui arrivait. C'était un trafic vraiment incessant, impressionnant. On pouvait maintenant aisément prendre conscience de l'énorme déploiement de la mobilisation.

Johan regarda sa montre gousset. Il était huit heures et quinze minutes, plus que deux minutes et ce serait le départ.

— Voilà, je dois y aller, dit Adrie d'une voix désolée. Il reposa son petit bonhomme à terre. Il embrassa une dernière fois sa femme. Léo vit une larme s'échapper de sa paupière. Maintenant des larmes silencieuses inondaient son propre visage. Betty s'approcha de lui et lui tendit son petit mouchoir blanc. Doucement elle glissa sa main dans la sienne.

— Je suis là, moi, le consola-t-elle. Je te protègerai, ajouta-t-elle encore, comme si elle était beaucoup plus grande que lui, alors qu'ils n'avaient que quatre mois d'écart.
— Je serai de retour bientôt !
Le train était maintenant prêt au départ. Le contrôleur souffla une nouvelle fois dans son sifflet, plus longuement.
Le train siffla et démarra.
Tout le long du quai des mouchoirs blancs s'agitaient comme pour donner du courage à ceux qui s'en allaient vers une destinée inconnue, jusqu'à ce que le convoi disparaisse complètement.

Sur le chemin du retour, ils passèrent en voiture le Concertgebauw[18]. Des soldats portaient les chaises de la salle à l'extérieur. Certains les chargeaient sur un camion militaire. D'autres roulaient des balles de paille où pourraient dormir de nombreux appelés. C'était un drôle de spectacle. Plusieurs autres bâtiments publics changeaient ainsi de fonction.
Des rangées de camions bâchées rendaient la circulation difficile par endroits. Johan décida de garer sa voiture, ce qui se passait était historique et la meilleure façon de tout observer était de marcher.
Serrée entre ses deux parents, Betty avait le cœur en fête. Une balade familiale en pleine semaine, voilà qui n'était pas courant.
Quel bonheur d'être enfant !

---

[18] Palais des congrès

33. KVV

Hanneke était membre du KVV[19] depuis le début de l'année.

Cette organisation avait été créée à Amsterdam en 1938 par Jane de Iongh, professeur d'histoire à l'université de la ville et journaliste. Consciente du rôle que la femme pourrait jouer si une nouvelle guerre éclatait, elle publia, cette année-là, un article dans les journaux de la capitale, pour sensibiliser les femmes aux nouvelles tâches qui les attendaient.

Fort de son succès, l'initiative amstellodamoise avait fait école et d'autres centres étaient nés dans douze grandes villes.

Avec la menace grandissante d'un conflit, des affiches de recrutement pour le KVV décoraient actuellement de nombreux murs.

En allant acheter son pain le matin, Hanneke passa devant l'une d'elles. À chaque fois les mots « LEERT HELPEN ![20] » l'avaient interpellée. Plus bas étaient mentionnées les aides en question : protection du ciel, aide sociale, médicale et administrative, transport routier.

Mais la photo de femmes en uniforme, également présentes sur cette image, l'avait d'abord révulsée. Cela lui rappelait les différentes sections hitlériennes. Il lui avait fallu un certain temps pour aller au-delà de sa paranoïa pour se présenter au n° 478 Herengracht, en plein centre-ville d'Amsterdam.

Madame de Iong, fondatrice et présidente du KVV, l'avait longuement reçue et était très intéressée par sa candidature. Hanneke quant à elle, restait très prudente et posa des dizaines de questions, afin de se faire sa propre opinion.

Après avoir répondu à l'interrogatoire, Madame de Iong eut un petit rire en grelot et s'exclama :

— Je ne suis pas dupe, vous savez. Il n'y a pas anguille sous roche !

À ces paroles Hanneke leva dans sa direction des yeux étonnés. Elle observa la dame en face d'elle, tout à fait à l'aise, souriante, avenante.

— J'ai bien cerné votre problème. Ce qui vous chagrine, c'est notre uniforme ! C'est cela, n'est-ce pas ?

Hanneke était perplexe.

— Je... ne...

— Je comprends tout à fait votre attitude, la coupa-t-elle, après tout ce que vous avez dû voir là-bas, à Berlin. Mais le port de l'uniforme chez nous n'a pas un caractère militaire, assura-t-elle d'un ton qui se voulait rassurant avant de continuer. Pour nous, il est le symbole de l'objectif que nous nous sommes fixé : amour national, amour des proches, et sens civique. De plus il est confortable, très pratique et facilement reconnaissable par tout un chacun.

Ces précisions avaient eu raison de ses dernières réticences et Hanneke avait finalement signé le formulaire d'adhésion qui comprenait également une clause d'engagement volontaire ainsi que celle de la

---

[19] Korps Vrouwelijke Vrijwilligers : corps volontaire féminins
[20] Apprenez à entraider

disponibilité.

Un autre membre de l'organisation s'occupa ensuite de l'habiller.

Pour cela il lui fallait une chemise couleur champagne, une jupe, veste, cravate et casquette bleues, des chaussures et chaussettes marron. Et pour parfaire la tenue et rappeler l'amour de la patrie, une brassière rouge, blanc, bleu avec l'inscription KVV, son numéro de matricule et signature puis un insigne à épingler, côté cœur, comportant les mêmes lettres en rouge et le fameux lion hollandais doré sur fond bleu.

— Voilà qui est parfait, annonça gaiement Klaartje. Sa longue queue de cheval d'un blond légèrement cendré lui donnait un air très doux et Hanneke se sentit immédiatement attirée vers cette jeune femme.

— Il te reste à aller payer. Cela te fera un total de quarante florins.

— Quarante florins, mais c'est une fortune, s'écria la dernière recrue.

— Eh oui, ma chère, c'est le prix pour pouvoir rendre service aux gens !

À cela Klaartje rit à gorge déployée, et voyant la mine déconfite de Hanneke, elle rit de plus belle.

— Et j'aurais bien pu te gâter davantage, tu sais. Il te manque la gabardine, un foulard, des socquettes blanches... Pour une panoplie complète, il faut compter soixante-quinze florins ! Allez, viens, ajouta-t-elle. Je t'emmène au service des stages.

La bouche de Hanneke s'ouvrit aussitôt, mais elle n'eut pas le temps de poser sa question que déjà Klaartje lui donnait une réponse.

— Non, les stages sont gratuits, et de nouveau son rire joyeux retentit.

Des stages, elle en avait suivi plusieurs depuis son admission. Elle avait obtenu un brevet de secourisme, une attestation de téléphoniste. Elle savait maintenant conduire les camions et en était très fière. Peu de femmes en étaient capables.

Tout cela bien sûr, en dehors de ses heures de travail, et de ce fait il ne lui restait plus du tout de temps libre. Mais elle adorait ce qu'elle faisait et surtout la complicité qui était née entre toutes ces femmes. Elles formaient à présent un vrai clan malgré leur nombre grandissant.

À Amsterdam elles étaient maintenant plus de deux mille et elle ne les connaissait évidemment pas toutes, mais à chaque mission, elle remarquait qu'un seul et même élan les réunissait : rendre service là où cela était nécessaire.

C'était encore plus vrai à l'heure actuelle, depuis que la mobilisation générale avait eu lieu.

Une magnifique solidarité était née. Le but de celle-ci était de remplacer les postes laissés vacants par les hommes mobilisés, de façon à ce que la vie quotidienne puisse suivre son cours de la meilleure façon. Et ce, même dans les emplois jusqu'alors occupés uniquement par la gent masculine.

Depuis le premier jour de la mobilisation, Hanneke faisait équipe avec Klaartje.

Elles allaient chercher du sable en camion, dans un dépôt au port d'Amsterdam. Les marins présents sur les docks se plaisaient à voir ces femmes dans les parages. Ils les sifflaient, les appelaient, les hélaient. Il faut dire qu'elles étaient de jolis brins de filles. Vertueuses de surcroît. Cela était rare par ici.

Elles transportaient ensuite leur marchandise, dans les différents quartiers de la ville. Sur place elles la transvasaient dans de gros sacs en toile de jute.

Ces derniers étaient censés servir de protection lors d'éventuelles attaques aériennes.

Hanneke avait des gouttes de sueur qui lui perlaient au front. Elle s'essuyait de temps à autre avec la manche de sa veste. Il continuait à faire chaud et charrier du sable n'était pas exactement une activité qui pouvait faire baisser la température du corps.

— Et dire qu'on nous recommande de ne pas nous découvrir. Je vous le dis, je travaillerais bien en bras de chemise, comme le font les hommes ! grommela-t-elle à l'attention de sa camarade.

Un vieil homme, assis sur un banc non loin des travailleuses, s'indigna à ces paroles.

— Il ne manquerait plus que cela ! Il est déjà honteux de vouloir remplacer les hommes. Il y en a tant qui sont au chômage et attendent n'importe quel petit boulot !

Klaartje s'était interrompue. Appuyée sur sa pelle, les joues écarlates, elle regardait ce vieux râleur.

— Et qui s'occupe de faire à manger pendant ce temps, hein ? Qui range la cuisine ? Qui reprise les chaussettes ? Il continua sa tirade.

— Il croit peut-être que le travail se fera tout seul, comme par magie, souffla Hanneke doucement afin que l'homme ne puisse l'entendre.

— Il ne doit avoir aucune idée du travail que nous autres, femmes du KVV, entreprenons, réalisons. Je t'assure qu'il viendrait plutôt nous féliciter au lieu de nous critiquer, assura Klaartje.

34. CANTONNEMENT

Paul avait reçu son télégramme de mobilisation le 28 août 1939. Deux jours plus tard, il était arrivé à destination.

Préparer cette véritable transmigration d'appelés sous les drapeaux, et organiser la venue de cent cinquante mille hommes dans différents lieux, n'était pas chose facile. Mais à cœur vaillant rien d'impossible.

Ce 30 août 1939 ne ressemblait en rien aux 30 août des années précédentes. Ce jour-là, la reine Wilhelmine célébrait comme toujours son anniversaire. De nombreux drapeaux décoraient alors les façades et les devantures. Partout on organisait des fêtes Orange et autres festivités telles que foires, marchés colorés, danses folkloriques, concerts. De nombreuses femmes portaient, pour l'occasion, coiffes en dentelle, jupes rayées et chemises brodées, costumes traditionnels, pour faire honneur à leur monarque.

D'ordinaire c'était un moment de liesse populaire, mais pas cette année.

Paul venait d'être incorporé et avait passé sa visite médicale avec succès. Il venait de recevoir son affectation définitive. Son état physique excellent lui avait valu l'intégration dans le second régiment des cyclistes dans les alentours de l'aérodrome de Valkenburg.

Le lendemain, commençait alors pour lui, comme pour tant d'autres, le transport vers le cantonnement. De longues colonnes d'infanterie, de cavalerie, de cyclistes, de motos, de voitures auxquelles s'ajoutait le transport des munitions, de nourriture et d'équipements divers, traversaient tout le pays.

Dans la soirée du 3 septembre 1939, toutes les troupes avaient finalement atteint leur destination.

Pour les soldats débutait alors la période d'entraînements intensifs et d'aménagements divers.

Le temps de Rats Kuch en Bonen était arrivé : la soupe de pain garnie de haricots rouges.

Et une nouvelle guerre était déclenchée.

35. L'ATTENTE COMMENCE

La France et la Grande-Bretagne venaient de déclarer la guerre à l'Allemagne. Comme cela avait été le cas en 1914, les Pays-Bas voulaient rester neutres.

Mais cette fois-ci, cette position semblait bien compromise et dès la première nuit de ce nouveau conflit, des avions avaient survolé leur territoire sans pouvoir être identifiés à cause des nuages.

Le pays se trouvait pour ainsi dire, entre deux feux, alors même que chaque front restait derrière ses lignes.

La neutralité n'était pas seulement un choix politique, mais également le souhait de tout un peuple. L'on ne se sentait pas l'âme belliqueuse, et cela se ressentait jusqu'au cœur des troupes armées.

L'on n'y croyait pas, tout simplement !

Le fait que la famille connût souvent le lieu de cantonnement de leur bien-aimé, qui devait pourtant rester ultra secret, en était une preuve évidente.

Malgré une réelle désorganisation familiale créée par la mobilisation, le peuple restait serein.

Si certains amassaient et cachaient des pièces d'argent, on ne stockait pourtant pas les denrées non périssables.

Des messes spéciales étaient dites pour que Dieu aidât les Néerlandais à conserver leur neutralité.

Et l'on attendait.

36. LES ENFANTS SONT TROP BAVARDS

Betty avait repris le chemin de l'école.

Les classes comptaient plusieurs nouveaux élèves, dont un dans son groupe. La plupart de ces enfants ne parlaient pas ou peu le néerlandais.

Cela les amusait beaucoup. Pour communiquer, ils utilisaient le langage des singes à ne pas confondre avec celui des signes.

Betty était rapidement passée maître dans cet art, au grand dam de sa *Juffie*[21].

Juffie avait donc décidé d'en toucher deux mots à sa mère.

— Je vous en supplie, *Juffie*, s'il vous plaît ! Je vous promets d'être sage à présent, la supplia-t-elle avec un air de chien battu.

Juffie semblait inflexible. Elle observait l'enfant. Betty était la joie de vivre personnifiée. Avec sa tête de petit ange aux cheveux blonds, elle n'en était pas moins une canaille !

Betty était assise derrière son petit bureau, le buste droit, les bras croisés.

— Je vous en prie, *Juffie*, insista-t-elle, en bombant encore plus le torse et en hissant ses bras repliés au maximum, ce qui amena un sourire sur le visage sévère de sa maîtresse.

— Alors, tu me promets d'arrêter immédiatement. Mais je suis obligée de te donner une punition, tu le sais. Tends-moi la main, ordonna-t-elle.

Betty lui tendit lentement sa main gauche sans trembler. Mais elle n'osait regarder l'institutrice saisir la règle de bois.

— Va pour ce coup-ci, dit-elle en brandissant l'objet. Mais attention, la prochaine fois, tu n'y échapperas pas, gronda-t-elle.

— Oh ! Merci, merci beaucoup, et déjà elle se sauvait.

Ses camarades l'avaient attendue à l'extérieur de l'enceinte et faisant chemin ensemble à présent, ils chantaient des airs à la mode.

En arrivant au coin de sa rue, Betty aperçut deux soldats. Il y en avait beaucoup maintenant, et elle les voyait souvent passer sans y prêter attention. Les garçons étaient bien plus enthousiastes, les observant avec minutie pour pouvoir les imiter ensuite dans leurs jeux.

Les soldats s'étaient arrêtés tout près de la voiture de son père et semblaient l'admirer. Il faut dire que les personnes possédant une voiture en ce temps-là n'étaient pas très nombreuses. L'on considérait ce moyen de transport comme étant celui des riches.

Les hommes en uniforme faisaient à présent le tour de la voiture. Betty jubilait, elle était fière, ravie que l'on s'intéressât ainsi au véhicule de son père. Elle s'arrêta donc à leur côté leur adressant un sourire radieux.

— Bonjour. Tu habites dans le quartier ? lui demanda aussitôt l'un d'eux.

— Oui, Monsieur, répondit-elle poliment.

— Alors tu sais sûrement à qui appartient cette belle Ford coupée ?

— Certainement, Monsieur ! affirma-t-elle d'un ton radieux. Et

---

[21] *Juffie* ou *juffrouw* : maîtresse

jetant un coup d'œil pour s'assurer que ses camarades suivaient bien la conversation, elle ajouta fièrement :

— C'est celle de mon père, Monsieur.
— Voilà qui est parfait. Oui, parfait ! répéta-t-il. Il sortit une feuille de sa vareuse et la signa.
— Sois gentille et porte ce papier à ton père et dis-lui que nous l'attendons ici. Dépêche-toi ! la pressa-t-il encore en la poussant un peu.

Déjà la petite montait les marches du perron et ouvrait la porte d'entrée. Elle arriva en haut, tout essoufflée. Les joues rouges d'excitation, elle se lança dans la cuisine et sans saluer ses parents et posa le feuillet sur la table.

Son père était plongé dans l'édition du soir du Volkskrant et commentait par moments les nouvelles du journal. Il leva un regard irrité sur la fillette qui débarquait dans la pièce telle une furie.

— Bonjour tout d'abord, Betty ! Te voilà enfin, ma chérie, tu rentres un peu tard ce soir, la sermonna Francine. Viens m'embrasser ! Elle lui ouvrit ses bras et ajouta : le thé est prêt.
— Non Maman ! Je n'ai pas le temps, le monsieur m'attend en bas.

À ces mots, Johan posa ses lunettes, ce qui signifiait chez lui un manque de patience.

— Et pouvons-nous savoir de quel monsieur il s'agit ?
— Il t'attend Papa ! Et il m'a donné ceci pour toi.

Johan prit la lettre et en commença la lecture.

— Nom d'un chien ! Ma voiture ! Il jeta le bon de réquisition sur la table et se leva d'un bond. Et dardant sa fille de mille feux, il aboya :
— Ne t'avise pas de descendre, petite idiote !

Betty n'y comprenait plus rien. Que se passait-il ? Son père était tellement en colère qu'elle n'osait plus poser de questions. Elle suivait des yeux sa mère qui à son tour parcourait les lignes.

— Ton père venait juste de me lire un article sur le non-gaspillage de l'essence, dit-elle en soufflant. Le gouvernement nous demande de n'en utiliser que pour le travail et non plus pour le loisir. De ce côté-là, Papa n'aura plus à s'inquiéter : nous n'avons plus de voiture !

Betty ouvrit grands les yeux, la bouche béante. Plus de voiture ? Mais alors, c'était de sa faute ! C'était horrible !

37. ÉVACUATION

Le 8 septembre suivant, une colonne aux allures tragiques s'avançait vers la ville d'Utrecht.

Hommes, femmes et enfants, chargés comme des mules, s'avançaient pour la plupart d'entre eux à vélo, car rares étaient ceux qui, plus chanceux, possédaient encore une voiture.

Comme une soixantaine d'autres familles de paysans, les parents de Hanneke, avaient reçu l'ordre d'évacuer.

Il avait fallu faire ses bagages et n'emporter qu'un maximum de trente kilos avec soi. Il avait fallu abandonner sa demeure. Il avait fallu être citoyen avant tout.

L'eau allait tout doucement, sinueusement, sans aucun scrupule, monter et leur prendre ce qui leur restait.

Rein alias Karl, était désabusé. Il observait du coin de l'œil ces gens qui l'avaient accueilli avec tant d'amour, tellement de gentillesse et de simplicité. Ils étaient joyeux, heureux, il y a encore si peu de temps. Plus précisément, jusqu'à ce qu'ils reçoivent cette ordonnance municipale à laquelle nul ne pouvait déroger. Après la lecture de cette dernière, la pauvre fermière était devenue toute pâle. Toute chancelante, elle était venue se réfugier dans les jeunes bras du garçon.

— Toute une vie de dur labeur ne peut pas être un vade-mecum et contenir dans trente kilos. C'est un va-tout, avait-elle crié, seulement ici l'on est certain de perdre !

En les regardant maintenant, il sentait son cœur se serrer à la vue de ces visages désolés, crispés, d'où toute gaité avait disparu.

Les jours se suivent et ne se ressemblent pas.

Quelques jours auparavant, Rein s'était encore trouvé tellement chanceux de vivre à Woudenberg, qu'il qualifiait volontiers de paradis terrestre.

Hélas ! ce joli village se situait en plein sur la ligne de défense des Pays-Bas : la *Grebbelinie*, une zone de défense par inondation.

La protection du pays était ainsi assurée par des déversements d'eau temporaires, déclenchés à partir de polders et d'un système complexe de canaux et d'écluses.

Craignant une attaque allemande dans les semaines à venir, le Gouvernement donna l'ordre d'inonder ainsi cinquante hectares de terre.

Poursuivant péniblement son chemin, une grosse agricultrice pleurait à chaudes larmes, juste à côté de l'enfant.

— Nous n'avons vraiment pas de chance, non pas de chance, répétait-elle à plusieurs reprises.

Rein avait pitié d'elle et de toute sa famille. Leur exploitation se trouvait dans la ligne de mire, et gênerait donc le corps d'armée. Elle avait été brûlée, comme tant d'autres. La fin justifie les moyens.

Égoïstement Rein se félicitait d'être tombé au bon endroit ; bientôt il pourrait y retourner et tout cela ne serait plus qu'un mauvais souvenir. Il en était certain ! Il devait en être ainsi ! Il ne pouvait en être autrement, puisqu'il était enfin heureux de nouveau !

Dans la soirée, les évacués de Woudenberg, furent cantonnés chez des particuliers à Utrecht.

Le maximum était fait pour garder les ménages groupés, mais parfois c'était évidemment bien difficile.

Rein et sa famille adoptive n'étant que trois trouvèrent refuge chez un couple avec cinq enfants. La maison était petite, mais on leur avait quand même ouvert grand la porte pour les accueillir.

Installé dans une chambre minuscule, le garçonnet s'endormit d'un sommeil lourd dans des draps douteux, serré entre ses parents adoptifs, comme il aimait à les appeler.

Deux mille personnes avaient ainsi abandonné leur domicile.

38. LES RIDEAUX

La tête baissée, Francine vérifia la note que le marchand de tissu venait de lui présenter ; elle indiquait une somme rondelette. Elle releva son joli visage frais et déclara d'un ton malicieux :

— Le malheur des uns fait vraiment le bonheur des autres, n'est-ce pas ?

— Vous savez, ma petite dame, tenta de lui expliquer le vendeur, il y a longtemps que j'en vends, de ces rideaux-là ! Dans la chambre des enfants par exemple, c'était déjà très utile pour favoriser le sommeil.

— Certainement, cher monsieur, mais ils ne devaient sûrement pas être au même prix.

— C'est-à-dire que, vu les circonstances économiques actuelles...

— Oui, Monsieur, j'ai bien compris. Au revoir, Monsieur.

Francine se hâta. Elle voulait encore commencer la coupe du tissu avant que Betty ne sorte de l'école. Il lui tardait déjà que son travail soit fini, avant même de l'avoir commencé. Et de toute façon, il fallait que ce soit terminé pour les exercices de black-out, qui concernaient bien sûr tous les habitants de la ville d'Amsterdam.

En passant dans l'Albert Cuip straat, elle s'arrêta devant une échoppe de poissonnier et acheta quelques anguilles fumées pour le repas du soir. Elle remonta le col de sa gabardine et se dit que l'automne s'annonçait frais.

— Tant mieux, pensa-t-elle, l'hiver sera précoce, et amènera avec lui ses plaisirs, tels que le patinage sur les canaux gelés, qu'elle affectionnait particulièrement. Betty allait pouvoir apprendre à en faire maintenant.

Arrivée à la hauteur de l'Oude Kerk, elle entendit le carillon de la vieille église sonner joyeusement dans son clocher octogonal, coiffé d'une toiture très élaborée. Comme elle aimait cette musique romantique d'un autre temps qui s'en dégageait ! Alors qu'elle était en pleine contemplation de l'église gothique, une sirène d'alerte posée certainement sur un toit non loin de là, retentit à son tour, la faisant sursauter et rompant le charme de l'instant. Affolée, elle leva les yeux vers le ciel, prête à identifier un avion ennemi.

Puis, se moquant d'elle-même, elle se rappela que dans les écoles, les enfants allaient participer à des exercices d'alerte aérienne. Ce n'était rien d'autre.

En tout cas, pour cette fois. Elle pressa le pas.

Betty fit irruption dans la salle à manger où Francine avait installé sa machine à coudre. Penchée sur son travail elle s'interrompit pour l'embrasser. Le rouge aux joues, la fillette raconta sa journée d'école.

— Nous n'avons presque pas travaillé ! Les dames de la Croix Rouge sont venues et elles nous ont montré l'utilisation des masques à gaz !

Fièrement elle commença une imitation de la démonstration.

— Arrête, Betty. Je sais que tout cela a l'air d'un jeu pour toi, mais ce n'en est pas un. Tout cela est très sérieux. Saisissant sa fille par le bras elle lui caressa lentement ses cheveux. Tel un chaton, la petite se frotta contre le buste rassurant de sa maman.

— Maman, j'ai encore quelque chose à te montrer ! Fièrement elle sortit de son corsage la chaîne qu'elle portait autour du cou et montra le pendentif à sa mère. Francine le prit entre ses mains. C'était une petite plaque de la Croix Rouge où on pouvait lire le nom, prénom, adresse, date et lieu de naissance de l'enfant. Cela lui fit un drôle d'effet. C'était un peu comme si la guerre devenait une évidence. Elle regarda la chair de sa chair et ne put réprimer une envie subite de la serrer très fort sur son cœur, comme si ce simple geste suffisait à la protéger de tout danger. Betty ne s'apercevait pas du désarroi de sa mère et continua son joyeux babillage.

— Elles nous ont accompagnés dans l'abri souterrain, à côté de l'école. Je n'ai pas aimé, cela me faisait peur ! Un léger frisson lui parcourait le dos, ce qui n'échappa pas à Francine et d'un ton qu'elle voulait naturel elle lui dit :

— Viens goûter maintenant, petite chipie, et parlons d'autre chose, veux-tu ?

C'était le soir du black-out. Toute la ville devait être plongée dans le noir le plus total. Les Amstellodamois devaient tirer leurs rideaux. L'éclairage de la ville avait été coupé. Les tramways ne circulaient plus qu'avec de petites lumières et roulaient à une allure réduite. Les voitures devaient cacher la moitié des phares avec du papier noir.

Betty était ravie. Francine avait, pour l'occasion, allumé des bougies et ce soir c'était un repas aux chandelles. L'enfant trouvait tout bien plus joli avec cette lumière tamisée. C'était amusant, disait-elle, de sa voix enchantée. En plus, son papa lui avait promis une surprise.

Quand le coucou de la pendule du séjour annonça qu'il était enfin huit heures, Johan amena sa fille sur le toit.

— Nous allons regarder les avions passer au-dessus de nos têtes.

Il ouvrit la lucarne donnant sur la petite terrasse et installa sa fille devant la rampe.

Et là, ils avaient l'impression qu'Amsterdam leur appartenait. La nuit était claire et des milliers d'étoiles décoraient le ciel. En bas, seules quelques lumières illusoires étaient visibles.

La sirène retentit. Betty se boucha les oreilles. L'alarme venait du toit voisin et était vraiment insoutenable. D'emblée elle détesta, haït ce bruit.

Soudain, un vrombissement se fit entendre. Il s'amplifia et voilà maintenant qu'il s'approchait.

Betty saisit la main de son père. Tout ce vacarme lui faisait peur, même si elle se trouvait à côté de son héros.

— Les voilà ! Johan leva le doigt en direction des avions, qui bientôt survolèrent les immeubles de leur rue. Ils se dirigeaient vers le port, firent demi-tour et repassèrent encore au-dessus d'eux. La scène se répéta deux fois. Betty était impressionnée. Comme ils avaient quasiment rasé les maisons, elle avait bien pu les observer, et voir presque leurs occupants.

Quand le bourdonnement s'éloigna pour de bon, il était grand temps d'aller se coucher.

Le lendemain matin, Munkie était allé chercher le journal qui avait été glissé dans la fente de la porte qui servait de boîte à lettres. S'arrêtant devant son maître attablé devant son petit déjeuner, le chien attendait l'ordre de lâcher le quotidien.

Johan remercia l'animal en lui caressant la tête et se plongea dans sa lecture.

— Les avions n'ont eu aucun mal à se diriger, cette nuit, s'exclama-t-il à l'attention de Francine qui beurrait des tartines pour sa fille. Les rideaux laissent passer des rais de lumière trop importants.

Il va falloir acheter des rouleaux de papier noir, pour les coller avec des bandes adhésives sur les fenêtres. Eh bien ! Ma chérie, ton joli travail n'aura pas servi à grand-chose !

Francine en resta bouche bée.

39. L'INÉGALITÉ

Betty aimait tout particulièrement les dimanches, comme tous les enfants, puisque c'était un jour férié.

Son seul regret était que maintenant, ils ne faisaient plus de balade en voiture. Ils n'allaient plus à Zandvoort, ville balnéaire au bord de la mer du Nord. De toute façon, même s'ils avaient eu encore un véhicule, il était interdit de circuler le dimanche, pour faire des économies d'essence. Les contrôles étaient stricts et les gendarmes distribuaient des amendes aux contrevenants. Seuls les médecins et certaines sociétés avaient le droit de circuler.

Du coup, le dimanche la rue était aux enfants. Jamais on n'avait vu autant de trottinettes en même temps. Les garçons jouaient aux petites voitures ou aux billes en plein milieu de la chaussée, les filles poussaient leurs landaus à poupées, sautaient à la corde, qu'elles avaient attachée au lampadaire. Ils se retrouvaient en bandes, sans pour autant vraiment s'amuser ensemble. Ils se régalaient de cette liberté inattendue.

Des soldats arrivaient à leur hauteur, et soudain Betty reconnut Paul parmi eux.

— Bonjour princesse, la salua-t-il. Je vois que tu es bien occupée avec tes bébés.

Tenant très sérieusement deux poupons dans ses bras elle acquiesça. Elle tendit sa joue pour se laisser embrasser.

— Maman a fait une nouvelle tenue pour chacun d'eux, regarde un peu comme ils sont beaux maintenant !

— C'est bien vrai. Dis-moi, ton père est là-haut, je suppose ?

— Oui, avec maman, c'est ouvert, tu n'as qu'à monter.

— Tu ne m'accompagnes pas ?

Betty fit la moue. Elle aimait bien l'ami de son père, mais elle n'avait vraiment pas le temps, ses camarades l'attendaient. Paul, à qui la boutade n'avait pas échappé, sourit, et lui tourna le dos.

Quelle chance, cette insouciance ! pensa-t-il.

Paul était en permission et en profitait pour rendre visite à ses amis.

Ces derniers voulaient tout savoir sur la mobilisation, et devant un café ils l'assaillirent de questions.

— Oh là, oh là ! C'est un interrogatoire ! dit-il en riant. Pour répondre à votre première question, je dors moyennement bien. Il faut dire que dans mon cantonnement, il y a aussi des hussards. Et qui dit hussards, dit, bien sûr, chevaux ! Si je vous disais que les animaux dorment au rez-de-chaussée de l'étable et que nous dormons au-dessus, sur la paille, vous comprendrez aisément qu'entre l'odeur des hommes et des bêtes, ce n'est pas génial ! Mais on s'y habitue, je dois le dire. Au début, j'étais gêné par les ronflements de mes camarades pour ne pas parler des bruits des naseaux des chevaux... Il s'arrêta et imita les différents sons, ce qui eut pour effet un fou rire général.

— Riez, riez ! J'aimerais vous y voir. Il prit une cigarette de son étui, gratta une allumette et l'alluma. Il inhala une grande bouffée qu'il laissa échapper ensuite en petits nuages. Il leur raconta les nombreux exercices auxquels tout soldat devait participer, la construction des abris souterrains, la restauration des tranchées de la *Grebbelinie*.

— Tout cela n'est pas bien grave. Par contre, quand je vois l'armée de pères endimanchés que forment nos unités, là je prends peur ! J'ai vu de mes propres yeux les défilés de l'armée allemande, et je vous le dis : accrochons-nous ! Nous ne sommes pas de taille ! Nous avons des bicyclettes, ils ont des motos ! Nous avons des chevaux, ils ont des panzers ! Nous avons des hommes peu sportifs, ils ont des équipes super entraînées ! Il y aura encore tant à faire pour leur arriver, ne serait-ce qu'à la cheville !

Après ces dernières paroles, un lourd silence s'installa.

40. PLAISIRS D'HIVER

L'hiver était arrivé d'un coup. La bise glaciale, venant de la mer toute proche, accentuait la sensation de froid.

Les dernières feuilles aux couleurs automnales s'envolaient et virevoltaient dans le ciel sombre d'Amsterdam. Les arbres ainsi dénudés ne cachaient plus rien de leur force majestueuse et donnaient une tout autre allure à la ville si belle.

Les canaux ne renvoyaient plus les images déformées des maisons rigoureusement alignées qui les bordaient. La glace avait progressivement encerclé péniches et barques, rendant la navigation impossible.

L'épaisse couche de nuages empêchait la lune d'illuminer un peu cette sombre soirée.

Des flocons de neige commençaient à présent leur descente dansante, vers le sol froid, qui leur réservait un excellent accueil.

Bientôt tout disparaitrait sous un épais tapis blanc, laissant parler la langue de la nature.

Quelle nuit !
Quel silence !

Le lendemain matin, Betty jeta un coup d'œil par la fenêtre et s'écria :
— Maman, il a neigé ! Papa, dépêche-toi, nous allons dehors !

La neige étincelante offrait un spectacle enchanté. Le ciel s'était dégagé et faisait place à un soleil rayonnant, donnant l'impression que les rues étaient parsemées de milliers de petites étoiles.

Muni d'une pelle, Johan descendit les escaliers avec sa fille. Arrivé en bas, il commença à dégager le devant de porte.

Betty, elle, faisait des boules de neige avec ses moufles neuves, que Francine lui avait tricotées. Quand elle en eut fait une d'énorme, elle attaqua son père par surprise. Puis elle continua, le bombardant littéralement. Alors Johan, rapide comme l'éclair, ramassa de la neige, forma une boule qu'il fit éclater sur sa tête. La petite rit aux éclats. Une véritable bataille s'engagea.

— Tu veux bien m'aider à faire un bonhomme de neige maintenant ?
— Allons-y, approuva Johan. Il faut faire une boule, regarde ! Et joignant son geste à la parole, il la fit rouler sur le trottoir et grossir rapidement.

— À toi maintenant, fais-en une plus grosse que la mienne.

Betty s'appliqua et en un clin d'œil elle avait réussi. Elle s'arrêta devant leur maison.

— Voilà, il va habiter ici, notre bonhomme de neige.

Johan posa sa boule sur celle de Betty, en guise de tête, et la tassa un peu pour qu'elle y adhère bien.

— Il lui manque les yeux et le nez, ajouta-t-elle, et déjà elle avait disparu.

Elle revint chargée d'une carotte, de deux pommes de terre et d'une vieille écharpe. Le bonhomme était maintenant doté de beaux yeux et d'un joli nez orange qui juraient bien avec le rouge du châle. Betty était

129

très satisfaite de leur travail.

— Il ne lui manque plus qu'un chapeau, je vais t'en chercher un.

Johan redescendit avec Francine. Cérémonieusement elle plaça le feutre sur le chef du bonhomme de neige et elle applaudit. Aux anges, leur progéniture s'exclama :

— Oh ! Comme il est beau, je le baptise... Gaspard !

L'après-midi Pa amena sa petite fille dans le Vondelpark. Le parc ressemblait à un de ces fameux Paysages d'hiver, que l'on trouve sur les tableaux des peintres de l'École Hollandaise du XVIIe siècle. Jeunes et moins jeunes, munis de leurs patins à glace, redécouvraient sur les petits lacs et canaux gelés, les plaisirs des jeux d'hiver.

Pa traînait derrière lui une chaise. Il posa Betty dessus et commença à la chausser. Ses patins étaient tout neufs et le soleil se reflétait sur les lames. La fillette était ravissante dans son manteau blanc, son bonnet et son écharpe rose. Elle appréhendait un peu de se tenir sur la glace. À regarder tous ces gens, cela avait l'air plutôt facile, mais qu'en était-il vraiment ?

Pa s'était chaussé à son tour et mit la chaise sur la glace.

— Tu poses tes mains sur l'assise et tu pousses.

Tenant mal sur ses jambes Betty s'aventura. Son grand-père patinait à ses côtés et l'encourageait. Rapidement elle prit un peu plus confiance et réussit même à sourire.

— Tu vois bien que tu y arrives. Bientôt tu seras une championne et tu pourras participer à l'*Elfstedentocht*, tonna-t-il, fier de la fillette.

Cette fameuse course sur glace, créée au début du siècle, couvrait une distance de deux cents kilomètres et devait son nom au fait qu'elle traverse onze villes de Frise.

Après deux heures d'entraînement intensif, Pa lui offrit quelque réconfort. Une petite échoppe qui avait été installée au bord du lac vendait des poffertjes, crêpes épaisses et minuscules, que l'on servait avec du beurre et du sucre.

— Ce soir tu n'auras point besoin de berceuse, pas vrai ma fille ? dit-il en l'embrassant affectueusement sur la joue.

41. JAMAIS DEUX SANS TROIS

Le KVV, organisation pour sensibiliser les femmes aux nouvelles tâches qui pourraient les attendre en cas de guerre, s'était réuni au siège social.

Le cliquetis fiévreux des aiguilles semblait s'accorder sur un rythme endiablé.

Les femmes dans leurs uniformes étaient très disciplinées : une rangée de points à l'endroit, une à l'envers, et malheur à celle qui perdait une maille en route !

Hanneke avait bien du mal à garder la terrible cadence que les autres lui imposaient. De temps à autre, elle levait rapidement la tête pour voir où ses camarades en étaient. Elle était continuellement en retard.

Elles avaient déjà tricoté une centaine de paires de moufles en laine, lors des dernières réunions. Maintenant il fallait fabriquer des bonnets.

Le tout sera envoyé aux soldats, au front. L'hiver était tellement rude que les pauvres gars souffraient d'engelures aux mains et avaient les oreilles gelées.

Pour parer au mieux à ce qui leur faisait défaut, elles avaient également organisé une collecte de couvertures bien chaudes, qui attendaient d'être livrées.

Comme les femmes n'étaient point bavardes, Hanneke avait tout le loisir de penser. Et elle avait de quoi !

Elle avait reçu une lettre de sa mère. Son père était malade à nouveau et son état semblait empirer. Il avait les bronches fragiles et son cœur était fatigué.

Hanneke l'avait trouvé amaigri lors de sa dernière visite au mois de novembre et bien sûr leur expulsion y était pour quelque chose.

De plus, ils étaient vraiment à l'étroit dans leur famille d'accueil, et elle sentait bien que la garde de Karl devenait un poids pour ses parents.

Et si je l'installais chez moi, se demanda la jeune femme. Ce serait peut-être la meilleure solution.

Mais son appartement était très petit, il n'y avait pas de chambre pour lui. Il lui restait à déménager.

Elle était tellement absorbée par ses pensées maintenant qu'elle ne tricotait plus.

Si je déménageais et si je changeais de quartier, je pourrais le faire passer pour mon fils, à condition qu'il changeât de nom. Il devra porter le mien : Busbach. Oui, c'est cela. Je vais le garder moi-même, c'est vraiment la meilleure solution.

Elle émit un soupir de soulagement tellement profond, que d'un coup toutes les aiguilles autour d'elle s'arrêtèrent et une trentaine de paires d'yeux l'observèrent.

— Vous allez bien, Hanneke, s'inquiéta la présidente.

La jeune femme se sentit rougir, elle eut un timide sourire et répondit :

— Oui, je pensais seulement à mon fils, que je vais aller chercher dans quelques jours. Je m'en fais une telle joie, que j'en oubliais mon ouvrage. Je suis désolée, bredouilla-t-elle.

Après cette information, ses collègues se jetaient des regards interrogateurs. Comment se faisait-il que personne ne sût que cette Hanneke fût une mère célibataire ?

Le travail reprenait toutefois, mais un sentiment de désapprobation alourdissait maintenant l'atmosphère.

Avec une grande satisfaction, Hanneke regarda la pièce d'identité que Paul lui tendit. Même mobilisé, il avait été d'une efficacité redoutable. Elle ne comprenait pas comment il pouvait bien faire pour obtenir de faux papiers, il n'avait pourtant pas l'air d'un malfrat.

Et comme il était beau dans son uniforme !

— Voilà donc que notre jeune homme change de nom pour la troisième fois. Il devient « Koky Busbach ». Il est toujours né le 10 septembre 1932, à Amsterdam. Il n'y avait aucune raison de changer cette date.

— C'est un nom qui lui va bien, après tout il est comme un fils pour moi. Son doux sourire illumina son visage.

— Lors de ma prochaine permission, je vous rendrai visite.

— Nous en serons ravis.

— À bientôt, Hanneke, j'ai été très heureux de te revoir. Il lui saisit la main et y posa un léger baiser avant de monter dans le tram qui l'amènerait à la gare.

La jeune femme leva une main incertaine. Elle balbutia :

— Au revoir, Paul.

Son cœur battait la chamade. Il l'avait tutoyée. Ses jambes tremblotaient. Elle regarda sa main et se dit qu'elle n'allait plus jamais la laver pour ne pas effacer le baiser qu'il y avait posé.

Elle resta là, longtemps, bien après que le tram fut parti, comme dans un rêve. Elle avait peur de se réveiller et de constater que tout cela n'avait été qu'un songe.

42. LES TERRIBLES JOURNÉES DE MAI 1940

Paul et ses camarades avaient été alertés à temps, tôt le matin. Après un véritable branle-bas de combat, chacun était à son poste.

La myriade de points brillants qui filaient à toute allure vers la mer du Nord, trop hauts cependant pour être identifiés avec certitude dans la très faible lumière du jour naissant, ne laissait derrière eux que de longs sillages blanchâtres.

— Ils filent vers l'Angleterre, déclara un soldat tout en scrutant le ciel.

— On dirait bien une attaque massive, pauvres Anglais..., pensa tout haut son voisin.

Aux alentours tout était calme ; les habitants dormaient encore paisiblement. Ils ignoraient totalement ce qui se préparait.

Une si belle journée de mai s'annonçait ! Dans les arbres environnants, les hommes entendaient le piaillement joyeux des oiseaux. La nature s'était vêtue de son nouveau manteau verdoyant, d'un vert tellement tendre, que seul le printemps peut offrir.

Le ciel encore obscur laissait deviner un bleu azur d'une clarté exceptionnelle où bientôt un soleil rayonnant ferait son apparition.

Tout laissait présager une magnifique journée, alors que les militaires entendaient au-dessus de leurs têtes le ronronnement de dizaines d'avions allemands.

Une légère brume matinale s'installait maintenant sur le sol.

Tous les hommes étaient aux aguets dans leur tranchée ou abri, prêts à défendre Valkenburg et surtout son aéroport qui se trouvait au nord de la capitale hollandaise.

Les yeux rivés vers ces bandes immatérielles qui peu à peu fondaient comme neige au soleil, ils furent pourtant littéralement ébahis par un énorme essaim d'abeilles mécaniques qui volaient à bien plus basse altitude que les premiers et qui se succédaient, formant une chaîne interminable.

Reconnaissant à travers le brouillard la croix gammée sur les appareils, tous comprirent à l'instant qu'il ne s'agissait plus de simples avions de repérage des frontières, qui avaient survolé le pays en grand nombre durant ces derniers mois.

Une ordonnance fit alors son apparition et prononça un mot de passe à voix basse, accompagné de sa gestuelle convenue.

Chaque mot de passe comprenait toujours la combinaison de lettres « sch », donnant au mot un phonème typiquement hollandais, quasi inimitable par les étrangers tel que « Scheveningen », nom d'une ville portuaire des Pays-Bas.

Le mot d'ordre venait donc d'être donné : défendre jusqu'à la mort !

Soudain, les avions allemands de la *Luftwaffe*, des *Stukas*, se séparèrent par groupe de dix. Stupéfaits par cette action brutale, les soldats commencèrent à leur tirer dessus.

C'est alors que dans la brume du jour naissant, les *Stukas* firent basculer leurs ailes et foncèrent en piqué vers le sol dans un hurlement terrifiant, qui sortait de simples turbines accrochées sous leurs ventres. Les militaires terrés dans les tranchées furent épouvantés par ces miaulements rugissants, déroutants et insupportables.

Aussitôt après leurs mugissements qui allaient crescendo, les nuées impressionnantes de la *Luftwaffe* lâchaient leurs bombes sur les cibles avant de disparaître immédiatement pour se mettre à l'abri, alors que la terre se mettait à trembler.

Les énormes secousses terrifièrent les militaires tandis que de grandes flammes rouges suivaient les explosions, formant des champignons gigantesques de fumée noire.

Paul comprit que l'invasion de l'Ouest avait commencé. En un éclair il repensa à la lettre d'un ami allemand qui y répétait fièrement la consigne d'Hitler lors de l'attaque de la Pologne :

Secret – Surprise – Vitesse.

— Et de deux ! pensa-t-il amèrement. La *Luftwaffe* maîtresse du ciel !

Nous ne serons pas de taille…

Parmi les hommes régnait à présent un vent de panique.

Mais ils n'étaient pas au bout de leur surprise.

Les ailes à peine redressées pour reprendre leur route vers la mer du Nord, les *Stukas* laissèrent la place à des planeurs dissimulés par l'épaisse couche de fumée noire.

Silencieux.

Annonciateurs de morts.

Comme venus de nulle part, des parachutistes, fer de lance de l'offensive *Fall Gelb*, descendaient par dizaines dans le ciel enfumé.

Ils venaient briser la résistance militaire de l'intérieur, désorganiser la défense et préparer l'arrivée des colonnes blindées.

En ce vendredi matin, le 10 mai 1940, l'avant-veille de cette célébration religieuse qu'est la Pentecôte, l'opération aéroportée allemande *Fall Gelb* venait d'être déclenchée.

Rein alias Karl, était bien trop excité pour pouvoir dormir. Couché sur un matelas à même le sol, il avait les yeux rivés sur le plafond du débarras qui était devenu sa chambre. Une petite ouverture laissait entrer la lueur de la lune et dessinait des ombres sur les murs.

Cette pièce minuscule était tout ce que la famille d'accueil avait pu lui offrir. Il s'en contentait, car il préférait être seul sur une paillasse de fortune que serré entre deux corps. De plus, la mère de Hanneke ronflait tel un bûcheron et son mari sifflait à chaque expiration. À eux deux, c'était un vrai concert !

Le garçon tentait de tuer le temps en créant des ombres chinoises au-dessus de sa tête. Mais il s'en lassa rapidement. Il se recoucha et tâcha de s'endormir, sans pour autant y parvenir. Il jeta de nouveau un coup d'œil sur le réveil. Il indiquait quatre heures du matin. Plus que huit heures à attendre. Et il prendrait le train pour rejoindre sa chère Hanneke à Amsterdam. Il attendait ce moment depuis début février et avait trouvé ces trois derniers mois interminables.

La jeune femme avait eu beaucoup de mal à se trouver un autre appartement. Dès qu'un logement était vacant, il était pris d'assaut par des gens venant de l'Est et qui fuyaient l'oppression du troisième Reich. Elle en avait cependant déniché un, dont elle pourrait prendre possession à partir du mois de mai.

Demain matin Karl quitterait donc Utrecht pour Amsterdam.

Une nouvelle vie.

Un autre nom.

Une troisième identité.

— Koky Busbach, dit-il pour s'entraîner à voix haute. Koky Busbach.

Il trouvait que c'était un joli nom qui sonnait bien et qui lui allait comme un gant. Il rêvassait ainsi quand soudain, un vrombissement dans le ciel attira son attention.

Ce n'étaient point des grondements de canons auxquels il ne faisait plus guère attention : depuis des mois les Pays-Bas tiraient sur tout avion non identifié qui survolait leur espace aérien, prouvant ainsi leur neutralité.

Seulement, cette fois-ci, le bruit était bien plus assourdissant, puissant, et intense. Il tendit un peu plus l'oreille et fut certain qu'il s'approchait. D'un bond il se leva et scruta le ciel à travers la fenêtre.

Dans la brume du jour naissant, des dizaines d'avions passèrent au-dessus de la maison pour se diriger vers le Zuiderzee, la vaste baie qui reliait jadis le vieux port d'Amsterdam à la mer du Nord.

Les Allemands ! Ils se dirigent vers l'Angleterre ! se dit-il.

C'était ce que pensaient de nombreux Hollandais.

Nul ne pouvait imaginer que ces avions survolaient le territoire en direction de la Grande-Bretagne que dans le but d'augmenter l'effet de surprise de l'opération *Fall Gelb*.

Le bruit impressionnant de cette colonie de moteurs de la *Luftwaffe* avait réveillé la maisonnée.

Tout le monde se rassembla dans la cuisine où la voix austère d'un speaker sortait du poste de radio. Elle confirmait que des avions allemands survolaient en ce moment le territoire national. La voix n'était pas rassurante. D'autres dépêches étaient attendues...

On décida de faire un peu de thé qui fut servi avec quelques biscuits. Là, tous assis autour de la grande table, les mains autour des tasses, chacun était plongé dans ses pensées, même les enfants étaient murés dans un silence poignant.

— Écoutez ! cria un petit. Ils sont de retour !

Tous se ruèrent alors sur les rideaux pour les ouvrir brutalement.

L'aube naissante annonçait une magnifique journée.

— Là, regardez, il y en a trois..., non, cinq !

Sur quatre de ces appareils, on pouvait facilement distinguer le svastika noir de l'armée allemande, l'autre appareil était un Fokker hollandais.

— Ils se battent ! Et il y a un avion de chez nous qui les attaque, cria un des enfants de la famille d'hôte.

Tous étaient totalement médusés par le spectacle qui se jouait sous leurs yeux, et ils en oubliaient presque de respirer. Soudain un avion allemand fut touché et prit feu. Tous le virent sombrer un peu plus loin, derrière les arbres, dans la forêt. Un cri de joie, de jubilation emplit la pièce. Ils se prirent la main et se mirent à chanter :

— *Oranje boven, Oranje boven* ![22]

Personne n'eut le moindre sentiment ou même une petite pensée pour ces jeunes Allemands qui venaient de mourir, ni d'ailleurs pour leurs femmes leurs enfants ou autres membres de famille qui, loin là-bas en Allemagne, priaient peut-être pour la sauvegarde de leur mari, de leur père ou de leur fils...

Ils furent interrompus par le présentateur de la radio qui annonçait un discours de la reine Wilhelmine. Elle s'adressa à ses sujets et chaque personne présente dans la cuisine tourna respectueusement la tête en direction du poste. Les Néerlandais étaient de fervents monarchistes et ils avaient une affection particulière pour leur reine qui manifestait une dévotion évidente pour son peuple auquel elle s'identifiait.

D'une gravité solennelle, elle déclarait que les Pays-Bas étaient désormais en état de guerre avec l'Allemagne qui avait violé sa neutralité sans déclaration.

S'ensuivit le *Wilhelmus*, hymne national néerlandais. Personne n'osa plus bouger. Cette mélodie, qu'ils avaient tous, petits et grands, apprise à l'école et chantée à diverses occasions pendant toutes ces années de paix, prenait à présent, une tout autre dimension. Et une forte émotion s'emparait de tous ceux qui l'écoutaient à travers le pays.

Rein avait déjà regagné la fenêtre. Il vit des points à l'horizon. Il les désigna du doigt aux autres enfants et leur fit signe de s'approcher.

On aurait dit des corolles géantes, dansant dans le ciel. Mais il ne s'agissait pas de fleurs gracieuses qui embellissent chaque instant de la vie, mais de parachutes sous lesquels étaient pendus des hommes armés de matériel d'une haute technicité, venus pour semer la mort.

Il y avait des centaines de parachutes.

Les jeunes gens étaient stupéfaits tout comme les adultes qui les avaient rejoints.

— Une invasion venue du ciel ! cria Mien avec effroi.

Un crépitement de mitrailleuse se fit aussitôt entendre. Les soldats Oranges contre-attaquaient. Ils cueillaient de nombreuses danseuses-tueuses venues du ciel, qui trouvaient ainsi la mort avant de toucher terre.

La musique entraînante qui était diffusée sur les ondes pour conserver un bon moral fut de nouveau interrompue et la voix nerveuse du speaker donna quelques nouvelles informations.

Partout dans le pays des parachutistes avaient été largués. À Rotterdam, Utrecht, Valkenburg, les combats contre ces troupes aéroportées étaient particulièrement violents. Certains de ces parachutistes portaient l'uniforme hollandais ou étaient déguisés en femmes ou encore en nonnes pour mieux se confondre dans les villes et les campagnes. Le speaker insistait également sur le fait que seules les informations émanant des voix habituelles pouvaient être considérées comme vraies, car nombreuses étaient les désinformations.

---

[22] Orange le plus fort !

— Voilà donc à quoi servaient tous ces avions que nous avons vu passer, dit le père de Hanneke d'une voix fatiguée. Ils n'allaient pas du tout en Angleterre. Ils transportaient des malfrats pour les déposer en des points stratégiques derrière nos lignes d'eau soi-disant imprenables et qui devaient nous assurer une protection inviolable... Ceci pourrait bien être le début de la fin, ajouta-t-il enfin d'un ton pessimiste.

Betty avait bel et bien entendu cette nuit-là, des ronronnements qui l'avaient réveillée, mais elle s'était aussitôt rendormie, nullement inquiète.

Au matin, son père lui montra la photo d'un bombardier allemand qui faisait la Une du journal. La tenant par les deux bras et la fixant dans les yeux, il lui annonça d'un air extrêmement grave :

— C'est la guerre, ma fille.

À sept ans, elle ne comprenait pas très bien pourquoi leur voisin allemand les attaquait.

C'était donc la guerre. Pourtant tout semblait continuer comme si de rien n'était.

Ils avaient pris leur petit déjeuner ensemble, en écoutant la radio.

Et la vie continuait normalement : son père était parti travailler, sa mère était allée faire des provisions et Betty avait pris sa bicyclette pour aller à l'école. C'était étrange tout de même.

C'était pourtant la guerre.

Dans les rues régnait cependant une activité au-dessus de la normale.

En passant devant une droguerie renommée de la ville, elle vit que les mères de famille faisaient la queue.

Elle vit des femmes poussant des charrettes à bras bien remplis.

Les terrasses de café étaient de vraies ruches, tant l'animation était importante.

Toute cette excitation, et le ciel bleu lui donnaient envie de flâner, mais elle devait appuyer plus fort sur les pédales ; il était bientôt neuf heures. Et elle ne pouvait arriver en retard à l'école.

Tous les élèves étaient regroupés dans la cour. Le directeur s'adressait aux jeunes gens d'une voix solennelle. Il leur expliquait qu'il n'y aurait pas classe aujourd'hui, et ce jusqu'à nouvel ordre. Un *Wilhelmus* chanté par tous mit fin au discours.

Betty, plutôt ravie de cette journée chômée, avait rangé son vélo dans la cave et s'apprêtait à aller jouer dehors quand sa mère apparut dans l'embrasure de la porte.

— Je t'ai vu arriver. Mais tu ne peux pas sortir. La radio nous a informés que des parachutistes allemands peuvent être cachés dans la ville. C'est trop dangereux. Et poussant sa fille dans la cage d'escalier, elle ajouta :

— Veux-tu que nous fabriquions une nouvelle robe pour ta poupée noire ?

Celle-ci, que Tante Neel lui avait achetée, était devenue son jouet fétiche. Pour l'instant, elle n'était vêtue que d'une simple jupe en toile de jute. Elle avait donc bien besoin d'une nouvelle garde-robe.

— Munkie, va donc me chercher le journal ! ordonna Johan le lendemain, le 11 mai 1940. Le petit chien obéit immédiatement, et quelques instants plus tard, le quotidien fièrement serré dans sa gueule, il s'assit auprès de son maître et attendit sa récompense : un bout de biscotte briochée.

— Voilà ton thé, mon chéri, dit Francine en posant une tasse fumante devant son mari. Mais il ne l'entendait déjà plus : la lecture l'absorbait complètement.

Les nouvelles n'étaient pas glorieuses, mais pas non plus des plus pessimistes.

— Écoute un peu ceci Francine :

« Après de rudes combats notre armée a repris possession des aéroports Valkenburg, Ypenburg et Ockenburg cependant qu'un millier de soldats allemands ont été embarqués à Ijmuiden[23] pour être envoyés en Angleterre. » Il y aurait de nombreuses victimes du côté allemand. Voilà pour la bonne nouvelle, la mauvaise c'est qu'une division allemande s'est emparée d'une partie de l'aéroport de Rotterdam et de certains quartiers de la ville, et ce malgré les contre-attaques. Viens voir, et regarde cette photo.

L'image montrait quelques civils qui regardaient avec étonnement un hydravion allemand, un Heinkel, amerrir sur la Meuse, à Rotterdam.

— Ses occupants regagnaient ensuite la rive à bord de canots pneumatiques. Tu vois bien là Francine, que les Allemands utilisent des moyens et des stratégies encore jamais utilisés auparavant et c'est pour cela qu'ils sont si dangereux !

— Oui, c'est vrai, mais ce sont aussi des salauds ! Ils n'ont aucun respect. Tu te rends compte qu'ils vont jusqu'à porter nos uniformes pour mieux se fondre dans la population ? Et tu as bien entendu à la radio hier ce qu'ils ont fait sur le pont de Gennep ? Ce n'est plus faire la guerre ! La jeune femme frappa de son poing sur la table, faisant sursauter la tasse pleine de thé de Johan.

— Allez ! Calme-toi ! Ne crie pas, tu vas réveiller Betty ! Nous n'avons pas encore perdu ! Il faut y croire encore. Il caressa doucement la main de sa femme. Comme il l'aimait et comme elle était belle même lorsqu'elle s'énervait et qu'un peu de rouge envahissait ses joues.

Francine parlait du stratagème de la prise du pont de Gennep, un point stratégique qui, une fois conquis, permettrait le passage des blindés allemands. Le matin du 10 mai, les pontonniers virent apparaître une patrouille portant l'uniforme de la reine. Elle poussait devant elle quelques Allemands.

Une fois arrivée sur le tablier, elle ouvrit le feu sur les pontonniers et s'empara de l'ouvrage. La voie pour la 9e *Panzerdivision* et la division motorisée *SS Verfügung* était libre.

Francine souffla et tenta de se calmer. Elle s'installa à côté de son mari et lui prit quelques pages du journal. Elle se plongea à son tour dans la lecture.

Il y avait eu haute trahison, disait-on. De trop nombreux points

---

[23] Fortification proche d'Amsterdam

stratégiques avaient pu être atteints par les Allemands. On parlait de l'existence d'une « cinquième colonne ». On arrêtait de nombreuses personnes, des Allemands, des partisans et surtout des membres du NSB.

Klaas va-t-il aussi être arrêté ? se demanda-t-elle. Johan devait sûrement se poser la même question, mais il ne le lui dirait pas.

Comme elle ne voulait toujours pas que sa fille joue dehors, Francine décida de lui apprendre à tricoter. Il fallait bien l'occuper, et elle avait suffisamment de restes de laines pour lui faire fabriquer une écharpe multicolore pour sa poupée.

Betty était adroite et avait rapidement assimilé la technique du tricotage. Le bout de sa petite langue dépassait de ses lèvres serrées, témoignant de sa grande concentration. Elle ne voulait pas perdre de maille en route ! Elle en était à sa dixième rangée et se leva pour montrer l'ouvrage à sa mère. Au même instant, la sirène d'alerte retentit pour la première fois depuis le début des hostilités. Elle se trouvait sur le toit de leur propre maison et ce rugissement à proximité était vraiment terrifiant.

— Vite, une attaque aérienne, il faut aller aux abris ! Vite ! D'un geste presque violent, elle prit sa fille par le bras, l'entraînant dans les escaliers.

Dans la rue l'affolement était général. Les gens se ruaient vers les refuges les plus proches.

Le leur avait été construit sous un pont. L'endroit était humide et il y faisait froid.

Entassés sur des bancs, ils attendaient.

Un silence lourd s'installa. Tout le monde était aux aguets, les sens en éveil.

Cinq minutes passèrent.

Un bébé, que sa mère tenait contre son sein, se mit à pleurer. Ses pleurs se transformèrent rapidement en cris stridents, attirant tous les regards. Sa maman, gênée, tentait de le calmer. Elle lui tapotait doucement le dos, puis le berça. Mais au lieu de s'apaiser, le nourrisson s'excita. Ses hurlements redoublèrent. N'y tenant plus, la jeune mère se décida à déboutonner son chemisier. Elle en sortit un gros sein blanc laiteux qui fut immédiatement accaparé par le petit être. De ses petits poings, il le serra de toutes ses forces puis, tout en tétant goulûment, il émit un bruit de satisfaction qui fit sourire toutes les personnes présentes. Quel spectacle attendrissant !

C'est à ce moment-là que la première bombe explosa. Après une première secousse, le sol continua à trembler. Quatre charges explosives venaient de tomber à proximité.

À l'intérieur de l'abri, une vieille femme criait, les mains sur ses oreilles. Un jeune couple se tenait enlacé ne voulant croire qu'à leur amour. Un homme, sûrement un notable à en juger par ses vêtements, priait. Une jeune femme se signa et joignit les mains.

Il y eut un affolement général.

Un monsieur d'un âge mûr demanda alors à tous de garder leur calme. C'était difficile.

Betty s'était réfugiée aux creux de la poitrine réconfortante de sa

mère qui pleurait en silence, la peur au ventre.
Puis enfin un nouveau signal sonore retentit, qui signifiait la fin de l'alerte.
On ouvrit la porte avec précaution.
Francine et sa fille furent parmi les premières personnes à sortir. Ce fut un choc. La jeune femme porta sa main à sa bouche et resta un instant comme pétrifiée.
Autour d'elles tout n'était que ruines. Ce qui avait été une belle rue n'était plus qu'un champ de décombres. Les belles maisons aux jolis pignons n'étaient plus que poussière.
Un peu plus loin de grosses flammes s'élevaient dans le ciel.
Serrant un peu plus la menotte de sa fille, Francine se fraya un chemin parmi les gravats. Il était difficile de marcher sur ce sol devenu instable. L'air poussiéreux les faisait tousser.
Quelque chose de mou la fit chanceler. Elle baissa les yeux et poussa un cri.
Là, devant elle, et sous son pied, gisaient les restes humains de ce qui avait été un corps. L'explosion l'avait complètement déchiqueté.
Plus loin il y avait deux autres cadavres calcinés, dont celui d'un enfant. Puis un tronc...
Un violent haut-le-cœur la secoua, elle ne put s'empêcher de vomir. Pendant l'effort elle porta ses mains sur son ventre qui la tiraillait.
La fillette observait sa mère sans pouvoir prononcer le moindre mot.
Au loin on entendait maintenant les sirènes des pompiers qui s'approchaient.
La voilà donc la guerre !
Maintenant elle savait à quoi elle ressemblait !
Et son papa, était-il encore vivant ?

Arrivées dans la rue où se trouvait leur maison, Francine constata immédiatement que même ici les fenêtres n'avaient pu résister au souffle violent des bombes. Partout des bris de verre jonchaient les pavés de la rue.
À hauteur de leur demeure, elle leva la tête : aucune vitre n'était intacte !
Son ventre la faisait souffrir et elle avait bien du mal à se hisser le long des escaliers.
Elle ouvrit la porte et la vue de son appartement la remplit d'effroi.
Le sol était parsemé de millier d'éclats. Il y en avait partout.
Puis son regard fut attiré par des taches sombres, que des fragments d'obus avaient gravées sur les meubles.
Elle laissa ses doigts courir sur le bois meurtri avant de s'asseoir, épuisée. Betty ne parlait toujours pas, mais se collait contre sa mère.
Francine pleurait à chaudes larmes.

Ce 13 mai, lundi de Pentecôte, était l'anniversaire de Francine. Elle avait vingt-sept ans.
Comme il ne travaillait pas, Johan avait préparé le petit déjeuner qui allait lui être servi au lit. Elle était encore épuisée par tous ces évènements et il voulait la gâter un peu.

Sur un joli plateau en argent, il avait disposé trois assiettes avec quelques biscottes briochées et tartinées de beurre salé. Il avait préparé le thé et le versa dans les tasses, y ajoutait un soupçon de lait et une petite cuillerée de sucre.

— As-tu fini ton dessin ma chérie ? demanda-t-il à sa fille.

Cette dernière acquiesça.

— Alors, allons-y. Munkie, tu peux venir aussi en ce jour de fête. Porte le journal ! Toi Betty tu porteras les fleurs.

Johan avait acheté un bouquet de vingt-sept tulipes jaunes pour sa bien-aimée.

Betty ouvrit cérémonieusement la porte de la chambre à coucher de ses parents en chantant « joyeux anniversaire », et fut bientôt rejointe par son père. Même Munkie jappa joyeusement. Le tout formait un ensemble heureux.

Francine sourit et s'étira. En apercevant Johan qui portait sur elle un regard si doux et si tendre, une douce langueur l'envahit.

— Quelle surprise ! Elle tapota les coussins pour les regonfler un peu et ajouta :

— Installez-vous ! Un de chaque côté.

Après avoir dégusté les délicieuses tranches de pain brioché, Francine examina le dessin de sa fille. Celle-ci avait tracé un chemin au milieu d'un champ de tulipes rouges, jaunes et roses. Francine posa son bras sur les frêles épaules de Betty et l'embrassa.

— Merci ma chérie, grâce à toi j'ai quand même l'impression de faire ma balade préférée.

En effet, chaque année à l'approche de son anniversaire, ils se rendaient dans la Bollenstreek, zones de bulbiculture à l'ouest du pays dont la plus importante se trouve entre Amsterdam et Rotterdam.

Le printemps offre alors un de ses plus beaux spectacles de l'année : sentiers, routes et canaux sillonnent des étendues où dominent les rouges, les jaunes, rehaussés de petites notes de vert, de rose ou encore d'orange.

Mais aujourd'hui ils ne pouvaient pas profiter de ce splendide tableau floral et le regrettaient.

— C'est un drôle d'anniversaire, pensa Francine. Elle regardait sa fille, blottie contre elle, puis son mari, et goûtait pleinement ce bonheur si simple. Toujours un peu lasse, elle ressentait encore ce léger tiraillement dans son bas ventre qui l'inquiétait tant.

Comme s'il savait lire tout au fond de son être, Johan y posa une main rassurante. À ce geste tendre et réconfortant, il vit sur son visage l'esquisse d'un sourire.

Depuis des semaines, voire des mois, ils avaient vécu dans la peur. L'image effrayante de leur petit pays, mêlé à ce conflit, avait envahi tous les esprits... Et maintenant la bête féroce avait pénétré leur pays.

Qu'allons-nous devenir ? pensa-t-il. Est-ce que nous en sortirons indemnes ? Le petit être que porte Francine au fond de ses entrailles, allait-il avoir une chance de vivre ? Il n'avait aucune réponse à fournir, mais restait optimiste malgré tout, se disant que de toute façon les cartes étaient déjà jouées, et que le mieux était de savoir profiter de chaque bon moment.

— *Carpe Diem* Francine ! Ou plutôt *Carpe Minutum* !

La petite famille s'était rendue chez Ma pour fêter l'anniversaire de Francine.

Installés dans le salon, ils dégustèrent de délicieux gâteaux. Pa était allé les acheter chez le meilleur pâtissier de la ville.

Neel était également présente et trouvait sa sœur bien pâlichonne. D'un doux sourire, elle lui tendit un joli paquet, enveloppé dans du papier de soie rose.

— Bon anniversaire, Francine, dit-elle en l'embrassant tendrement sur la joue.

— Merci, Neel. Avec empressement, ses doigts défirent le cadeau. Oh ! Des sels de bain ! À la lavande. Elle lisait l'étiquette :

— « La lavande a des effets relaxants ». Ce sera merveilleux de me glisser dans un bain aux effets calmants. J'en ai bien besoin.

— Qui n'en a pas besoin d'ailleurs, vu les circonstances ! Regardez ! Nous avons la radio allumée à longueur de journée. Il désigna du doigt le nouveau poste Phillips. De temps à autre Ma voudrait bien éteindre, mais je le lui interdis !

— C'est tellement déprimant d'écouter comment notre armée se défend sans grand succès !

Le 13 mai la situation s'était vraiment dégradée. Malgré une forte résistance, les Allemands semblaient gagner du terrain et progressaient vers Rotterdam. Les renforts alliés avaient tardé à s'organiser ce qui jouait en faveur d'Hitler.

De nombreuses personnes ayant trahi leur patrie avaient été arrêtées et on assistait à un véritable assainissement du territoire.

Klaas avait été lui aussi arrêté. Ils le savaient tous, mais personne n'en parlait. Ils ignoraient de quoi il était accusé exactement, et c'était sans importance, seul comptait le fait de son arrestation.

Ces discussions de grandes personnes n'intéressaient pas la fillette de sept ans. Elle était désagréable cet après-midi-là, elle ne tenait pas en place. Excédée, Ma finit par maugréer :

— Peux-tu rester tranquille un instant, Mademoiselle ? Cela suffit !

Betty leva un regard un peu effronté vers sa grand-mère, mais n'osa rien dire.

— Va donc jouer devant la porte ! Mais ne t'éloigne pas, as-tu bien compris, Betty ? lui ordonna Johan d'un ton sévère. La petite acquiesça d'un bref mouvement de la tête et sortit en chantonnant. Elle avait enfin obtenu ce qu'elle voulait.

Ils la regardaient sortir lorsque la voix grave du speaker attira toute leur attention.

— La reine vient de quitter notre pays, annonça-t-il.

Cette nouvelle les accabla. Pis, ils étaient perplexes.

Elle ne pouvait pas avoir fait cela ! Pourquoi leur chère reine les abandonnait-elle, les laissant seuls, face à cet ennemi si puissant ?

Un commando aéroporté avait atterri à La Haye et avait tenté de capturer la famille royale. Le plan avait été déjoué à temps et Wilhelmine s'était résignée à abandonner le territoire national.

— Il fallait s'y attendre. La princesse Juliana, n'a-t-elle pas épousé un Allemand ? Je vous ai toujours dit de nous méfier de cette alliance, rugit Pa.

Cette remarque amère les affligea.

La princesse Juliana, fille de Wilhelmine et prétendante au trône avait déjà quitté le pays.

Son mariage en 1937, avec le prince Bernard, avait soulevé la population hollandaise. Elle n'était pas enchantée de ce prince allemand.

La veille de leur union, lors du concert donné en l'honneur des futurs époux, les nazis avaient exigé que soit joué le Horst Wessel Lied, l'hymne nazi qui fut suivi du salut hitlérien. La population avait été consternée.

Betty rentra dans le salon et appela sa grand-mère. Agacée, cette dernière se leva et suivit la petite.

Elle venait de rencontrer la locataire du premier étage, qui l'avait envoyée quérir la maîtresse de maison. Elle n'avait pas de téléphone et venait toujours utiliser celui de Ma.

— Regarde ce qu'elle m'a donné ! Une tablette de chocolat au lait. Mmm, faisait la petite en se passant la main sur le ventre.

— *Lekker, he ?*[24] renchérissait l'Allemande dans un accent rocailleux.

— Vous la comblez toujours de petits cadeaux, Madame de Best. C'est vraiment très gentil de votre part.

Elle était adorable, sa locataire, même si elle était allemande. Et d'un respectueux ! Chaque premier du mois, elle venait régler son loyer. Jamais de retard. Oui, elle était exemplaire !

Le lendemain, le 14 mai 1940, Johan avait pris le train pour aller à Rotterdam. Francine ne voulait pas qu'il parte, mais il ne pouvait remettre ses rendez-vous à plus tard. Malgré la guerre, la vie continuait. Et depuis qu'il avait ouvert cette deuxième entreprise, en janvier, il avait énormément de travail. De plus, il voulait mettre certaines choses au point avec ses employés.

Dès la sortie de la gare Centrale, il ressentit beaucoup plus les effets de la guerre qu'à Amsterdam. Plusieurs barrages avaient été dressés. De nombreuses sentinelles, lourdement armées, étaient à leur poste.

En passant devant les terrasses, il sourit ; des gens y étaient installés et profitaient du beau soleil de cette journée, comme si de rien n'était.

Tu ne nous auras pas comme ça, Hitler, pensa-t-il. Tu croyais nous faire fléchir en vingt-quatre heures et il y a déjà quatre jours que nous tenons bon. Ce n'est pas pour rien que notre devise nationale depuis Guillaume d'Orange est : « Je maintiendrai »[25].

Il marchait un peu rêveur en direction de son bureau.

Il regardait le vert des feuilles, les parterres joliment décorés de tulipes quand soudain la sirène annonçant une attaque aérienne retentit.

---

[24] C'est bon, n'est-ce pas ?
[25] Cette devise est toujours écrite en langue française !

Les terrasses se vidaient, des gens couraient dans tous les sens, une angoisse contagieuse se propageait.

On entendait un vague rugissement d'avions. Les plus chanceux se réfugièrent dans un abri. Pour d'autres c'était déjà trop tard. Ils tentèrent de s'abriter sous les avant-toits des grands magasins ou se couchaient à même le sol en se protégeant la tête de leurs bras.

Personne n'eut le temps de les voir venir.

Comme un cauchemar lors d'une belle journée printanière, ils arrivèrent dans un grondement épouvantable.

Un déluge de fer et de feu s'abattit sur la ville.

On n'entendait plus que le vacarme meurtrier des bombardiers qui vomissaient leurs charges explosives, des cris de terreur, des pleurs d'enfants.

En un quart d'heure, cent cinquante-huit bombes de deux cent cinquante kilos chacune, et mille cent cinquante bombes de cinquante kilos furent lâchées au-dessus de la ville.

Rotterdam s'embrasait.

Rotterdam brûlait.

Le centre historique de la ville ne fut plus qu'un champ de braises rougeoyantes.

Ce fut un véritable désastre.

Les Allemands avaient lancé un ultimatum, exigeant la reddition du port de Rotterdam, faute de quoi la ville serait bombardée.

Rotterdam fut la cible d'un « bombardement de terreur », où le seul mot d'ordre était de tuer le plus grand nombre possible de civils, afin de faire plier les autorités de ce petit pays qui opposaient au Führer une résistance bien plus grande et tenace que prévu.

— Non ! Non ! Francine s'effondra sur une chaise, les yeux hagards. Les coudes posés sur la table, les mains jointes devant sa bouche, elle accusa le coup

Elle venait d'entendre les dernières informations. Rotterdam avait été bombardée.

— Non ! Non ! répétait la jeune femme pendant plusieurs minutes en secouant la tête dans un mouvement de désespoir.

Elle demeura prostrée sur sa chaise, anéantie. D'un air absent, elle écoutait le speaker énoncer les catastrophes.

En fait, elle ne l'entendait pas vraiment, mais captait quelques bribes de ses propos : « le centre-ville est la proie des flammes », « bus calciné » « une bombe sur la poste » « même l'hôpital n'est pas épargné »...

Puis : « quartier des affaires rasé »

À cette nouvelle elle se leva d'un bond et cria :

— Johan ! Non, pas toi ! Lentement elle se laissa choir, secouée par des spasmes violents. Elle pleurait maintenant à chaudes larmes.

Toute la journée un sentiment de malaise s'était emparé d'elle. Elle n'était pas arrivée à l'identifier, mais elle savait à présent que ce sentiment avait annoncé en quelque sorte ce désastre.

Toutes les communications étaient coupées, elle n'avait donc aucun moyen de savoir si Johan était encore en vie. Tout ce qu'elle pouvait faire, c'était attendre.

Le lendemain Francine put lire dans le journal que Rotterdam était devenue une ville martyre. 25 000 habitations furent réduites en cendres, laissant 80 000 sans-abri et faisant 35 000 morts.[26]

Les Allemands menaçaient de faire subir le même sort à Amsterdam et à Utrecht, si les Néerlandais ne déposaient pas les armes.

---

[26] On sait aujourd'hui que le chiffre de 900 est plus proche de la réalité.

43. LA CAPITULATION

Une odeur pestilentielle montait de l'étendue d'eau. Les corps des chevaux en état de décomposition y flottaient, témoins des premiers combats de Valkenburg.

De là où ils se trouvaient, les soldats pouvaient aisément voir tous les dégâts causés par l'épouvantable bataille. Le village n'était plus qu'un champ de ruines.

Ils écoutaient très attentivement le major, qui leur dévoila le plan d'attaque.

Ses hommes étaient sales, mal rasés, affamés et fatigués par ces quatre jours et demi de lutte incessante. Mais leur moral restait bon et ils voulaient chasser l'ennemi.

La poignée de parachutistes allemands encore présente au village voulait négocier une reddition.

Ils avaient pourtant été plus de mille à avoir survécu au feu des mitrailleuses hollandaises lors de leur atterrissage, mais après d'âpres combats où les deux adversaires avaient connu de nombreuses pertes, ils voulaient se rendre, mais à une seule condition : avoir la vie sauve et la garantie du retour au pays.

L'État-major ne voulait pas de négociation et donna donc tous les ordres pour libérer enfin Valkenburg de ses envahisseurs.

Après une dernière mise au point, ils étaient fin prêts.

Ils reprenaient leur marche vers les zones dangereuses quand, à leur grande surprise, ils virent venir à leur rencontre un vieillard estropié.

— Mes pauvres gars ! Mes pauvres gars ! répéta-t-il d'un sourire édenté et empreint d'une amertume effroyable. Vous vous êtes défendus comme des lions, mais hélas pour rien ! Des larmes perlaient sur ses cils. Pour rien ! reprit-il, plus véhément qu'auparavant. Vous m'entendez ? Pour rien !

— Rentrez donc chez vous, grand-père, d'ici peu vous serez libre de nouveau, lui lança un des militaires, d'un ton ironique.

— 'Faut pas nous raconter des salades, petit vieux ! ricana un autre.

— Rotterdam a été bombardée, dévastée ! Winkelman a déposé les armes ! Je l'ai entendu à la radio ! Il a signé l'armistice !

Personne ne pouvait y croire !

Paul encore moins que les autres !

Le Général Winkelman qui dirigeait les troupes qui défendaient les Pays-Bas ne pouvait pas se résoudre à faire une telle chose !

C'était impossible, impensable même.

Ils étaient sur la bonne voie, ils résistaient encore et continueraient à le faire !

Il n'y avait qu'à voir la façon dont se déroulait le combat ici pour s'en persuader !

Le commandant allemand avait voulu échanger la vie des civils qu'il avait pris en otage contre la liberté de sa troupe. Mais on avait résisté avec comme résultat la libération des femmes, des enfants, des personnes âgées et des blessés, ce matin même !

Jamais de sa vie Paul ne pourrait oublier ce qu'il avait vu durant cette matinée.

Dans le lointain, il vit arriver cette file de misérables humains. Certaines femmes, des bambins accrochés à leurs jupes, poussaient des charrettes à bras chargées de grands blessés. D'autres, des bébés dans les bras, poussaient des landaus sur lesquels avaient été installés des vieillards trop faibles pour marcher, les membres ballants. Plus loin, des éclopés avançaient, soutenus par des plus valides. Des enfants, dont certains étaient blessés ou même mutilés, pleuraient.

Sur tous ces visages, Paul pouvait lire l'horreur de la misère humaine. Comme ses camarades, il pensait qu'il n'y avait plus de survivants au village, et il fut frappé par une onde de choc.

Puis il y avait leurs yeux. Ces yeux qui imploraient la miséricorde. Ces regards, où l'enfer avait laissé une trace indélébile, les suppliaient de délivrer les maris, les pères ou les fils qui étaient restés là-bas. C'était insupportable.

Pour eux il fallait continuer le combat !

Le major, que le doute avait pourtant gagné, ordonna tout de même de faire demi-tour. Il voulait en avoir le cœur net.

De retour au poste, il s'enferma avec son État-major.

Tous les hommes attendaient, impatients.

Quand il sortit, ce n'était plus le gaillard fort et courageux qui se présenta devant eux, mais un homme aux épaules voûtées qui en l'espace d'une minute semblait avoir vieilli de dix ans.

— C'est fini les gars... C'est bel et bien fini ! Tenant une feuille à la main, il l'agita et ajouta :

— Le quartier général ordonne un cessez-le-feu, sur ce, il tourna les talons et s'en alla.

Personne ne pouvait y croire. Il s'ensuivit un silence auquel s'ajouta un sentiment de honte.

Honte de n'avoir tenu que cinq jours.

Honte de ne pas avoir été à la hauteur.

Honte d'être des perdants, des vaincus.

Les larmes leur brûlaient les yeux.

Des gaillards si courageux pleuraient comme des gosses.

D'autres juraient.

C'était fini !

De rage certains commencèrent à détruire leurs armes.

Rien, non rien ne devait pouvoir servir aux Allemands !

Une timide voix s'éleva alors et entonna l'hymne du pays, le *Wilhelmus*.

Sur le moment, personne n'avait envie de suivre ce soldat Orange. Puis les larmes ruisselant sur leurs joues sales, le casque dans les mains, ils s'unirent d'une même voix qui s'éleva dans les airs.

Chacun pensait à ces camarades, qui s'étaient si vaillamment battus pour la liberté, et qui furent abandonnés dans des sépultures de fortune.

Chacun ressentit un abîme de compassion pour ces hommes qui avaient payé de leur vie... une capitulation

Une détresse immense envahit leurs cœurs.

Dieu les avait-il abandonnés ?

La capitulation fut signée le 15 mai 1940 à 9 heures 30 par le Général Winkelman qui avait reçu les pleins pouvoirs depuis le départ pour la Grande-Bretagne de la reine Wilhelmine. Il fut ensuite emprisonné par les nazis qui craignaient que cet homme brillant ne prenne la tête de la résistance.

De l'autre côté de la Manche, la reine Wilhelmine et son gouvernement allaient cependant continuer le combat.

44. L'ARMÉE VERT-DE-GRIS

Le maire d'Amsterdam avait essayé tant bien que mal de rassurer la population. Les Allemands allaient entrer dans la ville en début d'après-midi. Il demandait aux habitants de cesser toute hostilité et d'être coopératifs.

Au milieu de la foule, Francine qui tenait sa fille par la main attendait que les soldats de la *Wehrmacht* fassent leur apparition.

C'était prévu pour treize heures, il n'y avait plus que quelques minutes à attendre.

D'une ponctualité exemplaire, ils arrivèrent à l'heure dite de l'autre côté de la rive de la belle rivière Amstel, et s'apprêtèrent à traverser le Berlagebrug, pittoresque pont de la capitale.

Avec une moue ironique, Francine se remémorait deux autres événements qui avaient jadis attiré bien plus de monde aux abords de ce même ouvrage.

La première fois, c'était pour fêter son inauguration, en 1932. Le Berlagebrug, le plus grand pont à bascule d'Amsterdam et portant le numéro 423, permettait enfin une traversée routière d'une rive à l'autre, ce qui jusqu'alors se faisait par simple bac. De plus il avait été achevé malgré la difficile crise à laquelle Amsterdam n'échappait pas et était devenu depuis un vrai symbole de réussite et de fierté pour les Amstellodamois. La seconde fois, l'armée avait donné une démonstration de sa puissante aviation de guerre en survolant la construction.

Ainsi ils piétinent d'entrée notre amour propre, songea amèrement Francine.

La jeune femme regarda par-dessus son épaule la foule inquiète qui se massait sur le trottoir.

— Regardez-les, ces imposteurs ! cria une femme.

Une section de motocyclistes allemands, moyens de reconnaissance, ouvrit le long cortège.

Dans leurs voitures découvertes et camions débâchés, officiers et soldats saluaient l'assistance. Certains étaient debout. Sur leurs visages illuminés de larges sourires, on pouvait lire du dédain, de la morgue, de la vanité.

Le convoi militaire avançait à une allure modérée de manière à démontrer à sa juste valeur la supériorité de l'armée allemande.

À sa grande consternation, Francine vit alors de nombreux bras droits se lever... et un *Heil Hitler* retentit aussitôt dans le ciel de la ville.

Les militaires se pavanaient au milieu de leur public.

Altiers ! Triomphants ! Arrogants !

Betty était impressionnée par cette armée vert-de-gris. À les voir aussi souriants, elle avait du mal à les croire méchants.

— Ce ne sont pas les mêmes, s'imaginait-elle dans sa tête d'enfant. Ceux-là sont tout propres et ils ont l'air gentils.

Francine, quant à elle, était ulcérée de voir comment certains Amstellodamois accueillaient les vainqueurs. Leurs acclamations venaient à coup sûr des membres du NSB et l'insupportaient. Avaient-ils déjà oublié que la veille cet ennemi avait sauvagement bombardé leurs compatriotes à Rotterdam ? L'image de Johan traversa son esprit, elle n'avait pas encore eu de ses nouvelles...

Les communications sont toujours coupées et pour l'instant il n'y a aucun moyen de transport qui fonctionne, se rassura-t-elle. Mais à la seule idée qu'il pût être blessé ou même pis, elle sentit son cœur tellement se serrer qu'elle faillit en avoir un malaise. Des larmes de tristesse qui bientôt se transformèrent en rage lui brouillaient la vue.

— Oh Johan ! Mon amour ! cria tout son être.

D'un geste brutal, elle tira sur le bras de sa fille pour l'éloigner de cette mascarade. L'enfant se mit à trépigner, elle n'avait aucune envie de rentrer à la maison. Elle était fascinée par ces hommes dans leurs uniformes vert-de-gris.

45. LA VOÛTE CÉLESTE

Il était déjà tard, Francine avait baigné Betty, et il était temps à présent de la coucher.

La fillette posait mille questions à sa mère qui n'avait, hélas, aucune réponse. Elle n'avait eu aucune information concernant Johan, mais continuait à espérer.

Il devait être en vie.

Il ne pouvait qu'être en vie.

Il le fallait.

Absolument.

Francine lisait un conte à Betty qui était confortablement installée dans son lit, pour l'aider à s'endormir. Mais la petite n'écoutait qu'à moitié et était très distraite.

— « ... Le lendemain, la belle princesse raconta aux souverains ce qu'elle croyait être un rêve. »

L'histoire était presque terminée, mais Betty avait toujours les yeux grands ouverts. Francine inspira profondément avant de continuer d'une voix très douce :

— « Méfiant, le roi la fit suivre par ses... »

Un bruit l'interrompit et attira son attention.

Quelqu'un entra.

Elle le reconnut immédiatement.

— Johan !

— Papa, petit Papa !

Elles coururent jusqu'à la porte et se jetèrent à son cou. Tous les trois restaient ainsi tendrement enlacés. Le bonheur les inondait.

Ce n'est que plus tard que Francine remarqua ses blessures. Elle poussa un cri. Partout sur le visage et les mains, il portait les marques causées par les éclats de bombes.

— Mon amour, murmura-t-elle en passant les doigts sur les peaux boursouflées.

— Chut, il posa l'index sur la bouche pour lui imposer silence.

— Papa, tu viens me lire la fin de l'histoire ?

— Laisse Papa tranquille Betty, il est fatigué, tu le vois bien !

Johan fit un signe de tête à Francine.

— Allons-y ma princesse !

Après s'être lavé et restauré, Johan alla embrasser leur enfant. Elle dormait paisiblement.

— On dirait un petit ange. Il se pencha doucement sur le cher visage et y déposa un tendre baiser.

Francine en fit autant, remonta un peu la couverture sur le corps de sa fille et avec précaution, sans faire de bruit, ferma la porte.

Johan l'attendait, lui prit la main et l'entraîna jusqu'à leur chambre. Il lui passa le bras autour de sa taille et la serra contre lui. Il enfouit les lèvres dans ses cheveux délicatement parfumés et chuchota d'une voix enrouée où elle sentait une très forte émotion :

— J'ai vraiment cru ne jamais te revoir. C'était horrible ! Les avions étaient si nombreux ! Je n'aurais jamais cru qu'il y en eût autant. Ils volaient tellement bas que parfois je pouvais voir le visage des pilotes.

Francine lui caressait le dos et essayait de l'apaiser.

— Tu es revenu, c'est tout ce qui compte.

Étroitement enlacés, se réconfortant l'un l'autre, ils se sentaient beaucoup mieux.

Johan guida sa femme jusqu'au lit. Cette dernière vit de petites flammes s'animer dans ses prunelles.

Avec une douceur infinie, il l'étendit et s'allongea à ses côtés. Il lui prit le visage, se pencha et l'embrassa comme il ne l'avait encore jamais fait, faisant naître le désir.

Francine sentait les battements de son cœur s'accélérer et son corps répondre au sien. Pendant qu'elle le dévêtait, il lui caressait les cheveux, les épaules. Il l'embrassait dans le cou.

Puis il s'allongea sur elle, l'écrasant tout contre lui, pour vérifier qu'elle était bien réelle, en chair et en os, et non pas un rêve.

Elle frissonna et ferma les yeux.

La guerre n'existait plus, mais le danger qu'il avait couru augmenta leur passion. Il l'aima d'une folle tendresse, longuement, passionnément et elle se donna à lui comme elle ne l'avait jamais fait.

Il murmura son prénom.

Elle gémissait.

Puis le plaisir qu'ils sentaient croître déferla. L'extase fut brutale, intense et magnifique.

Ils restèrent ensuite un long moment sans pouvoir mettre fin à leur étreinte. Ils savouraient pleinement cet instant de pur bonheur, qu'ils savaient désormais si précaire.

46. TRISTE JOURNÉE

Quelques jours plus tard, les Allemands avaient complètement envahi la belle capitale et la population devait maintenant s'habituer à leur présence.

Désormais on vivait à l'heure allemande ; les aiguilles avaient été avancées d'une heure et quarante minutes.

La démobilisation générale venait d'être annoncée : une attente pleine d'incertitudes allait suivre pour les familles avant que la vie ne reprît son cours normal.

Cet après-midi, Francine avait accompagné sa fille à l'école, et elle en profita pour aller faire des provisions.

Elle se sentait toujours fatiguée et était agacée de devoir attendre dans ces longues queues qui s'étaient formées devant les magasins depuis le début de la guerre. Elle avait déjà acheté une certaine quantité de farine, de sucre et de bocaux de haricots rouges...

Comme tant d'autres, elle avait fait un stock conséquent de produits non périssables. Mais dès le début du conflit, elle avait obstinément cherché à trouver l'objet qui deviendrait indispensable, voire introuvable, qu'elle puisse alors troquer contre des aliments, du charbon ou encore des vêtements si cette situation s'éternisait. Et la nuit précédente une illumination subite le lui fit trouver : des allumettes. Elle allait donc consacrer son temps libre à en trouver. Elle avait la ferme intention d'en remplir une grosse malle qu'elle garderait dans le grenier.

Devant elle, deux bourgeoises discutaient vivement.

— Oh ! Vous savez, je suis heureuse que tout soit fini ! Il y a eu bien assez de victimes comme ça ! On parle de deux à trois milles tués ! disait la plus âgée qui avait l'air un peu désargentée. Et les Allemands feront sûrement beaucoup mieux que notre gouvernement, regardez un peu dans quelle crise il nous a entraîné ces dernières années ! Et de ses mains elle lissa sa jupe défraîchie.

— De toute façon, nous avons toujours été très attirés par tout ce qui est allemand. Nous aimons lire Goethe, ou bien Heine, pour ne citer qu'eux. Nous aimons leur langue... Et puis, susurra-t-elle à l'oreille de sa confidente, notre jour de gloire va enfin arriver ! *Des einen Tod ist des andern Brot*[27] !

Ces derniers mots étaient cependant prononcés assez fort pour que Francine pût les entendre.

Cette dernière haussa les épaules : il était certain que les membres du NSB allaient maintenant pouvoir marcher la tête haute. La nouvelle administration avait fait libérer tous leurs adhérents. L'image de Klaas lui revint à l'esprit et elle s'imaginait très bien son air moqueur et ses yeux ironiques qu'il ne manquerait pas de leur adresser lors d'une prochaine rencontre.

La queue avançait tout doucement. Il y avait déjà une heure et

---

[27] En allemand dans le texte, littéralement: la mort de l'un fait le pain de l'autre, en français : le malheur des uns fait le bonheur des autres.

demie qu'elle attendait son tour quand un jeune officier arriva. Il tendit le bras droit et salua d'un *Heil Hitler* en claquant des talons. Puis jouant des coudes, il poussa les gens, leur adressa un aimable sourire au passage, doubla Francine puis les deux dames et s'adressa immédiatement au vendeur en allemand, comme si c'était la langue du pays. Et, à la grande stupeur de Francine, le commerçant lui répondit de la même façon d'une voix enjouée.

Il ne lui est simplement pas venu à l'esprit de répondre en hollandais, songea la jeune femme, manière de lui faire savoir qu'il n'est qu'un envahisseur. En même temps, il suffisait qu'un Anglais essaie de parler leur langue pour qu'on lui réponde en anglais, se rassura-t-elle. Mais là c'était différent tout de même ! Et ce salut hitlérien l'horripilait.

Le militaire avait toute une liste et quand vint enfin le moment du paiement, elle le vit sortir une grosse liasse de devises néerlandaises et se dit qu'ils avaient vraiment tout prévu, certains de leur victoire. À cette vue, une des dames ne put s'empêcher d'émettre un « oh ! » admiratif, et Francine réprima un sourire en voyant les yeux de cette vieille chouette sortir presque de leurs orbites.

Quand son tour arriva, elle commanda cent boîtes d'allumettes et dix paquets de cigarettes, mais le commerçant ne lui donna que la moitié de ce qu'elle avait demandé.

— Il faut partager, petite dame, marmonna-t-il. Les temps sont difficiles pour nous tous.

— Certainement Monsieur, et c'est bien sûr ce que vous venez de faire avec cet Allemand.

Le commerçant était confus, mais ne se démontait pas. Et mettant sa main sur les articles posés sur la tablette il ajouta, en fulminant entre ses dents serrées :

— Je ne suis pas obligé de vous vendre quoi que ce soit, sachez-le !

Francine s'empressa alors de payer, remplit son panier et sortit. Elle l'accrocha sur le guidon et enjamba son vélo.

— Ah ! La petite reine ! Heureusement que je l'ai encore.

L'armée avait réquisitionné de nombreuses bicyclettes l'an dernier. Et elle était bien heureuse d'avoir conservé la sienne.

Elle prit la direction du Herengracht, fermement décidée à se procurer d'autres allumettes, quand elle sentit un liquide visqueux et chaud couler entre ses cuisses. Cette sensation la désorienta complètement. Elle s'arrêta, portant la main à son ventre, prise de panique, remonta sur la selle et se dirigea vers son domicile en pédalant mollement.

Quand elle eut rangé son vélo, elle monta les escaliers péniblement, le ventre endolori et le cœur battant.

Dans les toilettes elle eut d'un coup des crampes très violentes. Puis elle abaissa sa culotte et vit une grande tache de sang d'un rouge sombre. Alors elle comprit. Elle s'effondra en gémissant :

— Mon bébé ! Mon bébé !

Elle sanglotait et de grosses larmes ruisselaient le long de son visage. Elle était toute seule, personne pour la consoler, pour la prendre dans ses bras, pour lui chuchoter des mots doux.

Il lui fallut beaucoup de cran pour accueillir Betty qui revenait de l'école, dans les meilleures conditions possible. Elle ne voulait pas que son enfant vît son désarroi.

Mais elle ne put le cacher à Johan, qui reçut comme une onde de choc en croisant ses yeux infiniment tristes, dès qu'il franchit le seuil de leur domicile. Le regard empli de peine et de pitié, il la serra dans ses bras un long moment avant de lui assurer qu'ils en feraient un autre après cette guerre, qui ne saurait durer.

Un peu plus tard dans la soirée, le téléphone sonna. Johan décrocha et fut désagréablement surpris par la voix alarmante de sa mère.

— Il est en Allemagne, c'est pour... cela que nous... n'avions pas de ses nouvelles, hoqueta la pauvre femme.

Johan comprit instantanément qu'il s'agissait de son frère aîné, Adrie.

— Il est en Allemagne, me dis-tu ? Comment l'as-tu su ?

— C'est Rika... Johan l'entendit prendre une profonde inspiration avant de poursuivre :

— Elle est partie le rejoindre comme beaucoup d'autres femmes dès l'avis de la démobilisation, me laissant les enfants. Arrivée sur le lieu de cantonnement on lui a dit d'aller voir le commandant qui lui a annoncé la terrible nouvelle. Il a été fait prisonnier..., et sa voix se brisa.

— S'il est prisonnier, Mère, c'est qu'il est vivant ! Et c'est plutôt une excellente nouvelle, répondit-il d'un ton rassurant. Il faut garder espoir ! Il va nous revenir ! Dans quelques jours ils vont renvoyer tous les prisonniers de guerre, ce n'est plus qu'une question de temps, tu verras !

— Tu as sûrement raison, mais je suis tellement malheureuse, Johan, gémit-elle.

— Je l'entends bien Mère, mais pense un peu à sa pauvre femme. Rika se retrouve seule depuis déjà plusieurs mois. Il faut être fort pour elle ! Il faut la soutenir ! C'est à elle et aux petits qu'il faut songer !

Ces sages paroles mirent un peu de baume au cœur de la vieille dame.

— J'aimerais que tu me rendes visite, il n'est pas très tard et tu seras largement rentré avant le couvre-feu.

Johan était toujours très optimiste, et sa venue lui remonterait le moral.

— C'est impossible Mère, Francine est souffrante et je ne peux pas la laisser seule.

— Qu'est-ce qu'elle a encore ? J'ai bien plus besoin de toi qu'elle ! Je vais me trouver mal ! cria-t-elle en colère. Et un flux de paroles incohérentes suivit. Johan dut reculer le combiné tellement elle hurlait, mais il voulait lui tenir tête. Prenant une grande inspiration, il s'efforça de parler calmement :

— Mère, mon épouse vient de faire une fausse couche, elle est triste et je...

— Tu me laisses seule rien que parce qu'elle est triste ! Mais elle

t'en fera d'autres, un garçon, qu'elle n'a pas été fichue de te faire !
— Mère ! Toute la colère qu'il avait jusqu'alors contenue était prête à exploser.

Sa mère comprit à la seule intonation de ce mot qu'il ne servirait à rien d'insister. D'une voix hautaine elle le remercia et raccrocha.

47. COMME ILS SONT CORRECTS !

Hanneke avait eu du mal à se faire obéir. Le petit Karl, qui s'appelait maintenant Koky, voulait partager le lit de la jeune femme et laisser sa chambre, qu'elle avait spécialement aménagée à son intention, à Mien, sa mère. Elle était venue les rejoindre quand son mari avait succombé à une crise cardiaque quelques heures seulement après que les Pays-Bas eurent rendu les armes. Malade et fatigué, cette défaite avait été la cause directe de sa mort. Mien, son épouse, complètement anéantie par cette perte, n'avait pas voulu retourner à Woudenberg, et avait donc rejoint sa fille à Amsterdam en cette fin du mois de juin 1940.

Hanneke s'était retrouvée dans l'obligation de révéler toute la vérité sur la réelle identité du garçon. Mien avait été choquée d'avoir été ainsi bernée par sa propre fille, mais finit quand même par lui pardonner.

L'appartement qu'occupait cette dernière n'était pas très spacieux. Il n'y avait que deux chambres à coucher. Et du haut de ses dix ans, Koky avait voulu imposer sa loi en décrétant qu'il partagerait la chambre de son ancienne gouvernante.

Mien ne l'avait jamais encore vu dans un tel état. Jusqu'alors elle n'avait connu qu'un enfant facile et docile, et fut vraiment surprise.

Quand enfin Koky fut couché dans sa chambre et endormi, les deux femmes discutèrent dans le salon devant une tasse de thé.

— Tu dois trop le gâter, avertit Mien. Si tu continues ainsi, il te créera de gros problèmes.

— Mais non, Maman ! Ce n'est pas tant que je le gâte sans cesse ! Mais je crois plutôt que les changements l'insupportent. Depuis que je l'ai récupéré au mois de juin, il est très possessif. Je suis en quelque sorte tout ce qui lui reste de son passé. Et je crois qu'il est un peu jaloux de toi.

— C'est plausible. Mais il a tellement changé en l'espace d'un mois !

— Il grandit... et en même temps c'est encore un petit garçon. Je sais qu'il se pose de nombreuses questions depuis que la guerre a éclaté. Mais il ne me demande rien. Peut-être qu'au fond de lui il attend qu'on vienne le chercher pour le ramener dans son pays.

— Pauvre enfant ! Il a vraiment une faculté d'adaptation extraordinaire !

Hanneke souleva la théière et remplit de nouveau les tasses.

— L'autre jour j'ai eu la peur de ma vie ! Il jouait dehors aux billes avec un petit voisin. J'avais la fenêtre ouverte pour pouvoir les entendre et de temps en temps je jetais un coup d'œil par-dessus le balcon.

— Et alors ? s'enquit sa mère.

— Tout d'un coup je les vois en grande discussion avec un Allemand. J'ai descendu l'escalier quatre à quatre et au moment où j'ai ouvert la porte, j'ai vu le soldat leur donner des bonbons. Je l'ai remercié et j'ai aussitôt fait rentrer les garçons. Je leur ai expliqué qu'il ne faut rien accepter de l'ennemi. Mais je m'adressais surtout au petit. Je ne veux pas qu'il leur parle. Il a rétorqué que finalement ils n'avaient pas l'air si méchants.

— C'est vrai ! Et j'ajouterai même qu'ils sont très courtois. Ce matin par exemple, l'un d'eux a porté ma valise quand je montais dans le train, renchérit Mien. Nous étions ensuite dans le même compartiment. Il y avait un jeune couple avec une petite fille qui s'ennuyait. Il s'est efforcé de la distraire en la faisant rire avec ses grimaces et il n'a pas hésité à la prendre sur ses genoux et...

— Oui Maman ! s'exclama Hanneke d'une voix exaspérée. C'est vrai qu'ils sont polis, pleins d'égards, aimables avec les enfants... ne te trompe pas !

— En plus, ils paient cher ce qu'on veut bien leur vendre, c'est bon pour le pays.

— Et je suppose que tu fonds littéralement devant ces affiches qui sont placardées sur les murs des principaux édifices, montrant un militaire allemand, cheveux clairs, un large sourire aux dents parfaites, entouré d'enfants à qui il distribue des tartines, s'efforça-t-elle de répondre d'un ton enjoué. « Faites confiance aux soldats du Reich ! », ajouta-t-elle encore d'une voix pleine d'ironie. C'est bien ce qui est écrit, non ?

Mien opina du chef.

— Tu ne vois donc pas qu'ils font tout pour réconcilier occupants et occupés ? Cet avenir magnifique qu'ils nous font miroiter n'est qu'un leurre !

À ces mots amers prononcés par sa fille, Mien fondit en larmes. Hanneke, désolée, la prit dans ses bras.

— Mais enfin Maman, tu sais que c'est la vérité !

— Oui, je l'entends bien, renifla la pauvre femme. Mais si tu savais combien j'ai besoin d'oublier. Je me suis dit qu'en venant ici j'allais repartir sur une nouvelle base, tu comprends ?

— Je crois que oui... Mais il n'y a eu ni armistice ni reddition. Le gouvernement en exil reste en guerre avec l'Allemagne. C'est pour cela qu'ils essaient de nous séduire ! Il ne faut pas tomber dans leur piège !

48. RADIO ORANJE

— Je le vois dans tes yeux, Neel ! Tu es amoureuse ! glapit Francine.

Neel sentit le rouge monter le long de son cou et gagner ses joues, mais nia d'un bloc :

— Tu dis n'importe quoi !

Francine jeta la tête en arrière et rit aux éclats.

— Il y avait bien longtemps que tu n'avais rien fait brûler, je parie ! C'est vrai que je n'habite plus ici... mais depuis ton histoire avec Klaas, je n'ai pas entendu Ma râler à ce propos, alors... Et puis voilà que tu rougis ! C'est que tu me mens ! Neel, tu ES amoureuse !

Posant l'index sur ses lèvres, Neel chuchota :

— Chut ! Bon je te l'accorde, j'ai rencontré quelqu'un. Mais je ne crois pas être éprise de lui. Enfin pas encore... Elle s'arrêta de récurer l'ustensile de cuisine et réfléchit un instant.

— En fait, je ne sais pas très bien où j'en suis et depuis Klaas je suis méfiante. Et je ne veux pas que Pa soit au courant. Pas dans l'immédiat du moins. Elle continuait à frotter énergiquement la casserole où les oignons avaient brûlé. Un caramel noirâtre, provenant de leur suc, s'était déposé sur le fond épais du faitout.

Sa sœur, tout en essuyant la vaisselle, était pendue à ses lèvres et la supplia de tout lui raconter.

— Eh bien, il est grand, blond et il a de magnifiques yeux vert amande. Je lui ai vendu un costume trois-pièces, qui lui va à merveille d'ailleurs, mais il y avait quelques retouches à faire. Quand il est revenu, il m'a apporté un beau bouquet de fleurs et m'a demandé de l'accompagner au bal que son entreprise organisait. Voilà, c'est tout pour le moment, assura-t-elle.

Francine observa sa sœur aînée en souriant. À vingt-neuf ans, Neel était une très jolie femme, plus belle que jamais. Ses cheveux châtains, coupés à la garçonne contrastaient merveilleusement bien avec ses yeux d'un bleu intense. Comme elle travaillait au cinquième étage du Bijenkorf, grand magasin installé sur la place du Dam, dont le dernier étage se démarquait par la vente d'articles vestimentaires, elle était toujours très élégamment vêtue, suivant la mode à la lettre. Ses mains étaient toujours soigneusement manucurées, et une légère touche de maquillage accentuait les traits fins de son visage noble.

Le tablier difforme et un peu usé qu'elle avait enfilé pour ne pas salir sa belle robe fleurie en popeline, ne pouvait cependant rien cacher des formes généreuses de son corps, ni même sa taille de guêpe.

Les mains plongées dans l'eau savonneuse, Neel rêvassait. Elle revoyait ce moment où Flip lui avait gauchement tendu les fleurs. Il était arrivé à sa hauteur en cachant un bras derrière son dos. Dans son regard elle put lire un instant d'embarras, puis il s'était lancé. D'un geste qui se voulait assuré, mais que son timide sourire démentait, il lui offrit des tulipes. Elle avait ri devant son air gêné, ce qui eut pour effet de le troubler davantage encore. Mais ne voulant cependant pas le taquiner plus longtemps elle l'avait chaleureusement remercié. Il en avait profité pour l'inviter sur-le-champ. Et ce fut à son tour d'être déconcertée. Elle l'avait pris pour un garçon timide...

— Flip est un merveilleux danseur, songeait-elle à voix haute. Nous avons dansé toute la soirée, presque sans nous arrêter.

— Tu as bien de la chance, Johan aime toujours autant écraser mes belles ballerines, pouffa Francine en se rappelant leur dernier bal, l'été dernier.

— En fait, il vient me chercher tous les soirs en sortant du bureau. Il travaille dans une banque, il a une bonne situation. Souvent il m'accompagne au Vondelpark, et nous flânons. Après il me ramène ici.

À l'évocation du parc, Francine eut chaud au cœur. Elle repensait à tous ces moments romantiques qu'elle y avait vécus avec Johan.

Après avoir fini de tout ranger, les jeunes femmes rejoignirent les autres membres de la famille dans le séjour.

Ma jouait aux dames avec Betty et s'appliquait à faire gagner la petite de temps en temps.

Pa venait de commenter le deuxième hebdomadaire du NSB, le seul parti politique encore autorisé, puis le dernier journal d'ordonnances allemand, où les vainqueurs décrivaient l'application immédiate de réquisitions et de réglementations de toutes sortes.

Lentement mais sûrement la capitale s'imprégnait d'une atmosphère allemande.

Des drapeaux à croix gammée trônaient fièrement sur les façades d'immeubles ou de maisons réquisitionnées, des panneaux indicateurs écrits en lettres gothiques ornaient désormais le coin des rues alors que le martèlement cadencé des bottes sur les pavés devenait synonyme d'inquiétude. Cependant, les Allemands veillaient à se montrer sous leur meilleur jour, et dans sa grande majorité la population leur rendait la pareille.

Comme la presse et la radio pouvaient être sous contrôle de l'envahisseur, Pa et Johan préféraient écouter la voix du Gouvernement néerlandais, qui diffusait depuis l'Angleterre les nouvelles sur les ondes moyennes, par l'intermédiaire de « Radio Oranje ».

Le dimanche soir 28 juillet 1940, la reine Wilhelmine prononça pour la première fois ces mots : « Hier Radio Oranje », ici Radio-Orange, pour s'adresser à son peuple soumis. Elle leur expliqua qu'elle et son gouvernement s'étaient exilés en Grande-Bretagne pour pouvoir continuer le combat et pour appeler à résister à l'oppression allemande.

À partir de ce jour, elle insuffla le courage nécessaire pour un nouvel élan de résistance.

Depuis lors, la BBC lui laissait un quart d'heure d'émission quotidienne qui était écoutée massivement.

Et c'était justement l'heure d'une diffusion. Pa se leva pour allumer le poste. Les deux hommes écoutèrent attentivement.

L'intronisation de « Hier Radio Oranje » fut prononcée par la voix nasillarde et déjà familière du speaker. Elle expliqua que dorénavant, tous les vendredis soirs, on commenterait les événements militaires importants de la semaine. Aujourd'hui cependant on revenait d'abord sur les conséquences de la capitulation française.

Le 22 juin 1940, presque un mois après la capitulation de la

Belgique, la France avait signé l'Armistice avec l'Allemagne, dans la forêt de Compiègne, dans le même wagon où avait été signé celui du 11 novembre 1918, et qui avait signifié alors la défaite allemande.

Le speaker relata cet événement historique en détail.

Quand l'émission toucha à sa fin Johan, demanda :

— Que pensez-vous du choix de ce lieu, Pa ?

Ce dernier réfléchit un instant puis d'un ton ironique répliqua :

— Je dirai que les Allemands ont voulu se venger de leur humiliation...

— Hmmm, c'est également mon avis, répondit son gendre en se frottant le menton d'un air pensif. Maintenant que la France a également rendu les armes, la Grande-Bretagne se retrouve bien seule.

— Qui aurait cru que les Allemands allaient pouvoir battre l'armée française, défense de grande renommée, en si peu de temps ! Et je ne vois pas comment les Anglais, à eux seuls, vont pouvoir nous libérer.

Un silence lourd de menaces s'installa dans la pièce. Ma avait interrompu son jeu et les avait rejoints, Francine et Neel regardaient leur père, tous étaient inquiets maintenant. L'occupation allemande pourrait bien durer plus que ce qu'ils avaient jusqu'alors imaginé.

Francine regarda son mari. Il savait ce qu'elle pensait.

Tout comme lui, elle songeait à cet enfant qu'elle avait perdu. Et sans vouloir se l'admettre mutuellement, chacun d'eux considérait qu'il en était peut-être mieux ainsi, car on ne savait pas les restrictions que cette occupation allait encore leur imposer. Thé, café, pain et farine étaient déjà rationnés. De plus, les Allemands achetaient massivement. De nombreux produits commençaient à manquer. Alors une bouche de moins à nourrir... un de moins à souffrir.

Ils n'avaient pas encore compris que les énormes quantités de vivres, de vêtements et de matières premières étaient envoyées en Allemagne et que ce n'était que le début d'une pénurie grandissante.

49. UNE NOUVELLE AMITIÉ

Dans la grande rue de Flessingue, port de pêche situé sur l'île de Walcheren, une des treize îles ou presqu'îles de la Zélande, Paul avançait d'un air nonchalant. Il avait encore un peu de temps devant lui avant de retourner à Rotterdam.

Il aimait humer les embruns de la mer qui donnaient une beauté particulière à ce paysage.

Dans cette province du sud-ouest des Pays-Bas, l'eau a quartier libre : au nord elle est bordée par l'Escaut Oriental, au sud par L'Escaut Occidental et à l'ouest par la mer.

Paul observait d'un œil ironique les soldats allemands, fusils en bandoulière, qui surveillaient la mer du Nord.

Comme ils détonnaient avec les habitants paisibles de ce village, où le port des costumes traditionnels était encore en usage !

La blancheur des jolies coiffes en tulle brodée des femmes contrastait avec la couleur d'un gris terne des casques, les simples sabots en bois avec les bottes cirées à la perfection et les plastrons joyeusement colorés avec les uniformes d'un triste vert-de-gris.

Oui, c'était un spectacle étonnant que de voir déambuler vainqueurs et vaincus au milieu de ce paysage typiquement hollandais.

Les villageois, peu habitués aux visiteurs, épiaient ces intrus d'un regard hostile.

En arrivant à hauteur de la vieille église, Paul vit trois pêcheurs, réunis sur le parvis. Vu leurs costumes traditionnels du dimanche, qui différaient quelque peu de celui de tous les jours, il en concluait qu'ils avaient dû assister aux vêpres.

Les mains dans les poches et la pipe coincée entre les lèvres pour deux d'entre eux, ils commentaient vivement les fouilles infructueuses de leurs bateaux, à chaque retour de pêche. Mais, comme ils parlaient dans leur dialecte zélandais, Paul ne put suivre la conversation.

Un des pêcheurs le reconnut et le héla amicalement. Paul, qui avait écrit un article sur la pêche et l'Occupation, l'avait interviewé la veille.

— Bonjour Paul, approchez ! fit le marin sur un ton solennel, puis présenta le jeune journaliste à ses collègues.

Une chaleureuse poignée de main suivit et Paul leur était reconnaissant de s'adresser à lui en néerlandais.

Rapidement la conversation s'engagea sur la Reine et puis, bien sûr, sur *Radio Oranje*.

Comme tant d'autres compatriotes, ils avaient entendu la voix du Gouvernement.

Paul, mieux que quiconque, savait ce qu'il fallait attendre de l'invasion allemande, et de ce qui pouvait en résulter.

Certains Hollandais n'étaient toujours pas particulièrement hostiles à l'envahisseur, car ils ne se sentaient pas sous une mainmise totale, alors qu'en réalité ils l'étaient.

En effet, durant ces premières semaines d'Occupation, les Allemands ne voulaient pas de confrontations directes avec la population, car il fallait à tout prix préserver les illusions, créer un climat de confiance.

Il n'y avait pas de censure immédiate non plus, mais sournoisement étaient glissés des articles typiquement nationaux-socialistes, déguisés sous une forme des plus attractives et que les journaux étaient obligés de publier.

La plupart des gens se laissant berner pensaient que finalement il n'y avait pas un si grand changement...

Mais Paul ne se laissait pas abuser ! Il savait pertinemment bien que la promesse faite de ne pas attenter à la liberté des communistes et des Juifs hollandais ne serait pas tenue. Il en avait trop vu ! Et il lui suffisait, ne serait-ce qu'un court instant, de repenser à ses amis, enfermés ou même tués, pour que renaquît son envie de se battre contre les nazis.

Les pêcheurs débattaient toujours vivement :

— Mais comment résister ? C'est tout de même plus facile à dire qu'à faire, non ? conclut le plus âgé des hommes.

— Comme les gueux l'ont fait à l'époque de Guillaume d'Orange pardi ! lui répondit avec ferveur celui qui se prénommait Bart.

Au XVIe siècle, aux Pays-Bas et dans les Flandres, les gueux, c'est-à-dire ceux opposés socialement, politiquement et religieusement à l'autorité de Philippe II, menèrent avec Guillaume d'Orange une guerre contre l'inquisition espagnole qui aboutit à l'indépendance des Pays-Bas.

— Nous n'avons pas d'armes ! Comment voulez-vous combattre sans armes ? rétorqua de nouveau l'aîné.

Ces mots amenèrent un sourire narquois sur le visage de Paul qui n'échappa point aux autres.

— Qu'est-ce qui vous fait sourire ? s'enquit Bart, le plus jeune des trois et qui ne devait avoir guère plus de vingt ans.

— Je souris machinalement quand j'entends dire qu'on ne peut rien faire sans armes. Il y a tant d'autres moyens de faire de la résistance, vous savez.

— Donnez-nous des exemples alors !

— Pensez à ce qui s'est passé à Amsterdam, le 29 juin dernier. C'était le jour de l'anniversaire Bernhard de Lippe-Biesterfeld, le mari allemand de notre chère princesse Juliana, commença-t-il. Il était évident que l'on n'allait pas fêter cet événement, du fait de l'Occupation, mais aussi du deuil national. La veille de cette célébration, une seule personne a osé montrer son hostilité au national-socialisme. Ce gars avait timidement déposé une fleur au pied de la statue de la reine mère Emma, sur la place qui porte d'ailleurs son nom. Le lendemain il y en avait partout ! Et pas seulement de simples fleurs, mais également de magnifiques bouquets ! La lettre B, l'initiale du prince, avait été formée par une multitude d'œillets blancs, fleur qu'il porte toujours à la boutonnière de sa veste. Les gens y déposèrent même des photos de la famille royale ! Un musicien était venu avec son orgue de Barbarie et osa tourner sa manivelle sur la partition de l'hymne du pays, le *Wilhelmus*. Et une femme courageuse chanta, tout doucement. Et bientôt tous élevèrent la voix à l'unisson, en signe de désapprobation. Rien que d'y repenser j'en ai la chair de poule ! Vous voyez, on a utilisé des fleurs à la place de mitrailleuses !

Un nouveau débat s'engagea. Bart ne cessait d'observer Paul du coin de l'œil. Ce journaliste l'intéressait énormément. Il comprit qu'il avait l'âme aussi patriote que lui-même. Il voulait en savoir tout de même davantage sur lui. Il fallait absolument lui parler en tête à tête. Après quelques hésitations, il se décida finalement. S'avançant un peu plus vers Paul, d'un ton plus confidentiel, il lui chuchota à l'oreille :

— Allons discuter de tout ceci en mangeant. Je connais un bon restaurant à deux pas d'ici. C'est moi qui vous invite ! Je vais vous faire découvrir les spécialités zélandaises pendant que vous me dévoilerez tous les moyens que vous connaissez pour poursuivre le combat ! Et tapotant amicalement sur l'épaule de Paul, il lui fit signe de le suivre.

L'établissement le plus renommé du village était bondé. De nombreuses tables étaient déjà occupées, mais la patronne leur trouva une place, un peu isolée, proche du foyer d'une énorme cheminée. Bart était ravi, le recoin leur offrait la confidentialité dont il avait besoin pour pouvoir parler tranquillement.

La serveuse leur servit de grandes assiettes bien garnies de crevettes grises, d'un filet de maquereau et d'anguille fumée et des harengs aux oignons frais, le tout dressé sur un lit de salade.

Les deux hommes levèrent leurs bocks de bière et trinquèrent à cette nouvelle amitié :

— *Proost* ! dirent-ils en entrechoquant leurs chopes.

Pendant qu'ils goûtaient à l'assortiment de poissons, qui fut un vrai régal, chacun racontait sa vie.

Bart s'était vaillamment battu du côté de Rhenen, village en province d'Utrecht, où il avait participé à la défense d'un grand pont sur le Rhin. Il avait finalement fallu le faire sauter le 12 mai 1940 pour empêcher le passage des Allemands. Les combats avaient été âpres et la ville fut dévastée par la bataille. Il s'en était sorti quasi indemne et n'avait qu'une seule cicatrice : une éraflure de balle, qui n'avait fait que lui frôler l'épaule.

Mais si ces jours de guerre ne lui avaient infligé qu'une blessure légère sur le corps, ils laissaient cependant une incision profonde dans son cœur. Et il ne pouvait plus supporter la vue d'un seul soldat allemand.

— Il ne faut pas se résigner, c'est notre devoir de résister ! s'emporta Bart. Et pour cela il faut s'unir, seuls nous ne pouvons pas agir !

— Je suis entièrement d'accord avec toi, et je ne cesse d'y penser depuis que j'ai entendu la voix de la reine Wilhelmine à la radio.

— Alors partons là-bas, en Angleterre, ajouta le jeune homme d'une voix sourde.

— Partons là-bas, partons là-bas... J'aimerais bien, mais je ne vois pas comment ! réfléchit à haute voix le journaliste.

— Mais en bateau parbleu !

— En bateau ?

— Bien sûr ! s'exclama Bart d'un ton guilleret. La mer je la connais. Je la côtoie depuis ma plus tendre enfance. Seulement pour faire la traversée, il nous faut être au moins trois.

— Et qui sera le troisième homme ?

— Mais... c'est toi ! s'exclama le jeune Bart, laissant Paul perplexe.

50. UNE DÉCLARATION

La lourde porte du Bijenkorf s'ouvrit enfin sur la fine silhouette de Neel.

Installé sur la terrasse du café, Flip eut tout le loisir d'observer sa belle traverser la place du Dam.

Comme elle était élégante et jolie ! Aujourd'hui elle portait un chemisier blanc sur des pantalons beiges, suivant la mode de Paris. Sa taille était mise en valeur par une large ceinture. Chapeau, sac à main et chaussures de la même couleur complétaient sa tenue. Il n'était pas le seul à l'observer. Ses voisines, assises à une table très proche de la sienne, en firent autant. De sa place il put suivre leur conversation :

— Quelle horreur ! Mais... c'est la fille du déménageur, elle est en pantalons !

— Pourtant c'est une fille « bien » ! Sa famille est tout à fait respect-table...

À ces paroles Flip réprima un sourire. Ces braves dames ne voyaient pas d'un bon œil l'émancipation de la femme qui pourtant s'annonçait. Il leva le bras pour que Neel s'aperçoive de sa présence. Un large sourire illumina son visage délicat et elle pressa le pas. Quand elle arriva à sa hauteur, il lui baisa la main tout en jetant un coup d'œil malicieux en direction des vieilles femmes.

— Oh ! fit l'une d'entre elles en portant la main à sa bouche. Elle comprit que Flip les avait entendues.

Neel regarda du coup dans leur direction et les reconnut.

— Bonjour, Mesdemoiselles Haag. Comment allez-vous ? Je vois que vous profitez de cette belle fin de journée pour sortir un peu, dit-elle d'une voix enjouée.

Les demoiselles acquiescèrent et Neel se retourna vers son ami et n'écouta pas le commentaire qu'elles firent à son sujet :

— Elle est tout de même bien charmante !

— Et peut-être que nous sommes ridicules d'avoir des préjugés...

Flip passa un bras protecteur autour de la taille de Neel et le couple attendit le dernier tram qui arrivait de la gare Centrale. De nombreuses personnes patientaient, et c'était rassurant, car la rue était dans une obscurité totale.

Neel regarda autour d'elle et vit que les gens riaient. Ils semblaient heureux malgré tout. On faisait face et la vie continuait. On sortait, on s'amusait, on dansait.

Une faible lueur apparut au bout de l'avenue. Seule une moitié des lampes du tramway éclairait la voie, l'autre étant cachée par du papier noir à cause du black-out, mais le grincement familier des rails annonçait son approche.

— Le voilà, nota Flip et il lui prit la main, prêt à l'aider à monter. Galant comme toujours. Ses beaux yeux vert amande brillaient comme des étoiles. Il était heureux.

Brusquement une femme se mit à courir à grandes enjambées vers le train urbain. Puis sans la moindre hésitation, sans ralentir son élan, sans crier gare, elle se jeta sous la rame. Le chauffeur qui vit quelque chose s'approcher, sans pour autant pouvoir l'identifier à cause de la nuit noire, s'affola. Il actionna la cloche du tram qui se mit aussitôt à carillonner à toute volée, suivie d'un crissement aigu sur les rails. Il freina désespérément, mais c'était déjà trop tard.

Neel cria comme elle n'avait encore jamais crié. D'autres femmes émirent des cris à demi étranglés.

Dans un élan spontané, on s'élança vers la malheureuse.

Le tramway s'était enfin immobilisé. Les passagers se bousculaient et voulaient tous descendre en même temps. Un vent de panique s'était levé.

On tira la pauvre femme, enfin ce qui restait de son corps déchiqueté et ensanglanté, sur le trottoir. Elle offrait un spectacle horrible.

On fouilla ses poches pour pouvoir l'identifier.

Les gens se pressaient pour être au premier rang.

— Laissez-moi passer, je suis médecin ! cria un homme.

Il ferma les yeux de la jeune femme qui devait avoir la trentaine. Quelqu'un lui tendit sa pièce d'identité. D'une voix à peine audible, il lut :

— Elsa Silsterstein, née le 24 janvier 1907 à Bonn. Une Juive... Encore une fois ! Il enleva sa veste et en couvrit le cadavre.

Un silence s'abattit. Tous s'étaient découverts en signe de respect pour la défunte.

Depuis la nomination d'Arthur Seys-Inquart en tant Reichskommissar, commissaire du Reich des Pays-Bas, une épidémie suicidaire s'était répandue dans le milieu juif, l'homme étant connu comme un antisémite particulièrement cruel.

D'ailleurs on venait d'assister à une première mesure anti-juive : la radiation des Juifs dans les services de défense civile antiaérienne. La population juive était persuadée que ce n'était-là que le début des persécutions et certains ne pouvant supporter cette idée, préféraient mettre fin à leurs jours.

Flip éloigna doucement Neel qui n'arrivait plus à détacher ses yeux de cette scène atroce.

— Il ne faut pas rester là Neel, finit-il par dire d'une voix blanche et il l'entraîna derrière lui.

Par chance un taxi arriva. Ils s'engouffrèrent à l'arrière. Le jeune homme posa un bras sur les frêles épaules de Neel. Elle frissonnait. Tendrement il lui prit le menton et la força à le regarder dans les yeux.

— J'ai quelque chose à te dire.

— S'il te plaît, Flip, tu me le diras demain.

— Non, Neel, je ne veux plus attendre, reprit-il d'un ton grave. Il faut que tu saches...

Un voile de tristesse descendit sur son visage d'ordinaire si souriant. Il prit ses deux mains dans les siennes. Péniblement il ajouta d'une voix brisée :

— Je suis Juif.

— Et alors ? Est-ce que cela a jamais été un problème pour les Hollandais ?

— Pour nous non, mais tu vois bien que les choses changent.

Jusqu'à présent, personne n'y prêtait attention... Je ne veux pas t'attirer des ennuis. Je comprendrai si tu ne veux plus continuer...

Neel recula un peu et regarda Flip au plus profond de ses yeux :

— Flip, non seulement je ne veux pas te quitter, mais en plus je crois bien que je t'aime.

— Neel, tu es vraiment merveilleuse, comme je t'aime !

Le taxi était arrivé devant la demeure de la jeune femme. Flip lui ouvrit la porte et caressa encore une fois son visage avec délicatesse avant de la laisser partir.

Juste avant de la voir refermer la porte, il lui murmura sur le perron :

— Je quitterai tout pour te suivre où bon te semble. Mon cœur ne bat plus que pour toi. Bonne nuit, mon amour.

— Bonne nuit Flip.

Quand elle fut étendue sur son lit, elle repensa à la soirée qu'elle venait de passer. Il avait fallu qu'un terrible accident se produise pour qu'elle réalise à quel point elle l'aimait.

51. LA TRAVERSÉE

Bart s'était calmé. Il avait fini par admettre qu'il valait mieux remettre leur voyage d'un jour. Aujourd'hui le temps était clément et devait le rester les jours suivants.

Ce beau jeune homme de vingt-deux ans formait un singulier contraste avec les pêcheurs un peu provinciaux de cette île. Malgré sa tenue simple, il était d'une élégance naturelle. Son joli teint, et ses yeux rieurs, d'un gris clair particulier, attiraient le regard de nombreuses femmes. Une multitude de petites boucles blondes s'échappait de sa casquette et lui donnait un air enfantin.

Seul, assis sur la coque de son bateau, les jambes ballantes, il regardait l'eau sale et huileuse du port dans lequel se reflétait le soleil couchant. Les derniers rayons de l'astre du jour irisaient les vaguelettes qui venaient se briser contre la rade, d'une multitude de couleurs.

Il observa ce lieu, jadis si familier, qui avait perdu son charme depuis l'arrivée des uniformes allemands, armés jusqu'aux dents. En laissant errer son regard, il eut la désagréable sensation de se trouver en pays étranger.

Le village paisible de son enfance s'était métamorphosé en postes de contrôle. L'hostilité avait pris la place de l'insouciance. La nuit, un silence inquiétant remplaçait le rire gras des marins. Et sur le quai qui l'avait vu grandir, où le petit matelot s'était transformé en marin averti, il se sentait aujourd'hui mal à l'aise.

Un peu plus loin, à dix mètres environ, deux soldats surveillaient une cargaison. Il les entendait par moments quand leurs voix s'élevaient au-dessus des clapotis.

De l'autre côté, près de l'entrepôt crasseux dont l'ennemi avait pris possession pour stocker de l'armement, se tenait un petit groupe de soldats. Certains de ne pas être dérangés, ils avaient posé leurs armes contre la cloison.

À sa gauche, seule la plage presque déserte lui rappelait le temps passé. Quelques rares promeneurs, peut-être des vacanciers, trempaient leurs pieds dans l'eau. Un enfant lançait un bâton à son chien, qui le lui rapportait en jappant joyeusement.

Maintenant que l'heure avançait, la tension ne le quittait plus.

Pour tuer le temps et pour ne pas se faire remarquer, il inspecta les filets de pêche. Il en sortit un, le déposa sur le ponton et entreprit une réparation.

La mer était belle et calme. Quelques brumes s'installaient lentement mais sûrement.

Bientôt la légère brise de terre, annonciatrice de la marée descendante, pousserait leurs voiles vers le large, vers le lointain, vers l'Angleterre.

Ils partiraient à la tombée de la nuit.

Bart avait tout prévu, vérifié l'état des voiles, le mat, la vergue et les poulies.

— Prudence est mère de sûreté, se répétait-il sans cesse pour s'insuffler du courage.

Depuis qu'ils avaient pris la décision de quitter les Pays-Bas, il avait porté chaque jour une petite quantité de vivres sur son bateau. Pour arriver à en stocker sans pour autant éveiller les soupçons de ses parents, il s'était privé de sa part. En fait, dissimulé sous de vieilles couvertures, il y avait à manger pour trois personnes pour une durée de trois jours : le temps nécessaire pour traverser la mer du Nord et arriver à Shellhaven, proche de Londres.

Cela faisait plus de deux semaines maintenant que Bart partait à la pêche avec ses deux camarades, et toujours juste avant l'aube. À chaque retour leurs filets étaient remplis de divers poissons plats, de moules et de crevettes qui abondaient dans cette partie de la mer du Nord.

Les Allemands surveillaient les allées et venues des pêcheurs comme du lait sur le feu. Ces derniers avaient comme obligation de rester dans la ligne de mire absolue et de revenir à l'heure imposée. Un contrôle scrupuleux suivait chaque retour.

Comme ils avaient toujours parfaitement respecté ces impératifs, les soldats s'étaient habitués à ces trois jeunes pêcheurs plutôt sympathiques, mais tellement mal accoutrés.

Paul avait même un peu amadoué ces Allemands polis, aimables et curieux en faisant semblant de parler leur langue, mais en exagérant son accent hollandais. C'était plutôt comique et avait pour effet de les faire rire. Puis à plusieurs reprises il leur avait offert de belles soles. Plus récemment, il était allé jusqu'à leur payer à boire, au café d'en face, se faisant traiter de fasciste.

Comme son arrivée sur la presqu'île correspondait à la date de retour des soldats prisonniers de guerre, il leur avait fait croire qu'il était le frère aîné de Bart. Et quand Jan les avait rejoints, il le leur présenta comme le troisième homme de leur équipage.

C'était un personnage plutôt chétif, et Bart lui avait expliqué qu'il était le dernier garçon d'une famille qui en comptait sept, dont deux avaient trouvé la mort pendant les terribles journées de mai. Il voulait se venger.

Paul avait eu un mouvement de recul quand il rencontra ce Jan pour la première fois. Il lui semblait que ce blanc-bec, aux multiples taches de rousseur, ne serait pas à la hauteur des dangers qu'ils allaient devoir affronter. Le béret enfoncé sur les yeux n'enlevait pas la grâce de ce visage aux traits fins. Quand Paul vit ses petites mains blanches, il eut l'impression d'avoir devant lui un aristocrate plutôt qu'un marin. Le genre de personne qui passe le plus clair de son temps à se brosser les ongles. De plus il n'était pas bien grand et son corps frêle ne semblait pas du tout robuste. Il craignait que ce jeune homme ne mette leur voyage en péril. Mais Bart restait intransigeant, sans Jan, le voyage ne pourrait se faire.

Il était vingt heures quand Paul et Jan firent leur apparition sur le quai.

Paul s'approcha du petit groupe de soldats et leur dit quelque chose en baragouinant en allemand. De son bateau, Bart les vit rire, ce qui le rassura. Puis Paul rejoignit Jan, qui, l'air mal assuré, l'attendait devant la taverne. Ce dernier n'avait encore jamais mis les pieds dans un bar.

À l'intérieur, l'éclairage tamisé rendait l'endroit chaleureux et accueillant. Un son d'accordéon leur parvint aux oreilles.

— Ah ! Les voilà, les fascistes ! mugit un ivrogne. Tu me payes un coup de gnole, aujourd'hui ? demanda-t-il à Paul.

Le barman, ayant reconnu le visage de son client habituel et généreux, lui adressa un signe amical.

La serveuse aperçut à son tour ce bel homme. Provocante, et bien en chair, elle secoua ses belles boucles brunes, geste dont raffolaient la plupart des marins, mais qui était destiné aujourd'hui seulement à Paul.

— Alors on vient boire un coup, s'enquit-elle d'une voix mielleuse. Et le jeunot, fit-elle en inclinant sa tête en direction de Jan, il est bien trop jeune !

— J'ai dix-huit ans, protesta ce dernier d'une voix fluette.

— Comme il est mignon, et il n'a même pas encore mué ! se moqua-t-elle et renversant sa tête en arrière, elle rit à gorge déployée.

Jan se sentit rougir, mais heureusement pour lui, juste à ce moment-là, l'ivrogne, jaloux que la belle ne lui prêtât plus attention, se leva. D'un pas incertain, il s'approcha d'elle et voulut lui flanquer une fessée.

Dotée d'un sixième sens aigu, la barmaid se retourna d'un air désapprobateur et attrapa au vol la main de l'homme répugnant.

— Pas avant le mariage, je t'ai dit, Pierrot ! plaisanta-t-elle en s'esquivant derrière le bar.

Remettant un peu d'ordre dans ses cheveux elle s'adressa à Paul :

— Combien de bocks vous faut-il, douze, c'est bien cela ?

— Non point de bière. Ce soir les soldats ont presque quartier libre : leurs chefs sont invités par le responsable de la région du NSB et ils doivent être attablés, à l'heure qu'il est, devant mille merveilles, alors que ces pauvres bougres s'ennuient à mourir... Il est temps de leur faire découvrir notre liqueur de Genièvre. Jenever pour tout le monde ! Remplis bien à ras bord ! C'est moi qui régale ! Et porte le tout dehors. Il fait un temps exquis ! Et sur ce, Paul entraîna Jan, penaud et intimidé, à l'extérieur.

Les militaires, jeunes pour la plupart, trouvèrent bien agréable de passer ainsi une soirée de garde ! Ils dégustèrent et apprécièrent vraiment ce bon digestif hollandais servi dans de jolis verres en forme de tulipes. Il leur rappelait le bon Schnapps du pays.

Nos pêcheurs trinquèrent ainsi à plusieurs reprises avec l'ennemi en prenant bien soin de ne pas boire le contenu, mais plutôt de le vider très discrètement dans l'eau.

Il était près de vingt-trois heures maintenant et il était grand temps d'aller à la pêche. Saluant leurs camarades ils s'éloignèrent, bras dessus, bras dessous, trébuchant maladroitement. Les Allemands se tordaient de rire devant ce drôle de spectacle, s'imaginant qu'ils tenaient bien mieux l'alcool que ces braves pêcheurs hollandais, comme quoi, ils étaient vraiment de race supérieure. Les militaires, loin d'être vraiment saouls, n'avaient cependant plus les idées assez claires pour s'apercevoir que tout cela n'était qu'une simple mise en scène.

Tout en se gaussant, ils les regardèrent monter dans leur bateau, hisser les voiles sur le mât et sortir du port.

Le voilier de taille vraiment modeste glissa sur l'eau, lentement mais sûrement.

Malgré le beau temps, l'équipage rencontra presque immédiatement une houle importante et dut affronter des creux de plus de deux mètres. Paul, contrairement à ses camarades souffrait du mal de mer et avait des difficultés à tenir sur ses jambes. Son estomac lui jouait des tours.

Rapidement ils dévièrent de leur canal de navigation habituel. Le résultat ne se fit pas attendre ! Un soldat qui patrouillait de long en large alerta ses collègues et une véritable pluie de balles s'abattit sur le bateau.

Ils étaient faits et s'attendaient à être rattrapés par un zodiaque ou même un avion dans les plus brefs délais.

Pourtant, rien de tel ne se produisit. Et de nouveau on n'entendit plus que le bruit des vagues.

Si l'équipage avait échappé aux tirs des fusils mitrailleurs, il n'en était pas de même pour la coque. Un trou était visible et l'eau allait pouvoir trouver son chemin à l'intérieur de l'embarcation.

Par chance, la brise de terre s'était nettement renforcée, gonflant les voiles et les poussant vers la Grande-Bretagne à bonne allure.

Bart inspecta la côte avec les jumelles, mais la brume et la nuit tombante rendaient la tâche difficile.

— Pour l'instant je ne vois rien bouger, à moins que ce ne soit l'effet de la brume. Paul, charge-toi de vider l'eau. Jan barre à gauche, il faut reprendre la bonne direction.

Chacun s'exécuta. Paul eut bien du mal. Par moments il vomissait par-dessus bord. Il était blanc comme un linge.

La mer se déchaîna à présent.

Paul dut reconnaître que Jan était très efficace et suivait à la lettre les ordres du capitaine. Il s'était trompé à son égard et devait admettre que c'était un bon marin, tout comme Bart d'ailleurs. Il se demandait cependant s'il avait eu raison de les suivre dans ce périple. Ils ne s'en sortiraient jamais vivants.

Une heure passa. Toujours pas d'Allemands dans les parages.

Puis deux heures s'écoulèrent et bientôt trois.

Ils voguaient au milieu de ces vagues indomptables quand soudain les yeux de Bart se braquèrent sur un objet qui ne se dévoilait que par moments.

— Nom d'un chien ! À tribord ! Un périscope !

Le tube, qui devait appartenir à un sous-marin, ne semblait pas bouger. Sur le petit navire le cœur des hommes battait à tout rompre.

Bart avait repris ses jumelles en mains et scrutait en direction du périscope. Soudain il haussa les épaules et éclata de rire. Ces camarades, anxieux, ne comprenaient rien à ce qui se passait.

— C'est un poteau, cria-t-il d'un ton guilleret. Il y a un banc de sable et il doit y avoir une carcasse de paquebot.

Paul s'essuya le front et siffla de soulagement. Ils pouvaient respirer de nouveau.

Il faisait nuit noire maintenant et la lune jouait à cache-cache avec les nuages.

Au fur et à mesure qu'ils avançaient vers leur destination, la mer devenait plus calme.

Paul était rassuré. Il n'aurait pu en supporter davantage. Il vidait en continu l'eau qui s'infiltrait. Leurs habits étaient trempés, mais ils gardaient le moral. Tant qu'aucun navire allemand n'était en vue, rien ne pouvait le leur saper.

Bart allait pouvoir se reposer un peu. Il s'allongea sur des couvertures humides, la tête posée sur un vieux pneu qui lui servait de coussin. Puis viendrait le tour de Jan, et ensuite de Paul.

Quand durant ce premier jour de leur voyage, le soleil fut au zénith, la mer était devenue calme et le ciel s'était dégagé.

Maintenant ils gardaient aisément le cap. Après un repas rudimentaire, Bart sortit son harmonica. Il le porta à ses lèvres. Un air langoureux et romantique s'éleva. C'était agréable, un brin de musique. Pendant un instant on oubliait tout, on rêvait. Pour sortir ses amis de la torpeur dans laquelle ils semblaient vouloir s'engouffrer, Bart entonna : It's a long way to Tipperary. Aussitôt les braves matelots se redressèrent et reprirent le refrain en chantant, en remplaçant toutefois Tipperary par London.

En fin d'après-midi de la troisième journée, s'approchant des côtes anglaises, l'équipage découvrit à sa grande joie, un navire anglais. En leur adressant des signaux de S.O.S., les trois hommes espéraient se faire remarquer.

Ce fut le cas.

Ils furent accueillis jovialement et amenés sur la terre ferme.

Le lendemain ils devaient être présentés à quelques membres du Gouvernement en exil.

C'était le début d'une nouvelle aventure.

52. LE DÉMÉNAGEMENT

— Pa arrive ! J'entends les chevaux, piailla Betty excitée comme une puce. Depuis le matin elle ne tenait plus en place.

Johan s'avança vers sa fille et regarda par la fenêtre ouverte son beau-père approcher. Elle se glissa devant son père, car elle était impatiente de savoir si Willem allait être du déménagement. Elle raffolait de cet homme au grand cœur.

La charrette apparaissait maintenant au coin de la rue. Pa tenait les rênes et conduisait la carriole. À sa droite se trouvait Willem, son fidèle « agent de dépannage », comme il aimait l'appeler. Ce dernier répondait toujours présent quand on avait besoin de lui. Et c'était le cas aujourd'hui puisque c'était dimanche, jour de repos.

De loin la petite le reconnut et lui fit de grands signes de la main.

Willem sourit en la voyant s'agiter ainsi et la salua joyeusement avec sa casquette. Il adorait ce brin de fillette, toujours gaie tel un rayon de soleil.

— Je descends, glapit-elle, en s'élançant dans les escaliers.

— Elle est infernale, déclara en riant Francine qui finissait d'essuyer la vaisselle du petit déjeuner, elle va nous rendre fous ! Et ce pauvre Willem va regretter de ne pas être sourd !

Juste au moment où Betty arriva au rez-de-chaussée, Pa immobilisa la voiture devant la maison. Rapide comme l'éclair elle grimpa, embrassa furtivement son grand-père et jeta ensuite affectueusement ses deux bras autour du cou de Willem.

— Quel accueil ! lança-t-il d'un ton jovial tout en repoussant gentiment la petite. Et sortant deux morceaux de sucre de la poche de sa veste noire il ajouta :

— Donne ceci aux chevaux pour les faire patienter le temps du chargement.

— Pa, puis-je ? demanda-t-elle poliment.

— Oui, vas-y.

Willem descendit de la charrette et prit Betty dans ses bras pour la déposer à terre.

— Dis donc, tu as drôlement grandi ! Tu es presque aussi grande que moi ! la flatta-t-il et un sourire radieux apparut sur son visage disgracieux.

Betty opina fièrement de la tête et alla se planter devant les deux chevaux. Elle les connaissait depuis sa plus tendre enfance et les aimait profondément. Souvent quand elle allait chez ses grands-parents elle se rendait à l'écurie pour leur faire un câlin.

— Coucou vous deux, murmura-t-elle en caressant l'encolure de chaque bête.

Ils reconnurent aussitôt sa voix et répondirent de concert en faisant frémir leurs naseaux.

Elle déposa le sucre dans chaque main et le leur tendit.

— Je me sens tellement triste pour vous, leur confia-t-elle. Pa vous avait mis à la retraite depuis qu'il avait acheté son camion. Si seulement les Allemands ne l'avaient pas réquisitionné...

Ils semblaient l'écouter et ne bougeaient pas. La fillette s'approcha de la tête du mâle et souleva avec une douceur infinie une de ses œillères. Dans l'énorme œil brillant, elle vit son propre portrait. Elle lui souriait à présent.

— Tu verras, cette guerre ne durera pas longtemps et bientôt ils nous rendront le camion et tu pourras te reposer de nouveau, et toi aussi bien sûr, ajouta-t-elle en se tournant vers la femelle. Elle se colla tendrement contre l'animal quand un martèlement de bottes la sortit de sa rêverie. Elle regagna aussitôt les quelques marches qui menaient à la porte de sa maison, se glissa derrière et tout en la laissant entr'ouverte, observa la troupe passer dans la rue.

C'était une longue file d'uniformes verts. Ils avaient la démarche hautaine, le regard fier. Le bruit de l'éperon accroché à leurs bottes luisantes rendait les animaux nerveux. Ils piaffaient. Betty, inquiète, se risqua dehors pour les calmer, faisant fi des avertissements de sa mère. Elle se glissa entre eux et tout en leur caressant le front, leur chuchota de ne pas s'en faire. Les soldats ne prêtèrent guère attention à la fillette.

— Betty, rentre immédiatement ! ordonna la voix mécontente de Johan.

Craignant son père plus que tout, elle se dépêcha de monter. Arrivée dans l'appartement, Betty croisa le regard sévère de son père qui lui montrait du doigt le coin de la salle à manger, où elle devait rester chaque fois qu'elle était punie. Elle baissa les yeux et s'y dirigea sans un mot.

Willem trouvait cette punition injuste. Il savait combien le bruit résonnant des bottes sur le pavé énervait les chevaux et ils risquaient de se cabrer, de renverser la voiture et peut-être de l'endommager. Il pensait plutôt que Betty avait fait montre de maturité...

Après avoir avalé une tasse de café, les hommes se mirent au travail. Comme la volée de marches aussi raides qu'étroites ne permettait pas de passer les gros meubles par la cage d'escalier, il fallait utiliser le palan fixé au pignon du dernier étage. Ce système de levage était compliqué et prenait du temps.

Johan et Willem, montaient les meubles au grenier, les attachaient solidement et les faisaient ensuite passer par la grande fenêtre.

Pa, sur le trottoir, tirait sur les cordages, actionnant ainsi les poulies pour les réceptionner en douceur.

Francine et Betty faisaient des allers et retours, les bras chargés de petits cartons.

Munkie se terrait dans son panier, l'œil inquisiteur. Le remue-ménage ne lui inspirait rien de bon.

Quand la charrette fut totalement remplie, il était temps de faire un premier voyage !

Betty, confortablement installée entre Pa et Willem, était impatiente d'arriver dans sa nouvelle maison. Ses parents, qui suivaient en vélo, avaient refusé de la lui montrer avant ce jour. Ils voulaient que ce soit une surprise.

Comme leur appartement se trouvait près du port, il leur fallait longer presque la totalité du Prinsengracht et tourner juste avant que ce grand canal ne se jette dans l'Amstel.

Ils contournèrent ensuite la Fredriksplein, grande place romantique où Betty remarqua une belle fontaine.

— Nous y sommes presque, lui confia Pa.

Betty s'agita. Enfin la carriole s'arrêta dans une large rue, devant une grande maison de maître. Curieuse la fillette observa les maisons de part et d'autre de la rue.

— Elles sont toutes identiques, remarqua-t-elle.

— Bien vu, s'exclama Willem qui était maintes fois passé à Oosteinde, mais ne s'en était jamais aperçu.

Levant son petit nez vers les hautes fenêtres elle ajouta :

— Et elles sont immenses : quatre étages !

Pa jeta juste un coup d'œil par-dessus son épaule quand il vit sa fille et son gendre arriver en riant, heureux.

Chacun rangea sa bicyclette contre le mur. Cérémonieusement Johan sortit la clé de la poche de sa veste et l'introduisit dans la serrure de la porte de droite.

Les travaux de rénovation nécessaires avaient pris beaucoup plus de temps que prévu à cause de la guerre. Comme la maison était imposante, Johan avait décidé de la partager en deux habitations distinctes. En effet, sous le porche, qu'il avait fait construire, il y avait maintenant deux portes. Celle de droite était leur entrée alors que celle de gauche donnait directement sur une cage d'escalier qui menait aux trois étages, devenus des bureaux qu'il louait.

Il enleva son chapeau et invita ses dames de cœur à entrer dans leur nouvelle demeure.

Le vestibule décoré de stuc donnait sur une deuxième porte garnie d'un vitrail moderne aux lignes épurées et aux couleurs magnifiques.

Betty l'ouvrit :

— Ouf, comme elle est lourde !

Elle tourna sa tête vers la droite et resta un instant médusée. La pièce était entièrement meublée. Un buffet, une table et six chaises en chêne massif, c'était donc la salle à manger. Au milieu de cette dernière était suspendu un lustre avec des pendentifs en cristal. Les rayons de soleil qui inondaient la pièce renvoyaient un peu partout les reflets des cristaux aux couleurs de l'arc-en-ciel.

La fillette était émerveillée par la céleste lumière.

Devant la fenêtre qui donnait sur la rue, il y avait un grand fauteuil en velours rose, une petite table basse et un lampadaire. C'était le coin lecture.

Betty regarda sa mère d'un air étonné.

— Mais alors, où allons-nous mettre nos meubles ?

— La maison est grande... et certains sont tellement abîmés. Nous avons profité de cette occasion pour en acheter d'autres. Viens, nous allons continuer la visite !

Betty pénétra dans le salon obscur, qui était encore entièrement vide.

— Tu vois, ici ce n'est pas la place qui manque. Là on mettra le canapé, et le buffet contre le mur.

— Je peux ouvrir les rideaux ?

— Non, ma chérie. Euh... il y a un problème avec les tringles... et

Francine tira sa fille par le bras et l'entraîna dans la pièce voisine.

Johan les y attendait avec Pa et Willem.

— Et voici mon bureau, annonça-t-il fièrement. La pièce était sobrement meublée. Une grande bibliothèque aux portes vitrées ornait un mur, un bureau imposant était placé au milieu et sur l'autre mur se trouvait une huile sur toile.

— Ah ! C'est le tableau de Ma !

— Oui, fit Pa. Elle l'a donné à tes parents. Il doit rester dans la famille, et comme nous nous faisons vieux...

— Et il est bien mis en valeur ici, tu ne trouves pas ? lui demanda Francine.

La petite hocha la tête. Ses parents possédaient plusieurs tableaux, mais elle adorait particulièrement celui-ci qui représentait un paysage de la mer du Nord. Ma lui avait raconté l'histoire des peintres de l'École Hollandaise et l'avait emmenée visiter plusieurs musées où elles avaient pu admirer différentes œuvres. Ma avait hérité ce tableau du XVIIe de sa mère et lui avait expliqué que plus tard elle le recevrait à son tour et qu'il devrait toujours rester dans la famille, tel un emblème.

— Et maintenant princesse, descendons, fit jovialement le père de famille en prenant sa fille par la main.

Arrivée en bas de l'escalier, Betty ne vit que des portes fermées. Son père l'arrêta devant l'une d'entre elles.

— Ferme les yeux et ne triche pas !

Quand il l'eut ouverte, il lui dit :

— Tu peux regarder maintenant, tout en la poussant à l'intérieur.

Francine, qui ne voulait rien manquer du spectacle, s'était glissée derrière son mari.

Betty était époustouflée. Elle ne savait pas où donner de la tête.

La chambre était décorée d'une tapisserie rose pastel avec des rideaux assortis. D'un côté, contre le mur, il y avait un lit en bois, laqué de blanc, au-dessus duquel était dressé un baldaquin romantique, toujours dans le même ton. Le couvre-lit était crocheté en blanc et rose. De l'autre côté se trouvaient un joli bureau et une petite commode assortis.

— C'est une chambre de princesse n'est-ce pas ?

Pour toute réponse l'enfant sauta de joie puis voulut embrasser ses parents.

— As-tu vu ton bureau ? Maintenant que tu vas rentrer à la grande école, tu apprendras à lire et il te sera utile.

À cette remarque Betty fit la moue. Elle n'aimait pas penser que dans trois semaines seulement les vacances seraient bel et bien finies. Résolument elle tourna les talons et voulut sortir de sa chambre.

— Attends encore un peu. Ouvre donc tes rideaux !

D'un geste brusque, elle les ouvrit et poussa un cri joyeux.

— Un jardin ! Un jardin ! piailla-t-elle de plus en plus fort. Et elle sauta dans les bras de son père et fit signe à sa mère de les rejoindre.

Elle leur murmura mille mercis.

Tendrement enlacés, ils profitaient de ce moment de bonheur.

Puis il fallut tout de même terminer la visite guidée de cette nouvelle maison.

La chambre de Betty se trouvait entre celle de ses parents et la cuisine, le tout donnait sur le jardin qui était plutôt grand, entièrement clôturé et orné d'arbres magnifiques.

En face, côté rue, il y avait un cellier et une cave dont les soupiraux permettaient de voir le trottoir et une partie de la rue.

Betty adorait déjà sa nouvelle résidence.

Francine était également ravie. Il lui semblait qu'elle se sentirait plus en sécurité ici.

Mais pour l'heure il restait encore pas mal de choses à déménager. Pa et Willem, qui avaient gentiment tout déchargé, s'impatientaient maintenant.

— Allez, au travail !

53. JANE

Paul était descendu le premier et attendait ses compagnons de voyage dans le hall de cet hôtel londonien. Comme il était bien en avance, il eut envie d'en profiter pour inspecter les lieux.

Une cloison à claire-voie, garnie de nombreuses plantes vertes, séparait la réception du salon. Des tables basses et des bancs confortables invitaient à la lecture.

Des porte-journaux étaient accrochés au mur. Il aperçut le Telegraaf, le décrocha de son support et s'installa pour lire.

Sur la première page, il vit une photo de deux hommes, se serrant la main. Il s'agissait de Seyss-Inquart, le Reichskommissar des Pays-Bas, et le fondateur du NSB, Anton Mussert. L'article les concernant était très bref.

Le journaliste observa un peu mieux la photo. L'Allemand affichait un large sourire, tandis que celui du chef du NSB était sibyllin. Paul savait qu'Anton Mussert avait espéré obtenir l'administration du pays, mais elle fut donnée au Nazi.

— Voilà le maître et son valet, pensa Paul.

Une voix de l'autre côté de la cloison le sortit de sa méditation. Il regarda en direction du bureau de l'hôtel, mais les plantes l'empêchèrent de bien voir. Il devina la silhouette d'une femme. Il s'était trompé. Il se leva cependant, se demandant ce que pouvaient bien faire ses deux amis. Regardant l'heure sur sa montre gousset, il constata qu'il n'était pas encore neuf heures. Ils n'étaient donc pas en retard.

Après avoir remis le journal à sa place, il se dirigea vers l'entrée.

Une jeune femme était négligemment appuyée contre un pilier, lui tournant le dos. Elle était en grande discussion avec un groom et il en déduisit qu'elle était anglaise. Elle était vêtue d'une chemise beige et d'une jupe bleue. Ses cheveux roux relativement courts lui couvraient à peine le cou.

Paul arrivait à sa hauteur juste au moment où elle se tourna. Leurs yeux se croisèrent. Un sourire ironique se dessina sur le visage de la jeune femme alors que celui de Paul se figea de stupeur.

Ses taches de rousseur, et ce visage délicat lui rappelaient quelqu'un.

La porte de l'ascenseur s'ouvrit et Bart arriva. Un seul regard lui suffit pour comprendre la situation. L'air embarrassé, il s'approcha de son ami.

— Écoute Paul, dit-il d'un ton mal assuré, je te dois toutes mes excuses. Je te présente ma petite sœur, Jane.

— Ta sœur ?

— Oui, Jane, ma sœur.

— Eh oui, fit cette dernière en riant maintenant. Jane, le petit matelot Jan, c'est moi !

Paul, perplexe, se gratta deux à trois fois la gorge. Il regarda tour à tour ses deux amis.

— Comprends-moi, Paul ! Si je t'avais dit que je voulais emmener ma sœur, tu ne serais jamais venu. Et nous avions et avons toujours tellement besoin de toi.

Secouant la tête, le jeune homme prit le parti d'en rire. Il se moqua de lui-même et se trouvait ridicule de ne pas avoir pensé un seul instant que Jan n'était pas un homme. Pourtant à bien y réfléchir, Jan avait de petites mains, une voix fluette, un corps frêle qui se rapprochait davantage de celui d'une femme...

— Nous pouvons dire que vous m'avez bien eu, mes amis !

— Jane pourra rendre de grands services. Elle a un diplôme de langues et parle anglais, français et allemand ! s'exclama fièrement le frère.

— Mais alors, quel âge avez-vous donc ? s'enquit Paul.

Jane rit aux éclats.

— Et voilà que tu me vouvoies maintenant ! Je suis ravie de savoir que je t'impressionne autant, tu sais.

Bart tapota amicalement sur l'épaule de son ami et répondit :

— Nous n'avons qu'un an d'écart, Jane vient tout juste de souffler ses vingt bougies.

Une voiture arriva devant l'hôtel et le portier se précipita pour ouvrir. Après avoir échangé quelques mots avec le passager il se retourna vers les jeunes gens et les invita à prendre place dans le véhicule.

54. AMI

Betty était ravissante dans sa petite robe en coton. Francine l'avait confectionnée spécialement pour ce premier jour d'école, mais c'est Betty qui avait choisi le tissu : un joli vichy jaune. Comme le temps pouvait être frais au mois d'août, un petit gilet aux manches courtes complétait sa tenue.

Elle était toute mignonnette, les cheveux retenus par sa belle barrette. Et avec son cartable flambant neuf sur le dos, elle ressemblait à une de ces petites filles que l'on voyait dans les revues de mode.

Elle attendait patiemment l'appel dans la cour de l'école et se sentait bien seule au milieu de tous ces visages inconnus.

Décidément, cette rentrée ne ressemblait à aucune autre.

Non seulement c'était une reprise assombrie par l'Occupation, mais de plus, comme elle avait changé de quartier, elle ne connaissait personne.

Les épaules légèrement voûtées, des yeux de biche apeurés, elle se sentait perdue et trouvait cette attente interminable.

Elle jeta un regard inquiet aux alentours.

Elle vit des enseignants en grande discussion, et plus loin plusieurs groupes d'élèves, visiblement heureux de leurs retrouvailles.

Elle croisait les bras et balayait l'enceinte du regard, voulant à tout prix repérer un autre enfant, qui comme elle, cherchait éperdument un allié. Mais la cloche retentit et chaque instituteur appela les élèves de sa classe.

Enfin ce fut son tour :
— Betty Wark ?

Elle s'avança docilement vers sa nouvelle maîtresse qui lui adressa un sourire bienveillant et alors seulement son visage s'éclaircit.

Comme elle était belle ! D'emblée elle l'aima.

Elle se présenta sous le prénom de Juf[28] Sarah.

Juf Sarah avait de magnifiques cheveux longs, d'un châtain foncé, qu'elle avait attachés avec un grand nœud bleu. Des yeux presque noirs pétillaient gaiement et rendaient son visage malicieux.

Une place fut attribuée à chacun et Betty eut la chance d'être proche de la fenêtre, ce qui lui convenait à merveille. Déjà éprise de liberté, elle se sentait ainsi moins enfermée, plus libre, même si ce n'était qu'un leurre.

Juf Sarah avait fort à faire. Il fallait distribuer les nouveaux cahiers, livres et crayons.

Betty ouvrit passionnément son livre de lecture pour observer les images. Sur la première page il y avait le dessin d'un singe sous lequel était écrit : *aap* (singe). Quand elle releva la tête, elle constata que la même image et les mêmes lettres étaient accrochées au-dessus du tableau noir. Mais il en y avait bien d'autres et elle se replongea dans le manuel pour vérifier si elle les retrouvait.

Toute à sa contemplation, elle ne remarqua pas tout de suite le rai de lumière qui dansait sur son bureau.

---

[28] Abréviation de maîtresse

D'où venait-elle ? Pas de la vitre en tout cas. Elle fit le tour de la classe du regard et ne vit que des enfants occupés à lire. Quand elle haussa les épaules, un garçon, aux yeux rieurs, croisa les siens.

Il était assis deux rangées plus loin et leva sa main droite qui tenait un tout petit miroir. De nouveau il joua du réflecteur sur les affaires de Betty et lui sourit.

Juf Sarah s'approcha de lui et hâtivement il cacha l'objet dans sa trousse.

Ouf ! Elle n'avait rien vu !

D'une voix douce, mais ferme elle dit tout en s'avançant jusqu'au tableau :

— Nous voilà fins prêts, les enfants !

Elle saisit sa baguette et montra la première image.

— Qui peut me dire de quoi il s'agit ?

Tous avaient bien sûr la réponse et levaient le doigt, mais elle choisit Betty. Tous les regards se braquèrent sur elle.

— C'est un singe, Juf, dit-elle d'une voix presque inaudible.

— Quel est donc le mot écrit ici ? lui demanda-t-elle encore en lui montrant le mot aap.

— *Aap*, Juf.

— Bien ! Viens ici maintenant, tu vas prendre les lettres et les donner à trois camarades qui viendront les remettre dans l'ordre.

La petite se sentit rougir et se leva. Timidement elle saisit les trois lettres et alla les distribuer. La première à une fille avec de jolies tresses, une autre à celle qui portait des lunettes, et bien sûr le propriétaire de la petite glace reçut la dernière.

C'était à leur tour de les classer. Quand ce fut fait, ils répétaient après la Juf :

— *Aap ! Aap !*

Puis elle montrait chaque lettre :

— A, a et un p !

— A, a et un p ! reprirent-ils tous en chœur.

Et la cloche de l'école retentit de nouveau, annonçant l'heure de la récréation.

Dans la cour l'inconnu s'empressa de rejoindre Betty.

— Salut ! commença-t-il. Tu es nouvelle, n'est-ce pas ? Je l'ai tout de suite compris ce matin, en t'observant. Il se passa une main dans ses boucles brunes et indisciplinées. J'ai même cru que tu allais te mettre à pleurer ! ricana-t-il.

— N'importe quoi ! se rebiffa Betty en croisant les bras et en lui tournant immédiatement le dos.

— Ne fais pas la pimbêche ! Et si tu veux tout savoir... j'étais un peu comme toi... Il se retrouva de nouveau face à la fillette. Moi non plus je ne connais personne. Et sur ce, il lui tendit cérémonieusement la main.

Betty poussa un soupir de soulagement après cet aveu.

— Je m'appelle Koky, ravi de faire ta connaissance !

— Cela n'est pas une nouvelle, puisque Juf Sarah t'a nommé ainsi !

— C'est vrai ! et il hocha la tête avec le plus grand sérieux, mais j'aime bien que l'on se présente comme le font les grandes personnes !

Betty esquissa une moue sceptique. Elle trouvait ce garçon un peu étrange, mais sentait, malgré elle, naître un irrésistible élan de tendresse pour lui. Elle accepta donc sa main tendue.
— Alors, amis ?
— Alors amis !

55. MÉLANCOLIE

Jane n'en finissait plus de décolérer.

Voilà que les autorités britanniques venaient de la placer en tant que Nurse aux services d'une famille dont la dynastie aristocratique remontait très loin. Le père était colonel.

D'un regard noir, elle toisa son interlocuteur, un simple soldat.

— Et puisque vous êtes au service de votre chère Majesty the Queen, transmettez-lui donc ce message : je n'irai pas là-bas, vous m'entendez ! Je ne bougerai pas d'ici, lui répétait-elle une fois de plus, en haussant maintenant la voix.

Un très vague sourire s'installa sur le visage du militaire.

— Vous vous moquez de moi ! souffla-t-elle.

Mais l'homme resta de marbre et lui prit le bras pour la conduire jusqu'à la voiture qui devait l'emmener à sa nouvelle demeure.

— Vous n'êtes qu'un minable ! cria-t-elle à présent en tentant de se défaire de la poigne d'acier qui l'entraînait.

— Cessez donc de vous donner en spectacle Miss. Ce n'est pas en agissant ainsi qu'on vous écoutera

Il lui ouvrit la portière de la Jeep et l'installa un peu brutalement.

— Vous êtes trop aimable, s'exclama Jane d'un ton sarcastique.

Le chauffeur démarra et un lourd silence s'installa dans l'habitacle.

Avoir pris autant de risques pour se retrouver finalement Nurse. C'était inconcevable !

Il avait fallu braver la mer du Nord, subir plusieurs interrogatoires. À leur grande déception, les trois amis n'avaient pas été reçus à bras ouverts ! Les Anglais craignaient des infiltrations d'espions allemands ou encore des membres du NSB.

Après de nombreuses vérifications, la Reine Wilhelmine leur avait accordé une audience.

Ce moment fort, ils l'avaient vraiment savouré.

La Reine s'était même inclinée devant eux, pour leur montrer l'énorme respect qu'elle éprouvait pour ceux qui avaient risqué leur vie pour continuer le combat. Elle leur avait servi le thé elle-même ! Ce fut un moment inoubliable qui restera à jamais gravé dans leur mémoire.

Mais Paul et Bart avaient reçu un accueil plus enthousiaste que Jane, elle l'avait bien ressenti !

Personne n'imaginait cette petite femme frêle sous les armes.

Pour se débarrasser d'elle, ils l'avaient mise de corvée aux cuisines, alors que son frère et son ami recevaient un entraînement intensif.

Le colonel s'était entretenu à plusieurs reprises avec le journaliste qui avait fini par le convaincre de l'engager comme bonne d'enfants.

— Il est tout de même plus agréable de s'occuper d'enfants que de faire la plonge, lui avait-il assuré.

— Mais je veux partir avec vous, et je me battrai pour y parvenir ! À cœur vaillant rien d'impossible !

Arrivée à la hauteur de la grille qui protégeait la demeure, elle eut le souffle coupé.

Une magnifique bâtisse se trouvait au bout d'une allée bordée de cèdres immenses.

C'était un édifice imposant de style édouardien, en briques rouges.
Le chauffeur arrêta le moteur devant les escaliers en marbre blanc qui amenaient le visiteur jusqu'à l'entrée principale.
Une gouvernante sortit aussitôt ; Jane était attendue. Elle la salua froidement.
Dès le vestibule la jeune femme fut frappée par la splendeur des lieux.
Et plus elle avançait, plus elle était ébahie.
Chaque pièce au plafond haut avait sa propre cheminée. Partout elle constatait le même goût pour les nombreuses antiquités savamment sélectionnées.
Elle traversa un couloir qui semblait interminable, orné de peintures du XIXe siècle.
Puis la gouvernante finit par la faire entrer dans un petit boudoir où elle lui donna sa nouvelle tenue vestimentaire.
— Je vous prie de bien vouloir vous habiller ici, Miss, lui conseilla-t-elle. Je reviendrai pour vous coiffer, et elle fit une génuflexion avant de sortir de la pièce.
Mais Jane, curieuse, s'approcha de la fenêtre. Elle passa la main sur la vitre pour enlever un peu de buée, car dehors il faisait déjà froid, et y colla son nez pour mieux observer. L'arrière du salon offrait une magnifique vue sur les jardins.
Des feuilles aux couleurs chatoyantes donnaient un air féerique à ce paysage.
Elle resta là à rêvasser quelques instants et eut soudain le mal du pays.
Ce paysage d'automne tellement semblable à celui qu'elle avait connu chez elle submergeait son cœur de spleen.
Mais son caractère optimiste l'obligeait à trouver un point positif à sa situation. Elle se convainquit alors de profiter au mieux de cet endroit luxueux, et pensa déjà aux promenades au milieu de ces vastes étendues de verdure.

56. LA DÉCLARATION ARYENNE

Betty s'impatientait. Flip, le futur fiancé de tante Neel devait l'emmener à la Frederiksplein, grande place du centre d'Amsterdam où elle avait donné rendez-vous à son nouvel ami Koky.

Mais juste au moment de partir, Flip était tombé nez à nez avec le locataire de Johan et n'en finissait plus de discuter.

Imperceptiblement, et d'un air boudeur, elle tira sur la main de Flip, qui lui adressa alors un sourire forcé, mais n'en continuait pas moins.

Oh là là ! Mais qu'est-ce qu'il est bavard ! pensait-elle.

L'homme, Juif comme Flip, avait loué les bureaux au-dessus de leur nouvelle demeure, était diamantaire et Flip lui avait commandé une belle gemme pour Neel. Il la lui offrirait pour leurs fiançailles, prévues à la fin de ce mois d'octobre 1940.

Pendant longtemps il n'existait pas de corporation d'artisans pour le métier de diamantaire et de nombreux Juifs s'installant à Amsterdam en firent donc leur spécialité. L'industrie diamantaire fut très prospère à la fin du XIXe siècle et occupait en 1906, trente pour cent des hommes juifs de la ville, leur assurant un revenu très confortable. Des rivières de diamants couvraient alors le cou de belles femmes, mais ces pierres étaient également utilisées dans l'industrie.

Cependant comme pour tout produit de luxe, sensible aux variations de la conjoncture, l'activité diamantaire laissa dès 1935, quatre mille hommes au chômage sur les neuf mille qu'elle employait.

Les Allemands avaient un fort besoin de ces bijoux pour leur machine de guerre. La filière tomba donc immédiatement sous la mainmise du commissaire du Reich.

Flip et le diamantaire débattaient de ce grave sujet avant de parler des dernières rumeurs qui se répandaient dans la capitale.

La fillette n'en pouvait plus d'attendre. Elle commençait à trépigner, mais Flip restait insensible à cet enfantillage.

— Il ne faut pas broyer du noir ! Ce n'est pas parce qu'il vous faut remplir cette attestation qu'on va vous licencier ! lui expliqua le diamantaire.

— Mais il y a des bruits qui courent Monsieur Groen !

— Laissez-les donc courir, on ne fait pas le monde avec des « on-dit », vous savez. Et nous ne sommes pas en Allemagne : ici on ne connaît pas de Juifs hollandais, mais seulement des Hollandais juifs, et la nuance est subtile, Monsieur !

Flip hocha la tête, mais ne put s'empêcher d'ajouter d'un ton vif :

— Ils ont bien licencié tous ceux qui travaillaient au service de la défense antiaérienne, et ce, dès le mois de juillet ! C'était en fait la toute première discrimination publique...

— Ce n'était qu'une simple purification de l'air, lui répondit Monsieur Groen avec esprit, mais Flip n'appréciait guère cet humour noir.

Cette déclaration aryenne que tout fonctionnaire devait remplir, sous peine de licenciement, ne lui inspirait rien de bon. Ce n'était pour lui qu'une manœuvre sournoise de l'occupant, un recensement déguisé pour dénicher tout fonctionnaire juif. Mais à quelle fin ?

Le diamantaire lui donna la réponse :

— Ils veulent sûrement juste éviter que de nouveaux postes soient occupés par des Juifs. C'est plausible, non ? Et d'une main réconfortante, il tapota sur l'épaule de Flip avant de continuer :
— Allez, ne soyez pas si pessimiste ! Pour vous comme pour les autres ! À bientôt ! Et sur ce, il tourna les talons et disparut aussitôt derrière la porte d'entrée.
— Bon débarras ! jubila Betty, en levant un regard angélique vers Flip, tout en lui secouant la main.
— Nous y allons enfin ?
— Allons-y princesse, s'efforça-t-il de répondre d'un ton faussement enjoué.

Koky l'attendait sagement assis sur un banc à côté de la fontaine. Dès qu'il vit Betty, il se mit à courir vers elle.
Il portait une chemise à carreaux bleus, sur laquelle il avait glissé un débardeur de laine, et une culotte courte bleu-marine.
— Ah ! Bonjour Betty ! Te voilà enfin ! Je commençais à me demander si tu allais venir !
— Tout est de ma faute, s'empressa de lui expliquer Flip, mais Betty lui coupa net la parole :
— Comme tu as l'air drôle avec tes cheveux gominés ! lança-t-elle en guise de salutation.
Elle le préférait de loin avec ses belles boucles brunes et sauvages plutôt que cette chevelure disciplinée.
À cette parole Koky eut un léger mouvement de recul, mais se ressaisit immédiatement et lui montra victorieusement un gros sac plein de billes. Il s'efforça de lui sourire et grommela :
— Tu viens ? Ils nous attendent, et de son index il lui indiqua un groupe d'enfants.
De nombreuses personnes venaient sur cette place avec leur progéniture. Prendre sur la Frederiksplein un dernier rayon de soleil était très prisé par les habitants des quartiers alentours.
La fontaine projetait ses jets d'eau avec désinvolture.
Flip s'était installé sur un banc.
La paix sereine et radieuse dans laquelle semblait être bercé ce lieu, lui donnait un pincement au cœur. Du coin de l'œil il observait les enfants qui jouaient, ivres de joie et de vie, alors que lui-même se sentait d'humeur tellement maussade.
— Leur front est aussi pur que celui d'un ange, mais plus tard peut-être, leurs pieds roses saliront la terre en prenant des chemins obscurs, songeait-il. Il repensait aux articles de presse qu'il avait lus quelques années auparavant, concernant le Pogrom qui avait eu lieu en Allemagne. Ici, celui qui venait de débuter était moins spectaculaire, mais d'un calme glacial.

57. CE QUE FEMME VEUT, DIEU LE VEUT

Le colonel rit à gorge déployée, ce qui était rare chez lui.

Ce petit bout de femme avait un sacré tempérament. Il l'observait, là devant lui, les poings serrés, les joues rouges et les yeux qui lançaient des éclairs.

Jane n'était pas vraiment jolie, mais plutôt garçon manqué. Néanmoins la belle couleur de ses cheveux, ses multiples taches de rousseur qui illuminaient son visage rieur et son corps souple et musclé, la rendaient désirable.

— Avec votre profil de médaille et votre chignon, vous ressemblez à notre Queen, mais vous manquez de retenue Miss, ricana-t-il.

— Et bien justement ! Si vous me trouvez quelque ressemblance avec votre Majesté, alors je vous en prie : laissez tomber tous ces préjugés stéréotypés ! Regardez-moi ! et elle se mit à tourner sur elle-même avant d'ajouter :

— Est-ce que j'ai l'air fragile ?

— Jane, comparaison n'est pas raison ! Et puis d'ailleurs vous savez bien que la question n'est pas là ! Je vous l'ai déjà dit : la guerre est une affaire d'hommes !

— Vous me donnez la même réponse depuis un mois, rétorqua-t-elle d'un air exaspéré. Mais les femmes ne sont pas des êtres faibles, mon Colonel, et...

— Peut-être, la coupa-t-il. Mais elles n'en restent pas moins trop bavardes ! Vous êtes toutes incapables de garder un secret et puis une femme est souvent la source de complications.

À sa grande satisfaction, Jane constata que pour la première fois, le colonel perdait de son flegme.

Il hausse la voix, se dit-elle, je suis sur la bonne voie... et je dois maintenant abattre mon brelan d'or.

— Colonel, je suis très sportive. J'ai toujours aimé les longues balades à bicyclette et les grandes excursions. Je pourrai vous être fort utile. Je vous chercherai des terrains propices à d'éventuels parachutages, je vous donnerai des détails sur les mouvements des troupes allemandes ! Et elle s'avança d'un pas alerte et se retrouva quasiment nez à nez avec le militaire.

Aucun être de sexe féminin dans l'exercice de sa fonction n'avait jamais osé se rapprocher autant. Cette jeune fille avait vraiment un toupet incroyable. Il se gratta la tête et Jane comprit qu'il réfléchissait et qu'il ne fallait surtout pas l'interrompre.

Il tourna les talons et se rapprocha du téléphone posé sur un guéridon bas et décrocha le combiné.

58. SECOURS D'HIVER

Hanneke se regardait dans la glace.

Son uniforme bleu impeccable, qu'elle portait d'ordinaire avec tellement de plaisir, lui faisait maintenant horreur.

C'était le fait du brassard qu'elle avait sur le bras gauche. Un ruban portant la mention Winterhulp, secours d'hiver, remplaçait celle du KVV, corps volontaire féminin, dont elle faisait partie depuis la mobilisation.

Jusqu'à ce jour, elle avait toujours effectué son travail avec ferveur.

Depuis le bombardement de Rotterdam, elle ne comptait plus ses heures de travail. Il avait fallu collecter des objets de première nécessité ainsi que des vêtements pour les sinistrés, les reloger, ici à Amsterdam, et nettoyer ces nouvelles habitations avant l'arrivée de tous ces pauvres gens. Tout cela, elle l'avait fait avec la même passion : celle d'aider autrui.

Mais aujourd'hui le brassard du Winterhulp venait salir le KVV.

Koky, qui dévalait l'escalier, arriva à sa hauteur :

— Tu fais une drôle de tête ! Que t'arrive-t-il ?

— Ce qu'il m'arrive ? Et bien je vais te l'expliquer. La mairie nous oblige à faire une collecte financière pour le Winterhulp.

— Et alors ?

— Et alors ? Nous devons ensuite donner les fonds au NSB. Il se trouve que cet organisme est en fait un organisme allemand ! Tu as déjà vu les affiches que les *moffen* ont placardées un peu partout ?

Koky connaissait ce nouveau mot *moffen* qui venait tout juste d'être inventé pour désigner les occupants.

— On peut y voir un grand thermomètre, une belle boîte de collecteur rouge et une branche de houx, fulmina Hanneke, et on peut y lire : Het kwik daalt dus Uw plicht stijgt. (Quand le mercure baisse, votre civisme doit augmenter)

Koky ne comprenait pas vraiment ce que cela pouvait signifier.

— Je décode : quand il fait froid, il faut aider les pauvres.

— C'est plutôt bien, non ? demanda le bonhomme.

— Oui, mais les Allemands n'organisent cette collecte que dans un seul but. Ils veulent que les Hollandais aient une bonne opinion d'eux ! S'ils voulaient vraiment aider les nécessiteux, ils n'auraient pas interdit l'existence de toutes les associations de bienfaisance qui ont déjà fait tant de bonnes actions et n'ont plus à démontrer qu'elles sont réellement utiles ! s'exclama Hanneke avec agacement.

Koky trouvait tout ceci bien compliqué. Il n'avait pas envie d'en entendre davantage. Il prit ses chaussures, les laça et s'éclipsa par la lourde porte, muni de son sac de billes et en saluant :

— À tout à l'heure !

— Il a bien de la chance de n'être encore qu'un enfant et de pouvoir aller jouer, se dit-elle.

Un vent froid avait chassé les nuages et un franc soleil illuminait à présent la Frederiksplein. Hanneke remonta son col. Dans sa rage elle avait oublié d'emporter son châle et le regrettait.

Sur un panneau de liège, elle avait accroché les broches sur lesquelles étaient épinglés de petits moulins. Le souffle de la bise faisait tournoyer leurs ailes argentées.

Rapidement quelques enfants s'attroupaient autour de la jeune femme.

Ils admiraient les petits objets étincelants.

— Comme c'est joli, dit l'un d'eux. Et criant par-dessus son épaule : Je peux en acheter, maman ?

Cette dernière qui surveillait son fils du coin de l'œil s'écria aussitôt.

— Il est l'heure de rentrer, mon petit, lui annonça-t-elle pour toute réponse en l'amenant doucement avec elle. Je ne veux rien acheter aux *moffen*, tu m'entends ? ajouta-t-elle avant de s'éloigner.

Betty était comme médusée devant tous ces moulins miniatures. Elle savait que son père ne voulait pas qu'elle en eût un.

Hier sur le Dam, une dame faisait également la collecte pour le Winterhulp, et comme il était d'excellente humeur, elle lui en avait réclamé un. Il lui avait répondu que c'était mignon et qu'il comprenait sa demande, mais que c'était donner de l'argent à l'occupant !

— Plutôt mourir ! avait-il répliqué.

Mais là, seule devant l'objet interdit, elle avait bien du mal à résister.

Pesant le pour, et le contre, le pour finalement l'emporta. Elle fit glisser une pièce de dix cents dans la boîte. Clic, fit-elle en cognant contre le fond et en résonnant, car elle était quasiment vide.

Hanneke lui tendit la broche.

— Tiens, tu peux l'accrocher au revers de ton manteau, lui dit-elle avec ironie. Ce sera du plus bel effet !

Mais l'enfant n'était bien sûr pas aussi naïve. Il fallait la cacher, elle l'avait bien compris. Elle la fit glisser dans sa poche et décida qu'il valait sûrement mieux la tenir dans sa main pour ne pas l'abîmer et prit le chemin en direction de sa maison.

Elle ouvrit doucement le portail en bois vert, traversa lentement le jardinet, se glissa doucement à l'intérieur et disparut dans sa chambre.

La porte qu'elle venait à peine de fermer se rouvrit avec vacarme.

La voix sévère de Johan tonna aussitôt :

— Betty, montre-moi ce que tu caches dans ta poche !

La fillette écarquilla les yeux d'étonnement avant de lever vers lui un regard inquiet.

— Donne-moi ce que tu as dans ta main, maintenant ! ordonna-t-il.

Betty riva les yeux au sol. Elle ne voulait pas la lui donner et tentait de gagner du temps.

— Mais... ce sont des billes... que j'ai gagnées, balbutia-t-elle.

Johan hocha la tête avec le plus grand sérieux.

— Des billes, mais oui..., où avais-je la tête ? Montre-les-moi donc que je puisse les admirer !

Betty esquissa une moue sceptique.

— Montre-moi !

Avec une lenteur calculée, elle sortit le poing de sa poche et l'ouvrit et ce qu'il vit laissa son père pantois. Il prit une longue inspiration.

— Betty, je comprends que tout ceci est très tentant, les *moffen* le

font exprès d'ailleurs, pour que les enfants aient envie de les collectionner. Mais je t'en prie, promets-moi de ne plus jamais en acheter et jette-moi ça à la poubelle.
— Mais Papa !
— À la poubelle, te dis-je ! et il quitta la pièce en claquant la porte.

Quelques jours plus tard Johan apprit, non sans plaisir, que le Winterhulp n'avait point été un succès.

Les Hollandais montraient ainsi pour la première fois publiquement leurs sentiments antiallemands, et toujours très friands de proverbes en créaient un spécialement pour le secours d'hiver :
Geen knoop van mijn gulp
Voor de Winterhulp[29] !

---

[29] Littéralement : même pas un bouton de ma braguette pour le secours d'hiver

59. THE DOVE

Les trois compères s'étaient donnés rendez-vous dans un pub à Londres.

The Dove, la colombe, pub du XVIIe siècle, était très prisé des Anglais.

L'entrée se trouvait dans une toute petite ruelle du vieux Londres et une terrasse agréable bordait la Tamise.

Militaires de carrière et poètes aimaient y venir et l'on racontait même que le roi Charles II rencontrait ici jadis, dans le plus grand secret, sa maîtresse.

Jane portait son uniforme à merveille et Paul trouvait qu'il la mettait réellement en valeur.

— Je vous trouve très séduisante, Miss Jane, la flatta-t-il.

— Merci Paul, et d'un petit rire elle ajouta, je peux vous rendre le compliment.

Une serveuse bien en chair leur apporta les pintes d'Ale, la bière anglaise, et trois assiettes fumantes qui dégageaient une odeur alléchante.

— *Here you are, some good bear and our Fish and Chips ! Just the best in town*[30] !, dit-elle fièrement, en posant le tout sur la table ronde.

Le pub était un de ces endroits délicieusement et typiquement anglais. Il avait la réputation d'offrir la meilleure nourriture traditionnelle de Londres.

Il y régnait une ambiance chaleureuse.

Les tables et chaises, couleur ébène, se trouvaient égayées par de petites lampes qui diffusaient une douce lumière.

Dès l'automne, un feu brûlait dans l'âtre de la grande cheminée et rendait l'endroit douillet et confortable.

Les trois amis trinquèrent joyeusement et on entendit à l'unisson un :

— *Cheers*, à la vôtre !

Leurs verres s'entrechoquèrent et ils trempèrent les lèvres dans la délicieuse mousse blonde de la bière.

— Trinquons de nouveau ! Mais cette fois-ci, pour un bon retour au pays, proposa Bart.

Paul et Jane acquiescèrent et levèrent leurs bocks.

— *Happy return* ! Bon retour !

— Oui, que tout puisse se passer comme nous l'avons prévu ! dit Jane avec une très légère intonation d'anxiété.

Bart lui fit un clin d'œil complice.

— Tu n'as rien à craindre, petite sœur. Le capitaine du bateau de pêche est un homme sûr, et il a toutes les autorisations nécessaires pour naviguer dans les eaux territoriales de la Norvège. Nous ne serons nullement inquiétés. Et de là il sera facile de gagner les Pays-Bas.

Jane soupira. Elle se passa une main moite sur le front. Elle avait fini par obtenir ce qu'elle voulait : partir en mission avec les deux

---

[30] Et voilà, de la bonne bière et notre *Fish and Chips*, (spécialité anglaise de poisson frit et de frites) Les meilleurs de la ville !

hommes.

Le colonel l'avait envoyée à l'Auxiliary Territorial Service[31] . Si elle voulait être incorporée dans le réseau, il lui fallait suivre un entraînement militaire de base et obtenir l'aval de l'A.T.S.

— Fini le temps des bas de soie, Miss ! lui avait-il dit à mi-voix.

Elle y apprit à manier les armes et les explosifs. On lui enseigna le Soft Killing. Elle avait effectué son stage de parachutisme en même temps que Bart et Paul.

Jane qui avait acquis un esprit d'attaque et avait développé sa forme physique et sa confiance était donc fin prête.

Mais un bémol persistait. Elle devenait l'assistante de Paul et devait en quelque sorte se tenir dans les coulisses.

Mais en faisant preuve de ténacité...

---

[31] A.T.S. : École d'officier de liaisons à Londres

60. NOUVEL ÉLAN

Betty s'arrêta devant l'affichette collée sur le mur de la bibliothèque. Elle fronça les sourcils et tenta de l'analyser.

— Tu viens Betty ? S'il te plaît, ne me fais pas attendre, la pria Francine. Il commence à faire froid. Dépêche-toi !

Mais la fillette n'écoutait point et semblait absorbée.

— Regarde maman, dit-elle fièrement. Je sais lire tous les chiffres : il y a un 6 et un 1 et un 4, mais je ne sais pas pourquoi il y a un trait là, montra-t-elle du doigt.

Un bref sourire effleura le visage de la jeune femme quand elle vit le pamphlet.

— Le trait, c'est pour traduire « un quart », expliqua-t-elle en saisissant la main de sa fille pour l'entraîner, mais celle-ci résista.

— Alors il y a écrit six et un quart ! Pourquoi l'a-t-on barré avec une grosse croix orange ?

Jetant fiévreusement un regard rapide autour d'elles, Francine chuchota :

— « Six et un quart » c'est le surnom qu'on a donné au Reichskommissar Seyss-Inquart ! Et veux-tu savoir pour quelle raison on l'appelle ainsi ? poursuivit-elle en réussissant enfin à faire avancer Betty. C'est parce qu'il est boiteux. Et il a bien d'autres surnoms encore ! Des gens ont collé ce papier pour montrer qu'ils ne sont pas d'accord avec les nazis.

Le minois de la fillette devint sérieux.

— Mais alors c'est interdit !

— Oui, bien sûr, et les personnes qui collent de telles informations courent de grands dangers et peuvent être arrêtées ou même pis...

Betty frissonna. La semaine dernière, son père avait lu à haute voix un article paru dans le Telegraaf et qui l'avait profondément choqué. Il relatait l'histoire d'un homme qui avait osé répliquer et désobéir aux soldats allemands. Fusillé sur-le-champ, son cadavre était resté exposé pendant vingt-quatre heures pour servir d'exemple !

Pourtant, lentement mais sûrement une certaine résistance voyait le jour.

On trouvait des slogans antiallemands sur les murs publics, on portait sur le col des manteaux de petits objets faits main qui représentaient la Reine Wilhelmine.

Arthur Seyss-Inquart, le commissaire du Reich des Pays-Bas, s'efforçant de ne pas effaroucher la nation néerlandaise, pensait pouvoir la dissoudre rapidement dans le *Herrenvolk*, le peuple des seigneurs, germanique et aryen. Mais c'était oublier que seule une partie de la population était des germanophiles convaincus, dont la plupart étaient membres du NSB.

La déclaration aryenne, par laquelle on déclarait ne pas être Juif, ne faisait qu'amplifier l'hostilité du peuple vis-à-vis du régime d'occupation, les atrocités nazies heurtant l'humanisme des Hollandais.

L'indignation des gens se traduisait de diverses façons, comme ici, en barrant le six et un quart en orange. L'attachement à la famille royale et à ses valeurs démocratiques était fortement exprimé de manière à dénoncer le pouvoir nazi.

Johan s'assit sur le bord du lit de sa fille. Il était l'heure de la lecture du soir. Confortablement installée, et sa tête appuyée contre le torse de son papa, Betty attendait.

Elle avait choisi à la bibliothèque un gros livre de pages cartonnées et largement illustrées, qui racontait l'histoire de dix petits nègres.

Ces pauvres enfants vivaient de folles aventures et au fur et à mesure que Johan lisait, ils disparaissaient les uns après les autres.

« Quatre petits nègres allaient à la mer
Un gros hareng rouge en avalait un,
et il n'en restait plus que trois.
Trois petits nègres… »

Quelque chose tomba. C'était un bout de papier. Johan le ramassa et vit qu'il avait été découpé à la main. Sur un côté se trouvait un grand point d'interrogation et quand il le tourna, il lut à haute voix les gros caractères :

— « L'Allemagne a déjà perdu la guerre ! »

Betty ouvrit de grands yeux.

— C'est vrai papa ? Nous avons gagné la guerre ?

Ce dernier regarda sa fille, si pure et tellement naïve encore, et avec une infinie tendresse il répondit d'une voix empreinte de mélancolie :

— Si seulement c'était vrai…

— Pourquoi écrit-on ces choses-là, si ce n'est pas vrai, s'exclama-t-elle.

Devant son air déconfit, et ne sachant que répondre, Johan eut un pincement au cœur. Il prit sa fille dans ses bras et la serra tout contre lui.

Pendant cette même soirée, dans une autre chambre située dans un vieux quartier du port de la métropole, Paul et ses comparses se retrouvaient pour la première fois depuis leur retour au pays.

L'appartement, petit, mais très lumineux et agréable, qu'occupait le journaliste, se trouvait directement sous les toits et donnait une bonne vue sur les docks, ce qui serait utile pour observer les mouvements des Allemands.

Un nuage bleu flottait dans la pièce tellement elle était enfumée. Le cendrier, posé sur la table ronde couverte d'une nappe blanche, amidonnée, témoignait du nombre de cigarettes qui avaient déjà été grillées ce soir-là.

— Plus que cinq minutes, annonça Bart d'une voix tendue.

— C'est incroyable comme le temps passe lentement…, soupira Jane en tirant sur sa cigarette.

— Je vais aller nous chercher une autre bière, proposa Paul.

Il revint avec trois bocks, les posa sur la table et se dirigea vers la fenêtre. Écartant à peine un des rideaux tirés pour respecter le couvre-feu, il jeta un coup d'œil sur les bateaux à quai, à peine visibles dans les ténèbres profondes. Tout était calme.

Jane regarda la pendule.

— Deux minutes. Vérifie si tout est bien branché !

Paul opina du chef.

La radio, appareil compact, reposait dans un sac de voyage ordinaire. Plusieurs compartiments avaient été prévus pour permettre un rangement ultra rapide des accessoires et des pièces de rechange tels que câble électrique, fusibles, tournevis.

Paul écrasa sa cigarette et s'exécuta aussitôt :

— L'émetteur, la clé Morse, le récepteur, les écouteurs, tout a l'air correct. Regarde si l'alimentation est bien branchée, dit-il à Bart.

Jane consulta une ultime fois sa montre :

— Vingt heures !

Les trois amis prirent de concert une profonde inspiration : ils allaient mettre leurs connaissances à l'œuvre pour la première fois. Ils s'étaient penchés sur le codage du message à envoyer depuis plus d'une heure.

Ils avaient reçu la même formation de radiotélégraphiste, à Grendon Underwood en Grande-Bretagne. Ce centre de transmission, situé dans un parc de 52ha, permettait à l'aide de ses grandes antennes de capter des messages venant des régions arctiques jusqu'au sud de l'Espagne.

Une fiche, imprimée d'une table de séquences de cinq lettres, sans aucune signification particulière, servait à l'encodage.

L'heure d'émission et de réception, les codes et fréquences utilisés, répondaient tous à des ordres très stricts.

Fébrilement Paul tapa en morse la lettre « V », indicatif de Radio Londres, suivi de ses propres références : « PJB ».

Les yeux rivés sur l'appareil, osant à peine respirer de peur de ne pas entendre le signal de retour, les jeunes gens attendirent le cœur battant.

Plusieurs sons aigus se mirent à sortir de la radio et firent naître un sourire victorieux sur leurs visages.

Immédiatement, Paul envoya son message sous le regard attentif du frère et de la sœur.

Dès que ce fut terminé et avant que la réponse ne leur arrivât, Bart s'exclama :

— À nous maintenant !

De nouveaux bruits sortirent de l'appareil.

Tels des écoliers, ils se mirent à griffonner des lettres incongrues. Chacun devait maintenant décrypter l'envoi de Londres pour ensuite le comparer.

Une mauvaise utilisation du morse peut se révéler dramatique, leur avait-on expliqué au centre. Il faut donc rédiger, chiffrer et déchiffrer avec une extrême rigueur.

Un laps de temps s'écoula.

— Nous ne sommes pas assez rapides, remarqua Paul avec une placidité feinte. Aujourd'hui ce n'est pas vraiment un problème, puisqu'il ne s'agit que d'un essai. Mais à l'avenir il nous faudra être plus efficaces !

— Commençons par comparer nos écrits, proposa Jane.

Tout concordait à la perfection et joyeusement la jeune femme ajouta :

— Trinquons à notre première transmission, et elle disparut dans la cuisine. Peu après elle revint avec une bouteille de champagne et trois coupes.

— Dis donc, toi, tu n'es pas un peu sans gêne ? s'enquit Paul d'un sourire crispé.

Jane le dévisagea d'un air moqueur avant de rétorquer d'une voix enjôleuse :

— Ne joue pas le vieux célibataire, Paul, cela ne te met pas en valeur. Et puis, je vais être souvent dans les parages, autant t'y habituer sur-le-champ, non ? et elle lui tendit la bouteille.

Bart observa la scène d'un air amusé. Elle avait vraiment un sacré toupet sa petite sœur. Mais elle y mettait toujours tellement de candeur qu'il était quasiment impossible de se fâcher avec elle.

Paul déboucha la bouteille et versa le Champagne dans les coupes.

— *Proost* !

— À la vôtre !

Paul dévisagea la jeune femme en silence. Malgré ses airs de garçon manqué elle avait un sacré charme. Ses cheveux roux et ses multiples taches de rousseur rendaient son visage espiègle. Son air mutin lui plaisait et il devait bien admettre qu'elle était plutôt irrésistible. Mais elle n'avait que vingt ans et il savait également qu'il ne confondrait jamais son travail et sa vie privée !

61. ARYANISATION

En ce jour de fin novembre 1940, l'aube s'était levée sous un ciel gris et pluvieux. Une bise glaciale soufflait et augmentait la sensation de froid.

Francine pédalait vaillamment, les joues rougies par le vent et l'effort.

Pas plus tard qu'hier, quelqu'un avait bousculé Betty et s'était emparé de son vélo. La fillette était donc installée sur le porte-bagages, comme au bon vieux temps, derrière sa mère.

Munkie se tenait sagement dans un panier en osier, accroché sur le guidon de la bicyclette, les oreilles soulevées par le vent et les yeux scrutant les alentours.

Arrivée devant l'école, la jeune femme embrassa sa fille et d'un long soupir s'arma de patience pour aller faire la queue à la boulangerie. Il fallait y arriver tôt le matin, muni de tickets de rationnement, si on voulait avoir du pain. Et par cette température, l'attente s'annonçait encore plus pénible.

Betty salua sa mère. Quand Francine se retourna avant de disparaître au coin de la rue, elle posa un baiser dans sa main et le lui envoya en soufflant. Puis elle aperçut Koky qui s'avançait vers elle.

— Hallo ! fit-il avec un large sourire.

— Hoi, salut !

— Tu es bien en avance aujourd'hui ! Avec un peu de chance, nous avons juste le temps de faire une partie de billes.

La petite acquiesça, ravie.

Les deux enfants pénétrèrent dans la cour de l'école.

Un attroupement d'écoliers s'était formé devant l'entrée centrale. Koky fit semblant de ne pas le remarquer et sortit deux billes de la poche de son pantalon court.

— Alors, tu commences ?

Mais Betty ne l'écoutait pas. Elle était intriguée. Elle se demandait pourquoi tous les élèves piétinaient ainsi devant la porte alors que d'habitude ils jouaient jusqu'à ce que la cloche sonnât.

— Je vais aller voir, fit-elle d'un signe de tête.

Koky soupira. Pourquoi fallait-il que les filles soient si curieuses ?

Se fondant au milieu de leurs camarades, ils entendirent la voix à peine audible du directeur :

—... et Juf Sarah ne pourra plus assurer la classe à partir de ce jour. Ainsi en a décidé l'autorité allemande, et sa voix se brisa.

À ces mots, la pauvre institutrice entourée de ses collègues fondit en larmes. Dans le silence gêné qui s'installa, on n'entendit plus que des murmures indignés sortant de la bouche des enfants.

La cloche de l'église sonna neuf heures.

Le glas sonne, pensa désespérément Sarah et un nouveau sanglot secoua son corps.

Koky avait pris la main de Betty dans la sienne et la serra fortement. Sa respiration s'accéléra et il déglutit avec difficulté.

Il n'entendit plus rien de ce qui l'entourait et en l'espace d'un instant il retrouva toute l'amertume qu'il avait éprouvée quand il lui avait fallu fuir.

Fuir les nazis d'abord.

Puis fuir l'Allemagne tout court.

Du haut de ses dix ans, il réalisait que le passé le rattrapait à vive allure.

Il n'avait été qu'un sot de croire à la possibilité d'un nouveau bonheur, de croire à une nouvelle identité, vierge de toute souffrance, et de penser que dans ce pays le troisième Reich serait impuissant.

D'un geste inconscient, il porta la main à sa poitrine et son visage se crispa sous l'effet de la douleur.

Il avait l'impression que l'on venait de transpercer son cœur d'enfant.

Francine grelottait. Un brouillard givrant s'installait dans les rues de la cité. Elle prit le bras de sa sœur et le serra, espérant ainsi se réchauffer un peu.

Johan et Flip marchaient derrière les jeunes femmes et par moments elles percevaient leurs rires. Ils s'entendaient à merveille tous les quatre et ce soir ils étaient de sortie.

Ils étaient d'abord allés au cinéma sur la place Rembrandt et devaient terminer leur soirée au restaurant tout proche.

La place était encore animée malgré le froid et les ténèbres profondes. Le black-out dans lequel la ville était plongée la rendait lugubre. L'occupation allemande semblait augmenter le besoin de s'amuser et jamais les salles de cinéma n'avaient été aussi pleines !

La Rembrandtplein était fréquentée depuis sa création par de nombreux artistes, journalistes et peintres. Ces derniers y firent d'ailleurs ériger en 1844 une statue de leur maître Rembrandt, sculptée par Louis de Royer et quelques années plus tard l'endroit prit le nom de celui qui peignit entre autres « La jeune fille à la perle ».

En poussant la porte du Café de Kroon, café de la couronne, dont la création datait de 1918 et qui devait son nom à l'intronisation de Wilhelmina en cette même année, une agréable chaleur les envahit.

Ils prirent place à une table ronde près du bar.

Derrière celui-ci, plusieurs fenêtres alignées laissaient passer à travers de beaux vitraux une clarté ocrée et irisée. Sur un autre pan de mur, on retrouvait les mêmes vitraux. De magnifiques lustres en cristal faisaient danser leurs ombres multicolores sur le plafond sombre, alors que de petites lampes roses, accrochées au mur, inondaient le mobilier style Louis XVI d'une douce lumière. Les rideaux pour le couvre-feu étaient doublés par un beau tissu en velours rose. L'ensemble dégageait une ambiance distinguée et accueillante.

Après avoir fait leur choix sur la carte des menus, un serveur droit comme un I vint prendre la commande.

Pour patienter, ils dégustèrent un peu de vin rouge.

— *Proost* ! firent-ils en chœur.

— À nos nouveaux fiancés, s'exclama joyeusement Johan.

— À nous, dit Neel en regardant Flip amoureusement.

— À toi ma chérie ! répondit doucement ce dernier en posant sa main sur la sienne où brillait le magnifique diamant qu'il lui avait offert pour leurs fiançailles.

Francine était ravie. Ils allaient tellement bien ensemble, ils formaient vraiment un beau couple. Mais ce soir-là elle nota cependant quelque chose d'étrange dans le regard de Flip. Elle ne pouvait pas vraiment l'identifier. Ce n'était pas de la tristesse, loin s'en fallait. Peut-être de l'inquiétude, et c'était plutôt normal vu l'époque qu'ils traversaient tous. Pourtant il était tout sourire, comme d'habitude. Inconsciemment la jeune femme haussa les épaules et tenta d'oublier ce sentiment de malaise qu'elle ressentait.

Le restaurant était bondé, les rires allaient bon train et il n'y avait pas d'uniformes vert-de-gris : la réputation de cet établissement d'être surtout fréquenté par des Juifs, semblait les faire fuir.

Une belle serveuse servit l'entrée : une soupe de pommes de terre accompagnée de croûtons à l'ail.

— Comme ça sent bon, j'ai une faim de loup ! s'exclama Neel.

En effet, une odeur alléchante s'élevait au-dessus des assiettes fumantes.

— C'est la première fois que nous dînons ici, n'est-ce pas Johan, fit Francine.

— Oui, et je pense que nous allons bien nous régaler. La cuisine française... rien que le nom me fait venir l'eau à la bouche.

— Vous ne serez pas déçus, affirma Flip qui y venait déjà enfant avec ses parents et était devenu depuis un habitué du lieu. Neel peut vous l'affirmer : elle adore cet endroit.

Cette dernière opina du chef tout en goûtant le délicieux entremets.

— Hmmm, fit-elle en dégustant la première cuillerée.

Tous les quatre se régalèrent dès ce premier plat.

L'entrée fut suivie d'un filet de poulet accompagné de tomates au basilic. Le repas se terminait sur une note sucrée avec une coupe glacée.

— Le dessert, c'est ce que je préfère !

— Tu es toujours aussi gourmande, Francine dit en riant sa sœur, tes yeux pétillent comme quand tu étais petite.

— La gourmandise n'est pas un vilain défaut, se défendit la jeune femme.

— Tu as bien raison et puis profitons-en, tant qu'il est encore temps ! souffla Flip et son visage s'assombrit soudain, ce qui n'échappa point à Neel.

— Flip ? Qu'est-ce qui ne va pas ce soir ? Tu es soucieux.

Son fiancé la sonda du regard. Il n'avait aucune envie de gâcher cette belle soirée.

— Ce n'est rien... Ce sont ces actualités allemandes, auxquelles on est obligé d'assister avant que le film ne commence, qui m'ont agacé, mentit-il. Cette propagande m'a ulcéré.

Neel acquiesça, mais Francine ne se laissait pas duper, elle était certaine qu'il s'agissait de quelque chose de bien plus grave. Elle pensait à la maîtresse de Betty qui ne pouvait plus enseigner parce qu'elle était juive. Cette affaire faisait déjà beaucoup de bruit dans les écoles et les universités. De très nombreuses personnes considéraient que c'était inadmissible.

Semblant lire dans ses pensées sa sœur s'enquit :
— Tu es bien certain que cela n'a pas de rapport avec cette vague de licenciements ?
— Depuis quand le sais-tu ?
— Je l'ai appris en début d'après-midi, mais j'attendais que tu m'en parles.
— Notre directeur nous a annoncé le licenciement forcé de tout le personnel juif dès ce matin. Il était très embarrassé, je peux vous l'assurer, mais que peut-il y faire ? Rien ! Une colère soudaine s'empara de lui. Il tapa du poing sur la table et s'écria :
— Salauds de fascistes, mort aux nazis !
— Flip ! Tais-toi !
— Tais-toi, tais-toi ! C'est tout ce que vous savez dire, tous, autant que vous êtes ! Dehors les *moffen* !

Plusieurs têtes s'étaient tournées vers eux, et pendant un court instant on n'entendit plus que le crépitement du feu dans la cheminée.

Dans un bruit de chaises, un de leurs voisins de table se leva et rétorqua :
— Mais enfin, monsieur, il n'y a que les Allemands pour nous débarrasser des communistes. Regardez un peu autour de vous ! Des grèves, et encore des grèves et dans de nombreuses entreprises ! Et des manifestations dans les rues ! Mais où va-t-on ? Les nazis ne vont pas tarder à remettre dans ce pays de l'ordre avec un grand O, Monsieur !

Personne dans la salle n'osa relever cette réplique anticommuniste de peur qu'elle ne se transformât en diatribe contre les Juifs.

Cette fois-ci, un silence gêné s'installa.

La tension sociale allait en effet crescendo dans la capitale.

7000 Amstellodamois avaient été envoyés en Allemagne pour le service de travail obligatoire, notamment dans les constructions navales, laissant ainsi de nombreuses familles dans le besoin, car l'aide accordée était bien trop insuffisante.

De plus, environ 11 000 citadins, tous chômeurs, furent intégrés dans des opérations telles que le défrichement des terres de bruyère, la plantation de forêts, la construction ou la réparation des lignes de défense. Des salaires de misère et l'allongement du temps de travail alimentèrent la grogne des ouvriers qui aboutit à des grèves.

Ils exigeaient une augmentation, une meilleure aide sociale pour les familles dont le père travaillait en Allemagne et l'annulation de l'allongement du temps de travail.

Deux jours après la révocation dans l'enseignement de tout le personnel juif, une autre grève éclata dans les universités d'Utrecht et de Leiden. Étudiants et professeurs manifestèrent contre ces mesures antidémocratiques et raciales. Le résultat ne se fit pas attendre : l'autorité allemande ordonna la fermeture de ces deux établissements.

Cette décision réveilla le peuple hollandais.

Certains pensaient peut-être jusqu'alors que Seyss-Inquart voulait seulement partager le pays en deux camps : les Juifs et puis les autres...

Partager pour mieux régner !

Mais la désapprobation de ces manifestants fit prendre conscience au reste de la population des injustices que l'on était en train d'infliger à leurs Juifs.

62. LA WA

En ce jour de la mi-décembre, Flip, vêtu d'une chemise blanche et de son plus beau costume, sonna. La porte s'ouvrit aussitôt sur sa mère.
— Momelle[32] ! dit-il en la serrant dans ses bras.
— Ah ! Vous voilà mes enfants, nous vous attendions. Entrez donc !
Flip effleura la mezouza en bois, suspendue au-dessus de la porte. Ce porte-bonheur veillait sur toute la maisonnée.
Neel, un peu en retrait, très élégante dans son ensemble vert pâle, tenait à la main un beau bouquet d'œillets roses qu'elle offrit à sa future belle-mère avant de l'embrasser.
— Merci ma chérie, comme tu me gâtes ! Ces fleurs sont magnifiques, s'exclama-t-elle de ce timbre de voix qu'affectionnait particulièrement Neel. Je vais chercher un vase, et elle disparut dans la cuisine.
Sa voix rocailleuse, mais chaude lui donnait un air mystérieux. Cette petite femme aux yeux verts et aux cheveux grisonnants était encore très belle malgré ses cinquante ans.
Les amoureux pénétrèrent dans la salle à manger. La pièce était accueillante et un poêle à charbon y brûlait doucement.
La table pour fêter le shabat était déjà mise.
Flip lui avait expliqué que cette fête débute chaque vendredi à la tombée de la nuit pour se terminer le samedi soir.
Les petites flammes chatoyantes des bougies blanches, fièrement dressées dans deux candélabres en argent, inondaient l'ensemble d'une douce lumière. Flip se remémorait sa chère grand-mère qui guettait par la fenêtre les derniers rayons de soleil, impatiente d'allumer les bougies.
Peu après, le père de Flip pénétra à son tour dans la pièce, la tête couverte d'une calotte brodée. Il avait belle allure dans son costume sombre, taillé à la perfection.
— A git Shabbès, prononça-t-il en guise de bienvenue, et bon sabbat continua-t-il en s'adressant maintenant à Neel. Il leur serra la main, tapa sur l'épaule de son fils et s'enquit de sa santé.
— A git Shabbès, Père.
Cet homme, moustachu et à la barbichette poivre et sel, de petite taille, avait dix ans de plus que sa femme. Mais le couple avait fait un véritable mariage d'amour et ceci semblait le conserver jeune.
Il avait suivi la trace de son père. Cet immigrant portugais avait été un tailleur fort renommé, et il avait réussi à le devenir à son tour. Et même aujourd'hui le travail ne manquait pas.
— Nous n'attendrons pas Esther, fit Momelle en posant le bouquet de fleurs sur le dressoir. Finalement elle ne viendra pas, un empêchement...
La jeune sœur de Flip, couturière, habitait dans le sud des Pays-Bas et n'était venue que deux fois dans la capitale depuis l'invasion.
Flip acquiesça. C'était en effet regrettable, mais normal. Après tout,

---

[32] Maman en yiddish

elle avait sa propre vie là-bas à Limburg.

Ils s'attablèrent.

Neel, qui assistait à ce rituel pour la première fois, fut séduite par la belle nappe brodée avec des fils dorés et colorés, et sentit le besoin de toucher ce tissu fin.

— Je l'ai brodée moi-même, dit Momelle.

— Elle est vraiment très jolie ! Et ces motifs turquoise !

Père, imperturbable, commença la lecture d'un passage du livre de prières. Il n'était pas très heureux de cette future bru goy. Son fils avait eu pourtant le choix : nombreuses étaient celles qui lui avaient fait la cour. Mais non ; il avait préféré cette petite protestante plutôt que de choisir quelqu'un de leur communauté. Il emplit le verre à Kiddouch finement décoré, et commença la bénédiction.

Neel, ne comprenant pas cette langue, s'absorba dans la contemplation de la magnificence des objets qui ornaient cette table de fête. Un couteau au manche superbement travaillé et un pain étaient posés sur un plateau en argent massif, décoré de motifs délicats évoquant les rites du sabbat.

Elle ne vit même pas Père quitter la salle à manger pour aller se laver les mains et fut surprise quand il reprit place en saisissant le pain. Il le coupa avec le beau couteau et chacun en prit un petit morceau. Ils le dégustèrent en silence.

Tout était calme. On n'entendait rien.

La plupart des voisins doivent fêter le sabbat, pensa la jeune femme. Aucun bruit dans les rues. Tout est tellement paisible, tranquille ! Et elle sentait une véritable sérénité l'envahir.

Soudain, un vacarme venu du rez-de-chaussée vint interrompre ce moment de quiétude.

Flip se leva le premier et s'approcha de la fenêtre. Poussant un pan de rideau, il vit une horde d'hommes dans la rue. La pleine lune qui illuminait un ciel dégagé, ne lui permit pourtant pas de les identifier comme membres de la WA, branche militante du NSB. Leurs uniformes noirs et ceux de la SA se ressemblaient à s'y méprendre ! Mais l'État-major allemand avait interdit à ses soldats de pénétrer sans ordre dans ce quartier juif. Il ne pouvait donc s'agir que de la WA.

Neel était venue se placer à côté de son fiancé et leva vers lui un regard inquiet.

De nouveau, un bruit de bris de glace rompit le silence de la nuit, suivi de rires gras. Puis des coups de matraque leur parvinrent, détruisant tout ce qui pouvait l'être.

— J'y vais, fulmina Flip. Ces salauds, ils méritent qu'on leur casse la gueule.

— C'est bien ce qu'ils recherchent ! Et c'est bien pour cela que tu ne bougeras pas d'ici, répliqua Père d'une voix ferme.

— Mais ils sont en train de tout casser chez Epstein et toi tu restes là sans rien faire !

— Parce que tu te crois de taille à faire face à une vingtaine d'énergumènes armés de chaînes, de matraques et de je ne sais quoi encore ? Ils cassent les vitres des magasins juifs depuis juin. Mon tour viendra sûrement. Mais les casseurs ne sont pas des Allemands, ce sont des Hollandais. Les *moffen* vont bientôt recevoir l'ordre d'intervenir, tu verras...

— Je crois rêver ! Les Allemands se frottent les mains ! Ils ont trouvé le moyen de nous humilier sans se salir. Tu ne comprends donc pas qu'ils leur apportent leur soutien ?

— Ne t'en mêle pas !

— Ne t'en mêle pas, ne t'en mêle pas ! C'est bien ça le drame ! Tous les habitants de la ville ne veulent rien savoir, sauf peut-être ceux appartenant à des organisations national-socialistes. Ils ferment les yeux ! C'est trop facile !

— Détrompe-toi, mon fils ! La population est en train de se soulever. Je le sens !

— Pfff...

— Et il paraît que pendant l'office, que ce soit chez les catholiques ou bien chez les protestants, les hommes d'Église lisent une lettre venant de leurs supérieurs hiérarchiques qui dénoncent toutes les injustices dont nous sommes les victimes, jubila-t-il. Alors, tu vois bien...

Momelle observait son époux, elle espérait tant qu'il eût raison.

En bas, le calme revint. Et bientôt, on entendit le pas cadencé de la troupe qui s'éloignait. Mais Neel continuait à frissonner de peur.

La WA pouvait resurgir n'importe quand ! Ils paradaient orgueilleusement, la tête haute, le regard haineux et de ce pas militaire qui vous faisait dresser les cheveux sur la tête. Depuis quelques semaines ils provoquaient des rixes et semaient un véritable climat de terreur dans la ville.

Ils essayaient surtout de narguer les Juifs et les dernières mesures raciales renforçaient encore plus leur haine. Les entreprises juives avaient dû se faire enregistrer auprès des autorités hollandaises en tant que telles depuis la fin octobre. Les Juifs avaient été exclus des services de la défense antiaérienne et du fonctionnariat, et maintenant ils devaient aussi quitter le monde de la culture.

La *Juden Aktion* s'accélérait.

L'aryanisation du pays était en marche.

— Au revoir, et faites attention, mes enfants, marmonna Momelle en refermant la porte.

Main dans la main, les jeunes gens traversèrent le quartier en se hâtant. Arrivés à la hauteur de la place Rembrandt ils entendirent des cris venant du restaurant Heck's. Quelques personnes en sortirent précipitamment, l'air affolé. Elles s'adressèrent au jeune couple :

— Faites demi-tour ! Ils sont devenus fous !

— Mais que se passe-t-il ? demanda Flip en serrant la main de Neel.

Rapidement, un des hommes leur expliqua qu'une vingtaine de partisans de la WA, suivis d'une cinquantaine d'autres, avaient violemment pénétré chez Heck's, tenant à la main plusieurs pancartes avec les inscriptions « Joden niet gewenscht ! », les Juifs ne sont pas les bienvenus ! Les clients juifs s'étaient révoltés et une violente bagarre avait éclaté au sein de l'établissement.

Neel trembla. Elle observa Flip du coin de l'œil et vit qu'il serrait les poings. Son estomac en fit de même. La cloche du tram qui s'approchait retentit et elle en ressentit un profond soulagement. Il lui tardait de rentrer chez elle, au nid d'amour de ses parents, loin de toute cette violence.

63. CE SIMPLET DE WILLEM

1940 avait tourné sa page depuis bientôt un mois, et février s'annonçait froid.

Willem était confortablement attablé dans la cuisine de ses patrons occasionnels. Tout à fait à l'aise, il salivait, les yeux pétillants d'impatience. Le jeune Juif était venu chercher ses gages de fin de semaine et Ma ne résista pas à l'envie de gâter un peu cet homme solitaire, comme elle le faisait souvent.

La brave femme était affublée d'un tablier à carreaux bleus, qui comportaient une multitude de taches et de traces de doigts. La pièce d'étoffe montrait ainsi que la préparation culinaire, qui lui avait pris une bonne partie de l'après-midi, avait été laborieuse. Un grand sourire aux lèvres, elle déposa devant son protégé une assiette contenant une belle tranche d'un genre de pâté dont elle avait le secret.

Ce plat, doré au four, embaumait toute la pièce. C'était un délicieux mélange de viande hachée, de crevettes grises, d'œufs, d'oignons, de persil, d'un soupçon de lait et de chapelure, le tout savamment épicé.

Les mains sur les hanches, elle observait Willem et attendait son verdict.

Ce dernier aimait bien ce jeu-là et prenait alors un malin plaisir à la faire attendre. Avec ses grosses mains il se saisit des couverts et découpa avec une délicatesse inattendue, un petit morceau, jeta un sourire amusé à sa bienfaitrice et approcha enfin la fourchette de sa bouche avec une lenteur calculée. Il mastiquait dignement puis finit par avaler.

— Alors ?
— Attendez... je dois goûter encore.

Ma le regardait terminer sa part.

— Alors ? s'enquit-elle de plus en plus impatiente.
— Je crois qu'il me faut une autre tranche pour être certain de ne pas me tromper... Et de son air malicieux, il eut l'audace de lui tendre son assiette.

— Hmm, et d'un signe de tête affirmatif le cordon bleu s'approcha de la cuisinière où le pâté refroidissait. Elle était satisfaite : s'il en demandait davantage, c'est qu'elle l'avait réussi ! Et c'était tant mieux, il fallait aujourd'hui que le peu de viande et de poisson qu'elle pouvait se procurer grâce à ses bons d'alimentation soit cuisiné de façon exquise. Elle lui resservit une autre portion et y ajouta même une copieuse ration de pommes de terre qu'elle arrosa d'un jus épais.

— Voilà, ainsi tu auras eu un repas complet.

Willem la gratifia du regard et mangea cette fois-ci goulûment.

— Mais dis-moi, on dirait bien que tu mourais de faim, ou je m'abuse ?

— Oh ! fit-il en s'essuyant la bouche d'un revers de manche, vous savez ce que c'est... Quand on est seul, on mange mal. Et je ne trouve pas souvent le temps d'aller faire la queue pendant des heures, alors...

— Alors du coup tu es affamé et elle lui tapota affectueusement l'épaule. Elle avait pitié de lui. Il était tellement gentil et serviable, mais en même temps si disgracieux. Et un peu simple d'esprit aussi, et pour clore le tout, une démarche de pingouin qui n'arrangeait évidemment pas son allure. Il fallait vraiment connaître son cœur immense pour s'intéresser à lui. Elle le comparait souvent à Quasimodo. Mais qui sait finalement ? Peut-être qu'un jour une « Esméralda » le remarquera. Elle l'espérait tout au moins.

Repu, Willem repoussa son assiette vide :

— C'était divinement bon, Ma ! Merci beaucoup.

— Tout le plaisir était pour moi. J'ai fait des pommes au four, est-ce que tu en veux une ?

— Non, vraiment sans façon et d'ailleurs je m'en vais chez Koco, je prendrai sûrement un dessert sur place.

Koco était un glacier renommé dans la van Woustraat, belle rue du quartier Rivierenbuurt où habitaient de nombreux Juifs.

— Tu vas te régaler ! Leur glace à la framboise est vraiment excellente et c'est de loin celle que je préfère.

Ils continuaient ainsi à discuter de petits riens et Willem mit Ma au courant des cancans de la ville, son sujet de prédilection

— Et ton ami Anton, comment se porte-t-il ? demanda-t-elle.

— Bien mieux depuis que les *moffen* ont décidé d'augmenter les indemnités journalières. Vous vous rendez compte qu'ils ont obtenu gain de cause en faisant grève ? C'est une victoire inespérée !

— Ce n'était cependant pas la première, affirma Ma qui se tenait toujours très informée des actualités. Les grèves de novembre ont réussi à réduire le temps de travail des ouvriers. Mais la trêve n'a été que de courte durée, juste le temps des fêtes de fin d'année.

— C'est que ces pauvres bougres enrôlés de force ne gagnent déjà qu'une misère et maintenant le gel les empêche de travailler la terre, d'où chômage technique ! Et une paie encore plus réduite en fin de semaine ! Mais il fallait les voir accompagnés de leurs femmes, et criants devant la mairie « augmentation, augmentation ! ».

Ma s'en souvenait très bien en effet. Elle les avait vues, ces pauvres femmes, le poing levé, menaçantes, furieuses, réclamant de quoi nourrir leurs enfants. Jusqu'alors elles n'avaient pas participé aux manifestations de leurs hommes, mais l'estomac vide de leurs bambins les avait fait sortir de leurs foyers. Elle avait senti le désarroi de ces mères jusqu'au fond des tripes ! Et le soir au creux de son lit douillet elle avait repensé à cette scène et avait comparé ces ménagères aux bougresses de la Révolution française, peintes par Francisco Goya dont elle avait vu des reproductions dans un livre d'art consulté à la bibliothèque. Comme elles, les Hollandaises avaient fini par gagner.

— Les boches se sont pliés à leurs exigences, pensa-t-elle à haute voix, et comme dit notre chère Wilhelmina : *Oranje zal overwinnen*, oui, j'en suis sûre, Orange gagnera !

— Que Dieu vous entende, Ma ! Mais ne nous laissons pas berner par une bonne action. Malgré leur attitude compréhensive, notre quotidien se dégrade. Nous ne pouvons même plus aller au cinéma, comme si l'interdiction de danser ne suffisait pas.

À ces paroles Ma sourit malgré elle, mais s'en voulut aussitôt.

L'image de Willem dansant avec ces pattes d'oie bancales s'était pendant une fraction de seconde immiscée dans son cerveau. C'était méchant et comme pour se défendre de son sourire elle s'exclama :

— Mais plus personne n'a le droit de danser, Willem ! Pas besoin d'être Juif pour autant !

— C'est vrai ça, bougonna le brave garçon, la lèvre boudeuse, mais quand même... J'aimais bien aller au bal... Même si depuis un certain temps ces salauds de la WA nous attendaient à la sortie pour nous narguer, nous emmerder, nous provoquer... Mais on ne se laissera plus faire maintenant, je vous le dis ! Si les boches et les autorités locales ne peuvent, ou ne veulent pas nous défendre, nous nous défendrons nous-mêmes ! Et à ces mots il retrouva sa superbe et un sourire radieux illumina son visage. Et quant à l'ordonnance de Six-et-un-quart, qui nous oblige à nous faire enregistrer en tant que personne de sang juif, il pourra toujours s'asseoir dessus ! jubila-t-il. Il faut être fou pour aller se jeter dans la gueule du loup !

Ma acquiesça, pensive. Et si c'était lui qui avait raison avec son petit cerveau ? La plupart de ses amis et connaissances juifs n'en pensaient pas autant. Ils étaient allés docilement se faire enregistrer et lui avaient expliqué que leur sécurité était strictement liée à la loi. Ils devaient donc obéir ! Et cela tenait du bon sens. Mais ce que venait de dire ce jeune homme semait le doute dans son esprit.

Willem se rendit à bicyclette sur la place Dam, poursuivit son chemin par le Rokin puis décida de passer le long de la rivière Amstel ; l'on risquait moins d'y faire de mauvaises rencontres. Il fallait bien connaître ces quais plongés dans les ténèbres pour ne pas tomber à l'eau, et les Allemands les évitaient maintenant de plus en plus souvent : certains, ivres, y chutaient par hasard, d'autres y étaient « invités » !

Ce soir, ils étaient nombreux à s'être donné le mot : rendez-vous chez Koco à 19 heures.

La petite boutique était déjà bondée quand il y arriva et un brouhaha agréable l'accueillit. Il se fraya un chemin pour atteindre le comptoir tout en serrant de nombreuses mains : il connaissait presque tout le monde.

Enfin il aperçut les deux patrons qu'il salua amicalement. Tous deux étaient des Juifs qui avaient fui l'Allemagne nazie, et avaient ouvert ensemble ce salon qui obtenait un fort succès et pas seulement auprès d'une clientèle juive.

Cela se confirmait d'ailleurs par les personnes présentes ce soir et Willem en eut chaud au cœur.

Au milieu de la salle, un homme, debout sur une table, tapait dans ses mains pour attirer l'attention. Progressivement le silence se fit.

— Amis soyez les bienvenus ! Une nouvelle ère s'ouvre, là devant nous, ici et ce soir, prononça-t-il d'une voix chaleureuse et veloutée. C'était à n'en pas douter le plus grand charme de ce personnage massif, à la tête ronde, presque chauve à l'exception d'une couronne de cheveux noirs. Une œillère de cuir noir cachait un de ses yeux d'un bleu intense.

L'introduction de ce discours reçut un applaudissement immédiat qui fit sourire l'homme à l'œil unique. Il continua :

— Nous sommes tous rassemblés ce soir parce que nous en avons assez ! Assez de la terreur qui règne dans cette ville, assez de ce pompeux Mussert et de son parti le NSB, qui croient bientôt obtenir les pleins pouvoirs dans notre pays. Assez de leurs acolytes. Assez de ces boches !

— Bravo ! hurla Willem de toutes ses forces, et un nouvel applaudissement retentit. Mais à nouveau l'orateur imposa de sa main le silence.

— Juifs et non-Juifs, si vous avez répondu « présent ! », c'est que vous êtes prêts à vous battre, à vous défendre ! Ensemble nous serons forts, l'union fait la force ! cria-t-il maintenant, mais la magie de sa voix resta malgré tout intacte.

Quelqu'un lui tendit un objet qu'il brandit aussitôt au-dessus de sa tête. C'était un bout de tuyau en fer qu'il avait enveloppé d'un tissu gris.

— Nous n'avons pas d'armes ! Mais en a-t-on vraiment besoin ? Une simple barre comme celle-ci suffit largement pour faire comprendre à ces messieurs que nous en avons assez, que les règles ont désormais changé ! Une excitation palpable s'empara de tous les occupants.

À la fin de la soirée, on se serra la main, certain d'avoir fait le bon choix, et fier d'avoir fait ce premier pas.

Et c'était ainsi qu'un premier groupe de combat, peuplé d'hommes qui avaient foi en la liberté de l'Individu, vit le jour.

Désormais, Koco, simple glacier, devint le point de ralliement de plusieurs groupuscules de combat.

64. UN PAMPHLET

Très appliquée, Betty déploya le fil de sa canne à pêche, accrocha un vif à l'hameçon et lança le bouchon dans l'eau grise de l'Amstel.

Koky, assis à ses côtés, un peu absent et pensif, en fit autant.

Tous deux étaient sérieux comme le sont les pêcheurs professionnels et ne se parlaient quasiment plus dès que la partie commençait.

Le simple plaisir d'être ensemble leur suffisait amplement.

Par la magie d'un soleil rayonnant, la glace avait fini par fondre et l'activité fluviale avait repris. De grandes péniches ou de simples barques, le ventre lourd, passaient le long du quai où les enfants s'étaient installés.

Koky regardait mélancoliquement des dizaines de cercles, de plus en plus grands, faire leur apparition à la surface de l'eau. Un tendre souvenir le submergea et bientôt l'image de son père se superposa à celle des ronds de la rivière.

Son papa l'avait amené maintes fois à Baden où ils louaient alors un canot. C'était là-bas que Fritz lui avait appris à pêcher.

Où es-tu papa de mon cœur ? se demanda le garçonnet. Son visage rassurant, souriant et aimant lui manquait tant !

Il aurait voulu partager son secret avec la petite fille.

Lui crier en plein visage que sa mère admirait Hitler et ses acolytes et qu'elle avait même quitté le foyer pour les suivre, mais que son père méprisait les nazis et qu'il avait été arrêté pour cette raison ! Lui dire qu'il était un enfant de ces *moffen* qu'elle semblait déjà détester !

Sa gorge se noua et une boule douloureuse lui coupa un peu la respiration. Il eut du mal à ravaler les larmes qu'il sentait monter...

Ses yeux tristes se perdirent dans le lointain et même sa canne à pêche se mit en berne.

Les poissons, visiblement heureux du redoux, sautaient de temps à autre joyeusement à la surface de l'eau, mais aucun ne s'intéressait vraiment aux appâts.

Les enfants n'abandonnaient pas et restaient patiemment les yeux rivés sur leur bouchon. Une heure s'écoula ainsi et toujours aucune proie.

Betty aimait bien ce sport, mais à force de voir sa ligne quasi immobile elle la remonta d'un air boudeur. Tout en rembobinant le fil, elle observait Koky et constata qu'il avait toujours l'air aussi sombre. Elle n'eut aucune envie de le déranger. Elle ne le trouvait pas amusant aujourd'hui et se demandait bien ce qui pouvait le chagriner autant.

Elle se leva et s'approcha du pont à bascule.

La navigation était importante et elle décida de s'asseoir et de compter le nombre d'embarcations qui passait.

Scrutant vers la droite sous le pont, elle espérait voir arriver un gros navire. Elle aimait bien alors regarder la bascule s'élever dans les airs dans un bruit familier de craquement de bois. Mais aussi loin que ses yeux purent voir, il n'y avait que des péniches.

Très concentrée elle ne vit pas arriver la simple barque venant de l'autre côté, chargée de fruits et de légumes et qui se rendait certainement aux Halles à l'ouest de la ville.

Les primeurs étaient toujours transportées par voie fluviale pour le plus grand bonheur des passants qui admiraient ce beau tableau aux couleurs ensoleillées.

Soudain, un objet volant vint interrompre brutalement la contemplation de la fillette.

Un énorme cornichon la heurta en plein visage puis tomba à terre. Ahurie elle s'écria :
— Aïe ! Qui a fait ça ?

Alors qu'elle frottait sa joue gauche meurtrie, elle entendit des éclats de rire venant de la barque. À son bord, un des jeunes gaillards aux allures de Poil de carotte, les mains sur les hanches, n'en pouvait plus de rire.

Betty comprit instantanément que ce coup bas venait de ce vilain petit rouquin. Trop fière pour montrer sa douleur elle lui tira d'abord la langue, et le baptisa de son plus joli vocabulaire, oubliant un instant qu'elle n'était pas seule.

Koky sortit enfin de ses songes et se demanda pourquoi elle criait et insultait ces jeunes gens.
— Eh bien ! se dit-il, elle en connaît de gros mots et pas des moindres sous ses airs de sainte nitouche !

Il vit son amie ramasser quelque chose tout en râlant. Un gros cornichon. Il remarqua ensuite sa joue pourpre, et analysant enfin la situation, il s'esclaffa à son tour.

Betty tourna la tête vers lui, furieuse, le poing levé :
— C'est ainsi que tu me défends ?
— Je te prie de m'excuser..., pouffa-t-il, les yeux pétillants, mais n'y tenant plus il rit aux larmes.

Betty ne résista pas plus longtemps à sa gaieté communicative, et l'accompagna à son tour, heureuse finalement de le voir enfin retrouver sa bonne humeur.

Quand les amis se séparèrent en fin d'après-midi, elle avait un beau bleu sur sa joue.

À son retour, ses parents avaient ouvert de grands yeux, mais s'étaient abstenus de tout commentaire, attendant que l'enfant s'explique.

On était dimanche, et c'était donc Johan qui donnait le bain à sa fille, comme il avait l'habitude de le faire depuis qu'elle était toute petite. C'était une vraie joie pour elle.

Tandis qu'il la savonnait avec douceur, elle lui raconta d'un ton pathétique l'attaque sournoise dans les moindres détails. Malgré ses efforts, le papa ne put réprimer un large sourire ce qui vexa quelque peu la jeune héroïne.

Après le bain, Francine eut plus de compassion pour la méchante joue et y passa un baume contenant des extraits de plantes aux effets apaisants.

Le repas était fin prêt. Francine avait dressé la table dans la salle à manger. La belle vaisselle brillait sur une nappe blanche dont le centre était brodé de lys bleus et de jonquilles. Les couverts en argent étaient fraîchement lustrés. Ce décor luxueux contrastait avec la simplicité du souper ; servir un menu digne de ce nom devenait de plus en plus difficile et ce soir il fallait se contenter d'une soupe de pois cassés avec une seule tranche de lard et quelques rares carottes.

Betty, en pleine croissance, avait une faim de loup. Elle ôta le couvercle de la soupière en porcelaine et saliva en humant les vapeurs qui s'en dégageaient.

— Hmmm, fit-elle malicieusement. Qu'est-ce qu'il fait papa ?

— Papa profite de l'eau chaude de ton bain pour se laver. Le rationnement du gaz nous oblige à faire des économies... Il va arriver d'un instant à l'autre. Si tu veux, je peux déjà te servir.

Mais Johan, les cheveux encore mouillés, fit interruption en courant dans la pièce.

Les yeux écarquillés sa femme l'interrogea :

— Mais qu'est-ce qu'il te prend, Johan ? Pourquoi cours-tu ainsi autour de la table ?

Un large sourire aux lèvres, il s'arrêta enfin :

— Voilà !

— Voilà quoi, papa ?

— Et bien, voyez-vous, mes chéries, je viens de faire ma B.A. !

— Ta B.A ? firent l'enfant et la maman en chœur.

Glissant sa main sur son débardeur gris en pure laine il s'expliqua :

— Ce truc, que Mère m'a tricoté pour mon anniversaire est vraiment vilain et par-dessus le marché il me gratte même à travers mon tricot de peau et ma chemise !

— Je n'ai toujours pas saisi, fit Francine en secouant son joli minois.

— Mère n'arrête pas de me dire : « Et le tricot gris que je t'ai tricoté ? Je te ne vois jamais le porter ! » J'ai donc fait ma B.A : je le porte et de plus je ne mens pas à ma mère.

Francine sourit, elle reconnaissait bien là son mari : droit, honnête et tellement gentil ! Elle l'invita à passer à table, mais il s'esquiva :

— D'abord je vais l'enlever, il pique vraiment trop !

— Tu es incorrigible Johan et pire qu'un enfant !

Il fut de retour en un temps record et Francine put enfin servir la soupe. Elle était onctueuse malgré le manque de lard et Betty mangea goulûment.

— Avec ta belle joue, tu me fais penser à Willem que j'ai rencontré tout à l'heure. Il a reçu un sacré coup droit et se retrouve avec un œil au beurre noir.

— On l'a frappé ? s'inquiéta la fillette. Il s'est battu ?

— Oui..., mais je n'en sais guère plus. Au fait, as-tu fini tes devoirs pour demain ?

Betty acquiesça et comprit qu'elle n'obtiendrait aucune autre information. D'un air boudeur, elle finit son assiette.

Quand les parents furent seuls dans leur chambre, Johan raconta son entrevue avec le jeune Juif.

— Il est complètement inconscient ce Willem. Figure-toi qu'il fait partie d'un groupuscule de combat.

— Notre Willem ? s'étonna la jeune femme, incrédule.

— Je crains bien que oui. Ils ont formé ce groupe pour répondre aux attaques incessantes des hommes de la WA. Mais attention ! Ce ne sont pas de vils acolytes ; ils n'agressent jamais, mais ils se défendent !

Francine avait bien du mal à croire que cet homme si doux au cœur si tendre pût se battre. Il était certes trapu et musclé, mais tout de même...

— En réalité il était noir de coups quand je l'ai vu...

Choquée, Francine porta la main à sa bouche :

— Mon Dieu ! Mais pourquoi continue-t-il !

— Nul ne peut plus l'arrêter, ni lui ni les autres ! Ils ont remporté, paraît-il, quelques victoires. Lors de la dernière bagarre, certains WA se sont retrouvés dans un piteux état, les autres ont pris la poudre d'escampette !

— Et il te raconte tout cela ? A-t-il seulement conscience que ces salauds vont devenir encore plus violents ?

— À mon avis, le danger n'est pas là !

— Où est-il alors ?

— Leurs minces succès les mettent en confiance, trop sûrement ! Ils s'en vantent ! Et ils en oublient de garder le secret. Il s'arrêta un instant, se gratta pensivement le menton puis poursuivit. Quand j'ai parlé avec Willem, j'ai eu la forte impression qu'il se prenait pour le héros d'un film, d'un Western. Je crains que ces jeunes gens aient la sensation de vivre une folle aventure, passionnante et excitante de surcroît !

Johan fouilla dans sa serviette, en sortit deux feuillets et les montra à sa femme :

— Tiens, regarde ! Tu vas comprendre.

Le pamphlet relatait cette première semaine de février, particulièrement mouvementée, pendant laquelle les actions des sbires de Mussert ressemblaient à des pogroms. Les WA, bras armé du NSB, poursuivaient les Juifs jusqu'à leur domicile puis cassaient les vitres pour ensuite jeter objets et meubles sur la voie publique dans un bruit fracassant. Mais ils avaient d'autres victimes.

La simple vue d'une broche au revers d'un manteau, illustrée du lion hollandais ou encore de la devise « Je maintiendrai » mettait en danger la vie de celui ou de celle qui passait au mauvais moment au mauvais endroit. Certains se relevaient, roués de coups et avec comme seul vêtement leur tenue d'Adam. Les femmes n'étaient pas épargnées, certaines étaient violées. Ces gangsters du NSB s'étaient rendus maîtres de la rue par la terreur, et voulaient maintenant rallier la population à leur cause.

« Le NSB veut la guerre civile ? Ils l'auront ! » concluait l'article.

Francine posa le feuillet compromettant sur la table de chevet et sentit un frisson désagréable descendre le long de son dos. Comme la plupart des Amstellodamois, Francine se réconfortait à l'idée qu'elle était impuissante face à la fatalité qui poursuivait les Juifs et préférait en quelque sorte fermer les yeux sur ce qui se passait. Mais il fallait se rendre à l'évidence ! Les choses prenaient une mauvaise tournure.

Au même moment, Bart, l'air satisfait, posa les écouteurs sur la table. Il venait d'envoyer son message à Grendon Underwood et allait maintenant déchiffrer la réponse de Londres.

Il décryptait désormais à vive allure, non sans en ressentir une certaine fierté. Il était bien plus efficace que sa sœur ou même Paul.

Ce soir-là cependant, les yeux rouges et irrités, il lui fallut un peu plus de temps. Il était éreinté et les poches sous ses yeux témoignaient d'un manque de sommeil. Mais qu'importait tout cela ? Il venait de rentrer d'une mission périlleuse qui avait été un succès.

Il avait fait exploser à La Haye un bâtiment imposant où les Allemands gardaient des documents ultras secrets sur les Pays-Bas. Et vu l'empressement des soldats de la *Wehrmacht* pour éteindre le feu, il comprit que ces informations étaient de la plus haute importance. Et le déplacement de l'Allemand Hermann Goering en personne sur les lieux de l'attentat le confirmait.

Bart avait acquis pendant les quelques jours de combat du mois de mai, une grande expérience des explosifs. Ses camarades et lui en avaient fait exploser des ponts pour empêcher l'ennemi d'avancer !

De formation scientifique, il avait appris d'autres méthodes dans une école de sabotage de Londres.

Pour cet attentat, il avait utilisé des produits chimiques vendus couramment dans le commerce. Et à part une vilaine brûlure sur ses deux mains, il avait été comblé par le magnifique feu d'artifice qu'il avait fait naître dans le ciel sombre de La Haye.

Il consulta l'heure sur la grande pendule posée sur le dressoir ancien. Jane et Paul ne devraient plus tarder.

Le petit meublé qu'il occupait était coquet et il s'y plaisait bien. Sa situation géographique était intéressante : la place Jonas Daniël Meijer était située en plein centre-ville. De plus, le bureau de police qui se trouvait juste en face de son appartement, lui permettait d'observer un peu ce qui s'y tramait.

Quelqu'un frappa à la porte : un coup sec suivi de deux plus longs. C'était le signal que le trio s'était donné pour s'annoncer.

Bart ouvrit hâtivement la porte et fit entrer sa sœur et le journaliste.

Jane enlaça son frère et le serra fort dans ses bras :

— Si tu savais comme je me suis inquiétée...

— C'est une faiblesse féminine, dit-il en la repoussant avec douceur pour pouvoir serrer la main de son ami.

Paul s'installa dans un confortable rocking-chair alors que la jeune femme prit place sur le sofa rococo.

Bart proposa une cigarette à ses invités et après avoir pris une bonne bouffée de la sienne, leur raconta ses exploits.

— J'ai créé une de ces pagailles, s'esclaffa-t-il à la fin de son récit, dommage que vous n'ayez pas pu voir courir ces *moffen* en tout sens et en beuglant des injures. C'était d'un comique !

Jane ressentit une pointe de jalousie en écoutant l'exploit de son frère. Depuis qu'ils étaient de retour au pays, elle n'avait eu aucune mission à remplir si ce n'était de surveiller le port, et ce n'était point excitant !

— Paul, je m'ennuie à mourir, s'écria-t-elle soudain. Les deux hommes lui adressèrent un regard interrogateur.

— Eh bien, ça tombe à pic ! répondit l'intéressé. J'ai décidé...

La jeune femme, les yeux grands ouverts, buvait à présent ses mots.

—... de créer un journal clandestin pour informer la population. Puisqu'il m'est interdit d'être un honnête journaliste, je deviendrai un vertueux informateur illégal, dévoué corps et âme à la vérité, comme tout reporter qui se respecte !

— Est-ce que Londres est au courant ? s'enquit Bart.

— Non et je m'en fiche !

Ses interlocuteurs acquiescèrent en silence. Ils savaient tous deux à quel point écrire lui manquait.

— Et comment et où, comptes-tu imprimer ton journal ? l'interrogea Bart.

— J'ai fait l'acquisition d'un vieil appareil à stencil, et fixant Jane de ses beaux yeux il continua, et j'aurai donc besoin d'un stenciliste.

Jane ne put cacher sa déception :

— Stenciliste...

— Je te signale au passage que c'est une activité complètement illégale et dangereuse !

— Oh ! Dangereuse..., grommela-t-elle.

— J'ai une vieille tante, une vraie rombière de plus de quatre-vingts ans, qui me prête sa cave. C'est un endroit idéal pour pouvoir imprimer. Le bruit de la presse ne pourra pas s'entendre de l'extérieur.

Il leur tendit le premier exemplaire de sa création, celui-là même, que Johan et Francine avait eu entre leurs mains.

65. LES JUSTICIERS

Le soir du 10 février 1941, la petite salle de chez Koco, le glacier, était pleine à craquer.

Debout sur une table au milieu de la pièce, se tenait une nouvelle fois celui qu'on appelait le Borgne. Il s'exprimait de sa voix calme, veloutée et chaleureuse qui contrastait tellement avec les propos qu'il émettait. Son œil unique, d'un bleu intense, étincelait sous l'effet de la colère et était le seul témoin visible de son émoi.

Il agita au-dessus de sa tête une nouvelle carte d'identité. Le mot Juif y figurait en gros caractères, mais ce n'était pas la cause de sa colère.

— L'ennemi nous avilit encore un peu plus aux yeux de tout le monde ! À ces mots, son visage se crispa et une moue de dédain s'y installa. Connaissez-vous la signification de la lettre B qui figure sur vos cartes, B1 ou peut-être même B2 ? Avant de poursuivre, il laissa son regard bleu étincelant glisser sur les hommes autour de lui et fit une courte pause pour que les mots qui allaient suivre aient plus d'impact. Elle exprime le pourcentage de sang juif qui coule dans vos veines ! Mais elle signifie clairement bâtard au premier degré ou bâtard au deuxième degré selon que vous soyez issu de deux parents juifs ou seulement d'un seul !

Une exclamation d'indignation s'ensuivit.

Willem, le visage encore tuméfié, se félicita de ne point avoir une telle pièce d'identité.

L'homme à l'œillère de cuir noir imposa à nouveau le silence et poursuivit :

— Nos médecins, sages-femmes, dentistes, et pharmaciens, ne peuvent désormais soigner uniquement les Juifs ! Nos juristes ne peuvent plus travailler que pour nous ! Le Reich continue à nous prendre notre pain quotidien ! Qu'allons-nous faire ? Allons-nous rester là à attendre que Hitler nous affame ?

Des cris de révolte s'élevèrent.

— Tous ensemble, Juifs et non-Juifs, protestons, manifestons !

Paul, qui avait eu vent de ce qui se passait certains soirs chez Koco, et qui ne voulait bien sûr rien manquer, se trouvait au milieu de ces hommes enragés.

Retiré dans un coin de la pièce et se faisant tout petit, il les observait.

La judéité n'était peut-être pas le point commun des hommes présents ce soir chez Koco, mais tous semblaient appartenir à la même classe sociale. Parmi eux il reconnut des marchands, des ouvriers, son propre cordonnier, le chiffonnier, le laveur de vitres…

Une multitude de pensées traversèrent le journaliste. Il comparait les gars de chez le glacier aux membres de la WA. S'ils n'eussent été couards, ils n'auraient pas attaqué de préférence, les plus démunis. Mais ces monstres, ces poltrons, avaient, lors de leurs virées nocturnes, une prédilection pour le vieux quartier juif où habitaient certes, le plus grand nombre de Juifs de la ville, mais également pour une majeure partie d'entre eux, les plus pauvres. Des proies faciles.

Cela l'ulcérait.

Il était heureux de constater qu'ici de pauvres bougres allaient se rebeller, réagir, et soulever un cri de révolte.

Dans cette ambiance survoltée, il venait de trouver l'inspiration nécessaire pour écrire son prochain article. Car ces hommes simples avaient raison !

Il fallait réveiller le peuple !

Enlever leurs œillères naturelles qui les empêchaient de voir autour d'eux !

La réunion avait pris fin. Maintenant que la troupe d'excités avait quitté les lieux, Paul voulait rester encore un peu pour déguster une excellente glace.

Une fois celle-ci terminée, il sortit son calepin. Il ferma un instant les yeux, inspira profondément, et se mit aussitôt à griffonner sur le papier la trame de son prochain article.

Pendant ce temps, conduit par le Borgne et encore excité par ses paroles, le groupe d'autodéfense pénétra dans le quartier juif, prêt à braver les WA.

Un violent affrontement s'ensuivit, rapidement interrompu cependant par les tirs en l'air de la police qui avait été alertée par le vacarme, leur bureau de la place Jonas Daniël Meijer, était à proximité de la place Waterloo.

Quelques WA, connus pour leur agressivité, furent arrêtés.

Le lendemain matin, le ciel voilé d'Amsterdam annonçait déjà une journée lugubre.

Le soir venu, la ville semblait être posée dans un écrin noirâtre rempli d'ouate.

Les brumes épaisses l'enveloppaient et il fallait vraiment bien la connaître pour oser s'aventurer dans ses ruelles bordées de ses sombres canaux.

Willem était parmi ceux-là, tout comme ceux qui se rendaient de nouveau chez Koko.

Le groupe se réunissait dans l'urgence, car un WA avait commis cette fois-ci un crime et avait donc dépassé les limites acceptables.

L'homme s'était rendu avec son camion au bureau de police de Jonas Daniël Meijerplein, croyant que ses camarades y étaient retenus depuis la veille, ce qui se révéla faux.

Énervé par cette constatation, il roula à très vive allure en direction de la place Rembrandt et n'avait cure de la foule qui s'y trouvait. Sans ralentir, il se fraya un chemin.

Il fut néanmoins freiné dans sa course folle par une barre de fer qui traversa son pare-brise. L'individu perdit alors le contrôle de son véhicule qui faucha trois personnes sur son passage. Un malheureux citoyen de « race aryenne » restait accroché à l'arrière, la tête ballottée sur les pavés, sur plusieurs dizaines de mètres. À l'arrêt du fourgon, on ne put que constater la mort de ce pauvre malheureux.

Avec son air sévère et sa tête presque chauve, à l'exception de la couronne de cheveux noirs, le Borgne avait l'air d'un franciscain. Ce soir sa voix plus rocailleuse que d'habitude, avait perdu de sa douceur quand il annonça :

— Cette situation ne peut plus durer. Les WA pensent avoir tous les droits. Mais ils n'ont aucun pouvoir dans cette ville ! Il faut le leur démontrer ! Le leur faire comprendre une fois pour toutes ! Ce soir c'est nous qui attaquons !

Willem et ses compagnons de fortune applaudirent ces propos enflammés.

Le Borgne donna ensuite ses instructions puis tous quittèrent le glacier, décidés et enfiévrés.

Les WA arrivèrent bientôt à la hauteur du vieux quartier juif de la capitale, faisant résonner le bruit de leurs bottes, à l'image de leurs idoles.

Ce quartier leur était pourtant interdit et plus ils s'en approchaient, plus ils avaient le regard hargneux, mais plein de fierté.

Ils avançaient dans la nuit noire et l'épais brouillard les rendait quasi invisibles. Seule leur démarche cadencée trahissait leur présence.

Ils traversèrent le Blauwbrug et allaient bientôt déboucher sur la place Waterloo.

Ici se tenait quotidiennement un marché aux puces et les marchands juifs y étaient très nombreux.

C'était ici même que le Borgne avait pu voir s'étaler les premières bassesses dont faisaient preuve les WA.

Il les avait vus, donnant des coups de pieds sur le caisson où s'était assis un petit vieux misérable jusqu'à ce qu'il tombe. Ils avaient ensuite détruit la caisse et renversé tout son étal avant de s'en aller en ricanant.

Les ordres du Borgne avaient été extrêmement stricts.

Un silence profond régnait sur la place plongée dans la nuit noire, où son groupuscule d'autodéfense s'était dispersé, caché de-ci et de-là, dans l'embrasure d'une porte, sur un perron ou encore derrière une porte-cochère.

Munis de chaînes de bicyclette, de barres de fer, ses hommes attendirent le signal, n'osant presque plus respirer.

Tendus.

Prêts.

Le tintement de bottes sur les pavés se faisait de plus en plus proche.

Le Borgne scruta cette masse obscure qui s'avançait sur un rythme militaire.

L'opaque brouillard assurerait la surprise de leur attaque, mais il était primordial de les laisser gagner le milieu de la place, de manière à pouvoir les encercler dès le signal donné.

Rapidement il sortit une petite fiole de sa poche et but une gorgée d'un liquide qui mettait le feu à tout son être.

Il comptait à présent à rebours le nombre de pas.

Huit, sept, six.

Il inspira profondément, essayant ainsi d'optimiser sa concentration.

Cinq, quatre, trois.

Il souffla profondément, inspira.

Deux, un !

Il porta deux doigts à sa bouche. Un sifflement aigu donnant la chair de poule, résonna sur la place tel un coup de tonnerre dans le ciel.

Semblant venir de nulle part des dizaines d'hommes se jetèrent sur le groupe qui, une fraction de seconde seulement auparavant, paradait encore bourré d'orgueil.

Des coups se mirent à pleuvoir, certains d'une violence inouïe.

Le sifflement du bruit des chaînes qui fouettaient l'air se fit entendre, suivi du son sinistre de barres de fer qui fracassaient un bras ou une jambe.

Et puis il y eut des cris et bientôt des hurlements.

Cet assaut brutal ébranla la WA, laissant l'avantage à leurs adversaires. Mais ils réagirent rapidement et les groupes s'entrechoquèrent maintenant violemment, se lançant des invectives.

Willem, assoiffé par une vengeance personnelle, se défendit corps et âme. Malgré sa petite taille, il avait une force de titan. Quand il donna certains coups droits efficaces et qu'il vit un WA enfin s'effondrer, il en ressentit une réelle satisfaction ! Réconforté par ce premier K.-O., il lui sembla redoubler de force. Rugissant comme un lion il se jeta au milieu de la mêlée, tapant sur tout ce qui lui faisait obstacle.

Il était dans une telle rage qu'il n'entendit pas la police arriver. Des coups de feu retentirent et bientôt l'effroyable combat cessa. Les WA ne voyant aucun uniforme ami, prirent leurs jambes à leurs coups, ne s'intéressant guère à leurs propres blessés et les abandonnant lâchement sur le pavé.

Willem, les mains en l'air, se dirigea à reculons vers un côté de la place.

Ils étaient faits et il sentit une profonde haine naître dans son cœur.

Ils allaient être tous arrêtés, il le savait. Même si ce n'était que justice, ils n'avaient pas le droit de se faire justiciers.

Une main glaciale se saisit de son cou, et une autre se posa sur sa bouche. Les yeux affolés, il voulut assener un coup à son agresseur. Mais ce dernier lui expédia un violent coup de pied derrière les genoux, ce qui le déstabilisa. Il faillit tomber, mais une main vigoureuse l'en empêcha et le tira rapidement en arrière.

Une lourde porte se referma devant lui et quelqu'un le cloua au sol.

Un faisceau lumineux éclaira le pauvre Willem et l'aveugla. Complètement terrorisé, il avait perdu de sa superbe. Se protégeant la tête de son bras il chercha à identifier le lieu où il se trouvait.

— Ne crains rien Willem, ce n'est que moi !

Dans sa panique le pauvre garçon ne reconnut pas immédiatement cette voix.

— J'ai tout observé depuis le judas et quand tu t'es approché, je t'ai reconnu.

Willem tourna maintenant la tête en direction de son sauveur.

— Flip ! Il hocha sa tête à plusieurs reprises, encore étonné par cet heureux dénouement, en tout cas en ce qui le concernait, car dehors les coups de sifflet retentissaient toujours.

Sur la place, les policiers procédaient à des dizaines d'arrestations.

Au milieu de Waterlooplein, un homme couvert de sang restait inerte. Vu son uniforme, c'était un WA. Un des agents lui tâta le pouls, il était inconscient, mais vivant. Les battements de son cœur étaient faibles. En haut du crâne un filet de sang s'écoulait. Il fallait le transporter à l'hôpital de toute urgence. Le policier regardait le poignet du blessé où ce dernier avait noué une corde à laquelle était fixée une barre de fer, glissée dans un tuyau en plastique.

Espèce de salaud, pensa-t-il. Tu n'as eu que ce que tu mérites !

Cet homme blessé s'appelait Hendrik Koot. Il mourut sans sortir du coma dans lequel il était tombé. Sa mort devint un instrument redoutable pour les Allemands.

Ainsi on déforma quelque peu l'histoire. Seyss-Inquart fut informé qu'un SS avait reçu quelques coups d'armes blanches.

Hans Rauter, le Generalkommissar de l'ordre et de la sécurité publique, lui assura même, que Koot avait été sauvagement mordu par des dizaines de Juifs, et que son sang avait été aspiré... jusqu'à ce que la mort s'ensuive !

Enfin l'Occupant avait une preuve de la dangerosité du peuple juif d'où la nécessité de boucler le quartier.

Le 13 février 1941, dès six heures du matin, Bart restait ahuri devant le spectacle qui se déroulait sous ses yeux. Des soldats installaient des barbelés partout, autour du quartier : un ghetto amstellodamois venait de voir le jour.

Un panneau en lettres gothiques fut accroché au-dessus de l'entrée principale, comportant l'inscription *Judenviertel*.

Les WA n'avaient plus le droit d'y pénétrer, mais les Juifs, eux, ne pouvaient plus en sortir.

Bart observa ensuite des soldats monter la garde devant les entrées.

Quelques jours plus tard, le jeune homme reçut l'ordre de déménager dans les plus brefs délais.

Sa concierge lui apprit que les enfants non juifs ne pouvaient plus fréquenter l'école du ghetto.

Cette fois-ci l'ennemi coupe la population de notre belle ville en deux, pensa-t-il amèrement.

66. LE CONSEIL JUIF

Le lendemain, quand Flip déboucha sur la Weesperplein, la place était déjà noire de monde.

Les hommes qui s'y trouvaient se rendaient tous d'un pas alerte jusqu'à la bourse du diamant.

Cette bourse du diamant, construite en 1890, par l'architecte Gerrit van Arkel, fut la toute première bourse du genre au monde et devint rapidement le symbole de la florissante industrie du diamant d'Amsterdam.

C'était un beau bâtiment, contemporain et imposant, aux briques rouges et aux multiples fenêtres. Sur un angle, une belle coupole en cuivre, où en ce 13 février 1941 de timides rayons de soleil étincelaient, surplombait l'ensemble. Sur la tour plusieurs grandes horloges donnaient l'heure aux passants. Flip y jeta un coup d'œil et pressa le pas, il ne voulait pas arriver en retard à la réunion.

Elle avait été annoncée par de grandes affiches, collées un peu partout dans le vieux quartier juif.

Aujourd'hui on ne venait donc pas à la bourse pour acheter des diamants en direct, sur le marché, ou pour négocier et obtenir le meilleur prix d'achat dans un environnement sécurisé.

Non, la communauté juive venait prendre connaissance des ordres donnés par les Allemands.

La rixe du mardi 11 février 1941, qui n'avait duré en tout et pour tout que quelques brèves minutes, sera lourde de conséquences pour les Juifs d'Amsterdam.

Dès le lendemain en effet, quelques notables en provenance des milieux d'affaire du diamant et deux rabbins furent convoqués au QG allemand. On les y informa de tous les désordres qu'avait créés leur communauté et du meurtre d'une bestiale atrocité qui avait été commis sur un membre de la WA.

Ils reçurent l'ordre de constituer sur-le-champ, un *Judenrat*, identique à celui de Prague. Ce Joodchse Raad van Amsterdam, Conseil juif d'Amsterdam devait ramener la paix et l'ordre au sein de la congrégation juive.

Ce nouveau Conseil juif allait devoir englober toutes les autres institutions juives existantes. Des responsables furent désignés : Asscher et Cohen.

Les notables en redingotes et chapeaux se tenaient derrière une table, au fond de la grande salle. Flip en reconnaissait quelques-uns, notamment celui qui présidait l'assemblée, Asscher et, un peu plus loin il reconnut le diamantaire et locataire de Johan, Groen. Il constata la présence de quelques membres de la SS, facilement identifiables à cause de leurs uniformes noirs.

Asscher présida l'assemblée et commença son discours devant la salle comble. Le ton qu'il employait était grave.

Il s'excusa d'abord de ne pouvoir accueillir tout le monde.

Près de 5000 hommes s'étaient rendus à la bourse, mais la sale trop petite, ne pouvait les recevoir tous. Il prononcerait donc un autre discours pour ceux qui patientaient à l'extérieur.

Après être rapidement revenu sur les faits de ces derniers jours, il expliqua d'une manière très simplifiée, la mission officielle du Conseil juif : informer la population juive des ordres émanant de l'autorité allemande. Puis il révéla l'objet précis de la présente réunion.

— L'occupant nous a mandatés, Monsieur Cohen ici présent, et moi-même, pour veiller à ce que l'ordre revienne dans le quartier juif. Pour éviter une perquisition de toutes les maisons, avec toutes les sanctions que cela peut entraîner, je vous ordonne de venir déposer vos armes au bureau de police se trouvant sur la Jonas Daniël Meijerplein. Il fit une courte pause, et poursuivit d'une lenteur solennelle, tel un juge qui prononce sa sentence : pour ce faire, Beauftragte Böhmcker lance un ultimatum : votre batterie d'armes automatiques et d'armes blanches devra être déposée le 14 février 1941 dans ledit bureau et au plus tard à 13 heures, c'est-à-dire demain, faute de quoi 500 Juifs seront fusillés en représailles !

Des murmures de vive indignation s'élevèrent parmi les occupants de la salle.

Parlait-on bien le même langage ?

Il était question d'armes à feu ! De mitraillettes, de fusils de chasse, de revolvers, de pistolets ! D'armes automatiques ! Certes ils s'étaient battus avec tout ce qui était susceptible de servir à la défense, mais ils n'avaient pas d'arsenal digne de ce nom !

Pour faire revenir le calme, Asscher reprit :

— N'oubliez pas ! Demain 13 heures ! À défaut, 500 d'entre nous seront exécutés ! Et sans rien ajouter de plus, il leva la séance.

Les 2700 hommes qui avaient assisté à ce premier acte du Conseil juif se dirigèrent d'un air contrit vers la sortie. Sur leurs visages pouvait se lire toute la désapprobation qu'ils ressentaient à ce moment-là.

À la porte, Flip aperçut Willem. Ils se serrèrent la main et sortirent ensemble.

Sur la Weesperplein il fallait se frayer un passage, car plus de 1900 autres curieux attendaient d'entrer dans la Bourse.

— Asscher vient tout simplement de briser notre élan de résistance, lança Willem d'un ton véhément.

Flip ne répondit pas et resta silencieux. Il ne savait que penser de ce Conseil juif.

Willem, révolté, cria sur un ton de défi :

— Et la solidarité qui est née entre nous et les autres ? Ils croient peut-être pouvoir dompter les Amstellodamois, mais tu verras, ils vont s'y casser le nez ! Et il leva furieusement le poing, menaçant, puis prononça un furtif « au revoir ».

Flip, qui s'efforçait toujours de démêler ses pensées, n'eut pas le temps de réagir que Willem avait déjà disparu au milieu de la foule.

Il trouvait le jeune garçon étonnant. Il n'était certes pas doté d'une grande intelligence, mais il était loin d'être idiot et sa dernière remarque était plutôt pertinente.

En effet, par-delà les différences de classe et de race, une espèce de fraternité était née dans la rue, il avait pu le constater lui-même lors de la dernière rixe qui avait malheureusement fini par un meurtre.

Le lendemain, Bart restait posté devant la fenêtre qui donnait sur le bureau de police, en face de son appartement.

L'ultimatum allemand expirait à 13 heures.

Il leur reste encore une petite heure, pensa-t-il en consultant la grande pendule posée sur le dressoir.

Bart surveillait la place depuis tôt le matin, mais il n'avait vu que quelques rares hommes se rendre au bureau de police.

Böhmcker va être furieux ! Malgré la menace de représailles, peu d'armes ont été déposées, songea-t-il.

Le jeune homme se demandait si seulement ils en avaient, des armes, des vraies. Paul lui avait raconté ce qu'il avait vu chez le glacier Koco : des hommes certes très déterminés, mais dont l'arsenal laissait vraiment à désirer. C'était peut-être la raison même pour laquelle si peu d'hommes étaient venus jusqu'ici. Prendre le risque de se faire remarquer pour une simple barre de fer leur semblait sûrement inutile, et Bart approuva cette attitude. Mais il connaissait la détermination dont pouvaient faire preuve les *moffen* et il craignait le pire.

En fait on ne pouvait pas vraiment constater un retour au calme.

Depuis que L'Oberkommando der Kriegsmarine (Haut Commandement de la Marine) avait fait savoir, à la mi-janvier, que 3000 dockers devaient se porter volontaires pour aller travailler en Allemagne, dans le cadre du travail obligatoire, la tension sociale ne cessait de monter sur les quais du port d'Amsterdam. Quant au 10 février, seulement 8 hommes s'étaient inscrits sur la liste des volontaires, les dockers décidèrent de faire grève, et ce jusqu'au retrait du projet allemand.

Et même la transformation du quartier juif en ghetto était un échec. Il y avait trop d'habitants aryens et bien trop d'ouvriers qui le traversaient en se rendant aux usines ou sur les docks, et la fermeture telle que l'avait prévue les Allemands, se révélait impossible. Les tabliers des ponts suspendus s'étaient abaissés de nouveau et seuls les barbelés donnaient encore l'impression d'un ghetto.

Bart soupira. Il était 13 heures maintenant et en cette dernière heure avant l'expiration de l'ultimatum, il n'avait vu personne s'approcher du bureau de police.

Quand il jeta un dernier regard par la vitre, il vit un homme glisser un papier dans les boîtes aux lettres. Il décida d'aller voir et descendit l'escalier. Quand il ouvrit la porte de son immeuble, il vit l'homme disparaître au coin de la rue.

Bart prit tout son courrier et remonta chez lui. Il le tria et tomba sur le feuillet que l'homme venait de glisser dans la boîte.

C'était une propagande du NSB :

Pour chaque NSB assassiné, dix Juifs !

— Ainsi, se dit-il, leurs partisans continuent à souffler leur haine à plein poumon. Ces fanatiques entretiennent le climat de peur qu'ils ont installé. Et avec la mort du WA Hendrik Koot, ils ont de quoi l'alimenter. Et les Allemands qui ne parlent que de la terreur juive…, c'est vraiment lamentable.

Des Juifs, Böhmcker en avait déjà assez. Il fulminait. Le résultat du dépôt des armes était ridicule et ne reflétait aucunement la réalité. Il était évident que ces rats se moquaient de lui !

Cette vermine n'avait cure de ses menaces ? Et bien c'est ce qu'on allait voir !

Il prit une feuille de papier à en-tête officiel du Reich et griffonna quelques lignes à l'attention du responsable du Conseil juif, Asscher.

Quand il eut terminé, il se sentit plus serein. Il appela un garde et lui donna l'ordre de porter la lettre immédiatement au Bureau juif.

— *Schnell ! Schnell !*

Böhmcker recula un peu son fauteuil en cuir, étira ses jambes et posa ses bottes d'une brillance irréprochable, sur son bureau.

Il ferma les yeux et se mit à méditer. Et comme il le faisait souvent, il se répétait une citation de Corneille. Très imbu de sa propre personne, il l'avait remise au goût du jour en y donnant une petite touche personnelle :

Voir le dernier Juif, à son dernier soupir,
Moi seul en être cause, et mourir de plaisir !

Et bientôt, le Beauftragte d'Amsterdam, toujours tellement digne et impeccablement vêtu, s'endormit. Les grands orifices de son nez frémissaient et sa bouche béante, d'où un petit filet de bave coulait, laissait échapper à intervalles réguliers, un ronflement parasite.

Böhmcker fit donc un petit somme de bienheureux, persuadé que les seuls ennuis auxquels il serait confronté viendraient des Juifs.

Mais dans sa folie raciale, il avait oublié de s'intéresser aux dockers du port d'Amsterdam.

67. UN NOUVEL HOMME

Willem, le Borgne et les deux propriétaires du glacier Koco, admiraient le travail accompli.

L'œil unique du Borgne brillait plus que d'habitude, même le bleu azur de son iris était plus intense.

— Et maintenant, qu'ils viennent ! dit audacieusement Ernst Cahn, ils seront bien reçus !

À ces mots les hommes partirent d'un rire joyeux, mais quelque peu nerveux.

Ernst adressa un clin d'œil complice à son ami et co-propriétaire Alfred Kohn.

Tous deux avaient fui l'Allemagne nazie et savaient, pour l'avoir vécu, à quoi s'en tenir.

L'avant-veille, quelques WA, sympathisants du Reich, étaient venus briser les vitres de la devanture de leur magasin. Dès lors, ils se savaient dans la ligne de mire...

Ils avaient donc fait appel au Borgne, pour qu'il leur installât un moyen de défense simple et d'une efficacité redoutable.

En effet l'habileté et le savoir-faire de l'homme à l'œillère en cuir noir, n'étaient plus à prouver.

Profitant des heures de fermeture de Koco, le Borgne, accompagné de Willem, avait passé une bonne partie de la matinée dans l'arrière-boutique.

Une grande bouteille en métal, contenant de l'acide sulfurique, était fixée au mur. Un mécanisme de pressurisation, artisanalement fabriqué par le Borgne, permettrait, à l'aide d'une simple poignée, d'asperger les intrus du dangereux liquide.

— Vous pensez vraiment qu'ils vont revenir sous peu ? demanda Willem.

— Pour moi, c'est une certitude, répondit Ernst.

— C'est également mon avis, renchérit Alfred. D'ailleurs, pas plus tard que ce matin, j'ai reconnu deux WA en civil, qui passaient sur le trottoir d'en face. Ils n'ont cessé de regarder dans notre direction. Était-ce un hasard ou préparent-ils quelque chose ? L'avenir nous le dira.

Le Borgne, l'œil soudain sombre, se gratta le menton d'un air renfrogné. Il était certain, lui aussi, qu'ils allaient revenir et il les attendait de pied ferme !

Mais il était également persuadé qu'il ne s'agissait pas d'un simple acte antisémite.

Il était vrai que ce quartier, où vivait un quart de la population juive de la ville, subissait de nombreuses attaques de la WA. Mais ils s'étaient arrêtés à la vitrine, c'était trop propre. Il ne saurait dire pourquoi il avait cette sensation. Mais il sentait qu'il y avait autre chose. Il s'en ouvrit à ses amis.

— J'ai peur que certains des hommes n'aient su tenir leur langue, qu'ils aient éventé que nous nous retrouvons ici.

— C'est une idée qui m'a frôlé l'esprit, mais en même temps ils savent que nous serions perdus si l'ennemi l'apprenait, fit Alfred.

— C'est vrai, mais vous savez comme moi que certains ont un vilain penchant naturel à la vantardise.

Aucun des trois hommes ne regardait Willem en particulier ni ne l'accusait. Ils continuaient simplement à parler du groupuscule. Pourtant le brave garçon eut la singulière impression qu'un dard acéré venait de l'atteindre.

Tout le monde le prenait toujours pour un idiot, même ceux du groupe. Il le sentait bien. Pourtant il avait fait ses preuves ! Il ne demandait pas qu'on le prît pour un héros, mais qu'au moins on le respecte. Il avait certes parfois du mal à s'exprimer, surtout quand il s'énervait, mais jamais, non jamais il n'aurait trahi ! Et c'est ce qu'ils avaient l'air de dire, avec leurs sous-entendus, il le sentait bien.

— Je, je, je, bégayait-il... Je n'ai jamais dit à personne qu'on se réunissait ici, cria-t-il soudain.

Le Borgne le regardait stupéfait.

— Mais qu'est-ce qu'il t'arrive, Willem ?

— Je, je... J'en ai marre.

— Mais de quoi donc, s'enquit Ernst.

— D'être hu, hu, hulilié, humilié !

Le Borgne le saisit par les épaules.

— Dis-moi mon garçon, tu crois vraiment que je t'aurais laissé m'aider, si je n'avais en toi une totale confiance ?

L'homme à l'œil unique savait que Willem avait quelques défaillances intellectuelles, mais il le savait également doté d'une sensibilité peu commune et d'une indiscutable loyauté. De son œil étincelant, il fixa le jeune Juif.

— Comme toi, j'entends tout ce qu'ils disent. Ils te traitent d'imbécile, et j'en suis désolé. Mais c'est toi que j'ai choisi aujourd'hui et c'est encore toi que je prendrai pour devenir mon bras droit. Et ils apprendront à te respecter. Il te manque encore un peu d'assurance, mais avec le temps cela s'améliorera.

Alfred et Ernst approuvèrent ces paroles d'un signe de tête.

Willem, ragaillardi, retrouva son visage enfantin et serra les poings. Il les brandissait et d'une voix qui se voulait pleine d'assurance s'exclama :

— Qu'ils viennent ! Je les attends !

L'incident était clos et Willem était un autre homme.

Un homme qui se savait aimé, apprécié. Un homme de confiance, un Résistant !

68. L'ENTERREMENT

Le 17 février 1941, Klaas assista avec la plupart de ses collègues membres du NSB, aux funérailles de leur cher Hendrik Koot.

Le cimetière était noir de monde.

Se tenant proche de la jolie et jeune veuve de la victime, il put constater avec un certain plaisir que cet événement avait ameuté énormément de personnes.

Les Allemands, officiers et autres gradés se tenaient derrière le cercueil.

Quand le curé eut terminé la cérémonie, le chef du NSB, Anton Mussert, et quelques-uns de ses proches firent un discours sur la vie exemplaire du défunt.

Et puis ce fut le tour de Rauter, le Generalkommissar.

Droit comme un I et vêtu d'un long manteau noir, d'une casquette plate et de gants en cuir noir, l'homme aux traits rudes s'avança. Sa posture impressionna la foule. D'une voix austère, il entama une longue et interminable homélie, basée sur de faux témoignages.

Francine, venue par simple curiosité, se trouvait sur le côté gauche du cimetière et était en compagnie de Flip. Il n'avait toujours pas de travail et s'était gentiment proposé de l'accompagner.

Ils écoutèrent attentivement le Generalkommissar et étaient de plus en plus perplexes.

—… et nous l'avons vu alors se pencher sur le corps de ce pauvre Monsieur Koot. Quand la bête enfin se redressa, les lèvres ensanglantées, elle eut l'audace de sourire, satisfaite de son carnage. Mais elle n'en avait pas fini, non ! Elle s'attaqua maintenant avec ses gros crocs aux nez et aux oreilles de Monsieur Koot. Le pauvre homme…

Francine n'en pouvait plus. Elle était ulcérée, écœurée, affolée même, par cette propagande honteuse.

Elle se leva sur la pointe des pieds et tenta de voir le visage de la veuve Koot.

C'est alors qu'elle reconnut Klaas, l'ancien associé et ami de Johan.

Regardez-le, pensa-t-elle amèrement, fier comme un coq dans son uniforme du NSB. Les cheveux gominés à la mode ! L'air éclatant d'arrogance et bien sûr à côté de la belle veuve, au cas où…

Rauter la sortit de son trouble en criant :

— Judas a fait tomber son masque !

— Viens Flip, allons-nous-en !

Se frayant un passage parmi les gens, la voix de Rauter les poursuivit pourtant :

— Les rats de la vieille ville ont été reconnus. Ce sont les Juifs ! Les Juifs ! cria-t-il jusqu'à s'égosiller.

Quand enfin ils se retrouvèrent dans une rue où le calme régnait, Flip fit part à Francine de toutes ses angoisses.

— Rien ne va plus ! Je n'arrive pas à trouver un nouvel emploi. Dans deux mois je ne pourrai plus payer mon loyer et je serai obligé d'aller vivre chez mes parents.

— Reste positif, Flip. D'ici là, tu auras peut être trouvé...
— J'en doute. Et Rauter qui fait tout pour démontrer que nous ne sommes que des monstres. Il veut nous isoler... Et Böhmcker qui nous impose un nouvel ultimatum qui expirera le 21 février à 4 heures, mais je sais déjà que cela ne donnera rien et que de pauvres innocents seront fusillés.

Francine regarda son futur beau-frère d'un air défait.
— Il finira peut-être par se rendre compte que vous ne détenez pas d'armes, avança-t-elle avec hésitation, et alors il abandonnera...
— Penses-tu ! l'interrompit Flip. N'oublie pas que nous sommes Juifs. S'ils ont pu se montrer cléments parfois, ils ne le seront pas avec nous.

Ils marchèrent en silence puis le jeune homme fit volte-face :
— De toute façon, il n'y a pas de solution. Le calme ne pourra revenir que si les WA ont interdiction de sortie !

Il était vrai que les WA continuaient à semer la terreur.
Ce soir ils étaient encore plus excités que d'ordinaire, ils avaient encore en mémoire le remarquable, le sublime discours de Rauter.
Et ils avaient tant de comptes à régler !
— Dix Juifs pour un NSB, chantaient-ils.
Vers 19 heures, les militants fascistes arrivèrent dans les parages du port où il y avait encore une vive animation.
Des centaines de dockers étaient regroupés autour d'un homme qui gesticulait. Il était toujours question du travail obligatoire en Allemagne pour lequel 3000 hommes devaient se porter volontaires.
Le bruit des bottes de la patrouille qui s'approchait du lieu où se tenait la réunion ne semblait aucunement les déranger ni les impressionner. Ils écoutaient leur leader.
Ce dernier expliqua que la grève avait déjà porté ses fruits, mais qu'il fallait poursuivre.
Les hommes applaudirent ces propos.
— La direction a donc changé son fusil d'épaule, continua le leader de sa voix cinglante, et propose un tirage au sort parmi les hommes célibataires.
Des cris d'indignation s'élevèrent dans le ciel noir d'Amsterdam.
Le leader donna ensuite un nouvel ordre de grève et ce jusqu'à ce que l'Oberkommando der Kriegsmarine retirât son plan.
Ces dernières paroles furent accueillies avec satisfaction par la foule au moment où la patrouille bottée nullement stoïque tournait à gauche, de façon à disparaître rapidement.
Mieux valait déguerpir que d'être chassés par ces hommes en colère.

69. CHEZ KOCO, LE 19 FÉVRIER 1941

La presse à bras avait été installée dans la cave de la tante de Paul. La machine de fer et de fonte, un ancien modèle franchement obsolète, était lourde à manier.

Jane venait de passer le rouleau à encre sur la forme.

Hanneke posa une feuille à imprimer, tourna la manivelle, fit glisser le train sous la platine, comme Jane le lui avait montré. Puis elle saisit de l'autre main la poignée du barreau, le tira en avant, fit descendre la platine et imprima la feuille.

Hanneke s'essuya le front, jamais elle n'aurait pensé qu'imprimer pût être si fatigant.

Jane, un sourire narquois aux lèvres, l'observait. Elle n'était pas vraiment ravie de voir Hanneke faire partie de l'équipe.

Paul l'avait présentée à Bart et à elle-même lors d'une soirée, qu'il avait organisée à son intention. Depuis, elle faisait partie de la bande.

Jane voyait cette jeune femme, sa « vieille » amie, comme Paul aimait l'appeler, d'un mauvais œil. Ils avaient l'air tellement complices...

Paul l'avait rencontrée par hasard dans le tram qui l'amenait à la gare. Elle ne l'avait pas reconnu de prime abord, ce qui lui avait fait plaisir : les Anglais lui avaient donné non seulement une nouvelle identité, mais avaient également changé son aspect physique.

Il arborait maintenant une moustache bien touffue et ses cheveux gominés, d'une blondeur extrême, étaient séparés par une raie.

Quand il avait adressé un franc sourire à la jeune femme, elle l'avait trouvé fort séduisant. Osant à peine croiser ses yeux et sincèrement intimidée par son regard insistant, elle avait envisagé de changer de place, quand elle aperçut ses belles fossettes.

Paul comprit qu'elle l'avait reconnu et posa un doigt discret sur ses lèvres, lui imposant le silence.

À l'arrêt du tram, il la laissa descendre et après un rapide coup d'œil aux alentours, lui emboîta le pas.

Le lendemain ils s'étaient retrouvés chez lui et Paul s'enquit d'abord du petit Karl, qu'ils avaient enlevé ensemble des griffes des nazis, il y avait bientôt quatre ans.

Il apprit qu'il vivait désormais avec Hanneke, qu'elle le faisait passer pour son fils et qu'il se prénommait désormais Koky.

Paul ne voulait pas le mettre au courant de leurs retrouvailles, car c'était dangereux pour tout le monde. Hanneke l'approuvait, mais eut un pincement au cœur en pensant à la joie qu'aurait éprouvée l'enfant à la simple vue de Paul.

Après que le journaliste lui eut parlé de ses péripéties anglaises, l'ancienne gouvernante raconta ses aventures au sein du KVV et la débâcle en début d'année, lorsque les Allemands avaient fait irruption dans le QG de l'association.

La présidente avait été arrêtée et l'interrogatoire musclé de la *Sicherheitsdienst* (SD), service de renseignements du Reich, avait confirmé qu'au sein du KVV il n'existait pas de différence entre un

membre juif et les autres. Sa liquidation avait donc été ordonnée !
La jeune femme avait maintenant du temps libre et Paul lui proposa d'entrer dans la Résistance, ce qu'elle accepta sans aucune hésitation, ressentant l'Occupation comme une violation de son pays.

Jane prit la feuille qui venait d'être imprimée et vérifia si la machine fonctionnait correctement.
— Il y a trop de taches noires, dit-elle en désignant du doigt l'endroit où les lettres avaient trop marqué.
En vraie professionnelle la jeune femme s'avança jusqu'à la presse et expliqua :
— C'est ici que le papier est fortement refoulé et gaufré. Les lettres le défoncent et du coup elles marquent trop. La pression est excessive !
Pour Hanneke, qui n'avait jusqu'alors jamais utilisé un tel appareil, tout ceci était bien compliqué.
— Que faire pour y remédier ?
— C'est très simple, crâna Jane, et elle enleva un peu de garniture à l'endroit qu'elle avait indiqué auparavant.
En réalité ce n'était pas aussi simple, la pression ne devait être ni trop forte ni trop faible, car dans ce dernier cas, les lettres ne marqueraient pas suffisamment et rendraient la lecture difficile.
— Voilà qui devrait aller, et se tournant vers Hanneke elle ordonna, vas-y, imprime !
Cette dernière s'exécuta, poussa le chariot sous la presse et tira. Cette fois-ci, le résultat fut parfait.
— Chapeau ! fit-elle, en véritable admiratrice, ce qui amena un sourire suffisant sur le visage de la belle rousse.
— Allez, c'est parti ! lança cette dernière.
Il fallait réitérer l'opération jusqu'à épuisement des feuilles.
De temps en temps, Jane faisait signe de s'arrêter pour vérifier si les lettres étaient bien nettes.
C'est à un tel instant que Hanneke perçut le martèlement de bottes sur les pavés de la rue.
Elle tendit l'oreille.
— Chut ! cria-t-elle, et écartant légèrement le rideau qui cachait le soupirail de la cave, elle jeta un rapide regard à l'extérieur. Ce qu'elle vit la pétrifia : des dizaines de bottes immobilisées, juste devant son nez.
Son sang se glaça.
— La police verte !
Jane éteignit immédiatement la lumière et elles se retrouvèrent dans la nuit noire, le cœur battant à tout rompre.
La population avait baptisé ces unités de la Grüne Polizei, « la police verte », ou encore « les Verts », à cause de leurs uniformes de cette couleur.
Les Verts effectuaient de nombreuses rondes le soir, des missions de maintien de l'ordre, et faisaient des rapports à la SS, dont ils dépendaient.
Les jeunes femmes s'attendaient à ce qu'ils frappent d'un instant à l'autre à la porte, pour faire ensuite irruption dans la cave.

N'osant plus respirer, elles essayaient d'identifier le moindre bruit.
Mais elles ne percevaient que de très faibles murmures.

Au bout de quelques minutes, Jane, plus courageuse que l'ancienne gouvernante, s'approcha du soupirail, tira de nouveau un peu le rideau et regarda les bottes piétiner sur le trottoir.

— À mon avis, ce n'est pas après nous qu'ils en ont. Ils semblent parlementer..., chuchota-t-elle.

Hanneke pria le ciel pour qu'elle eût raison.

— Ils se remettent en marche, ce n'est pas pour nous ce soir ! Ne perdons pas de temps ! et déjà elle remit la lumière. Il nous reste encore pas mal de travail ! ajouta-t-elle d'une voix qu'elle voulait assurée et où elle tenta de masquer sa peur.

Elle voulait dominer Hanneke qui trouvait d'ailleurs qu'elle avait un sacré cran.

Alors que la presse s'actionnait fiévreusement, la patrouille s'éloigna et tourna à gauche au coin de la rue pour prendre la Van Woustraat, en direction du glacier.

Arrivés à hauteur de l'enseigne « Ijssalon Koco », les soldats firent une brusque entrée tout en sortant leurs matraques.

Le salon du glacier était plongé dans une semi-obscurité.

Mais les Verts n'en avaient cure et ne semblaient point gênés.

D'une rapidité étonnante, les coups se mirent à pleuvoir, sur le mobilier et sur tout ce qui bougeait.

En même temps et venant de l'arrière-boutique, le Borgne émit un cri strident.

Une pluie d'acide s'abattit alors sur les hommes de la police verte.

On entendit des cris de douleurs.

On sentit des odeurs de chairs brûlées.

Des injures en allemand fusèrent.

— Merde ! hurla soudain quelqu'un qui réalisa qu'ils avaient affaire à l'Ordnungspolizei allemande, la Grüne Polizie. Ce sont les Verts, ce n'est pas la WA ! Ce n'est pas la WA, répéta-t-il en criant à s'égosiller.

Une violente bagarre éclata, mettant les hommes du Borgne face aux agresseurs.

Mais la lutte était inégale. Des coups de feu partirent d'un peu partout.

Certains, comprenant l'erreur fatale qu'ils venaient de commettre, prenaient leurs jambes à leur cou, essayant de sauver leur peau.

D'autres continuaient à se défendre désespérément.

Profitant du désordre général, Ernst Kahn, un des deux propriétaires de Koco tira le Borgne dans un coin de l'arrière-boutique.

— Il faut fuir. Viens !

Le Borgne en vaillant homme s'indigna de cette traîtrise.

— Et Alfred ?

— Nous n'avons plus le temps ! Nous serons plus utiles vivants que morts ! Il faut faire vite. Vite !

Le cœur lourd, il suivit l'exilé vers le passage secret, dont il ne connaissait pas l'existence.

Par une simple pression, un pan de mur, de la grandeur d'une porte, pivota et se referma aussitôt derrière eux.

Malgré l'immense peine qu'il ressentait en songeant à ses hommes, le Borgne était émerveillé.

Ils se trouvaient maintenant devant un escalier étroit qu'Ernst éclaira d'une lampe torche.

L'endroit était humide et la descente raide. Par moments, les marches étaient glissantes.

Peu à peu le vacarme au-dessus de leurs têtes s'estompait.

Une grille se dressa devant eux.

Ernst Kahn glissa une clé dans la serrure et l'assemblage de barreaux de fer grinça en s'ouvrant.

Un nouveau tour de clé.

Et puis, un long couloir, un autre escalier, qu'il fallait grimper.

Une porte en bois leur barra à présent le passage.

Ernst éclaira de sa torche la serrure d'un autre âge, puis enleva une chaîne autour de son cou où pendait une clé énorme.

En la voyant, le Borgne se dit qu'elle avait dû l'embarrasser tellement elle était grosse.

Quand ils furent de l'autre côté, le Juif allemand, le front en sueur s'adossa à la porte.

— C'est terrible de se savoir sain et sauf et de penser aux autres..., et sa voix se brisa.

Il ne savait pas que le pire restait à venir.

Pendant que quelques hommes courageux essuyaient une amère défaite chez Koco, environ 2200 dockers savouraient leur victoire sur les quais du port d'Amsterdam.

Seyss-Inquart, commissaire du Reich aux Pays-Bas venait en effet de renoncer à son droit de coercition. Il s'y était résolu, ne pouvant plus subir la grève des dockers.

D'accord, ils avaient gagné ! Personne ne serait envoyé en Allemagne.

Mais n'était-il pas bien plus important de soutenir l'effort de guerre ?

Il en était plus que persuadé.

Il se rendait également compte qu'il ne dissoudrait pas aussi facilement cette petite nation dans le *Herrenvolk*, le peuple des seigneurs, germanique et aryen.

70. LA PEUR AU VENTRE

Willem se rongeait les ongles jusqu'au sang. Il pouvait sentir les battements de son cœur tellement il était angoissé. Par moments, il inspirait profondément et s'efforçait de calquer le rythme de ses pulsations cardiaques sur les battements du balancier de sa pendule.

Allongé sur son lit, qu'il n'avait pas quitté depuis la veille au soir, il scrutait le plafond et détaillait toutes les petites fissures qui s'étaient dessinées au fil du temps sur le plâtre. Pour essayer de se distraire, il s'obstinait à y découvrir quelque dessin. Mais c'était en vain.

Énervé, il se leva, fit quelques pas, puis se rallongea aussitôt. Ses pensées les plus noires galopaient dans son esprit simple. Il s'imaginait attaché sur une table, pieds et mains liés supportant la brûlure de fers chauffés à blanc, et grimaçait déjà de douleur.

Il ne supporterait pas la torture, il ne pourrait pas endurer la douleur. La peur le terrassait dans l'obscurité de sa chambre. Il n'avait même pas ouvert les épais rideaux, occultant ainsi la lumière. Il avait l'impression que l'ombre le protégeait, le protègerait en cas d'intrusion.

Il ferma les yeux et revécut la scène pour la énième fois.

La veille, il était passé chez Ma, qui était souffrante, une mauvaise grippe. Comme il avait beaucoup d'affection pour elle, il lui avait apporté un bouquet d'iris bleus. Fort heureusement elle allait beaucoup mieux qu'il ne le pensait, et elle lui avait offert malgré tout un délicieux repas.

Après le souper, il s'était un peu attardé chez son patron occasionnel sans savoir que cela lui sauverait la vie.

Pa avait essayé de lui tirer les vers du nez à propos des bagarres qui avaient eu lieu dans le quartier juif. Il s'intéressait au groupuscule et aurait aimé savoir comment il s'organisait et où il s'entraînait. Mais Willem était resté aussi muet qu'une carpe.

Quand il se rendit chez le glacier, il choisit de passer par de petites ruelles pour ne pas faire de mauvaises rencontres, se laissant guider par la lumière de la pleine lune.

Les rues étaient sans vie et tout était calme. Sans rencontrer âme qui vive, il arriva au coin de la rue parallèle à celle où se trouvait Koco.

Une bise glaciale se leva, annonciatrice d'une tempête.

Willem remonta nonchalamment le col de son manteau quand des cris retentirent. Il vit des hommes de la *Grüne Polizei* emmener quelqu'un sous des coups de matraque.

Le pauvre malheureux tentait désespérément de se protéger le visage.

Willem était pétrifié, mais se raisonna. Ce n'était pas encore l'heure du couvre-feu et ses papiers étaient en règle, il n'avait donc absolument rien à craindre de la police de l'ordre. Une petite voix au fond de son être lui souffla le contraire, mais le spectacle l'attirait comme un aimant.

Après une brève hésitation, il décida qu'il valait mieux poursuivre son chemin comme si de rien n'était, sans quoi il éveillerait peut-être des soupçons. Il avança d'une démarche assurée et s'approcha du camion bâché où les verts poussaient une ombre qui lui parut familière.

— *Judenschwein* !

Au moment où le véhicule démarra, il croisa les yeux du prisonnier et son sang se glaça d'effroi. Il eut du mal à contenir le cri de révolte qui voulait franchir ses lèvres.

Un des soldats vociférait des injures tout en baissant le pan de la bâche.

Le chauffeur accéléra et Willem demeura pantois, incrédule et déconcerté.

Il cheminait d'une allure étrange, traînant le poids de son corps, les jambes en coton, mal articulées.

Quand le fourgon eut disparu au croisement, il fit demi-tour et rentra chez lui.

Depuis, il était là, prostré sur son lit, se posant toutes ces questions qui ont le pouvoir de détruire l'homme.

Qui avait trahi Koco ?

Hormis Ernst Kahn, qui d'autre avait été arrêté ?

Le Borgne, en faisait-il partie ?

Il se morfondait. D'un instant à l'autre on défoncerait la porte de son appartement.

À l'heure qu'il était, Ernst Kahn, émigré allemand juif, devait subir les pires tortures. Et il finirait par parler, c'était inévitable. Et il donnerait le nom de Willem, celui qui avait prêté main-forte pour installer la bouteille contenant l'acide sulfurique.

Oui, son avenir s'annonçait terrible.

Quand enfin la nuit tomba, Willem sombra dans un sommeil lourd, hanté par des fantômes qui ressemblaient étrangement aux Verts.

Pendant que Willem se débattait dans son cauchemar, le Generalkommissar Rauter barra les bribes qu'il venait de coucher sur la feuille de papier qui se trouvait devant lui, sur l'immense bureau en acajou.

Depuis une trentaine de minutes, il tentait de formuler correctement la lettre qu'il destinait à Heinrich Himmler, chef de toutes les polices allemandes.

Il fallait l'informer des actes de ces Jüdenschweinen.

Agacé par son manque d'inspiration, il froissa sa troisième tentative et la lança dans les flammes de l'âtre.

Il alluma une cigarette avec son briquet en argent où l'aigle protecteur du Reich prônait fièrement.

Quelques volutes bleues montaient vers le plafond.

Il s'accouda au manteau de la cheminée et se laissa envahir par l'agréable sensation de chaleur qui émanait du foyer.

Rapidement le principe actif du tabac lui fit de l'effet, dilatant ses artères. Quelques instants plus tard, il s'appliqua à faire un rapport à son supérieur hiérarchique, qu'il jugeait très réaliste.

Il décrivait les émeutes dont ces Untermenschen, ces sous-hommes, étaient les instigateurs, sans omettre quelques notes personnelles purement inventées pour rendre l'ensemble plus poignant.

La scène qui racontait le décès du WA Koot était particulièrement colorée.

Avant de parler de l'attaque à l'acide sulfurique qui avait gravement blessé de nombreux soldats, il rappela à son supérieur que 23 de ses hommes avaient déjà été la cible des Juifs. C'était le 9 février dernier, lors d'une rixe, à l'Alcazar Cabaret. Il y avait à peine dix jours.

Il conclut en insistant sur la gravité de cette situation qui ne pouvait plus durer et qu'il comptait sur une aide militaire pour y remédier définitivement.

Il relut sa lettre hautement confidentielle, et poussa un soupir de soulagement.

Il la glissa dans une enveloppe à en-tête de la SS, passa ses lèvres sur le rabat et colla les rebords fermement. Il fit fondre méticuleusement un peu de cire rouge et apposa ensuite le sceau du troisième Reich.

Il appela un garde, lui confia le pli tout en beuglant un ordre guttural.

— *Schnell, Schnell* !

— *Jawohl Herr Generalkommissar* ! fit le garde en claquant les talons avant de disparaître.

Rauter souffla. Il sortit une autre cigarette de son paquet et l'alluma. Il aspira une nouvelle bouffée.

Désormais, il n'avait plus qu'à attendre les ordres.

71. REPRÉSAILLES ALLEMANDES

Deux jours plus tard, Francine pédalait vaillamment en direction du marché de la place Waterloo.

Munkie profitait de la balade et se tenait fièrement dans le panier en osier accroché au guidon, les oreilles soulevées par le vent, la truffe excitée par les bonnes odeurs qui s'échappaient parfois d'une fenêtre.

Le ciel était gris, et la pluie viendrait à coup sûr dès que le vent faiblirait.

Mais malgré le temps maussade, Francine était ravie.

Ce soir, ses parents, sa sœur Neel et son fiancé Flip, venaient dîner pour fêter la bonne nouvelle : Flip avait enfin trouvé un nouvel emploi.

Le Conseil juif, dont les missions devenaient de plus en plus importantes avait besoin de personnel. Le locataire de Johan, ce charmant diamantaire monsieur Groen, avait immédiatement pensé à Flip. Et après un bref entretien avec un des responsables du Conseil juif, le jeune homme avait obtenu un poste.

Pour célébrer l'événement, Francine avait passé la matinée dans la cuisine.

Munkie était resté fidèlement auprès d'elle. Non par amour, mais par intérêt pour l'odeur alléchante qui embaumait la pièce, espérant que sa maîtresse laisserait tomber par mégarde quelque gourmandise.

Pour l'occasion, Ma lui avait donné son ticket de rationnement pour la viande. Grâce à ses deux tickets, elle avait pu préparer une grande casserole de Goulash.

La viande avait mijoté plus de deux heures dans son jus et était tendre à souhait. Par-dessus, la jeune femme avait posé d'abord une couche de pommes de terre en rondelles, et puis une autre d'oignons émincés. Elle avait parsemé l'ensemble d'un savant mélange d'épices.

Elle avait ensuite posé le faitout sur le poêle à charbon, qui dégageait une agréable chaleur et finirait la cuisson tout en douceur.

Elle traversait maintenant l'Amstel dont l'eau grise renvoyait les tristes couleurs du ciel et arriva enfin sur la Waterlooplein, où un agréable désordre régnait.

Ici se tenait entre autres le marché aux puces, et si l'on était à la recherche d'un objet insolite, on était certain de l'y trouver.

Francine avait une réelle préférence pour ce marché. De nombreux marchands ambulants étaient Juifs et l'ambiance y était toujours très joyeuse, reflétant le caractère gai de ces derniers.

Elle rangea sa bicyclette, prit Munkie et le posa à terre.

Elle mit sa sacoche en bandoulière, et s'avança dans les rangées, le petit chien trottant fidèlement à ses côtés.

L'éventaire des marchands ambulants prônait sur des tréteaux ou des charrettes. Certains étals étaient protégés par un auvent.

Il y avait beaucoup de monde en ce samedi après-midi. Le fait que tout soit rationné augmentait encore la fréquentation de ce marché. Des centaines de personnes se pressaient bruyamment dans les allées.

Francine, elle, prenait le temps de flâner. Elle pouvait se le permettre : son repas était prêt, Betty était chez sa belle-mère et jouait avec ses cousins, et Johan était évidemment au bureau.

Elle s'arrêta devant une vieille marchande, au sourire édenté, qui vendait de petites robes. Vu la qualité des tissus, Francine comprit qu'elles avaient dû appartenir à de riches familles. Elle fouilla dans le tas à la recherche d'un vêtement pour sa fille et fut heureuse quand elle le dénicha.

La vieille dame la félicita pour son choix. Francine régla son achat et se trouva nez à nez avec un crieur de journaux qui, la trouvant à son goût, lui adressa un sourire charmeur. Agacée, elle se tourna, fit quelques pas et s'arrêta devant un étal de livres. Elle en saisit un au hasard et parcourut le résumé.

Le carillon de l'Église du Sud, le Zuiderkerk, qui se trouvait à proximité, l'interrompit dans sa lecture.

Elle était capable de reconnaître ce carillon-là parmi tous les autres.

Pa avait maintes fois amené ses fillettes observer la belle tour aux multiples cloches. Et comme le carillonneur était un ami de longue date, elles avaient eu le plaisir de le voir jouer.

Francine chercha du regard la magnifique tour, et écouta la douce mélodie qui s'en échappait.

Un sourire s'installa sur son joli minois, car sous les mains heureuses du carillonneur une chanson patriotique s'envola dans le ciel.

Pourvu que les *moffen* ne l'apprennent pas !

Les notes musicales dansaient joyeusement dans les airs, s'égrenant comme les grains d'un chapelet de cette tour de la Zuiderkerk, construite pour le culte protestant au XVIIe siècle. C'était là également que Rembrandt avait peint sa toile sublime « La ronde de nuit ».

— Vous êtes encore plus belle quand vous souriez ! jaillit une voix derrière elle, qu'elle identifia immédiatement comme appartenant au crieur de journaux.

Elle souffla, reposa le livre à sa place et s'en alla ailleurs.

Au bout d'un moment, elle se retourna pour voir s'il la suivait encore et fut désagréablement surprise de le trouver juste derrière elle, toujours affublé de son ridicule rictus.

Elle en eut assez et regagna l'endroit où elle avait laissé son vélo. Elle déposa Munkie rapidement dans son panier, enfourcha sa bicyclette, et laissa le bêta sur place.

En arrivant au pont n° 236, le Blauwbrug, le seul d'Amsterdam qui avait des allures parisiennes, elle croisa des voitures grises, appartenant à la Grüne Polizei. Les hommes à bord chantaient à tue-tête des chansons antisémites.

Francine en eut la chair de poule et se leva sur son engin pour pouvoir mieux appuyer sur les pédales.

Une sensation désagréable lui parcourut l'échine.

Après avoir traversé le pont, elle tourna à gauche pour longer la rivière Amstel et jeta un regard par-dessus son épaule.

Ce qu'elle vit la pétrifia : des soldats gardaient maintenant l'entrée du pont et en barraient l'accès.

Elle mit pied à terre pour mieux voir.

Plus personne ne pouvait traverser le pont pour se rendre dans le vieux quartier juif.

Pourquoi ?
Qu'est-ce qui se tramait ?

Le vieux quartier juif était isolé, fermé à toute circulation.
Tous les ponts et voies y donnant accès étaient levés ou barricadés.
Il restait encore trois, deux minutes peut-être aux marchands de la place Waterloo pour attraper un client par la manche.
Il ne restait plus que quelques instants de quiétude aux habitants de cette partie de la ville.
Quelques paisibles moments avant d'être cernés, pris au piège.
Les camions militaires arrivèrent d'une allure lente, dans un vrombissement menaçant.
Ils arrivaient de toutes parts de la Waterlooplein.
Sur le marchepied de chaque véhicule se tenait un officier, revolver à la main. À l'intérieur, ses occupants, les Verts, exaltaient leur joie par des ballades antisémites.
Les véhicules s'immobilisèrent les uns derrière les autres dans un bruit de grincement de freins. Aussitôt les hommes sautèrent à terre.
Un coup de feu claqua sur la place, annonçant le début de la corrida.
Un regard furtif dans la direction du tir et les Juifs se surent traqués. D'un air craintif, ils virent approcher les militaires.
Seuls les jeunes mâles, ceux qui avaient entre vingt et trente-cinq ans, les intéressaient.
L'approche des matadors se fit par un rude « *Bist du Juden* ? », es-tu Juif ?
C'était le premier coup de lance.
Effrayant.
Le second coup venait du « J » imprimé en gros caractère sur les cartes d'identité.
Ce n'était ni l'intelligence ni même le courage des soldats qui leur permettaient de dominer aisément ceux qu'ils comparaient à des bêtes humaines. Mais les crosses des pistolets qui s'abattaient douloureusement sur les têtes leur étaient d'une grande aide.
Les Verts traînaient ensuite leurs victimes en les tenant par le col.
Mères et femmes s'accrochaient à leurs bien-aimés, tentant désespérément de les retenir, mais des coups de poing violents eurent vite raison des malheureuses.
L'affrontement était terrifiant, et les militaires ne manifestèrent aucune préférence de pedigree. Pour eux, notables ou fripiers appartenaient tous à la même sale race.

Des sons gutturaux et rauques venant d'en bas de chez lui sortirent Bart de la lecture dans laquelle il s'était plongé depuis une heure.
Il s'approcha de la fenêtre, ouvrit un battant et vit des hommes de la *Grüne Polizei* en amener d'autres en vociférant.
À en juger par la tenue vestimentaire de quelques victimes, le jeune homme comprit que c'étaient des Juifs, conduits là, comme s'il s'agissait d'un troupeau de bêtes. Il en fut choqué.
Certains furent placés le visage contre le mur du bureau de police. Plus loin d'autres devaient s'accroupir, les mains levées.

Combien d'hommes avaient été arrêtés, et pour quel motif ? se demanda-t-il. Il se doutait bien qu'il y avait un rapport avec ce qui s'était passé chez Koco. Mais quelque chose l'intriguait.

Paul lui avait parlé des groupes de combat. C'étaient d'après ses dires, des ouvriers pour la plupart. Mais les Juifs alignés qu'il pouvait voir semblaient venir de divers horizons. De pauvres gars, mais également des notables.

Il décrocha le combiné de son téléphone. Il fallait à tout prix avertir son ami le journaliste de ce qui se passait ici.

Après son appel Bart se posta à nouveau à la fenêtre. Il avait pitié de ces innocents. Il y en avait au moins une centaine. Peut-être plus même. Il ne saurait le dire.

Les militaires étaient déchaînés, habités par un esprit de vengeance cruelle.

Quelques-uns enfonçaient maintenant à coups de pied des portes de maisons. Ils disparurent à l'intérieur pendant quelques instants, pour en ressortir, un large sourire illuminant leurs visages, avec le produit de leur chasse : quelques jeunes, très jeunes gens, presque encore des enfants qu'ils tiraient par le col de leurs vestes.

Une invective de « sale juif » lui fit tourner la tête vers ceux qui se tenaient les genoux ployés. Deux semblaient être tombés sur le côté, morts de fatigue. Les Verts les redressèrent à coups de crosse.

Le spectacle se prolongea pendant des heures, mais n'en perdit pas pour autant de son agressivité. Par moments Bart entendait les rires gras des gradés, qui se pavanaient comme des coqs au milieu d'un poulailler.

Le jeune expert en explosifs en eut l'estomac retourné. Il était révolté, ulcéré par ce qui se déroulait là sous ses yeux, sans qu'il pût agir, totalement impuissant.

À l'approche de la nuit, on fit monter les prisonniers dans des camions militaires et un silence lugubre envahit la place.

Mais Bart n'était pas au bout de sa surprise.

Le même scénario se déroula durant les deux jours suivants. Toujours dans les mêmes conditions, sans critères de choix.

Au soir du lundi, le nombre d'arrestations s'estimait entre 400 et 1000 soulevant le cœur des habitants de la belle capitale.

72. SOLIDARITÉ

Dans la cave de l'imprimerie clandestine régnait une vive agitation.

Hanneke et Jane ne savaient plus où donner de la tête en ce début d'après-midi du lundi 24 février 1941.

Leur petit groupe de résistants était au complet, mais dans la promiscuité de cet endroit humide, Jane trouvait que la présence des deux hommes était de trop.

Elle s'essuya le front et s'exclama d'un ton acerbe :

— Paul et Bart, arrêtez de nous donner des ordres ! Nous avons déjà fait marcher cette satanée machine d'avant-guerre ! Et sans votre aide ! Alors oust !

— Ma petite sœur n'a toujours rien perdu de sa vivacité, plaisanta Bart en riant. Quand je pense à l'homme qui t'épousera...

— Oh ! Change un peu de disque ! rétorqua la belle rousse, les mains sur les hanches. Regarde ! Tu nous fais perdre du temps.

Ces enfantillages amusaient d'ordinaire Paul et Hanneke ; quand « les enfants » se retrouvaient, l'ambiance n'était jamais triste.

Mais aujourd'hui le journaliste n'avait pas le cœur à la plaisanterie.

— Écoutez, nous avons vraiment beaucoup de travail, et de son doigt il désigna les ramettes de papier. Quand nous en aurons terminé, il faudra encore les distribuer.

Chacun reprit sa tâche en silence. Jane passait régulièrement le rouleau à encre sur la forme, Hanneke alimentait en papier la machine, Bart maniait la presse et Paul, par souci d'économie, coupait les feuilles imprimées en deux.

— Je trouve tout ceci bien excitant ! lança Hanneke en rompant le silence. Nous participons à un grand moment de l'histoire de notre pays !

Assise devant sa coiffeuse, Francine brossait longuement ses cheveux blonds comme les blés. C'était un moment privilégié de la journée, quelques instants qu'elle prît pour s'occuper d'elle-même, dans un lieu qui lui appartenait.

Sa chambre était vraiment agréable et spacieuse. Dans la journée elle recevait une belle lumière, et par jours de beau temps les rayons de soleil l'inondaient. Une grande porte-fenêtre donnait directement sur le jardinet, ce qui était bien commode pour secouer couvertures et duvets.

Elle était fière de sa décoration et trouvait que cette pièce lui ressemblait.

Tout le mobilier était blanc et dégageait une certaine sérénité contre le fond beige de la tapisserie à fleurs. Le couvre-lit en chenille de coton était de la même couleur. En son centre, une très grande rose rappelait le rose des volants qui ornaient le miroir ovale de la coiffeuse. De petites lampes adorables posées sur les tables de chevet, des descentes de lit en laine très confortables, un bouquet de fleurs séchées... Elle avait pensé à tout et rien n'avait été négligé, même les rideaux pour le couvre-feu étaient doublés d'un lourd tissu soyeux. L'ensemble était très coquet et chaleureux.

Plongée dans la pénombre de sa chambre, la jeune femme méditait. Les mouvements de son bras qui tenait la brosse étaient quasi mécaniques. Perdue dans ses pensées, elle n'entendit pas la porte s'ouvrir avec douceur.

Johan la referma tout aussi doucement ; il ne voulait pas rompre cet instant de charme.

Il observait sa jeune épouse.

À vingt-huit ans elle avait acquis une maturité qui la rendait plus belle, plus femme, plus désirable.

Elle portait une combinaison en soie noire et il savait qu'une jolie broderie ornait son corsage. Toujours très juvénile et mince, son corps s'était cependant épanoui et ces quelques rondeurs n'étaient pas faites pour lui déplaire, au contraire !

Il sourit. Avec ses cheveux détachés et ondulés, qui lui arrivaient aux épaules, Francine avait l'air bien plus jeune que son âge.

Dans le reflet de la glace, elle vit une ombre s'approcher et elle sentit aussitôt une main se poser sur son épaule nue.

Le contact de sa peau le fit frissonner.

Elle se retourna et il se pencha pour l'embrasser avec une tendresse infinie.

— Tu en as mis du temps pour me rejoindre, murmura-t-elle.

À ces mots le charme magnétique qui avait envahi tout son être s'évanouit et il se rembrunit quelque peu.

— Quelque chose ne va pas ? demanda Francine d'un air surpris.

Pour toute réponse il lui tendit alors le pamphlet qu'il avait glissé dans la poche de son pantalon. Au fond de ses yeux, elle put lire un sentiment fait d'un mélange d'immense fierté et d'inquiétude.

Le lendemain, les Amstellodamois se réveillèrent sous un ciel menaçant.

— Ne tarde pas, Neel ma chérie, lui conseilla Pa, je crois bien que le personnel du tram fait grève : je n'en ai pas encore vu passer un seul ce matin. C'est extraordinaire !

Neel qui s'apprêtait à partir, jeta un dernier regard dans la glace, ajusta son chapeau, se farda un peu plus les joues et le front, sans oublier son petit nez, et appliqua un rouge à lèvres carmin sur sa jolie bouche. Elle se sourit. Voilà qui est parfait !

Elle était toujours aussi élégante. Aujourd'hui elle portait un ensemble beige très cintré qui mettait sa taille de guêpe en valeur. C'était un modèle parisien dernier cri et Pa pensait que sa cadette était vraiment très belle.

— Tu crois que la grève va être suivie ? la questionna-t-il.

— Je l'espère en tout cas. Il est temps de faire quelque chose pour nos Juifs, non ?

— Oui, bien évidemment, mais j'avoue que j'ai un peu peur.

— C'est justement ce que veulent les *moffen*. Il faut surmonter notre peur et on finira par les mettre dehors ! assura-t-elle en tapotant affectueusement l'épaule de son père.

— À ce soir, lança-t-il avant de s'en aller.

— Oui, à ce soir, répondit-elle joyeusement.

Dans sa rue elle sentait déjà l'atmosphère électrique. Un peu plus loin se tenait un jeune homme qui interpellait tous ceux qui voulaient bien l'écouter.

Il l'accosta et lui tendit un pamphlet. De ses yeux rieurs gris, il observait la jeune femme.

— Ah ! fit-elle, je l'ai déjà lu.

— Alors vous serez des nôtres ? Nous avons tous rendez-vous sur le Noordermarkt.

Neel posa ses yeux sur son beau visage.

— Je le souhaite, Monsieur, je le souhaite de tout mon cœur !

Bart sortit quelques pamphlets de son cartable et les lui tendit :

— Pour ceux qui hésitent encore, insista-t-il.

Neel acquiesça, mit les feuilles dans son sac, le salua et poursuivit son chemin.

Quelques instants plus tard, elle se retourna et vit que le jeune homme aux boucles blondes parlait maintenant avec un couple.

Elle avait trouvé la propagande dans sa boîte aux lettres la veille au soir.

Le ton employé était inhabituel et interpellait.

Le moraliste parlait du comportement bestial des soldats allemands envers la population juive. Ces actes étaient pour sûr un signe avant-coureur d'une oppression terrifiante, une menace future pour l'ensemble de la population active d'Amsterdam. Pouvait-elle l'accepter sans réagir ?

Pour inciter le peuple à manifester, l'auteur s'appuyait ensuite sur le courage des ouvriers qui avaient osé protester pour ne pas être envoyés en Allemagne et qui avaient obtenu gain de cause ! Dès lors on avait le pouvoir de faire cesser la terreur !

Et Neel avait particulièrement aimé la petite touche d'humour à la fin du récit :

« Ne vous laissez pas intimider par les bottes grossières des soldats allemands ! »

Les trams ne roulaient pas, c'était inespéré et plutôt un bon début.

D'autres employés municipaux faisaient-ils grève aussi ? Elle n'en avait aucune idée.

Elle arriva sur le Damrak et se dirigea vers le Bijenkorf. Toutefois, avant d'ouvrir une des portes du grand magasin, elle regarda les nombreuses personnes qui poursuivaient leur route, vers le Noordermarkt, semblait-il.

La jeune femme savait qu'ils avaient été nombreux la veille à s'y retrouver pour préparer la grève, et elle se demandait ce qu'il adviendrait. Elle rêvait d'une place noire de monde.

Elle ouvrit résolument la porte et s'engouffra à l'intérieur.

Elle prit l'ascenseur et se rendit à l'étage habillement.

La plupart de ses collègues étaient déjà arrivées et se tenaient regroupés à côté de la caisse centrale.

— Bonjour Neel, fit la chef de caisse en l'apercevant.

— Hello everybody ! Elle adorait saluer d'un air mondain et en anglais, puisque c'était la langue strictement interdite.

— Tu devrais jeter un coup d'œil à ceci.

Neel parcourut les quelques lignes :
« Organisez une grève dans chaque entreprise !
Battons-nous ensemble contre la terreur !
Exigez la libération des Juifs arrêtés !
Exigez la dissolution des groupes de terreur de la WA !
Organisez dans chaque entreprise et dans tous les quartiers votre propre défense !
Soyez solidaires avec le peuple juif !
Arrachez les enfants aux mains violentes des Nazis, adoptez-les dans votre foyer !
Prenez conscience de l'immense force de votre acte de solidarité !
GREVE ! GREVE ! GREVE !
Pour faire plier l'Occupant à notre volonté !
Pour que Mussert n'obtienne pas le pouvoir !
Pour faire cesser le pillage de notre pays !
SOYEZ SOLIDAIRE ! SOYEZ COURAGEUX ! »

Un petit encart invitait les camarades à faire circuler le manifeste après lecture et leur demandait de l'afficher sans omettre d'être vigilant.
Neel leva les yeux sur ses collègues.
— Ce n'est pas le même que celui que j'ai reçu dans ma boîte aux lettres. Celui-ci est édité par les communistes et je le trouve très convaincant.
Elle fouilla dans son sac et, méfiante, en sortit une des feuilles de papier que Bart lui avait confiées.
— Ah, j'ai eu le même, entendit-elle.
— Je l'ai vu collé sur le mur de la bibliothèque, fit une vendeuse.
— Ils ont dû faire appel à de nombreuses imprimeries, songea la caissière en chef à voix haute. Mais là n'est pas la question. Que faisons-nous ?
— Grève ! firent presque toutes les voix en même temps.
Une seule vendeuse s'abstint, son mari était NSB...
Tout le monde avait maintenant les yeux rivés sur elle et chacun savait à présent à quoi s'en tenir.
Les joues rouges de honte, cette dernière choisit de se mettre au travail et les laissa sur place.
— Il est évident qu'il faut cependant être certain que tout le monde se mette en grève, reprit la responsable. Je vais aller sonder l'ambiance dans les autres étages. En attendant mon retour, je vous invite à vous mettre au travail !
Pour Neel cette grève était d'autant plus importante que son fiancé était Juif. Sentir cette solidarité était formidable.
Johan préparait un devis quand un de ses employés fit irruption dans la pièce après y avoir été autorisé.
L'homme se découvrit, s'avança jusqu'au bureau et attendit avec impatience qu'il lui prêta attention. De ses mains, il froissait nerveusement sa belle casquette plate.
Johan enleva enfin ses lunettes et recula un peu son fauteuil.
— Que puis-je pour vous, Guus ?

— Et bien voilà... Et se jetant à l'eau : je refuse de travailler !
— Vous refusez de travailler ? Aha, dit pensivement le jeune patron.
Prenant ces mots pour un refus, le chauffeur se croisa les bras, bomba le torse et rétorqua :
— Oui, je fais grève et tous les autres se joignent à moi ! Nous ne travaillerons pas aujourd'hui !
Un large sourire illumina soudain le visage du dirigeant. D'un ton jovial, il lança :
— Eh bien, Guus, je vous en félicite ! Il se leva, fit le tour de son bureau, s'approcha de l'ouvrier et l'invita à sortir de la pièce.
— Le pays se réveille enfin ! Il est grand temps de montrer aux Allemands que nous n'acceptons pas la manière dont ils traitent nos Juifs. Pas vrai, Guus ?
Ce dernier acquiesça.
— Nous nous rendons tous à Noordermarkt. Vous nous accompagnez, patron ?
— Bien évidemment que je vous accompagne. Je veux voir ce moment historique de mes propres yeux !

La grève s'organisait de façon hésitante.
Les laitiers de la ville se chargeaient d'informer leurs clientes et les invitaient à se rendre sur la place du marché.
Quelques employés municipaux qui s'occupaient de l'entretien de la ville se rendirent au port. Avec les dockers, ils rendaient ensuite visite aux petites entreprises et les incitaient à participer à l'interruption du travail.
Peu à peu la grève prenait forme.

Neel était chargée de faire le guet sur le Damrak et devait prendre des informations. Si le mouvement s'amplifiait, elle devait agiter la main, dans le cas contraire, elle secouerait la tête négativement.
Tour à tour, les vendeuses de différents étages du Bijenkorf, regardèrent par les fenêtres.
Enfin Neel agita fiévreusement la main, un policier de la ville lui ayant affirmé que la grève se répandait.
Vendeuses et responsables de rayons se dirigèrent vers le Noordermarkt.
Quand ils y arrivèrent, Neel eut le souffle coupé. Jamais elle n'aurait pu imaginer une telle solidarité.
Une marée humaine avait envahi la place pour un acte de protestation générale contre l'ennemi.
Tout d'un coup le courage avait pris le dessus.
La peur de représailles s'était évanouie comme neige au soleil.
Une manifestation d'une extraordinaire solidarité vit le jour.

Puis la grève se répandit comme une traînée de poudre, prenant les forces militaires allemandes totalement au dépourvu. La police hollandaise n'intervint pas.

Bientôt elle dépassa les frontières de la capitale.

Le virus de la solidarité, cette magnifique protestation contre la rafle des 425 Juifs, contamina rapidement Zaandam, Hilversum, Weesp, Haarlem, Utrecht... au grand dam des Allemands.

73. BLUT UND TRÄNEN

Scheisse ! Scheisse ! Le Generalkomissar Rauter frappa violemment la table de son poing. Sa voix tonna et fit trembler les murs. Das kann doch nicht sein ! Immerzu höre ich nichts anderes als Streik ! Non, ça ne peut plus durer ! Des grèves et encore des grèves. D'abord le Tout-Amsterdam a décidé de débrayer et maintenant voilà que d'autres villes font de même. Que faites-vous donc Beauftragte Böhmcker ?

Ce dernier se sentait comme un petit garçon qui se fait réprimander par son maître d'école. Il avait honte. Il ne pouvait avouer à son supérieur qu'il n'avait pas réagi immédiatement par manque d'information. De plus il était loin de se douter que la manifestation pût prendre une telle ampleur, sinon il l'aurait tuée dans l'œuf !

— Les Juifs sont les instigateurs de ce nouveau complot, aboya-t-il à son tour, comme pour se défendre.

— Mais vous n'y êtes pas du tout, Beauftragte Böhmcker. Vous n'êtes point idiot, me semble-t-il, encore que j'en doute aujourd'hui ! Ne comprenez-vous donc pas que ce sont les Hollandais non-juifs qui réagissent à la persécution de « leurs » Juifs ? Comment allez-vous expliquer tout ceci au Reichskommissar Seyss-Inquart ?

Böhmcker laissa tomber ses bras le long de son corps, une immense lassitude l'envahit soudain.

— La police municipale n'a pas bronché, elle se trouvait pourtant au milieu de la foule. Même la maréchaussée n'a pas levé le petit doigt ! Le maire a bien tenté d'imposer la reprise, sans résultat...

Rauter tournait dans la pièce comme un ours en cage. Il serrait les dents, tentant de contenir sa rage.

— J'ai promis encore du sang et beaucoup de larmes au président du Conseil juif si la grève ne prenait pas fin, balbutia le Beauftragte. Il était à ce moment-là à mille lieues du chasseur féroce accompagné de son chien pour mieux chasser le Juif.

Le Generalkommissar jeta la tête en arrière et un rire malsain sortit de sa gorge.

— Des menaces, Böhmcker ? Encore et toujours des menaces ? Ces imbéciles ne sont pas venus déposer leurs armes, que je sache ! Ils se payent votre tête ! Dès à présent je vais m'occuper personnellement du Conseil juif, puisque vous en êtes incapable !

Et sur ce, il leva le bras pour le salut hitlérien, ce qui signifiait que l'entretien était terminé.

Resté seul, Rauter rédigea immédiatement un mot d'ordre pour le Conseil juif : si le lendemain tout le monde n'avait pas repris le travail, une nouvelle rafle aurait lieu.

Ce même soir des camions munis de haut-parleurs quittèrent La Haye pour se rendre dans la capitale. Désormais, cafés, théâtres, cinémas et autres lieux publics devraient fermer à 19 heures. Le couvre-feu débuterait une demi-heure plus tard.

On placarda hâtivement les murs de la ville d'affiches expliquant que l'arrestation des centaines de Juifs n'était qu'une juste mesure de représailles pour l'assassinat bestial de Koot.

Johan était confortablement installé dans le fauteuil en velours rose. Il alluma une nouvelle cigarette et pensa à la journée qui venait de s'écouler. Il souffla et suivit du regard les volutes bleues qui montaient vers le plafond.

— Encore un peu de thé, chéri ? s'enquit Francine. Je t'ai apporté ton livre, pour te changer les idées et te détendre un peu.

— Tu es formidable.

Betty coloriait sagement. Elle faisait un dessin pour Koky.

Le lustre à pendeloques en cristal suspendu au-dessus de la table ajoutait des couleurs irisées à son dessin. Elle prit la feuille et s'amusa à la déplacer pour jouer avec les couleurs de cet arc-en-ciel improvisé.

Un vrombissement de moteurs l'interrompit.

— Vous entendez ? Maman, qu'est-ce que c'est ?

Depuis que l'essence était devenue rare, le moindre bruit à l'extérieur devenait suspect.

Johan jeta un coup d'œil dans la rue en écartant à peine les rideaux.

— Des SS, un régiment de SS !

Il observa d'un air inquiet cette file de véhicules à l'allure menaçante.

Comme un coup de tonnerre, une voix rugissante s'éleva dans le silence de la nuit. Des sons rauques et gutturaux se mirent à sortir d'un haut-parleur fixé sur le toit du camion qui fermait la marche. Un flux de mots terrifiants donnait des ordres suivis de menaces. Johan n'en comprit pas la totalité, certains mots allemands utilisés ne faisaient pas encore partie de son vocabulaire pourtant déjà riche, mais il en saisit le sens.

Betty, apeurée par ce tapage nocturne, avait grimpé sur les genoux de son père. Francine se tenait à côté de lui et s'efforçait de voir ce qui se passait à l'extérieur sans vraiment y parvenir.

Des coups de feu retentirent à l'intention de tous ceux qui oseraient encore défier le *Herrenvolk*.

— Mes chéries, ces tirs en l'air sonnent le glas de la grève, prononça Johan solennellement.

Le jour suivant, impatient et alléché par des odeurs de poulet grillé provenant de la cuisine de Ma, Munkie grimpa les marches quatre à quatre, suivi de sa petite maîtresse surexcitée.

Francine et Johan étaient en train de ranger leurs manteaux dans le vestibule au moment même où la sonnette retentit à nouveau.

Ma dénoua son tablier taché et le donna à sa fille.

— Allez, mes enfants, installez-vous, je suis à vous dans quelques instants, dit-elle d'un ton guilleret, et d'une main impérative elle leur fit signe de monter. Neel, cria-t-elle ensuite, ta sœur vient d'arriver ! D'un geste rapide, elle remit de l'ordre dans ses cheveux et ouvrit la porte.

C'était Dirk, leur employé, accompagné de Willem accoutré d'un bonnet ridicule qui dissimulait la moitié de son visage.

Elle les invita à entrer et fut surprise par le teint blême de son protégé.

— Tu n'es donc pas mort, mon cher Willem ! s'exclama-t-elle d'un ton taquin, en lui tapotant gentiment l'épaule. Heureusement que notre brave Dirk a bien voulu se déplacer jusque chez toi, puisque tu ne donnais plus signe de vie.

Willem sourit malgré lui :
— J'étais…, comment dirais-je, euh…, souffrant. Voilà, c'est cela même, j'étais souffrant ! répéta-t-il.

Ma retrouvait bien là son Willem. Il ne pouvait pas mentir comme le faisaient souvent des esprits bien plus ingénieux que le sien. Son âme plus simple conservait une pureté enfantine.

— Excusez-moi, Ma, avança Dirk timidement, mais je dois y aller…
— Oui, bien sûr, et merci encore !

Restée seule avec Willem, elle le saisit par les bras, le secoua gentiment et l'observa attentivement.

— Que se passe-t-il Willem ? J'étais inquiète à ton sujet. Tu n'es pas venu chercher ta paie la semaine dernière ! Tu nous as laissés sans nouvelles !

Willem gardait les yeux rivés sur le sol et ne souffla mot. De ses mains il écrasait le bonnet.

— Eh bien, Willem ! dit la brave femme, puisque tu as perdu ta langue… enfin, si tu as besoin d'aide, fais-le-moi savoir.

Elle entrouvrit la porte et s'attendait à ce que Willem prît congé. Mais une pâleur de mort avait envahi les traits de son visage le rendant encore plus laid.

Son front s'était soudain emperlé de sueur. Il eut l'impression que son cœur s'en allait. Puis ce fut comme si un monde de douceur l'enveloppait et il s'effondra brutalement.

Ma cria.

Flip arriva à ce moment-là, hissa le malheureux sur ses épaules et l'installa sur le sofa.

Willem reprit lentement ses esprits.

Flip tenta d'en savoir plus, mais le jeune homme restait muet comme une carpe.

À présent Willem était attablé avec les autres membres de la famille et mangeait goulûment.

De temps à autre, Ma lui jetait un coup d'œil. Elle ne savait pas ce que tramait le jeune garçon, mais elle comprit qu'il n'avait rien avalé depuis plusieurs jours. En effet, il avait rapidement englouti le contenu de son assiette. Elle lui servit une autre portion et il la gratifia d'un regard doux.

Ce soir, la discussion était particulièrement animée. Bien sûr il n'était question que du fantastique élan de solidarité qui était né la veille et qui selon eux changerait l'attitude des Nazis. Ils étaient plus qu'enthousiastes !

Flip restait cependant un peu à l'écart de l'allégresse générale.

— Surtout ne manifeste pas trop ta joie ! ironisa d'un ton sarcastique Neel, au bout d'un moment. C'est tout de même pour vous que nous faisons tous grève ! Tu pourrais nous manifester un peu de bonne humeur, me semble — t-il ! Il en est de même pour toi, Willem ! Depuis que tu es là, tu n'as ouvert la bouche que pour manger !

— Je t'en prie Neel, intervint Pa qui connaissait la langue bien pendue de sa cadette.
— C'est la vérité, marmonna-t-elle encore.
— Neel ! tonna la voix du père.
Un silence gênant s'installa. Chacun ne s'intéressa qu'à son assiette.
Willem se sentait un peu fautif. Il était vrai qu'il aurait pu faire semblant d'être content. Mais il n'était simplement pas au courant de tout ce qui se passait. Il était resté cloîtré dans sa chambre depuis l'arrestation de son ami le glacier. Il n'était pas sorti depuis sept jours, même pas pour s'acheter de quoi se nourrir. Depuis une semaine il n'avait avalé que deux pommes, un œuf et un bout de pain rassis ! Il avait tremblé à chaque bruit de pas devant sa porte. Il avait frémi à chaque murmure de voix. Il avait sursauté chaque fois que la sonnette avait retenti. Mais de tout cela il ne fallait pas parler, surtout ne pas en dire un mot. Du coin de l'œil il observait Flip.
Ce dernier jouait avec sa fourchette dans la choucroute, l'air absent.
Pa, qui paraissait repu, recula sa chaise et se leva, son verre à la main. Joyeusement il lança :
— À une nouvelle journée de grève ! Faisons fi des menaces de l'ennemi : *Oranje boven* !
Et les voix s'élevèrent à l'unisson dans un bruyant : *Oranje boven* !
— Je ne voudrais pas vous déplaire, mais demain il faut absolument reprendre le travail ! enchaîna Flip.
— Reprendre le travail ? s'étonna Neel. Mais enfin Flip, je ne te comprends plus ! Depuis que tu es arrivé, tu as une tête d'enterrement alors que tu devrais être ravi. Et maintenant tu ne veux pas seulement nous saper le moral, mais aussi, ce qui est pire encore, saper la grève ! Tu te rends bien compte de ce que tu viens de dire Flip ?
— Hélas oui, Neel et il sortit de la poche intérieure de sa veste une lettre qu'il leur montra. Toute la journée j'ai parcouru tout Amsterdam, visité je ne sais combien de chefs d'entreprises pour les supplier de reprendre le travail.
Neel secoua la tête, elle ne comprenait plus rien, mais Flip poursuivit :
— Ce matin, au Conseil juif nous avons reçu un ordre de ce chien de Rauter. Si la grève n'a pas pris fin demain, une nouvelle rafle aura lieu. Ce salaud nous promet *Blut und Tränen*, encore plus de sang et de larmes.
Dans un mouvement de détresse, il se passa les mains sur le visage. Il prit une profonde inspiration avant de poursuivre :
— Et pour nous montrer leur détermination à nous faire plier, il paraît que monsieur Kahn de chez le glacier Koco, sera fusillé publiquement d'ici peu, le verdict doit tomber demain... Il paraît qu'il a subi les pires tortures, mais le brave homme n'a pas voulu coopérer et n'a donné aucun nom. Les *moffen* sont fous de rage...
Willem abasourdi n'entendait plus rien ; il faillit s'étrangler. Les yeux embués et la voix tremblante il répéta :
— Ernst sera fusillé publiquement ! Ernst sera fusillé publiquement !
Tous les regards incrédules se tournèrent vers lui et alors tout le monde eut la certitude que Willem avait fait partie du groupe de

combat de chez Koco.

Soudain, on le vit différemment : on l'admirait, presque comme un héros.

Qui l'aurait cru de ce simplet de Willem ?

Seule Betty semblait voir les larmes qui perlaient au bord de ses cils. Doucement elle glissa sa petite main sous la sienne et chuchota :

— Ne pleure pas Willem, je suis là, moi !

74. UNE AMENDE AMÈRE

Guus qui travaillait chez Johan avait l'impression de se retrouver trois jours plus tôt. Ce fameux jour où la grève avait débuté et où il était venu annoncer à son patron qu'il débrayait, ainsi que l'ensemble de ses collègues. Dès le lendemain sept braves gars avaient été tués par des balles tirées par les SS et soixante hommes avaient été arrêtés. Ils risquaient quinze ans d'emprisonnement, certains parlaient même d'une sentence fatale.

Cette terreur nazie avait eu rapidement raison de leur courageuse attitude.

Mais Guus était de nouveau là, debout devant le bureau de Johan, sa casquette toujours malmenée par des mains trop nerveuses.

Son employeur, absorbé par la lecture du journal, semblait très en colère et un mauvais pli au-dessus de ses yeux, qui lui barrait tout le front, lui donnait un air inquiétant. Guus maudissait en ce moment ceux qui l'avaient désigné comme porte-parole du personnel. Le beau rôle !

Enfin Johan leva son regard pour s'intéresser à celui qui venait d'entrer et lança d'une voix légèrement irritée :

— Veuillez m'excuser pour cette attente, Guus. Que puis-je pour vous ?

Son flegme impressionna une fois de plus ce dernier mais l'encouragea également à se lancer :

— Eh bien voilà ! Nous sommes tous très inquiets, mes camarades et moi-même au sujet des bruits qui courent et qui concernent le licenciement des grévistes. Les *moffen* donnent l'ordre de...

— Les *moffen* donnent l'ordre de quoi... ? le coupa Johan en posant d'un geste vif ses lunettes sur la table, et plissant les yeux il poursuivit : l'Occupant donne l'ordre aux chefs d'entreprises de licencier tout gréviste. Mais il n'y en a pas eu au sein de la nôtre, n'est-ce pas Guus ? Nous sommes bien d'accord !

— Oui Monsieur, bredouilla l'employé. Les yeux rivés sur ses chaussures, il était songeur et continuait à froisser son couvre-chef.

— Une autre question, peut-être ?

— Eh bien, les *moffen* veulent que les patrons retiennent...

— Rauter, interrompit Johan d'une voix plus sèche, veut retenir deux jours de salaire aux grévistes. Mais encore une fois, cela ne nous concerne pas, n'est-ce pas Monsieur Guus ?

— Non Monsieur ! Cela ne nous concerne pas ! reprit-il d'un ton soulagé. Merci beaucoup patron, vous êtes vraiment quelqu'un de formidable !

Le chef d'entreprise posa l'index sur ses lèvres et congédia le jeune homme qui agita joyeusement sa casquette en guise de salut et s'en alla le cœur léger. Johan savait qu'il prenait des risques en agissant ainsi mais il ne pouvait pas priver ses employés de deux jours de solde. Il se demandait combien de patrons suivraient son exemple. Il savait que certaines sociétés, partisanes du NSB, s'étaient ainsi séparées d'employés perturbateurs.

C'était finalement une occasion en or pour ces dernières.

Dans le journal posé sur son bureau, il avait pu lire que de nombreux fonctionnaires avaient déjà été renvoyés. Dès la fin de la grève, de nombreux maires avaient même été remplacés par des sympathisants du NSB.

Finalement cette grève pour défendre nos Juifs se retourne contre nous. Même si les Allemands ont saisi que nous n'en avons rien à faire de leur national-socialisme, il en est sûrement fini du règne de la main de fer dans un gant de velours, songea Johan.

Il souffla, remit ses lunettes rondes sur le nez et reprit sa lecture là où il l'avait laissée. Ce qu'il déchiffra ensuite l'enragea pour la journée : la ville d'Amsterdam devrait payer au pouvoir nazi une amende de quinze millions de Florins, à titre de dédommagement !

— Nous dépouiller de nos provisions ne leur suffit plus, voilà qu'il leur faut des liquidités pour financer leurs beuveries et orgies ! s'exclama-t-il tout haut.

75. ÉCHEC ET MAT

Une odeur de moisissure flottait dans le local « De la Rombière ».

Cette nomination humoristique pour désigner leur petite imprimerie secrète était une trouvaille de Paul, et le surnom avait rapidement été adopté par ses amis.

D'un mouvement de bras, Jane s'essuya le front. Elle en avait assez et le constant mouvement de la presse, actionnée par les vaillants bras de Hanneke, lui faisait tourner la tête.

— Fatiguée, sœurette ? s'inquiéta Bart qui venait de faire irruption dans la pièce exiguë. Nous avons presque terminé. Bientôt tu pourras rentrer chez toi. Toi aussi, Hanneke, tu m'as l'air éreinté. Vous avez fourni un travail extraordinaire aujourd'hui !

Il était vrai qu'elles s'acharnaient à la tâche depuis tôt le matin et n'avaient pris qu'un petit quart d'heure de repos pour avaler un bout de pain. Et comme leur vieille machine n'avait point besoin d'électricité, Paul ne cessait de leur porter du travail ; les nombreuses coupures de courant empêchant la plupart des imprimeries clandestines de travailler.

Le dos fourbu, les bras meurtris et les yeux cernés, Hanneke ne se décourageait pas pour autant.

— Plus qu'une petite centaine de feuilles, et le tour sera joué, plaisanta-t-elle.

Jane la gratifia du regard. Elle commençait tout de même à l'apprécier, cette amie de Paul. Sa bonne humeur était contagieuse et elle travaillait sacrément bien !

Bart chargea un paquet de pamphlets dans chaque sacoche. Pour mieux les camoufler, il ajouta par-dessus dans un des deux sacs, quelques poireaux fanés, et dans l'autre des chiffons malodorants qui feraient rapidement fuir quelque curieux.

— À tout à l'heure, les filles, pour la dernière tournée ! Courage ! et il claqua la porte en s'en allant en sifflotant.

Pendant que les filles imprimaient le dernier manifeste, celui même qui appelait à une nouvelle grève pour le lendemain 6 mars, Bart et Paul s'occupaient de la distribution.

Ils parcouraient la ville en vélo, les imprimés cachés au fond de leurs sacoches accrochées sur le porte-bagages, et retrouvaient d'autres jeunes gens qui étaient chargés par la suite de les placarder.

Un véritable petit réseau d'impression et de distribution était né depuis que Paul s'était retrouvé par pur hasard face au Borgne, lors d'une soirée dans un pub près de port.

Dès son arrivée, il l'avait reconnu et fut réellement très heureux de constater que cet homme courageux se portait bien et qu'il n'avait pas été arrêté.

L'homme à l'œillère en cuir noir était venu à sa rencontre et lui avait serré la main en l'appelant par son prénom.

Quel ne fut pas l'étonnement du journaliste ! Une petite lueur d'amusement s'était mise à danser dans l'œil unique d'un bleu intense :

— Tu ne t'imaginais tout de même pas pouvoir assister à une

réunion secrète sans que nous sachions par la suite qui tu étais réellement ! lui avait confié le Borgne. Tu nous en as donné du travail, je dois te l'avouer, mais je fus réellement soulagé quand j'ai su que tu étais l'auteur de ceci ! Et il avait sorti de sa poche le premier numéro d'Axiome dont Paul était l'auteur. Depuis je suis confiant et je sais que tu es de notre côté. Je savais que nos chemins finiraient par se croiser : ensemble nous ferons du bon boulot !

Et c'était ainsi que « De la Rombière » s'était mise au service du Borgne.

Un peu plus tard lors de cette même soirée, quelqu'un avait posé sa main sur l'épaule de Paul qui s'était, à sa grande joie, retrouvé en face de Jules. Il le reconnut sans problème, même s'il n'était plus le petit garçon chétif de jadis, mais un grand gaillard à la carrure d'athlète. Il n'avait conservé de sa prime jeunesse qu'une coupe de cheveux en désordre qui allait maintenant si bien à l'artiste qu'il était devenu. Jules était peintre et commençait à être reconnu pour son art.

Paul arriva devant le zoo, et gara sa bicyclette dans le réduit à vélo.

Artis, qui devait son nom à la Société Royale de zoologie « Natura Artis Magistra[33] », était l'un des plus anciens zoos du monde.

Situé à l'est du cœur de la ville, ce lieu paisible contrastait avec l'agitation urbaine environnante.

Paul prit les deux paquets de feuilles et les glissa dans son sac à bandoulière.

Il joignit la caisse, qui se trouvait à l'entrée du zoo, et acheta un billet.

Il avait rendez-vous devant le grand aquarium à 17 heures précises. Il pressa le pas.

Il pénétra enfin dans la semi-obscurité du magnifique bâtiment néo-classique qui abritait aujourd'hui, dans un bocal gigantesque de près d'un million de litres d'eau, cinq cents espèces de poissons et d'animaux marins.

C'était un endroit idéal pour une rencontre discrète.

Il s'immobilisa devant l'aquarium où se trouvaient des espèces tropicales et lisait attentivement l'écriteau.

Un peu plus loin un homme en bleu de travail faisait glisser un genre de spatule en caoutchouc, à l'intérieur de la vitre, pour la nettoyer.

Ce devait être l'homme que Paul cherchait et il s'approcha de lui et prononça le mot de passe :

— Vous n'avez pas de Piranhas jaunes ?

— Nous en avions, il y a quelque temps.

Soulagé Paul jeta un œil aux alentours. Mis à part un couple d'amoureux qui était visiblement venu pour admirer autre chose que le monde aquatique, il n'y avait personne. Alors d'un geste rapide Paul saisit le paquet et le tendit à l'homme, qui le fit aussitôt disparaître à l'intérieur de sa blouse, dans une poche qui semblait prévue à cet effet.

— Le plan d'affichage se trouve en première page. Soyez prudent !

---

[33] La Nature est Maîtresse de l'Art

L'homme opina de la tête tout en reprenant son travail.

L'échange avait été rapide et efficace et Paul s'en alla le cœur léger. Il n'avait plus qu'un seul paquet à livrer et rentrerait ensuite chez lui.

Il enjamba son vélo et roula vers le port. Il avait rendez-vous à la gare.

La Centraal Station était bondée et Paul se sentait rassuré, car ainsi il était plus aisé de se confondre dans la masse. Une fois le hall d'entrée passé, où de nombreuses sentinelles montaient la garde, le jeune homme se dirigea vers les toilettes.

La grosse pendule indiquait 17 h 30, il était en retard mais s'efforça d'avancer nonchalamment pour ne pas attirer l'attention.

Il ouvrit la porte de gauche, celle qui donnait accès sur la pièce destinée aux hommes. Une forte odeur d'urine le prit à la gorge et lui coupa un peu la respiration.

Il fut suivi par un autre homme, qui à la grande consternation de Paul, portait un uniforme allemand.

Shit. Et maintenant ? Le cœur battant, il posa pourtant comme prévu, la sacoche sous le lavabo de droite et s'avança vers un urinoir libre. Le soldat s'installa juste à côté de lui et se soulagea dans un gémissement de satisfaction tout en jetant un regard défiant au journaliste que la forte tension du moment empêchait d'évacuer.

Paul réfléchit à toute allure. L'homme qu'il cherchait lui avait été décrit comme quelqu'un de disgracieux à la démarche mal assurée, mais il lui était pour l'instant impossible de fureter.

L'Allemand se réajusta en rotant grossièrement. Plusieurs têtes tournèrent timidement dans sa direction et quand il recula, Paul croisa les yeux d'un petit homme que la nature n'avait visiblement pas gâté. Ce devait être celui qu'il attendait.

Il l'avait déjà rencontré, mais ne se souvenait plus ni du lieu ni du moment. Peut-être l'avait-il vu chez Koco ? Probablement.

À son grand soulagement, le *mof* quitta bientôt la pièce, éructant une nouvelle fois son trop-plein de bulles de bière.

Willem quant à lui souffla. Il avait vu arriver Paul puis le militaire, et pensait qu'il avait été suivi. Il avait préféré attendre la suite des événements et faisait semblant d'uriner encore.

Maintenant que le danger semblait écarté, il se lava les mains et se saisit du cartable comme prévu. Et sans le moindre regard pour le journaliste, il s'en alla.

Paul inspira profondément. Il était fatigué mais la journée de labeur n'était pas terminée pour lui. Il avait encore un message à envoyer à Londres.

Tout en pédalant vers son domicile, il pensait aux nombreux renseignements que lui avait fait parvenir Le Borgne cet après-midi. Il s'agissait pour la plupart d'articles de journaux censurés, qui semblaient inoffensifs, mais qui prenaient une autre dimension dès lors qu'ils étaient interdits à la publication. Il lui fallait trier les informations qui lui semblaient les plus importantes et faire un compte-rendu consciencieux.

Son ventre commençait à gargouiller et il se souvînt qu'il n'avait plus rien à manger. Il prit donc une rue sur sa gauche pour revenir dans le vieux centre.

À mi-chemin, il vit deux SS traîner un individu par le col jusqu'à une traction noire qui les attendait.

En passant à côté de la voiture, Paul aperçut le crâne blessé du malheureux et au moment où l'un des Nazis le poussa dans la voiture, il reconnut avec stupeur l'inconnu du zoo.

Il manqua tomber et eut du mal à pédaler.

Un peu plus loin gisaient les restes d'une petite affiche qu'il ne reconnaissait que trop et qui était la cause de l'arrestation de l'homme d'Artis.

Avachi dans son fauteuil en cuir noir, Rauter se frottait la panse d'un geste satisfait.

Le front luisant d'autosatisfaction, il se sentait cet après-midi d'humeur excellente. Il y avait de quoi !

Après avoir essuyé un échec personnel bien amer, il venait de sortir son nouvel échiquier.

La grève lui avait ouvert les yeux : le peuple hollandais rejetait une nazification tout en douceur ? Et bien que cela ne tienne ! Il optait désormais pour une politique plus savoureuse, pleine de sanctions, de représailles massives et de réprimandes sévères. De quoi faire frémir les plus héroïques et avertir tous ceux qui voudraient encore braver l'autorité allemande.

Ce matin, il avait senti une onde de chaleur agréable lui parcourir les veines en voyant les corps des quinze résistants — appartenant tous au groupe les Gueux — s'effondrer sous les balles sifflantes, l'un après l'autre. Puis s'en suivit le tour de trois grévistes dont le spectacle final l'avait fait saliver.

Il avait de plus expédié quelque cent cinquante résistants à Buchenwald. Ou même davantage, il ne se souvenait plus exactement. Il aurait dû noter le nombre sur son registre. Et puis non ! Quelle importance devait-on accorder d'ailleurs aux chiffres ! Inutile de s'encombrer la tête avec de petits détails !

Il feuilleta à présent son agenda, car il ne se souvenait plus de la date de son premier ordre d'exécution.

Ah, voilà, c'était le 3 mars.

Faire fusiller ce propriétaire du salon à glace qui avait monté un comité d'accueil pour recevoir l'Ordnungspolizei sous une pluie d'acide, devait aussi servir d'exemple : on ne badine pas avec le *Herrenvolk* !

Il ne tolérerait plus le moindre acte de terrorisme ! Il avait trouvé intelligent et amusant de supprimer le ridicule petit colleur d'affiches le jour même où son pamphlet appelait à une nouvelle grève. Et il était fier du résultat : il n'y en eut pas.

Tout en soufflant, il se massait l'abdomen et constata qu'il devenait un peu bedonnant. C'est qu'il profitait bien des nombreuses fêtes données en son honneur, où les tables s'écroulaient sous les Délikatessen et où le champagne coulait à flots. Rien que d'y penser lui ouvrait l'appétit, qu'il avait grand, aujourd'hui ! À quelques jours de l'arrivée du printemps, il avait écarté d'un simple geste de la main, quelques pions gênants de son échiquier, et il en était tout heureux.

Le Borgne, quant à lui, était révolté.

Attablé devant une assiette de soupe claire où baignaient quelques rondelles de carottes et un peu de verdure de salade, il était en grande discussion avec Willem.

— Quand je pense à toutes ces femmes qui restent seules pour élever leurs bambins, et ces pauvres mères qui n'en peuvent plus d'essuyer leurs larmes ! s'indigna-t-il.

— Moi je pense sans cesse à ce pauvre gars ! Puis à sa femme ! Et à cet enfant qui va naître ! gémit Willem. Trouver la mort pour avoir collé une affiche..., sa voix se brisa. Une larme perla au bord de ses cils.

— C'est terrible en effet mais au moins maintenant les *moffen* montrent leur vrai visage. Et tu vas voir, lui assura le Borgne, Rauter pense avoir posé son échiquier sur une table stable... Mais le dos du peuple sur laquelle il l'a posée est aujourd'hui courbé par l'aversion. L'indignation pèsera bientôt plus lourd que la peur ! Il n'est jamais bon de placer le fou à côté du roi ! Écoute-moi bien ! L'ère d'une résistance massive se pointe à l'horizon. Ces représailles engendrent la haine ! Et la haine, Willem, la haine ! Elle seule rend un peuple indestructible ! Et dans quelque temps, l'Allemagne sera échec et mat !

76. UN NOUVEAU LIEN

— Attends ! Il y en a encore, des rouges, là ! fit Koky en se baissant pour cueillir les magnifiques tulipes vermeilles qui se trouvaient sur leur passage.

— Oh, comme elles sont belles, s'exclama Betty. Elle ajouta les fleurs à celles qu'elle tenait fièrement dans sa main. Je pense qu'il y en a suffisamment maintenant. Je dois rentrer.

Elle avait hâte de revenir à la maison pour faire une belle surprise à sa maman. Aujourd'hui, le 13 mai, c'était son anniversaire. Et à cette occasion, elle avait fait une belle composition : des tulipes au centre, et quelques branches de muguet autour. Elle observait sa création et jugeait qu'elle était du plus bel effet.

Arrivée devant sa maison, Betty remercia son copain de l'avoir accompagnée, le salua brièvement d'un signe de la main et s'empressa de rentrer.

Une agréable odeur de fleur l'accueillit dès qu'elle eut franchi le vestibule. Déçue, elle s'avança jusqu'au salon où la vue de magnifiques bouquets de roses, de tulipes et d'anémones confirmait sa crainte : elle n'était pas la seule à vouloir gâter sa maman. Elle prit un air boudeur, et traînant un peu les pieds, elle se dirigea vers la cage d'escalier quand elle entendit la voix de sa chère tante. Aussitôt son sourire angélique revint et elle dévala les marches.

Les deux jeunes femmes buvaient un thé dans la cuisine et n'avaient pas entendu la petite arriver.

—... et nous avons donc fixé la date de notre mariage au 23 septembre.

Dans le couloir, Betty n'avait pas tout entendu mais le mot mariage... Car il était bien question de mariage ! Elle en était certaine. Elle s'immobilisa pour ne pas faire de bruit et tendit l'oreille. Elle ne voulait rien manquer de ce qui se disait dans la pièce voisine.

— Oh Neel !... Toutes mes félicitations ! s'exclama Francine, mais sa voix n'était pas des plus enthousiastes. Elle s'était levée pour embrasser affectueusement sa sœur mais la future mariée, à qui le manque d'ardeur n'avait pas échappé, ne put s'empêcher de railler :

— Je m'attendais à plus de chaleur ! Je t'annonce la plus grande nouvelle de ma vie et toi tu m'adresses des félicitations plates qui me font l'effet d'une douche froide ! N'es-tu pas heureuse pour moi ? Le bonheur, n'y ai-je pas droit, moi aussi ?

— Ne sois pas ridicule Neel ! Tu sais bien que si ! Bien sûr que je veux ton bonheur. Mon Dieu oui ! Mais cette guerre..., les Allemands, la violence... J'ai le cœur à mille lieues de ce genre de cérémonie. Excuse-moi, je t'en prie !

Neel se saisit de son sac à main et s'apprêta à partir.

— C'est bon, c'est bon. Bon anniversaire encore.

Quand elle déboucha dans le couloir, elle vit la fillette, la mine renfrognée.

— Ah ! Mais tu étais là, petite canaille, à écouter la conversation des grandes personnes ? Mais que caches-tu donc derrière ton dos, hein ? Fais-moi voir un peu ! et d'un tendre geste elle fit tourner Betty. Un bouquet pour ta jolie maman, va vite l'embrasser ! Allez va !

Betty hésita, il y avait comme un voile de tristesse dans la voix de sa tante et elle était partagée entre l'envie de la consoler et celle de faire une surprise à sa maman.

Heureusement Francine avait entendu Neel parler, et vint à la rencontre de sa fille.

— Tiens Maman, c'est pour toi. Bon anniversaire !

— Comme c'est mignon, ma chérie, et elle posa un léger baiser sur sa joue. Mais, dis-moi, où as-tu acheté ces belles fleurs ?

— C'est vrai, tu le trouves joli, mon bouquet ?

Francine comprit que la petite avait dû voir les autres fleurs dans le salon.

— Rassure-toi, c'est le tien le plus beau de tous.

Les yeux de Betty s'illuminèrent aussitôt.

— Je les ai cueillies pour toi Maman, et Koky m'a aidé !

Le regard des deux sœurs, à nouveau complices, se croisa. On pouvait y lire la même question mais c'était la mère qui la posa :

— Et où les as-tu trouvées ?

— Dans l'enclos du Béguinage, annonça-t-elle fièrement avec son innocence enfantine.

— Les Béguines ne seront pas bien contentes quand elles vont voir toutes ces tiges coupées, gronda-t-elle, elles qui passent tant de temps dans leur petit jardin pour qu'il soit toujours un plaisir pour l'œil !

— Les Béguines, c'est quoi maman ? demanda la fillette d'une toute petite voix, mais Francine, pour montrer son désaccord, avait disparu dans la cuisine.

Neel, quant à elle, souriait à présent. Cette fraîcheur enfantine l'enchantait à chaque fois. Il lui tardait d'en avoir, des enfants.

Elle enlaça la petite fille à la mine défaite, et d'une voix douce la renseigna :

— Les Béguines, qui vivent dans cet enclos médiéval du Béguinage « Het Begijnhof » sont des femmes qui vivent en groupe, sans pour autant se retirer du monde. Elles prêtent serment d'obéissance au prêtre de leur paroisse et consacrent leur vie à la prière, aux malades et aux pauvres. Elles vivent sobrement de leurs maigres revenus dans leurs maisons aux jardinets toujours si bien fleuris.

— Elles prient beaucoup alors ?

— Oui, bien sûr, à la chapelle.

— Alors elles pourront peut-être faire une petite prière pour que les fleurs repoussent... vite ? avança-t-elle en levant un regard plein d'espoir vers sa tante.

Cette dernière ne put réprimer un sourire mais se reprit aussitôt :

— Heureusement que ta maman n'a pas entendu ce que tu viens de dire. Allez ! Assez discuté. Il faut que je m'en aille, Flip doit m'attendre.

— Ah, fit Betty déçue, tu t'en vas déjà ?

— Eh oui, mon fiancé m'attend, fit-elle en accentuant le mot fiancé, et que l'enfant traduisait par « prince charmant ».

— Kaki, c'est vrai que tu vas te marier ?

— Dis donc toi ! Tu étais là à jouer la cachottière depuis un certain temps ?

Betty baissa les yeux, les joues en feu.

— Va pour cette fois, mais ne recommence pas, tu m'entends ?

La petite acquiesça timidement mais osa une nouvelle question :

— Kaki... Tu ne m'as pas répondu... Tu vas te marier ?

C'était Neel qui secoua à présent affirmativement la tête et un sourire lumineux inonda son beau visage.

Betty sauta de joie et se pendit littéralement au cou de sa tante.

— Et tu seras ma demoiselle d'honneur, qu'est-ce que tu en penses, hein ?

— Oh ! Demoiselle d'honneur ! C'est moi qui porterai la traîne de la mariée ! Hourra ! Hourra ! Elle était aux anges.

Neel, portant l'enfant dans ses bras, dansait de bonheur. Ensemble elles riaient et sur les joues de la jeune femme, perlaient quelques larmes de joie.

Neel défroissa d'une main distraite le plaid qui couvrait le vieux canapé usé.

— Il nous faudra également le changer, tu ne crois pas ? demanda-t-elle à Flip.

— Pour sûr, celui-ci est tout défoncé et j'ai une belle réserve sur mon compte. Nous allons nous équiper petit à petit, de telle sorte que, quand nous nous marierons, tout sera neuf ! Nous avons encore quatre mois devant nous, mais il nous faut rester prudents. Malheureusement je n'ai aujourd'hui qu'un tout petit salaire. Mais quelle importance, hein, puisque nous sommes heureux ! Il l'enlaça et la serra dans ses bras vigoureux.

Neel lui ébouriffa tendrement les cheveux et se mit à rêvasser. Elle s'imaginait déjà habitant un bel appartement :

— Plus tard, après cette maudite guerre, nous vivrons sur le Keizergracht ou le Herengracht. Elle affectionnait particulièrement les endroits luxueux.

— Rien que cela ! Madame sait ce qu'elle veut ! glapit Flip. Madame se voit certainement même prendre ses aises dans la maison de Cornelius de Graef ! Pfff...

— Mais quel mal y a-t-il à vouloir habiter un beau quartier ? fit-elle en se détachant de lui.

— Réfléchis donc un peu Neel ! Est-ce que tu as la moindre idée du prix des loyers sur ces quais ?

— Oui, et comme tu me le disais si bien tout à l'heure, en effet je sais ce que je veux.

— Que puis-je répondre alors ?

Elle revint vers lui et lui prit le menton :

— Réponds-moi simplement qu'un jour nous y logerons.

— Tu es terrible. Et comme elle allait sûrement rétorquer vivement, et pour éviter une dispute, il lui scella la bouche d'un baiser passionné.

Après une longue étreinte, Neel regarda sa montre. L'heure du couvre-feu approchait.

— Il faut vraiment que tu retournes chez toi maintenant ? balbutia Flip qui semblait être complètement ailleurs.

Neel acquiesça d'un air navré et lui caressa la joue. Comme il était beau avec ses cheveux blonds et ses yeux verts amande. Elle était vraiment très amoureuse !

— Bientôt, nous vivrons sous le même toit, bientôt mon amour...

Elle se leva et alors qu'elle remettait son manteau, son regard fut attiré par un journal posé sur la table de la cuisine.

— Joodsche Weekblad, lut-elle. C'est votre nouveau journal, édité par le Conseil juif ?

— Oui, et ce sera désormais le seul, puisque toute presse juive a cessé de paraître. Le Beauftragte, ce « charmant » Böhmcker nous a, soi-disant, autorisé cette publication, admit-il en soupirant. Il y a quelques informations utiles pour notre communauté, quelques publicités... Il eut un haussement d'épaules.

Elle feuilleta à présent le mince hebdomadaire, qui ne dépassait pas quatre feuillets.

— Ce n'est pas si mal... Pourtant, je te sens sceptique, non ?

— Il ne faut pas se leurrer. Ce n'est rien de plus qu'un porte-parole des *moffen*. Et je n'aime pas le rédacteur en chef qui a été choisi. Il fit la moue. Et pour être tout à fait honnête avec toi, je pense qu'ils ne nous ont pas laissé le choix ! Cet homme n'est guère apprécié, tu sais, et je dirais même qu'il est haï par la plupart d'entre nous. C'est un fou furieux, voire dangereux. Pour moi c'est un fasciste ! Un genre de joueur de flûte de Hamelin, embauché pour dératiser. Sa voix, d'ordinaire si douce, était cinglante.

— Ne dis pas des choses pareilles, Flip ! Je te l'interdis ! Embrasse-moi plutôt !

Il s'exécuta sans se faire prier et Neel eut bien du mal à se défaire de son étreinte passionnée.

Resté seul dans son appartement, il s'installa sur la banquette, rapprocha le cendrier qui contenait déjà cinq mégots et alluma une nouvelle cigarette. Il aspira une longue bouffée. Il n'avait pas dit à Neel que tout ce qu'il venait de lui dire au sujet du journal, n'était pas de lui, mais de Monsieur Groen, le diamantaire et locataire de Johan.

Flip lui avait apporté un document hier, qu'il devait signer en tant que membre du bureau du Conseil juif. Depuis leur entrevue, ses derniers propos ne le lâchaient plus :

— Mon garçon, dorénavant chaque association dépend du Conseil juif. Maintenant chaque entreprise juive est contrôlée par un Verwalter, un superviseur allemand, qui surveille ses moindres faits et gestes. Et pour couronner le tout, depuis le mois d'avril, nous avons notre journal pour nous les Juifs, et seulement pour nous. Pour éviter que les Aryens soient pollués par tous les diktats qui nous concernent. Quant à nous, prendre connaissance d'une ordonnance dans un quotidien quelconque ou le lire dans le Joodsche Weekblad ne nous fait pas le même effet. Surtout quand ces injonctions sont accompagnées d'une exhortation à l'obéissance... Je commence à avoir une petite idée de tout cela : l'étau se resserre autour de nous mon garçon ! D'ici peu, le Conseil juif dirigera tout, absolument tout. Et alors même qu'il pense tenir les rênes, elles glissent déjà entre ses doigts tandis que Rauter prend le mors aux dents.

Flip tira une nouvelle bouffée sur sa cigarette et souffla. La tête appuyée sur le dossier de la banquette, il observa les volutes de fumée qui s'élevaient au-dessus de sa bouche quand il vida ses poumons. Il tentait désespérément d'effacer les paroles de M. Groen, mais il n'y parvenait pas. Elles martelaient son cerveau, à une cadence infernale.

Les Allemands avaient donné l'ordre de former le Conseil juif, suite aux événements de février qui avaient causé le décès de Koot, ce provocateur nazi. Mais d'après ce qu'il savait, il existait d'autres Conseils en Europe, et celui d'Amsterdam ne différait guère du modèle polonais ou tchèque. Cohen avait d'ailleurs précisé, lors d'une réunion de travail, qu'Asscher et lui-même se voyaient comme les « maires juifs d'Amsterdam » puisque l'organisation représentait tous les Juifs de la ville et assurait ainsi la meilleure protection de leur communauté. Il lui fallait donc faire confiance au Conseil et faire taire cette petite voix qui revenait sans cesse du plus profond de ses entrailles.

Était-il vraiment nécessaire d'accompagner les décrets allemands d'exhortations à l'obéissance ?

La salle de Het Hotel, où se trouvait le billard était envahie d'un nuage de fumée bleue.

Le Borgne et une dizaine de ses amis s'y retrouvaient régulièrement pour s'adonner à ce sport avec le propriétaire du lieu et son frère. Ce dernier participait à des championnats et détenait même un titre de champion !

L'endroit était sûr, et les hommes qui venaient y jouer se connaissaient depuis de nombreuses années. Les employés, inchangés et fidèles, étaient également des personnes de confiance et ici nul besoin de surveiller son langage.

Les pieds écartés, à l'aplomb de ses épaules, sa jambe droite tendue et la gauche avancée et légèrement fléchie, l'homme à l'œil unique fixait la boule à jouer :

— On ne doit pas appeler cet organisme le Joodsche Raad ! cria-t-il. Ce Conseil ne nous conseille pas ! Il nous trahit plutôt ! On devrait l'appeler de ce fait joods Verraad ! (Trahison juive) Son œil brillait maintenant d'énervement. « Félonie Juive », oui, voilà le nom que nous allons lui donner !

L'objet de son courroux était posé sur la table : le journal le Joodsche Weekblad.

Willem, qui n'aimait pas l'entendre hausser la voix, n'osait le regarder et fixait la main du Borgne qui servait de support à la flèche, et remarqua qu'elle ne tremblait point.

Malgré sa profonde irritation, le Borgne restait totalement maître de ses gestes. L'avant-bras droit effectua un mouvement de va-et-vient tout en souplesse, puis tira.

La bille blanche partit, sauta et sortit du billard au grand étonnement de tous les joueurs.

Lentement le Borgne se redressa et pendant quelques secondes darda son œil bleu sur chaque visage.

Personne n'osa parler. L'homme à l'œillère de cuir noir avait été pendant longtemps le professeur du champion de ces lieux. Il en avait été un lui-même, quand il avait vingt ans. C'était un expert.

— C'est un mauvais présage, cette bille qui est sortie, un mauvais présage, répéta-t-il de sa voix de velours.

La flèche de la queue qui s'agitait dans l'air pointait maintenant l'hebdomadaire qui avait visiblement été malmené.

— Ces quatre malheureuses feuilles, ce torchon qui se qualifie de « journal » n'existe que parce que les *moffen* le désirent ! Ils veulent à tout prix camoufler les interdictions et mesures d'exclusion dont nous sommes victimes ! Ces *Herr*en craignent une nouvelle manifestation du peuple !

Ils veulent nous isoler encore plus. Et ils y réussissent peut-être même au-delà de leur espérance. (De nouveau la queue de billard se mettait à battre dangereusement l'air.) Car ils nous divisent au sein même de notre communauté ! D'un côté, il y a les nouveaux maîtres du jeu : Asscher et Cohen, qui tous deux jouissent de notre entière confiance. Ne sont-ils pas en effet les dignes dirigeants du Comité pour réfugiés juifs (Comité voor joodsche Vluchtelingen) et du Comité pour les intérêts spéciaux (Comité voor Bijzondere joodsche Belangen) ? Et toute une clique issue de la haute bourgeoisie les soutient... De l'autre côté, il y a la classe ouvrière. La bande d'intellectuels transmet les décrets allemands, ce que l'on peut éventuellement considérer comme acceptable, vu les circonstances... Mais il y a cette façon de faire qui me dérange ! Le simple ouvrier du quartier juif a l'impression que c'est le Conseil lui-même qui donne les ordres... Que c'est notre « Conseil des Anciens » qui nous implore d'obéir pour « éviter le pire ! » Seraient-ils des félons ? Si respectueux de l'ordre établi qu'ils seraient peut-être même capables de faire des compromis pour rester en bons termes avec l'occupant !

Il s'était rapproché de la bille et la ramassa. Puis, la tenant au-dessus de sa tête, la brandit dangereusement.

Le silence qui régnait dans la pièce était si profond, qu'on aurait pu entendre une mouche voler.

Chacun était plongé dans ses pensées et réfléchissait à ce que le Borgne venait de dire.

La controverse au sujet du Conseil juif d'Amsterdam faisait rage depuis sa création. Pourtant chacun voulait croire que cet organisme les protégerait.

D'un geste violent, le Borgne lança la boule sur le tapis. Dans sa lancée elle en toucha d'autres qui s'entrechoquèrent. De nouveau sa voix retentit :

— Un mauvais présage, vous dis-je, il tourna les talons et sortit sans autre salut, laissant ses amis dans un désarroi complet.

77. CONTROVERSE

Jane, un laissez-passer avec sa photo autour du cou, poussait son chariot le long du couloir en ayant l'air la plus naturelle possible. Les cheveux roux serrés dans sa coiffe blanche, vêtue d'une blouse rose, elle se confondait avec les autres femmes de ménage de Schiphol.

Une agitation habituelle régnait dans l'aéroport, et elle déployait tous ses talents de séductrice chaque fois qu'elle croisait un officier allemand.

Son cœur battait à tout rompre et elle avait la désagréable sensation qu'on pouvait l'entendre.

Elle arriva enfin aux toilettes, s'y engouffra avec son chariot et entreprit un nettoyage efficace des lavabos. Elle frotta énergiquement les robinets pour leur rendre leur brillance. Une agréable odeur de savon noir commençait à emplir la pièce. C'était ce qu'elle recherchait : il fallait vraiment donner l'impression de faire partie de l'équipe de nettoyage.

Une porte derrière elle s'ouvrit et un officier sortit d'une des toilettes. Il vint se laver les mains, en jetant des œillades en direction de Jane.

Il observa ses agréables rondeurs et demanda soudain :
— Où est Cécile ?
Sans s'arrêter de nettoyer, Jane répondit :
— Elle arrive.

Elle espéra que l'homme n'avait pas remarqué le tremblement de sa voix. Et pour qu'il ne vît pas ses mains trembler, elle se saisit d'une brosse et commença à récurer le sol.

Le soldat était toujours là et il semblait à la jeune femme qu'il n'en finissait plus de passer ses mains sous l'eau.

Quand il s'en alla enfin, elle poussa un soupir de soulagement. Elle avait eu peur qu'il ne lui pose d'autres questions.

Elle vérifia rapidement qu'elle était seule et s'enferma à clef dans le premier des trois cabinets.

Maintenant elle pouvait entendre le brouhaha de la pièce voisine et les cliquetis à mesure que les téléphonistes composaient des numéros. C'était la centrale téléphonique de la *Luftwaffe*.

L'oreille tendue, elle guettait le moindre bruit.

D'un geste rapide, elle sortit deux pains d'explosifs et du sparadrap de son soutien-gorge.

Bart lui avait donné toutes les consignes qu'elle devait scrupuleusement suivre à la lettre. Ce n'était pas très compliqué mais elle avait bien du mal à maîtriser ses gestes.

Elle monta sur la cuvette, dévissa le globe de la lampe, fixa une des deux charges et y enfonça un petit détonateur. Elle recommença la même opération avec l'autre pain. Il lui restait maintenant à relier les deux détonateurs entre eux et à installer le crayon à retardement. Quand ce fut fait, elle remonta le globe.

Voilà pour le premier !

Rapide comme l'éclair, elle changea de place et se rendit dans le dernier cabinet. Il fallait réitérer les manœuvres. Elle glissa sa main sur son sein et sourit, malgré la tension, au souvenir du soldat qui avait reluqué, il y a quelques instants à peine, d'un air si gourmand son joli buste. S'il savait ce qu'elle y avait caché !

Des gouttelettes emperlaient son front. Elle avait chaud, il lui tardait d'en finir.

Elle songeait à Bart, qui en uniforme allemand, l'attendait à l'extérieur et profiterait de la confusion à la suite de l'explosion pour s'introduire dans la centrale et couper le câble principal.

Elle se dépêchait mais restait concentrée sur son travail. Elle avait presque terminé lorsque quelqu'un entra.

Retenant son souffle, complètement pétrifiée, elle attendit. L'inconnu, qui venait de faire son entrée, semblait en faire autant.

— *Fräulein*, où est-ce que vous vous cachez ?

Jane entendit les pas s'avancer vers elle, puis un froissement de vêtements, comme si l'homme se baissait.

— *Fräulein* ? Je sais que vous êtes ici, montrez-vous donc !

Sa voix était douce, suave même, et la jeune femme en eut la chair de poule.

Elle se tenait toujours sur la cuvette, les jambes flageolantes, quand la porte s'ouvrit brutalement.

Jane put lire la stupéfaction de l'officier lorsqu'il vit les détonateurs. Consciente qu'il lui fallait mettre cet instant à profit, elle lui adressa un sourire ravageur et dégaina d'une rapidité étonnante son poignard dont le fourreau était accroché à la jarretelle de sa jambe droite.

Dans un laps de temps infiniment court, elle revit l'enseignement du Soft Killing qu'elle avait reçu à Londres.

D'un coup sec, elle lui enfonça la lame acérée dans le torse, lui perforant le cœur.

Les yeux de l'Allemand exprimèrent une énorme stupeur mais déjà il s'affaissait dans un bruit sourd. De petites giclées de sang sortaient de la plaie puis il fut secoué d'un spasme, la vie semblant le quitter dans un râle rauque.

Jane tira le corps tout à fait à l'intérieur des toilettes et ferma la porte à clef. Elle se passa les mains sur le front et souffla. Que faire maintenant ? D'abord finir sa mission !

Son propre sang-froid l'étonna. Elle remonta sur la cuvette et installa le crayon à retardement d'une quinzaine de minutes, à l'extrémité des cordons.

Maintenant le corps !

Elle ouvrit la porte et jeta un coup d'œil aux alentours.

Un placard ! Dieu soit loué !

C'était un placard à balais. Elle poussa le chariot à ménage devant la porte d'entrée, bloqua la poignée à l'aide d'une grosse brosse, de manière à retarder toute intrusion.

Puis elle tira le corps par les pieds. Il était lourd, l'homme était de grande taille et robuste. Elle s'efforçait de ne pas le regarder. Heureusement il avait les yeux clos. Elle le hissa dans le placard, le fit tenir en équilibre contre une des parois et mit quelques balais devant pour qu'il ne puisse pas tomber, ce qui risquerait d'ouvrir la porte.

Elle n'avait plus beaucoup de temps avant de rejoindre son frère, il ne restait à coup sûr que quelques maigres minutes.

Elle se regarda dans la glace et fut choquée par son air hagard et livide. Elle se pinça les joues pour les faire rougir un peu, poussa le chariot et quitta les lieux.

Personne ne semblait avoir remarqué ce qui s'était passé. Elle continua son chemin. Il fallait encore aller au vestiaire. En aurait-elle le temps ? Il le fallait absolument et elle s'y rendit d'un pas rapide.

Elle ne prit cependant pas le temps d'enlever sa blouse mais enfila son manteau pardessus, arracha sa coiffe, prit son sac et se dirigea vers la sortie.

Sur son passage un jeune soldat aboya :

— Laissez-passer !

Elle l'exhiba et le jeune homme vérifia qu'elle était bien la personne qu'illustrait la photo.

Jane déploya une nouvelle fois son charme féminin et put sortir de l'aéroport. Elle n'avait pas fait cent mètres que la première explosion retentit, rapidement suivie par la deuxième.

La jeune femme se retourna un instant et vit qu'un vent de panique avait déjà envahi Schiphol. Un sourire de satisfaction ourlait ses lèvres et elle retrouva à cet instant son visage mutin.

Quelques heures plus tard, frère et sœur savouraient le succès de leur premier sabotage devant une bonne pannekoek au café Le Kras.

Jane avait pris une crêpe au lard alors que Bart en avait choisi une nature.

La jeune femme arrosa généreusement sa crêpe de sirop de betterave et tendit ensuite le pot à son frère.

— Eh bien, nous en vivons de folles aventures tous les deux ! Mais ce 3 juin 1941 restera sûrement pendant longtemps intact dans notre mémoire.

— Jane, c'était ta première mission et...

La jeune femme ne lui laissa pas le temps de continuer et murmura de façon à ne pas être entendue par des oreilles malveillantes :

— Mais j'ai tué quelqu'un aujourd'hui, pour de vrai je veux dire, et...

— Es-tu vraiment sûre de l'avoir tué ?

Jane était confuse :

— Oui, bien sûr que j'en suis certaine... enfin, je crois.

— Comment cela ? Tu ne l'as pas vérifié ?

— Je n'en ai pas eu le temps, je te signale, le compte à rebours avait commencé ! Et puis il a eu le râle, c'est qu'il était mort, non ?

Elle avait haussé la voix, puis s'apercevant qu'elle attirait les regards des autres clients, elle se renfrogna.

— Il faut espérer qu'il soit mort. Je l'espère pour nous en tout cas.

À seulement quelques rues de là, l'un des deux responsables du Conseil juif, David Cohen, se frottait nerveusement les paumes de ses mains moites. Il écoutait attentivement le chef du SD à Amsterdam, *Herr* Willy Lages :

— Et comme je vous le disais, nous avons étudié votre demande en ce qui concerne les jeunes recrues sionistes du projet Wieringermeer, et nous l'acceptons !

Cohen décompressa immédiatement et se leva aussitôt pour serrer la main de son interlocuteur et le remercier :

— Comment vous exprimer notre gratitude, *Herr* Lages ? Ces jeunes gens vont être tellement heureux de pouvoir retourner là-bas et reprendre leur apprentissage !

— Je me charge personnellement de leur transport et il me serait donc fort utile d'avoir une liste comportant les noms et adresses de ces garçons.

Sur ce, l'officier se leva, claqua des talons et sortit rapidement du bureau de Cohen.

Ce dernier s'appuya sur le dossier de la chaise, croisa les bras, l'air satisfait.

N'avait-il pas maintenant une preuve supplémentaire de la réelle utilité du Conseil pour la communauté juive et que mieux valait coopérer pour éviter le pire ?

Si le Conseil n'avait pas existé en février, lors des grèves, de nombreux Juifs auraient été otages des Allemands. Ils auraient connu le même sort que ceux arrêtés lors des rafles au début de ce même mois et qui avaient été envoyés à Mauthausen ! Peu de temps après leur départ la plupart des familles avaient reçu un avis de décès. On savait désormais que le pire c'était Mauthausen !

Cohen enleva ses lunettes rondes en écaille, les tint à bout de bras. Ah ! Ce qu'elles étaient sales ! Il sortit un mouchoir propre de sa poche, frotta doucement les verres et en vérifia l'état. C'était nettement mieux, il pouvait les rechausser. Il prit une cigarette et l'alluma. Il tira pensivement quelques bouffées.

Il était pleinement satisfait de la tournure que prenaient les événements. Il pensait à ces écoliers, pour la plupart des émigrés juifs allemands, qui avaient suivi des formations dans le nord du pays, en vue d'une émigration en Palestine. Pour mieux se préparer, on leur offrait entre autres la possibilité d'apprendre le métier de la terre dans une ferme, afin d'obtenir les compétences et le savoir-faire des agriculteurs.

Fin mars ils avaient reçu l'ordre de regagner la capitale. Il n'avait point été facile de trouver un logement, du jour au lendemain, pour plus de deux cent cinquante jeunes.

Heureusement, la communauté comptait de nombreuses familles généreuses, qui les avaient accueillis. Ils avaient pu reprendre les cours puisqu'on avait ouvert une section pour eux en plein centre-ville, mais ce n'était bien sûr pas la même chose que d'être sur le terrain. Cohen avait donc adressé une lettre au chef de la SD où il réclamait l'autorisation de déménager le groupe à Wieringermeer. Et voilà que *Herr* Lages proposait de les reconduire lui-même ! C'était formidable !

Il prit la fourche du téléphone et demanda un autre service du Conseil. Il fallait qu'il s'entretienne de tout ceci avec Asscher et d'autres membres du bureau et qu'il fasse établir la liste au plus vite, avant que *Herr* Lages ne change d'avis.

Le lendemain, Cohen se rendit à Euterpestraat, où se trouvait le QG allemand, muni de la liste des jeunes sionistes.

Après avoir traversé de nombreux couloirs, il arriva devant le bureau de Lages.

Le soldat qui l'escortait l'annonça, et il entra dans la pièce aux allures d'écrin à bijoux.

Le chef de la SD était extrêmement occupé, à en juger par le nombre de paperasses qui se trouvaient sur son bureau et semblait ignorer la présence de Cohen. Ce dernier tenait nerveusement son feutre entre les doigts.

Une dizaine de minutes s'écoulèrent sans que l'officier eût le moindre regard pour le conseiller.

Cohen ne savait que penser. Peut-être que Lages avait changé d'avis et ne savait comment le lui annoncer.

Enfin l'officier leva la tête et dit :

— *Herr* Cohen, je vous félicite pour votre rapidité, car je suppose que vous venez me remettre la liste.

Cohen opina du chef, sortit le document de la poche intérieure de sa veste et le lui tendit.

— Wunderbar, c'est parfait, danke sehr, *Herr* Cohen, et il se replongea aussitôt dans ses papiers.

Cohen comprit que l'entretien s'arrêtait là, tourna les talons et s'apprêta à quitter la pièce quand la voix de Lages retentit :

— *Herr* Cohen ! Juste un petit détail encore, j'allais oublier...

Un large sourire lui barra le visage, quand il poursuivit :

— Le ramassage aura lieu ce mercredi 11 juin, à partir de quatorze heures, et le plus simple serait que le Conseil annonçât la bonne nouvelle aux familles d'accueil. Bonne journée, *Herr* Cohen. *Heil Hitler* !

Le chef de police Tulp se leva et alla d'un pas alerte accueillir le chef du SD à Amsterdam, Willy Lages.

Il répondit au salut hitlérien de l'officier et s'effaça pour le laisser entrer dans son bureau.

Un large sourire éclaira le visage de l'Allemand qui appréciait le policier.

C'était le Reichskommissar Seyss-Inquart qui avait nommé ce membre du NSB à la tête de la police d'Amsterdam, suite aux événements de février. Ce fut un excellent choix, car Tulp ne fut pas seulement efficace derrière son bureau mais également sur le terrain. Il affectionnait particulièrement l'action, qui lui rappelait certainement sa brillante carrière militaire aux Indes néerlandaises. C'était un homme respecté au sein de la police malgré ses idées politiques et Willy Lages avait bien l'intention d'en tirer profit.

— *Herr* Lages, que me vaut l'immense honneur de votre visite ?

— *Herr* Tulp, je vais de nouveau avoir besoin de votre grande perspicacité.

— Je suis votre homme, *Herr* Lages, comme toujours et sur ce, il claqua des talons afin de montrer son obéissance avant même de savoir de quoi il s'agissait, car il voulait surtout continuer à bénéficier de la grâce de Seyss-Inquart.

— Nous venons de subir deux attentats très rapprochés, *Herr* Tulp. L'attentat sur notre centrale téléphonique a causé une fois de plus de nombreux dégâts, comme vous le savez... Mais cette fois-ci ils n'ont pas hésité à attaquer et à blesser grièvement un officier de la *Wehrmacht*. De nombreux témoignages recueillis lors de notre enquête nous amènent sur la piste des terroristes, ce sont des Juifs.

Il passa une main sur ses cheveux peignés en arrière et scruta le visage de Tulp qui ne broncha ni ne cilla, attendant simplement les ordres à venir. Il fouilla dans une poche à l'intérieur de sa veste et en sortit plusieurs feuilles qu'il posa sur la table du chef de la police.

Peu après l'entrevue, Tulp distribua les listes de noms, qu'il avait pris soin de regrouper par quartiers, aux agents qu'il avait fait venir dans son bureau.

Klaas se trouvait parmi eux. Tout comme tant d'autres, il avait pu rentrer dans la police grâce à sa carte du parti NSB et était toujours aussi beau gosse. Avec ses cheveux gominés et son uniforme, il était vraiment galant et de nombreuses femmes rêvaient de se promener à son bras.

Il écoutait attentivement les explications de son supérieur :

— Pour cette mission, vous serez six par équipe, dit-il, tout en indiquant de son index le tableau où il avait inscrit les matricules de chaque équipe, et vous serez chargés d'aller chercher les personnes habitant aux adresses indiquées. Tous sont soupçonnés de terrorisme. Je vous demande également d'arrêter tout jeune du même âge vivant sous le même toit. Nous avons toutes les raisons du monde de penser que ce sont aussi des terroristes. L'opération débutera demain à quatorze heures. Chaque équipe disposera d'un camion bâché et devra être de retour pour dix-sept heures. Des questions messieurs ?

Son regard vif fit le tour des visages. Sur certains d'entre eux, il devina de la désapprobation mais nul n'osa l'exprimer. Il opina donc du chef et ajouta :

— Parfait ! Rompez !

Ce 11 juin, il faisait un temps magnifique et un soleil des plus radieux semblait rendre les Amstellodamois heureux.

Neel, qui était de repos ce jour-là, avait décidé d'emmener sa nièce au parc Vondel.

Le grand jardin public était splendide en cette saison avec ses grands arbres aux feuilles vert tendre et ses plates-bandes richement fleuries.

Main dans la main, ravies de se retrouver toutes les deux, elles discutaient gaiement, échangeant des propos anodins et légers.

La jeune femme portait un chapeau qui mettait son visage en valeur tout en lui donnant un air des plus espiègles. Perchée sur de hauts talons, les jambes magnifiquement galbées et ses formes parfaites serrées dans un tailleur cintré beige, faisaient se retourner sur son passage, de nombreux passants qui se faisaient ensuite mitrailler par le regard de leurs compagnes.

L'allée centrale menait à une place dallée où prônait une belle fontaine aux multiples jets d'eau. L'endroit était très convoité par les promeneurs romantiques et par les oiseaux, qui venaient en grand nombre boire à l'abreuvoir.

La jeune femme s'installa sur un banc, un tendre sourire aux lèvres alors que Betty, munie d'un sachet rempli de miettes de pain, s'approcha des pigeons.

Neel trouva que l'enfant, dans sa robe fleurie à smocks et avec ses cheveux retenus par un bandeau, avait l'air d'une princesse. Son cœur se serra un peu en pensant qu'il lui faudrait attendre la fin de cette maudite guerre pour en avoir un à elle. Puis d'un geste involontaire, elle balaya cette idée noire qui venait assombrir cette belle journée et se leva rapidement pour rejoindre la fillette.

Cette dernière se tenait immobile, quelques miettes dans la paume de la main, attendant qu'un oiseau courageux osât venir y picorer.

Neel posa son bras sur ses frêles épaules et murmura :

— Il te faudrait venir quasiment tous les jours pour qu'ils s'habituent à toi et viennent te manger dans la main...

— Je ne partirai pas tant qu'ils ne seront pas venus, rétorqua la petite d'un air boudeur.

À cette parole Neel secoua négativement la tête :

— Et bien c'est ce qu'on va voir ! et elle retourna s'asseoir.

Fort heureusement Betty ne débordait pas de patience et elle jeta bientôt les restes de pain par terre et vint chercher sa tante pour lui réclamer des poffertjes.

Elles se rendirent alors jusqu'à l'échoppe qui se trouvait au fond du parc, prirent place à une table en terrasse et commandèrent deux portions de petites crêpes, un thé et un verre de lait.

Pendant qu'elles dégustaient ce délicieux goûter, Betty raconta ses dernières aventures, les lèvres blanches de traces de lait :

—... et j'en ai attrapé quatre ! Quatre poissons et Koky lui, pas un seul ! jubila-t-elle. Quand je suis rentrée à la maison, maman voulait les faire frire ! Quelle horreur, faire frire mes petits poissons. Heureusement que papa est arrivé à ce moment-là ! Il les a sauvés in extremis !

Neel riait :

— Essuie ta bouche Betty, tu as une belle moustache blanche.

L'enfant obéit immédiatement et s'essuya sur son bras.

— Mais tu es dégoûtante, tu as une serviette, s'indigna la jeune femme.

Betty haussa les épaules et nullement contrariée continua son récit :

— Papa m'a aidée à les mettre dans la baignoire. Bien sûr, au début il ne voulait pas... mais finalement ils y sont. Je te les montrerai tout à l'heure. Ils sont ma-gni-fi-ques !

Une heure plus tard, elles décidèrent de rentrer à pied à travers le centre de la vieille ville, plutôt que de prendre le tramway.

La promenade dans ces petites rues pavées offrait un agréable spectacle. Partout les fenêtres étaient ouvertes, faisant pénétrer les rayons de soleil jusqu'au fond des pièces. De-ci de-là des voisines communiquaient d'étage à étage, la tête penchée à l'extérieur. Par endroits, des femmes s'occupaient de leurs pots de fleurs devant la porte, d'autres avaient installé une chaise sur le trottoir et profitaient de la douceur de cette après-midi et de la bonne lumière pour repriser les chaussettes.

La rue, dont les voitures avaient quasiment disparu, semblait appartenir aux enfants qui jouaient à la marelle, à la corde et au ballon.

C'était un vrai moment de pur bonheur que cette balade et même Betty y goûtait pleinement. Elle ne parlait plus beaucoup et Neel attribuait son silence à la vue de cette vie paisible. Dans ces ruelles ensoleillées, la guerre semblait avoir fondu comme neige au soleil. Elle inspira profondément et leva un instant les yeux vers le ciel.

Était-il possible de se sentir tellement heureux en cet instant, alors que son pays était occupé ? Ou bien lui avait-il fallu justement qu'il y ait toutes ces tensions pour qu'elle se rappelât que le bonheur surgit là où on veut bien se donner la peine de le voir ?

Toujours main dans la main, Neel et Betty, tournèrent au coin de la Noorderstraat et la jeune femme fut tirée de sa méditation par le vrombissement d'un camion garé tout en haut de la rue.

Ce n'est qu'un camion de la police d'Amsterdam, se dit-elle comme pour se rassurer.

Peu après, quelques jeunes gens, à coup sûr des criminels, montaient dans le véhicule.

Alors qu'elles se rapprochaient, un des policiers siffla sur le passage de la jeune femme en lui adressant un sourire ravageur.

— Bonjour ma beauté ! Content de te voir ! fit-il en se découvrant et en lui faisant une courbette.

— Klaas !... s'exclama Neel frappée de stupeur. Je ne savais pas que tu étais entré dans la police.

Son ex-fiancé se dressa de plus belle, tel un coq au milieu d'un poulailler.

— N'est-ce pas que cet uniforme me sied à merveille ! lança-t-il d'un ton arrogant, tournant sur lui-même. Comme quoi la politique, ça vous mène loin, non ?

— Klaas, piailla à son tour Betty, Klaas !

— Mais dis-moi, c'est que tu as sacrément grandi, toi ! Fais-moi voir un peu ? Tourne-toi que je te voie mieux ? Et tu ne viens pas m'embrasser ?

Betty essaya de se défaire de la main de fer qui lui enserra la sienne sans y parvenir pour autant. Elle trépigna de colère.

— Kaky ! Lâche-moi !

— Avance ! te dis-je ! siffla Neel en la tirant derrière elle.

Le ton dur de sa tante la laissa un instant pantoise. Elle regarda son visage crispé et lança par-dessus son épaule :

— Je crois qu'elle ne veut pas, Klaas, excuse-moi !

Le policier se couvrit le chef et rit aux éclats avant d'ajouter :

— Elle a peur de moi, et comme elle a raison ! et sur ce, il tourna les talons et monta à son tour dans le camion qui démarra aussitôt.

Neel, livide, avança à grands pas, traînant presque la fillette qui avait du mal à suivre. Elle ne dit mot, une boule lui serrait la gorge et la dernière phrase de Klaas harcelait son cerveau encore et encore.

Elle a peur de moi, et comme elle a raison !

Qu'entendait-il par là ? Était-ce une réelle menace, vis-à-vis de sa relation avec Flip ou bien, n'était-ce qu'une simple manifestation de jalousie.

Quand elles arrivèrent enfin chez sa sœur, elle lui fit part de ses craintes. Mais Francine la tranquillisa :

— Tu sais bien comment il est Klaas. Ce n'est qu'un crâneur qui veut toujours avoir le dernier mot. À te voir si belle, il éprouve à coup sûr un sacré dépit de savoir que tu lui préfères Flip ! Et maintenant qu'il est devenu policier, il veut te faire croire qu'il a une quelconque autorité sur toi. C'est vraiment du n'importe quoi. Ne t'en fais pas.

— Tu as sûrement raison et je...

— Maman, maman, cria Betty en pleurs et en interrompant sa tante. Ils sont morts. Ils sont tous morts !

— Qui est mort ?

La fillette hoqueta de chagrin et se jeta dans les bras de sa mère qui s'inquiéta à nouveau :

— De qui parles-tu, Betty ? Qui est mort ?

La petite leva son visage vers sa mère. Ses joues étaient mouillées de larmes.

— Mes poissons ! Tous morts, et elle pleura de plus belle.

Les deux femmes se regardèrent d'un air amusé tout en s'efforçant de ne pas le montrer.

Francine caressa la tête de son enfant et expliqua d'une voix douce :

— Les poissons des rivières n'aiment pas vivre dans la baignoire Betty.

— Si tu veux qu'ils vivent, mieux vaut les rejeter dans la rivière, compléta Neel. Allez, si tu sèches tes larmes, je t'achèterai un poisson rouge dont tu pourras t'occuper.

En voyant sa sœur secouer la tête d'un regard réprobateur, elle se hâta d'ajouter :

— Enfin, après la guerre...

Le lendemain, après sa journée de travail, Neel décida de s'arrêter au marché aux fleurs sur le Singel, afin d'acheter un bouquet pour les parents de Flip qui les attendaient pour le repas.

Les parterres des petites baraques à fleurs étaient magnifiques et rendaient le choix toujours difficile. Neel laissa errer son regard le long du trottoir. Devant elle se tenait un couple d'amoureux. D'après les bribes de phrases qu'elle percevait, ils étaient d'origine allemande. L'homme faisait de grands gestes et semblait montrer l'étalage de fleurs qui s'offrait à eux. Étaient-ils de simples touristes en visite à Amsterdam, en quête d'une immersion dans la vie locale ? Ou bien s'agissait-il d'un officier en permission, en compagnie de sa femme ?

Neel saisit un bouquet de fleurs multicolores joliment dressé dans un panier en osier. Voilà qui sera parfait. Elle alla régler son achat, sortit et se trouva nez à nez avec Willem.

— Bonjour Neel ! fit-il d'une voix faussement enjouée, ce qui n'échappa nullement à la jeune femme.

— Willem, quel plaisir de te rencontrer ! On ne te voit plus guère !

Le jeune Juif acquiesça d'un air évasif.

Un silence gênant s'installa que Neel rompit d'un léger :

— Et bien, tu n'es pas très bavard, aujourd'hui ! Puis constatant son air soucieux, elle s'enquit de sa santé.

— Tu n'es pas malade au moins ?

— Non je vais très bien, moi, lança-t-il d'un ton cinglant.

Neel recula comme s'il l'avait frappée. Que lui arrivait-il ? Jamais encore il ne lui avait parlé sur ce ton et cela ne lui ressemblait pas du tout. Il devait avoir des ennuis. De gros soucis et peut-être avait-il besoin d'aide ?

— Willem, si je peux t'être utile en quoi que ce soit... Flip a de nombreuses connaissances et...

— Je préférerais mourir plutôt que lui demander de l'aide ! cracha-t-il.

— Mais, que t'arrive-t-il ? Pourquoi m'agresses-tu ainsi ?

— Je ne t'agresse pas mais ne me parle plus de Flip ! Plus jamais, tu m'entends ?

— Je ne comprends pas. Qu'est-ce qu'il a bien pu te faire pour te mettre dans un tel état ?

— Lui et ses... ses, bégaya-t-il,... bou...bou... bourgeois sss... saltimbanques !

Ses yeux injectés de sang firent reculer Neel. Il lui faisait peur.

Il pointait un doigt accusateur vers la jeune femme et plissait les yeux.

— Tu... tu lui demanderas de t'expliquer.

Décidément elle n'y comprenait rien et d'un haussement d'épaules, elle lui tourna le dos et traversa la rue jusqu'au terre-plein pour attendre le tram.

Tout le long du trajet elle revivait cette étrange scène. Flip était bien incapable de faire du mal à qui que ce soit. Il devait y avoir un malentendu.

Pourtant, quand son fiancé lui ouvrit la porte, elle n'en était plus aussi certaine.

Flip était blanc comme un linge et dans un état d'abattement qu'elle ne lui connaissait pas.

Il s'installa sur le canapé, remonta ses genoux contre le torse, les bras serrés autour, et ne lui adressa pas la parole. Un simple regard jeté sur le cendrier lui fit comprendre qu'il devait être prostré là depuis un certain temps.

Elle saisit le paquet de cigarettes, en alluma une et regarda par la baie vitrée l'animation de la rue. Elle tira nerveusement sur sa cigarette en épiant du coin de l'œil l'homme de sa vie.

— Tu ne veux pas me dire ce qui se passe ? fit-elle doucement.

Mais Flip restait muet, rendant la jeune femme de plus en plus nerveuse.

À présent elle faisait les cent pas dans l'espace réduit de son appartement.

N'y tenant plus elle lança :

— J'ai rencontré Willem, sur le Singel. Il était aussi bouleversé que toi.

Mais Flip ne pipait mot.

— Bon Dieu Flip, tu vas me dire enfin ce qui se passe ? Pourquoi restes-tu muet ? Willem était très en colère contre toi. Il m'a dit que tu m'expliquerais...

— T'expliquer quoi, hein ? Que je travaille pour une bande de collabos ? C'est bien ce qu'il t'a dit ? Il s'était levé d'un bond et se retrouva devant sa fiancée.

— Il s'est passé quelque chose au Conseil juif ?

— Il ne t'a donc rien dit de plus ?

— Non, juste que tu m'expliquerais...

Flip posa ses mains sur les épaules de Neel et la regarda droit dans les yeux :

— L'autre jour Cohen m'a demandé de dresser la liste de ces jeunes sionistes, dont je t'ai déjà parlé et qui voulaient retourner à Wieringermeer. Je devais noter leurs noms et adresses, ici à Amsterdam. Il m'expliquait que Lages avait fini par accepter leur renvoi à la ferme et je devais personnellement annoncer la bonne nouvelle à leur famille d'accueil. C'est ce que j'ai fait hier matin, pour qu'ils se tiennent prêts dès le début de l'après-midi.

Des larmes jaillirent de ses yeux et sa voix était à peine audible quand il poursuivit :

— Mais Lages s'est servi de cette liste pour les arrêter... Il a envoyé des hommes de notre police pour faire ce sale boulot... Sa voix se brisa et il enfouit son visage dans ses mains.

Neel revit soudain dans sa tête de jeunes gens monter dans un camion bâché et Klaas avec son air suffisant. Son sang se glaça. Se pouvait-il que son ex-fiancé ait participé à cette rafle ?

— Mon Dieu Flip, c'est terrible. Elle se laissa tomber sur le canapé, le cœur tellement lourd.

— Mais je ne comprends pas pourquoi ils vous ont demandé une liste alors que la police a tous les dossiers au département de l'Enregistrement des étrangers.

— Peut-être, mais nous leur avons bel et bien facilité la tâche. C'est épouvantable. Hier ces salauds avaient convoqué Asscher et Cohen au QG pendant toute la durée de l'opération pour éviter qu'ils puissent la faire échouer quand ils comprendraient la ruse.

Il vint s'asseoir auprès de Neel et elle eut pitié de lui. Elle le prit dans ses bras, le berça tendrement et le pria de continuer son récit.

— Dans la soirée, ils prirent connaissance de l'arrestation de deux cents jeunes et comme il en manquait à l'appel, la Gestapo en a arrêté d'autres, cueillis au hasard. Plus tard, Asscher et Cohen ont été amenés dans la cour où étaient rassemblés tous ses pauvres gars, dans de longues files. Et c'est seulement à ce moment-là que Lages leur a expliqué qu'il s'agissait en fait de simples représailles pour les sabotages de ces derniers jours...

— Et qu'est-ce que vous allez faire ? Ou plutôt, que comptes-tu faire ?

— Le bureau du Conseil s'est réuni d'urgence en assemblée générale. Bien sûr je n'y étais pas, puisque je ne suis qu'un simple employé... Au début, vu le comportement des Allemands, tous voulaient cesser immédiatement les activités du Conseil. Mais lors du vote, un seul membre vota pour sa dissolution. Et Cohen a sûrement raison. Il faut tout de même qu'un organisme représente les intérêts juifs et les fasse respecter...

— Et toi ? Tu vas continuer à travailler pour le Conseil ?
— Que puis-je faire d'autre ?
— Tu trouveras bien un emploi ailleurs, j'en suis sûre.
— Mais je suis Juif, Neel, et personne ne voudra m'embaucher. Je n'ai pas le choix. Et si on veut se marier, il faut bien que j'aie un travail, un salaire !
— Un travail certes, Flip, mais pas un travail de collaborateur !
— Tu ne crois pas que c'est déjà suffisamment difficile pour moi sans que tu en rajoutes ? Tu ne vois donc pas dans quel état je suis ?
— Si vous m'aimez, Monsieur Premseler, d'un amour sincère, alors quittez le Conseil !
— Neel ! Ne me demande pas l'impossible.

La jeune femme se leva crânement :

— Tu porteras ces fleurs chez tes parents et tu m'excuseras pour ce soir. Tu n'as qu'à leur dire que je souffre de migraine... Je n'ai pas faim.

Elle se dirigea vers la porte et s'éclipsa.

78. PRIÈRES

Confortablement installée dans un fauteuil à bascule en rotin et devant la fenêtre qui donnait sur le port, Jane observait les sentinelles qui surveillaient le déchargement d'une cargaison.

C'était le coin de la pièce que Paul avait baptisé « Poste d'observation », car d'ici il pouvait aisément surveiller les mouvements de l'ennemi sur le port, sans se faire remarquer.

Elle eut un sourire amer en pensant qu'elle aussi s'en servait, mais pas du tout dans le même but que son ami.

Du coin de l'œil, derrière ses longs cils maquillés, elle épiait par moments Tony, l'ami de Paul et artiste peintre.

Comme elle n'aimait pas son vrai prénom, Anton, qui lui rappelait constamment le dirigeant du NSB, Anton Mussert, elle lui avait donné le surnom de « Tony ».

Ce dernier était attablé devant une grande chope de bière et discutait vivement avec Bart et Paul.

Prétextant d'avoir trop chaud en ce début d'été pour boire une pinte qui risquerait de lui faire tourner la tête, Jane sirotait une limonade un peu à l'écart des hommes.

Elle avait surtout envie de prendre un peu de recul. L'arrestation de nombreux innocents à leur place, à Bart et à elle, lui pesait énormément. Son frère avait beau lui expliquer que les *moffen* avaient simplement profité des attentats — une opportunité inouïe — pour appréhender d'autres Juifs tout en s'épargnant le risque d'une nouvelle grève.

Même si cette évidence lui sautait aux yeux, rien n'y faisait. Dans son for intérieur, quelque chose avait changé. Cette tournure bouleversait ses convictions. Elle, qui jusqu'alors était prête à tout pour nuire aux Allemands, se sentait comme trahie. Ce qui était évidemment ridicule, car elle n'était pas responsable de ce qui s'était passé. Mais c'était pourtant ce qu'elle ressentait. Leurs actes de sabotage se trouvaient salis et perdaient du coup le côté héroïque dont elle s'enorgueillissait. Et pour l'instant il fallait absolument qu'elle se reconstruise, qu'elle digère ce qu'elle appelait un échec personnel.

Bart lui reprochait son abattement et la traitait de fillette, ce qui lui faisait horreur, mais Paul était bien plus compréhensif. Quand il vivait encore en Allemagne, il avait souvent été spectateur d'actes de violences gratuites envers les Juifs. Il lui était arrivé de ressentir ce sentiment de trahison au moment même où il continuait à poursuivre son chemin parce que ses adversaires étaient trop nombreux pour qu'il pût intervenir. Il comprenait très bien que la jeune femme dût mettre ses idées au clair avant de poursuivre leurs actions.

De temps à autre, Jane se tournait vers le trio, mais c'était surtout l'artiste qu'elle épiait.

Il faisait très lourd dans l'appartement du journaliste et les hommes avaient enlevé leur chemise. Jane eut tout le loisir de comparer Paul et Tony en tricot de peau. La poitrine musclée de ce dernier l'impressionnait. Ses yeux glissèrent sur les muscles saillants de ses bras. Elle sourit malgré elle en pensant qu'il avait plutôt l'air d'un grand sportif que d'un artiste peintre. Elle avait du mal à détacher son regard de ce corps d'athlète.

Tony de son côté, sentait les yeux quelque peu indiscrets de la jeune femme, mais préférait faire semblant de ne pas s'en apercevoir.

Grand amateur de cœurs tendres, il en avait déjà connu des femmes. Des belles, des rebelles, des aventurières. Elles étaient toutes folles de lui. Il se disait même que son art de séduction dépassait malheureusement de loin celui de la peinture !

Et il ne comprenait donc pas pourquoi cette jeune personne le mettait mal à l'aise. Qu'avait-elle de si différent ? Elle ne paraissait aucunement farouche et pourtant il savait déjà qu'elle ne se laisserait pas séduire facilement.

Quelqu'un frappa du poing sur la table, ramenant du fait l'artiste à la réalité. C'était Bart qui vociférait :

— Ils ne croient tout de même pas que nous allons les aider à soutenir leur effort de guerre ! Personne ne devrait restituer leurs objets en cuivre ou en plomb ! On devrait tous les enterrer plutôt que de les donner !

— Que Dieu puisse t'entendre ! fit Tony.

— Moi, je n'ai pas grand-chose, si ce n'est les deux chandeliers sur la cheminée, renchérit Paul en les désignant de son menton. S'ils les veulent, ils viendront les chercher !

Jane observait le journaliste et secoua négativement sa tête, un léger sourire ourlait ses lèvres. C'était bien de lui, de faire fi des ordres allemands. Une bouffée de tendresse l'envahit alors et elle se leva en lançant :

— Buvons à tous ceux qui ont autant de cran que toi, Paul ! *Scheisse* Rauter ! et une lueur dangereuse brillait dans ses pupilles, animant son être entier.

— Content de te retrouver, Jane !

Dans la cuisine du jeune couple, Johan devint rouge sous le coup de la colère. Il inspira profondément pour arriver à se contenir et ne pas exploser à la figure de sa mère.

Cette dernière, impassible et hautaine, le défiait du regard.

— Je ne veux point d'ennuis, mon cher garçon, disait-elle sur ce ton douceâtre qui avait le don de faire bouillir son fils. Et je te conseille vivement d'en faire autant. N'oublie pas que tu as une femme... Et un enfant aussi. Ta famille a besoin de toi ! En transgressant les règles, tu cours un réel danger. Ils ne sont pas dupes, tu sais ! Tout matériel, même un ridicule cendrier en étain est réquisitionné et le tout est transcrit sur des registres. Et en face de ton nom, il n'y aura rien ? Pas le moindre objet ? Je ne te savais pas écervelé Johan !

C'en fut trop. Francine tenta encore de le calmer en posant une main sur son épaule, mais il explosa :

— Nom de dieu Mère ! Mais tu n'as donc rien compris ? C'est à cause de gens comme toi, qui disent amen à tout ce que les *moffen* peuvent avancer, que nous perdrons la guerre !

— Elle l'est déjà Johan !

— Comment peux-tu dire une chose pareille ?

— Ouvre donc un peu les yeux. Ce matin nous étions très nombreux à amener nos cuivres et autres métaux, et...

— Mère, le coupa-t-il, malgré tout le respect que je te dois, comment... comment peux-tu être aussi... aussi stupide ?

La vieille femme se redressa dangereusement et toisa la chair de sa chair. Sa voix acerbe tonna :

— Johan, depuis la mort de votre cher père, j'ai veillé sur vous. Je vous ai protégé, j'ai été la garante de votre éducation, de votre rang. Tu m'as déjà beaucoup déçu...

Elle hésita quelques secondes pour mieux accentuer ce qui allait suivre et alors que ses yeux se posèrent une nouvelle fois sur Francine qui se renfrogna de plus belle, elle reprit d'un ton cinglant :

— Mais là il ne s'agit pas de déception, mais de ta sécurité, et...

— Foutaises ! cria Johan à son tour. Foutaises ! Foutaises ! et il quitta la pièce en vociférant des choses que la vieille femme préféra ignorer.

— Et bien, j'espère que votre cervelle d'oiseau vous dictera de leur porter au moins quelque chose, fit-elle maintenant à la jeune femme avant de se tourner vers la porte qui menait au jardinet et de disparaître.

— Vieille sorcière, marmonna Francine.

Et d'un pas décidé elle alla chercher la pelle et le panier dans lequel elle avait déposé plusieurs objets en cuivre et même en argent.

— Johan a raison, plutôt crever que de soutenir l'effort de guerre, rugit-elle encore en enfonçant la pelle dans la terre sablonneuse.

Quand le trou fut suffisamment profond, elle y étendit une toile de jute et déposa délicatement ses biens. En saisissant un gobelet en argent, elle caressa des doigts les inscriptions : Betty, 12-01-1933. Puis elle l'embrassa du bout des lèvres. Tout en enfouissant l'ensemble sous la terre, elle s'adressa à Dieu en l'implorant de les protéger.

79. ORANJE ZAL OVERWINNEN[34]

Tous les enfants étaient plongés dans leur livre de lecture. Le maître lisait à voix haute, et aucun bruit ne venait l'interrompre. C'était toujours ainsi quand il prêtait ses cordes vocales à un auteur. Ses élèves adoraient ces moments, car il était un interprète merveilleux, donnant à chaque personnage une voix différente, tantôt douce, tantôt féroce. Parfois inquiétante ou troublante. Mais c'était toujours la passion qui le faisait vibrer, celle d'enseigner.

Aujourd'hui il avait pourtant bien du mal à faire vivre un des héros de Perrault, le Chat Botté. Et si d'ordinaire il appréciait bien le retour au calme de ses élèves, il aurait aimé à ce moment-là les voir plus agités.

Il s'arrêta un instant et glissa en un éclair son regard sur ses chères « têtes blondes » et quand ses yeux virent les quelques places vides, il sentit une boule monter dans sa gorge.

Depuis la veille quatre chaises restaient inoccupées ; les enfants juifs n'avaient plus le droit de fréquenter l'école des Aryens et leurs petits camarades en éprouvaient bien du chagrin comme en témoignait le silence de mort qui régnait dans la classe.

Seul Koky semblait imperturbable. Il vivait dans son monde et il avait planté ça et là des garde-fous qui lui permettaient d'occulter certains aspects d'un problème qui pouvaient lui rappeler son passé.

Il jouait avec un morceau de miroir et des reflets de lumière se mirent à danser sur les images de l'album de lecture de Betty. Elle releva d'un geste vif sa petite tête angélique et ses yeux s'illuminèrent aussitôt.

Elle acquiesça vivement à son signal, ce qui voulait dire « oui, je t'attendrai à la sortie ».

Un large sourire naquit sur la frimousse du garçonnet, et il sentit son cœur se gonfler d'amour. Comme il l'aimait !

Apaisé par l'idée qu'ils allaient être ensemble après l'école, il s'absorbait à son tour dans le récit d'aventures du chat quand un coup sec retentit à la porte.

Le maître s'interrompit et le directeur apparut sur le seuil. Ils eurent un bref échange puis tous deux disparurent dans le couloir.

Peu après, le maître revint, accompagné d'un jeune garçon.

Tous les élèves écarquillèrent les yeux, ce qui traduisait largement leur étonnement de voir leur camarade Freddie Stein regagner sa place.

— Les enfants, je vous présente Freddie, Freddie Steen. Steen !, répéta-t-il en insistant lourdement sur le nom de famille. À partir d'aujourd'hui, c'est ainsi qu'il se nomme : Freddie Steen. Cependant, ceci est notre secret et vous ne devez en aucun cas en parler à personne, même pas à vos parents !

Personne ne pipait mot, mais chacun saisit l'importance des paroles qui venaient d'être prononcées. Nul besoin d'en ajouter.

— Et puisqu'aujourd'hui, le 31 août 1941, c'est l'anniversaire de notre reine Wilhelmina, chantons les enfants, chantons le *Wilhelmus* !

---

[34] Orange gagnera

Ce fut sûrement la première fois que Koky en eut la chair de poule. Tout le monde s'était levé et chantait cet hymne néerlandais. Du coin de l'œil, il observait Freddie, et un sentiment proche de la jalousie lui traversa le corps pour disparaître aussitôt. D'un coup il se sentit bien las et pour la première fois de sa courte vie, il eut pitié de lui-même. Pitié à en avoir les larmes aux yeux ! Comme il aurait aimé que ses copains connussent sa véritable identité. Mais hélas, il se trouverait du mauvais côté de la barrière et se ferait traiter de sale *mof*.

Après l'exaltation générale, le cours reprit et se déroula sans autres incidents, dans un calme serein. Le maître constata d'un air satisfait que la classe fût moins morose, et quand la sonnerie retentit, il était heureux de voir le retour de certains visages mutins.

Dans la cour de récréation, les élèves se bousculaient joyeusement jusqu'à la sortie. Koky attendait Betty et se tenait sur la pointe des pieds pour surveiller son arrivée.

Mais qu'est-ce qu'elle fait ? Pfff...

La petite demoiselle montrait son sac à billes à une de ses camarades et les comparait. Aujourd'hui elle en avait gagné deux, de très belles couleurs. Elle avait vu que Koky s'impatientait près du portail et prenait un malin plaisir à le faire attendre un peu. Quand elle estima que c'était suffisant, elle salua son amie et se rendit auprès de lui.

— Tu en as mis du temps !
Betty fit la sourde oreille :
— On va jouer aux billes sur la Frederiksplein ?
— Allons-y, fit gaiement Koky qui n'était nullement rancunier.

Il y avait de nombreux enfants dans le jardin public, et tous étaient munis de leurs billes.

Betty était dans son jour de chance et elle gagna plusieurs parties. Elle rit aux éclats, quand d'un coup elle récupéra la plus belle bille. En apercevant la mine plutôt déconfite de son ami, qui la convoitait depuis le début de l'après-midi, elle rit de plus belle.

Elle alla ramasser son gain à côté de quelques belles touffes de plantes quand elle s'exclama :

— Oh ! Regarde ! Des cigarettes ! et elle se pencha de nouveau pour ramasser d'autres paquets oranges.

— C'est la R.A.F. qui les a largués cette nuit, jubila une dame qui était assise sur un banc public, c'est pour célébrer l'anniversaire de Wilhelmina. Vous voyez ? C'est marqué en gros caractères : *Oranje zal overwinnen !* ajouta-t-elle en brandissant un paquet. Oui, Orange gagnera !

Koky s'était mis à fouiller les environs dans l'espoir d'en trouver aussi. Et ce fut un succès.

— Tu en as combien, Koky ? Elle fume ta mère ?
— Ma mère ? Euh, non. Il faillit répondre par l'affirmative, car Inge fumait bel et bien. Mais Hanneke n'en supportait même pas l'odeur.
— À qui vas-tu les donner alors ?
— À ma grand-mère ! Elle fume comme un pompier !

La mère de Hanneke, qui vivait toujours avec eux, serait ravie, c'était certain !

— Moi, j'en ai trois, fit Betty fièrement. Un pour papa, un pour mon grand-père et un autre pour Flip ! Il me tarde de les leur montrer !

Elle n'eut pas longtemps à attendre, car lorsqu'elle arriva chez elle, sa famille était presque au complet.

D'un signe de la main, Johan, lui imposa le silence dès qu'elle pénétra dans le salon.

Ils se tenaient tous autour du poste radio et écoutaient le son brouillé qui en sortait. Betty reconnut cependant immédiatement la voix du speaker de *Radio Oranje*. Elle ouvrit à peine la bouche qu'elle entendit :

— Chut !

La reine venait de prendre la parole pour un discours qui allait, selon la fillette durer une éternité. Blasée, elle se dirigea vers l'escalier et descendit pour aller jouer dans sa chambre, son trésor au fond des poches.

Elle prit sa poupée préférée dans ses bras et la berça tendrement, en jetant un coup d'œil dans le jardin qui plongeait doucement dans l'obscurité.

— Allez, c'est l'heure du repas, fit-elle sur un ton maternel, et elle l'installa sur sa chaise haute. D'un tiroir de sa commode, elle sortit le nécessaire pour préparer le repas : de jolies casseroles miniatures en émail bleu, des assiettes et des couverts. De sa place, la petite négresse l'observait silencieusement. Avec une cuillère, Betty imaginait remuer la soupe et quand celle-ci fut prête, elle la servit à sa poupée.

Soudain Neel apparut dans l'embrasure de la porte, et abandonnant aussitôt ses jouets, elle se jeta à son cou.

— Oh ! Quel accueil ! Si tu veux goûter les croquettes de poulet que Ma a préparées, tu ferais mieux de venir immédiatement.

— Des croquettes, youpi ! et elle planta-là sa tante en se ruant vers l'escalier, oubliant les cigarettes.

À l'étage on parlait encore de Wilhelmina et de son discours qui insufflait tant de courage.

80. C'EST NOËL

— Et maintenant tu ajoutes la farine.

— Toute la farine ? demanda Betty sans lever les yeux sur sa grand-mère qui surveillait le moindre geste de l'enfant.

— Oui, d'un coup ! Mais pense à remuer sans cesse ! Sinon il y aura des grumeaux.

La petite fille s'exécuta, s'appliqua en pointant sa langue.

Un large sourire barrait le visage de Ma. Betty était adorable dans sa tenue improvisée de cuisinière : un grand torchon blanc à carreaux rouges, fixé par deux épingles à nourrice sur sa chemisette, lui arrivait presque aux genoux. Et pour qu'elle ne soit pas gênée dans ses mouvements, Ma lui avait noué un morceau de tissu usé autour de la taille.

Comme le temps s'était envolé ! Hier encore, elle préparait Noël avec ses deux fillettes et aujourd'hui c'était au tour de sa petite fille.

La pâte commençait à former une boule et tira aussitôt Ma de sa rêverie.

— Éteins le feu et pose la casserole sur la planche. Tu vas maintenant casser les œufs, et les ajouter l'un après l'autre.

— Pas tous quand même ?

— Si, si, c'est Noël ! Au diable le rationnement !

La recette indiquait six œufs, eh bien, ce sera donc six œufs ! Depuis la veille elle confectionnait des délices pour cette belle fête. Faire comme si les tickets de rationnement n'existaient pas, lui procurait un immense plaisir. Pour une fois ne pas penser à être économe ! C'était jouissif ! Bien sûr elle avait acheté au marché noir du beurre pour faire les traditionnelles *sneeuwballen*, car ces boules de neige n'auraient pas le même goût avec de la margarine. Cela lui avait coûté cher. Mais rien de comparable cependant avec le prix qu'elle avait payé pour la dinde : 60 florins, c'était une fortune !

— Très bien, fit-elle, nous allons couper le cédrat confit en petits dés, prélever le zeste de l'orange, laver et sécher les raisins secs et nous mettrons tous les fruits dans la préparation. Ensuite il ne te restera plus qu'à confectionner des boules et à les faire frire. Juste avant de les servir, nous les saupoudrerons de sucre glace.

Betty salivait d'avance. La cuisine embaumait déjà de délicieux parfums et il était difficile de résister à la tentation d'ôter le couvercle et de tremper le doigt dans la casserole. Son ventre se mit à gargouiller.

La sonnette de la porte d'entrée retentit au moment où Ma dressait enfin les belles boules de neige sur une assiette décorée de motifs de Noël.

C'était Neel qui venait chercher sa nièce pour aller à la messe.

La fillette sauta dans les bras de sa tante.

— Kaki, Kaki, piailla-t-elle comme quand elle avait trois ans.

— Tu deviens lourde, tu sais, glapit la jeune femme en reposant l'enfant. C'est toi qui nous as préparé le dîner de ce soir ? l'interrogea-t-elle.

Betty acquiesça fièrement tandis que Ma lui enlevait le tablier et tentait de discipliner ses cheveux.

Fort heureusement Francine et Johan avaient gardé une place pour elles, car l'église était bondée. Jamais auparavant ils n'avaient vu autant de monde pour la messe de Noël.
L'office que le prêtre avait préparé était prenant.
Le mot « guerre » faisait partie de son sermon. Ceux qui pensaient qu'elle serait de courte durée s'étaient trompés. On entamait le deuxième hiver sous la pression allemande.
Amsterdam qui faisait jadis figure de « Jérusalem du Nord » persécutait maintenant ses Juifs. Les ordonnances allemandes se succédaient, s'intensifiaient, se multipliaient. Les interdictions excluaient progressivement la population juive de tous les espaces publics.
— Mais le sort de nos Juifs, tout comme les discours pleins de jactance sur le terme antisémite de sous-homme, doivent nous amener à une tout autre réflexion : qui sommes-nous ? tonna l'homme d'Église. Qu'est-ce qu'un homme finalement ? Qu'est-ce qui nous différencie les uns des autres ? Est-ce que chaque existence a son propre sens ? En ces jours difficiles, on peut se demander si la vie a encore un sens... Mais il faut continuer à chercher la sagesse de la vie !
Puis le prêtre enchaîna son homélie sur les dix Commandements et leurs valeurs.
Quand enfin la foule entonna *Gloria in exelsis Deo*, le prêtre avait réussi à faire passer un message d'espoir et de paix. Hommes, femmes et enfants se séparèrent dans les rues froides, le cœur réchauffé.
En fin d'après-midi, la famille au complet se retrouva chez Pa et Ma, autour d'une table festive.
Willem, qui était toujours tellement seul en cette période de fin d'année, était également convié. Neel avait prévenu sa mère qu'il refuserait certainement de venir à cause de la présence de Flip. Mais à son grand étonnement, il avait accepté, trêve de Noël oblige ! Et c'était très bien ainsi.
Un air de fête accueillait les invités dès le vestibule. Ma avait sévèrement taillé l'arbrisseau aux fruits d'un rouge vif, qui se trouvait à côté de la porte d'entrée.
Des guirlandes de houx et de clochettes dorées entouraient les fenêtres de la salle à manger.
De petits bouquets de gui mélangés à quelques fines branches de sapin, posés de-ci de-là, dégageaient une agréable odeur.
Une nappe blanche, brodée de fil d'argent, recouvrait largement la table.
Ma avait eu un pincement au cœur en mettant le couvert : d'ordinaire elle sortait toute l'argenterie fraîchement polie pour les fêtes. Elle aimait sa brillance et ses reflets. Mais cette année, un chandelier en fer forgé trônait au milieu de la table. Heureusement elle avait encore de belles bougies blanches joliment torsadées pour donner un air plus chic à ce vulgaire bougeoir.
À côté de la cheminée, quelques branches de pin dans un grand pot faisaient office d'arbre de Noël, et la maîtresse de maison y avait

accroché de petits paquets délicatement enveloppés d'un papier kraft rouge et vert.

Chacun trouvait facilement sa place grâce à une petite carte en forme d'ange et portant le prénom de chaque convive.

Quand tout le monde fut installé, Pa saisit solennellement son livre de Noël et commença à lire.

Sa voix douce, mais profonde emportait rapidement chacun dans des contrées lointaines.

Tous écoutaient passionnément.

Francine et Neel avaient beau connaître l'histoire par cœur, ce soir, elles avaient l'impression de la découvrir pour la toute première fois.

Était-ce parce que le message de Noël paraissait soudain plus clair ? D'une évidence même ?

On vivait désormais dans un monde qui semblait devenir totalement fou et devant l'immense impuissance on aspirait à ce message de paix qui semblait tellement inaccessible.

Tous voulaient croire en cette promesse, car elle ne pouvait qu'être vraie. Et cette consolation, sincère et pure, rendait l'instant magique.

Le repas fut un festin. Jamais encore une dinde n'avait eu une telle saveur !

Et après avoir dégusté les boules de neige qu'avait confectionnées Betty, Ma décrocha de l'arbre de Noël une surprise pour chacun. Tout le monde recevait ainsi un petit cadeau.

Même Munkie eut le sien et la fillette l'appela pour que la chienne vienne voir. Les mains impatientes de Betty eurent vite défait le papier. Elle tendit la boîte de comprimés vers l'animal qui la renifla de sa truffe ; mais ne trouvant pas l'objet intéressant, elle retourna aussitôt près du feu.

— Vitamines pour chiens, lut la petite à haute voix. C'est une bonne idée, je n'aimerais pas que Munkie tombe malade.

L'heure du couvre-feu approchait et chacun dut rentrer chez soi.

De gros flocons blancs tombaient sur la ville.

Avant de se glisser sous l'épais édredon de plumes, Francine voulut voir le tapis de neige qui recouvrait le sol de son jardin.

Il ne neigeait plus et de nouveau la lumière de la pleine lune inondait généreusement le jardinet, offrant un spectacle réjouissant.

Des milliers d'étoiles semblaient scintiller.

Francine cherchait du regard la Grande Ourse et repéra rapidement la constellation.

Johan vint se coller à elle et l'entoura de ses bras.

— Tu regardes les étoiles ?

— Oui, avoua-t-elle, la voix rêveuse. Je pense aux rois mages qui suivaient l'étoile de Bethléem. Elle devait être énorme.

— Sûrement. Nous avons eu un merveilleux Noël ! Ma nous a préparé une très belle fête. Il prit entre ses lèvres une mèche rebelle qui s'échappait du chignon de la jeune femme et tira doucement dessus. Il aimait son parfum. Il huma sa peau et déposa de tendres baisers dans son cou.

Francine se retourna enfin et Johan prit son doux visage entre ses

mains et l'embrassa avec une infinie tendresse.
— Viens, ordonna-t-il d'une voix rauque et il la souleva puis l'étendit au milieu du lit.

Neel se glissa entre les draps froids et un long frisson la parcourut. Comme elle aurait aimé être couchée à côté de Flip ! Sentir la chaleur de son corps, entendre le son de sa voix, respirer son odeur.

Elle eut un sourire désabusé. Ce rêve deviendrait-il un jour une réalité ?

À l'heure actuelle ils auraient dû être mariés depuis trois mois déjà, mais Flip voulait attendre la fin de la guerre. Il disait qu'ils avaient la vie entière pour s'aimer.

« Rien ne sert de courir », répétait-il sans cesse.

Elle ne supportait plus d'entendre cette phrase et rien que d'y penser, elle s'énervait. Elle se tourna et se retourna encore. L'énervement la gagna comme ce fut si souvent le cas quand elle retrouvait la solitude de sa chambre. Elle se redressa, sauta du lit et enfila son peignoir. Elle allait se préparer quelque chose de chaud, peut-être cela l'aiderait-il à trouver le sommeil. Elle descendit tout doucement l'escalier et se rendit dans la cuisine.

Elle fit chauffer un peu de lait et le versa dans une tasse. Elle y ajouta une grosse cuillerée de miel crémeux et se décida à aller lire un peu dans le salon, près du feu.

À sa grande surprise, son père se trouvait là, dans l'obscurité, une cigarette aux lèvres.

— Ah ! Te revoilà ! Tu ne peux pas dormir, toi non plus ?

La jeune femme secoua négativement la tête.

— Viens t'asseoir près de moi, comme quand tu étais petite et que tu avais fait un cauchemar.

Neel s'installa par terre et posa sa tête sur ses genoux. Son père lui passa la main dans les cheveux. C'était un moment privilégié dans ce monde menaçant.

— Tu te sens seule, c'est bien ça ?

La jeune femme sentait une boule monter dans sa gorge et bientôt elle fut secouée de sanglots. Pa savait toujours immédiatement ce qui n'allait pas.

— Flip est un homme merveilleux, Neel et tu as vraiment beaucoup de chance de l'avoir. S'il n'a pas voulu t'épouser encore c'est uniquement pour te protéger. De quoi ? Personne ne le sait probablement. Mais il est prudent et c'est une grande preuve d'amour de pouvoir patienter.

Neel leva ses yeux rougis et croisa ceux de son père. Elle sourit malgré elle, car ce qu'il disait était vrai, elle le savait.

— Je vais même te confier quelque chose, ma chérie. J'ai tellement peur Neel, tellement peur qu'il vous arrive quelque chose, et à ces paroles ses yeux s'embuèrent à leur tour. Sa main dans les cheveux de sa fille se faisait plus lourde. Et c'est horrible, poursuivit-il la voix tremblotante, ce que je vais te dire, ce que je vais t'avouer... J'ai peur parce qu'il est Juif.

Il prit la main fine de sa fille et la serra contre sa joue râpeuse, et lança dans un murmure :

— La nasse se resserre autour de la communauté juive.

Il resta un moment silencieux et se perdit dans ses pensées, semblant oublier sa fille qui reniflait. Il tira une bouffée sur sa cigarette ; son regard errait dans la pièce. Quand il reprit la parole, Neel eut l'impression qu'il se parlait à lui-même. Sa voix était à peine audible quand il marmonna :

— On intensifie, on multiplie les interdictions et on exclut peu à peu les Juifs de tous les espaces publics. Plus de Juif dans les musées, ni à la bibliothèque ni au zoo. Ils ne peuvent plus aller au stade, voir un match de foot. Même pas en tant qu'arbitre ou joueur... Ils n'ont plus que des interdits. Et on voit fleurir des bureaux annexes du Conseil juif un peu partout pour faire face à cette nouvelle vie qu'on leur impose et aux problèmes que tout cela engendre. Ils n'ont même plus le droit de choisir leur banque ! Tous leurs biens, chèques, effets, avoirs et dépôts bancaires, objets en or, pierres précieuses et que sais-je encore, ont dû être transférés à la Lippman-Rosenthal Bank.[35]

Il secoua la tête d'un air dubitatif. C'est tout de même incroyable ! Ils n'ont plus le droit de gérer leur argent comme ils l'entendent. C'est effroyable ! Et dire que les premières mesures antijuives me paraissaient anodines ! Je n'ai pas compris que c'était le début d'une ségrégation méthodique... J'en ai froid dans le dos.

Neel se moucha bruyamment et il se rappela alors sa présence.

— Et égoïstement, je préfère que ma fille ne soit pas mêlée à tout ça. Est-ce que tu me comprends ?

Mais cette dernière ne pipait mot. Tout ce que venait de dire son père, Flip le ressassait sans cesse. Elle sentait depuis des mois un poids lui envahir l'estomac. C'était l'angoisse, elle en était certaine.

Mon Dieu, comme il est difficile d'aimer !

---

[35] LIRO Michael Blum présente l'œuvre Lippmann, Rosenthal & Co, 2006 : Une banque juive, du nom de Lippmann, Rosenthal & Co. était sise au Nieuwe Spiegelstraat 6-8, de 1859 à 1962, là où est installé actuellement De Appel. Les Nazis utilisèrent le nom de la banque juive alors particulièrement bien connue pour créer une fausse filiale dans la Sarphatistraat, afin de convaincre les gens que leurs biens étaient en sécurité dans les sous-sols de cette prétendue banque juive. En 1941 et 1942, les citoyens juifs néerlandais étaient obligés de donner leurs valeurs, leur argent comptant, leurs intérêts bancaires et objets d'art, métaux précieux et bijoux à Lippmann, Rosenthal & Co. Au-delà de leur appellation, les deux banques n'avaient rien en commun et elles étaient gérées tout à fait séparément.

81. LES PATINS À ROULETTES

Le maître releva les cahiers pendant que les enfants rangeaient les encriers dans leurs bureaux.

— Mademoiselle Betty, veux-tu venir ?

La petite se leva promptement et regarda Koky qui lui lança un clin d'œil au passage.

L'instituteur lui sourit chaleureusement puis s'adressa à la classe :

— À vous maintenant !

Toutes les petites voix s'unirent pour chanter un « Joyeux anniversaire, Betty », ce qui empourpra quelque peu les joues de celle qui était à la fête aujourd'hui.

— *Hip hip hourra ! Hip hip hourra ! Hip hip hourra !* hurlèrent tous les élèves à présent.

— Merci les enfants, c'était vraiment très bien ! puis se tournant vers la demoiselle, il ajouta : Betty, avant d'aller faire ta distribution, tu peux choisir une camarade pour t'accompagner. Alors, qui appelles-tu ?

— J'appelle Koky, Maître, dit-elle timidement.

Un rire traversa la salle, non pas parce qu'elle avait choisi un garçon, mais à cause de la tête de l'instituteur. Il s'en rendit compte et rit à son tour.

— Sacrée petite, glapit-il. Allez, la jeunesse, régalez vos camarades !

Betty offrit d'abord un chocolat au maître puis distribua aux copains des bonbons à la fraise. Koky, lui, suivait avec des caramels mous. Ils firent ensuite le tour de toutes les classes de l'école en suivant le même rituel. Maîtres et maîtresses reçurent des chocolats, puis les élèves des bonbons.

La fillette était fière de pouvoir faire sa distribution de gourmandises, car ce n'était pas facile à cause du rationnement. Sa maman était formidable, elle avait sûrement sacrifié quelques tickets pour la satisfaire !

Certaines filles, surtout celles des grandes classes, ne méritaient point de friandises et elle leur aurait bien tiré grand la langue. Comme il était difficile d'y résister ! Mais Francine l'avait avertie :

— Si on me rapporte encore une seule fois que tu as fait une grimace à quelqu'un, tu ne feras plus jamais le tour de l'école le jour de ton anniversaire !

Et elle connaissait sa mère, mieux valait obéir !

Quand la cloche sonna la fin des cours, Koky l'attendait.

— Tu viens au parc, s'enquit-il ? J'ai un cadeau pour toi.

— D'accord, mais dépêchons-nous ! Ma mère ne veut pas que je m'attarde trop.

Les enfants avaient de la chance en ce 12 janvier 1942. Le ciel était dégagé et la nuit ne tomberait pas aussi rapidement que sous un ciel menaçant.

Ils se rendirent au Frederiksplein en sautillant, en se trémoussant de joie.

Koky l'invita à s'installer sur un banc public et lui ordonna de fermer les yeux.

Quand elle les ouvrit, il tenait dans sa main une belle orange.

— Oh ! s'exclama Betty. Mais c'est trop Koky, beaucoup trop ! C'est ton orange et c'est toi qui dois la manger ! C'est vraiment très important et...

—... et je veux te l'offrir, ma chérie, osa-t-il prononcer tout bas.

C'était la première fois qu'il l'appelait ainsi et son cœur battait à tout rompre. Il avait peur qu'elle se lève, levant son petit nez plein de dédain pour le laisser planté là. Mais elle n'en fit rien. Elle était confuse. Elle fixait l'orange au creux de ses mains.

— Koky, la Croix Rouge a offert une seule orange à chaque enfant de l'école, parce que nous ne mangeons plus assez de vitamines.

— Ce qui m'importe le plus, c'est toi, et il lui prit maladroitement la main. Des larmes lui montèrent aux yeux. Il lâcha son amie et d'un ton qui se voulait léger il cria :

— Le premier aux toboggans !

Vive comme l'éclair, la fillette fourra l'orange dans sa poche, courut et le rattrapa presque.

Une vieille dame, venue profiter d'un dernier rayon de soleil les observa.

Quelle insouciance, quel bonheur de courir ainsi ! Comme j'aimerais encore pouvoir en faire autant, songea-t-elle.

Après quelques descentes, un garçon que Betty ne connaissait pas s'approcha d'eux.

Apparemment Koky et lui se connaissaient bien.

Alors qu'ils discutaient vivement, l'inconnu lui lança quelques œillades, mais Koky ne la présenta pas, oubliant les règles de politesse. Elle remonta l'échelle du toboggan, préférant les ignorer tous les deux. D'en haut il lui semblait entendre :

— Nous sommes dans la même classe et elle habite tout près d'ici.

Elle s'empourpra. Comme elle détestait rougir ! C'était vraiment la barbe ! Et ce gars qui avait l'air de s'en amuser ! S'il croyait qu'elle ne le voyait pas. Pfff...

— Je dois rentrer maintenant, à demain Koky, elle tourna les talons et disparut.

Les mains dans les poches elle pesta. Cet individu avait perturbé cette fin de journée. Il l'avait mise dans tous ses états. C'était vrai, il était plutôt mignon. Mais il était bien plus âgé que Koky ou elle-même. Trois ans au moins, jugea-t-elle.

Sa main trouva l'orange et un sourire naquit sur son visage. Comme il était gentil. Elle avait fait semblant de ne pas l'entendre quand il l'avait appelée « chérie », mais rien que d'y penser, elle se sentait pousser des ailes !

Quand elle rentra, elle embrassa rapidement sa mère et s'enferma dans sa chambre.

Elle prit son petit carnet et un crayon à papier et écrivit de sa plus belle écriture :

« Betty Wark, mariée avec Koky Busbach.
Sept enfants.
Adresse : quelque part dans le monde ! »

Elle arracha la page et se relut.

Oui, c'était parfait. Elle réfléchit et se demanda s'il fallait encore ajouter quelque chose, mais fut interrompue par la sonnette.

— Kaki ! cria-t-elle en se levant d'un bond. La feuille où elle avait dévoilé ses sentiments glissa par terre.

Elle monta les marches quatre à quatre et arrivée devant la porte qui séparait le vestibule de l'entrée, elle tomba nez à nez avec son père.

— Papa ! Tu rentres tôt !

Johan la souleva et la fit virevolter à bout de bras.

— Ce n'est pas votre anniversaire aujourd'hui, mademoiselle Wark ?

Il l'embrassa de mille baisers dans le cou et l'enfant rit aux éclats.

On sonna de nouveau et cette fois-ci c'était bien Neel.

Johan ne put retenir un cri d'admiration et Betty siffla sur ses deux doigts, comme un garçon, ce qui lui valut un regard noir.

Une impression de grande élégance se dégageait de la jeune femme.

Elle portait une robe et un court manteau en lainage quadrillé gris, blanc et noir. Le nœud en taffetas était assorti à un délicieux chapeau en paille de la même couleur qu'elle portait en arrière, laissant découverte presque la totalité de sa tête. Des gants, luxueusement surpiqués, un joli sac et de ravissantes chaussures complétaient sa tenue.

— Kaki, comme tu es belle, on dirait que tu sors d'un magazine de mode.

Neel sourit et caressa la tête de l'enfant tout en lui expliquant :

— Je ne dois plus seulement vendre des robes. Je dois servir de guide et d'exemple !

— Betty a raison, tu es magnifique ! la félicita Johan.

— Notre directeur nous a précisé qu'il fallait contribuer à maintenir le prestige de la haute couture. Du coup on nous habille, mes trois collègues et moi. Et ma foi, j'en profite.

Francine admirative devant la belle silhouette de sa sœur vint l'accueillir chaleureusement.

Devant une tasse de thé fumante, Betty lorgnait le cadeau que sa tante lui avait apporté. Elle avait déjà ouvert les autres présents, sauf celui-là. Elle se demandait ce qu'il pouvait bien contenir, le paquet étant volumineux.

Les adultes ne se préoccupaient pas d'elle, ils parlaient des nouveaux voisins qui venaient de s'installer dans la rue.

— Madame Muis est très charmante. Elle est venue se présenter ce matin. Ils ont cinq enfants, et le plus jeune a ton âge, Betty. Je crois qu'il s'appelle Wim.

L'enfant acquiesça vaguement.

— C'est tout de même quelque chose, toutes ces familles juives qui doivent déménager en toute hâte pour rejoindre la capitale. Comme si trouver à se loger ici, était chose facile ! Les Muis ont eu de la chance d'avoir trouvé une maison vacante. Flip a reçu de nombreuses demandes de location au bureau. Il se démène littéralement pour tous ces pauvres gens... soupira Neel.

Un sourire en coin, Johan rétorqua :
— Ton Flip se rend donc bien utile, non ? Tu dois le reconnaître ! Les bureaux du Conseil juif sont devenus indispensables pour cette population.
— Oui, c'est vrai, et j'en suis heureuse. Au fait, vous ai-je dit qu'Esther, sa sœur, est revenue vivre chez ses parents ?
— Pourtant elle ne vivait pas dans la zone du Zaandam concernée par cette évacuation ?
— Non, mais elle a perdu son emploi puisque la famille chez qui elle travaillait n'a plus le droit d'avoir une employée juive.
— En tant que couturière, elle devrait tout de même retrouver rapidement un emploi, fit Francine.
— Certainement, elle s'est déjà fait enregistrer à l'annexe du Conseil juif qui s'occupe des chômeurs.
— Maman, je peux ouvrir mon cadeau maintenant ? Maman ! s'impatienta la fillette.
— Oui, vas-y, l'autorisa son père. Tu as été suffisamment patiente et je suis moi aussi très curieux de savoir ce que contient ce grand paquet...
La petite bondit sur ses pieds et arracha le papier.
— Ouiiiiiiiiii, ouiiiii, jappa-t-elle tel un chiot, ne pouvant cacher sa joie. Des patins à roulettes ! Youpi ! Youpi ! Et elle sauta joyeusement sur place, ses patins à la main.
Johan s'était levé également d'un bond à la vue de ces patins. Les poings et la mâchoire serrés, il avait du mal à contenir sa colère :
— Rends immédiatement ces patins à ta tante. Immédiatement, te dis-je.
Betty ne comprit pas tout de suite de quoi il s'agissait. Elle regarda d'un air ébahi son père, rouge de colère et dont les yeux lançaient des éclairs.
— Mais papa... ?
— Im-mé-dia-te-ment, tonna-t-il.
Il se tourna vers sa belle-sœur et cracha :
— Je t'avais prévenu Neel ! Ma fille ne fera pas du patin à roulettes dans les rues. C'est un jeu de garçon ! Ma fille, il insista lourdement sur le « ma », n'est pas une traînée !
Neel se leva à son tour, les lèvres pincées. Elle cherchait de l'aide auprès de Francine, mais celle-ci savait que la décision de Johan était irrévocable.
— Je suis désolée, ma chérie, vraiment désolée, puis elle prit les patins et sans un regard quitta la pièce. Quand Betty entendit la porte claquer, elle descendit dans sa chambre et tenta de trouver du réconfort auprès de sa poupée. La petite négresse avait des yeux pleins de compréhension et elle la serra sur son cœur.

D'un air éreinté et extrêmement en colère, Flip raccrocha le téléphone. Il ferma un instant les paupières et inspira profondément. Il venait d'essuyer une véritable scène.
Il n'avait été qu'à demi surpris par ce que Neel lui avait révélé au début de leur conversation.

Il l'avait lui-même mise en garde, c'est dire s'il le connaissait bien, son beau-frère ! Il l'avait avertie, la prévenant qu'elle devrait sûrement affronter le courroux de Johan en offrant des patins à Betty.

Jamais il n'aurait cru cependant que Neel dût les rapporter. En ces temps difficiles, il trouvait ce comportement tout de même très dur. Mais Johan l'avait prévenue et Flip le lui avait gentiment rappelé, ce qui lui avait valu un flot de paroles blessantes qui dépassaient certainement la pensée de sa fiancée.

C'était terrible, ils se disputaient de plus en plus souvent.

Neel supportait mal son emploi au Conseil juif. Elle rêvait de le voir démissionner, comme l'avait fait le diamantaire et locataire de Johan, M. Groen qui appelait, comme tant d'autres, le *Joodse Raad*[36], *joods verraad*[37].

Et cela ne s'était guère amélioré quand il avait fallu dresser fin décembre, les listes des premières convocations pour les camps de travail qui n'épargnaient que les actifs.

Les débats internes étaient agités depuis que les dirigeants avaient accepté de collaborer au recensement, mais à présent Cohen suscitait un mépris profond !

Flip, en son for intérieur, engagea presque d'emblée, un long duel avec le Conseil.

Un duel du bien et du mal.

Il était partisan de sa dissolution quand bien même il était persuadé que le Conseil juif devait rester aux commandes de la communauté, si la rumeur de la création d'un ghetto dans la capitale se confirmait.

Les Allemands pouvaient se débrouiller seuls, mais le peuple juif, sans chef, serait complètement désorganisé, et il y aurait beaucoup de misère !

Un instrument aux ordres des nazis d'un côté, et de l'autre, un semblant d'existence en dépit des persécutions.

Flip savait que ce soir-là les chefs du Conseil se réunissaient pour débattre de ce fait.

En effet, l'ennemi exigeait une nouvelle main-d'œuvre ; mille hommes supplémentaires alors que presque autant de chômeurs venaient d'être envoyés dans la Drenthe, au nord-est du pays.

Était-il dans l'intérêt du Conseil de céder aux exigences allemandes ou fallait-il dès à présent dissoudre le Joodse Raad d'Amsterdam et advienne que pourra ?

Pourtant, il lui semblait qu'il valait mieux être déporté à l'intérieur du pays plutôt qu'en Allemagne... De Mauthausen, il ne restait que quelques rares survivants parmi tous les Amstellodamois déportés en 1941.

Ainsi galopaient fiévreusement ses pensées. Il cherchait les points positifs quand il n'en trouvait que de négatifs et vice-versa. Sa réflexion fut interrompue par la sonnerie du téléphone.

---

[36] Conseil juif

[37] trahison juive

Il avait écouté Neel d'abord avec courtoisie, ne voulant pas froisser la jeune femme. Mais elle s'était laissée emporter et le ton était monté.

Quand il ne put plus supporter sa longue tirade de complaintes qu'elle lui infligeait depuis une vingtaine de minutes, il coupa court d'un ton sec :

— Suffit Neel ! Tes patins et *tutti quanti*, je n'en ai rien à faire !

82. AU BUREAU DE PLACEMENT

Le restaurant t'Visje, à proximité du Dam, proposait une large gamme de poissons et de crustacés, un lieu où les SS aimaient se retrouver.

Ce soir-là, le restaurant était bondé, et on entendait un joyeux tintement de couverts et d'assiettes.

Jane et Tony étaient installés à la fenêtre qui donnait sur une impasse et dégustaient des petits pains aux crevettes grises.

La jeune femme était très séduisante avec son petit tailleur strict sur un chemisier en soie ivoire.

Sa belle chevelure rassemblée en un chignon dont quelques boucles s'échappaient lui donnait l'allure de la secrétaire parfaite.

Tony, en complet veston, était embarrassé par les nombreux regards souvent insistants des soldats qui glissaient sur elle, comme s'il n'existait pas.

Jane, quant à elle, les ignorait totalement. Elle se tenait très droite, son petit nez légèrement relevé, l'air tout à fait à l'aise.

Elle bavardait comme s'ils étaient fiancés et très intimes, alors que lui, pourtant habitué à la gent féminine, était intimidé et se sentait gauche !

Cette fille a un sacré cran ! admit-il.

De là où elle se trouvait, Jane guettait le signe d'une assistante du bureau de placement, de l'autre côté de la courette.

Cette dernière attendait que certains employés et mouchards du NSB aient quitté l'immeuble après la fermeture, pour les avertir que la voie était libre.

Ils eurent largement le temps de finir leur délicieux repas et commençaient à s'inquiéter quand Jane vit enfin le rideau s'écarter.

— On y va, fit-elle d'un sourire qui semblait traduire une subite envie de faire l'amour.

Tony en fut déconcerté et il eut un coup de sang qui n'échappa guère à la belle rousse.

Elle rit sous cape, heureuse et victorieuse de renverser un peu les rôles. Le grand séducteur réduit en géant de papier, c'était amusant.

L'Artiste régla la note, ouvrit galamment la porte de l'établissement et offrit son bras à sa charmante compagne.

Jane gloussa, puis retrouvant son professionnalisme elle lui donna un coup de coude dans les côtes et lâcha :

— Nous avons beaucoup de travail, alors tâche de revenir sur terre !

Ses propos lui firent l'effet d'une douche froide et s'il n'avait pas à accomplir cette mission ensemble, il l'aurait volontairement remise à sa place.

Elle a du cran, mais c'est une garce !

Au premier étage du bureau de placement, ils retrouvèrent l'assistante.

Après un bref salut, elle les mit immédiatement à l'œuvre.

— Tony, tu t'occuperas de cette pile. Ce sont les certificats d'aptitude que tu dois falsifier. Toi, Jane, tu m'aides à taper de nouvelles attestations médicales, puis Tony les signera en imitant les signatures des médecins.

Bientôt on n'entendit plus que les cliquetis des machines à écrire.

Il y avait de nombreuses cartes à falsifier et autant de convocations à détruire.

Les Allemands exigeaient de plus en plus de chômeurs pour les différents camps de travail du pays et une véritable course à l'emploi était née.

C'était la deuxième fois que Tony accompagnait Jane pour une mission de sabotage de ce genre. La rousse dut admettre qu'il était un pro de la falsification. Un vrai artiste, mais elle se garderait bien de lui avouer son admiration ! De toute façon, il n'était pour elle qu'un tombeur de filles, et son désir le plus inavoué était de le mater. Il avait l'habitude que les filles se pâment devant lui ? Eh bien, il allait voir de quel bois elle, Jane la mutine, se chauffait !

Quand ils eurent terminé, l'assistante sortit une enveloppe de son sac et la lui tendit.

Tony releva les sourcils et l'ouvrit. Elle contenait deux passeports vierges.

— Où as-tu trouvé ça ?

— Figure-toi que c'est un gars qui travaille à la SD qui me les a donnés. Tout ce manège ne lui dit rien non plus. Il se pose beaucoup de questions. Il nous aide comme il peut. J'ai pensé qu'on pouvait s'en servir pour « aryaniser » deux personnes.

— Hmmm, je vois.

— Et quel va être ton critère de choix ? s'inquiéta Jane.

— Pour être honnête, je n'en sais rien encore. Peut-être pourra-t-on s'en servir pour un père de famille nombreuse ? Les Juifs sont moins bien traités que les aryens, moins nourris et surtout beaucoup moins bien payés... Alors j'ai pensé qu'on les réservera à ce genre de personnes.

— Ma foi, c'est une excellente idée, jubila Jane.

Une heure plus tard, Tony et la jeune femme quittaient les lieux pour retrouver Paul qui les attendait à l'imprimerie. Ils n'allaient pas se coucher tôt ce soir encore.

Cette fois-ci l'artiste n'offrit pas son bras à sa collègue ; sa rebuffade était encore bien présente à son esprit. Il marchait derrière elle, en regardant toutefois le délicieux balancement de ses hanches et il avait bien du mal à ne pas laisser dévier ses pensées. C'était tout de même impressionnant, l'effet qu'elle lui faisait ! C'était là une chose qu'il ne connaissait pas. Plus elle le repoussait, plus elle l'attirait. Il sentait monter en lui un désir presque sauvage.

Ils arrivèrent sur le terre-plein et attendirent le tram. Une brise glaciale s'était levée et Jane frissonna.

— Brrr, ne put-elle s'empêcher de prononcer. Avec ce vent, j'ai bien du mal à croire que le printemps vient d'arriver.

Tony acquiesça sans dire un mot, il aurait volontiers déposé sa veste sur ses frêles épaules. Mais il s'en gardait bien.

Dans quelques instants, elle montera dans le tram, et elle se réchauffera toute seule, songea-t-il.

83. LE DILEMME

La voix imposante de *Herr* Rodegro résonnait dans le combiné :
— Des réductions de rations, vous dites, *Herr* Cohen ?
— C'est bien cela *Herr* Rodegro, assura ce dernier d'un air accusateur.
— Ach so..., hésita le *Referent für Soziale Fragen*.

Cet officier, qui s'occupait des affaires sociales et travaillait au bureau de Böhmcker, n'appréciait guère le ton utilisé par le dirigeant du Conseil juif.

Il était l'un des plus anciens du parti et avait de ce fait une grande influence au bureau où personne n'osait lui tenir tête. Fanatique, mais d'une maîtrise de soi à toute épreuve, il ne supportait ni ne tolérait chez les autres le moindre emportement. Et la voix fébrile de Cohen mettait ses nerfs à vif.

— *Herr* Rodegro ? s'inquiéta la personne de l'autre côté du fil.
— *Ja, ja !* *Herr* Cohen, je doute fort de l'exactitude de vos paroles. Je n'ai rien entendu de la sorte et je suis donc extrêmement étonné par ce que vous avancez.

Cohen lui expliqua que c'était pourtant bien la vérité. Agacé, il lui rappela également que les personnes de la communauté envoyées dans les onze différents camps de travail du pays n'avaient toujours pas eu de permission, que leurs salaires étaient terriblement bas, et que les malades n'avaient toujours pas le droit de quitter le camp.

Rodegro ne l'écoutait qu'à moitié. Toutes ces jérémiades le fatiguaient.

— *Herr* Cohen, je vous arrête là. Nous en avons assez débattu.
— *Herr* Rodegro, je m'excuse d'insister, mais vous nous aviez donné votre parole : les Juifs devaient être traités comme les autres ! Ils travaillent aussi dur !
— Je ne vous ai jamais rien promis ! Quoi qu'il en soit, La Haye en a décidé ainsi. Par contre, *Herr* Cohen, je dois m'absenter quelques jours — je dois me rendre en Allemagne — et à mon retour il me faut mille hommes prêts au départ pour le 20 avril.

Des protestations se firent aussitôt entendre dans le combiné, mais il y coupa court :

— Nous pouvons toutefois arriver à nous entendre, moyennant quelques concessions mutuelles. Si vous mettez à ma disposition mille hommes, je m'engage à ne pas vous demander de convoi supplémentaire dans le mois qui suit, voire six semaines. S'il en manque, je me verrai dans l'obligation de venir les chercher moi-même. Ah ! Une dernière chose, pensez à diversifier un peu vos listes, si vous continuez à nous envoyer seulement des bougres peu instruits, nous nous verrons dans l'obligation de les choisir nous-mêmes. Et sur ce, il raccrocha.

Cohen, quant à lui, resta un instant perplexe. Asscher, qui était présent dans le bureau et avait assisté à la conversation, scruta son visage.

Ils s'étaient déjà trouvés devant un terrible dilemme : constituer eux-mêmes la liste des actifs — le travail obligatoire n'épargnait plus personne, ni les Juifs ni les autres — ou bien laisser l'autorité allemande s'en charger, avec tous les risques que cela représentait pour la communauté d'Amsterdam.

Ils avaient donc accepté de fournir ces maudites listes de noms d'hommes célibataires de dix-huit à quarante ans, épargnant cependant les religieux, professeurs, et médecins...

Cohen respira profondément.

— Il faudrait rappeler à ces *Herr*en qu'un bon nombre d'appelés ne s'est simplement pas présenté, et ce malgré l'exhortation écrite dans le journal !

— D'autres sont considérés inaptes, renchérit Asscher.

— Au final, chaque fois le compte n'y est pas, l'ennemi s'impatiente.

— Il nous faut gagner du temps !

84. LA LISTE

La lumière rougeâtre de cette fin d'après-midi rendait la pièce très chaleureuse. La douce lumière du mois de mai inondait généreusement le grand lit de la chambre à coucher.

Flip était penché au-dessus de sa fiancée et caressa sa peau douce. Il était rasséréné et heureux, vivant ce moment avec une intensité toute nouvelle.

Tout au long de cette journée printanière, ils avaient fait l'amour, fenêtres grandes ouvertes.

Ils s'étaient aimés avec une tendresse infinie et Neel s'était donnée à lui comme elle ne l'avait jamais fait auparavant.

En s'offrant ainsi, elle pensait pouvoir débarrasser l'âme de son amant de cette lassitude qui semblait l'envahir peu à peu. On pouvait bien introduire tout un tas d'interdictions vexatoires, comme celle qui prohibait tout acte sexuel entre leurs deux races, on ne pouvait pas les empêcher de s'aimer et de respirer l'air qui rentrait librement par la fenêtre.

Flip était souvent très abattu et elle avait bien du mal à supporter ses envies suicidaires qu'elle traitait de solution de facilité.

Leurs conversations n'étaient plus jamais légères et la jeune femme éprouvait parfois un sentiment d'agacement vis-à-vis de son fiancé quand il se recroquevillait sur son canapé pour s'abîmer dans des profondeurs qui lui étaient inaccessibles.

Que pouvait-elle comprendre de tous les états d'âme qu'il traversait ?

Comment le pourrait-elle d'ailleurs ?

Devant cette vie quotidienne, pleine d'angoisses, le courage l'abandonnait peu à peu. Un profond découragement s'insinuait sournoisement au fin fond de ses entrailles.

Lui, l'éternel optimiste manquait de confiance en l'avenir, tant les humiliations l'accablaient.

Et il se trouvait lâche, dégoûtant, passif.

Il ne serait jamais inscrit sur les listes qu'éditait le Conseil juif : tous ses employés étaient dispensés de déportation. Et ce sentiment singulier de se sentir ainsi protégé faisait naître en lui des sentiments contradictoires de profond soulagement mélangé à une certaine culpabilité.

Pas plus tard que la semaine dernière cette vérité lui avait sauté aux yeux, quand il avait vu le total des derniers appelés : 4500. La tête lui avait tourné. Mais c'était en parcourant minutieusement la liste des « aptes », quasiment 1000 hommes actifs, que son sang se glaça. Devant ses yeux soudain apparaissaient des visages connus, d'anciens camarades de classe, d'amis ou de simples connaissances. À croire que le monde était infiniment petit. C'était terrifiant !

Plus terrifiante encore était la colère de Rodegro quand seulement la moitié se présenta à la Centraal Station. Les présidents du Conseil plaidèrent en faveur de tous les absents, implorant l'officier allemand de ne pas les punir trop sévèrement et de leur donner une autre chance de partir.

Mais Rodegro voyait rouge : il avait demandé 1000 hommes, or ce nombre n'était pas atteint ! Maintenant il en exigeait 3000 !

Neel ignorait totalement tout ce qui se passait au Conseil. Et elle refusait simplement et purement d'en parler.

Elle ne pouvait donc pas comprendre ce qui avait provoqué tant de changements chez son fiancé. Elle ignorait ses peurs et ses doutes...

Il n'était plus le Flip d'avant.

Il n'avait plus rien à voir avec l'homme qu'il avait été jusqu'alors.

Il était devenu l'homme de la bonne liste, celle des privilégiés.

85. LES ÉTOILES

Ce fut le cœur battant et le souffle court que le groupe de jeunes gens atteignit le toit du Bijenkorf qui surplombait la grande place du Dam.

Il n'avait finalement pas été difficile de parvenir au sommet du grand magasin, grâce à la bienveillance de quelques employés.

Ils s'étaient partagé les centaines de milliers de petits pamphlets, pas plus grands que la paume d'une main.

Aujourd'hui c'était Tony qui dirigeait l'opération, il y tenait particulièrement.

D'un commun accord et depuis peu, Paul, Bart, Jane, et Hanneke avaient rejoint *Het Artiesten Verzet*, le Groupe d'Artistes Résistants (GAR), dont faisait notamment partie Tony.

Ce groupe, très bien renseigné, disposait non seulement d'un matériel de pointe important, mais également de nombreux talents tellement utiles dans le monde où ils devaient agir, et il était devenu évident que l'union faisait la force.

Depuis l'aurore de la veille, ces guerriers de la résistance n'avaient connu aucun repos. Différentes imprimeries clandestines de la ville avaient contribué à l'impression des nouveaux tracts de protestation et La Rombière avait de nouveau fièrement relevé le défi.

Le papier devenait rare et Hanneke avait fait plusieurs voyages avec un landau et le bébé d'une amie bien emmitouflé qui dormait sagement sur un matelas... de feuilles blanches.

Une fois l'impression achevée, le travail n'était pourtant point terminé. Pour atteindre l'effet recherché, il restait à tout découper aux ciseaux, suivant des lignes bien déterminées.

Ils s'étaient maintenant dispersés sur le grand toit, prêts à les jeter dans le vide.

Un jeune étudiant se tenait près de Jane et de Hanneke.

Du coin de l'œil, Paul l'observa ainsi que « ses deux femmes », comme il aimait à les appeler. Hanneke, toute frêle à côté de l'impertinente Jane, attendait le signal.

Ils les aimaient toutes les deux, pour des raisons bien différentes. Chacune à sa façon avait quelque chose de déroutant. Jane avait un regard à vous mettre le feu, alors que les yeux de Hanneke étaient d'une grande douceur !

La voix de Tony le fit sortir de sa courte rêverie :

— Trois, deux, un : GO !

D'un geste ultra rapide chaque membre vida sa sacoche, son sac ou encore sa besace et bientôt une véritable pluie orange, un déluge orangé, s'abattit sur la place.

S'ensuivirent un ordre bref de dispersement et un dernier avertissement :

— Et n'oubliez pas, avant de redescendre, de vérifier qu'il ne vous reste plus aucun tract... Et jetez aussi un regard dans vos poches, on n'est jamais assez prudent. Regagnez tranquillement la sortie comme indiqué, ordonna le peintre.

Le jeune étudiant fouilla son cartable et ses poches. Au fond de l'une d'elles, le bout de ses doigts toucha quelques papiers froissés. Rien de bien important.

Neel descendit à l'arrêt du tram devant le Bijenkorf, juste au moment où un tourbillon de billets semblait illuminer joyeusement la journée.
Étonnée, elle leva les yeux vers le ciel. La joyeuse farandole de papiers de couleur vive, virevoltant au gré du vent, provenait du grand magasin. Elle se dirigea cependant d'un pas alerte vers la porte d'entrée, car elle prenait son service dans dix minutes. Une feuille passa devant elle et elle la saisit au vol. Elle avait la forme d'une étoile de David et portait l'inscription : « Jood en niet -Jood één ».
Évidemment que Juif et non-Juif ne font qu'un ! pensa-t-elle. La jeune femme scruta une nouvelle fois le doux ciel bleu de ce premier jour du mois de mai.
Elle inspira profondément. Ce tract était un cri de colère contre la dernière trouvaille des nazis : à partir du lendemain toute la population juive devrait porter une étoile jaune sur ses vêtements, à gauche et à hauteur de la poitrine.
Flip l'avait mise au courant deux jours auparavant. Des méchantes flammes avaient illuminé ses yeux verts d'ordinaire si tendres. Il était entré dans une colère noire et avait crié :
— Du bétail ! Voilà qu'ils nous marquent comme si nous n'étions que de bêtes ! Nous porterons des stigmates. Les stigmates du vice !
— Non Flip, avait répondu Neel, en passant sa main dans ses cheveux blonds, tentant ainsi de le calmer un peu. Au contraire, il faudra porter cette étoile comme si c'était un grand honneur...
— Et il nous faudra les payer en plus ! Quatre cents l'une, et quatre par personne, plus un point textile !
— Où devrez-vous vous les procurer ?
— Devine, avait-il prononcé amèrement.
— Au Conseil juif ?
Le jeune homme n'avait pas supporté le regard ironique de sa fiancée et avait rétorqué d'une voix pleine d'agressivité :
— Comment veux-tu qu'on y arrive sinon ! Ils nous donnent trois jours en tout et pour tout ! Le pauvre malheureux qui n'en portera pas à partir du 2 mai sera directement amené au *Sicherheitsdienst* (SD) dans l'Euterpestraat, au QG. Et tu sais bien..., si quelqu'un met les pieds là-bas, ils ont tôt fait de l'envoyer à Mauthausen ! Et ces malheureux ne se feront pas vieux, tu le sais bien Neel. Et cesse de me regarder ainsi !
Cette dernière avait alors également haussé la voix :
— Et moi je dis que les Allemands n'ont qu'à se débrouiller tout seul ! Ils n'ont pas besoin de vous pour inventer de nouvelles mesures ! Laissez-les au moins s'occuper de leur sale besogne ! Cela leur prendra des semaines !
Les mains sur les hanches, elle avait toisé son amant.
Flip, las de voir sa bien-aimée enfourcher une fois de plus son cheval de bataille, avait parlé d'une voix glaciale :
— Qu'est-ce que tu attends de moi ? Tu veux que je quitte le

Conseil ! Que je démissionne ! Peut-être te sentirais-tu plus en phase avec toi-même si je me portais volontaire pour aller travailler dans un camp ?

Et du coq ils avaient sauté à l'âne... Les paroles avaient largement dépassé leurs pensées.

À croire qu'ils y prenaient goût...

En rentrant dans l'ascenseur, elle secoua la tête tristement comme pour se défaire de ces scènes qui y défilaient à toute allure. Mais le mécanisme ne pouvait plus s'arrêter. Elle soupira en repensant à leur discussion téléphonique du matin.

Son fiancé l'appelait tous les jours, s'inquiétant de son sommeil, de ses rêves, mais surtout pour lui souhaiter une agréable journée.

— Es-tu souffrant ? l'avait-elle questionné à l'autre bout du fil. À entendre ta voix, tu as l'air éreinté...

Flip ne put contenir un bâillement avant de répondre :

— C'est que nous avons travaillé une bonne partie de la nuit, jusqu'à quatre heures !

Agacée, elle ne lui avait pas laissé le temps de poursuivre et elle lui avait tout simplement raccroché au nez.

Ses pensées s'étaient chamboulées dans sa tête :

Ils sont plus d'un millier d'employés, mille cinq cents, je crois... Et ces abrutis ont effectué des heures supplémentaires pour exécuter au mieux les ordres des *moffen*. Et ils y mettent du zèle en plus. Qu'ils les envoient donc paître ! C'est vraiment ce qu'ils ont de mieux à faire !

Elle n'était pas fière cependant de ce qu'elle avait fait. Flip était toujours tellement gentil et prévoyant. Il ne méritait vraiment pas qu'elle agît de cette façon.

Au fond d'elle-même, elle savait pourtant pourquoi elle réagissait ainsi. C'était un peu à cause de Willem.

Ces derniers temps, il travaillait beaucoup pour Pa et souvent ils prenaient le thé quand elle rentrait à la maison.

Pa et lui parlaient souvent du Conseil juif et Willem avait par moments des propos virulents à son sujet. Et la veille, il avait apporté un exemplaire d'Axiome, où un long article traitait de la grogne qui s'élevait dans les rangs juifs. Il n'y était rien écrit de flatteur, bien au contraire ! Et c'était en réalité ce qui la gênait le plus ! Elle avait trop de fierté pour supporter une quelconque critique, même si celle-ci ne lui était qu'indirectement adressée.

Elle arriva à l'étage où elle travaillait et salua ses collègues.

Une d'entre elles lança d'un air taquin et entendu :

— Bonjour Neel, oh là là ! On dirait bien que tu n'as pas assez dormi !

— Fiche-moi la paix, veux-tu ?

— Ah ! Notre Coco Chanel est de mauvaise humeur ce matin !

Un rire traversa les rayons.

La vendeuse voyant que la jeune femme restait de marbre se radoucit et s'enquit :

— Sérieusement Neel, as-tu des soucis ? Je peux t'aider ? Apparemment non... Alors, changeons de sujet. Tu as vu cette formidable propagande ?

Neel acquiesça.

— Ils n'ont pas choisi cet endroit pour rien, hein ! Quand je pense qu'avant la guerre presque tous les employés ici étaient Juifs !

Mais la jeune femme n'avait pas envie de parler et s'isola dans un autre rayon.

Elle avait bien du mal à se concentrer et sentait son sang battre dans ses tempes, signe précurseur d'une forte migraine.

Elle se dirigea vers la fenêtre et un sourire illumina enfin son visage sombre en voyant le parterre de la grande place couvert de milliers d'étoiles orange.

Des soldats étaient arrivés et à les voir piétiner le sol et s'agiter ainsi, elle comprenait qu'ils étaient furieux.

Forts de leurs fusils pointés vers l'avant, ils aboyaient aux passants. Certains subissaient un interrogatoire sur place comme ce jeune homme qu'elle apercevait, tremblant comme une feuille devant un soldat à peine plus âgé que lui.

Et l'objet du courroux du militaire, c'était justement une feuille. Comme il la tenait du bout des doigts, Neel la reconnut. C'était un tract !

Neel ne put retenir un cri quand l'homme interpellé reçut un formidable coup de crosse qui le fit tomber à la renverse.

Elle porta sa main à la bouche, indignée et impuissante devant le spectacle qui se déroulait sous ses yeux.

D'autres soldats les avaient rejoints à présent et commençaient à rouer le résistant de coups.

Elle ne pouvait en supporter davantage et se détourna, le cœur lourd.

Un client venait d'arriver et l'interpella, l'air pressé et exigeant.

Elle le remercia intérieurement de cet intermède, heureuse de se concentrer à nouveau sur son travail.

86. FRANS

Les hirondelles volaient haut dans le ciel d'Amsterdam, en ce début du mois de juin 1942. Aux passants attentifs, leurs cris stridents, mais joyeux annonçaient du beau temps pour la journée.

Le soleil radieux inondait de sa belle lumière printanière les péniches arrimées le long du canal.

Betty et Koky pêchaient avec leur canne à pêche de fortune dans les eaux troubles de l'Amstel.

La petite fille observait les oiseaux qui zigzaguaient dans les airs tout en se laissant emporter par les ondes de la légère brise tiède.

Elle portait une robe à fleurs, des socquettes blanches et un nœud dans les cheveux. Mais à part sa tenue, elle n'avait rien d'une petite demoiselle : elle était allongée négligemment sur le ventre, à même le sol, les jambes écartées. Et nullement inquiète de l'indélicatesse de cette position qui laissait les regards indiscrets deviner le haut de ses jambes.

Rêveuse, la tête appuyée sur son coude, elle scrutait l'infini. Elle pensait à sa future vie, quand la guerre serait enfin terminée et qu'elle deviendrait l'épouse de Koky.

Ils allaient si bien ensemble ! Il lui suffisait d'y penser pour que son cœur s'emplît de bonheur !

Pourtant la journée n'avait pas vraiment bien commencé.

Ce matin au petit déjeuner, sa mère lui avait joué un méchant tour ! Elle avait mis son petit mot secret juste à côté de l'assiette de son père.

Ce dernier y avait nonchalamment jeté un coup d'œil, puis levant lentement les yeux il avait regardé sa fille sans rien dire.

Les joues de cette dernière s'étaient empourprées, mais elle n'avait pourtant pas cillé.

— Bien, bien ! avait-il fini par murmurer avant de poursuivre en lisant à haute voix :

« Betty Wark, mariée avec Koky Busbach.

Sept enfants.

Adresse : quelque part dans le monde ! »

Oh ! Comme elle avait détesté sa mère ! Elle avait fouillé sa chambre et comme si ce n'était pas suffisant, il avait fallu que Francine lui montre sa trouvaille !

La tête baissée, elle avait osé cependant la lever un peu pour dévisager son père à travers ses paupières mi-closes. Elle s'attendait à se faire gronder, mais contre toute attente, Johan avait soigneusement plié le papier et l'avait glissé dans son portefeuille.

Bouche bée, Betty en était restée perplexe.

En y réfléchissant maintenant, c'était plutôt de bon augure.

La vie était belle !

Elle souffla, un peu lasse. Les poissons sont absents aujourd'hui, songea-t-elle quand soudain des ronds apparurent à la surface de l'eau, signe qu'ils étaient finalement bien là. Mais ils semblaient se diriger vers le bouchon de la canne de son camarade. Alors elle se leva d'un bond et bouscula son ami qui pêchait tranquillement assis en tailleur sur le quai.

— He ! s'insurgea-t-il. Tu m'as fait bouger ! Tu leur as fait peur. Pfff ! Il la poussa de la main.

La fillette lui tira la langue et lui adressa une de ses plus belles grimaces avant de déguerpir. Mais son copain était aussi rapide que l'éclair et en un rien de temps il la rattrapa et leva un poing menaçant :

— Si tu recommences, je le dirai à mon copain et il te règlera ton compte !

Pour toute réponse Betty éclata de rire. Il était tellement drôle quand il s'énervait. Et elle adorait le taquiner !

— Au lieu de me menacer, essaie donc plutôt de m'attraper !

Et ils se poursuivirent à en perdre haleine jusqu'au pont-levis en bois, où, essoufflés de leur course effrénée autant que de leurs rires, ils se tapèrent la main en signe de paix.

— La prochaine fois que tu m'embêteras, j'avertirai mon copain. Il est bien plus âgé que moi et... Il s'arrêta net et fit de grands signes à un garçon qui naviguait avec un canoë sur la rivière. Hep ! Frans, par ici, cria-t-il.

Ce dernier chercha du regard qui pouvait bien l'appeler ainsi et reconnut la silhouette de Koky.

Il manœuvra la pagaie, bifurqua, s'approcha de l'escalier en fer et s'agrippa à la rampe pour immobiliser son bateau.

— Salut Frans, je parlais justement de toi, et un large sourire victorieux lui barra le visage. Il pointa son index sur Betty. Je venais de dire à cette gamine qu'elle ne devait plus m'agacer parce que j'allais t'en parler et te voilà ! C'est merveilleux !

— Et oui, en parlant du loup, on en voit sa queue ! Et laissant glisser son regard sur la fillette, il ajouta : approche un peu pour que je te voie mieux ! Et comment t'appelles-tu ?

— Betty, bredouilla cette dernière d'une toute petite voix.

— Parle plus fort, je n'entends rien avec ce clapotis.

— BETTY !

— Betty monte à bord ! ordonna le garçonnet.

Intimidée, les joues en feu, la petite fille obéit. Elle posa un pied sur l'embarcation qui se mit à tanguer dangereusement.

— Eh ! Doucement ! Viens t'asseoir ici ! Ne crains rien.

Elle s'exécuta prudemment, nullement rassurée par les mouvements du canot.

Ce gars lui rappelait quelqu'un. Où l'avait-elle déjà vu ? Oui, elle s'en souvenait très bien maintenant, c'était dans le parc, le jour de son anniversaire : il l'avait dévisagée d'une drôle de façon et il l'avait mise dans tous ses états. Elle l'avait trouvé mignon, mais de près elle pouvait même dire qu'il était plutôt beau. Il avait des cheveux blonds peignés en arrière, dégageant un large front, des yeux malicieux gris vert et des dents d'une blancheur éclatante.

— À tout à l'heure, Koky ! glapit le blondinet du parc en adressant un salut militaire à son ami.

Resté seul sur le quai, interdit, le garçonnet n'en croyait pas ses yeux : Frans s'en allait en emmenant Betty. Il suivit du regard le canoë qui s'éloignait rapidement sous les coups de rames musclés.

Il n'en revenait pas !

Quand Betty rentra chez elle en fin d'après-midi, c'était le cœur léger. Elle était tout excitée et avait hâte de raconter sa folle aventure.

— Maman ! Maman ! cria-t-elle en pénétrant dans le jardinet, certaine d'y voir sa mère. Mais ce ne fut pas le cas. Alors elle poussa violemment la porte de la cuisine. Maman, où es-tu ?

— Je suis en haut !

Betty monta l'escalier quatre à quatre et débarqua dans le bureau où Francine s'occupait de régler quelques factures.

Munkie l'accueillit en jappant jovialement et en lui labourant les jambes de ses griffes.

La fillette la serra dans ses bras et déposa un baiser sur la tête de l'animal. Puis elle vint se coller à sa mère et déversa aussitôt un débit de paroles incompréhensibles.

— Hola hola, du calme ma fille, s'exclama la jeune femme. Je n'ai rien compris. De quoi parles-tu donc ?

Un torrent de mots s'abattit sur Francine où il était question de l'Amstel, d'un canoë, d'un certain Frans dont elle n'avait jamais entendu parler.

— Attends un peu. Tu es en train de me dire que tu t'es laissée amener par un parfait inconnu, de quinze ans et...

— C'était vraiment extraordinaire maman, et il était si gentil !

Francine recula vivement sa chaise, saisit sa fille par les bras et la coucha sur ses genoux pour lui administrer une belle fessée.

— Celle-là parce que tu ne dois pas partir avec un inconnu aussi gentil soit-il ! Et celle-là, parce que tu devais rester sur la Sarphatikade et que tu as désobéi ! Et la dernière... parce que tu sais pertinemment bien que ton père et moi-même nous ne voulons pas, que tu fasses du bateau !

— Mais je sais nager ! hurla l'enfant à travers ses larmes ! Elle se releva brusquement et s'esquiva.

— Qu'importe ? Je te l'interdis !

— M'en fous, je le ferai quand même !

— Ne sois pas impertinente, Betty !

— M'en fous, m'en fous de ce que tu dis !

Francine montra de l'index la porte de la pièce et ajouta d'une voix vibrante de colère :

— Dans la cave ! Et tu y resteras jusqu'à ce que ton père vienne t'en sortir.

Betty, en passant, donna un coup de pied dans la porte.

— Tu ne comprends jamais rien de toute façon, sanglota-t-elle, je n'ai rien fait de mal !

Le soir venu, Johan lui porta son repas sur un plateau, sans piper mot. À sa mine sévère, elle comprit qu'il était vraiment furieux et elle aurait mieux supporté ses cris que son silence pesant.

Pourquoi ne la grondait-il pas, elle aurait au moins pu essayer de se défendre. Dans cette maison on n'avait même plus ce droit-là ! C'était injuste ! Eh bien ! Puisqu'il en était ainsi, elle ne mangerait pas ! Elle croisa les bras, la lippe boudeuse et lui tourna le dos.

Johan l'observa et se dit qu'elle avait déjà un fichu caractère. Il ferma la porte derrière lui et sans se retourner monta rejoindre son épouse. Il alla sortir le poste radio de sa cachette pour écouter les dernières nouvelles sur la fréquence de *Radio Oranje*.

Betty pestait. Elle détestait cette cave, elle détestait ses parents, elle détestait tout en ce moment d'ailleurs ! Le monde entier !

La pièce était obscure, la nuit allait tomber et son père viendrait la chercher pour aller se coucher.

Elle ferait semblant de dormir, voilà ce qu'elle ferait ! Pour leur faire croire qu'elle s'en fichait pas mal d'être dans cette cave pourrie.

Elle essaya bien d'être forte, mais l'obscurité avec les ombres inquiétantes des passants de la rue ne la rassurait pas. L'ampoule au plafond n'avait qu'un petit voltage — c'était fait exprès, pour mieux la punir — et elle savait par expérience que même une fois allumée, elle n'y verrait pas grand-chose.

Et elle n'aimait pas le noir. Elle avait peur du soir. Elle haïssait la nuit.

Elle était là à se morfondre quand un bruit de bottes la sortit de son angoisse.

Ce bruit ne lui plaisait pas non plus, il n'avait rien de rassurant.

Des zones sombres passèrent devant la fenêtre.

Papa, maman, j'ai envie d'être avec vous, là-haut !

Puis elle entendit des chants et reconnut une chanson du *Jeugdstorm*. Ce n'étaient pas des soldats, mais des enfants. Elle n'aimait pas ces enfants qui faisaient partie de ce mouvement de jeunesse parce qu'ils appartenaient au NSB et que son papa les appelait des traîtres.

La troupe bottée s'éloigna tout en chantant, et le silence revint encore plus menaçant.

Elle s'assit à même le sol en dessous du soupirail qu'une lune blafarde inondait.

Elle avait envie de pleurer, mais elle lutta. Pas de larmes, elle n'était pas une poltronne ! Et pourtant, malgré tous ses efforts, elle sentit des larmes lui brûler les yeux et bientôt elles lui mouillèrent les joues. Elle renifla, hoqueta. Et bientôt tout son petit corps fut secoué de sanglots.

Au bout de quelques minutes, elle se calma et se moucha bruyamment dans son mouchoir à carreaux.

Était-ce le fruit de son imagination ou bien y avait-il quelqu'un d'autre qui pleurait ?

Elle tendit à nouveau l'oreille. Mais oui, c'étaient bien des sanglots étouffés qui lui parvenaient de l'extérieur. Elle se leva d'un bond et s'approcha du soupirail. Il n'était pas à sa portée. Il n'y avait rien dans la pièce sur lequel elle pût grimper pour regarder dans la rue.

Les pleurs s'intensifiaient et il lui semblait qu'ils provenaient d'au-dessus de sa tête, de la porte d'entrée. Quelqu'un se trouvait sur le perron et avait sûrement besoin d'aide !

Bravant l'interdiction de quitter la cave, elle monta à l'étage et alla trouver son père :

— Papa, j'entends pleurer devant la porte !

Johan, l'oreille collée au poste radio, comprit vite à la mine anxieuse de sa fille qu'il ne s'agissait point là d'une ruse pour sortir de la cave.

— Tu restes ici et tu ne bouges pas ! Il se dirigea d'un pas décidé vers le vestibule et dès qu'il pénétra dans le hall il perçut effectivement des gémissements.

Quelle ne fut pas sa surprise de trouver sur son perron deux enfants dans un état pitoyable ! Leurs visages dévastés par la peur étaient sales, leurs genoux écorchés saignaient. Sur leurs vêtements il pouvait distinguer l'étoile jaune.

— Mon Dieu, qu'est-ce que vous faites ici ?

Le plus grand des deux, un garçonnet d'environ six ans lui expliqua en bredouillant que c'était le *Jeugdstorm*, qui les avait enlevés devant leur domicile. Ils les avaient « promenés » tout le long de l'après-midi ou plutôt traînés au milieu de leurs rangs. Ils avaient continué à chanter à tue-tête malgré leurs cris et leurs plaintes.

— Et puis, haleta le pauvre bambin, ils nous ont balancés ici...

Johan ferma un instant les yeux. Dans quel monde vivaient-ils donc ?

Francine et Betty se tenaient maintenant derrière lui. La jeune femme remarqua immédiatement l'étoile jaune cousue sur leurs vêtements. Pauvres petits, songea-t-elle amèrement. On voit bien où tout ça nous mène !

Elle les entoura d'un bras protecteur et les fit entrer pour leur offrir à boire.

Betty observait la scène d'un coin de la cuisine, les yeux inquiets. Finalement, elle n'était pas à plaindre quand elle était enfermée dans la cave...

Quand les petits furent désaltérés, Johan les accompagna au commissariat où il attendit que les parents viennent récupérer leur progéniture.

Ils n'eurent pas assez de mots pour le remercier et lui offrirent un paquet de vrai café, que Johan refusa toutefois.

Il n'y avait rien d'anormal à sa façon d'agir, et il sortit en souriant une petite étoile orange de sa poche. Il leur adressa un clin d'œil et prononça solennellement :

— Juif et non-Juif ne font qu'un !

87. PLACE DE L'ÉTOILE

Le printemps s'était effacé pour laisser place à la saison chaude.

L'été était assurément l'époque de l'année que Neel affectionnait particulièrement.

Elle aimait tellement que les rayons du soleil la réveillent un peu après cinq heures ! Elle se levait alors aussitôt pour profiter pleinement de la longue journée qui s'offrait à elle.

En ce dernier jour de juin 1942, elle se tenait devant la fenêtre ouverte et huma l'air tiède et légèrement humide de la nuit. De là où elle se trouvait, elle ne pouvait pas voir le lever du soleil, mais de belles lueurs orangées éclaircissaient déjà le ciel de la capitale et badigeonnaient les briques des maisons d'une jolie teinte chatoyante.

Elle inspira profondément et ferma un instant les yeux comme pour laisser son corps se recharger par l'énergie du levant.

La ville s'éveillait doucement et en regardant en bas de la rue, elle remarqua une légère agitation. Deux marchands avec des triporteurs remplis à bloc se dirigeaient vers le centre-ville, le laitier déposait ses bouteilles devant les portes, et un vieillard tirait avec difficulté sa charrette chargée de pelures de pommes de terre, de betteraves et de carottes.

On ne voit plus aucun vélo ici, songea-t-elle avec amertume.

Et pour cause ! Elle se trouvait dans le vieux quartier juif et les bicyclettes avaient été réquisitionnées.

Elle sourit tout de même, car malgré toutes les mesures vexatoires, ces gens n'en perdaient pas pour autant leur humour. Ils avaient ainsi rebaptisé la zone Hollywood à cause de la présence de ses innombrables « étoiles » et certains appelaient la place Waterloo Place de l'Étoile, en français.

Neel était restée auprès de Flip et avait découché pour la première fois de sa vie, bravant la dernière interdiction allemande.

En effet, depuis la veille elle n'avait plus le droit de rendre visite à son fiancé ni de le recevoir chez elle, même pour boire un thé !

Mariages et relations sexuelles entre les deux communautés étaient déjà strictement interdits depuis le mois de mars et maintenant, en privé, Juifs et Aryens ne pouvaient simplement plus se trouver sous le même toit !

Ce nouveau traitement avait produit sur Flip et la jeune femme tout sauf l'effet recherché.

Le besoin de s'aimer devenait plus fort encore.

Un sentiment d'urgence s'installa.

À *carpe bellum*, leurs cœurs répondaient à l'unisson *carpe diem* !

Et tout au long de cette nuit, la jolie Aryenne avait follement aimé son beau Juif.

Encore et encore, jusqu'à l'épuisement !

Elle avait crié aux creux de ses bras forts et chacun de ses cris avait défié l'ennemi.

Elle jeta un regard par-dessus son épaule et vit que Flip dormait toujours profondément.

Neel alla dans la cuisine et se prépara un café ou plutôt un

« ersatz » de café. Elle versa le liquide fumant de couleur noire dans une grande tasse et s'installa à la petite table. Elle but une gorgée et ne put s'empêcher de grimacer. Le breuvage était très amer.

Devant elle, elle aperçut le *Joodse Weekblad* et décida de jeter un œil dans le journal en attendant que Flip se réveillât.

Les dernières ordonnances remplissaient les premières pages, c'était déprimant.

Elle les survola rapidement, certaine de les connaître toutes. Les Juifs pouvaient seulement acheter leurs fruits et légumes dans les magasins juifs et les Aryens n'avaient plus le droit de leur livrer des marchandises... Les Juifs étaient consignés à domicile de vingt heures à six heures du matin...

S'ensuivaient d'autres qu'elle ne connaissait pas comme l'interdiction de se montrer sur un balcon ou encore l'obligation de porter l'étoile de manière bien visible si on se tenait devant une fenêtre !

Et cet ordre qui leur interdisait d'utiliser la bicyclette !

Pas de transport en commun et plus de vélo non plus !

Elle soupira en se disant que la vie devenait vraiment difficile pour la population juive.

Elle tourna hâtivement la page, c'était dérangeant de lire toutes ces obligations et interdictions noir sur blanc.

Sur les feuilles suivantes, il y avait toutes les annonces officielles : naissances, mariages, deuils...

Les deux dernières contenaient des encarts publicitaires, des offres et des demandes d'emploi.

Une famille cherchait une gouvernante souriante et d'un caractère facile. Une dame offrait des leçons de conversation française, un monsieur de l'aide administrative. Une nouvelle école de cirque s'ouvrait à La Haye...

La vie continue comme si de rien n'était, pensa Neel, et les Israélites s'adaptent.

Ce n'était pourtant pas chose facile !

Tout nouveau décret amenait de nouvelles questions. Et la réponse donnée devait être appropriée et vraie puisque la vie des Juifs en dépendait !

Elle avait longuement débattu de cette difficulté avec Flip la veille et il lui avait fait comprendre que c'était la raison pour laquelle le Conseil juif avait créé tant de bureaux différents ces derniers temps. La dernière annexe qui venait de voir le jour était un centre d'information : le *Centrale Voorlichtingsdienst*.

— Prenons comme exemple la réquisition des vélos, avait expliqué Flip. Tu n'imagines sûrement pas les problèmes... Devait-on déposer toutes les bicyclettes ? Cette mesure concernait-elle également les triporteurs ? Était-il possible d'obtenir une dispense pour les personnes handicapées, ou pour celles qui habitent à plus de quatre kilomètres de leur lieu de travail ? Qu'en était-il des médecins, des infirmières ? Et cetera, et cetera... Et le fait que notre communauté ne puisse plus s'adresser aux organismes officiels que par notre intermédiaire explique l'apparition de nouveaux locaux un peu partout.

Flip s'était arrêté un instant pour poser son bras sur les épaules de Neel, heureux de pouvoir démontrer la nécessité d'être du Conseil.

— Nous traitons aussi bien les affaires d'organisation, de comptabilité, de financement que les affaires individuelles, ajouta-t-il avec fierté.

Le téléphone sonna et tira Neel de ses songes. Un coup d'œil furtif sur la pendule lui révéla qu'il n'était pas encore sept heures.

Elle entendit à peine la voix ensommeillée de Flip répondre à cet appel.

La conversation fut extrêmement brève. Quand il entra dans la cuisine, il s'approcha d'elle, lui prit le menton entre les mains comme si elle n'était encore qu'une enfant. De ses yeux brillants il scruta son visage.

— Je pense que tu vas passer un mauvais quart d'heure, mon ange ! C'était ton père...

Elle s'habilla à la hâte, se coiffa, se passa un peu de rouge sur les lèvres tout en pestant.

Elle salua Flip d'un léger baiser sur la joue et s'en alla en claquant la porte.

Elle dévala l'escalier et se retrouva dans la rue.

Fallait-il qu'à son âge, son père la traite en petite fille ?

Elle savait ce qu'elle faisait, non ? Ils n'étaient pas encore mariés, c'était un fait. Mais ce n'était qu'une question de temps. Cette maudite guerre allait bientôt se terminer. En attendant, elle avait bien le droit de faire semblant ! Et les « qu'en dira-t-on », son père se les mettra où bon lui semble !

Elle arriva sur la Place de l'Étoile où les marchands préparaient leurs étals. Elle aimait cette effervescence qui régnait sur un marché juste avant que les clients n'affluent.

Elle traversa la place et rejoignit le groupe de personnes qui attendaient sur le terre-plein l'arrivée prochaine du tram.

Des sons gutturaux lui parvinrent de l'autre côté de la rue et elle se retourna.

Quatre soldats faisaient avancer à coups de crosse une jeune femme. Ils l'invectivaient tous en même temps.

Neel se demanda de quoi elle était accusée.

Un des hommes armés fit monter la victime dans le camion bâché en la tirant par son chignon. Des cris de douleur aigus montèrent vers le ciel azur.

Neel en eut la chair de poule.

— Voilà ce qui arrive quand on fricote avec un youpin ! La prochaine fois, elle y réfléchira à deux fois ! jubila l'homme qui se trouvait juste à côté d'elle.

La jeune femme se tourna vers lui, ébahie et indignée, les yeux écarquillés.

Cette pauvre fille était donc victime de délation, constata Neel non sans horreur.

Il s'agissait sûrement d'un voisin jaloux ou peut-être d'un rival éconduit.

C'était odieux, ulcérant.

Et tellement inquiétant, car cette pratique semblait s'intensifier en ville.

Et soudain elle ne comprit que trop bien l'inquiétude de son père.

Son emportement n'avait rien à voir avec une attitude patriarcale. Pa adorait sa fille et la protégeait. Il y a dix minutes à peine, elle lui en voulait. Et elle était décidée à lui dire ses quatre vérités, mais maintenant sa colère était retombée et il lui tardait de retrouver son havre de paix.

88. SACRÉ TRIO

Betty s'arrêta un instant et de son avant-bras essuya son front moite. Mais elle sentait déjà de nouvelles perles de sueur à la racine de ses cheveux.

La chaleur de ce premier juillet 1942 était étouffante, et jouer à la marelle devant sa maison en plein soleil, allait bientôt devenir insupportable.

Mais elle attendait ses petits voisins qui ne sauraient tarder.

Elle lança un caillou et grimaça quand il atteignit la case cinq alors qu'elle visait le numéro sept ! Elle réitéra l'essai et sourit quand la pierre s'immobilisa. À cloche-pied elle s'avança quand une voix derrière elle fit :

— Bonjour petite fille !

Surprise de ne pas l'avoir entendu arriver, elle se retourna brusquement et faillit tomber.

— Bonjour, fit-elle timidement à Frans tout en retrouvant maladroitement son équilibre. Elle sentit ses joues s'enflammer.

— Il fait bien trop chaud pour jouer à ce jeu. Tu es écarlate, ricana le garçon.

Pour toute réponse Betty lui adressa un rictus méprisant et marmonna, les dents serrées :

— De quoi je me mêle !

— Comment ?

— Je disais que tu es drôlement bronzé !

— Je suis allé à la mer ces derniers jours, crâna-t-il.

— Tu étais déjà en vacances ?

— Non, j'y serais vendredi, tout comme toi !

La fillette haussa les épaules, se disant qu'il se moquait d'elle.

La réalité était tout autre.

Frans avait écrit un petit article pour le journal de son lycée et ses propos avaient été loin d'être pronazis. Le directeur ne pouvait admettre un quelconque commentaire à l'égard des nazis au sein de son établissement et s'était vu dans l'obligation de l'exclure durant trois jours. Pendant ces journées, il était effectivement allé à la plage.

Sa mère, étonnée de sa superbe mine, l'avait interrogé :

— Où diable as-tu attrapé ce joli teint hâlé ?

— Oh ! On se met au soleil avec les copains, entre midi et deux ! avait-il lancé.

Betty décida d'ignorer Frans et jeta une pierre en direction de la marelle.

Quand elle allait s'élancer, le garçonnet la devança et sautilla de façon clownesque sur les cases.

Betty rit aux éclats.

— On dirait Quasimodo en personne ! piailla-t-elle.

Frans continua à faire le clown pour le plus grand plaisir de la fillette, jusqu'à ce qu'il vît Koky arriver.

Tous trois s'assirent à l'ombre du porche pour se protéger du soleil brûlant.

— Je connais une nouvelle chanson, je vais vous la chanter, annonça Frans. Sa jeune voix pure s'éleva dans les airs :
« Moet je horen, moet je horen,
D'r is een kind geboren,
S'Nachts om twaalf uren,
Bij de buren, bij de buren,
En de ooievaar zat op het hek,
Met een moffe-kindje in zijn bek,
Dat is van een hollandse meid,
Die met een vuile mof vrijd ![38] »

Koky et Betty qui découvrirent la chanson, rirent de bon cœur et voulurent l'apprendre.

Quelques instants plus tard, ce n'était plus une seule voix, mais un trio infernal qu'on entendait chanter à tue-tête.

Francine, qui passait le balai dans le bureau, de l'autre côté de la maison, s'immobilisa un instant pour tendre l'oreille. Elle traversa le couloir et s'arrêta au niveau du vestibule. Là, les paroles lui parvinrent distinctement. Elle reconnut la voix mal assurée de sa progéniture, mais se demanda à qui appartenaient les autres.

Par le petit loquet, elle jeta un regard à l'extérieur. Quelle ne fut pas sa surprise lorsqu'elle découvrit Frans, qu'elle ne connaissait pas, mais qu'elle identifia cependant aisément.

C'était assurément le garnement qui avait pris Betty sur son bateau !

Elle héla sa fille et la fit rentrer.

Cette dernière vint, une moue dubitative inévitable assombrissait son petit visage.

— Dois-je te rappeler qu'il est strictement interdit de chanter de telles chansons ? Si ton père t'avait entendue ! On dirait une fille du port !

— N'importe quoi, marmonna la petite.

— Comment ? tonna maintenant la voix de Francine.

— C'est bon, maman, j'ai compris. Je ne chanterai plus. Je peux aller dehors maintenant ?

— Si tu me promets d'être sage.

L'enfant acquiesça et s'échappa en courant.

Dehors elle retrouva ses amis qui l'attendaient, assis sur le trottoir. Elle s'assit à côté d'eux.

Ils discutèrent de ce qu'ils pourraient bien faire.

Frans proposa d'aller faire un tour sur son bateau, mais Betty n'en avait pas le droit.

Koky brandit son sac à billes, mais les autres firent non de la tête.

Tout d'un coup, Betty bondit sur ses deux pieds.

— J'ai une idée, j'ai une idée ! jubila-t-elle.

---

[38] Ecoute bien, écoute bien, Un enfant vient de naître, Cette nuit à minuit, Chez les voisins, Et la cigogne attendait sur le portail, Tenant dans son bec un enfant de boche, Qui appartient à une hollandaise, Qui fricote avec les sales boches

Elle s'accroupit auprès des garçons et leur expliqua, à voix basse, sa belle trouvaille. Puis elle les planta-là, pour revenir un peu plus tard munie d'un sac rempli de journaux.

Le trio s'en alla joyeusement, sautillant et chantonnant doucement leur chanson.

Le Frederiksplein n'était pas bondé et c'était tant mieux. Les mamans promenaient leurs bébés plutôt les après-midi et il n'y avait que quelques personnes sur les bancs.

Les enfants se mirent à chercher dans les buissons et bientôt Koky cria victoire :

— J'en ai une, fit-il en retroussant son nez. Beurk ! Ce que ça pue !

— C'est sûr, approuva Betty en le rejoignant, en même temps, t'as déjà vu une merde parfumée toi ?

Ils s'esclaffèrent comme braient les ânes. Puis Koky roula soigneusement l'excrément dans du papier journal.

Un peu plus loin, Frans avait fait plusieurs petits paquets.

Quand ils considérèrent qu'ils en avaient assez, ils déposèrent l'ensemble dans le sac. Betty l'enfila fièrement en bandoulière.

Le trio reprit la marche et se dirigea vers la rue qu'indiquait Koky.

Ils s'arrêtèrent devant une belle maison dont les occupants étaient membres du NSB. Ils entonnèrent une chansonnette que tous ceux qui considéraient les NSB comme des traîtres connaissaient :

« Op de hoek van de straat
Staat een NSB'er,
't Is geen mens,
't Is geen dier,
't Is een farizeeër.
Met de krant in de hand,
Staat hij daar te venten
En verkoopt zijn Vaderland, voor slechts enk'le centen. »[39]

Puis Betty sortit un premier cadeau du sac et le glissa cérémonieusement dans la boîte aux lettres.

Ils gâtèrent ainsi chaque boîte aux lettres dont on savait les propriétaires pronazis, jusqu'à vider leur sac et en respectant à chaque fois leur rituel.

En prenant le chemin du retour, ils n'avaient qu'un seul regret : ne pas avoir le plaisir d'observer la tête des gens ouvrant leur paquet !

---

[39] Au coin de la rue se trouve un NSB, ce n'est pas un humain, ce n'est pas un animal, c'est un pharisien, Avec son journal à la main il colporte, Et il vend sa patrie pour quelques Cents !

89. DE MAL EN PIS

Francine jeta hâtivement un regard aux enfants qui jouaient maintenant paisiblement aux billes devant la maison.

Elle était contente de les voir intéressés par leur jeu, car ce matin elle avait bien vu qu'ils s'ennuyaient. Et après l'ennui ils avaient chanté tellement fort, qu'elle avait craint qu'une personne malveillante ne les dénonçât. Ils avaient ensuite disparu le restant de la matinée et elle n'avait point aimé la mine réjouie de sa fille après son retour. Elle espérait seulement qu'ils n'avaient rien fait de bien méchant.

Heureusement Wim, le petit voisin d'à côté, les avait rejoints, car ce petit violoniste en herbe était un enfant très sage. Ses yeux s'arrêtèrent un instant sur sa petite silhouette et sur l'étoile jaune cousue sur sa chemisette blanche.

D'une main craintive, elle appuya sur la sonnette et attendit le cœur battant.

Quand sa voisine ouvrit enfin la porte, Francine fut à nouveau frappée par l'incroyable ressemblance entre Wim et sa mère !

Le même regard d'un gris mystérieux, la charmante fossette au milieu du menton et la magnifique couleur auburn de leur chevelure.

Madame Muis était ce que l'on pouvait appeler une belle femme, mais les nuits sans sommeil affligeaient son beau visage.

— Bonjour, madame Muis ! Je…, je venais aux nouvelles…, avança Francine. Wim m'a raconté pour votre fille…

La femme souffla, visiblement en peine. D'un geste de la main elle l'invita à la suivre.

Francine hésita.

— Ah, j'oubliais ! Où ai-je la tête ? Vous n'avez plus le droit d'entrer chez moi !

Devant la mine déconfite de Francine, elle ajouta :

— Ne vous inquiétez donc pas ! Je ne voudrais pas vous faire courir le moindre risque. Les yeux sont partout !

— Racontez-moi plutôt !

Madame Muis s'avança comme pour mieux se faire entendre :

— Hier Etty a reçu une convocation pour aller travailler en Allemagne.

— Mais hier, c'était dimanche !

— Une distribution supplémentaire…

Ses yeux s'emplirent de larmes qu'elle essuya aussitôt frénétiquement.

— Et cet après-midi, ma fille de seulement dix-sept ans a reçu son attestation d'aptitude… Sa voix se brisa, mais elle se ressaisit, sortit la convocation de son tablier et la tendit à Francine.

— Regardez-moi ça : «… convoquée le 13 juillet 1942, à une heure du matin précise devant la Centraal Station. »

D'un coin du tablier, elle sécha les larmes qui inondaient ses joues.

— Et non accompagnée ! Vous rendez-vous compte ?

Elle hoqueta à présent.

— Nous n'avons même pas le droit de l'amener. Nous allons devoir la laisser aller à pied, seule, au milieu de la nuit noire !

Elle se moucha bruyamment.

Francine l'entoura de son bras, le cœur lourd.

— Et pour aller où, je vous le demande, pour aller où..., continua la mère éprouvée.

Francine haussa les épaules.

— Les Allemands ont besoin de main-d'œuvre, s'efforça-t-elle de répondre d'un ton enjoué.

— C'est clair et ils veulent utiliser les Juifs ! s'exclama Madame Muis avec agacement.

— Ils seront sûrement bien traités, c'est dans leur propre intérêt, assura la jeune femme d'un ton rassurant.

Elle ne lui dit pas qu'elle avait écouté la BBC la veille au soir. Un journaliste avait révélé que les Allemands avaient tué depuis le début de la guerre, sept cent mille Juifs, en Allemagne et dans les territoires occupés. Le reporter avait sûrement forcé le chiffre, mais c'était tout de même inquiétant ! Elle frissonna malgré un soleil radieux et une chaleur étouffante.

— Ma fille refuse d'y aller, chuchota la pauvre éplorée. C'est également ce que lui a conseillé le directeur de son école... Il lui a remis son diplôme aujourd'hui, juste après qu'elle se rende à la bourse aux diamants.

— Que diable est-elle allée faire à la bourse aux diamants ?

— C'est là-bas que se déroulent les visites médicales ! Les médecins sont pourtant tous Juifs mais ils n'ont malheureusement rien pu faire pour elle. Pensez donc ! Une fille dans la fleur de l'âge ! Que voulez-vous qu'on lui trouve comme maladie pour retarder sa déportation ? Ma fille n'est pas mesjogge ! Elle est même loin d'être idiote : elle vient de réussir brillamment à ses examens, cria-t-elle maintenant avec fierté et en souriant à travers ses larmes.

Ce soir-là, les Muis se retrouvaient autour d'un bon gâteau que Francine avait confectionné pour Etty.

— Il faut fêter l'obtention de son diplôme coûte que coûte ! Cette enfant a tellement travaillé pour y arriver ! avait-elle insisté.

Rassemblés autour de la table de la salle à manger, les membres de la famille burent le thé en silence, s'interrogeant du regard les uns les autres.

Quel était leur avenir ?

Avaient-ils seulement encore un avenir ?

Wim n'avait que dix ans, mais il comprenait la gravité de la situation. Il ne trouvait pas les mots nécessaires ni pour encourager sa sœur à partir ni pour la forcer à rester. Rendu muet par la détresse qui se peignait sur les visages des siens, il prit son violon pour laisser s'exprimer sa détresse.

Il installa amoureusement l'instrument sur son avant-bras. Sa tête lentement s'inclina pour se poser avec une douceur extrême sur le caisson. Il leva l'archet et ferma les yeux.

L'archet glissa sensuellement sur les cordes, les faisant vibrer intensément. Les doux mouvements langoureux firent naître une mélodie mélancolique et magnifique, digne d'un grand compositeur.

Et bientôt un torrent de notes à vous donner la chair de poule se déversa dans la pièce.

Elles criaient la persécution.

Elles étaient pleines, intenses et sensibles.

Elles ne connaissaient plus de limites.

C'était une musique dont transpirait à la fois tout l'amour qu'il portait à sa sœur et l'immense douleur de la future séparation.

90. À BON CHAT, BON RAT

Willem s'acharna sur les pédales de son vélo. Des gouttes de sueur coulaient le long de son front.

Il pestait en son for intérieur : il était en retard !

Ce n'était pas tant le fait, mais plutôt la cause de ce retardement qui le mettait en colère. Il s'était bel et bien assoupi sur la table, la tête calée entre ses bras croisés !

C'est que sa vie était devenue éreintante !

Depuis quelques mois maintenant il menait deux vies de front. Il occupait ses journées monotones à travailler comme un honnête homme tout à fait ordinaire, alors que son existence nocturne devenait de plus en plus trépidante.

Journalier chez Pa et, la nuit venue, estafette pour la bonne cause. Le fait qu'il ne se soit jamais inscrit au registre de la population juive d'Amsterdam, faisait de lui un être libre de ses mouvements. Il ne portait pas d'étoile. Il pouvait donc se ravitailler où bon lui semblait. Il circulait à bicyclette en toute simplicité et impunité et prenait même le tram à l'occasion.

Le Borgne lui confiait donc de nombreuses missions ; il avait toute sa confiance et il n'en était pas peu fier !

Il gara son vélo derrière l'hôtel, frappa à la porte de la cuisine : un coup bref, un silence, puis trois plus longs.

Il entendit la serrure grincer et une tête bouclée d'enfant apparut derrière la porte.

Le petit bonhomme lui fit signe de se dépêcher.

Les hommes se tenaient debout autour du billard, une canne dans la main au cas où des soldats feraient leur apparition.

Le Borgne finissait son discours quand Willem pénétra dans la pièce enfumée. Agacé, il se pinça le nez, car il détestait l'odeur âcre et entêtante de la cigarette qui imprégnait tout.

Un jeune homme prit la parole alors que Willem échangeait vaguement des salutations avec les résistants.

À leurs mines déconfites, il comprit que l'ambiance était morose.

— Je fais partie de ces médecins convoqués par le Conseil juif dont vous parlait à l'instant le Borgne.

Un murmure réprobateur se fit entendre.

— L'ironie du sort fait que je reçois pour cette tâche, la somme de quinze florins par jour...

Une légère agitation gagna les hommes.

— Il n'est guère facile de refuser un ordre émanant du Conseil, vibra la voix de velours du Borgne, laissez-le s'exprimer !

Le médecin lui adressa un mince sourire en guise de reconnaissance, et poursuivit :

— À ce jour, j'ai examiné plus de huit cents personnes. Il s'arrêta un très court instant, ne voulant pas se laisser gagner par l'émotion. Jamais plus je ne pourrai oublier ces visages angoissés, les yeux remplis de désespoir et de détresse, implorant de l'aide... Sa voix se brisa. Parmi eux se trouvaient des chômeurs en bonne santé, mais également de jeunes garçons d'à peine seize ans, les jambes grêles, le teint blafard... des jeunes filles à la poitrine naissante... des diabétiques, des cardiaques, des invalides...

Des cris d'indignation s'élevèrent que l'homme à l'œil unique fit taire d'un seul geste de la main.

— Certains de ces pauvres gens acceptent leur envoi dans un camp de travail sans la moindre objection, d'autres... sont prêts à tout pour l'éviter. Il secoua tristement la tête. Certains ont tenté de m'acheter en me glissant quelques billets, d'autres des diamants, mais je n'ai aucun pouvoir de décision ! cria-t-il. Malgré tous mes efforts, je n'ai pu en sauver que trois... Les autres partent pour la Drenthe, tous ! Tous ! Même les malades !

Des murmures de dégoût parcoururent l'assistance, mais le docteur n'en tint pas compte et continua d'une voix pleine de hargne.

— Il m'est donc devenu évident que c'est bien notre perte qui est en jeu ! « On » veut notre extermination !

Un immense découragement s'empara de la salle et le jeune médecin sentit qu'on le mitraillait du regard. Sa conscience lui dictait aussitôt de se défendre :

— Écoutez, nous n'effectuerons plus d'examens médicaux, et ce soir, je me fais le porte-parole de mes collègues. Nous allons devoir faire face aux pressions du Conseil, vous vous en doutez bien, mais nous ne céderons pas ! Nous ignorerons leurs ordres !

Un barbu leva un poing menaçant et hurla :

— Si vous refusez, nous aurons affaire à des médecins du NSB !

Un petit homme aux lunettes renchérit :

— Et ces salauds se feront un plaisir de nous prescrire un aller simple et gratuit, pour Mauthausen !

Cette réflexion enflamma les participants.

— Quand je vous dis qu'il faut faire crever ces traîtres de NSB après les avoir dépecés ! Tous ! Ainsi que leurs comparses de boches, tous !

— Au massacre !

Le Borgne, ne supportant plus ce vacarme, tenta d'imposer le silence à ses hommes qui voulaient saigner à blanc tous ceux qui portaient un uniforme vert ou noir, mais en vain !

La salle était chauffée à blanc. On n'entendait plus que des cris de haine.

L'homme à l'œillère noire observa ses gars, ces combattants de la liberté à présent complètement hystériques.

Tout à coup, n'y tenant plus, il grimpa agilement sur le billard, tenant fermement la queue de billard.

— Taisez-vous, bande d'incompétents ! Regardez-vous, on dirait une meute de chiens enragés ! Vous croyez-vous utiles ainsi ? tonna sa voix lourde de reproches. Il battait dangereusement l'air avec la canne.

Peu à peu quelques hommes, l'air renfrogné, se mirent à écouter leur chef qui poursuivit :

— Pour être efficace, Messieurs, il nous faut être organisés, mais surtout faire abstraction de violence ! Pour rester maître de son destin, il faut déjà être maître de soi !

Ses derniers mots eurent raison de l'agitation.

Le Borgne scruta avec une lenteur calculée le visage de chaque individu, ce qui eut un effet glacial. Quand il eut fait le tour, il ne put s'empêcher de grimacer, riant sous cape : ce qu'ils avaient l'air drôles tout d'un coup, avec leurs allures penaudes de petits garçons que l'on vient de réprimander ! Il se racla la gorge et ajouta d'un air plus malicieux :

— Vous savez qu'au royaume des aveugles, les borgnes sont rois ! Alors, écoutez-moi bien ! Et il leur expliqua, non sans une touche d'humour, qu'il fallait dès à présent encourager les gens à saboter les convocations de transport. Puis il leur présenta son projet de création d'un réseau de familles pouvant accueillir toute personne qui refuserait de se rendre à la gare pour un voyage gratuit ! Quand il eut enfin terminé, il fit signe à Willem de s'approcher.

Ce dernier, un peu gêné de devenir le point de mire, s'avança les bras ballants.

— Ce jeune homme, qui vaque librement où bon lui semble, s'occupera du ravitaillement et sera votre seul intermédiaire ! Il a toute ma confiance et surveillera de près la bonne exécution de mes ordres !

Un large sourire barra le visage de Willem et la grande fierté qu'on pouvait y lire l'embellissait, le rendant presque beau.

91. SOUS UN CIEL MENAÇANT

En ce 14 juillet 1942, Esther était debout parmi des centaines de femmes et sentait son cœur cogner dans sa poitrine. Sa respiration saccadée lui donnait l'impression de manquer d'air, et la tête lui tournait quelque peu.

Par moments, elle se rongeait nerveusement les ongles, le menton tremblant.

Les spasmes d'angoisse au creux de son estomac la faisaient terriblement souffrir.

Je dois me calmer, penser à autre chose...

Elle jeta un regard aux alentours.

La cour intérieure du QG de la SD d'Amsterdam témoignait encore de fortes pluies de la veille.

De nombreux pétales de jasmin flottaient joyeusement dans les grosses flaques ou jonchaient le sol, parfumant délicatement l'air.

Un rictus amer s'installa sur le beau visage de la jeune femme. Le temps d'un très court instant, elle se remémora son domicile, ce havre de paix, où elle avait pris tant de plaisir ces derniers jours à humer les délicieuses fleurs de jasmin qui en ornaient la façade.

Aujourd'hui elle se trouvait au milieu d'une foule d'une hébétude effroyable.

Elle ferma les yeux et se boucha les oreilles, tentant de trouver une certaine sérénité. Mais elle n'arrivait pas à faire abstraction des bruits parasites qui l'entouraient : des voix gutturales qui aboyaient, des frottements de chaussures sur le pavé, des pleurs de femmes, d'enfants et de bébés.

Mais il y avait autre chose. Était-ce le fruit de son imagination, ou bien entendait-elle également des rires ?

Scrutant les alentours, elle vit des femmes en uniformes, penchées aux fenêtres, riant à gorges déployées.

À voir leurs mines réjouies, elles devaient trouver amusante cette danse macabre qui se jouait en bas dans l'arène : des hommes, à l'air abattu et impuissant, tournaient inlassablement autour des femmes aux regards de bêtes affolées.

Les policiers verts, les *Grünen*, ricanèrent à leur tour sadiquement.

L'hilarité fut à son comble quand une pauvre femme succomba à une crise de nerfs : un soldat venait de l'arracher du landau où braillait son nourrisson.

Les secrétaires mitraillaient cette scène de leur appareil photo, autant de clichés souvenirs pour leur famille !

Soudain une voix s'éleva au-dessus du vacarme. Elle était ténébreuse et une profonde colère la faisait vibrer.

La foule ne percevait pourtant que quelques bribes : inadmissible... traiter...

Se pouvait-il que quelqu'un trouvât inadmissible qu'on traitât les gens ainsi ? se demanda Esther.

— C'est Cohen, je le reconnais, murmurait une femme plantureuse à côté d'elle, les yeux pleins d'espoir.

Enfin un semblant de bonne nouvelle ! Quelqu'un allait les sortir de là ! Le dirigeant du Conseil était venu à leur rescousse et allait sûrement clarifier cette situation absurde.

Malgré toutes leurs différences d'opinions par rapport au Conseil juif, elle implora le ciel pour que son frère Flip ait raison : si le Conseil existait, c'était pour défendre les Juifs !

Hélas, les cris ne perdurèrent guère et elle se demanda si c'était bon signe.

Comme elle regrettait à présent de ne pas avoir accepté un poste au Conseil. Flip avait pourtant utilisé les arguments les plus persuasifs pour la convaincre. Mais rien n'y avait fait.

— Je n'en veux pas de ton travail, avait-elle crié d'une voix enragée, tout votre bureau n'est qu'une couverture, un système pourri avec des passe-droits ! Et face à ce destin de masse qui se dessine à l'horizon, Flip, je préfère en faire partie ! Toi... Toi et toute la bande, vous me dégoûtez ! Vous ne pensez qu'à sauver votre peau... Alors je prie. Je prie pour toi...

Cohen, la mine déconfite d'avoir vu ces centaines de personnes affolées dans la cour, pénétra dans le bureau de Lages où son collaborateur Asscher se trouvait déjà.

Après un bref salut, l'officier allemand l'invita cordialement à s'asseoir.

Un lourd silence régnait dans la pièce, à peine interrompu par le vrombissement d'une grosse mouche qui venait par moments frôler la tasse de café à moitié vide posée sur le bureau de l'officier.

L'air était oppressant.

Du coin de l'œil, Cohen vit qu'Asscher n'était point en meilleure posture que lui-même ; il était blanc comme un linge.

Lages, qui s'abstenait toujours de parler, dardait longuement de ses yeux de merlan frit les dirigeants du Conseil, lesquels commencèrent à se tortiller nerveusement sur leurs chaises.

Lages se leva brutalement et passa longuement une langue chargée sur ses lèvres épaisses puis attaqua :

— Nous avions passé un contrat, *meine Herren* !

— Et nous nous efforçons d'exécuter au mieux vos ordres *Herr* Lages, enchaîna fébrilement Asscher.

— Silence ! cria Lages. Vous parlerez lorsque je vous y inviterai !

Il se leva d'un bond et pointa son index accusateur sur les deux hommes.

— En février 1941, vous avez encouragé la population à faire grève !

Cohen voulut intervenir, mais fut immédiatement réduit au silence par le regard mitrailleur de l'Allemand.

— Maintenant, vous poussez vos gens à ignorer les convocations pour les camps de travail !

Les derniers mots furent prononcés avec une lenteur calculée, rendant sa voix cynique.

Cohen en eut la chair de poule et essuya nerveusement ses mains moites sur son feutre, tandis qu'Asscher restait comme médusé.

— Je ne vous apprends rien si je vous dis que de nombreux Juifs ne portent plus l'étoile et se cachent chez d'autres personnes !

Lages se laissa lourdement tomber dans son fauteuil, le recula et posa de façon arrogante ses pieds sur la table.

Il prit une cigarette, l'alluma avec son briquet où l'emblème du Reich, l'Aigle royal, semblait rire au nez des deux dirigeants.

L'officier tira profondément sur sa cigarette et prit plaisir à leur envoyer la fumée, les yeux plissés pleins de mépris.

Cohen aurait donné n'importe quoi pour pouvoir fumer, mais il n'osait pas bouger.

— Nous avons ici sept cents otages, que vous avez pu apercevoir en bas. Il tira avec ostentation sur sa cigarette. Vous me certifiez avoir envoyé quatre mille convocations... J'espère pouvoir vous croire...

Les dirigeants reçurent une nouvelle bouffée et devenaient de plus en plus méfiants.

— Toutefois, continua la voix de Lages qui se faisait maintenant doucereuse, si par mégarde nous n'obtenions pas ce nombre de travailleurs, nous nous trouverions dans l'obligation hasardeuse de les remplacer par nos otages. Vous voyez, *meine Herr*en, ce n'est point sorcier !

Sa voix se fit à présent mielleuse :

— N'est-ce pas purement mathématique ? Quatre mille ou bien...

Il glissa sa main sur la table comme s'il faisait tomber dans le vide les pions d'un échiquier imaginaire.

Flip avait beau avoir lu à maintes reprises l'édition spéciale du journal juif édité par le Conseil, il ne voulait toujours pas le croire ! Ses yeux parcoururent une nouvelle fois fiévreusement les quelques lignes :

Amsterdam, le 14 juillet 1942. La *Sicherheitspolizei* nous informe :

« Quelques 700 Juifs ont été arrêtés ce jour à Amsterdam. Si dans le courant de cette semaine les 4000 Juifs désignés pour aller travailler dans les camps de travail en Allemagne ne se présentent pas au départ, alors les 700 appréhendés seront transférés dans un camp de concentration en Allemagne. ».

L'édition spéciale portait la signature de ses deux dirigeants.

La rafle s'était déroulée à six heures du matin dans le quartier juif de la capitale et la nouvelle s'était répandue comme la poudre et en moins d'une heure toute la ville avait été au courant.

Hélas, Flip n'apprit seulement qu'en fin de soirée que sa sœur, sa petite Esther, faisait partie des otages.

Malgré sa position au Conseil, il n'avait pu la faire libérer alors que d'autres employés, raflés au même moment, avaient déjà retrouvé leur liberté !

Son impuissance le rendait fou de rage !

Il secoua désespérément la tête en relisant une fois de plus la feuille du journal.

Sept cents contre quatre mille...

D'un côté une poignée de pauvres créatures qui attendaient une mort certaine, contre quelques milliers, dont le sort ne serait point facile, certes, mais que l'on avait tout de même espoir de retrouver un jour !

Soudain une vérité lui sauta aux yeux : les listes, c'est de la belle foutaise !

Les Allemands avaient fixé un nombre de personnes à déporter et ils atteindraient leur objectif en remplaçant simplement les personnes manquantes par d'autres !

L'ordre de ses idées s'en trouvait bousculé.

Il devenait primordial d'échapper à leurs griffes !

Depuis le début des convocations, Flip incitait les gens à ne pas y donner suite ; il fallait gagner du temps coûte que coûte ! Les alliés se montraient déterminés et l'espoir d'une fin de conflit rapide gonflait les cœurs.

Il se leva et gagna d'un pas nerveux la fenêtre et un coup d'œil à l'extérieur fit naître un sourire narquois sur ses lèvres : le ciel bas et noir correspondait parfaitement à la situation menaçante que l'on vivait.

Il se repassa les images de sa journée au bureau.

Journée mémorable ! Des gens se bousculant par centaines dans les couloirs bondés et jouant des coudes pour gagner une place avec comme seul leitmotiv : sauver sa peau.

Et tous ces visages, mon Dieu ces visages ! Ces yeux qui imploraient de l'aide : un emploi au Conseil qui éloignerait d'eux le spectre de la déportation !

Et Flip était fier aujourd'hui de s'être plié en quatre pour trouver un travail ou une raison valable pour retarder le départ de certains de ceux qui s'étaient présentés dans son bureau, munis d'un ordre de réquisition pour l'Allemagne. Il n'avait pas pu satisfaire toutes les demandes, mais en avait honoré une cinquantaine rien qu'en ce jour !

Et pourtant, ses certitudes d'avoir fait ce qu'il fallait s'ébranlèrent comme un vulgaire château de cartes.

Sa sœurette, la douce Esther faisait partie des otages, et partirait peut-être, non pour un simple camp de travail, mais bel et bien pour un camp de concentration !

Et cela changeait la donne !

Lui, qui remontait le moral à tous ceux qui ne pouvaient pas passer à travers les mailles du filet.

Lui, qui encore encourageait vaillamment tous ces pauvres gens assaillis de tristesse et de désespoir, se retrouvait tout d'un coup de l'autre côté de la barrière.

Lui, qui ne voulait être qu'allégresse et gaieté pour ceux qui repartiraient avec la maudite carte blanche au fond de leur poche, le cœur au bord des larmes, sentait naître dans ses entrailles une sourde angoisse.

Lui, qui jusqu'alors trouvait si aisément des paroles plus consolatrices les unes que les autres, se retrouvait assis sur son canapé, dans une attitude de profonde consternation, incapable de réagir.

Il repensa à la conversation houleuse qu'il avait eue avec Esther, lors de leur dernière rencontre, à ses dures paroles accusatrices qu'il trouvait tellement injustes à son égard. Il se rappelait son regard déroutant où pitié et mépris s'étaient mélangés.

Il servait sa communauté du mieux possible.

Il se disait constamment « je ne voudrais pas aller en Pologne, alors je conseille à mes concitoyens de ne pas y aller. » Il n'avait toutefois pas de cachette à leur fournir, ni même une adresse en Suisse...

« Je prie pour toi », avait-elle susurré.

Et moi, Esther, je prie pour toi ! Mais ma prière n'est pas à la hauteur de ta noblesse. Elle est absolument abominable et d'un égoïsme total. Il espérait vivement que l'on se rendrait docilement à la gare pour qu'Esther recouvrât la liberté.

Et ce fut une révélation. Peut-être il devait bel et bien quitter le Conseil.

Mais il y avait trop de gens qui comptaient sur lui ! Obtenir un départ différé ou trouver une ruse pour l'annuler ! En plus, ils n'étaient pas nombreux à manigancer, c'était l'affaire d'une poignée d'hommes !

Laisser tomber, c'était tout simplement impossible !

Il ne lui restait plus qu'à essayer de faire changer d'optique les dirigeants.

Peut-être qu'effectivement le Conseil ferait mieux de tirer sa révérence tant qu'il en était encore temps !

92. UNE SI BELLE JOURNÉE

Le réveil tira Johan d'un sommeil profond. Machinalement, il étendit le bras pour l'arrêter, puis langoureusement se tourna pour venir se coller contre le corps encore tout endormi de son épouse.

Il glissa doucement sa main sous le drap, mais se redressa d'un sursaut.

— Mais…, que fais-tu là, coquine ?

Betty ouvrit de grands yeux innocents et bredouilla quelque chose qu'il ne comprit pas, mais dont il saisit cependant le sens.

Elle avait eu de nouveau peur.

Régulièrement leur fille venait se coucher dans leur lit quand les sirènes terrifiantes se mettaient à hurler, déchirant le silence de la nuit.

Ils ne descendaient même plus dans les souterrains : il aurait fallu y élire domicile tant les alertes étaient nombreuses ! Mais ce n'en était pas pour autant rassurant !

Presque toutes les nuits, les avions en provenance de l'Angleterre et à destination de l'Allemagne, le ventre chargé de bombes, survolaient le ciel d'Amsterdam.

Parfois, selon le sens du vent, on pouvait entendre la riposte allemande. Il arrivait même que les murs de la maison tremblent quand un avion allié abattu s'écrasait dans les environs !

Johan regarda tendrement la fillette et lui chuchota à l'oreille :

— Lève-toi ma puce et va vite préparer le thé.

Mais Betty n'avait aucune envie de quitter ce nid douillet et fronça les sourcils, signe chez elle, de grande protestation.

— Allez ! Dépêche-toi ! ordonna à présent son père. J'ai pris une journée de congé aujourd'hui et nous allons nous promener tous les trois !

À ces mots l'enfant bondit hors de la couche et disparut.

Johan s'approcha alors de sa femme et l'entoura de ses bras. Il colla avec bonheur son nez dans ses cheveux défaits et en respira l'odeur si familière.

Francine, qui ne dormait plus, tourna son visage vers son mari et posa un baiser délicat sur sa bouche gourmande.

C'était largement suffisant pour réveiller le désir de son amant.

Ses mains pressées se mirent à palper ses seins doux et voluptueux. Sa bouche chercha fiévreusement la sienne.

Francine frissonna quand elle sentit son sexe dur se dresser contre ses cuisses. Elle tenta vainement de le repousser.

— La petite ! parvint-elle à murmurer d'une voix à peine audible.

Puis elle n'entendit plus que comme dans un rêve, de lointains bruits d'assiettes et de tasses qui s'entrechoquaient. Elle résista encore, pour finalement lâcher prise quand il la pénétra pour se laisser emporter par un plaisir aussi fugace que fulgurant.

Plus tard, satisfaite et épanouie, elle se lova au creux de ses bras.

Cet instant volé était déjà presque une jouissance en soi, la journée promettait d'être superbe !

— Papa, Maman, criait à présent Betty de la cuisine, vous pouvez venir, tout est prêt !

Francine s'arracha non sans difficulté à l'étreinte de son époux. Elle se leva et enfila sa robe de chambre.

Quand elle pénétra dans la pièce, elle trouva sa progéniture devant le gaz, la bouilloire à la main.

Elle regarda sa mère et lui dit d'une voix hésitante :

— J'ai mis du vrai thé dans le pot, comme aujourd'hui c'est jour de fête...

— Et tu as bien fait, ma fille ! lui répondit-elle en lui ébouriffant tendrement la chevelure, par une si belle journée on ne va quand même pas boire du succédané de thé !

Quand ils prirent leur petit déjeuner, Johan leur expliqua qu'ils se rendraient à Utrecht en train et feraient une marche dans la forêt avoisinante, sur la trace des papillons.

Betty fit la moue, elle aurait mille fois préféré aller à la mer, à Zandvoort, où ils avaient l'habitude de passer les vacances d'été dans une pension de famille. Mais elle savait qu'on ne pouvait plus s'y baigner parce que les Allemands avaient tout barricadé.

Du coin de l'œil, Johan observait sa fille d'un air amusé.

Cette dernière, la mine boudeuse, beurrait sa tartine avant d'y poser une tranche de fromage.

— Fais le plein d'énergie, tu en auras besoin. La ballade dure plus de deux heures.

— Plus de deux heures, répéta Betty, mais c'est trop long ! Il n'y a pas de raccourci ?

— Peut-être que si, mais il me semble qu'il ne mène pas à la foire.

— À la foire ? Papa tu nous emmènes à la foire ? C'est bien vrai ?

— Si nous suivons le parcours fléché...

Betty ne lui laissa pas le temps de finir sa phrase. Elle s'était levée et se pendait à présent à son cou et l'embrassait.

— On ne prendra pas de chemin de traverse papa, lui assura-t-elle.

Il ne fallut pas plus d'une heure à la petite famille pour être fin prête.

Betty était adorable dans sa petite robe bleue. Des smocks modernes, faits de fils de couleur, apportaient une jolie note de fantaisie et l'on avait du mal à s'imaginer que cette petite merveille n'était autre qu'une vieille blouse retaillée. Francine était plutôt satisfaite du résultat.

Johan glissa sa clé dans la serrure de la porte d'entrée et rejoignit ses femmes qui l'attendaient un peu plus loin sur le trottoir.

En sortant de la maison, son épouse était tombée nez à nez avec la voisine, madame Muis, et elles discutaient à voix basse.

—... et maintenant nous ne savons plus que faire. Etty avait décidé de ne pas donner suite à sa convocation, mais nous ne voulons pas être responsables de l'envoi d'innocents... Mais je vois que vous êtes sur le départ, s'excusa la pauvre femme en grimaçant un semblant de sourire. Vous ne travaillez pas aujourd'hui ? demanda-t-elle poliment à Johan.

— Non, Papa est en congé et nous allons à Utrecht et...

— Suffit, Betty ! tonna la voix sévère de son père. Il leva la main dans un geste de désolation.

— Ne vous inquiétez pas, et de sa voix faussement joyeuse, madame Muis ajouta : bonne journée, vous avez de la chance, je crois que le soleil sera au rendez-vous !

93. CONSTAT AMER

Willem entrouvrit légèrement le rideau sur le côté, juste assez pour pouvoir regarder ce qui se passait dans la rue, sans être remarqué.

Quelqu'un se glissa dans la nuit noire.

La porte d'entrée venait de se refermer derrière lui, laissant des personnes déchirées à l'intérieur.

Il regarda sa montre, il était deux heures du matin.

La silhouette marchait seule — personne ne devait l'accompagner — une petite valise dans une main, l'autre serrant un ballot qui contenait à coup sûr des chaussures de travail, deux paires de chaussettes, deux caleçons longs, peut-être, si elle était chanceuse, un bonnet, une couverture en laine, une cuillère, un gobelet, du manger pour trois jours...

L'ombre traversa la rue et ne s'arrêta pas au terre-plein pour attendre le tram qui arriverait les lampes à moitié cachées par du papier violet pour ne pas être vues du ciel.

Ce déporté devait être jeune, songea Willem en secouant tristement la tête.

Seuls les garçons et les filles de seize à vingt ans devaient se rendre à la Gare Centrale à pied, sans escorte aucune, dans une ville fantôme plongée dans un noir absolu, qui semblait totalement désertée.

Les autres lourdement surveillés s'y rendraient en tram.

Quelle ironie du sort tout de même : il fallait devenir un déporté juif pour pouvoir prendre le tram !

Et dans une heure environ de petits groupes se formeraient, sur le trottoir juste en face de la fenêtre de Willem.

Arriveraient d'abord les nombreux policiers hollandais et quelques Verts avec leurs chiens, tenus courts en laisse.

S'y ajouteraient, tout en restant un peu à l'écart, des membres du Conseil, munis de brassards blancs et appartenant au département du Secours aux Déportés.

Enfin viendraient de toutes les directions, les personnes d'origine allemande et de confession israélite, chargées de sacs, de valises ou de baluchons.

Et pour compléter le tableau tragique, Willem entendrait des « Montez ! Dépêchez-vous ! Plus vite ! » et devinerait les mains secourables des hommes du Secours aux Déportés qui aideraient les malheureux à monter dans le tram et leur passeraient les bagages. Une lampe de poche donnerait enfin le signal du départ, le tram s'ébranlerait dans un grincement sinistre, amenant ces pauvres bougres à la Centraal Station. De là ils partiraient vers une destination incertaine. Jamais il n'avait pensé que tout se passerait ainsi, comme sur des roulettes.

Quand l'heure des premières déportations avait sonné, il avait durant un long moment, scruté désespérément le ciel : les Anglais allaient venir bombarder la Gare Centrale !

Puis, ne les voyant pas arriver, il s'était dit que de toute façon les employés des chemins de fer ne laisseraient pas faire une chose pareille : ils se mettraient en grève, voyons !

Lors d'une prochaine évacuation, il avait été certain que l'invasion allait avoir lieu : c'était évident !

Et quand arriva encore une nouvelle vague de déportations, il avait été persuadé que les communistes agiraient en force et enlèveraient tout ce petit monde, déportés et soldats compris !

Il n'en fut rien !

Étaient-ils vraiment seuls alors ?

Personne pour leur venir en aide ?

Ni même Wilhelmine, leur chère reine, là-bas, à Londres ?

Ni même leur propre police, celle qui défendait les citoyens hollandais !

Force était de constater que *tous* étaient *seuls*.

Affreusement seuls !

94. PREMIERS FLOCONS

Au petit matin, Betty entendit comme un tambourinement lointain. Ses paupières lourdes de son sommeil d'enfant eurent bien du mal à se soulever.

Elle lutta un instant pour garder ses yeux ouverts, mais renonça finalement. Elle soupira d'aise en se souvenant que de toute façon qu'aujourd'hui c'était dimanche et qu'elle pouvait profiter un peu plus de son lit douillet et chaud. Elle tira un peu plus sur sa couverture pour la remonter jusqu'au menton. Comme c'était bon !

Ses parents dormaient encore tout comme Munkie. Tout était calme et il régnait un silence absolu dans la maison. À peine si elle entendait le tic-tac de la grosse horloge !

Tout d'un coup elle se leva, aux aguets : ce bruit sourd sur les carreaux...

Elle sauta du lit et s'avança jusqu'à la fenêtre. Elle écarta un pan de rideau, décolla un coin du papier occultant et grimaça de bonheur devant le spectacle qui s'offrait à ses yeux.

Enfin la première chute de neige ! Elle s'était fait désirer ! Ils allaient pouvoir fêter dignement Saint Nicolas !

Sans plus y réfléchir, elle sortit à pas de loup de sa chambre, traversa la cuisine et se rendit encore en pyjama — et les pieds nus — dans le jardinet.

Les toits, les palissades, les pots de fleurs, le mobilier de jardin, tout était enseveli sous une épaisse couche scintillante d'au moins trente centimètres. Les branches des arbres se courbaient sous le poids de la neige.

Elle était émerveillée par le spectacle féerique et ne se préoccupait pas de la morsure du froid sur ses pieds.

Elle grelottait pourtant et croisa les bras pour se réchauffer quelque peu, mais restait pourtant plantée là, comme médusée.

Elle n'entendit pas sa petite chienne arriver derrière elle et fut réellement surprise quand Munkie lui lécha la jambe en guise de bienvenue.

L'animal raffolait de la neige autant que sa petite maîtresse et commençait à japper, à gratter et à y enfouir le museau.

— Chut Munkie, l'intimida-t-elle. Tu vas réveiller tout le monde. Allez ! On rentre !

Betty regagna la porte et la referma sans faire le moindre bruit. Si sa mère voyait qu'elle était sortie ainsi, elle passerait un mauvais quart d'heure !

Un rapide coup d'œil sur la pendule fit naître une moue sur son visage. Il était encore tellement tôt ! Et il faudrait patienter au moins trois longues heures avant d'aller jouer avec les copains.

L'hiver était leur saison préférée !

Plutôt que de regagner sa chambre, Betty décida de préparer le petit déjeuner.

Mais avant tout, elle ajouta du charbon dans le poêle, mais pas trop, car il fallait l'économiser. Bientôt une agréable chaleur s'en dégagea. L'enfant posa la bouilloire remplie d'eau sur le dessus, comme sa mère avait l'habitude de le faire. Il fallait bien plus de temps pour préparer le thé ainsi, mais le gaz était rationné, tout comme l'électricité, et si on dépassait la quantité autorisée, on devait payer une amende de 10.000 florins. Les voisins s'étaient vu infliger cette sanction pour infraction aux règles allemandes, mais ils avaient également été totalement privés de ces énergies pendant trois jours ! Alors le mot parcimonie était de mise !

Betty sortit trois assiettes et les couverts. Elle prit le beurre et le fromage dans le garde-manger, enfin ce qu'il en restait ! Il n'y avait plus de quoi faire un festin et les petits déjeuners du dimanche avec toasts et œufs au plat n'étaient plus qu'un lointain souvenir.

Munkie, qui s'était couché devant la chaleur bienveillante du poêle, s'étira langoureusement en émettant un son curieux en bâillant.

Betty s'assit à côté d'elle, la prit sur ses genoux pour la caresser. La petite chienne, reconnaissante, passa de petits coups de langue sur sa joue.

— C'est dégoûtant Betty !

La fillette sursauta : elle n'avait entendu personne approcher. Quand elle leva les yeux, elle resta bouche bée.

— Kaky ? Mais que fais-tu là ?

— Oh ! soupira sa tante, je n'avais pas envie de rentrer hier soir. Et puis... le couvre-feu... enfin... il était tard... et puis... Et puis c'est tout, fit-elle plus sèchement qu'elle ne l'aurait voulu.

Betty baissa la tête, gênée. Jamais sa tante n'avait dormi à la maison et ses yeux gonflés et rougis témoignaient d'une très mauvaise nuit.

— Il est arrivé quelque chose à Flip ?

Les mots avaient à peine jailli de sa bouche, qu'elle les regretta.

Neel était très à cheval sur les principes surtout quand il s'agissait de l'éducation des enfants.

— Ta mère ne t'a donc pas appris qu'il ne faut pas poser de questions aux adultes ? Sa voix était cinglante.

L'enfant sentait ses joues s'enflammer, mais osa un « je n'ai rien fait de mal » quasi inaudible.

— C'est vrai, tu as raison... La jeune femme passa nerveusement les mains sur son visage crispé, puis lissa de ses doigts ses cheveux en arrière.

Betty l'observait et la trouva soudain vieillie.

Neel s'agenouilla auprès de sa nièce et lui ébouriffa les cheveux.

— Tu n'y es pour rien, personne d'ailleurs.

Sa vue se brouillait.

Et cette fois, Betty ne pipa mot. Elle lui enroula ses petits bras autour du cou et posa sa tête sur sa poitrine. Des milliers de questions lui venaient et filaient à toute allure. Mais elle n'en posa aucune.

Elles restaient ainsi prostrées un certain temps. Neel se défit finalement de cette étreinte et se leva. S'éloignant dans le corridor, elle lança par-dessus son épaule d'une voix méconnaissable :

— Flip et moi, c'est fini...

Neel laissa Betty à ses noires pensées et gagna la salle de bains.

Qu'aurait-elle pu dire à une fillette de presque dix ans ? Certes elle n'était pas dupe. Leurs disputes n'étaient jamais passées inaperçues ! Mais elle ne pouvait en saisir le désarroi profond ni l'orage mental qu'elle et Flip traversaient à chaque fois.

Comment expliquer que leur amour ne ressemblait plus qu'à un morceau de tissu que chacun voulait tirer à soi, mais qui s'effilochait au fur et à mesure pour ne devenir qu'un amas de fils rugueux et coupants ?

Avant le début de l'automne, les Allemands avaient dû changer leur fusil d'épaule. Les invitations à se rendre à la gare Centrale n'eurent guère de succès. Ce manque d'enthousiasme avait énormément déçu l'Occupant. Depuis, les rafles étaient devenues monnaie courante.

Elle ne supportait plus l'idée que Flip soit membre du Conseil.

Pourtant aujourd'hui c'était devenu le seul moyen d'être provisoirement épargné de l'internement. Elle n'en était pas moins dégoûtée pour autant ! Et les longues queues devant les bureaux du Conseil, où l'on se battait pour obtenir un quelconque emploi, ne faisaient que renforcer son dégoût ! Le seul fait que Flip possède toujours une ligne téléphonique — due à sa position au sein du *Judenrat* — lui était tout aussi pénible. Et les railleries de Willem y étaient bien sûr pour quelque chose, même si elle ne se l'avouait pas ! Et que penser de la décoration qui ornait le bras de son fiancé ? Un simple brassard qui leur permettait pourtant — à lui, à ses parents et à Esther — de passer à travers les mailles du filet... Comme si les *Sperren* ne suffisaient pas !

Ah ! Parlons-en des *Sperren*, ces fameux sauf-conduits qui partageaient les plus chanceux en trois groupes :

A pour les « préservés »,

B pour ceux qui seraient « peut-être préservés » et

C pour les personnes « probablement préservés ».

L'ensemble de ces sauf-conduits comportait cependant la même remarque en gros caractères : « INHABER DIESES AUSSWEIS IST BIS AUF WEITERES VON ARBEITSEINSATZ FREIGESTELLT ».

Bis auf weiteres, pour l'instant. Tout cela était provisoire bien sûr ! Avoir un *Sperre* n'était pas une garantie pour échapper à la déportation.

Comment Flip pouvait-il se voiler la face à un tel point ? C'était là que le bât blessait !

Quand de son côté elle ressentait naître de l'écœurement au plus profond de son cœur, Flip se trouvait au bord du désespoir. Quand elle devenait anxieuse par le nombre de personnes raflées, il manifestait un sang-froid exemplaire. Quand il s'inquiétait de l'arrestation d'un membre de sa famille, elle l'envoyait promener avec une fermeté et une assurance étonnante.

Il y avait désormais trop de tensions entre eux deux. Et il lui semblait par moments qu'ils se déchiraient bien plus qu'ils ne s'aimaient.

Elle se regarda dans la glace. Que restait-il de la jeune femme insouciante d'autrefois ? Elle se rapprocha un peu plus de son propre reflet et scruta son regard. Qui était réellement cette jeune femme ? Avait-elle un cœur aussi grand qu'elle le prétendait ? En sondant ses prunelles, elle y vit surtout de la fierté et une froide arrogance. À cet instant elle sut qu'elle n'était pas de taille à aimer une personne que tout semble abandonner. Elle était faite pour briller et pour marcher la tête haute, telle une reine.

Soigneusement emmitouflée, Betty avait enfilé ses bottes de caoutchouc et marchait dans la neige fraîche. Comme elle aimait le crissement que provoquaient ses pas sur le tapis blanc !

La neige s'était infiltrée dans les moindres recoins et scintillait sous les rayons du soleil et cette éclatante blancheur lui brûlait un peu les yeux.

— Ah enfin ! cria Koky qui la rejoignait. Tu en as mis du temps ! Il regarda par-dessus l'épaule de la fillette et pointa de l'index le garçon qui s'approchait. Et voilà Frans.

Betty se retourna vivement.

— Il ne manque plus que Wim, je vais le chercher ! Sa voix vibrait d'excitation.

Elle n'en eut cependant pas besoin. Son petit voisin devait guetter leur arrivée et courait vers eux, traînant une luge derrière lui.

Vive comme l'éclair, Betty ramassa un peu de neige et tira sur Wim en criant :

— Feu !

Il n'en fallait pas plus à Frans et à Koky pour s'engager dans une véritable bataille de boules de neige.

Bientôt les enfants se couraient après, se chamaillaient, riant à gorges déployées.

Le front collé contre la vitre de la salle à manger, Neel regardait dehors et était fascinée par cette joyeuse troupe.

Quel régal de les voir s'amuser !

Un enfant ne sait pas la chance qu'il a de pouvoir tout occulter, songea-t-elle amèrement. Ils sont capables de s'adonner corps et âme à des jeux au beau milieu d'une comédie tragique qui se joue sous leurs yeux. Comme elle aimerait pouvoir en faire autant !

95. BIS AUF WEITERES

À quelques rues seulement de là, se déroulait une scène quasi identique. De son appartement, Flip regardait lui aussi les enfants profiter des joies de l'hiver.

Il avait mal au crâne et n'avait pas dormi de la nuit. Dès qu'il fermait les yeux, le visage de Neel apparaissait comme par magie. Il avait une telle boule à l'estomac qu'il n'avait rien avalé depuis la veille. Tout son être n'était que douleur, pourtant il ne regrettait rien. Ni le fait d'avoir rompu ni celui de l'avoir aimée.

Rompre lui avait semblé la meilleure solution même si maintenant il n'en était plus tout à fait certain, vu son état.

Survivrait-il sans elle ?

Et puis après tout, à quoi bon se poser cette question ? Le glas n'avait-il pas déjà sonné, comme Neel aimait tant à le répéter ?

Il secoua sa tête comme s'il pouvait ainsi se débarrasser de ses sombres pensées.

En bas, deux enfants roulaient sur le manteau blanc, poussant des cris joyeux qu'il semblait percevoir. Un mince sourire se dessina sur ses lèvres. Il se revoyait môme : sa sœur couchée sur son dos telle une tigresse et lui fourrant de la neige dans la bouche.

Sa petite sœur, la douce Esther.

Dire qu'il avait bien failli la perdre, elle aussi. Après avoir été prise dans une rafle au mois de juillet, puis libérée, elle avait fini par accepter un poste au Conseil juif. Elle travaillait désormais au département du Secours aux Déportés et était de ce fait *gesperrt* tout comme lui. Ce fameux cachet apposé par la *Zentralstelle für jüdische Auswanderung* était leur sauf-conduit. Le tampon tant jalousé faisait d'eux ainsi que de leurs parents, des Juifs exemptés de l'*Arbeitseinsatz*.

Pour eux donc, pas de mise au travail obligatoire...

Bis auf weiteres.

Jusqu'à nouvel ordre...

Pour les chanceux qui possédaient une *Sperre* tamponnée par le Bureau central pour l'immigration juive, ces trois mots continuaient à nourrir leur folle inquiétude.

Bis auf weiteres.

Des vocables rassurants, qui vous emplissaient de joie et vous permettaient de résider encore à Amsterdam...

Bis auf weiteres...

Oui, mais jusqu'à nouvel ordre seulement !

96. DRÔLE DE SAINT-NICOLAS

Francine était plantée devant la porte-fenêtre de la cuisine, les bras croisés, l'air rêveur. Elle attendait la sonnerie de la minuterie qui annoncerait la fin de la cuisson de sa préparation.

Une délicieuse odeur de cannelle, de clous de girofle et de gingembre embaumait la pièce. Elle provenait du four où cuisait un gâteau fourré d'un mélange d'épices et de pâte d'amande qu'elle avait préparé pour fêter la veillée de Saint Nicolas.

Francine laissait errer son regard dans le jardinet.

Décembre était toujours aussi lugubre avec son ciel bas et menaçant, sa bruine fine et son vent glacial.

À présent les arbres dénudés pleuraient de grosses gouttes. Cette nature endeuillée était un spectacle qu'elle détestait et qui la déprimait. Elle préférait de loin la neige, mais le brouillard était venu tout gâcher : il n'y en avait plus, ce ne serait pas un Saint-Nicolas blanc !

Cette fête tombait chaque année à pic pour égayer l'atmosphère grisâtre environnante. Le remue-ménage qu'elle engendrait, les cadeaux mystérieux et les douces tromperies réchauffaient les cœurs et réveillaient les esprits. C'était toujours un excellent remontant !

Et c'était encore plus vrai en ces temps incertains ! La venue du bon Saint, gentil et généreux, allait balayer pour quelques instants les soucis.

Et quand ils se retrouveraient en famille près de l'âtre, seul compterait le bonheur d'être tous réunis.

Francine sentit son cœur bondir de plaisir en pensant aux petits présents énigmatiques, mais bienveillants que sa famille recevrait.

Vraiment Saint-Nicolas était un rayon de soleil dans la grisaille de la guerre !

La minuterie sonna enfin et Francine sortit sa pâtisserie du four. Elle était satisfaite, le gâteau avait l'air succulent et elle en eut l'eau à la bouche.

Elle jeta un rapide coup d'œil à sa montre et vit qu'il était déjà quatre heures de l'après-midi. Betty n'allait plus tarder. Il fallait qu'elle monte à l'étage pour guetter son retour, car elle avait un petit cadeau pour son ami Koky.

La jeune femme sourit en pensant aux quelques vers qui accompagnaient le livre qu'elle offrait au jeune garçon. Jusqu'à ce matin, elle s'était demandée si elle était la seule à écrire des poèmes contre l'occupant. Mais en écoutant les ondes de *Radio Oranje*, elle avait compris que c'était plutôt le contraire : Saint-Nicolas allait être l'occasion de nombreuses railleries à l'égard des NSB et des Allemands. On allait leur faire la fête, voilà !

Et partout dans le pays on fêtait, cette nuit-là, la bonhomie du Saint. Dans les familles, entre amis, entre miliciens ou encore entre résistants comme ceux qui se retrouvaient dans le froid du local « De la Rombière ».

La baisse de température extérieure et un fort taux d'humidité augmentaient l'odeur de moisissure qui empestait les lieux, rendant l'air quasi irrespirable.

Mais les membres de Groupe d'Artistes Résistants n'y prêtaient guère attention tellement ils étaient absorbés par leur prochaine mission.

Ils étaient penchés sur le plan détaillé du QG allemand et revoyaient avec minutie chaque détail de l'opération qui aurait lieu dans moins d'une heure.

Après une ultime vérification du plan, Tony se redressa. Il était fourbu, mais il n'était pas le seul à être harassé de fatigue. Ils l'étaient tous. Il observait ses camarades : Hanneke, Jane, Paul, Bart et Hans. Tous avaient les yeux cernés par un manque de sommeil évident. Ils avaient maigri aussi, pensait-il, sauf Hans qui était toujours aussi dodu et joufflu.

Tony secoua la tête d'un mouvement presque imperceptible et involontaire, puis sourit. Hans avait quarante-cinq ans et un goitre comme un ballon qui accompagnait tous ses faits et gestes, valsant de gauche à droite et de droite à gauche, dans un mouvement majestueux. Et malgré son accoutrement, il ressemblait plus à un négociant en vin prospère — son véritable métier — qu'à un soldat.

Ce lieutenant de la SD continuait visiblement à se remplir la panse à profusion, mais comment lui en vouloir ?

Antinazi du fond du cœur, il n'en était pas moins profiteur ! Ce grand jouisseur de banquets et de festins était antifasciste certes, mais n'en était pas pour autant au régime !

C'était un être profondément bon et droit et sa franchise naturelle avait rapidement conquis la confiance des membres du groupe.

Hans leur était très utile. Il avait subtilisé aux autorités des passeports vierges, des documents et des tampons officiels.

Et c'était encore lui qui leur avait fourni pour ce soir deux uniformes de la *Wehrmacht*.

Tony, fatigué, s'étira, faisant craquer les articulations de ses omoplates.

Tu te fais vieux ! songea-t-il.

Mais personne n'y fit cas. Il s'éclaircit la voix avant de lancer :

— Dernière récapitulation :

1 Hans, muni de la sacoche contenant l'uniforme se rend avec Paul au garage.

2 Paul se met au volant et sort la voiture alors que Hans surveille les alentours après avoir déposé le sac à l'arrière du véhicule puis referme les portes.

3 Vous suivez le trajet prévu et sécurisé par Bart et moi-même jusqu'au QG et là, au poste, Paul muni de son Ausweiss s'entretient avec le garde alors que Hans joue l'officier joyeusement ivre.

4 Vous traversez l'aile droite puis suivez le corridor qui mène aux salles d'emprisonnement.

5 Pendant que Hans blague avec les soldats de faction en leur offrant d'abord une cigarette puis en leur montrant des photos coquines, Paul se rend à la salle 8 où se trouve Le Borgne qui enfile l'uniforme.

6 Paul et Le Borgne regagnent la voiture par l'aile gauche, où Hans

les rejoint.

7 Hans et Le Borgne à l'arrière du véhicule émettent des rires gras — ils sont dans un état d'ébriété avancé — tandis que Paul franchit la barrière.

8 Vous disposez alors de dix minutes pour vous rendre à ladite porte-cochère où Jane vous attend.

9 Dans la cour, les hommes suivent aussitôt Hanneke jusqu'à la cuisine où des vêtements de civils les attendent.

10 Jane referme les deux battants et recouvre la voiture d'une vieille toile. Fin de mission !

À ces mots Tony croisa les yeux de la jeune femme qui soutint son regard.

Une lueur d'audace brillait dans ses prunelles et il en ressentit un vif désir de la posséder. Jane semblait le deviner et lui adressa un sourire malicieux. Il se sentit rougir comme un jeunot prit en faute et eut honte de son érection, le moment était vraiment inopportun !

— Eh bien... où en étais-je ?
— Tu en as terminé, me semble-t-il, fit Paul d'un ton amusé, car le manège ne lui avait pas échappé.

Il se leva et sortit une feuille froissée de sa poche.

— Ce soir nous vivons une veillée de Saint-Nicolas bien étrange, mais je n'ai pu résister au plaisir de vous écrire quelques vers :
« Zoo, zeide de Sint en krabde zijn baard
Ik ben nu langzaam oud en bejaard
En de menschen gaan me werkelijk vervelen
Zij moorden en vechten en roven en stelen
Toch is er een kleine groep die ik mag
Die werken en strijden bij nacht en bij dag
Die zich verzetten met hand en tand
En vechten voor vrijheid in Nederland
Voor die wil ik rijden, die wil ik wat geven
Hun wensch ik een gelukkig en voorspeodig leven
Verzet Sinterklaas [40] »

Tous ses amis applaudirent, mais chacun eut un pincement au cœur en pensant aux douces soirées passées au coin de la cheminée auprès des leurs, et riant à gorges déployées pour avoir été le roi de la farce.

— Et voici ce que le Saint vous a apporté, ajouta-t-il en tirant un sac en toile de jute de dessous la table. Une lettre en chocolat et une mandarine pour chacun de vous ! Un nouvel applaudissement s'ensuivit puis ils dégustèrent, en silence, les gourmandises.

---

[40] "Bien, fit le saint en se grattant la barbe, Je suis maintenant une personne âgée, Et les gens commencent vraiment à me fatiguer : Ils tuent, se battent, dérobent et volent, Pourtant il y a des personnes que j'aime bien, Ils travaillent et combattent, la nuit et le jour, Ils résistent corps et âme, Et ils se battent pour la liberté aux Pays-Bas, Je veux bien me déplacer pour eux et leur porter quelques présents, Je leur souhaite une vie heureuse et prospère Saint Nicolas-Résistant. " Ces vers ont été retrouvés bien longtemps après la fin de la guerre et paraissent aujourd'hui dans un recueil de poèmes pour saint Nicolas durant l'occupation.

Le temps était comme suspendu, la tension était mise entre parenthèses, c'était un instant de bonheur volé.

Puis Hans frappa sur la table et se leva : c'était l'heure !

Paul l'imita et ajusta sa casquette.

Hanneke ne pouvait s'empêcher de le trouver très séduisant dans son uniforme allemand.

Pendant un infime instant tous se regardèrent, le cœur battant à tout rompre. À chaque intervention c'était pareil. Ils avaient tous un violent besoin de s'observer, de s'imprégner les uns des autres pour y puiser ce courage dont ils devaient se munir.

La mission d'aujourd'hui était particulièrement risquée. Pénétrer dans le QG allemand pouvait être considéré comme une folie. Mais laisser le Borgne entre les mains de la SD l'était autant.

Dire qu'il s'était fait bêtement prendre dans une rafle. Son œillère en cuir et sa fausse carte d'identité avaient fait le reste, son signalement étant affiché dans les bureaux de la *Sicherheitsdienst*.

Les interrogatoires étaient particulièrement cruels dans les locaux situés dans l'Euterpestraat. Si on y pénétrait, on était loin d'être sûr d'en ressortir, sinon dans un cercueil.

D'où l'importance d'enlever le Borgne !

Leur groupe avait déjà perdu des combattants, mais grâce au ciel aucun ne semblait avoir parlé : paix à leurs âmes !

Hans ouvrit la petite porte et d'un geste solennel pria Paul de sortir dans la nuit noire.

Ce dernier gravit deux des trois premières marches qui montaient dans la rue puis s'immobilisa avant de se retourner une ultime fois. Aucun mot ne franchit cependant ses lèvres. C'était inutile tellement ses yeux fervents lançaient un God bless you !

Les deux hommes marchaient d'un pas lourd, côte à côte, tout en s'efforçant d'avoir une discussion légère et nonchalante en allemand, au cas où ils croiseraient quelqu'un. Ils arrivèrent enfin à hauteur du garage et d'un geste prompt Paul enfonça une grosse clé dans la serrure de la vieille porte en bois.

Ils s'engouffrèrent rapidement à l'intérieur en refermant derrière eux.

Hans prit sa torche pour éclairer le lieu. Une lumière vacillante et incertaine en jaillit. Hans jura dans sa barbe.

Alors que Paul s'installait au volant, son ami balança la sacoche contenant l'uniforme à l'arrière.

— Démarre ! ordonna ce dernier.

Paul tourna la clé de contact, mais rien ne se passa.

— *Schnell !* insista Hans.

Paul refit une nouvelle tentative. Il actionna fiévreusement la clé tout en appuyant sur la pédale d'accélération.

— Démarre, bordel ! Démarre ! rugit-il les mâchoires serrées. Hélas rien ne se produisit. Le moteur ne réagissait absolument pas. Pire : il n'émettait pas le moindre bruit faisant croire qu'il obtempérerait. Hans s'avança vers le capot de la voiture et fit signe de l'ouvrir.

— Réessaie !

Il n'eut guère plus de succès.

— *Scheisse ! Scheisse ! Scheisse !* Ce doit être la batterie ! Et avec cette lampe je n'y vois rien !

Il promena le fuseau de lumière sur les murs du garage et trouva un interrupteur. Bientôt la pièce fut illuminée par une grosse ampoule nue pendue au plafond. Il s'approcha à nouveau du moteur.

Il l'inspectait comme quelqu'un qui s'y entend en mécanique et au bout d'un moment il se releva et secoua la tête en signe de confirmation :

— C'est bien ce que je craignais, la batterie est morte.

Paul était sorti de l'habitacle, l'air mauvais, et faisait grincer ses dents. Au verdict, il envoya un violent coup de pied dans un pneu et pesta :

— Putain de bagnole ! Et maintenant ?

Hans l'observa, le cerveau en ébullition.

— Il nous faut une autre batterie, commença-t-il.

— Une autre batterie ? Et tu peux me dire où je vais, là, dans l'immédiat en trouver une ?

Hans écarquilla grand les yeux et sa bouche s'étira en une moue dubitative.

— Tu connais sûrement une personne bienveillante dans le coin qui pourrait nous dépanner ?

— Nous dépanner ? En temps de guerre ? Mais tu hallucines, mon pauvre Hans, tu hallucines ! Et puis, qui possède encore une voiture à l'heure actuelle ? Pas grand monde, mis à part les NSB...

Paul sentit une énorme lassitude l'envahir et des larmes de rage lui montèrent aux yeux.

— Il nous en faut néanmoins une autre, insista Hans avec flegme. Allez ! Creuse ta cervelle ! Il faut sortir le Borgne de là-bas !

Il scruta le visage blafard de son partenaire et s'efforça de le rassurer :

— Calme-toi ! Réfléchis ! Il doit bien y avoir un moyen ! Tu n'as pas de connaissance proche d'ici ? Quelqu'un qui avait jadis une voiture et qui l'aurait cachée sous un amoncellement de vieux draps ?

— Johan ! Oui, ça y est, Johan !

— Johan ?

— C'est mon ami d'enfance, jubila Paul. Il habite à deux rues d'ici, vers l'Amstel. Avec un peu de chance il est chez lui ce soir et pourra nous dépanner.

Après avoir refermé le garage, les deux compères foncèrent chez Johan.

Pour ne pas trop penser, Paul raconta en bref comment il avait, à l'époque, rencontré Johan. Et comment il l'avait — par le plus grand des hasards — retrouvé des années plus tard.

— Mais depuis le début de la guerre, je ne l'ai plus revu... Il ne sait rien de moi, de mon activité, je veux dire.

— Attends un peu ! Tu es en train de me dire que ton ami ne sait pas que tu es dans la résistance ?

— Non.

Hans s'arrêta, perplexe.

— Mais tu es complètement cinglé ? Tu dis ne pas l'avoir vu depuis

deux ans et demi et tu vas sonner chez lui « Salut, c'est moi, j'ai besoin d'une batterie ! »
— Oui !
Hans le saisit par le bras et l'étau de sa main l'encercla.
— Tu es devenu fou !
— Non, au contraire ! Je suis tout à fait certain qu'il va nous aider. Il est comme mon frère, je connais ses idées. Je sais qu'il nous aidera. Cela devrait te suffire.
Hans en fervent catholique se signa et fit une prière. Il savait que rien n'arrêterait plus son collègue, alors advienne que pourra !
Ils arrivèrent à hauteur du domicile de Johan et Paul se sentit défaillir.
Et s'il s'était trompé ?
Après tout Johan pouvait très bien avoir rejoint le clan des NSB. Il avait une entreprise et celles qui prospéraient aujourd'hui fermaient souvent les yeux sur tout ce qui pouvait être gênant.
— Continue ton chemin, Hans. Je préfère être seul et il le poussa devant lui.
D'une main tremblante, Paul appuya sur la sonnette.
Il s'écoula quelques secondes qui lui semblèrent une éternité, puis on alluma le vestibule avant d'ouvrir le petit loquet.
— Qui est là ? fit la voix de Johan.
— C'est moi, Paul !
— Paul ?
La porte s'ouvrit aussitôt et Paul s'élança alors que Johan eut un mouvement de recul.
Et devant son air ahuri, Paul éclata de rire.

97. IL SUFFIT DE SI PEU

Johan avait eu bien du mal à le reconnaître : Paul ne ressemblait en rien au jeune homme qu'il avait été. Une autre coupe de cheveux, une nouvelle couleur et l'uniforme allemand faisaient de lui un parfait étranger. Pour le convaincre, Paul avait dû lui rappeler quelques bêtises de leur enfance connues d'eux seuls !

Puis il avait suffi d'un quart d'heure à Paul pour expliquer et obtenir ce qu'il cherchait.

Johan l'avait écouté sans lui poser d'autres questions et s'était rendu dans son garage, au fond du jardinet où il conservait des objets pouvant être utiles. Il en était revenu triomphant. Il ne garantissait pas le bon état de la batterie, mais Paul l'avait emportée tel un trésor inestimable et la tenait à présent sous le bras.

Hans et lui marchaient à un rythme cadencé dans les rues sombres et désertes et l'officier rondelet peinait à suivre le jeune journaliste, mais il ne pipait mot, ils avaient déjà perdu suffisamment de temps !

Ils déboulaient dans la rue Westeinde et ce qu'ils virent alors leur glaça le sang.

Une voiture de patrouille allemande était garée devant le garage et une des portes en bois était grand ouverte. Un soldat était posté devant et regardait dans leur direction !

Il ne leur était plus possible de reculer ou de faire demi-tour sans que cela ne semble suspect.

— *Scheisse* ! gémit Hans. *Und jetzt ?*
— Et maintenant ? chuchota Paul. Nous n'avons qu'une seule possibilité : tu as trop bu et je te raccompagne !

Tout en parlant, il glissa la batterie sous sa vareuse.

Hans n'eut aucun effort à faire pour tituber, car il avait l'impression que ses jambes se dérobaient.

En passant devant le soldat, il lui adressa un salut hitlérien bien maladroit et prononça quelques bribes incompréhensibles puis finit sa phrase par une éructation sonore.

Le soldat ricana bêtement à la vue de cet homme ivre, il en avait l'habitude. Et celui-ci pouvait s'estimer heureux, car il se faisait raccompagner et ne tomberait pas dans un canal pour s'y noyer.

L'âme en peine les deux hommes rejoignirent Jane.

Et en moins d'une heure, la petite troupe se retrouvait dans le local de « La Rombière » le visage grave et le cœur lourd.

C'était une journée de perdue pour sauver le Borgne et ils ne donnaient plus cher de sa tête.

Ce ne fut que le lendemain que Hans leur donna l'explication de ce qui s'était passé au garage.

Dans leur hâte ils avaient certainement oublié d'éteindre. Les vieilles portes fermaient mal et laissaient passer des raies de lumière et la patrouille qui passait par là...

Résultat de la course : plus de voiture et surtout plus d'uniforme. Et c'était bien la découverte de celui-ci qui les inquiétait. Il allait y avoir une enquête.

D'où venait donc ce manque soudain de bonhomie ?

Saint Nicolas avait-il décidé de leur réserver de bien méchantes surprises ?

98. COMPTEZ SUR MOI

Le jour commençait à peine à pointer sur le ciel bas et menaçant.
Une mince couche de neige tapissait les rues de la capitale.
Un camion bâché venait souiller de ses pneus la surface immaculée de la grande place.
Déjà les gens sortaient de chez eux, baissant la tête au passage du véhicule.
Willem poussait une charrette à bras chargée de ravitaillement destiné aux familles devenues clandestines et qui se cachaient par-ci par-là.
Il n'avait pas grand-chose aujourd'hui à leur mettre sous la dent : un peu de légumes et quelques pommes de terre, juste de quoi faire une maigre soupe. Willem avait hâte de recevoir d'autres cartes d'alimentation et de voir s'illuminer le visage des plus petits devant un gros œuf ou une bouteille de lait.
Le Borgne avait promis de lui en fournir, mais il avait été arrêté.
Willem sentit son cœur vaciller à cette seule pensée.
Que devenait Le Borgne ? Était-il encore en vie ? Il devait supporter les pires souffrances...
Il courait tellement de bruits quant aux supplices infligés aux résistants.
Willem frissonna.
La camionnette passa devant lui pour s'immobiliser enfin dans un grincement de freins lugubre.
Un soldat armé sauta à terre, suivi par un prisonnier ligoté et portant une cagoule. Il faillit tomber, chancela, mais un deuxième militaire lui envoya un coup de crosse dans les reins pour qu'il se redresse.
Quelques passants ralentirent le pas, levant la tête comme des moineaux apeurés.
Un Allemand se tourna dans leur direction et aboya qu'ils feraient mieux de regarder ce qui arrive aux terroristes !
Willem secoua la tête d'un air sceptique.
Terroriste.
Les *moffen* n'ont que ce mot à la bouche : terroriste. Il regarda la scène qui se déroulait sous ses yeux. On n'est plus au Moyen Âge, pourtant on s'y croirait ! Mais à cette époque-là, maugréait-il d'une voix à peine audible, les gens aimaient les pendaisons parce qu'ils détestaient les voleurs. Elles s'accompagnaient d'injures, de railleries et d'enthousiasme ; la perte humaine ne semblait nuire à personne.
Aujourd'hui ce n'était pas la même chose. Un silence absolu régnait sur la placette.
Un silence lourd et profond.
Il n'y avait qu'à voir cette petite foule d'humeur inquiète qui s'agglutinait autour de l'échafaud improvisé.
Les yeux écarquillés, on retenait sa respiration. Les hommes se découvraient en signe de respect, quelques femmes se signaient, d'autres se serraient les mains dans un signe de recueillement et adressaient de leurs bouches muettes une prière à Dieu.

Tous sentaient une boule leur serrer la gorge, conscients de savoir qu'il ne s'agissait pas là d'un petit voleur ! Celui qu'on s'apprêtait à exécuter était sûrement un être vertueux et courageux. Un de ses hommes rares qui avait osé s'opposer au régime nazi.

Willem observait la mise à mort comme dans un rêve.

Il eut soudain un horrible pressentiment. Il avait lâché la charrette et ses membres supérieurs pendaient mollement le long de son corps. Une sueur froide lui descendait le long de l'échine. Il serra les dents, ses oreilles bourdonnaient. Il entendit les battements de son cœur résonner dans sa tête tellement il cognait.

Un des Allemands poussa l'homme sur l'estrade et lui enleva la cagoule.

Willem eut un choc et faillit défaillir.

— Mon Dieu, est-ce possible ? murmura-t-il d'un ton rempli de désespoir. C'est... C'est Le Borgne !

Le Borgne ne portait plus son œillère en cuir et seule l'orbite vide semblait avoir été miraculeusement épargnée par les bourreaux, le reste de son visage n'était plus que boursouflures ensanglantées.

Le condamné scrutait fiévreusement la foule de son œil unique d'un bleu éclatant si peu ordinaire.

Sa prunelle finit par croiser celles de Willem et ce fut comme si ce dernier recevait un coup à l'estomac.

Un mince sourire se forma alors sur les lèvres tuméfiées du Borgne et son regard se mit à scintiller, à étinceler de mille feux.

L'intensité de cet œil, jamais plus Willem ne pourrait l'oublier. Il pouvait y lire le défi, la fierté, l'honneur, la bravoure et la fidélité. La fidélité à une cause, celle de la liberté et de l'égalité des hommes, celle pour laquelle il allait offrir sa vie.

Le Borgne ferma un instant sa paupière et quand il l'ouvrit, il mitrailla Willem de sa pupille.

Le jeune homme acquiesça, le menton tremblant, il avait compris.

Il fallait continuer la lutte ! Il ne baisserait pas les bras.

Ses yeux s'embrumèrent et tout devint flou. Il fit des efforts terribles, cligna les yeux, se raidit, avala ses sanglots, mais déjà Le borgne ne le regardait plus. De grosses gouttes salées se détachaient de ses yeux et roulèrent lentement sur ses joues. À travers ses larmes il vit un soldat frapper du poing le prisonnier qui se plia en deux.

Un autre lui passa la corde au cou, serra le nœud.

La foule était silencieuse.

Le Borgne ne s'avoua pas vaincu pour autant et leva crânement la tête et se mit à chanter le *Wilhelmus* de sa voix de velours, chaude et envoûtante.

Aussitôt d'autres voix se mêlèrent à la sienne au grand dam des Allemands.

Un soldat s'énerva et tira en l'air pour effrayer la foule, un autre envoya un coup de crosse dans le dos du résistant pour le faire taire. Un officier, en dépit de la langue ignorée fut sensible à cette belle voix et lui fit signe de poursuivre. Le Borgne continua d'un timbre riche où passait toute la magie d'un peuple qui se voulait libre et défiait ses ennemis.

Willem ne chantait pas, sa gorge serrée l'en empêchait. Mais il murmurait les paroles, les joues ruisselantes.

Le Borgne arrivait au dernier couplet de l'hymne et Willem ferma les yeux pour mieux accompagner son ami dans cet ultime adieu.

« ... Die tirannie verdrijven
Die mij mijn hardt doorwondt ! »

Oui, c'était cela, il fallait chasser la tyrannie qui leur crevait le cœur !

Au moment même où Willem releva ses paupières lourdes, il y eut un bruit sec et net.

La tête du Borgne tomba sur sa poitrine.

Il y eut un hurlement dans la foule et Willem eut bien du mal à ne pas crier sa douleur.

Son ami, Le Borgne, le seul être sur terre qui lui avait fait confiance et qui avait cru en lui, venait de mourir.

Willem sentit un liquide chaud descendre le long de ses cuisses. Il sentit ses jambes se dérober et il lui fallut tout le courage du monde pour rester debout.

Il faut continuer, continuer le combat ! se répétait-il.

Ses oreilles bourdonnaient tellement ! Il avait l'impression que son crâne allait éclater, les larmes inondaient ses joues.

Il se sentait orphelin. Son père spirituel l'avait abandonné.

Mais il devait se ressaisir, faire honneur à son ami !

D'un geste incertain, il souleva sa charrette, la poussa d'un pas hésitant puis la reposa.

Il ouvrit légèrement ses bras, tourna ses paumes ouvertes vers le ciel et se mit à l'observer, cherchant désespérément un signe quelconque venant du Borgne.

Et il sentit une douce chaleur lui chauffer les mains. Bientôt elle inonda tout son être. Ce rayonnement le brûlait et l'apaisait en même temps. Un mince sourire s'esquissa sur ses lèvres.

— Tu peux compter sur moi ! cria-il, faisant fi des passants qui le regardaient d'un air étonné. Tu peux compter sur moi ! Tu peux compter sur moi pour continuer le combat !

99. QUAND SONNENT VINGT HEURES

Confortablement installée dans le grand fauteuil donnant sur la rue, Betty observait les passants d'un air boudeur. Recroquevillée, un plaid moelleux en laine remonté jusqu'au menton, elle tenait un livre ouvert dans ses mains.

Elle colla son front contre la vitre puis tira la langue à un garçon pressé qui passait devant la maison.

De temps en temps, elle jetait un coup d'œil dans le miroir-espion fixé sur le rebord de la fenêtre, espérant reconnaître une silhouette, un copain de classe. Mais par ce froid mordant, il n'était pas facile de découvrir qui s'était emmitouflé dans son caban ou dans son capuchon.

Pour combattre l'ennui, la petite fille s'inventa un jeu. Elle décida de retenir la couleur des bonnets et des écharpes des piétons, en respectant l'ordre de passage. Cette farandole de couleurs apportait au moins une note de gaieté dans le grisâtre de cette journée de janvier ! Tout lui semblait lugubre aujourd'hui.

Les rues, encombrées de neige sale, de boursouflures noirâtres et de plaques de verglas, offraient un spectacle désolant.

Le ciel était bas et sombre et un vent du nord faisait courber la tête des gens.

Betty frissonna. Il avait l'air de faire tellement froid dehors et cette seule pensée suffit pour que son humeur se dégrade. Elle souffla en cillant les paupières et une moue dubitative s'installa sur ses traits fins.

— Ce n'est pas juste ! pesta-t-elle à voix haute.

— Qu'est-ce qui n'est pas juste, ma puce ? l'interrogea Francine.

— Eh bien, d'abord parce que je suis malade le jour de mon anniversaire ! Et que je ne ferai donc pas le tour des classes pour distribuer des bonbons...

— Voyons Betty, ce n'est pas si grave, la coupa gentiment sa maman. Tu auras d'autres anniversaires à fêter, tu te rattraperas l'année prochaine...

— Si c'est grave ! Aujourd'hui j'ai dix ans et à dix ans on a droit à un traitement de faveur et je n'aurai plus jamais dix ans ! Sa voix était devenue stridente à présent.

Francine regarda sa fille en secouant la tête. En ce moment, Betty contrecarrait ses moindres propos. — Calme-toi ma chérie, tu vas faire monter la fièvre, tes joues deviennent déjà toutes rouges. Et puis c'est quoi cette histoire de « traitement de faveur » ?

— Tu ne peux pas comprendre, Maman ! fit Betty d'une voix empreinte de dédain qu'elle accompagnait d'un signe de la main comme pour balayer toute éventuelle contestation.

Francine inspira profondément pour garder son calme et décida de ne pas réprimander sa fille. C'était son anniversaire après tout, mais l'envie de la corriger la démangeait.

Betty grandissait et avec elle son insolence. Heureusement que Johan n'était pas là, songeait la jeune femme. Lui ne se serait pas retenu. Il ne laissait rien passer et les punitions pleuvaient.

Il exigeait de la part de sa fille une obéissance exemplaire et disait qu'un enfant unique devait recevoir une éducation très sévère et sans faille.

Il appliquait cette règle à la perfection et Francine pensait parfois qu'il en faisait un peu trop.

Pourtant la petite adorait littéralement son père, bien plus qu'elle ne semblait l'aimer, elle, sa mère. Mais peut-être que toutes les fillettes sont ainsi ?

— Ah ! Voilà le facteur !

Et avant que Francine ne pipe mot, Betty avait déjà balancé le plaid et sa lecture par terre et courait vers le vestibule où l'air était glacial.

— On m'a sûrement écrit pour mon anniversaire ! criait-elle.

En effet, plusieurs enveloppes gisaient sur le sol et elle les ramassa avidement.

— Ne reste pas dans le froid ! Viens vite !

Betty prenait cependant tout son temps et regardait attentivement les différentes lettres l'une après l'autre. Certains plis lui étaient adressés, mais un seul retint tout particulièrement son attention.

— Maman, maman ! Bernard m'a écrit ! Maman, tu m'entends ?

Betty fit claquer la porte en verre du hall — faisant grimacer sa mère — et se précipita dans le séjour, comme une trombe, agitant les bras en l'air et poussant des cris de joie.

— Bernard m'a écrit, maman ! Bernard m'a écrit !

— Oh ! Mais c'est superbe !

La fillette se jeta contre sa mère dans un élan de tendresse, la serrant très fort, troublée et submergée de pensées.

Avant cette maudite guerre Bernard venait chaque année à son anniversaire, tout comme Wim. Maintenant, tout ceci n'était plus possible et Francine avait décrété de plus qu'elle ne voulait pas organiser de fête. Et pour une fois, Betty était plutôt d'accord avec elle : elle voulait avoir tous ses petits copains et copines ou alors personne ! Elle pensait que faire le tri était débile et réservé aux enfants des NSB.

Elle se défit de l'étreinte maternelle et s'installa à table pour lire sa lettre. Elle décacheta l'enveloppe et en sortit une carte postale représentant un paysage typique du Drenthe.

Francine observait la réaction de sa fille et fut impressionnée par la douceur extrême avec laquelle elle manipulait la carte, comme si du haut de ses dix ans elle comprenait à quel point il était unique de la recevoir.

Francine déchiffrait l'écriture enfantine de par dessus l'épaule de sa fille.

Bernard commençait par féliciter Betty puis racontait comment s'était déroulé son propre anniversaire à Westerbork.

Francine sentit un long frisson d'effroi lui courir le long du dos.

« Westerbork » !

Rien que ce nom suffisait à vous donner le vertige !

Elle savait que pour répondre à l'afflux des émigrés juifs fuyant l'Allemagne nazie, le gouvernement néerlandais avait érigé dans les années trente un camp de réfugiés.

Situé dans la province du Drenthe, ce camp se trouvait à proximité de la ville qui lui donna son nom : Westerbork.

Elle avait entendu dire qu'après l'invasion des Pays-Bas en 1940 le site de réfugiés fut transformé en camp de transit.

Flip lui avait par la suite confié que Westerbork abritait deux sortes de prisonniers. La plupart étaient des détenus en transit, mais on y trouvait aussi une importante population « permanente », composée essentiellement de Juifs allemands, mais également des membres du Conseil juif, des employés du camp et certaines autres catégories qui échappaient à la déportation.

Grâce au ciel, Bernard et sa famille devaient faire partie de cette dernière classe... puisqu'ils étaient partis au mois de novembre et qu'on était en janvier.

Le père du petit Bernard avait été policier et peut-être que son ancien métier les sauvait-il de la déportation ! Flip avait bien dit qu'une unité de police juive était chargée de maintenir l'ordre et d'aider au bon déroulement des convois... Il en faisait sûrement partie.

Francine fut toute retournée par ce courrier et eut bien du mal à garder un ton enjoué quand elle demanda :

— Et si on se faisait une tasse de thé ? Il reste encore un bon morceau de gâteau, ma chérie.

— Hmmm, fit Betty en se passant la main sur le ventre. J'ai une faim de loup !

Elles dégustèrent en silence le délicieux cake au citron que Francine avait confectionné pour l'occasion.

Le thé brûlant rendait un peu de vie à la jeune femme, mais elle était d'humeur maussade.

On vivait tout de même une drôle d'époque !

Après le goûter, Betty regagna son fauteuil devant la fenêtre, pensive.

Elle était si heureuse d'avoir eu des nouvelles de Bernard ! C'était tellement horrible qu'on pouvait simplement vous enlever parce que vous êtes juif ! C'était une chose à laquelle elle avait beau réfléchir, elle ne comprenait toujours pas que Dieu autorisât une telle chose !

Souvent après avoir fait sa petite prière du soir, elle s'adressait à Lui. Elle l'implorait de laisser ses petits amis en paix. Elle lui disait :

« Si vous existez vraiment, alors protégez-les ! »

Mais nombreux étaient ceux qui étaient partis et elle se posait beaucoup de questions qu'elle ne pourrait jamais partager avec qui que ce soit. Elle aurait bien trop honte de les prononcer !

La sonnette retentit et la sortit de ses noires pensées.

— Reste là, Betty. Il fait trop froid dans le couloir, tu vas attraper la mort ! lui ordonna Francine. C'est sûrement ta tante.

Betty rouspéta de ne pas avoir vue Kakie arriver. Elle décida de bien s'emmitoufler dans sa couverture et prit un air très abattu : Kakie en serait impressionnée et la dorloterait encore plus que d'habitude.

Elle entendit Francine refermer la porte vitrée du vestibule derrière elle avant d'ouvrir sur l'extérieur.

— Madame Muis ! Wim ! Quelle surprise !

— Nous venons porter un petit présent pour Betty, annonça timidement son ancienne voisine.

— Cela lui fera énormément plaisir, marmonna Francine gênée, mais elle est malade et elle ne pourra pas venir vous remercier.

Et je n'ose pas vous faire entrer ! admit-elle en silence.

Francine fut vraiment navrée devant la mine déconfite du petit garçon qui avait tant espéré voir son amie. Elle tenta maladroitement de lui expliquer que Betty était fiévreuse, peut-être même contagieuse.

— Dans quelques jours, elle ira mieux et vous pourrez jouer dans la rue.

— Si on lui en laisse le temps, lança madame Muis d'une voix rauque.

— Oh, Madame Muis, ne dites pas ça ! Je suis désolée...

— Non, c'est moi qui suis désolée. C'est l'anniversaire de Betty et je n'ai pas le droit de vous gâcher cette journée à cause de nos petits soucis. Excusez-moi, je vous en prie, je me suis laissée aller ! Elle ébouriffa d'une main nerveuse les cheveux de Wim. Tenez, prenez ceci pour Betty, ajouta-t-elle en tendant un paquet joliment enveloppé.

Cette dernière les remercia chaleureusement puis s'enquit de leur nouveau logement qui se trouvait à quelques rues seulement de là.

Leur maison avait été réquisitionnée fin décembre et on les avait relogés dans une maison qu'ils partageaient avec une autre famille juive qui comptait six enfants.

— Nous sommes un peu à l'étroit bien sûr. Mais bon, que faire ? La vie continue, nous nous adaptons au mieux, crâna-t-elle. Ce sont les nuits les plus terribles. À chaque fin de journée nous surveillons fiévreusement les aiguilles de la grosse horloge s'avancer dangereusement. Et quand la cloche sonne les vingt heures... Il nous devient alors difficile d'avaler quelque chose... Après le repas, les enfants vont se coucher... Mon mari leur raconte une histoire alors que nous les femmes, nous faisons la vaisselle. Puis nous nous retrouvons autour de la table et essayons de lire un peu. Mais nous lisons mécaniquement, sans comprendre... Nous n'arrivons pas à nous concentrer sur ce qui est écrit. Nous n'arrivons pas à nous laisser captiver par quoi que ce soit sauf par le moindre bruit !

Francine détourna brusquement les yeux, espérant ainsi interrompre la conversation. Mais Madame Muis poursuivit avec une placidité feinte :

— Voyez-vous, quand la nuit est là, j'ai les oreilles qui bourdonnent tellement elles guettent le son provenant de la rue. Un lointain martèlement de bottes, et mon cœur s'emballe. Je me dis « ça y est, c'est notre tour ! Ils vont sonner et dans quelques secondes je vais devoir y aller. » Et quand ces salauds dépassent notre porte sans s'arrêter, je respire lourdement... jusqu'à ce que d'autres bottes s'approchent un peu plus tard...

Wim avait levé la tête vers sa mère et avait glissé sa petite main réconfortante dans la sienne.

— Il vous faut partir Madame Muis, fuir... balbutia Francine.

— Fuir ? Mais pour aller où ? Il nous faut trouver une adresse sûre, nous sommes nombreux ! Il nous faudrait porter un minimum de choses pour nous assurer un peu de confort. Il suffirait de traverser les rues avec le moindre bagage pour faire de nous un suspect !

— Je ne sais pas quoi vous répondre Madame Muis...

Cette dernière eut un rire qui sonna faux puis dévisagea la jeune femme avec sévérité puis rétorqua :

— Parce qu'il n'y a rien à dire, Francine ! Chaque soir, quand les vingt heures ont sonné, l'œuvre de Satan commence ! Et ce sont *nos* policiers — *des bourreaux de juifs hollandais* — certes accompagnés de deux, voire trois Verts, qui viennent nous chercher par dizaines. Chaque soir, c'est dans une posture de terreur que nous attendons qu'ils frappent à nos portes et nous ordonnent d'ouvrir pour prendre nos enfants, nos vieillards, nos malades ! Chaque soir nous imaginons les camions bâchés en bas de la rue, remplis de gens gémissant de peur ou bien criant de haine ! Et au matin, nos corps angoissés se sont tellement crispés que nous ne sommes plus que courbatures...

Francine n'en pouvait plus et prit brusquement congé dans un bredouillement quasi inaudible et referma hâtivement sa porte. Les larmes lui montèrent aux yeux. Elle manquait d'air, la tête lui tournait et elle dût prendre appui contre le mur pour maîtriser le tremblement de ses jambes. Elle se sentait nauséeuse. La voix aiguë de Betty lui parvint comme dans un rêve :

— Maman, c'était Wim, n'est-ce pas ? Il a apporté un cadeau ? La nuit était maintenant tombée sur la capitale et l'heure du couvre-feu approchait.

Willem sur son vélo grelottait malgré l'effort qu'il fournissait. Le vent s'était renforcé et par moments les violentes bourrasques menaçaient de le faire tomber.

Il s'était bien emmitouflé dans son caban et une grosse écharpe enroulée autour de son cou lui couvrait la moitié du visage. Pourtant il avait l'impression de geler sur place.

Il aurait volontiers regagné son domicile après avoir distribué aux familles d'accueil les cartes de rationnement volées, mais il lui restait encore une mission délicate à accomplir et non des moindres.

Il y avait eu un décès.

Et la mort naturelle tôt ce matin de Monsieur Stern, mettait les personnes qui l'hébergeaient dans l'embarras.

— Nous prenons déjà un grand risque en offrant un toit à ce couple, mais de là à garder un cadavre..., avait grommelé la femme qui cachait les juifs. Nous n'avons pas de jardin Willem... Il faut que tu t'occupes de lui...

Willem s'était gratté la tête tout en réfléchissant, le cerveau en ébullition. Il lui fallait trouver au plus vite une solution, un endroit où enterrer ce pauvre homme.

Une fois la nuit tombée il était donc revenu chercher monsieur Stern.

Les adieux au défunt furent déchirants et sa pauvre veuve éplorée semblait inconsolable. Elle ne voulait pas se séparer de son mari, s'agrippait à lui en le suppliant de ne pas la laisser seule.

Willem en fut bouleversé et ses forces semblaient l'avoir quitté quand il avait fallu porter la dépouille.

Monsieur Stern fut installé sur le porte-bagages du vélo de Willem et deux sangles glissées sous leurs deux vestes maintenaient le mort en position.

C'était ainsi chargé que le jeune homme se dirigeait vers le cimetière le plus proche.

Le corps sans vie l'écrasait de son poids lourd et le déstabilisait. Les rafales violentes n'arrangeaient rien. Il en résultait que le brave garçon zigzaguait souvent, ce qui ralentissait son allure. Alors il redoublait d'efforts, car le temps s'écoulait à vive allure et il n'en avait pas beaucoup. Il s'acharnait sur les pédales, aurait bien voulu se lever, mais était condamné à rester sagement assis sur la selle.

Malgré sa forte cadence, il n'avait pas chaud, mais frissonnait. Il se demandait si c'était le fait de son émotion ou de la fatigue avant de réaliser que monsieur Stern se transformait au fur et à mesure en un bloc de glace !

Comme il lui tardait d'arriver !

Les rues qu'il traversait étaient désertes, ténébreuses et seul le grincement du pédalier rompait le silence environnant.

Soudain il y eut un bruit étrange, venant de derrière le jeune homme. Il poussa un cri et faillit perdre l'équilibre. Il se retourna furtivement sans toutefois s'arrêter, fouillant rapidement de ses yeux l'obscurité. Puis il y eut un profond râle à vous donner la chair de poule.

— Oh Seigneur ! gémissait Willem à voix haute, c'est Stern !

Le mort continuait bruyamment à rejeter par la bouche les gaz de son estomac. Et les sons qu'il émettait étaient effrayants.

Les jambes flageolantes de Willem l'amenèrent tant bien que mal au cimetière où un membre du Groupe d'Artistes Résistants l'attendait.

Paul patientait au portail et l'aida à se défaire de sa charge.

Tout en creusant une tombe dans la terre gelée, Willem raconta à voix basse comment cette étrange mission s'était déroulée et Paul eut bien du mal à ne pas rire aux éclats quand Willem lui fit part de ses frayeurs.

Ce dernier le prit très mal, croyant que Paul se moquait méchamment de lui et commença à maugréer de cette manière si particulière qui était la sienne.

Paul s'interrompit dans sa tâche, désignant Willem de sa pelle.

— Maintenant je sais enfin où je t'ai vu pour la première fois ! Chez Johan et Francine !

— Je les connais en effet, mais je doute fort t'y avoir vu ! Je suis très psychologue !

Cette remarque fit sourire le journaliste :

— Physionomiste tu veux dire, Willem.

— C'est du pareil au même ! Et je confirme : c'est le Borgne qui nous a présentés !

Paul n'insista pas et reprit son travail en pensant à ce que le Borgne lui avait confié sur Willem : « Un gars simple, mais formidable ! »

Quand le corps fut entièrement enseveli, le journaliste s'interrogea sur ce qu'il pouvait ajouter pour honorer monsieur Stern. Il jeta un œil aux alentours et vit une tombe récemment fleurie. Il alla chercher quelques fleurs et les parsema sur la sépulture.

Willem se saisit de sa pelle, jeta trois pelletées de terre là où

reposait désormais monsieur Stern et prononça solennellement :
— Poussière tu étais, poussière tu resteras.
— C'est tout ? demanda Paul incrédule. Il n'y a pas d'autre prière ?
— Il y a bien le Kaddish — c'est la prière des morts —, mais on ne la prononce jamais seul et il n'y a pas de rabbin, alors... Je ne suis peut-être pas pratiquant, mais il y a des limites !
— Écoute mon vieux. C'est comme ça ! Récite la plus belle phrase de votre Kaddish ou bien fabriques-en une ! Au moins tu feras honneur à ce pauvre homme !

Willem tituba sur ses jambes, indécis. Puis il eut une idée. Il déroula son écharpe, l'enleva puis le remit autour de son cou de façon à faire pendre les extrémités.

Paul haussa les épaules :
— Tu as plus l'air d'un curé que d'un rabbin.
— Justement ! Et il enchaîna d'une voix douce : qu'une paix grande nous soit accordée depuis le Ciel et le pardon et l'expiation et le salut, à nous et à tout le peuple d'Israël et dites Amen.
— Amen.

En quittant le cimetière, Willem était heureux même s'il avait arrangé la prière. Il avait assuré le repos de l'âme du défunt.

100. DIFFÉRÉ N'EST PAS PERDU

Neel dépliait soigneusement les chemises d'homme à manches courtes avant de les mettre sur un cintre et de les ranger sur un guéridon. La préparation des beaux jours au Bijenkorf était une période qu'elle affectionnait tout particulièrement. Il régnait alors au magasin une effervescence joyeuse, contagieuse. À chaque étage, les employés s'empressaient de remplacer les articles aux tons sobres par des couleurs plus vives, heureux de laisser la grisaille de l'hiver derrière eux. Dans les rayons on plaisantait, on riait, on se taquinait.

Une fois la tâche achevée, la jeune femme croisa les bras en observant son espace de travail. Elle se demandait comment elle allait organiser l'installation de la nouvelle collection cette année. Elle était plongée dans sa réflexion quand elle sentit un souffle chaud dans son cou. Effrayée, elle se retourna brusquement et se retrouva nez à nez avec celui qui avait été autrefois son fiancé.

— Klaas ! rugit-elle aussitôt en reculant d'un bon pas. Son beau visage s'assombrit et elle serra les poings. Je t'interdis de m'approcher !

— Bonjour ma beauté ! J'avoue que j'attendais de ta part un accueil plus chaleureux. Ses yeux riaient et un sourire moqueur s'installa sur ses lèvres.

Neel sentit le regard de ses collègues dans son dos et Klaas en était parfaitement conscient et s'en réjouissait d'ailleurs : elle ne voudrait pas déclencher un esclandre. Il leva sa main pour saluer les autres vendeuses et leur adressa un sourire radieux.

La jeune femme grinça des dents en les entendant rire. Elle avait toujours les bras croisés, le cœur battant.

— Qu'est-ce que tu veux Klaas ? Qu'est-ce que tu viens faire ici ?

L'homme s'esclaffa, montrant une dentition blanche et parfaite, certain de produire ainsi tout son charme.

Neel s'agaça en entendant des murmures d'admiration derrière elle et réitéra sa question :

— Qu'est-ce que tu viens faire ici ?

Klaas lui montra alors son bras où était posé un pantalon beige clair avant d'ajouter d'une voix mielleuse :

— Je voudrais simplement que tu me prennes les mesures pour l'ourlet. Et on m'a dit de m'adresser à toi !

Neel jeta un coup d'œil enragé par-dessus son épaule en direction de ses collègues. Elle leur revaudrait ça !

Alors d'un signe de la main elle invita Klaas à aller se changer dans une cabine.

Pendant ce temps-là, la jeune femme retrouva les vendeuses et lança d'un ton cinglant :

— Vous l'avez fait exprès ! Vraiment c'est... c'est...

Une de ses plus anciennes collègues, Marie, lui coupa la parole :

— Calme-toi ! Nous croyions bien faire ! Vous formiez un couple très heureux jadis. Il t'a demandé et maintenant que tu te retrouves seule, j'ai cru... Il est tellement charmant...

Marie eut un geste de la main désespéré, elle avait l'air sincèrement navrée.

— N'en parlons plus, mais à l'avenir ne t'occupe plus de ma vie privée ! siffla Neel en tournant les talons.

Elle revint dans son rayon et chercha à s'occuper l'esprit. Elle était persuadée que l'intention de Marie était bonne, mais elle préférait mille fois être toute seule qu'accompagnée de ce malfrat de Klaas. Marie ne savait pas tout ce dont elle avait souffert, les nombreuses maîtresses, la maladie qu'elle avait contractée... C'étaient des choses qu'il valait mieux taire.

— Me voilà ! fit Klaas tout guilleret en la rejoignant.

Sans dire un mot, Neel s'agenouilla devant lui, rentra le surplus de tissu et posa les épingles.

— Hmmm, tu sais que tu me plais toujours autant !

La jeune femme préféra l'ignorer et continua de fixer l'ourlet.

— Tu te rappelles ce jour où... ?

— Tu ne travailles pas aujourd'hui, Klaas ?

— Euh... si, si, mais là je suis en pause.

Sans vraiment le vouloir, Neel s'interrompit un instant pour le regarder dans les yeux et s'étonna :

— Tu ne portes plus l'uniforme de la police ?

— J'ai quitté la police... pour un travail bien mieux payé ! ajouta-t-il vivement, un peu irrité par le manque d'intérêt qu'elle lui manifestait.

Bien sûr, il gardait pour lui le fait qu'il ait été remercié au milieu de l'été 42 à cause d'un petit larcin. Licencié, il avait craint un moment de devoir partir travailler en Allemagne. Il s'était acharné à rechercher une activité et avait répondu à plusieurs annonces d'emploi dans le journal. L'une d'entre elles stipulait l'obligation pour le demandeur d'appartenir au NSB et comme il était l'un des plus anciens adhérents il avait obtenu le poste, celui d'agent de gestion des stocks.

— Je gagne très bien ma vie maintenant, 300 florins ! crâna-t-il.

Neel ne pipa mot.

— Je pourrais t'acheter un bel appartement sur le Herengracht. C'est ce dont tu as toujours rêvé !

Mais Neel s'en moquait à présent et ayant fini sa tâche, se redressa.

— Je t'achèterai de belles toilettes, nous reviendrons à Paris !

— Le pantalon sera prêt dans deux jours. Je vais te faire un bon.

— Tu penses encore à ce sale youpin !

— Tu remettras ceci à la caisse centrale. Bonne journée.

Le visage de Klaas devint cramoisi :

— Oh, mais elle va être bonne ma journée et ce n'est pas une garce comme toi qui va m'en empêcher ! Et tu veux savoir pourquoi elle sera même excellente cette journée ?

— Au revoir, fit Neel en s'éloignant.

Mais Klaas la saisit par le bras et l'attira à lui. Il plongea ses beaux yeux dans les siens et s'efforça de garder son calme.

— Ma journée sera excellente, aujourd'hui comme celle d'hier et comme celle de demain, siffla-t-il entre ses dents, parce que je vais inventorier ! Je vais noter par détail tout ce que chaque famille déportée laisse derrière elle. Le tapis persan, l'argenterie, la moindre tasse de thé ! Et quand je dépose ma signature en bas de l'inventaire, je suis heureux !

Heureux de remettre la fiche aux Allemands qui s'occupent de nous débarrasser de la vermine.

— Lâche-moi, tu me fais mal !

— Je n'en ai pas terminé ! Tu pourras dire à ton beau-frère qu'il ne touchera plus de loyer : j'ai inventorié la maison de ce vieux diamantaire Groen. Lui et sa famille sont partis ce matin. Avoir des diamants ne leur suffit plus : les Allemands ont enfin commencé à retirer quelques dispenses provisoires !

À bout de souffle, il respira lourdement tant dis que Neel tâcha de se défaire de son emprise. Mais Klaas planta ses griffes dans son bras et approcha le visage de la malheureuse tellement proche du sien que leurs bouches se touchaient quasiment.

— Et laisse-moi te dire que je louerai le ciel s'il m'est donné la joie d'inventorier chez Flip !

Il lâcha Neel si brusquement qu'elle faillit tomber et gagna à grands pas l'escalier roulant.

À la fin de son service Neel se rendit au bureau de Johan et lui fit part de ce que lui avait raconté Klaas à propos de monsieur Groen.

— Ils seraient partis ce matin, termina-t-elle d'une toute petite voix. Elle couvrit son visage de ses mains et éclata en sanglots.

Johan se leva de derrière son bureau, s'avança jusqu'à la jeune femme et la prit dans ses bras.

— Là, calme-toi !

Mais les pleurs de Neel redoublèrent.

— Il m'a dit aussi, hoqueta-t-elle, qu'il ne suffisait plus d'avoir des diamants, qu'ils retiraient les dispenses. Qu'est-ce que Klaas veut dire par là ? Elle plongea son regard humide dans celui de son beau-frère, mais ce dernier était trop ému pour parler.

Il réfléchissait à ce que Monsieur Groen lui avait confié l'été dernier, au moment où les déportations avaient commencé. Le diamantaire avait pu acheter pour lui et sa famille une *Sperre*. À ce moment-là, cette dispense pour l'*Arbeidseinsatz* lui avait coûté cinquante carats de diamants par personne. Depuis, il lui avait fallu encore doubler cette mise pour échapper au travail obligatoire et Johan se rappelait très bien les mots amers de Monsieur Groen :

« Si j'avais su qu'un jour mon métier servirait la machine de guerre allemande, je crois bien que j'eusse préféré me suicider ! Mais maintenant c'est trop tard et il me faut sauver les miens ! »

Apparemment c'était insuffisant.

— Et Flip ? Flip ! Que va-t-il lui arriver ? gémit Neel en se cramponnant à la veste de Johan. J'ai si peur, tellement peur, oh mon Dieu, aidez-moi !

Quand Neel fut partie, Johan fut bien incapable de travailler. Il était là, assis devant son bureau et ses doigts tapotaient nerveusement sur le plateau. Les histoires les plus folles circulaient à propos de la destination finale de tous ces malheureux. En décembre dernier *Radio Oranje* avait diffusé des annonces provenant du gouvernement polonais en exil qui parlaient de massacre de Juifs. Il était question de tortures atroces et depuis peu une rumeur encore plus infâme circulait.

Cette version confirmait le massacre... par gazéification.

C'était impossible et il ne voulait pas y croire ! Il s'y refusait !

Il refoulait complètement cette idée qui rendait tout simplement la vie impossible.

Et puis d'ailleurs, si l'extermination était le seul but de la déportation, l'occupant n'aurait pas autorisé le Conseil juif à ouvrir une école spéciale pour les jeunes de la communauté afin d'assurer leur scolarité ! Et que penser alors du département d'« Aide aux déportés » où travaillait Esther, la sœur de Flip ? Elle passait ses journées à collecter et à réparer des vêtements chauds que l'équipe du département « Bagages » expédiait ensuite à Westerbork, ce camp de concentration situé au nord-est des Pays-Bas. On ne se donnerait pas tant de mal s'il n'y avait pas d'avenir, non ?

Et puis d'ailleurs, il lui revint en mémoire un fait rassurant. Flip lui avait dit que les gens avaient le droit d'écrire aux déportés, en Allemand bien sûr, censure oblige. Les Allemands décidaient quelles étaient les familles qui pouvaient le faire en découpant l'alphabet en groupes de lettres : le groupe dont le nom commençait par une des lettres choisies. C'était équitable et il ne voyait pas pourquoi l'occupant se tracasserait si...

Et puis cette foutue guerre n'allait pas durer. Il suffisait de se représenter la longue côte du pays pour espérer une invasion rapide !

Deux jours plus tard, le Generalkommissar Hans Rauter se tenait devant la cheminée de son bureau où de joyeuses flammes léchaient le foyer en fonte.

Hans souffla d'aise et se félicitait d'avoir fait rallumer le feu : après quelques journées printanières, le froid était de retour.

On frappa à la porte et après un bref « Ja » un soldat fit irruption dans la pièce, une lettre à la main.

Rauter s'en saisit et congédia aussitôt le jeune homme d'un geste suffisant.

Il décacheta la lettre et vit qu'elle venait de Berlin.

Il la parcourut rapidement et alors qu'il l'enfonça dans sa poche un sourire satisfait s'installa sur ses traits durs.

Il sortit une cigarette de son paquet, l'alluma avec son briquet d'argent et embrassa ensuite l'aigle protecteur du Reich qui y prônait si fièrement.

Il s'avança jusqu'à son bureau en acajou, se saisit de la bouteille de genièvre et d'un petit verre, posés sur un plateau laqué, et s'en servit une rasade.

— *Prosit !* lança-t-il en buvant le contenu d'un trait. Il avait bien mérité une récompense. Il ressortit la lettre d'Heinrich Himmler de son pantalon et la relut.

Le chef de toutes les polices allemandes le félicitait personnellement de la bonne organisation de la déportation des Juifs aux Pays-Bas et l'encourageait à maintenir le bon rythme de celle-ci, bien supérieure à celle de la Belgique et de la France !

Heinrich remerciait le Generalkommissar Rauter de la rigueur avec laquelle il respectait le calendrier de l'évacuation et finissait sa missive en lui rappelant que le succès final de sa mission viendrait du fait que personne ne passe à travers les mailles du filet !

Rauter classa la lettre dans un classeur où il rangeait tout le courrier officiel puis alluma une nouvelle cigarette. Il tira une bouffée profonde et envoya les volutes bleues le plus haut possible en direction du plafond.

Il ricana, se trouvant le plus malin de tous.

Il était tellement fier de lui-même. Et il y avait de quoi !

Quand il avait su, au début de cette folle aventure, que le nombre de personnes qui devait être déporté représentait dix pour cent de la population de la capitale, il avait été effrayé. C'était une opération gigantesque ! Il s'était demandé comment, oh diable, il allait y arriver. Puis finalement tout se passait comme sur des roulettes. Il était vrai qu'il était superbement bien organisé et que la tâche lui avait été facilitée grâce au registre de la population d'Amsterdam. Chaque Juif y était recensé et leur domicile enregistré. Le reste n'était finalement qu'une simple « pêche aux Juifs ».

Il eut un rire gras à cette pensée. « La pêche aux Juifs », plutôt jolie comme expression !

Il devait quand même reconnaître que la police hollandaise avait été également efficace. Sans elle, la chasse n'aurait pas été aussi bonne.

Il se servit à nouveau du genièvre. Il aimait cet alcool qui vous mettait le feu et le préférait même au Schnapps et c'était peu dire !

Il allongea ses jambes sur la table. L'alcool détendit ses muscles, il se sentait bien, relaxé, heureux.

Il se leva, jeta un coup d'œil par la fenêtre qui donnait sur la cour intérieure, retourna s'asseoir, se versa un verre de liqueur et le but cul sec.

C'était drôle tout de même comment ces Untermenschen se faisaient avoir !

Il rit à gorge déployée.

C'était bon de rire ainsi ! Il en avait mal au ventre !

Il y avait longtemps qu'il n'avait pas ressenti une telle gaieté !

Ah, là, là ! S'il avait dit à ces couillons qu'ils allaient tous y passer, il n'aurait pas escompté une telle réussite.

Il avait été tellement pertinent, oui, très pertinent !

En autorisant quelques youpins à rester grâce à une *Sperre*, il avait obtenu ce qu'il y avait de plus précieux : leur coopération ! Diviser pour mieux régner !

Et de surcroît, il assistait à une jolie petite bataille au sein même de l'élite qui de plus le remerciait à cul ouvert !

Eine Delikatesse !

— Qui a le droit de rester ? miaula-t-il en imitant une voix féminine. Il s'écroula de rire. C'était burlesque !

Il but à présent à même le goulot du flacon puis s'essuya la bouche d'un revers de manche.

— Trente-cinq mille *Sperre* on m'a demandé ! Et je n'en ai accordé que la moitié, se gaussa-t-il encore à voix haute. Il se tapait sur le ventre et s'écroula de rire.

À bout d'haleine, il souffla lourdement.

Le plus gros du travail était quasiment derrière lui maintenant, mais il restait encore ce foutu reliquat de Juifs dont il fallait s'occuper : ceux qui étaient *gesperrt*.

Ce ne sera guère un problème : toute personne qui avait obtenu cette permission se trouvait sur une liste et chaque liste était classée par catégorie. Il fallait à présent qu'il s'occupe sérieusement de celles-ci.

Il avait déjà commencé en s'attaquant à la catégorie « diamantaires » et cela lui avait procuré un réel plaisir, car il avait fait une bonne récolte pour le grand Reich en leur faisant croire qu'ils pouvaient tous acheter quelques mois de liberté supplémentaires. Et ainsi la banque Lippmann Rosenthal & Co. avait récolté une fois de plus de nombreuses pierres ! Il était tout de même rusé comme un renard !

Puis tout d'un coup il se rappela la dernière phrase de la lettre d'Himmler. Et ce n'était qu'à ce moment précis qu'il en saisit tout le sens.

Il restait les Juifs protégés, mais listés. Himmler ne faisait sûrement pas allusion à ceux-là.

Mais les autres ? Ceux dont on avait perdu toute trace ?

Il frappa de toute sa force sur la table et cria :

— Personne ne doit passer à travers les mailles du filet ! Qu'ils se terrent, s'éclipsent, s'enfuient ! Je vais m'en préoccuper ! Il faut les traquer ! Demain je réglerai l'affaire avec ce brave Lages !

Quand le lendemain la sonnette retentit, le cœur de Francine ne fit qu'un tour.

Elle jeta un coup d'œil sur le réveil et vit qu'il n'était pas encore six heures du matin.

Qui pouvait bien venir les déranger à cette heure-ci ?

Une main impatiente appuya de nouveau sur la sonnette et réveilla du coup Johan et Betty.

La petite se jeta sur le lit parental, le cœur battant la chamade.

— Restez-là, imposa Johan en s'enfilant un pantalon et un tricot de peau. Je vais aller voir.

Mais ni Francine ni sa fille n'obéirent. Elles s'emmitouflèrent dans un peignoir et le suivirent de près.

Wim, une trottinette à la main, était devant la porte quand Johan ouvrit.

Sans même penser à le saluer, il s'adressa directement à Francine qui se tenait en retrait.

L'enfant était tout rouge de s'être tant dépêché et sa voix n'était qu'angoisse quand il annonça :

— Ils sont venus ! Nous devons partir ! Ils nous ont donné une heure pour nous préparer et maman vous demande ! Elle veut que vous l'aidiez à préparer nos bagages. Elle est dans tous ses états !

Sans même réfléchir, Francine balbutia un « oui » quasi inaudible et promit d'arriver dans quelques minutes.

Wim tourna aussitôt sa trottinette puis s'aperçut que Betty était là.

— Je t'écrirai ! cria-t-il par-dessus son épaule. Au revoir Betty !

— Au revoir Wim... s'efforça Betty de crier d'une voix qu'elle espérait enjouée. Elle claqua la porte et descendit rejoindre ses parents.

Francine était blanche comme un linge et s'habilla hâtivement.

Betty l'observait en silence.

Mille pensées la submergeaient. Une fois de plus on lui prenait un copain. Et le pire c'était que Wim n'avait pas écrit un mot dans son cahier de poésies ! Maintenant c'était trop tard. Ils avaient tant joué ensemble.

Ah ! Jamais elle ne l'oublierait ! Que des parties de billes ils avaient fait tous les deux !

Francine s'apprêtait à enfourcher sa bicyclette quand Betty arriva en courant derrière elle.

— Maman, attends-moi ! Maman, j'ai quelque chose à te demander !

Francine se retourna et vit sa fille s'approcher.

— Maman, tu me ramèneras le sac à billes ?

— Le sac à billes ? s'exclama Francine incrédule.

— Oui, Wim a les plus belles et les plus grosses billes de la ville ! Il ne pourra sûrement pas les apporter, alors autant que j'en profite, moi !

101. 27 MARS 1943

À son réveil Klaas fut ravi de constater qu'un soleil éclatant inondait la ville.

Il se leva en sifflotant, gagna les toilettes puis se rapprocha du lavabo. Il ouvrit le robinet d'eau chaude, trempa le blaireau, fit mousser du savon et en couvrit son visage. Avant de saisir son rasoir, il s'adressa une grimace dans le miroir et s'étira longuement.

Comme il était heureux !

Quand il eut terminé de se raser, il se rinça soigneusement, se coiffa, s'habilla rapidement et se rendit dans la cuisine pour se préparer un café.

Pas un ersatz, non ! Du vrai café !

La pièce se remplissait de la délicieuse odeur. Il prit une miche de pain et en coupa quelques tartines. Il les beurra largement puis s'installa à table.

Il aimait prendre tout son temps pour le petit déjeuner. C'était un moment privilégié de la journée où il effectuait les mêmes gestes toujours dans le même ordre.

Après avoir lu le journal, il déposait son assiette dans l'évier et se servait une deuxième tasse. Il sortait son carnet de la poche de sa chemise, glissait son crayon derrière l'oreille et repassait en détail les notes qu'il avait prises tout en se rongeant les ongles. Puis il sirotait d'une lenteur calculée le liquide chaud, attendant patiemment que la caféine accélère les connexions de son cerveau. Et à ce moment-là, il mettait sur pied la meilleure stratégie possible pour mener à bien une nouvelle mission.

Il prenait son travail à la *Hausraterfassung* de la SD très au sérieux et il pouvait même affirmer que depuis qu'il avait signé son contrat de travail, son niveau de vie s'était nettement amélioré.

Il se sentait parfois un peu détective quand il passait une grande partie de son temps à dresser des listes de tout ce que contenaient les maisons des déportés.

Tout : chaque table, chaque abat-jour, chaque bijou... Même les articles aussi insignifiants tels qu'un casse-noix ! Enfin, presque tout... Il lui arrivait parfois de camoufler quelques objets pour les revendre par la suite.

De chaque inventaire il devait faire des copies. Une pour la *Zentrastelle*, bureau de l'immigration juive, une autre pour le service qui gérait la logistique du matériel rassemblé, l'*Einsatzstab Rosenberg*[41] (ERR), puis une dernière pour la banque Lippmann Rosenthal & Co[42].

C'était d'ailleurs avec cette dernière entreprise qu'il avait signé son contrat et il était fier de pouvoir affirmer qu'il travaillait pour une banque où, disait-il, il effectuait des tâches administratives.

---

[41] L'ERR a effectué à partir de 1940 d'importantes confiscations de biens appartenant à des Juifs et des franc-maçons dans les territoires occupés par la Wehrmacht.
[42] Banque pillarde Lippmann-Rosenthal & Co (LiRo).

Le bureau de recensement de mobilier juif, la *Hausraterfassung*, était en effet une des multiples activités de cette banque. Depuis que Klaas y occupait une place, il avait vu le personnel s'accroître rapidement !

Le jeune homme avait de nombreux collègues. « Une petite armée, avait-il confié en riant, lové dans le creux des bras d'une amie prostituée, et j'y retrouve l'esprit d'équipe qui me manquait tant depuis que j'ai quitté la police. »

Pour veiller au mieux à la bonne exécution des inventaires, la *Hausraterfassung* avait non seulement un fichier central, mais était de plus divisée en plusieurs rayons, celui des tapis, des tableaux, de l'argenterie...

Le bureau était dirigé par quatre hommes et chaque département portait le nom de son chef.

Ainsi Klaas travaillait pour la Colonne-Henneicke.

Les membres de cette Colonne se mettaient essentiellement à la recherche d'objets de valeur mis à l'abri par les Juifs ou volés. Ils avaient également le pouvoir d'arrêter les coupables.

Klaas, ancien policier, pisteur tenace, excellait dans cette tâche.

C'était d'ailleurs un peu pour cette raison qu'on lui confiait de plus en plus de missions dans d'autres provinces et il quittait alors la capitale pour plusieurs jours.

D'ailleurs aujourd'hui il devait se rendre à Scheveningen et l'investigation promettait d'être difficile.

Il prépara des vêtements de rechange, sa trousse de toilette et rangea l'ensemble dans une petite valise.

Il jeta un rapide coup d'œil sur la pendule et décida de partir. Il serait en avance et devrait attendre Eddy, son équipier, à la gare. Mais une autre idée se profilait dans son esprit.

Un peu plus tard il s'installa à la terrasse d'un petit café en face du Bijenkorf.

Le grand magasin n'était pas encore ouvert et il avait donc toutes les chances de voir Neel descendre du tram et de l'intercepter.

Que cette petite garce lui manquait ! Son corps souple et élancé l'obsédait ! Il fallait qu'il la possède à nouveau et il ferait tout pour y parvenir !

En fin de soirée de cette même journée, des bottes de policiers martelaient le pavé et longeaient d'un pas alerte l'arrière du zoo Artis.

De jeunes gens, imbibés de bonheur et tendrement enlacés sursautèrent en les entendant s'approcher.

Parmi les hommes en uniformes, ils virent deux civils à la mine crispée.

Les amoureux comprirent d'instinct qu'il s'agissait de terroristes — de pauvres bougres en fait, luttant pour la liberté — visiblement en état d'arrestation. Et en voyant le nombre de policiers présents, leur capture devait avoir une grande importance.

Les gendarmes allaient certainement les livrer à la Gestapo.

Malgré la douceur de ce samedi soir et le bras protecteur de son ami, la jeune fille fut parcourue de frissons. Elle n'arrivait pas à détourner son regard de ces personnes menottées et suivit la troupe jusqu'à ce qu'elle les perde de vue.

Le carillon cristallin d'une église retentit, rappelant l'heure du couvre-feu au jeune couple qui n'avait pas vu le temps passer et devait à présent gagner en vitesse leur domicile.

Pour Tony, vêtu d'un uniforme de fonctionnaire de la police hollandaise, tout comme les sept personnes qui l'accompagnaient, le tintement des cloches annonçait le compte à rebours. D'ici trois minutes ils se retrouveraient devant l'immeuble où l'Occupant conservait soigneusement depuis 1941 le registre de la population des Pays-Bas.

L'Artiste accéléra le pas, tirant sur la menotte qui l'enchaînait à la détenue qui n'était autre que Jane.

— Doucement, râla la jeune femme, car l'acier s'enfonçait dans la chair de sa main.

Tony grimaça et n'en avait cure. Il prenait même un malin plaisir à tirer un peu plus sur son bras : avoir l'impression de tenir Jane quelques instants à sa merci l'excitait malgré la tension terrible qui l'habitait.

Willem, l'autre « terroriste » était attaché à « l'officier » Bart et clopinait tête baissée et l'air abasourdi. De temps en temps il épiait anxieusement les autres faux agents qui marchaient en rang serré entre Tony et eux. Il ne les connaissait pas et c'était la première fois que Willem participait à un sabotage avec des inconnus.

En effet, différents groupes de résistants s'étaient réunis depuis le début de cette année.

1942 avait été une année terrible non seulement pour la communauté juive, mais également pour les communistes, les homosexuels et les appelés pour le travail obligatoire en Allemagne.

Et dès le début de cette année 1943, une énorme tension s'était emparée du pays, car tout semblait s'accélérer. Cette sensation s'accompagnait d'une réelle prise de conscience que le pire n'était peut-être pas encore arrivé ! Alors la population se mobilisait. Les résistants étaient de plus en plus nombreux et les gens plus à même d'aider la résistance.

Et c'était ainsi que Paul et Tony s'étaient entourés de garçons dont ils connaissaient seulement le nom de code. C'était mieux ainsi, avaient-ils certifié à Willem inquiet. Si jamais l'opération capotait, ou même pis, si elle était suivie d'arrestations, moins on en savait, mieux c'était. Il fallait à tout prix protéger ses arrières.

Willem transpirait à grosses gouttes et s'essuya le front d'un revers de manche de son bras libre. Les hommes armés marchant devant lui et serrés les uns contre les autres portaient des paniers en osier badigeonnés de peinture noire, couleur de leurs uniformes.

Les corbeilles étaient remplies de substances narcotiques, de seringues, de cordes, de mèches et de bouteilles contenant un mélange d'hydrocarbures, le Benzol.

— Si nous réussissons, les *moffen* n'oublieront pas de sitôt ce 27 mars » 43, chuchota Willem.

— Pour sûr ! crâna Bart, mais tais-toi pour le moment !

Willem serra les dents, il était nerveux. Il aurait encore tant aimé dire à Bart à quel point cette mission était précieuse pour lui. Puis il se traita d'idiot. L'opération était une nécessité pour le pays entier !

Ce soir ils allaient détruire le fichier de recensement de tous les habitants du pays. La disparition du fichier stoppera pour un temps les déportations et du même coup les convocations pour l'Arbeitseinsatz.

Et ce n'était pas tout ! La destruction des archives empêchera les Allemands de vérifier les données des fausses cartes d'identité qui circulaient. Et c'était primordial pour Tony, devenu LE spécialiste en matière de falsification.

Willem eut un haut-le-cœur quand ils arrivèrent à proximité de l'« Hollandse Schouwburg ».

Ce magnifique théâtre, où disait-on se trouvait un lustre illuminé de cent quarante lumières, avait été réquisitionné par les Allemands et était devenu depuis une prison provisoire pour Juifs avant leur déportation.

Deux soldats en faction en gardaient l'entrée et adressèrent des injures à l'attention de Jane et de Willem. Ce dernier aurait bien voulu les incendier à son tour, mais il devait se contenir.

Un des militaires détailla Jane avec minutie en insistant sur son corsage et Tony réprima un juron au lieu de quoi il les salua poliment. Il ne supportait pas l'idée que quelqu'un d'autre que lui admire les seins fermes de la jeune femme. Mais aujourd'hui sa tenue provocante était justement faite pour attirer les regards...

Les Allemands s'esclaffèrent à présent après une plaisanterie bien grasse lancée par un des deux hommes.

Tony et ses camarades tournèrent enfin au coin de la rue Plantage Kerk.

Quelques pas seulement les séparaient du numéro 36 et chacun sentait le rythme de son cœur s'accélérer.

Ils marchaient toujours au milieu de la rue, Tony et Jane devant.

Les soldats qui gardaient l'immeuble les virent arriver et n'eurent des yeux que pour la belle brune qui avait camouflé sa vraie chevelure de rousse sous une perruque.

Jane les toisa d'un sourire aguichant, monta un peu plus son joli buste et dandina des fesses.

Le spectacle eut l'effet désiré et les Allemands en furent médusés. Ils n'avaient d'yeux que pour elle et la suivirent du regard sans se rendre nullement compte que d'autres policiers se glissaient derrière eux.

D'un geste rapide et sûr, deux d'entre eux leur encerclèrent le cou du bras gauche et de la main droite pressèrent un linge contenant du chloroforme sur le nez et la bouche de leur victime, ce qui les empêcha de donner l'alerte.

Willem ouvrit la porte de l'immeuble donnant sur un vaste vestibule le temps de traîner les corps inertes à l'intérieur et de faire rentrer tous les membres du groupe, puis la ferma à clef.

Alors que Bart ligotait les gardes, Jane leur banda les yeux à l'aide d'un ruban adhésif et leur administra une injection d'un liquide narcotique dont la vertu assoupissante possédait un effet rapide et profond.

Il fallait maintenant traverser le long couloir, première étape vraiment dangereuse. Puis gagner la cage d'escalier permettant d'accéder aux bureaux dans les étages en passant devant une salle où devaient se trouver à cette heure-ci les autres soldats réunis pour écouter sur les ondes la voix réconfortante de Hitler. La porte était légèrement ouverte et on écoutait de la musique classique dans la pièce.

Tony passa avec précaution la tête dans l'entrebâillement et n'y aperçut qu'une seule personne absorbée par la lecture d'un journal. Agacé, il fit signe à ses compagnons de passer leur chemin. Il se débrouillerait tout seul ici.

Il pénétra à pas feutrés dans la pièce, s'approcha du lecteur et l'assomma d'un coup de crosse.

Il l'allongea et s'agenouilla auprès de lui pour lui faire une piqûre et lui nouer les mains.

Il se releva quand une voix gutturale retentit derrière son dos et lui ordonna de ne pas bouger.

Les cons ! À coup sûr ils n'ont pas vérifié les toilettes !

Tony leva lentement les mains en se maudissant de s'être laissé prendre comme un vulgaire novice, le dos vers la porte. Il se retourna avec précaution et eut juste le temps de voir Jane enfoncer une seringue dans le cou de son agresseur.

Les jambes de l'homme se dérobèrent aussitôt et il s'affala. Rapide comme une tigresse Jane lui sauta sur le dos, lui prit les deux bras et le ligota à son tour.

Ses yeux flamboyants lancèrent des éclairs :

— Te rends-tu compte que tu as failli tout faire foirer ? Sa voix vibrait de colère.

Pour toute réponse Tony l'empoigna par le col de sa chemisette et la souleva. Puis il la déposa sur le carrelage, lui prit le menton et l'embrassa, écrasant ses lèvres douces.

Jane tenta de résister, mais bientôt leurs langues se mêlèrent.

Ce fut un baiser aussi bref qu'ardent qui ébranla la jeune femme. Jamais encore on ne l'avait embrassé avec une telle fougue !

Pendant quelques infimes secondes, ils en oublièrent leur mission.

Tony fut le premier à redescendre sur terre en murmurant :

— Il faut y aller !

Quand ils arrivèrent à l'étage, on leur annonça que le secteur était sécurisé et qu'il fallait maintenant sortir les gardiens endormis !

Tony et les faux policiers les déposèrent dans le jardin du zoo attenant à l'immeuble, et plus précisément dans l'enclos des lions avec le désir fou que les prédateurs n'en fassent qu'une bouchée.

Pendant ce temps-là Jane, Bart et Willem s'arrêtèrent sur le seuil de la grande salle d'archives, le cœur battant.

Après deux tentatives rapidement abandonnées allaient-ils enfin réussir ?

Jane examina la grande pièce et s'orienta rapidement en se rappelant le plan que Paul leur avait montré. Sur le côté gauche se trouvaient des dizaines d'étagères métalliques alignées à la perfection.

On y avait installé en rangées impeccables des centaines de boîtes contenant les cartes d'identité.

Willem et la jeune femme commencèrent fiévreusement à les vider par terre, en tas.

Mais Bart avait d'abord quelques préparatifs à faire. Il installa des pains plastics à différents endroits de la salle et découpa des cordeaux. Il avait prévu des longueurs de trois mètres ce qui leur laisserait exactement cinq minutes pour gagner l'extérieur. Il fit rejoindre les cordeaux à une même source de manière à ce qu'une seule étincelle suffise à enflammer l'ensemble.

Tony et les autres les rejoignirent et bientôt le sol fut recouvert par des dizaines de milliers de pièces d'identité.

Il fallait à présent arroser l'amoncellement de Benzol.

Tony regarda sa montre, leur action se déroulait comme prévu. Il fit signe à Bart de prendre son briquet pour allumer le cordeau et annonça :

— À présent, vous avez cinq minutes pour gagner l'extérieur !

Tony saisit Jane par la main et ensemble ils dévalèrent l'escalier suivis de Bart et des autres policiers. Willem fermait la marche et avait du mal à les suivre.

Ils traversèrent en courant couloirs et escaliers et déboulèrent enfin dans la rue. Là ils se séparèrent aussitôt d'un signe de la main, mais Tony ne lâcha pas celle de la jeune femme. Il l'entraîna avec lui et elle se laissait faire.

Tous avaient gagné une autre rue quand les explosions se produisirent.

Les vitres volèrent en éclats et des flammes gourmandes se propagèrent à grande vitesse.

L'alarme fut rapidement donnée, pourtant les pompiers tardèrent à intervenir.

Les dégâts étaient importants et quand ils arrivèrent sur le lieu de l'attentat, il ne restait plus grand-chose du beau bâtiment.

D'un accord silencieux et mutuel, les hommes de feu arrosèrent généreusement ce qui restait de la cartothèque des habitants du pays, essayant de noyer par l'eau ce que les flammes n'avaient réussi à détruire.

Tony tenait toujours fermement la main de Jane quand il glissa enfin la clef dans la serrure de la porte d'entrée de son appartement et ne la lâcha qu'une fois cette dernière refermée. Avec une douceur extrême il posa ses bras sur les épaules frêles la jeune femme et la fixa intensément, le regard brûlant de fièvre.

Son regard ne laissait aucun doute quant à ses véritables intentions et Jane tenta de rester impassible. Elle ferma malgré elle les yeux et déglutit avec difficulté.

Une petite partie lucide de son cerveau l'incitait à partir avant que l'irréparable ne soit commis alors même que son corps le réclamait déjà.

Elle voulait lui tenir tête encore à ce jeune coureur, ébranler sa fierté et lui démontrer qu'elle ne serait pas une proie facile.

Tony la serra contre son torse musclé, lui caressa la nuque et lui murmura des mots doux, la voix rauque.

Jane sentit le peu de résistance qui lui restait s'évanouir en pensant au baiser ardent qu'ils avaient échangé tout à l'heure.

L'Artiste laissa sa main glisser le long de son dos puis remonta vers sa poitrine. Il défit son corsage et palpa lentement le galbe soyeux de ses seins.

— Tu es tellement différente des autres filles, souffla-t-il. Tellement sexy aussi ! J'ai rêvé de cet instant des milliers de fois.

Aussitôt Jane dégrisa, elle le repoussa avec force et avant qu'il n'eut compris ce qu'il se passait, elle était déjà sortie de la pièce.

Il lui fallut un petit moment pour qu'il retrouvât ses esprits. Il se servit une bière tout en pestant.

Qu'avait-il dit ou fait de mal pour qu'elle s'enfuie ainsi ? C'était bien la première fois qu'une chose pareille lui arrivait et des femmes il en avait collectionné quelques-unes ! Aucune ne s'était jamais plainte de lui !

Il s'assit sur le canapé et saisit le roman policier qu'il avait commencé la veille. Au bout de quelques lignes seulement il interrompit sa lecture. Il n'arrivait pas à se concentrer et lisait sans rien comprendre au texte. Il jeta le livre sur la table basse et enfonça à plusieurs reprises son poing rageur dans le tissu moelleux des coussins.

Non d'un chien, qu'est-ce qu'elle avait de plus cette gonzesse ? Il en avait eu de bien plus belles qu'elle ! Qu'elle aille se faire voir ailleurs !

Il se leva et tourna en rond dans la pièce.

Le pire de toute cette histoire, était que depuis qu'il connaissait Jane il n'avait pu seulement en effleurer une autre ! C'était également une nouveauté dans sa vie sexuelle. Il lui était déjà fidèle, pauvre idiot qu'il était ! Il rêvait de se réveiller à ses côtés, de caresser son corps encore tiède de la nuit, de s'enivrer de son parfum.

Il posa sa bière vide dans l'évier et décida qu'une douche froide ne pouvait lui faire que du bien.

102. LE MALHEUR DES UNS...

Betty flanqua un baiser sonore sur la joue de sa mère avant de sortir dans le jardinet.

La porte de la cuisine claqua derrière elle. Francine pestait intérieurement de ne pas avoir le courage de rappeler sa fille à l'ordre, au lieu de quoi elle s'en retourna à sa tâche journalière.

Francine consacrait ses après-midi au raccommodage ou bien à des transformations du linge pour qu'il puisse servir le plus longtemps possible.

Aujourd'hui elle taillait de petits draps dans de grands draps usés qui serviront pour le lit de Betty. Et avec les chutes, elle fabriquera des taies d'oreiller et des torchons.

C'était l'art de la débrouille.

Quand il n'y avait pas d'école, Betty aidait vaillamment sa mère à découdre du linge ou à défaire des tricots pour récupérer la laine.

Elle aurait dû être assise à côté de sa mère en ce moment, mais le soleil de ce premier mercredi d'avril 1943 était tellement radieux, que Francine lui avait donné quartier libre.

Betty sortit du jardinet par le battant en bois et débarqua dans la ruelle.

Elle sortit une craie de sa poche et commença à tracer une figure sur le sol pour jouer à la marelle.

Le bruit d'une sonnette à vélo retentit dans son dos et la fit sursauter sur le bas-côté.

— Betty ! Je ne pensais pas te trouver là, criait joyeusement Koky.

La fillette grimaça et leva la main dans un geste de bienvenue.

— Ma mère m'a laissé sortir. Elle a eu pitié de moi et m'a dit d'aller dehors prendre quelques couleurs. Tu joues avec moi ? demanda-t-elle en lui montrant la marelle d'un signe de tête.

Koky tourna plusieurs fois autour d'elle sans s'arrêter.

— Allez ! Viens ! Je commence ! commanda-t-elle.

Mais le garçon ne semblait avoir aucune envie de poser sa bicyclette et s'en alla jusqu'au bout de la rue avant de faire demi-tour.

— Koky !

— Koky ! imita le garçonnet d'une voix mièvre.

Betty fit une moue disgracieuse et Koky rit aux éclats puis lui tira la langue.

Il n'en fallait pas plus à Betty et aussitôt elle se mit à courir derrière lui dans l'espoir de le faire tomber.

Koky eut un nouveau fou rire tout en pédalant en direction des quais. Mais à force de rire, Betty le rattrapa et courait à présent à son côté. À son tour elle se moqua de lui en lui balançant toutes sortes de bêtises.

Un passant observait ces enfants si gais et qui avaient l'air tellement heureux. Il sourit et décida que cette image-là ferait partie de ses petits bonheurs qu'il égrènerait le soir venu.

Les enfants continuaient à faire les mariols, l'un zigzaguant perché sur sa petite reine et l'autre trottinant tantôt à cloche-pied, tantôt en pas chassés.

Par moment Betty faisait semblant de vouloir l'attraper et Koky était alors obligé de faire des écarts brusques.

Et bien évidemment ce qui devait arriver, arriva : Koky perdit l'équilibre, glissa de la selle et tomba par terre en s'écorchant les genoux sur les pavés.

La belle bicyclette continua à rouler miraculeusement sur quelques mètres en se dirigeant vers la rivière.

Les enfants, la bouche ouverte suivirent de leur regard ébahi cette échappée et hurlèrent à l'unisson quand le vélo sombra dans les eaux noires de l'Amstel.

— Non ! cria Koky les yeux déjà emplis de larmes. Ce n'est pas possible ! Je ne peux pas rentrer sans ma bicyclette !

Betty s'avança jusqu'au bord du quai et scruta les profondeurs de la rivière. Mais elle ne vit rien que de la noirceur.

Elle regarda par-dessus son épaule et constata que Koky pleurait toujours à chaudes larmes.

Elle était tellement désolée qu'elle eut envie de vomir. Elle fit un grand effort pour repousser la mauvaise sensation. C'était sa faute si Koky était tombé. Il lui restait maintenant à se racheter en trouvant une solution pour récupérer la bicyclette.

Il était trop tôt pour aller chercher son père et sa mère ne serait pas d'une grande aide.

Elle jeta un coup d'œil aux alentours et vit un homme avec une longue barbe sortir sur le pont de sa péniche.

— Ohé monsieur ! l'interpella-t-elle. Ohé monsieur ! Notre vélo est tombé dans l'eau ! Pourriez-vous nous aider à le repêcher ?

L'homme en question se gratta la tête et parut réfléchir avant de répondre :

— Je vais chercher un bâton à crochet et on devrait pouvoir le retrouver.

Quand il monta sur le quai, il demanda aux enfants à quel endroit le vélo avait sombré.

Betty le lui indiqua et se sentait soulagée d'avoir trouvé quelqu'un disposé à les aider.

L'homme passa un long moment à draguer le fond, mais sans résultat.

À un certain moment, il ressortit son bâton de l'eau, leur adressa un sourire bien triste et leur dit qu'il ne le trouverait pas. Il salua brièvement les petits et s'en alla regagner sa péniche en sifflotant.

Betty l'air penaud glissa son bras sur les épaules de son copain.

— Ne dis rien, surtout ne dis rien, fit Koky d'un ton amer et il s'ébroua tel un chien pour se défaire du bras de Betty. Je rentre !

Betty le regarda s'éloigner avec ses grandes enjambées et n'arrivait pas à se décider de partir. Elle continua à fouiller l'eau trouble de ses yeux plissés.

La fillette était bien loin de s'imaginer le vrai chagrin qui occupait l'esprit de son ami.

En effet le vélo appartenait à Hanneke, sa maman d'adoption, la seule personne au monde qu'il ne voudrait jamais blesser, non jamais !

Et voilà qu'il rentrait à la maison en ayant perdu l'un des objets le plus utiles pendant cette foutue guerre !

Hanneke allait devoir faire de nombreuses courses à pied.

Il savait combien ce vélo était précieux pour son travail dans la résistance, tout ce qu'elle portait et cachait sur son porte-bagages.

Les larmes inondaient son visage et sa gorge lui faisait tellement mal qu'il avait du mal à respirer.

Comment allait-il annoncer cette perte irremplaçable ?

Ce soir-là, tout au long du repas, Johan épiait Betty d'un œil noir.

La petite n'avait quasiment pas mangé et jouait de la fourchette dans la purée d'un air absent.

Johan serrait les dents pour ne pas lui crier dessus.

C'était tout simplement inconcevable qu'elle ne mangeât pas par les temps qui courent !

Savait-elle seulement apprécier les heures que sa mère passait à patienter dans une queue chez le primeur pour se voir attribuer quelques pommes de terre misérables ?

Francine, à qui l'agacement de son mari n'avait point échappé, encouragea sa fille à manger d'une voix douce, mais Betty ne l'entendit même pas. Elle était ailleurs.

Alors Johan frappa de son poing sur la table, ce qui fit sursauter l'enfant qui le regarda avec de grands yeux.

— Vas-tu nous dire enfin ce qui te préoccupe ? gronda son père d'une voix pleine de menaces.

La bouche tombante Betty leur raconta l'histoire du vélo.

— Ah le saligaud ! Tu peux être certaine que la bicyclette rayonne actuellement dans le clair de lune sur le pont de son bateau ! Ah ! Il vous a bien eu ! Il doit se frotter les mains le pépère et s'enquiller quelques pintes pour toaster à sa belle pêche !

Betty en resta bouche bée.

103. AVEC LE RENARD, ON RENARDE, AVEC LE COUARD, ON COUARDE

Toutes les vendeuses du Bijenkorf, le grand magasin où travaillait Neel, se rejoignirent dans le petit local où chacune possédait un casier pour ranger ses affaires personnelles.

Le rire des plus jeunes d'entre-elles allait bon train et devenait communicatif quand elles commencèrent à parler de leurs sorties en ce samedi soir.

Neel sourit devant ce spectacle de jeunes femmes amoureuses et pressées de se retrouver enlacées dans les bras de leurs fiancés dans une salle obscure au cinéma.

Ce temps-là lui semblait si loin, une éternité...

Elle soupira et sentait soudainement une énorme lassitude l'envahir.

Elle se glissa devant le miroir et se coiffa de son béret. Elle se repoudra le nez, ajouta un peu de rouge à ses lèvres, ramassa son petit sac à main et salua ses collègues d'un ton qu'elle voulait le plus joyeux possible :

— Amusez-vous bien et à lundi !

— Toi aussi Neel, bon dimanche, fit l'une d'entre-elles. Tu as prévu quelque chose de particulier ce soir ?

Neel secoua négativement la tête.

— Alors viens danser, on doit se retrouver au Coconut à vingt heures... Tu verras, c'est un endroit formidable et il y a toujours plein de célibataires !

— Oui, je connais..., je te remercie, mais je vais plutôt me coucher tôt ce soir avec un bon livre, je suis exténuée.

— Comme tu veux, adieu !

Ses collègues la regardèrent sortir la première dans le couloir et gagner la porte de service qui menait à l'extérieur.

— C'est vraiment dommage, une si belle femme, qui passe son temps à ruminer le passé ! fit Marie qui travaillait au même étage que Neel et qui était également un peu sa confidente.

Quand Neel se retrouva dans la rue, elle prit une grande inspiration puis souffla profondément.

Elle allait rentrer chez elle, enfin chez ses parents ! Ce n'était pas facile tous les jours de vivre chez eux, mais elle n'avait aucune envie de se retrouver seule le soir dans un appartement.

Chez Ma et Pa elle n'avait pas le temps de broyer du noir et puis à la maison, les samedis soirs étaient toujours animés : les employés de son père venaient chercher leurs gages hebdomadaires et ils avaient souvent tout un tas de choses à raconter.

Ma se débrouillait toujours pour faire un gâteau quelconque qu'ils partageraient ensemble en buvant du thé.

C'était assez incroyable que sa mère trouvât encore suffisamment d'ingrédients pour fabriquer une gourmandise, mais en même temps elle inventait des recettes qui n'avaient aucune chance de se retrouver un jour dans un livre de cuisine !

À cette pensée un léger sourire naquit sur le visage fin de Neel. En effet, même si parfois un gâteau avait un goût étrange, on le trouvait quand même délicieux car il avait la saveur du partage.

C'était également le seul jour de la semaine où ils buvaient du vrai thé. Ma aurait pu le réserver qu'aux siens, mais cela ne lui ressemblait point.

Neel trouvait que l'ensemble conférait à donner un air de fête à chaque samedi soir.

Ah ! De penser à tout cela lui avait redonné de la force, elle releva la tête crânement, installa un sourire sur ses traits et pressa le pas.

Un peu plus loin, elle s'arrêta pour acheter des fleurs à sa mère.

L'échoppe — quelques planches clouées ensemble — était appuyée contre le rempart d'un pont-levis en bois et faisait triste mine, mais Neel adorait y venir. La patronne était une femme rondelette avec des yeux malicieux et d'une gaieté inébranlable.

À la grande surprise de Neel la fleuriste était absente aujourd'hui. C'était dommage, la jeune femme aurait bien aimé discuter un peu avec elle comme d'habitude, tant pis.

Du coup Neel ne traîna pas et choisit un grand bouquet de tulipes rouges et jaunes, paya sa course et continua son chemin.

Il faisait bon ce soir, et le printemps était assurément sa saison préférée. Elle n'avait pas envie de prendre le tramway et décida de flâner le long du canal Singel pour rentrer.

Elle regardait les jeunes feuilles des arbres d'un vert si tendre et aperçut sous un pont un couple d'échassiers. Un peu plus loin elle vit des cigognes sur un toit qui préparaient un nid.

Elle se laissait envahir par cet environnement romantique du canal et se dit qu'elle adorait vraiment sa ville natale, surtout en cette saison.

La nuit commençait à tomber, mais elle n'avait aucune envie de gagner son domicile.

Elle s'arrêta au milieu d'un grand pont pour admirer le reflet de la pleine lune dans l'eau. Le ciel, avec ses quelques nuages teintés de gris foncé jusqu'au gris clair, formait un contraste formidable avec les maisons déjà plongées dans l'obscurité et l'eau noire du canal où seul un grand rond blanchâtre dansait.

Le spectacle émerveilla la jeune femme puis elle jeta un coup d'œil à sa montre et constata qu'il se faisait tard.

Elle arriva finalement au coin de sa rue et gravit la première marche du perron quand une voix l'interpella.

— Neel, ma chérie, te voilà enfin !

Agacée et ayant reconnu la voix de Klaas, Neel se retourna.

— Je suis venu te voir pour me faire pardonner. Je regrette sincèrement tout ce que j'ai pu te dire quand je suis passé au magasin et...

— Fiche le camp Klaas !

— Neel écoute-moi ! Les temps sont difficiles, viens vivre avec moi, tu ne manqueras de rien, ni toi, ni ta famille ! Je te le promets !

Neel fit la moue et tenta de garder son calme.

— Et pour mieux te convaincre, regarde un peu ce que je t'ai apporté, fit-il gaiement en lui montrant son panier en osier. Du café, des œufs, du beurre, du lard, du fromage, de la farine... de quoi faire un festin... des crêpes par exemple ! Tu veux bien me laisser entrer à présent ?

— Je ne veux plus te voir, répondit la jeune femme d'un ton cassant en s'élançant vers la porte d'entrée.

Klaas fit la sourde oreille et monta les marches en même temps qu'elle.

— Neel je t'aime ! Je ne peux pas me passer de toi ! l'amadoua-t-il d'une voix charnelle et en avançant sa main en direction de la poignée.

Au moment où il l'atteignit, Neel le gifla de toutes ses forces avec le bouquet de tulipes.

Les fleurs s'éparpillèrent les unes après les autres sur le pas de porte.

Klaas, ébahi, ne fut pas long à retrouver sa hargne habituelle. Et le regard mauvais il saisit la jeune femme violemment par le col de sa veste et l'approcha de son visage.

— Tu ne te débarrasseras pas de moi aussi facilement, Neel. J'ai toujours aimé ton côté sauvage, rappelle-toi !

Il ricana et la lâcha.

Son rire glaça le sang de la jeune femme.

— Tu n'es qu'une garce, une salope !

— Et bien, vibra la voix de Neel pleine de colère, je suis contente de savoir de quelle façon tu me considères Klaas ! Pourquoi ne vas-tu pas retrouver tes petites femmes au quartier rouge ? Je suppose qu'elles seraient ravies de tes provisions alors que moi, je préfère plutôt crever que d'accepter quoi que ce soit de ta part !

Klaas enragea, lui crêpa le chignon et la mâchoire serrée lui lança d'une voix menaçante :

— Un jour viendra, Neel, où tu te mettras devant moi, à genoux ! Et je ne perds rien à attendre, crois-moi. Tu m'appartiens Neel, ne l'oublie jamais !

Il l'a relâcha brutalement, ramassa son cabas et tourna les talons.

Klaas s'en alla la rage au cœur et rejoignit le quartier rouge. Il entra dans un bar obscur, passa au comptoir pour demander un verre de liqueur de Genièvre et s'installa un peu à l'écart dans un coin de la pièce.

Il l'avala d'un trait, en commanda un autre et sentit bientôt ses muscles se détendre.

Il fallait qu'il réfléchisse.

À Neel, à son travail, enfin... à sa vie quoi !

Depuis le début du mois mars de cette année 1943, son travail à la *Hausraterfassung* avait évolué.

Ce n'était pas une évolution à laquelle tout employé pouvait s'attendre quand le patron est content du service rendu. Non, c'était tout autre chose.

Il se remémora la scène quand Briedé, le chef du personnel, était venu leur annoncer leur promotion.

Briedé avait en premier lieu remercié les membres de la Colonne

Henneicke de leur excellent travail ; quelques 29 000 maisons vidées en une année seulement, c'était un véritable exploit ! Et au vu de ces bons chiffres, les très honorables SS-Gruppenführer Hans Rauter et SS-Sturmbannführer Willy Lages leur confiaient une nouvelle mission.

Il s'agissait de démasquer tout juif qui avait ingénieusement réussi à passer à travers les mailles du filet.

Klaas savait que la police du pays exécutait déjà cette tâche sous les ordres de son ancien chef charismatique, Tulp. Mais Willy Lages estimait que la Colonne était plus à même de réussir. En effet, Henneicke leur avait fièrement annoncé fin mars que la Colonne avait arrêté 3190 personnes !

Une jolie serveuse vint interrompre le fil de ses pensées.

C'était une petite brunette, agréablement enrobée et au décolleté audacieux.

— Salut beau gosse ! lança-t-elle d'une voix chaude.

— Bonjour Ada.

— Oh là là ! Tu m'as l'air morose Klaas ! C'est d'être tout seul qui te met dans cet état ?

Elle le toisa d'un regard moqueur puis débarrassa les verres vides en se penchant de façon à lui faire profiter de son beau corsage.

Klaas n'était pas insensible à son charme et Ada lui glissa à l'oreille qu'elle terminait son service à minuit.

Il décida de l'attendre et pour tuer le temps il rejoignit un groupe de pêcheurs qui attendait une quatrième personne pour une partie de *klaverjassen*[43].

Absorbé par le jeu, il n'entendit pas Ada arriver dans son dos et sentit sa présence seulement lorsqu'elle glissa ses bras autour de son cou.

Ses seins magnifiques étaient comme posés sur la tête de Klaas et devant ce beau tableau ses compagnons de jeu rirent aux éclats.

Klaas, quant à lui, n'arrivait plus tellement à se concentrer et en mauvais perdant rouspéta quand il se fit prendre un atout par inadvertance.

Ada était lovée au creux des bras de son amant. Ils avaient passé une grande partie de la nuit à faire l'amour et venaient à peine de se réveiller.

La jeune femme ressentait une plénitude rare, un débordement de bonheur auquel elle n'avait encore jamais goûté.

Elle regardait l'homme couché contre elle avec un élan de tendresse qui lui gonfla le cœur. Elle lui caressa les cheveux puis contourna de ses doigts fins la bouche de Klaas. Elle aimait la sensation de sa barbe naissante.

Comme il était beau !

Klaas s'étira et bailla bruyamment. Il tendit son bras vers le chevet et saisit son paquet de cigarette. Il en alluma une puis une autre qu'il tendit à la belle brune.

— Hmmm ! Merci...

---

[43] Jeu de cartes très proche de la belote.

Tu as rêvé cette nuit, tu étais très agité. Tu as parlé aussi, des trucs bizarres..., elle s'assit pour mieux le regarder et continua en riant, et tu parlais de chasse puis des têtes... Enfin, c'était incompréhensible ! Heureusement que j'étais exténuée et que j'ai pu me rendormir !

Klaas se rembrunit et se leva brusquement.

— Allez, oust ! C'est peut-être dimanche, mais il est grand temps de se lever et de déjeuner ! Je te réserve une surprise !

La cigarette coincée entre les lèvres, il enfila un slip et un tricot de peau et se dirigea vers la cuisine.

Ada s'étira langoureusement. Elle n'avait aucune envie de sortir de ce lit douillet et de rompre le charme de cette nuit.

Quel amant que cet homme ! Rien que d'y penser et son corps s'enflammait !

Des bruits de casseroles lui parvinrent et elle se rendit compte qu'elle avait une faim de loup ! Bientôt la délicieuse odeur de café vint chatouiller ses narines.

Elle se leva d'un bond, s'enveloppa du drap de lit et rejoignit Klaas dans la cuisine.

Ce dernier s'affairait autour du fourneau.

Elle saliva en voyant Klaas retourner une crêpe au lard.

— Klaas !

Le jeune homme ricana en la voyant avec sa frimousse impatiente telle une gamine qui attend l'arrivée de Saint Nicolas !

Il dressa la table pour deux et l'invita à s'asseoir.

Klaas déposa une crêpe épaisse dans l'assiette d'Ada et alla chercher un petit flacon de *stroop*. Avec ce sirop à base de betteraves, il dessina un cœur sur la galette.

— Tu es un amour ! le remercia-t-elle sincèrement tout en le suivant du regard.

Klaas lui servit du café et la jeune femme n'en put plus d'attendre et dévora le tout.

— Tu fais comment pour te procurer tous ces délices ? lui demanda-t-elle en s'essuyant les lèvres. Je ne savais pas qu'on gagnait autant d'argent à la banque !

Ne voulant lui répondre Klaas lui demanda si elle avait envie d'aller faire une ballade en barque sur l'Amstel.

Pour toute réponse Ada poussa un cri de joie.

Le jour déclinait quand Klaas revint à son appartement.

Il avait passé une excellente journée en compagnie d'Ada, réellement.

Elle était charmante et sous le masque de la serveuse effrontée se cachait en réalité une fragilité qu'il avait percée à jour.

Ada était non seulement fort désirable, mais elle était en plus intelligente.

Depuis qu'il n'était plus avec Neel il avait l'habitude de fréquenter des filles « tête de linotte » et c'était agréable d'avoir des discussions censées !

Cependant tout au long de l'après-midi Ada avait posé des questions pertinentes par rapport à son train de vie.

Étaient-ce innocemment ? Il ne saurait le dire.

Il se lava les mains et décida de se préparer quelque chose à manger.

Il beurra largement quelques tartines et y ajouta d'épaisses tranches de Gouda. Il décapsula une bière, posa l'ensemble sur un plateau et s'installa sur le canapé.

Il mordit goulûment dans le pain ; d'avoir ramé une bonne partie de l'après-midi lui avait ouvert l'appétit.

Quand il eut fini de dîner il alluma une cigarette et posa ses pieds sur la table basse.

La tête posée sur le dossier de la banquette il rêvassait à Ada, à son beau corps agréablement moelleux, au galbe doux de ses seins, à ses hanches douces, à son bas-ventre. Elle était plutôt douée pour faire l'amour et il sentit son sexe durcir en repensant au moment où Ada l'avait pris dans sa bouche. Il aimerait bien la revoir, peut-être même entretenir une liaison avec elle jusqu'à ce que Neel revienne.

Ah Neel ! Et voilà qu'il repensait à Neel ! Décidément il ne passait pas une seule journée sans avoir une pensée pour elle. Il envoya un coup de poing dans le canapé.

Il possédait aujourd'hui tout ce dont elle rêvait autrefois, mais elle ne voulait plus de lui.

Il vivait largement, très largement même depuis sa promotion.

Chaque tête de Juif caché était mise à prix à 7,50 florins et cette prime doublait si on constatait une infraction supplémentaire. Avec son équipier ils avaient arrêté pendant ce premier mois de traque plus d'une centaine de personnes. C'était une affaire qui roule ! Et extrêmement rentable !

S'il était antisémite, sa position sur cette chasse était cependant profondément ambivalente.

Il n'y avait pas de place pour les ennemis de l'Allemagne aux Pays-Bas et c'était pour cette raison que les Juifs étaient déportés ! En attendant leur expatriation définitive dans un pays en dehors de l'Europe, tel la Palestine, ils travaillaient dans des usines allemandes.

Les biens juifs étaient inventoriés puis estimés par l'équipe de la Colonne. La valeur ainsi déterminée était reversée par l'État Allemand à la banque LiRo, de façon à permettre aux Juifs un nouveau départ.

Briedé leur avait rappelé à plusieurs reprises ces informations dont il n'y avait aucune raison de douter.

Klaas considérait donc qu'il n'y avait rien de blâmable dans son travail, mais maintenant cela devenait pitoyable.

Les hommes de la Colonne étaient devenus à ses yeux des jouets de la vie.

Leur niveau de vie augmentait de façon fracassante, mais leur travail devenait méprisable.

Un de ses collègues avait d'ailleurs catégoriquement refusé de continuer au bout quelques jours. Henneicke l'avait aussitôt violemment menacé de l'envoyer en Allemagne et le gars s'était mis en maladie. Et au bout de deux convocations il prit finalement le train en direction d'un camp de travail.

Il préférait sans doute l'exil à l'« Argent de Tête » et Klaas l'admirait d'avoir fait ce choix.

La nuit, Klaas se battait contre tous ses démons, écartelé entre le dégoût et la peur.

Y avait-il une échappatoire ?

Non ! lui criait tout son être !

Ou peut-être bien que si....

Seulement, lui, il avait la peur au ventre. Il avait la frousse ! Il avait le trouillomètre au-dessous de zéro !

Il se leva d'un bond et nauséeux alla vomir son repas dans les toilettes.

Il se regarda dans la glace :

Je ne suis qu'un lâche !

104. SANS CONTRESENS

Jane, le souffle court et hors d'haleine tambourina sur la porte de l'appartement de Tony.

— Tony ouvre !

Elle posa son oreille contre le battant pour intercepter le moindre bruit, mais le lieu était plongé dans un silence absolu.

— Tony, je t'en supplie... sanglota-t-elle.

Elle tapa du plat de la main comme une hystérique jusqu'à ce qu'une voisine de palier sortît dans le couloir et l'interpellât.

Affolée, Jane fit demi-tour et disparut dans la cage d'escalier.

Arrivée au sous-sol, le cœur battant la chamade, tremblant de tout son être, elle s'arrêta, indécise.

Où est-il ? Seigneur faites qu'il ne lui soit rien arrivé ! Je vous en supplie !

Elle appuya son dos contre le mur, attrapée par un tremblement terrible qu'elle ne pouvait contrôler. Puis se laissant aller, elle s'affaissa pour ne plus être qu'une boule humaine secouée par des sanglots et à bout de force.

Elle ne saura jamais combien de temps s'était écoulé avant qu'une poignée réconfortante ne la sorte de son état dépressif.

Quand elle leva son visage rougi et bouffi par les pleurs, c'était pour constater que cette main tendue était celle de Tony !

Incrédule, elle jeta ses bras autour de son cou et l'embrassa avec une telle fougue que c'en était presque inconfortable pour le jeune homme. Il la repoussa avec douceur, lui prit le menton et plongea son regard dans le sien.

Les larmes continuaient à inonder le visage de la jeune femme et sa voix n'était qu'un murmure quand elle lui révéla que Bart avait été arrêté.

Tony ferma un instant les yeux, les mains devant la bouche et comme il ne disait rien Jane lui raconta ce qu'elle avait vu.

Elle se rendait en vélo chez son frère quand elle avait croisé en haut de sa ruelle, un camion bâché allemand.

Saisie d'un mauvais pressentiment, elle passa son chemin pour faire demi-tour un peu plus loin et hors de la vue des soldats. Quand elle remonta la rue, le véhicule stationnait en bas de l'immeuble où vivait Bart !

Son regard n'avait pu se décrocher de cette verrue plantée-là devant le pas de la porte, son cœur avait dératé et ses jambes avaient failli ne plus avancer.

Totalement médusée par ce spectacle, elle manqua de manger le trottoir et l'évita de justesse.

Il fallait se reprendre ! Mais ce n'était pas aussi simple quand tout basculait en un instant !

Elle réussit pourtant à gagner le prochain grand croisement où elle s'arrêta devant un crieur de journaux quand les cloches de la Westerkerk sonnèrent les douze coups de midi.

Elle décida de lui acheter un journal pour se donner une contenance assurée, fourra la lecture bien visible sous son bras et repartit en sens inverse, une boule d'angoisse dans la gorge.

Elle eut à peine le temps d'arriver dans la rue où vivait Bart pour voir ce dernier grimper dans le camion, poussé par des soldats.

Son regard s'était brouillé et elle ne put empêcher les larmes jaillir sur son visage. Elle avait juré, serrant ses mâchoires, ce n'était vraiment pas le moment de se faire repérer !

— Et je me suis immédiatement rendue chez toi pour t'avertir…, ajouta-t-elle finalement d'une voix sourde, je n'aurais jamais dû le faire ! J'ai désobéi et en le faisant, je t'ai peut-être mis en danger… Je suis désolée…

Tony la serra dans ses bras et lui caressa les cheveux.

— Tu as quand même eu la clairvoyance de mettre ta bicyclette au sous-sol… Viens, je vais prendre quelques affaires de première nécessité et nous allons changer d'air ! Il lui prit la main et la tira en direction de la cage d'escalier.

Arrivé devant la porte de son appartement, Tony glissa un regard rapide aux alentours puis poussa Jane à l'intérieur avec une douceur extrême. Elle lui en sut gré.

Un mince rayon de soleil éclairait le petit logis et Tony fut frappé par le visage dévasté de la jeune femme qu'il vit maintenant au grand jour.

Son cœur se serra.

Il voudrait tant la protéger, mais en serait-il capable ?

Jane s'avachit sur le canapé et Tony disparut dans la cuisine.

Peu après il revint avec une bière et deux verres.

Il décapsula la bouteille tout en observant son amie.

Elle avait enroulé ses bras autour de ses jambes repliées et sa tête reposait sur le dossier. Ses yeux étaient clos. Des boucles échappées de son chignon lui donnaient un air espiègle malgré son désarroi.

— *Proost*, lança Tony d'un ton faussement gai, je trinque à toi, à ton frère et à tous nos camarades !

— Prions pour que Dieu nous protège…

Ils burent en silence se scrutant le regard.

— Viens t'asseoir près de moi, fit Jane d'une petite voix en tapotant de sa main sur la banquette.

Tony ne se fit pas prier, s'installa à côté d'elle, mais de façon à ne pas la toucher.

La proximité de Jane l'excitait malgré la tension du moment et il sentait son sexe dur comme une entrave à ce moment clé de leur existence.

Il fallait prendre des directives, garder la tête froide pour ne pas se tromper, pour rester à l'écart des griffes de l'ennemi. Jane devait également reprendre ses esprits au plus vite, le temps leur était compté.

— Tu veux bien me serrer encore dans tes bras ? bafouilla-t-elle comme une petite fille.

Jane se méprit quand Tony souffla tout en s'approchant d'elle.

— Dis-le-moi si c'est trop te demander de me réconforter un peu ! lança-t-elle vexée et retrouvant soudain son aplomb habituel.

Tony éclata de rire.

— C'est bien de toi de réagir ainsi, ma petite fée à la langue acérée !

— Si tu ne veux pas de moi, il faut me le dire tout de suite Tony, et ne joues pas avec mes sentiments !

— Et tu oses me dire ça ! Toi qui n'as cessé de me repousser ! C'est à peine croyable !

— À peine croyable, cria-t-elle en se levant d'un bond. Ce qui est à peine croyable, Monsieur l'artiste, c'est le nombre de femmes que vous avez eu !

— Ah nous y voilà enfin ! ricana Tony en se redressant, Madame est jalouse ! Ce n'était donc que pour une simple raison de jalousie que tu t'es refusée à moi !

— Pfff !

— J'aime bien cette version là Jane !

Jane, les mains sur les hanches, campée sur ses deux jambes telle une poissonnière sur le marché en train de vendre du maquereau fumé, eut bien du mal à soutenir les yeux malicieux, mais très doux de cet homme qui ébranlait ses convictions.

— Jane, faisons la paix, veux-tu ? L'heure n'est pas à la dispute ! Premièrement nous n'en avons pas le temps et deuxièmement nous en avons déjà trop perdu !

Il lui tendit sa main pour qu'elle vienne y toper la sienne.

Jane s'exécuta d'une moue moqueuse.

Tony tourna les talons en direction de sa chambre à coucher et lui dit qu'il allait faire son sac.

Il ferma la porte derrière lui.

En réalité sa valise était prête depuis des mois, mais il avait besoin d'être un peu seul pour réfléchir.

Jane était visiblement à bout de nerfs et il ne pourrait ni la laisser seule ni l'amener dans sa nouvelle chambre.

Il allait devoir vivre dans une seule pièce aménagée dans des combles de la maison d'une grand-tante. Il y avait à peine de la place pour un matelas d'une personne !

Il s'assit sur son lit, se sentant très las tout d'un coup.

Si on avait arrêté Bart, il ne tarderait pas à remonter jusqu'à lui et les autres membres du réseau.

Ce n'était plus qu'une question de jours voire d'heures.

Et pour la première fois de sa vie d'homme, Tony pleurait. D'abord son corps fut parcouru de soubresauts silencieux, puis ses sanglots s'entendirent de l'autre côté de la cloison.

Jane se tourna, tendit l'oreille et se demandait si elle entendait vraiment quelqu'un pleurer.

Comprenant que c'était Tony, elle décida d'aller le rejoindre d'un pas résolu.

Elle s'agenouilla à côté de lui, lui prit le visage entre ses deux mains et l'embrassa du bout des lèvres en lui murmurant des « calme-toi, je suis-là ».

Tony s'apaisait peu à peu et lui adressa un mince sourire.

— J'ai l'air ridicule, n'est-ce pas ?

- Ce n'est pas exactement le terme que j'emploierais... Je dirai plutôt que tu as l'air d'un petit garçon qui veut se faire cajoler.

— Aimer ! J'ai besoin d'être aimé ! Aime-moi Jane ! Et tout en prononçant ces mots d'une voix rauque, Tony caressa le galbe doux de ses seins.

Il fourra son nez dans ses cheveux, humant son parfum pour ne plus jamais l'oublier.

Il défit la pince qui retenait sa chevelure et ses boucles flamboyantes retombèrent sauvagement sur ses épaules.

— Comme tu es belle, Jane !

La jeune femme tenta de s'opposer au désir grandissant, mais un nouveau baiser brûlant eut raison de sa résistance.

Elle se cramponna à cet homme qu'elle aimait à la folie sans vouloir se l'avouer.

Fi la bonne éducation !

Haletante, le cœur battant la chamade, elle s'assit à cheval sur son ventre et commença à déboutonner sa chemise.

Tony, un peu déstabilisé par la soudaine assurance qu'affirmait Jane, tâchait de maîtriser la situation en voulant la coucher sur le dos.

Mais la jeune femme au sourire mutin le toisa d'un regard pétillant :

— Si tu veux m'aimer, laisse-moi faire !

105. MEVROUW DE GROOT

Flip entra le premier dans la maison étroite et haute du quai Prins-Hendrik et serra la main de *Mevrouw* De Groot puis demanda à ses parents de venir se présenter.

Momelle, la mère de Flip, adressa un large sourire à *Mevrouw* De Groot alors que son père prit carrément la main tendue de leur généreuse hôtesse pour la baiser.

Madame De Groot la retira aussitôt. Elle n'aimait pas ce débordement de sentiment et d'une voix grinçante elle lui lança :

— Que les choses soient bien claires, Monsieur Premseler ! Je ne vous accueille que pour ce que vous me rapportez !

Momelle qui recevait ce message de plein fouet, blêmit et chancela. Cette dame ne leur était pas particulièrement bienveillante, ils ne représentaient pour elle qu'une somme d'argent, des Florins facilement gagnés !

La peau fripée et les cheveux gris de madame de Groot lui donnaient l'impression d'être une femme de constitution fragile. Elle paraissait avoir soixante-dix ans au mieux alors qu'elle n'en avait que cinquante ! Mais qu'on ne s'y trompe pas : elle seule avait depuis longtemps décidé d'interpréter le rôle d'une vieille tyrannique, rôle où elle excellait d'ailleurs !

Acariâtre, éternellement mécontente et en colère, les locataires ne pouvaient s'habituer à sa mauvaise humeur et défilaient dans le petit meublé qu'elle louait.

Pour Flip, qui avait croisé *Mevrouw* De Groot la semaine dernière, c'était une aubaine inespérée : le logement qu'elle proposait venait d'être à nouveau déclaré vacant.

Flip dut cependant sévèrement batailler pour convaincre *Mevrouw* De Groot d'héberger ses parents.

Il la connaissait de longue date : elle était cliente de la banque où il travaillait jadis, avant l'invasion allemande et il lui avait rendu de multiples services.

Mevrouw de Groot n'était pas reconnaissante pour un sou et ne faisait pas partie de ces gens qui nourrissent des pensées aimables envers autrui. Mais calculatrice, elle avait immédiatement été satisfaite par l'offre pécuniaire de Flip, comprenant qu'elle tenait là une belle opportunité.

Louer un deux-pièces pour le prix d'une belle et grande maison avec en sus le paiement comptant pour les six mois à venir !

Ah la belle affaire !

Certes cela comportait un risque, mais à côté du gain considérable...

Madame de Groot expliqua rapidement les règles de la maison qui en réalité n'en étaient que pour la famille Premseler.

Elle n'autorisa évidemment aucune sortie, ce qui était compréhensible vu la situation. Mais elle leur interdit également de descendre. C'est elle et elle seule qui monterait une fois par jour. S'ils avaient des questions ou autre, ce serait à ce moment-là qu'ils devraient lui en faire part !

D'un air revêche, elle leur passa devant et monta l'escalier étroit et raide.

Flip fit signe à ses parents de la suivre et porta les deux valises qui contenaient désormais toute une vie.

Au troisième et dernier étage, *Mevrouw* de Groot introduisit une grosse clé dans la serrure de la porte qui s'ouvrit dans un grincement sinistre.

La pièce sentait le renfermé et les rideaux tirés ne laissaient pas passer le moindre jour.

Une ampoule nue pendue au plafond inondait misérablement la pièce.

Les rares meubles étaient vieux et semblaient bien inconfortables, mais à écouter *Mevrouw* De Groot ils étaient du style Louis XV ! Elle qualifiait d'ailleurs toute la décoration de rococo, mais pour Flip ce n'était qu'un ensemble délabré non entretenu.

Elle ouvrit à l'instant la chambre à coucher ou un petit lit en fer forgé faisait office du grand couchage qu'elle avait vanté.

Flip ouvrit la bouche pour protester, mais le regard que lui jeta son père l'arrêta dans son élan.

— Nous serons très bien ici, Madame, merci beaucoup, fit-il poliment et d'un ton qui donnait congé à leur hôte.

Mevrouw De Groot, l'air suffisant, opina du chef et les laissa seuls.

Quand Flip fut certain que la bonne femme était descendue, il laissa éclater sa colère.

Ses parents l'écoutèrent cracher sa détresse sans l'interrompre une seule fois.

À quoi bon ?

Il n'y avait rien à dire.

Ils n'avaient nulle part où aller.

Ici c'était mieux qu'ailleurs, car ailleurs c'était l'inconnu.

Ici ils étaient en relative sécurité, ailleurs ils seraient constamment inquiets.

Momelle se laissa tomber sur le lit qui grinça sous son poids pourtant assez léger.

Elle éclata soudain de rire.

— Mon chéri, toi qui as toujours eu horreur de faire craquer le lit, tu vas être bien servi ! et elle sautilla à présent sur le matelas. Un bruit strident et métallique s'éleva dans les airs.

Père eut un sourire bienveillant et plein de tendresse pour sa petite femme, il la tira d'une main et de l'autre il saisit celle de Flip.

Père encercla Momelle et son fils de ses bras vigoureux et ils restèrent ainsi un long moment.

La nuit tombait sur la capitale quand Flip prit le tram pour regagner son domicile puisque son brassard attestant son appartenance au Conseil juif l'y autorisait.

Il s'affala sur un siège côté fenêtre. Comme il se sentait épuisé !

Le tram s'ébranla et son doux bercement eut un effet quelque peu calmant sur ses nerfs pourtant à vif.

Flip observait les rues sans vraiment les voir.

La clochette du tramway retentit et annonçait déjà la prochaine halte.

Il lui tardait d'arriver chez lui, de se laver et se mettre à l'aise.

Plus qu'un arrêt, pensa-t-il au moment où il vit Neel monter à bord.

Il se passa la main sur le visage puis se mordit les doigts, espérant qu'elle ne le voit pas.

Mais Neel l'aperçut aussitôt et après un instant d'hésitation s'assit à côté de lui.

— Bonjour Flip !
— Bonjour Neel !

Un silence gênant s'installa, les mots ne voulaient tout simplement pas sortir.

Ils rompirent pourtant le silence en même temps et sourirent, heureux de se retrouver sans l'avoir cherché.

— Je suis content de te voir, Neel. Et surtout de constater que tu vas bien ! Tu es toujours aussi élégante, toujours aussi... désirable.

— Flatteur, lança-t-elle gaiement et un sourire radieux illumina son beau visage.

— Tu sors à peine de ton travail ?

— Non, je termine à dix-neuf heures. Je viens de chez ma tante Rita, elle est bien fatiguée...

— J'en suis désolée.

— Elle est âgée... Et tes parents, comment vont-ils ? demanda-t-elle réellement inquiète.

— Ils vont...

Flip s'approcha de l'oreille de la jeune femme pour lui souffler qu'ils avaient reçu à leur tour une convocation et qu'il venait de les mettre à l'abri.

Neel recula et ouvrit de grands yeux avant d'acquiescer.

— Travailler pour le Conseil aujourd'hui n'est plus pour eux une garantie suffisante. Ils commencent à ponctionner dans les rangs des familles de ceux qui en font partie, chuchota-t-il.

— Et ta sœur ?

— Esther ne risque rien. Elle a également un poste au Conseil.

— En es-tu certain ? Je veux dire, qu'est-ce qui te garantit que vous resterez exemptés, toi et ta sœur ?

— Mais parce que nous sommes membres actifs du Conseil, voyons !

— Puisses-tu avoir raison !

Le tram ralentit et de nouveau la clochette retentit.

— Tu descends toujours ici ? demanda Neel.

— Oui, je n'ai pas changé d'adresse.

Flip se leva et osa une caresse fugace sur le visage de sa bien-aimée.

— Et bien, à bientôt !

Pour toute réponse Neel lui adressa un mince sourire qui se déforma en un rictus tremblant. Elle le regarda gagner le fond de la rame et disparaître dans la nuit noire.

106. FAIRE D'UNE PIERRE DEUX COUPS

— Mais ce n'est pas vrai ! Dis-moi que je suis en train de faire un cauchemar ! fulmina Tony en frappant très fort du poing sur la table.

Un silence de mort s'installa dans la cave de La Rombière à peine interrompu par les sanglots étouffés de Jane.

Tony affrontait Paul du regard.

Il était d'une blancheur effrayante et ses yeux injectés de sang faisaient peur à voir.

Hanneke tenta de réconforter Jane comme elle le pouvait.

— Si j'ai bien compris, ces jeunes blancs-becs sont la cause de l'arrestation de Bart ! Je savais bien qu'il n'eût jamais fallu leur faire confiance !

— Tu as sûrement raison, mais le fait est que je les croyais compétents ! Et ils l'ont prouvé le temps de l'intervention. Mais je n'ai pas imaginé une seule seconde, Tony, qu'ils pourraient être assez stupides pour tout déballer lors d'une soirée trop arrosée. Ils se seraient vantés de la réussite de l'attentat... Ils auraient raconté à quel point cette mission fut « facile » ! Il est évident qu'ils ont manqué de discrétion et que des oreilles mal intentionnées se sont régalées de tout rapporter. Mais il n'empêche que c'est Dalen, le tailleur, celui qui nous a fait tous les costumes de policiers hollandais — et non pas l'autre dont je ne me rappelle plus le nom d'ailleurs — qui a permis de remonter jusqu'à Bart ! D'après mes sources il l'a dénoncé contre une forte récompense.

— Le fumier !

— Oui, et on l'aura, les ordres ont déjà été donnés !

Plus personne n'osait parler. Paul pianota nerveusement de ses doigts sur la table.

Tony scruta le visage de son ami, tellement crispé.

— Tu nous caches quelque chose, murmura-t-il. Vas-y ! Je ne suis plus à une mauvaise nouvelle près !

— C'est-à-dire..., souffla le journaliste, enfin, voilà : votre travail n'a servi à rien... Absolument rien !

— Comment ça ? cria Jane en se levant d'un bond.

— Toutes les données de la cartothèque d'Amsterdam ont été soigneusement copiées et se trouvent en lieu sûr à La Haye !

— En d'autres mots, cracha Jane, nous avons risqué nos vies pour rien ! Bart se trouve enfermé et est sûrement torturé au moment où nous parlons ! Et tout ça pour rien ?

Ses yeux lancèrent des éclairs et sa bouche s'étira en un rictus amer. Bientôt ses lèvres se mirent à trembler et des larmes silencieuses envahirent ses joues.

— Qu'est-ce qu'on va faire maintenant ? demanda Hanneke d'une voix inquiète.

— Nous continuons comme c'était prévu, assura Paul. Tony, tu as plusieurs pièces d'identité à préparer. Hanneke, tu as pu trouver des feuilles de gélatine ?

Hanneke acquiesça. Il devenait de plus en plus difficile d'en trouver, mais cet ingrédient était indispensable à la fabrication de fausses

cartes. Heureusement un cuisinier du Grand Hôtel lui en avait donné.
— Jane, fit Paul en s'adressant à elle avec douceur, tu vas nous aider au nouveau tirage. Mieux vaut agir que de rester immobile à te morfondre ! Allez hop ! Au boulot !

Klaas sifflotait en sortant du bureau du chef du personnel, Briedé, qui venait de lui remettre son salaire puis se rendit d'un pas alerte vers celui de Henneicke qui distribuait, quant à lui, les primes.
Henneicke félicita rapidement Klaas pour son efficacité au sein de la Colonne et lui tendit une enveloppe.
Le jeune homme jeta un œil gourmand sur son contenu puis la glissa dans la poche intérieure de sa veste tout en prenant congé de son supérieur.
Juste avant qu'il ne franchisse la porte, Klaas se tourna et revint vers Henneicke :
— Ah ! J'allais oublier la liste !
— Il n'y en a pas aujourd'hui. Votre équipier Joop vous attend au rez-de-chaussée, bureau de l'immigration et a déjà reçu toutes les instructions.
— Très bien, c'est parfait, à ce soir donc ! lança Klaas d'un ton joyeux en quittant la pièce.
Il traversa les longs couloirs de cette ancienne école réquisitionnée par les Allemands à la recherche de Joop.
Il était ravi de faire équipe avec Joop, ils s'entendaient bien et c'était important puisque les primes dépendaient de leur association.
En plus Joop n'était pas un étranger pour Klaas.
Tous deux fréquentaient le même monde, celui des prostituées et ils s'étaient déjà croisés à plusieurs reprises.
Son équipier bénéficiait de tout un réseau de renseignement souterrain sur lequel il pouvait compter en toute circonstance et qui leur fournissait de nombreux tuyaux, c'était un réel avantage.
Klaas savait que Joop avait été condamné par la justice pour des escroqueries ainsi que de petits larcins, mais il ignorait que le proxénétisme faisait également partie de son palmarès.
Il retrouva Joop dans le couloir au rez-de-chaussée de la *Zentralstelle für judische Auswanderung*, fort occupé à flirter avec une secrétaire qui ne semblait pas insensible à ses charmes.
Klaas ne comprenait pas ce qu'elle pouvait bien lui trouver, physiquement tout au moins.
Joop n'était pas agréable à regarder. Son visage, qui n'exprimait rien si ce n'était une moue d'éternelle insatisfaction, s'étirait tout en longueur pour se terminer par des bajoues tremblotantes. Il avait des cheveux clairsemés, des yeux d'un gris bleu délavé et cet ensemble était posé sur un corps flasque et ventru d'un mètre quatre-vingt-dix.
Klaas se demandait ce qu'il pouvait bien raconter à cette jolie personne qui semblait littéralement boire toutes ses paroles. Il y avait parfois de ces mystères qu'il aimerait bien percer...
Joop l'aperçut enfin et murmura une dernière plaisanterie à l'oreille de la jeune femme dont les joues s'embrasèrent.
Les deux hommes se serrèrent la main, sortirent du Bureau central

de l'Émigration juive et débouchèrent sur la place Adama van Scheltema.

— Tu me montres la liste ? fit Klaas impatient d'en savoir plus sur les missions à accomplir durant cette journée.

— Non, aujourd'hui nous allons innover, nous allons nous passer des délations de nos mouchards. Ordre de Henneicke !

— Et comment comptes-tu procéder alors ?

— Nous allons patrouiller.

— Patrouiller ?

— Ben oui ! Nous allons surveiller les rues et arrêter toute personne d'aspect juif. C'est aussi simple que ça.

— D'accord cela ne manquera pas de piquant ! railla Klaas d'un ton doucereux, la chasse est ouverte !

S'il fut un temps où ses états d'âme l'empêchaient de dormir, il était bel et bien révolu aujourd'hui et il en connaissait la raison.

Quand il avait douté de lui-même, il avait trouvé son existence misérable. Mais à présent, il savait qu'il venait en fait à peine de se rencontrer et qu'il avait surgi dans le monde qu'il côtoyait maintenant que pour mieux se définir !

Il n'éprouvait plus aucune compassion ; il avait résolu ses problèmes éthiques à un tel point, que les quelques secondes qui précédaient l'instant où son doigt déterminé allait appuyer sur la sonnette, il ressentait un agréable fourmillement au creux de l'estomac !

Quand par la suite une porte s'ouvrait, le picotement devenait plaisir...

Et lorsque son collègue et lui s'annonçaient comme étant membres du département de la Recherche, là c'était carrément l'extase !

Allez comprendre !

Comme quoi un être humain pouvait en cacher un autre !

Et par voie de conséquence, chasser le Juif était devenu qu'une simple question de routine !

Et force était de constater que cette attitude simpliste, cette absence totale d'analyse, augmentait considérablement sa productivité.

En sortant du bâtiment, les deux compères eurent la joie de constater que le brouillard s'était dissipé et qu'un soleil généreux inondait les rues de la capitale.

— Voilà qui va rendre notre petite ballade plus attrayante encore, ricana Joop.

Klaas acquiesça, sortit une cigarette de son étui et en proposa une à son collègue.

Ils marchèrent, flânèrent et discutèrent de tout et de rien comme de bons amis et traversèrent ainsi divers quartiers d'Amsterdam.

Klaas exaltait, heureux de pouvoir voguer où bon leur semble, au gré de leurs envies ou plutôt au gré de leur traque.

Les yeux grands ouverts, ces chasseurs disséquaient chaque visage qu'ils croisaient pour voir ce qu'il y avait derrière.

Ils eurent un regard charmeur pour l'un, une douce parole pour l'autre, mais toujours dans un seul but, découvrir un Juif.

Une belle jeune femme venait à leur encontre.

Tout en elle n'était qu'harmonie, légèreté et aisance. Son corps avançait d'un pas élégant et Klaas fut frappé par tant de beauté. Elle avançait d'un pas pressé et à son approche, Klaas ôta son chapeau pour saluer cette belle créature que Dieu lui envoyait et lui adressa un sourire ravageur.

La promeneuse ne fut pas non plus insensible à la sensualité naturelle de Klaas et osa un timide sourire.

Les paupières de Joop se rétrécirent en un mince filet : l'objectif de ses iris effectuant une mise au point.

Puis en écarquillant les yeux ses pupilles se dilatèrent et d'une voix glaciale il aboya :

— Vos papiers !

D'abord Klaas se gaussait de son ami qui aimait user de son pouvoir pour nouer une aventure galante. Puis en voyant la panique envahir les traits auparavant si sereins de la fille, il comprit qu'elle cachait effectivement quelque chose.

Elle fouillait dans son sac, bafouillant des excuses.

— Dépêche-toi ! hurla Joop.

Elle finit par trouver sa pièce d'identité et la lui tendit d'une main tremblotante.

— Et nous y voilà ! Koch, Rebecca, une Juive ! Il la toisa d'un œil qui respirait le dégoût.

Klaas, une moue de stupeur figée sur son visage, restait sans voix, totalement éberlué par la pertinence de son collègue.

Joop fit lentement le tour de la jeune femme qui avait perdu de sa superbe.

— Peux-tu me dire si j'ai réellement besoin de lunettes ? demanda-t-il suavement. Son regard délavé était horriblement pénétrant.

— Je... Je ne comprends pas...

— Foutaises ! lança-t-il d'une voix menaçante avant de continuer d'un ton faussement courtois, tu sais bien où je veux en venir, voyons ! Où as-tu cousu ton étoile ?

Pour toute réponse les traits de la malheureuse virèrent au pourpre.

Klaas prit enfin la relève :

— Alors comme ça tu oses te balader sans étoile ? C'est une infraction au règlement, en es-tu consciente ?

Elle eut un bref hochement de tête.

— Nous allons devoir te conduire à la SD.

— Non ! Je vous en prie ! Laissez-moi m'en aller ! supplia-t-elle en implorant celui en qui elle avait vu, un instant auparavant quelqu'un de bienveillant.

Malgré l'appât du résultat, Klaas vacilla.

Mais Joop, insensible au charme de la Juive, la saisit fermement par le bras et la poussait déjà en direction de la SD.

Son esprit calculateur s'était déjà mis en marche et il se demandait de quelles autres infractions cette charmante petite personne était encore coupable.

Et infraction, n'est-ce pas, rimait avec pognon !

Ils prendraient tranquillement tout le temps nécessaire, Klaas et lui, pour l'interroger dans la salle de gymnastique que Henneicke tenait à l'entière disposition des hommes de la Colonne.

Joop se délectait d'avance. En fin chasseur, il flairait d'autres gibiers : la belle ne pouvait tout simplement pas vivre toute seule, c'était évident ! Et il allait lui faire cracher un maximum de noms et de nouvelles adresses.

— Ah mon bon Klaas ! railla-t-il, lorsque la chance nous sourit, nous rencontrons des amis !

107. LES DRÔLES JOURNÉES D'AVRIL ET DE MAI 1943

Après avoir connu quelques chaudes journées en ce printemps 1943, le temps en ce début du mois de mai s'était à nouveau rafraîchi.

Esther frissonna en déposant le panier en osier sur le porte-bagages de son vélo et l'attacha soigneusement. Elle vérifia si la layette qu'il contenait était bien protégée, car un petit crachin pénétrant et serré tombait du ciel de la capitale.

Elle enfourcha sa bicyclette et se dirigea vers la crèche juive où elle devait livrer le linge, soigneusement lavé, repassé, voire reprisé par le département Secours aux Déportés du Conseil Juif où elle avait obtenu un poste grâce à son frère, Flip.

Elle y travaillait maintenant depuis plusieurs mois et à sa grande surprise elle s'y plaisait beaucoup. L'ambiance était bonne enfant et on riait beaucoup ! Et cette humeur joyeuse en ces temps difficiles lui était comme un pansement sur le cœur. De plus, et c'était très important pour elle, elle se sentait utile ! Leur département offrait divers services pour ceux qui étaient sur le départ et prévoyait notamment des vêtements chauds, chaussures, couvertures et autres articles indispensables. Son désagréable ressenti dualiste vis-à-vis de l'institut s'en trouvait amoindri.

Maintenant que les voitures et l'essence étaient encore plus rares, elle prenait vraiment plaisir à pédaler dans les rues de la ville et se portait souvent volontaire pour faire de petites livraisons. Elle se rendait souvent à la crèche et au Hollandsche Schouwburg, théâtre où les Juifs devaient se constituer prisonniers avant d'être déportés vers les camps de concentration de Westerbork ou de Vught.

Ceux qui s'y rendaient librement étaient bien sûr peu nombreux ; la plupart y étaient traînées de force par des collaborateurs hollandais appartenant ou pas à la police. Esther savait même que certains — des *Rechercheurs* de la *Zentralstelle* — touchaient de l'argent pour dénicher des gens cachés ! Et elle eut un jour la mauvaise surprise de croiser Klaas à qui on venait justement de remettre une quittance dûment signée pour encaissement suite à une livraison de Juifs.

Elle ne le connaissait que peu et ne lui avait guère parlé, mais elle éprouvait désormais un profond écœurement à son égard.

Elle arrivait à présent devant la crèche et gara son vélo. L'entrée de la pouponnière se trouvait juste en face du Théâtre et tout en libérant son panier, elle jeta un regard furtif dans sa direction. Un long frisson lui parcourut le dos comme à chaque fois qu'elle se trouvait ici. Elle adressa une prière silencieuse à Dieu pour qu'il continue à les protéger, elle et sa famille.

Un tram passait alors qu'elle grimpait les marches pour atteindre la crèche. Puis juste au moment où elle saisit la poignée de la grande porte d'entrée elle entendit un camion arriver. Certaine qu'il allait s'arrêter devant le théâtre, elle attendit, se retourna et vit plusieurs personnes descendre du véhicule bâché pour ensuite disparaître à l'intérieur du bâtiment de l'autre côté de la rue.

Elle soupira, consciente une fois de plus que d'avoir un poste au Conseil juif était aujourd'hui le plus beau cadeau dont on pût rêver, puisque cet engagement impliquait l'ajournement de la déportation. Et Esther, tout comme les 8000 fonctionnaires que comptait à présent le Conseil, priait pour que partie remise devînt partie manquée.

D'un pas résolu et le panier sous le bras, elle pénétra dans le long couloir où les cris d'enfants l'accueillirent joyeusement.

Elle se dirigea directement vers le bureau de la directrice Henriëtte Pimentiel, qui se trouvait tout au bout du long corridor.

Cette dernière avait par manque de place transformé la pièce en dortoir pour les bébés.

La directrice était penchée sur des listes de papier qui inondaient littéralement sa table de travail, la mine austère.

— Bonjour Henriëtte !

— Esther ! Quel plaisir de te voir, fit la directrice en se levant promptement. Elle avait les traits tirés. J'espère que tu me portes de la layette, nous en avons grand besoin.

— Justement, jubila Esther, regarde un peu ! Tu vas être ravie !

Henriëtte fouilla fiévreusement dans le panier et déposa un à un les petits habits sur le bureau.

Il y avait de jolies petites robes brodées, des barboteuses adorables et de nombreux bavoirs ainsi que des langes. La directrice poussa un cri de satisfaction.

— C'est parfait ! Vous faites vraiment un travail remarquable au Secours aux Déportés. Heureusement que vous êtes là d'ailleurs, car sans vous, je ne saurais pas comment faire, je te l'assure. Cette affluence d'enfants..., elle souffla et sa main accompagnait ses paroles comme un geste d'incapacité à tout gérer. Parfois je ne sais plus quoi en faire, où les faire dormir. Il y en a qui arrivent sans aucun bagage, ce sont des enfants cachés que les *Rechercheurs* nous amènent. Pauvres petits, ils sont complètement perdus sans leurs parents. Nous tâchons de leur donner un peu de réconfort, mais c'est si peu de choses !

La crèche était devenue une dépendance du Théâtre pour accueillir les enfants de moins de quatorze ans qui devaient rester séparés de leurs parents jusqu'au départ.

Esther regarda autour d'elle. La petite salle était remplie de berceaux et des bébés y dormaient ou y jouaient

— Bon, ce n'est pas tout Esther, mais il me faut terminer la liste des enfants qui partiront demain.

— Allez-y, je vous en prie !

Un bébé choisit ce moment pour pousser un cri strident.

Esther s'approcha du couffin et regarda le petit être inoffensif qui braillait comme si sa vie en dépendait. Comme il était beau !

— Je peux le prendre dans mes bras ?

— Évidemment ! rigola Henriëtte devant la mine contrite de la jeune femme. Ce n'est rien tu sais, les bébés savent semer la panique rien qu'en pleurant ! Celui-ci doit avoir faim, mais le problème est que nous n'avons plus une seule goutte de lait !

Esther souleva le petit garçon et le berça doucement. Elle pensait à ces paysans qui suivaient le mouvement de grèves qui secouait à nouveau le pays et refusaient de livrer leur lait.

La cause de ce débrayage venait du fait qu'Hitler comptait — après les nombreuses pertes humaines du côté de Stalingrad — sur le réservoir de main-d'œuvre hollandaise pour renflouer son armée et remplacer les ouvriers manquants.

Rauter, le commandant des SS, fit d'abord appel aux étudiants. Seuls ceux qui signeraient une attestation de loyauté envers le IIIe Reich seraient exemptés de travail forcé. Peu d'entre eux s'exécutèrent pourtant à signer ce maudit papier et seul un tiers se constitua prisonnier. Ce n'était bien évidemment pas assez et s'en suivirent les menaces habituelles.

Le père de famille dont le fils ne se présenterait pas serait exécuté sans autre procédure. En même temps, tous les ex-militaires furent également rappelés pour le travail obligatoire. La méthode classique des Allemands qui consistait à monter une partie de la population contre une autre et à se saisir de l'une d'entre elles pour donner un sentiment de sécurité à l'autre échoua pourtant cette fois-ci. Tout le monde se sentait menacé. Un choix unique et difficile : devenir soldat ou esclave. De nombreux maires refusèrent alors de participer à l'enregistrement de cet esclavage. Les ouvriers cessèrent le travail. Les bureaux de poste ne distribuèrent plus le courrier. Les téléphonistes quittèrent leur poste. Les boutiques restèrent fermées et la grève touchait tout le pays sauf la capitale encore bien trop marquée par les sanglantes représailles des grèves de février 1941.

Les pleurs du bébé redoublèrent et sortirent Esther de ses songes.

— La chance est en train de tourner pour Hitler ; les alliés emportent quelques victoires, fit-elle à voix haute comme si la directrice avait suivi le fil de ses pensées.

Le visage de Henriëtte s'éclaircit.

— Oui. As-tu écouté le discours de Churchill sur Radio Londres ? Sa bouche s'étira maintenant en un large sourire. Il a dit qu'il l'aura bientôt « la Bête allemande », peut-être même encore cette année ! Vu notre situation géographique, c'est une possibilité, assura encore la jeune femme. — Hmmm. Puisses-tu dire vrai ! En attendant, que donneras-tu pour calmer la faim de ce petit ? s'inquiéta Esther.

— Un peu d'eau sucrée... C'est bien tout ce que je peux faire pour le moment. À cinq heures les mamans d'en face viendront nourrir leurs bébés. Il y en aura bien une de disposée à le faire téter un peu.

En effet les mamans des nourrissons qui demeuraient au théâtre, avaient la permission de s'occuper de leurs enfants deux fois par jour. Les auxiliaires de la crèche, munies de brassards, allaient les chercher en face et les raccompagnaient par la suite.

Esther, le cœur lourd, reposa le bébé dans son berceau et prit rapidement congé. Elle n'en pouvait plus de ces cris ! Il lui tardait de respirer l'air libre.

Le vent du Nord soufflait en cette même soirée et la température était assez fraîche. Pourtant la nuit était sombre et la lune qui ne faisait que de rares apparitions obligeait les *Rechercheurs* d'éclairer la chaussée à l'aide d'une torche, pour ne pas tomber dans un canal.

Klaas remonta le col de son manteau et se frotta les mains pour les réchauffer.

Le jeune homme et son compère traversèrent la place du Dam tout en parlant des diverses grèves qui secouaient le pays, mais épargnaient Amsterdam, hormis les dockers.

— Personnellement je n'en ai rien à faire de leurs grèves, ce qui m'ennuie c'est qu'il est impossible de trouver une seule bouteille de lait. J'ai des gosses en bas âge, moi ! Et des jumeaux de surcroît ! Il leur faut du lait ! Merde à la fin ! Avaient-ils besoin de suivre le mouvement ces foutus paysans, non, mais franchement ! râla Joop.

— Hmmm. Je comprends ton désarroi, c'est ennuyeux en effet, fit Klaas pensivement. Mais estimons-nous heureux que les cheminots ne suivent pas le mouvement ! Plus de trains... plus d'évacuations, tu me suis ? Ce qui se traduirait pour nous par une interruption temporaire de travail et un sacré manque d'argent à gagner ! Et quand j'écoute les ondes de *Radio Oranje*, qui incitent tout le monde à stopper le travail, je peux t'assurer que nous en avons de la chance !

— Oui, tu as raison, hocha Joop du chef, tout peut toujours être pire.

Il était vrai qu'ils gagnaient très bien leur vie maintenant, mieux que jamais ! Au minimum deux cent dix florins[44], auxquels s'ajoutaient les primes par tête de Juif et les frais de déplacement.

Le mois dernier, grâce à leurs virées nocturnes, ils avaient perçu huit cents florins, joli supplément ! Ce n'était tout de même pas une bagatelle !

Mais ils en voulaient toujours plus et ne rechignaient jamais à travailler après leur journée, comme en cette soirée.

Ce soir ils devaient cueillir un vieux couple qui se cachait.

Henneicke avait reçu en fin de journée un petit mot anonyme contenant un nom et une adresse.

La plus grande partie de leur travail s'effectuait ainsi, par dénonciation.

Joop vint même à s'en plaindre !

Il aimait exécuter son travail, mais à la façon des détectives.

Qu'on lui balance des indices, des énigmes à résoudre, une enquête à effectuer !

Et non pas juste une vulgaire adresse !

Ce n'en était même plus excitant, hormis l'aspect financier bien sûr !

Un quart d'heure plus tard, Klaas toqua à la porte du 23 rue Kattenburger.

Une grand-mère ouvrit doucement la porte et ne semblait pas étonnée de cette visite pourtant bien tardive.

Joop brandit sa carte de *Rechercheur* et sans même devoir prononcer un seul autre mot, la vieille indiqua d'un coup de tête l'étage.

---

[44] Aujourd'hui environ mille quatre cents €uros.

Klaas brandit le faisceau lumineux de la torche sur le visage de la femme et se fit la remarque qu'elle n'était plus qu'une pêche séchée aux yeux de merlan frit.

Depuis qu'ils s'étaient installés dans leur nouveau logement, Momelle dormait mal.

Le moindre bruit l'interpellait, un léger froissement l'inquiétait, un petit craquement provenant de l'escalier en bois l'effrayait.

Quelque chose venait de la réveiller ou bien avait-elle seulement rêvé ?

Elle s'assit dans son lit, aux aguets, le cœur tambourinant dans sa poitrine.

Un grattement.

Ce qu'elle entendait ressemblait à un grattement.

Ce n'est que Cachou ! Coquin de chat !

Soulagée, elle se laissa retomber dans le lit et remonta la couverture jusqu'au menton.

Ce Cachou, qui venait régulièrement faire ses griffes sur leur porte, lui avait fichu une de ses frousses !

Elle referma les yeux pour se rendormir, mais les rouvrit aussitôt. Elle tendit à nouveau l'oreille et crut entendre cette fois-ci un chuchotement.

— Réveille-toi ! On vient ! gémit-elle doucement en secouant son mari.

Père sortit aussitôt de son sommeil léger.

Il se leva en ordonnant à sa femme de ne pas bouger. À pas de loup, il se glissa jusqu'à la porte et y colla le visage pour écouter ce qui se passait de l'autre côté du battant.

Il adressa une moue négative à sa femme, il ne perçut rien, aucun son ni mouvement.

— Quelle heure est-il ? chuchota-t-il.

— Cinq heures !

Cinq heures ! L'heure où tout un chacun dormait encore !

Il recolla le lobe de son oreille contre le battant et devînt livide en entendant un bruissement.

Le doute n'était plus permis, il y avait bien du monde de l'autre côté de la cloison.

À voir la blancheur cadavérique de son mari, Momelle comprit que leur heure venait de sonner.

Elle se leva, les jambes flageolantes et scruta le visage de celui qu'elle aimait depuis combien d'années déjà ?

Elle ne savait plus. Le temps était passé tellement vite. Et sans même fermer les yeux, elle repassa sa vie comme autant de clichés.

Et le temps venait de s'arrêter.

Père tenta de lui adresser un sourire réconfortant. Momelle vit avec horreur qu'il avait vieilli d'au moins dix ans en l'espace de quelques infimes secondes.

Trois coups forts donnés sur la porte ébranlèrent le silence.

— Ouvrez immédiatement ! Vous êtes en état d'arrestation ! beugla Klaas.

Père n'ouvrit qu'à peine et Joop, agacé, balança un coup de pied.

Sous le choc Père chancela.

— Helena Premseler-Pereboom et Emanuel Premseler ? tonna Joop. Je viens vous arrêter. Préparez vos affaires, mais ne vous surchargez pas. Vous laisserez vos valises à l'entrée, quelqu'un viendra les prendre.

— Je crains qu'il y n'ait un malentendu monsieur, hésita le vieil homme d'une voix tremblotante. Ma femme et moi avons une *Sperre* !

— Alors donnez-les-moi !

Père tira fébrilement sur un tiroir de la commode et en sortit les papiers. Joop les lui arracha des mains et les examina à l'aide de la torche.

Klaas lisait par-dessus son épaule et vit le cachet apposé par la *Zentralstelle* puis ricana :

— Vous m'avez fait peur Premseler ! Pendant un instant j'ai bien cru que nous nous étions trompés ! Vos *Sperren* sont expirés depuis minuit pétant !

Il s'approcha du vieil homme et pointa du doigt les mots maudits :

— Bis auf weiteres, vous lisez bien comme moi : jusqu'à nouvel ordre, c'est à dire jusqu'à maintenant !

Père tenta alors le tout pour le tout :

— Mon fils travaille au Conseil juif, il doit y avoir une erreur vous dis-je ! Je vous en prie, renseignez-vous et...

— Son nom ? le coupa Klaas. Ses yeux s'éclaircirent d'une étrange lueur. Comment s'appelle ce fils de pute ?

Père recula, bafoué, sentant le sol se dérober. Il se racla la gorge :

— Flip..., et sa voix mourut.

— Philip Premseler, intervint Momelle d'une voix qu'elle voulait autoritaire.

— Voilà qui est intéressant, susurra Klaas d'un sourire plein de fiel, vraiment c'est extrêmement intéressant. Faites vos valises, dépêchez-vous ! enragea-t-il avant d'adresser un signe de tête à son collègue qui le suivit jusqu'à dans le couloir. À voix basse il lui résuma :

— Je connais ce fils de pute, ce Flip ! Il va essayer de les faire sortir et il a une chance d'y arriver. Il faut qu'on trouve des infractions, il faut les charger ! Je veux qu'il souffre, ce bâtard ! Nous allons procéder à une fouille minutieuse comme tu n'en as jamais fait de ta vie ! Et des infractions nous allons en trouver. Si ce chien les fait libérer, nous aurons au moins les primes aux délits !

Joop observa son coéquipier d'un œil amusant.

— Je parierais fort qu'il y a une histoire de cul là-dedans !

Ils mirent tout sens dessus dessous et trouvèrent des pièces d'or cachées dans une boîte de cigares.

— Ces piécettes ne devraient pas se reposer chez Lippmann-Rosenthal, Klaas ?

Père reçut ces mots comme un premier coup de dague.

— Et comment de si jolies pelures d'oranges peuvent-elles être arrivées dans ce sachet ? ironisa Klaas à son tour. Les Juifs mangent des fruits maintenant ?

— Ce n'est pas interdit ? s'amusa Joop.

La dague s'enfonçait.

— Tu sais ce que tu as gagné avec tout ceci, fulmina Klaas : la peine de mort !

Les petits vieux se serrèrent l'un contre l'autre.

Les compères ne trouvèrent cependant rien d'autre et au bout d'une heure ils descendirent avec le couple blanc comme un linge.

Mevrouw de Groot se tenait près de la porte, un sourire maléfique aux lèvres et c'est alors que Père comprit tout.

La vieille sorcière les avait dénoncés ! Comment expliquer autrement leur arrestation ?

Père lâcha la main moite de Momelle et s'ébroua pour sortir de cet état de torpeur dans lequel il se trouvait depuis une heure.

Il serra les dents, écumant de colère et écrasa de toute sa force de petit vieux son poing dans la peau flasque du visage de la mégère.

Momelle cria et les *Rechercheurs* furent obligés de retenir Premseler qui continuait à frapper.

— Sale Youpin ! hurla *Mevrouw* De Groot, sale race !

Vers sept heures Klaas eut enfin le bonheur de retourner chez lui. Il allait pouvoir se faire un brin de toilette avant de se rendre nouveau à au travail.

Il se fit couler un bain, il l'avait bien mérité ! Il y jeta quelques sels de bain aromatisés au musc. Il adorait se parfumer ainsi. Il aimait l'odeur forte et pénétrante du Musc de Chine qui effaçait d'un simple coup de baguette magique les senteurs fétides de l'être humain.

Il se glissa dans l'eau chaude et se délassa en fermant les yeux.

Quel luxe !

Il était particulièrement satisfait de la nuit passée. Il avait fait boucler les vieux de Flip et, à moins d'un miracle, il ne pourrait les faire libérer. Il gloussa soudain en pensant à la face de tomate écrasée de *Mevrouw* De Groot.

Il s'étonnait même d'éprouver pour le vieux Premseler, une certaine admiration. Attention, le mot admiration était bien trop fort ! Mais le sale Youpin se défendait sacrément bien. Joop et lui avaient bien apprécié ce petit divertissement. D'ordinaire les Juifs les suivaient doux comme des agneaux alors que Premseler n'avait pas hésité une seule seconde pour écraser son poing dans la chair molle de celle vieille, qui les avait vendus, sa femme et lui ! Et, conscient de la rareté du fait, il était bien heureux d'avoir assisté à ce beau spectacle.

Le lendemain Max défonça la porte d'entrée du bâtiment du 366 quai Lijnbaan, en plein centre-ville d'Amsterdam et qui hébergeait l'*Expositur*, sas entre le Conseil juif et l'administration allemande.

Il monta les escaliers quatre à quatre, et déboula littéralement dans le bureau du Secours aux Déportés qui se trouvait au troisième étage.

— Esther ! cria Max, employé de ce bureau où travaillait également la sœur de Flip. Il était hors d'haleine. Tes parents sont revenus ! Je les ai vus de mes propres yeux !

À cette annonce Esther ne releva pourtant pas la tête de son travail de couture.

— Tu dois te tromper. Tu sais bien que Flip a pu leur obtenir une nouvelle *Sperre*. Tu les as confondus avec d'autres, il y a tellement de monde là-dedans ! affirma-t-elle ironiquement et relativement sereine.

— Non Esther, ce sont bien tes parents, je leur ai parlé, continua Max qui peinait à cacher son émotion, et cette fois-ci je crains que Flip ne puisse plus rien pour eux !

Max fouilla dans sa poche et lui tendit une petite boule de papier et ajouta :

— Ils m'ont donné ceci pour toi, ajouta-t-il enfin.

Incrédule, Esther défroissa le papier et décrypta à voix haute l'écriture hasardeuse de sa mère :

« Sommes arrêtés. Départ Westerbork imminent ! Préviens Flip et tes amis que personne ne sera épargné ! Partez tant qu'il en est encore temps. Que Dieu vous garde ! »

À ces mots, les machines à écrire s'arrêtèrent net. Des employés, occupés à ranger des chaussures par taille sur les étagères, se tournèrent vers Max. Les couturières, les aiguilles prêtes à piquer le tissu levèrent leurs yeux, les machines à coudre s'interrompirent et l'agréable cliquetis des tricoteuses, qui d'habitude berçaient agréablement l'oreille, cessa. Un silence de mort s'installa dans le bureau du Secours aux Déportés, où d'ordinaire les rires du personnel fusaient.

Max coupa le silence et raconta par quelle chance il avait rencontré les Premseler.

—... Et c'est au moment où je rangeais les plateaux-repas que j'ai reconnu tout d'abord ton père. Enfin, ce n'est pas l'entière vérité, il m'a reconnu le premier, mais je n'aurai pas tardé, se défendit-il comme si cela avait la moindre importance. Il m'a dit qu'hier à midi, ils avaient été tellement heureux, ta mère et lui, d'avoir été libérés ! Mais cette nuit les *Rechercheurs* sont revenus et les ont de nouveau livrés au Théâtre, je n'y comprends rien !

Esther se leva et darda de ses yeux furibonds les autres employés.

— Moi je comprends. Et il y a fort longtemps que j'ai tout compris ! Mais j'ai voulu y croire encore et encore. Notre volonté de fer d'y croire nous a rendus aveugles. Sa voix se brisa. Une larme silencieuse inonda son visage. Elle se racla la gorge et poursuivit :

— Je n'ai pas besoin de vous énumérer les nombreuses activités dont s'occupe le Conseil juif. Des services qui donnent un sentiment de *sécurité*, qui offrent une certaine *consolation* ! Il n'y a qu'à regarder tout simplement notre cher département de Secours aux Déportés, cracha-t-elle avec une rage mal contenue. Toute la journée nous rapiéçons des pantalons, nous reprisons des bas de laine, nous ravaudons tout ce qui peut encore l'être ! Ainsi nous cultivons l'illusion d'un avenir !

D'un geste de la main elle fit le tour de la pièce. Vêtements, linge, chaussures ! Tout ce qui peut servir à ceux qui partent vers l'Est. Elle s'arrêta un instant et darda de ses yeux étincelants et brûlants ceux de ses collègues, l'un après l'autre puis répéta :

— Tout ce qui peut servir à ceux qui partent vers l'Est... et dont ils auront une grande utilité dans la chambre à gaz !

Une couturière outragée prit la parole :

— Il ne faut pas écouter ce que l'on raconte, Esther ! Cela ne peut pas être !

— Mais au nom de Moïse, enlevez vos œillères ! La réalité vous dépasse ! Il est temps de ne plus avancer comme de braves et bons chevaux résignés ! Ou devrais-je dire comme des ânes ?

— Pourquoi nous autorisent-ils alors à écrire à nos familles si elles sont mortes ? l'interrogea un bagagiste. Ce mois-ci ce sont les familles dont le nom commence par N, M, O... J'ai écrit moi aussi ! Et tu crois vraiment que les *moffen* prendraient le temps de lire nos lettres si l'éventuelle censure n'était pas nécessaire ? Allons ma fille, calme-toi !

— Justement, se défendit corps et âme Esther, cela nous montre bien à quel point tout ceci est diabolique ! On nous a autorisé la création d'une Poste Centrale qui organise l'envoi du courrier et traduit les lettres pour toute personne qui ne connaît pas la langue allemande, car l'attente d'une réponse nous fait croire qu'il y a un après !

— Esther, la Poste Centrale a créé de nombreux postes et autant de dispenses !

— Je le sais ! Tout comme je sais que nous nous sommes battus pour avoir un poste au Conseil juif ! Moi aussi je me suis acharnée à obtenir le tampon de la *Zentralstelle*. Mais en échange d'une précieuse *Sperre*, ne suis-je pas devenue une collaboratrice au service des *moffen* ? Aujourd'hui ce sont mes parents qui partent, demain ce seront les vôtres !

Un silence gêné s'installa et les visages assombris étaient tous tournés vers cette jeune femme, qui jusqu'alors avait semblé si docile et douce.

Esther monta sur une table et reprit imperturbable :

— La guerre va perdurer, malgré ce que l'on peut entendre à la radio. Le seul espoir que l'invasion de notre pays vienne grâce à sa longue côte, il nous faut le balayer.

Le personnel du bureau était impressionné par l'assurance qui émanait à présent d'Esther.

— Le convoi du mardi ne suffit plus aux Allemands et il y a maintenant deux transports par semaine ! Le tempo s'accélère ! *Allegro risoluto !* Bientôt nos postes n'auront plus raison d'être ! Nous ne serons plus indispensables à l'industrie de guerre. Et avoir un poste au Conseil juif ne sera plus une bouée de sauvetage ! Il ne faut plus s'accrocher à cet espoir !

Il faut nous cacher ! Les *moffen* se sont servis de nous et de ce putain de Conseil pour nous faire croire que nous pourrions rester ici, à l'abri, en exécutant leurs ordres. En faisant nous-mêmes le sale boulot !

Une employée s'était levée, mais gardait son ouvrage à la main et tenta de calmer la jeune femme :

— Esther, calme-toi, ma chérie. Ne dis donc pas de sottises dans ton égarement.

— Mais je ne m'égare pas ! Esther la bouscula violemment. Et je vous interdis de m'appeler « ma chérie » ! Tout à votre désir de vivre uniquement l'heure présente, vous avez tous — autant que vous êtes — des œillères naturelles tellement épaisses que vous n'y voyez plus clair. Vous refusez de voir la vérité : personne ne va échapper à l'*Arbeidseinsatz* et encore c'est sûrement ce qui peut nous arriver de moins pire !

Elle s'interrompit un instant, obligée de reprendre son souffle.

— Maintenant nous arrivons au bout de notre tâche : la ville est presque *Jüdenrein*. Une ville sans Juifs... Il n'y aura par conséquent plus de travail pour nous et nous devons donc, à notre tour, disparaître. Pour qui réparerons-nous des vêtements ? Hein ? Pour qui tricoterez-vous des écharpes pour affronter les grands froids de Pologne ?

Un rire hystérique lui fit lever la tête au ciel avant de poursuivre d'un ton coupant comme l'acier :

— Et à qui donnerez-vous des conseils ? Pour qui traduirez-vous des lettres en allemand ? À qui porterez-vous des repas s'il n'y a personne pour les manger au Théâtre ?

Haletante, elle fut prise d'une envie folle de tout déballer, ses craintes et ses peurs.

— Les différentes commissions n'auront plus lieu d'être, plus de déménagements à organiser ni d'évacuation ! Plus besoin d'aide à l'émigration, plus besoin de fabriquer des paillasses, plus de bagage à livrer. Même l'*Expositur* va disparaître... le Conseil entier !

Soudain elle s'écroula. Max alla chercher un verre d'eau fraîche et la lui fit boire. Elle le regarda les yeux pleins de grâce.

— Qu'allons-nous devenir, Max ?

108. NAPOLÉON

Esther s'étonna de trouver porte close. Le Schouwburg était inaccessible et même le garde avait quitté son poste.

Ils étaient déjà partis, elle avait trop attendu ! C'était ainsi quand le théâtre avait été entièrement vidé et que l'on procédât à un nettoyage des lieux.

Comme elle s'en voulait ! Si elle n'avait pas fait cette scène au travail, elle serait sûrement arrivée à temps pour revoir ses parents.

Elle se cacha le visage dans ses mains dans un geste d'immense désespoir.

— Ce n'est pas vrai ! Ce n'est pas vrai ! se répéta-t-elle. Quelle idiote je suis !

Quand enfin elle se ressaisit, elle traversa la rue et décida d'aller à la Crèche pour trouver un peu de réconfort auprès de Henriëtte.

Mais dès qu'elle en franchit le seuil, elle sut que c'était une erreur. Un silence morose l'accueillit ; les enfants étaient partis avec leurs parents et les couloirs étaient déserts. Elle s'avança jusqu'au bureau de la directrice, mais celle-ci n'y était pas. Seuls deux berceaux étaient encore occupés et des bébés y dormaient paisiblement.

— De pauvres petits orphelins, ne put-elle s'empêcher de prononcer à voix haute, car c'était ainsi qu'on appelait ces enfants trouvés par les *Rechercheurs*. Des enfants que des parents bienveillants avaient placés quelque part et dont on n'avait pas de nouvelles.

Esther se dirigea vers l'escalier et entendit maintenant des voix provenant du grand dortoir à l'étage. Elle cria un « Ohé, il y a quelqu'un ? » et gagna l'escalier. Tout en montant, elle entendit le bruit de frottement de chaussures et une porte qui se fermait. Dans la grande chambre, elle ne trouva pourtant que la directrice, apparemment très occupée à déplacer un lit.

— Bonjour Henriëtte, je te dérange ?

— Ah, souffla-t-elle visiblement soulagée. Ce n'est que toi Esther ! Et tournant la tête en direction du placard, elle ajouta : c'est bon Willem, tu peux sortir.

Willem sortit effectivement de sa cachette, le regard noir. Il n'aimait pas qu'on l'appelle par son vrai nom quand il était en mission. Son nom de code était Jan Bok, un point c'est tout.

La directrice, déconcertée par la mine effroyable de la jeune femme, l'avait prise dans ses bras. Willem ne la reconnut pas de dos et ce ne fut qu'au moment où Henriëtte la lâcha, qu'il la découvrit.

Ils s'observèrent, se jaugèrent.

— Tu ne m'as pas l'air en forme, Esther, fut Willem en brisant le premier le silence gênant qui venait de s'installer.

Esther qui connaissait le point de vue désapprobateur du jeune homme vis-à-vis du Conseil, lui raconta que ses parents avaient été amenés à leur tour.

— Amenés ? cracha Willem. Tu comprends ce que ce verbe « amener » signifie de nos jours, Esther ?

Il la toisa comme si elle était personnellement responsable de leur départ.

— S'il te plaît, elle est déjà suffisamment mal, tenta de le calmer Henriëtte.

Willem continua pourtant :

— Amenés, c'est comme ça qu'on dit. Des milliers de personnes se font arrêter et on dit « Ils ont été amenés ». Il accompagnait ses paroles d'une moue moqueuse et ironique. Ben voyons donc ! Sa voix se fit plus dure. « Amenés », joli mot pour estomper l'horreur qui s'y cache derrière ! Je dirai même, que c'est fichtrement f... f... foooort, bégaya-t-il à présent. Il serra le poing. S'il y avait bien une chose qui l'énervait, c'était de se ridiculiser quand il sentait la haine monter en lui. Il inspira bruyamment puis fulmina : un seul mot pour rendre s... s... suppor-ta-ta-ble, ce qui ne l'est pas. Co... comme si on ne les con... con... connaît pas, ceux qui les amènent. C'est comme « pulsen » !

Willem faisait allusion à l'étymologie populaire « pulsen » qui était une forme dérivée du nom de la société Abraham Puls & Fils, mandatée par les Allemands pour vider les maisons des Juifs déportés. Le verbe « pulsen » entra ainsi dans le langage courant.

Esther, les bras ballants, regardait par terre et attendait que l'orage passât.

Plus personne ne prononça un mot et on n'entendit que le souffle agacé de Willem.

Finalement Henriëtte tapota gentiment l'épaule du jeune homme et lui glissa :

— Tu ne peux pas changer l'époque dans laquelle nous vivons, Willem. Tu essaies déjà d'améliorer le sort de nombreuses personnes. C'est formidable et d'ailleurs le temps passe et nous avons du pain sur la planche. Allons préparer les affaires en bas, et elle quitta la pièce.

— C'est vrai ce qu'elle a dit ? Tu fais quoi au juste ? demanda Esther d'une voix de petite fille quand ils furent seuls.

— Je fais ce que je peux dirons-nous, répondit-il d'humeur bougonne.

Willem et Esther avaient fréquenté la même école primaire quand ils étaient enfants et ils avaient le même âge. Petite fille, Esther ne voulait jamais que Willem partage leurs jeux dans la cour. Elle le trouvait alors laid et bête à l'infini. Le jeune homme qui se tenait fièrement devant elle n'était pas beau, loin de là ! Mais il dégageait de lui maintenant une force tranquille et ses yeux perçants avaient quelque chose d'électrique. Il avait énormément changé. Il avait bégayé, mais elle trouvait ses propos pertinents.

— Willem, je sais que tu me détestes. À l'école je n'ai jamais été gentille avec toi et je le regrette profondément à présent.

— C'est bon, tu ne vas pas m'ennuyer avec tes jérémiades ! Si tu as besoin d'aide, tu me le feras savoir ! En attendant, pousse-toi ! Il la bouscula et rejoignit Henriëtte dans son bureau.

Sans y être invitée, Esther s'approcha d'eux, curieuse à présent de savoir ce qu'ils pouvaient bien faire.

La directrice saisit un petit paquet plat enveloppé de papier kraft et le tendit à Willem.

— Il y a trois tenues, une seule paire seulement de socquettes, mais cinq langes et deux bavoirs.

Esther, les yeux écarquillés, vit Willem déboutonner sa chemise et ranger le colis dans une poche qui était accrochée sur son tricot de peau, puis se rhabiller.

Henriëtte se pencha sur un berceau et en sortit le bébé qu'Esther avait porté dans ses bras la veille. Elle lui baisa tendrement le front et le tendit à Willem. Le bébé s'éveilla et émit un gazouillis joyeux.

Willem regarda sa montre :

— J'y vais cria-t-il en pendant ses jambes à son cou et avant qu'Esther réalisât qu'il enlevait le nourrisson, la porte claqua.

— Mais comment va-t-il faire ? hallucina-t-elle.

Willem était sorti quand il le fallait. Au moment où il se trouvait sur le trottoir, le tram arriva.

Aujourd'hui il n'y avait pas de soldat de l'autre côté de la rue, mais il préféra pourtant suivre le même schéma qui lui avait déjà permis de sauver plusieurs enfants.

Le tram lui servait d'écran protecteur par rapport au théâtre et il se mit à courir à sa vitesse.

Certaines personnes à l'intérieur du tramway le regardèrent, l'œil amusé. Willem courut ainsi jusqu'à l'arrêt suivant et quand il entendit enfin le tintement de la cloche, il ralentit.

Il monta à bord, salua le conducteur d'un sourire complice et lui montra sa carte de transport. Le tram s'ébranla. Willem s'affala sur un siège, épuisé et le cœur battant à tout rompre.

Toujours aux aguets, ses yeux roulaient respectivement à droite et à gauche, à la recherche d'un costume d'officier.

Le bébé devenait impatient et commençait à pousser des cris. Willem le berçait dans ses bras maladroits et trouvait le temps long. Quatre arrêts plus tard ce fut le terminal et il descendit devant la Centraal Station, serrant le petit nourrisson qui hurlait à présent. Des voyageurs regardèrent ce jeune père d'un air inquisiteur.

Willem commençait à faire des gouttes. Il fallait absolument calmer l'enfant avant de prendre le train.

Il pénétra dans un café et s'adressa à une jeune serveuse. L'air dramatique il lui expliqua que la mère de l'enfant se trouvait à l'hôpital à La Haye, où il se rendait d'ailleurs. Mais la « Grève de lait », comme on appelait à présent le débrayage dans le pays, l'avait totalement pris au dépourvu. Par désespoir de cause, il venait réclamer un peu de sirop de betteraves à sucre pour tremper le pouce du bébé, espérant ainsi le calmer.

— Je ne crois pas un simple mot de votre histoire monsieur, se moqua la jeune femme. Mais qu'importe ! Ce qui compte c'est cet enfant, n'est-ce pas ? et elle disparut dans l'arrière-boutique pour revenir quelques instants plus tard avec un petit pot rempli de sirop.

— Voilà, fit-elle gaiement en le lui tendant. Et si toutefois vous voulez lui donner un surnom, appelez-le Napoléon !

Willem dut faire une telle moue d'incompréhension que la serveuse, qui n'était autre que la patronne du café, éclata de rire.

— Eh bien, ne faites donc pas une tête pareille ! Napoléon, comme Napoléon Ier ! C'est lui qui demanda à ses chercheurs de trouver un produit de remplacement au sucre de canne qui était devenu hors de prix en 1806. Asseyez-vous donc monsieur, je vais vous expliquer l'entrée en scène de la betterave.

— Non, non, non ! refusa le jeune homme. J'ai un train à prendre ! Je vous remercie infiniment de votre gentillesse, mademoiselle ou madame.

— Madame ! Mais il n'y a pas de quoi me remercier ! La grève a au moins ça de bon : tout le monde comprend enfin qu'il faut s'entraider ! Et prenez bien soin de Napoléon ! le salua-t-elle quand il sortit.

Une heure plus tard, le train s'arrêta à Baarn et une demi-heure après, Willem entraperçut à travers les arbres la ferme où il allait déposer Napoléon.

Il était épuisé. Le voyage s'était bien déroulé, mais avait été éprouvant. Et ce n'était que maintenant, alors qu'il arrivait, que le petit monstre s'était finalement endormi !

La belle demeure paysanne était devenue un centre d'accueil pour de jeunes Juifs.

Bertha et son mari s'occupaient à la fois et de l'exploitation et des petits dont ils avaient la garde. Ce couple sans descendance pouvait ainsi assouvir sa soif d'enfants.

La particularité de cette pension, c'était qu'elle accueillait uniquement les enfants découverts au sein d'une famille aryenne et dont les parents restaient introuvables, d'où leur catégorisation d'« Orphelin ». Les Orphelins, ayant enfreint la loi, étaient les premiers sur la liste pour compléter les convois à destination de la Pologne.

La grosse Bertha lui ouvrit la porte et l'accueillit d'un sourire chaleureux.

Derrière elle se trouvaient deux petites filles aux longues tresses, curieuses de savoir qui était ce visiteur.

Quand elles le reconnurent, elles poussèrent un cri de joie :

— Tonton Jan !

— Salut les filles ! Regardez un peu ce que je vous apporte... Un poupon grandeur nature !

Et comme s'il avait compris que c'était de lui qu'on parlait, bébé se réveilla.

Les sœurs se bousculèrent pour être les premières à découvrir ce nouveau membre de la famille.

— Je vous présente Napoléon, fit solennellement Willem.

— Napoléon ? Tu l'as appelé Napoléon, demanda Bertha incrédule, à quoi Willem rit de bon cœur.

109. LE MOULIN

Flip porta d'un geste nerveux la cigarette à sa bouche et aspira une grande bouffée.

Esther était assise à côté de lui sur le canapé. Enroulée d'une couverture, les jambes repliées, elle s'était murée dans le silence depuis une heure maintenant et elle commençait à lui taper sérieusement sur les nerfs. Il n'aimait pas se disputer avec sa sœur, mais tout lui semblait mieux que cette prosternation. Il décida une dernière tentative :

— Esther, tu as beau m'expliquer que Willem travaille pour un réseau de placements pour Juifs, il y aura toujours la possibilité d'être débusqué. Et là, il n'y aura plus rien à monnayer, ce sera directement la Pologne ! Et c'est un délit puni de mort !

Esther ne pipa mot. Flip n'y tint plus. Il la saisit par les épaules et la secoua violemment.

— Tu vas me répondre Esther ! Si tu veux absolument quitter ton poste, il te faut partir. En Suisse.

— Et toi alors ? finit-elle par prononcer d'une voix à peine audible. Tu vas rester ici et attendre que vienne ton tour ?

— Esther ma chérie, je garde l'espoir d'une fin de guère proche.

— Foutaises Flip ! cria la jeune femme en balançant de rage la couverture dans la figure de son frère. Ce n'est pas parce que les Alliés sont fiers de leurs victoires qu'il nous faut penser à être libérés bientôt. Il y en a encore pour des mois et peut-être même plus ! Et d'ici là, nous aurons tous crevé !

— C'est pour ça qu'il nous faut gagner du temps. Ton emploi te protège. Il te faut choisir : ou bien tu travailles au Conseil ou alors il nous faut préparer ta fuite vers la Suisse.

— Jamais sans toi !

— Tu me fatigues !

— C'est ton dernier mot ?

Flip souffla profondément et ferma un instant les yeux. Il l'observait et comprit qu'elle ne changerait pas d'idée. Et sans vouloir se l'avouer, un doute serpentin s'était immiscé en lui, empoisonnant ses certitudes et ses croyances.

Rester et sauver ce qui peut l'être encore tout en améliorant le sort de ceux qui n'ont pas cette chance ? « Pour éviter le pire ! » comme les présidents du Conseil juif Abraham Asscher et David Cohen le prônaient infiniment.

Depuis quelques nuits, au fond de son lit, dans le noir absolu, Flip laissait voguer ses pensées. Lui et toute sa clique — il avait appris de la bouche d'Esther que Willem les appelait ainsi — faisaient-ils vraiment tout ce qui était en leur pouvoir pour sauver les leurs de la déportation ?

Ou bien, se préoccupaient-ils peu des déportés et bien davantage de leurs propres destins dans un seul et unique but : sauver l'élite pour la reconstruction de l'après-guerre ? Ces pensées étaient d'une violence terrifiante et avant de s'endormir, Flip les rangeait soigneusement dans une boîte hermétique de son cerveau.

Avancer sans penser !
Vivre sans penser !
Accepter sans penser !
Voilà à quoi se résumait aujourd'hui sa vie. Une existence misérablement douillette.
Un trompe-l'œil !
Le jeune homme darda les doux yeux de sa sœur et y lut tout l'amour et toute la tendresse qu'elle éprouvait à son égard et surtout un immense espoir. Et rapide comme un éclair, la fameuse formule de Descartes traversa son esprit.
« Je pense donc je suis. »
Au diable les doutes, j'existe !
— Ce que tu peux être têtue, sœurette ! D'accord, partons ensemble !
Esther se jeta à son cou et le serra très fort contre elle.
— Mais il va te falloir être un peu patiente. Il nous faut de faux papiers, une adresse sûre. Et surtout il nous faut trouver un passeur digne de ce nom.
— J'attendrai le temps qu'il faudra, mais pas ici. Dès demain, je prendrai contact avec Willem pour qu'il me trouve un endroit pour me cacher quelques jours. Je ne veux pas rester ici !
— Mais tu es complètement folle ! Tu penses un peu à moi ? Qu'est-ce que je vais bien pouvoir donner comme explication ?
— Tu trouveras bien !

Esther était heureuse. Elle marchait dans la nuit claire et leva un instant les yeux pour remercier la lune qui inondait si généreusement la terre et facilitait ainsi leur expédition nocturne.
À son côté, Willem marchait clopin-clopant. Ils se rendaient à pied à Ankeveen, petit village à une trentaine de kilomètres de la capitale.
Ils avaient pris le dernier train en partance d'Amsterdam et étaient descendus à Weesp où ils devaient poursuivre leur chemin à pied.
Ils marchaient le long de l'eau depuis plus d'une heure, mais la jeune femme ne se sentait nullement fatiguée, seulement inquiète à l'approche d'une voiture qui les faisait tressaillir et se jeter à terre.
Willem était galant et portait sa petite valise qui contenait ses maigres biens. Il n'était pas très bavard et le constant questionnement de la jeune femme l'agaçait. Mais Esther ne l'entendait pas de cette oreille. Le souvenir du bébé que Willem avait sorti des griffes de l'ennemi l'obsédait. Elle voulait en savoir beaucoup plus sur ce petit être. Les quelques bribes qui avaient difficilement franchi les lèvres du jeune homme n'avaient fait qu'aiguiser sa curiosité.
— Allez Willem ! insista-t-elle une nouvelle fois. Tu peux me le dire. Où l'as-tu caché ce bout de chou ? En ville, à la campagne ? Ah ! Je crois savoir ! Tu l'as envoyé en Suisse, c'est ça ?
— Napoléon est à l'abri et c'est bien là tout ce que tu as le droit de savoir.
— Napoléon, renchérit-elle. Avec un tel surnom il devrait aller loin celui-là ! Dis-moi juste où il vit maintenant, le petit empereur et je te ficherai la paix.

— N'essaie même pas ! fit-il en posant la valise. Si tu veux que je te conduise jusqu'au moulin, tu as intérêt à fermer ton clapet maintenant ! Sinon, nous rebroussons chemin et je te ramène chez Flip.
— Pfff.
— C'est fini, oui ? Franchement, on dirait une petite fille qui fait un caprice ! C'est la guerre et le mieux c'est encore d'en savoir le moins possible ! Nous sommes entourés de loups, Esther. Des loups féroces à la truffe hypersensible, les babines relevées et les crocs visibles, flairant chez l'autre la moindre phéromone d'alarme pour lui sauter dessus, toutes griffes dehors !

Sa voix dure et cassante imposait le respect. Esther opina de la tête, sentant qu'elle avait plutôt intérêt à se taire.

Enfin satisfait, Willem saisit le poignet du bagage et reprit la route.

Au bout d'un quart d'heure, il brisa le silence qui s'était installé entre eux :
— Nous ne sommes plus très loin maintenant. Après le virage tu apercevras le moulin.

Et en effet il ne leur fallut guère plus de dix minutes avant de frapper à la porte du moulin.

Esther leva les yeux vers les grandes ailes immobiles, composées d'un quadrillage de barreaux et de lattes fixées sur le toit pivotant en chaume. C'était là-haut qu'elle allait se cacher le temps que Flip et Willem préparent leur évasion.

Bien au chaud dans un petit nid.

Personne ne vint et Willem dut toquer à nouveau.

Enfin la porte s'ouvrit sur une paysanne d'une quarantaine d'années, bien en chair, les cheveux sévèrement tirés en arrière et vêtue d'une longue tunique noire, superposée d'un tablier affreusement bariolé.

— Bonsoir, *Mevrouw* van Duis, je me présente : Jan Bok, annonça Willem en se découvrant et en faisant signe à Esther d'avancer. Il ajouta : et voici votre nouvelle pensionnaire.

Ils se saluèrent, se serrèrent la main, mais au-delà de ces échanges de pure politesse, la propriétaire du moulin n'était pas très accueillante.

Elle ne souhaita pas la bienvenue à Esther, c'était à se demander si elle allait effectivement l'héberger.

La jeune femme se sentait mal à l'aise, mais tâcha de faire bonne figure.

Willem n'était pas rassuré du tout par l'attitude austère de l'hôtesse. Il épia sa jeune amie qui se frottait nerveusement les mains. Il peinait à la laisser toute seule ici, mais il n'avait pas de temps à perdre, il était pressé, sa journée était loin d'être terminée.

— Eh bien, mesdames, commença-t-il d'un ton hésitant, je vais devoir prendre congé... Madame, fit-il en inclinant sa tête dans un geste d'adieu, puis s'adressant à Esther, je serais de retour dans quelques jours.

Les yeux de cette dernière l'implorèrent de rester encore, mais déjà il gagnait la porte et disparut.

Sur le chemin du retour, Willem dut admettre qu'il en pinçait pour

Esther. À l'école déjà, il sentait une étrange sensation de chaleur à son approche, même si la plupart du temps elle ne venait que pour le narguer.

Il se souvenait parfaitement bien du jour où ce sentiment s'était transformé en amour.

À cette époque, Willem était le souffre-douleur de sa classe. Ses camarades se moquaient de ses bégaiements, de ses grandes oreilles, de sa démarche. Ils l'avaient surnommé Oscar l'Oscillant et ils le houspillaient quand ils jouaient à saute-mouton. Les garçons s'attaquaient souvent à lui sous prétexte de l'éduquer. Ils se livraient à des jeux comme se jeter sur lui, le faire trébucher, l'enrager ; des jeux plus drôles les uns que les autres. Les filles bien évidemment les laissaient faire. Mais un jour, cette fameuse journée où Willem s'amouracha d'Esther, ils étaient allés trop loin. Ils l'avaient tiré au fond de la cour et l'avaient déculotté. Seul Dieu sait ce qu'ils lui auraient fait subir sans l'intervention d'Esther. Crânement elle s'était avancée et n'avait eu cure de leurs injures. Elle avait joué des coudes et s'était mise devant le martyre pour faire écran, croisant les bras sur son torse frêle.

— Touchez encore un seul cheveu de Willem et vous aurez à faire à moi, les avait-elle menacés.

Willem rit soudain à ce souvenir. Esther était grande pour son âge en ces temps-là et les garçons avaient vraiment été impressionnés et jamais plus ils ne l'inquiétèrent ! Willem n'avait pas remercié la fillette, ne voulant confirmer sa faiblesse. Mais il le faisait en quelque sorte aujourd'hui en lui trouvant un endroit pour se faire oublier.

Le vent se leva et Willem frissonna.

Déjà la présence de la jeune femme lui manquait, malgré ses questions qu'il considérait comme idiotes. Comment pouvait-elle seulement s'imaginer qu'il allait tout lui déballer ? Elle était à mille lieues de la réalité de son travail quotidien dans la résistance.

Willem sortit de sa poche un bout de pain sec et le croqua à pleines dents.

Sacrée Esther, savait-elle seulement combien il devenait difficile de trouver des adresses, une cachette, une planque ? D'autant plus que l'on n'avait aucune idée de la durée de ces placements. Les prix augmentaient honteusement et les cautions devenaient exorbitantes.

Esther était vraiment chanceuse d'avoir trouvé un refuge à dix florins la semaine alors que ses parents en avaient payé cinquante... Comme quoi le prix n'offrait aucune garantie !

Willem souffla. Il se sentait seul à marcher le long de la rive qui semblait interminable.

Et cette grève qui n'arrangeait pas ses affaires non plus ! Mais il éprouvait un réel plaisir devant cette réaction spontanée du peuple qui irritait fortement cette ordure de Rauter. La plupart des étudiants entraient dans la clandestinité avec l'espoir de protéger leurs parents. Ils devaient à leur tour trouver un hébergement. Et du coup, ils chassaient sur le même terrain. Enfin, il verrait bien. Tout finira sûrement par s'arranger, s'encouragea-t-il.

110. L'HOMME EST UN LOUP

Esther embrassa tendrement Willem sur la joue. Il en rosit de plaisir, mais ne se faisait pourtant pas la moindre illusion : cette bise exprimait uniquement une immense gratitude.

La jeune femme contemplait en effet sa nouvelle pièce d'identité et la serrait sur son cœur. C'était le premier pas vers une nouvelle vie.

— Betje Manten, c'est un nom comme un autre, espérons qu'il me porte bonheur ! Il me tarde de partir d'ici, je n'en peux plus Willem. Je t'assure, se plaignit-elle à voix basse, car elle ne voulait pas que l'on puisse l'entendre.

— C'est une question de jours. Ton frère a pris contact avec un passeur, mais je n'ai pas d'autres informations. Sois patiente et ne fais pas l'enfant gâtée.

— Si tu savais seulement comme ils nous traitent, Mevrouw van Duis et son fils ! Tout ce qu'ils nous donnent à manger est avarié et dégage une odeur... fétide. Quand nous lui en faisons la remarque elle rétorque que les cochons seraient ravis et qu'elle les prive à cause de nous ! Moi je préfère ne pas y toucher ! Je mange du pain, moisi certes, mais le reste, non, je ne peux pas !

Willem, bien que choqué par ces paroles, ne s'en étonna qu'à moitié. Il avait bien senti tout à l'heure, lors de son arrivée au moulin, que l'atmosphère était très tendue entre les pensionnaires et leur hôtesse.

Il avait déjà perçu un certain malaise quand il avait laissé Esther deux jours auparavant.

Quelque chose en cette meunière lui déplaisait. Sous son air embourgeoisé, se cachait à coup sûr une femme vulgaire. Il était persuadé qu'Esther le sentait aussi. Il la connaissait plutôt bien et craignait qu'elle fasse tout pour faire sortir Mevrouw van Duis hors de ses gonds. Il fallait calmer le jeu pour éviter un scandale.

— Il ne doit pas lui être facile de se procurer de la nourriture, tu es au courant de la grève des paysans.

— Tu penses bien qu'elle nous le ressasse encore et encore ! Mais la grève à bon dos, te dis-je.

— Alors, dis-toi que ce n'est qu'un mauvais moment à passer. Je n'ai pas d'autre solution.

— Quand est-ce que tu vas revenir me chercher ?

— Je n'en sais rien. Flip m'a fait comprendre que le passeur voulait constituer un petit groupe. Il m'a parlé d'une semaine ou deux.

— Et tu ne reviendras pas d'ici-là ? demanda-t-elle inquiète. S'il te plaît, reviens dans deux jours. J'ai besoin de te voir, de te parler, que tu viennes me rassurer, le supplia-t-elle.

Willem aurait donné tout l'or du monde pour que ces paroles lui soient réellement destinées, à l'être qu'il était et non à cause de qu'il représentait. Mais il savait que pour Esther il n'était rien d'autre qu'un homme qui l'aidait dans sa fuite. Elle pouvait aisément se passer de lui, mais pas des nouvelles qu'il pourrait lui apporter.

— Il faut que j'y aille maintenant, fit-il brusquement en gagnant la porte.

Alors qu'il traversait la cour, il fut rattrapé par une *Mevrouw* Van Duis très énervée !

Elle déversa une flopée de mots et gesticulait nerveusement.

Willem ne saisit pas tout, mais il comprit qu'elle lui réclamait plus d'argent. Il était vrai que le prix de la pension qu'avait fixé madame van Duis était des plus bas pratiqué.

— Écoutez donc *Mevrouw* Van Duis, je vais revenir la chercher au plus tard dans une semaine, c'est un séjour très court. Le risque s'en trouve moindre et nous avions conclu un marché dont vous avez vous-même fixé le montant !

— Et bien les choses ont changé ! Depuis la grève je suis très sollicitée. Le moulin offre un lieu relativement sûr pour 75 florins.

— 75 florins ? Vous n'êtes pas sérieuse ? C'est bien plus qu'à Amsterdam ! À la campagne les prix oscillent entre 10 et 20 florins, vous vous rendez compte de la différence ?

— Vous m'avez l'air très bien renseigné, jeune homme, fit la gardienne du moulin l'œil mauvais.

Willem préféra ignorer cette remarque et ne pas s'aventurer sur un terrain dangereux. Il fouilla dans sa poche à la recherche de son portefeuille. Il en sortit deux billets et les lui tendit.

— C'est tout ce que j'ai !

Mevrouw Van Duis les lui arracha, les fourra dans son tablier en maugréant, tourna les talons et s'éloigna d'un pas rapide.

Mevrouw Van Duis était de très méchante humeur ce soir-là. Depuis qu'elle s'était couchée, elle n'arrivait pas à trouver le sommeil et dans la pénombre de sa chambre elle ruminait, se tournant puis se retournant durant des heures.

Elle appréciait le silence de sa petite maison de bois adossée au moulin. Loin des bruits étouffés des paillasses et des murmures de mécontentement de ses pensionnaires au moulin.

Douillettement installée en plein milieu de son lit et bordée de draps soyeux d'un blanc immaculé, elle caressait de ses doigts qui se boudinaient, les initiales brodées de son époux. Cet homme, rencontré alors qu'elle se prostituait dans le quartier rouge de la capitale, l'avait sorti d'un lendemain incertain. Une petite larme perla bientôt aux bords de ses cils. Il lui manquait tout de même, ce mari parfois si violent. Elle avait accueilli sa mort comme une libération, mais avec le temps s'estompaient les coups reçus, pour ne plus laisser que des images plus douces.

La vie était bien plus simple alors. Son mari travaillait de longues journées pour leur offrir, à son fils et à elle, le plus grand luxe possible. Il avait été l'un des premiers à faire installer un téléphone. Dans leur maison ils organisaient de nombreuses soirées où même le maire leur faisait l'honneur de sa présence !

Épouse éplorée, se retrouvant seule pour subvenir à leurs besoins, elle n'avait plus les moyens de briller en société avec pour conséquence plus aucune invitation nulle part. C'était le triste sort des veuves. Et dans une avide espérance de retrouver un peu de jouissances d'antan, l'envie de transformer le moulin — depuis longtemps inutilisé — en pensionnat lui était venue.

Ce fut un franc succès et elle hébergeait aujourd'hui dix personnes alors qu'elle avait prévu six places. Mais c'était avant la guerre.

Elle se rongeait les ongles, l'esprit occupé.

À bien y réfléchir, c'était peut-être bien cette grève qui la mettait dans cet état d'énervement. Les grandes villes n'en souffraient pas, le débrayage était surtout palpable à la campagne et dans les villages, comme chez elle, à Ankeveen. Ce matin les rues étaient encore désertes. La boulangerie, le bureau de poste, la mairie, les magasins, les cafés, tout était fermé ! Et cela durait depuis quatre jours !

Et même si elle appréciait cet élan de magnifique solidarité, elle trouvait que c'était maintenant suffisant.

On avait montré aux Allemands que quelque chose s'était brisé, qu'un frein à l'intérieur du pays avait fini par lâcher. On avait enfin le courage de dire qu'on en avait assez d'être sous le joug allemand !

Il suffit ! Que la vie normale reprenne son cours, elle en avait plus qu'assez !

Elle remonta son oreiller et s'assit dans son lit.

La pièce ne baignait pas dans un noir absolu ; les rideaux, qui cachaient la fenêtre, laissaient passer de chaque côté un rai de lumière blafarde.

D'un air ennuyé, elle scrutait le plafond et voyait certaines zones d'ombres plus importantes que d'autres. Des cloques.

— Il va falloir repeindre, pensa-t-elle à haute voix, agacée.

Puis ses pensées retournèrent à la grève, car celle-ci avait fait renaître son caractère sournois. Son bel esprit agile et malin avait refait surface à cause ou grâce à ces manifestations, à moins qu'il ne l'ait jamais vraiment quitté ? Toujours était-il que la grève changeait la donne.

Le maire avait frappé à sa porte pour lui demander une place pour le fils étudiant d'un de ses collaborateurs, un médecin qui trouvait répugnant l'établissement de certificats de bonne santé pour ce pauvre gibier, était venu réclamer un toit. Même le jeune baron du château voisin, ancien soldat refusant le travail obligatoire en Allemagne, l'avait prié de le loger pour 75 florins la semaine !

Et elle avait refusé ce beau petit monde faute de place. Depuis une petite idée tortueuse, lui trottait dans la tête.

Avoir dix convives à chaque tablée représentait une masse de travail et un certain coût. À dix florins par personne et par semaine, c'était devenu pour elle un jeu qui n'en valait plus la chandelle. Et c'était sans compter la dette du jeune couple Nico et Jenny Falke ! Depuis des semaines ils n'avaient rien payé !

Elle souffla, n'arrivant pas à se décider. Puis rejetant drap et couverture, elle se leva d'un bond. Tâtant le mur en face d'elle, elle trouva l'interrupteur.

Elle jeta un châle sur ses épaules, glissa ses pieds dans des pantoufles fourrées roses et se rendit dans le salon.

Elle s'affala sur le sofa, prit un petit calepin et nota un numéro sur un bout de papier. Elle se pinça le nez en regardant les chiffres griffonnés, hésitant encore puis décrocha finalement le téléphone.

Elle demanda le numéro à l'opératrice et quelques secondes plus tard une voix chaleureuse se fit entendre.

Esther jouait distraitement aux cartes avec ses amis d'infortune, Nico et Jenny Falke.

Elle avait sympathisé avec ce jeune couple qui était de son âge. Les autres pensionnaires ne l'intéressaient guère. D'abord parce qu'ils étaient plus vieux, mais surtout ils étaient ennuyeux, passant leur temps à râler, à critiquer et à lancer des propos désobligeants. Voilà à quoi le manque d'exercice les réduisait. C'était à vomir ces discussions vides, mais elle devait bien s'avouer que cette gangrène pourrait la gagner à son tour, si son séjour en ce lieu s'éternisait. Ici les minutes s'égrenaient telles des heures.

Elle avait passé seulement quatre journées cloîtrées entre les murs de la meunerie et elle avait hâte de prendre l'air. Mais pour l'instant c'était hors de question. Elle n'osait même pas sortir dans la cour ; les patrouilles allemandes aux abords du moulin étaient très fréquentes en ce moment et il suffirait de si peu !

Depuis le début de la grève, les Allemands étaient très excités.

Au petit déjeuner, *Mevrouw* Van Duis leur avait raconté qu'une organisation avait volé la veille, à Ankeveen, un grand nombre de tickets de distribution. Deux jours auparavant, des résistants avaient détruit le registre de la population. Esther s'imaginait que des actions semblables devaient se dérouler un peu partout puisque *Mevrouw* Van Duis leur avait annoncé à midi, que Rauter venait d'instaurer l'état d'urgence !

Il lui tardait d'écouter à la nuit tombée une nouvelle émission de *Radio Oranje*, désormais leur seul contact avec le monde extérieur.

Hier soir, la communion secrète de leurs pensées en écoutant ces ondes sonores avait rapproché Esther des autres pensionnaires. Le gouvernement en exil encourageait le peuple hollandais à entrer dans la résistance, d'unir ses forces car le dénouement du conflit était proche. Une vieille pensionnaire s'était levée et ensemble ils avaient prié.

— Esther, c'est à toi de donner ! À quoi penses-tu, ma belle ? la taquina Nico en interrompant les rêveries de la jeune femme.

Esther lui répondit par un sourire navré et prit les cartes pour les distribuer.

Un petit rayon de soleil vînt lécher la table de jeu au moment où *Mevrouw* Van Duis fit son apparition. Elle était accompagnée de deux hommes.

Le cœur d'Esther dérailla quand elle reconnut l'un d'eux.

Klaas !

Que diable venait-il faire au moulin ?

Sa question ne resta pas longtemps sans réponse, car Joop et Klaas réglèrent très vite leurs petites affaires. Un simple contrôle de leurs pièces d'identité et les *Rechercheurs* confirmaient qu'ils allaient les amener.

Esther ferma les yeux et repensa aux paroles amères de Willem :

« "Amenés", c'est comme ça qu'on dit. Des milliers de personnes se font arrêter et on dit "Ils ont été amenés". »

Elle soupira, la lèvre tremblante et la gorge nouée. Elle pensa à Flip qui préparait leur évasion, qui l'avait prié de rester à Amsterdam et de continuer à travailler normalement jusqu'à leur départ. À Willem aussi, qui s'était donné tant de mal pour lui trouver un endroit où se cacher en attendant. Pour rien puisque c'était fini ! Rageusement elle essuya de ses mains les larmes silencieuses qui coulaient sur son visage. Elle n'allait tout de même pas leur laisser la joie de l'humiliation. Oh que non ! Elle releva fièrement la tête, installa un sourire sur sa face, plissa légèrement les yeux et regarda les *Rechercheurs* d'un air méprisant.

Alors que Joop donna l'ordre à *Mevrouw* Van Duis de le suivre à l'extérieur, Klaas s'installa à la table, poussa le jeu de cartes abandonné et recopia soigneusement de sa belle écriture le nom des personnes présentes. Seule la carte d'identité d'Esther ne portait pas de « J ». Klaas s'en étonna, car *Mevrouw* Van Duis n'avait parlé que de Juifs.

— Betje Manten ? Une Juive sans « J » ! C'est une effraction supplémentaire.

Esther déglutit.

— C'est quoi ton nom ?

Esther se mordit la lèvre inférieure et implora du regard les pensionnaires à ne pas le révéler. À son grand soulagement, tout le monde resta muet.

— Betje Manten, fit-elle finalement d'une toute petite voix à peine audible.

— Tu mens ! cria Klaas en se levant d'un bond, renversant la chaise. Il s'approcha d'elle, lui prit d'une main le menton, le serra fort et plongea ses yeux dans les siens. Je t'ai déjà vu... Son regard fouilla le sien, à la recherche d'un indice pouvant l'aider à se rappeler d'où il la connaissait.

Esther, les pieds littéralement cloués au sol, commençait à trembler.

— Je te le demande encore une fois : comment t'appelles-tu ?

La jeune femme baissa les yeux et murmura :

— Je m'appelle Betje Manten.

— Ce n'est pas grave, je n'ai pas envie de me fatiguer avec toi. Les gars de la SD s'occuperont de te faire dire la vérité. Il jeta un œil sur sa montre et se demandait ce que Joop fabriquait dehors avec la meunière.

— Vous avez un quart d'heure pour faire vos bagages, beugla-t-il. Je reste là à vous surveiller donc pas d'entourloupes, compris ?

Dans la cour du moulin, les bras croisés, les jambes un peu écartées, Joop ricana.

— Tu es bien certain que personne n'en saura rien ? demanda *Mevrouw* Van Duis la mine inquiète. Je ne veux pas passer pour une délatrice.

— Tu n'as pas changé, hein ? Toujours à vouloir le beurre et l'argent du beurre. Il lui tapota gentiment l'épaule. Je te comprends. Toi et moi, nous nous ressemblons, tu sais. Tu as bien fait de m'avoir appelé, à moi précisément je veux dire ! Tu n'as absolument rien à craindre. Ton nom ne figurera nulle part et personne ne saura jamais que tu as dénoncé tes pensionnaires. Je ferai mon rapport en fonction. Il posa une main insistante sur son buste et lui caressa les seins. Tu m'accorderas bien quelques minutes ?

— Quoi ? Là, maintenant ? s'affola *Mevrouw* Van Duis. Je ne suis plus la même Joop ! J'ai changé, je suis une veuve respectée.

— Et je n'en doute pas une seconde ! Tu as acquis de bonnes manières, mais pas au détriment de ton excellent savoir-faire tout de même ?

— Je t'en prie, c'est le passé, je veux l'oublier.

— Moi, je me rappelle ! Ta petite langue experte... Il se lécha les lèvres d'un air gourmand et sentit son sexe se dresser. Il prit *Mevrouw* Van Duis dans ses bras et se frotta contre elle. Sens comme elle est dure !

Elle essaya de se défaire de cette étreinte, mais les bras vigoureux se resserrèrent, manquant l'étouffer.

— Je veux que tu me suces ! haleta-t-il. Tout a un prix, non ? Notre discrétion, une prime pour le tracas que ces Juifs t'ont causé, contre une petite fellation. Simple et efficace ! Franchement ce n'est pas cher payé !

Quand enfin elle finit par gémir son consentement, il la relâcha. En se rendant à la maisonnette en bois, il ne put s'empêcher de tapoter sur ses fesses rebondies et s'exclama :

— Allez princesse, au boulot !

Deux taxis transportèrent les pensionnaires à la gare de Weesp. Le trajet en train vers Amsterdam se fit dans un silence glacial.

Esther trouvait horribles tous ses regards posés sur eux, tantôt méprisants, tantôt complaisants.

Successivement victimes et criminels.

Elle regardait défiler le paysage printanier. Les jeunes fleurs dans les prés, les canetons nageant dans les canaux, les veaux tirant avidement sur la mamelle de leur mère, des lilas blancs puis des violets, un champ de tulipes.

À quoi rimait ce printemps ?

Elle ne voulait pas aller en Pologne. Il fallait qu'elle trouve un moyen de s'échapper. Klaas ne l'avait pas encore identifiée. Si elle réussissait à leur fausser compagnie, elle avait encore une chance de rejoindre Flip et de se réfugier en Suisse. Elle se creusait la cervelle, cherchant fiévreusement une issue possible.

Un afflux d'idées positives se mit en place dans son cerveau et déjà elle commençait à échafauder un plan de fuite.

Le train ralentissait, annonçant son arrivée prochaine en gare.

Nico et Jenny se tenaient la main et ne se quittaient pas des yeux. Le vieux couple se serrait l'un contre l'autre. Les autres, qui comme Esther n'avaient personne pour partager ce moment difficile de leur existence, avaient le regard humide.

Le train s'arrêta dans un grincement sinistre.

Tout le monde se leva.

Les pensionnaires se dévisageaient comme voulant graver dans leur mémoire ce moment qui les rattachait encore à leur vie d'avant.

Les portes s'ouvrirent et les premiers passagers commencèrent à descendre. Bientôt ce fut leur tour. Docilement ils posèrent le pied sur le quai.

Il y avait longtemps qu'Esther n'était pas venue à la gare puisqu'il leur était interdit de voyager, aussi elle fut impressionnée par l'affluence de voyageurs. C'était tout à son avantage. Il ne lui restait plus qu'à attendre le moment opportun.

Celui-ci se produisit au moment même où elle le formulait.

Des soldats qui surveillaient les sorties de la gare se mirent à crier et l'un d'eux saisit un jeune homme par le col. Tout en se répandant en invectives, il rouait le terroriste de coups.

Les gens s'arrêtèrent en plein milieu de la gare, médusés.

Des pamphlets tombèrent à terre et Esther comprit que le pauvre malheureux venait de se faire prendre en flagrant délit.

Un officier arriva et beugla des choses incompréhensibles à l'attention des sentinelles. À l'aide de sa canne, il montra une affiche fraîchement collée et Esther eut à peine le temps de la lire avant qu'il ne l'arrachât.

« Parents, ne laissez pas partir votre enfant dans l'enfer des villes allemandes bombardées ! »

Malgré l'énorme tension qui l'habitait, elle souriait. Le jeune homme avait quand même collé le tract au nez et à la barbe de ces militaires. Malheureusement il n'avait pas su s'en aller aussitôt après. C'était regrettable.

Soudain elle réalisa que c'était LE moment de pendre ses jambes à son cou. Dans un énorme effort, elle se maîtrisa cependant, jugeant préférable de s'éloigner en douce.

Passant derrière les autres pensionnaires agglutinés et pétrifiés par la violence du spectacle qui se déroulait sous leurs yeux et des *Rechercheurs* amusés, elle glissa doucement vers une sortie plus du tout surveillée.

Contrôlant encore difficilement ses pas sur une dizaine de mètres, elle n'y tint plus et se mit à courir à grandes enjambées vers l'arrière de la gare, vers le quai.

Sans réfléchir, elle se jeta à l'eau voulant gagner le canal le plus proche, le Singel.

L'eau froide de la mer la saisit.

Ses muscles se raidirent, mais bonne nageuse elle savait qu'elle allait résister.

Il le fallait !

111. ESTHER

Ce même jour, installé dans la cuisine minuscule de son appartement, Willem comptait une nouvelle fois les tickets de rationnement qui inondaient sa table.

Pour ne pas se tromper, il avait fait de petits tas de dix. Décidément, le nombre n'y était pas, il lui en manquait toujours. C'était fâcheux. Willem se gratta la tête, se demandant comment il allait pouvoir résoudre ce problème. Il savait pourtant qu'il n'y avait qu'une seule solution : il fallait léser une des familles dont il avait désormais la charge, au niveau du rationnement tout au moins. Il lui restait à trancher. Il pensait à ce vieux couple qui se cachait à deux rues de là ; ils avaient moins besoin de nourriture. Le vieillard ne lui avait-il pas confié, pas plus tard que la semaine dernière, que pour tuer l'ennui, lui et son épouse ne se levaient qu'à midi pour se recoucher à vingt heures ? Le jeune homme se rongeait les ongles, se sentant las. Comme il était loin le temps où il passait des heures à bailler aux corneilles, le soir à la fenêtre !

Un bruit de frottement provenant du couloir vint interrompre le cours de ses pensées.

En deux temps trois mouvements, il rangea l'ensemble des cartes de distribution dans une valise qu'il cacha sous l'évier.

À présent quelqu'un toqua discrètement à sa porte. Le cœur inquiet, Willem alla ouvrir. Dans l'entrebâillement de la porte se tenait Esther, les cheveux mouillés, les vêtements trempés et d'une blancheur cadavérique.

Willem, incrédule, la bouche grande ouverte, demeurait impassible, incapable de réagir devant cette apparition.

Esther n'attendit pas qu'il l'invitât à entrer. Elle lui passa devant, fit quelques pas incertains, voulut s'attraper à la table de la cuisine, mais la manqua, s'y cogna et s'effondra.

Le jeune homme n'en vit cependant rien, tout occupé qu'il était à jeter un rapide coup d'œil dans le corridor pour s'assurer que personne ne l'ait suivie.

Son étonnement ne cessa de croître quand il pénétra à son tour dans la cuisinette pour constater que la jeune femme s'était évanouie. Il souleva le buste d'Esther et lui tapota doucement les joues. Elles étaient gelées. La jeune femme, les yeux hagards, visiblement en état d'hypothermie, restait inerte, toute force ayant quitté son corps.

Willem réfléchit à toute allure. Lui prenant le pouls il constata qu'il était faible. Il fallait réagir sans plus tarder, la réchauffer. Il se redressa d'un bond, fit couler de l'eau dans une casserole, la couvrit d'un couvercle et alluma le gaz de la cuisinière.

Dans le placard de sa chambre, il prit des serviettes et des gants propres. Il arracha l'oreiller de son lit.

Quand il rejoint Esther, elle n'avait pas bougé d'un pouce. Il mit le coussin sous sa tête, commença par enlever ses chaussures et socquettes puis sa gabardine. Il déboutonna sa chemise, fit glisser sa jupe, dégrafa son soutien-gorge, enleva sa petite culotte. À présent elle était nue comme un ver et Willem ne put s'empêcher d'admirer les belles proportions de ce corps inerte. Un frisson d'excitation lui parcourut le dos. Il se dépêcha de couvrir Esther du tissu éponge.

À l'aide du gant imbibé d'eau chaude, il se mit à frictionner la jeune femme pendant de longues minutes. Ensuite il la sécha énergiquement.

Esther se laissait faire, sentant lentement la vie revenir dans ses membres.

Quand elle fut entièrement sèche, Willem la souleva, la porta jusqu'à son lit, la borda soigneusement et osa même un léger baiser sur son front.

La sœur de Flip, les paupières clignotantes, souffla de bien-être. Elle sentait le sommeil la gagner. De loin la voix de Willem lui ordonna de dormir et de l'attendre sagement dans ce lit douillet.

Si Willem s'imaginait qu'elle pouvait agir autrement, il se trompait. Elle était exténuée, certaine de dormir pendant de nombreuses heures.

Willem quitta son appartement, verrouillant la porte avec un soin particulier, guettant nerveusement les alentours.

Personne ne devait savoir qu'une jeune femme dormait chez lui. Sa vie devait rester discrète, passer inaperçu était primordial !

Il en voulait à Esther d'avoir ainsi frappé à sa porte et de lui faire courir le risque d'être démasqué. Il avait mis de longs mois à tisser la toile de son activité illégale. Sa réussite, il la devait à sa vie banale.

Le matin il se rendait à son travail, revenait pour le repas de midi et rentrait tard en fin de soirée, seul ! Jamais il ne revenait ivre, ne dérangeait ses voisins, il n'y avait pas d'embrouille.

Sa tête bourdonnait de questions. Que s'était-il passé ? Comment et pourquoi Esther était-elle revenue dans la capitale ? Elle n'était pas assez écervelée pour avoir pris un tel risque sans y avoir mûrement réfléchi.

Willem saurait la vérité.

Il lui restait à avertir Flip, mais il ne voulait pas entrer en contact direct avec lui, encore moins maintenant !

Willem enjamba son vélo et se mit vigoureusement à pédaler en direction de la Crèche. Tout en traversant les rues, il eut une pensée émue pour son mentor, Le Borgne. Cet homme, qui avait été le premier à lui accorder toute sa confiance au début de cette maudite guerre, avait été par la suite sauvagement pendu sur la place publique.

Une boule dans la gorge, Willem revit cette scène atroce où le Borgne avait entonné l'hymne national de sa voix de velours. Jamais auparavant ce chant ne l'avait ainsi bouleversé. Ce jour-là, il avait reçu sa vraie signification en pleine figure : chasser la tyrannie qui leur crevait le cœur ! Et à ce moment précis, il s'était engagé à continuer le combat. Cette promesse solennelle faite au Borgne, nul n'avait le droit de la lui faire rompre ! Même pas Esther qui avait de longues nuits durant, hanté ses rêves.

Au début de sa carrière dans la résistance, Willem n'effectuait que de petites missions de messager, mais aujourd'hui, sa position au sein de celle-ci était autrement plus importante.

Éternellement à la recherche de lieux sûrs pour les Juifs, mais aussi pour les membres du réseau, il était fier de pouvoir affirmer qu'il possédait à présent un carnet d'adresses intéressant.

Il fournissait également les tickets de rationnement aux familles d'accueil afin de nourrir les personnes qu'elles cachaient. Pour continuer à satisfaire leurs besoins en nourriture, il ne rechignait jamais à participer au braquage d'un bureau de distribution pour en récupérer.

Mais à ses yeux, ce n'était que du bricolage.

Le vrai rôle de sa vie était celui de sauveur d'enfants.

Willem arrivait dans la rue où se trouvait le Hollandsche Schouwburg.

Un sentiment de haine gonfla son cœur à la pensée que les Allemands avaient choisi ce lieu de distraction pour en faire une place de désolation, mais il ne s'en étonna qu'à moitié.

Le magnifique théâtre avait jadis été un lieu de divertissement très populaire avant de devenir un théâtre réservé exclusivement aux Juifs : pièces juives, acteurs juifs, public juif. Mais, en 1942, le théâtre fut soudain transformé en centre de la terreur : les Juifs d'Amsterdam et de sa périphérie immédiate devaient, s'y constituer prisonniers avant d'être déporté. En théorie tout au moins. La réalité était évidemment tout autre.

Willem souffla de consternation. Mais en regardant une des fenêtres du bâtiment, une bouffée de chaleur inonda son corps. Elle donnait sur le bureau du responsable du Hollandsche Schouwburg, Walter Süskind.

C'était cet homme, Walter Süskind, qui avait si ingénieusement élaboré un plan de sauvetage pour contrer la déportation d'enfants juifs.

Walter dirigeait d'une main ferme son équipe constituée de médecins, infirmières, agents de nettoyage sans oublier les employés du département Secours aux Déportés.

Le Conseil juif avait placé Walter Süskind — né en Allemagne, mais de nationalité hollandaise — à la tête du théâtre parce qu'il parlait couramment allemand, ce qui faciliterait d'éventuelles négociations.

Walter, Henriëtte, et Willem travaillaient en étroite collaboration pour mener à bien la mission qu'ils s'étaient donnée.

Un seul soldat devait à la fois surveiller l'entrée du théâtre et de la crèche qui se trouvait juste en face. Il était assez facile d'extraire des enfants de la pouponnière lors du passage d'un tram, comme Willem le faisait régulièrement. Mais depuis quelques jours, le flux d'enfants était devenu tel qu'il avait fallu inventer d'autres stratégies.

Des bébés partaient maintenant dans des paniers à linge que transportait le personnel de la crèche. Quelques rues plus loin, Hanneke les attendait pour les prendre en charge.

Tout cela fonctionnait plutôt bien, mais la grande difficulté se trouvait au niveau de l'administration.

C'était là le domaine de Walter Süskind et de ses collègues toujours plus ingénieux pour falsifier les registres et en faire disparaître les enfants.

L'accord parental était primordial pour éviter tout scandale qui pourrait anéantir tous les efforts.

Walter qui connaissait bien la mentalité de l'Occupant pour avoir grandi et travaillé en Allemagne jusque dans les années trente, avait également gagné peu à peu la confiance des gardes du théâtre.

Par chance, le centre tenait sa propre comptabilité de Juifs à l'arrivée comme au départ. Walter se débrouillait toujours pour que les soldats aient suffisamment à boire pour étancher leur soif. Les vapeurs de l'alcool facilitaient ensuite la tromperie lors du comptage d'enfants.

Willem gara son vélo devant l'école normale primaire, deux maisons plus loin que la crèche. Il attendait qu'un tram arrive pour pouvoir se glisser à l'intérieur de la pouponnière sans être vu.

Un charivari de voix criardes l'y accueillit. Des enfants courraient, se chamaillaient, chantaient.

Willem sourit devant ce spectacle d'insouciance propre aux enfants. Au fond du couloir, il vit la tête de Henriëtte dépasser le chambranle de la porte de son bureau, un sourire aux lèvres. Elle l'aperçut aussitôt, agitant le bras pour qu'il la rejoignît.

Elle lui prit les deux mains dans les siennes, les yeux brillants d'un feu que le jeune homme n'y avait pas souvent vu.

— J'ai une grande nouvelle à t'annoncer, Willem. Nous avons désormais un nouvel outil de sauvetage !

— C'est-à-dire ?

Henriëtte préféra fermer la porte avant de poursuivre :

— Comme nous manquions de place ces derniers jours, je suis allée voir le patron de l'office central pour l'émigration, Ferdinand Aus der Fünten, pour lui réclamer un autre local pour la sieste des petits. Il a mis à notre disposition un local de l'école normale primaire !

— Et alors ?

— Réfléchis un peu !

Willem se rembrunit. Il n'aimait pas qu'on lui dise de réfléchir.

Henriëtte grimaça de plaisir.

— Il suffira de hisser les gosses par-dessus la haie dans le jardin avoisinant. Quelqu'un le réceptionnera et hop le tour est joué !

— Les voisins sont-ils d'accord ?

— Absolument ! Non seulement les voisins, mais également le vieux concierge, qui nous a promis de fermer les yeux.

Willem grogna, l'idée ne le séduisait pas.

— Il commence à y avoir du monde impliqué dans cette affaire. Süskind nous a toujours dit de la garder secrète !

— C'est vrai. Mais personne d'autre ne sera au courant, se défendit Henriëtte.

— Il y en a déjà trop à mon goût, bougonna Willem.

— Regarde un peu plus loin que le bout de ton nez !

Willem fulmina, les poings serrés. Henriëtte ne semblait rien remarquer et poursuivit sa tirade :

— La dernière grève a instauré un véritable climat antiallemand. Le pays a été secoué par le résonnement de coups de pelotons d'exécution qui a été la seule réponse des *moffen*. Des hommes ont été tués sans le moindre procès un peu partout. Un lien invisible nous réunit maintenant. Je suis certaine qu'il te sera désormais bien plus facile de trouver un abri pour les enfants.

Willem espérait que Henriëtte dirait vrai. Mais désireux de changer

de sujet il lança :
— Esther...
— Excuse-moi de t'interrompre, Willem, mais je n'en ai pas terminé. Cette nouvelle route d'évasion va nous permettre de sauver des enfants plus grands et en nombre beaucoup plus important.
— Et le comptage ? Tu peux m'expliquer comment ils vont faire au théâtre s'il manque six ou sept enfants à la fois ?
— J'y ai longuement réfléchi et j'ai trouvé la solution. Tu n'as pas à t'en inquiéter. Parlons d'Esther à présent, je t'écoute.
Il lui raconta brièvement le peu qu'il savait. La directrice était perplexe.
— Il faut informer Flip, insista Willem. Mais je ne veux pas me rendre chez lui. C'est bien trop risqué. Connaîtrais-tu quelqu'un qui puisse lui faire passer un message ?
— Oui, Max ! Il porte les repas au théâtre et il a le béguin pour Esther. Il paraît qu'il était même bien pincé !
Willem fit la moue, mais avait-il d'autres choix ? Il griffonna quelques mots sur un papier et le confia à Henriëtte.

112. LA FUITE

Flip et sa sœur avaient quitté Amsterdam en train, en ce matin du 23 mai 1943, le cœur lourd et se demandant s'ils y reviendraient un jour.

Ils étaient vêtus de façon très ordinaire, ne voulant aucunement attirer l'attention. Leur mince bagage se composait de leurs faux vrais passeports et pièces d'identité, d'une lampe de poche à dynamo, de pain noir, d'un peu de fromage, de sucre, d'eau et bien sûr de l'argent. Rien de plus. Surtout pas d'autres vêtements qui pourraient suggérer un quelconque départ.

Le train était bondé, trouver une place assise ne fut pas facile.

Frère et sœur ne s'adressèrent guère la parole jusqu'à l'arrivée à Eindhoven, tellement ils étaient, chacun de son côté, absorbé par cette séparation douloureuse.

Ils abandonnaient amis et connaissances, rompant pour un temps non défini le lien qui les attachait à la seule vie qu'ils avaient connue jusqu'alors, renonçant à tout ce qu'ils possédaient.

Pour Flip c'était encore plus difficile, car à ses yeux il délaissait Neel.

Hier au soir, faisant fi des interdictions de l'autorité, il était allé lui faire ses adieux ! Ma et Pa l'avaient fait entrer en espérant ne pas s'attirer d'ennuis. Neel s'était longuement blottie dans ses bras, le serrant à l'étouffer, la gorge nouée. Leur séparation avait été déchirante, mais pleine de promesses aussi.

Au moment de partir, Neel n'avait pu s'empêcher de lui rappeler à quel point il s'était trompé et sur toute la ligne. Le Conseil n'avait su protéger ses parents pour ne parler que d'eux. Ils auraient dû fuir, ensemble, quand le ciel d'Amsterdam avait commencé à s'assombrir. Flip l'avait alors repoussée d'un geste plein de douceur. Son regard larmoyant plongé dans celui de la jeune femme était rempli de désarroi. Il aurait voulu lui avouer à quel point elle avait raison. Il n'osait lui dire que le matin même, le Conseil juif avait reçu l'ordre de sélectionner 7000 personnes exemptées dans ses propres rangs pour la déportation. Au lieu de quoi, il avait posé un dernier baiser sur son front et était sorti.

À Eindhoven, dans un des parcs de la ville, ils avaient rejoint un autre couple, Jeanne et Tom, ainsi que leur premier contact dont ils ignoraient le nom.

Poursuivant leur route, toujours par le chemin de fer, ils étaient arrivés à Maastricht, ville la plus importante de la province du Limbourg, située à quelque deux cents kilomètres de la capitale.

Dans un petit café un peu lugubre du faubourg de Maastricht, Flip, Esther, Jeanne et Tom avaient été mis en contact avec le passeur, Ari.

Ce jeune étudiant, futur professeur d'histoire, allait leur servir de guide jusqu'en Belgique.

L'homme, avec son accent de Maastricht à couper au couteau et aux allures de paysan, n'était guère plus âgé qu'Esther.

La jeune femme trouva Ari immédiatement à son goût.

Son agréable bouille entourée de boucles brunes, ses yeux rieurs aux iris quasiment noirs et son divin sourire charnel lui faisaient battre le cœur plus vite. C'était étrange.

Assis autour d'une table, l'équipage écoutait attentivement Ari leur exposer l'itinéraire jusqu'à la frontière belge.

— Une bonne heure de marche nous conduira au pied de Sint Pietersberg, la montagne Saint Pierre, surplombée par le fort et son réseau de galeries souterraines. Ce réseau de plusieurs centaines de kilomètres parcourt l'ensemble de ce massif. Les boyaux forment un véritable labyrinthe et je peux vous confirmer que depuis des siècles, ce lieu est le théâtre d'histoires plus sinistres les unes que les autres. Je vous conseille donc de me suivre et de ne faire demi-tour sous aucun prétexte !

Esther buvait littéralement ses paroles et à chaque fois que son regard croisait le sien, elle s'empourprait.

— Si je vous dis cela, continua malicieusement Ari, comme s'il s'agissait d'une joyeuse expédition et non d'une fuite, c'est parce que les tunnels, d'une température constante de dix degrés, offrent une place d'hibernation idéale pour les chauves-souris.

Esther et Jeanne frissonnèrent, provoquant un rire général.

Flip entoura de son bras protecteur les frêles épaules de sa petite sœur. Cette dernière, agacée, ne voulant pas donner l'impression à Ari qu'elle et Flip formaient un couple, s'ébroua comme un chien.

— Des chauves-souris ? s'inquiéta Jeanne. Et... il y en a beaucoup ?

— Ah oui, des milliers ! s'amusa Ari. Il arrive parfois qu'ils vous volent dans les cheveux !

La bouche de la pauvre Jeanne s'étira en un rictus de dégoût. D'un air désespéré, elle prit la main de son mari, Tom.

— Se faire attaquer par des chauves-souris peut être considéré comme un plaisir, non, comparé aux *moffen*... ? ricana Tom.

— Tu n'es pas drôle ! lança Jeanne d'un ton agressif.

Ari jeta un coup d'œil sur la pendule à coucou du café puis poursuivit :

— Maastricht est un lieu de pèlerinage et en ces temps obscurs les pèlerins sont encore plus nombreux, surtout le dimanche. Et aujourd'hui nous sommes justement dimanche, n'est-ce pas ?

Il se saisit de son sac, en sortit des broches en formes de croix catholique. Je fais partie de l'Association Pèlerinages Chrétiens de la ville. À ce titre je vous demanderai d'épingler ceci sur vos vestes : ainsi vous serez officiellement en pèlerinage.

Tout un chacun s'exécuta.

— Parfait ! Je continue donc. Nous allons traverser la montagne Saint Pierre qui s'étend du nord au sud entre les vallées de Geer et de la Meuse. Une traversée qui vous amènera sur le sol belge, et qui devra se dérouler dans un silence absolu. J'espère que vous n'avez pas oublié vos torches ?

Tout le monde acquiesça.

— De l'autre côté se trouvera un homme à la barbe blanche, accompagné de son chien loup. Il vous conduira jusqu'à la commune Petit-Lanaye et vous hébergera pour la nuit.

— Une fois en Belgique, combien de jours nous faudra-t-il pour gagner la Suisse ? demanda Flip impatient de frôler la neutralité de la terre suisse.

— Je dirai moins d'une semaine, mais ce n'est plus de mon ressort. Si ces dames veulent aller se soulager avant de partir, c'est le moment !

Ils sortirent du café, passèrent la Meuse sur le pont romain en direction du sud de la ville.

Le ciel s'éclaircissait, le soleil fit de timides apparitions.

Ari préféra quitter les grandes artères de la ville. À travers le dédale de la cité, ils eurent l'impression de faire un voyage pittoresque.

— C'est une jolie petite ville, fit remarquer Flip.

Ils marchaient dans une venelle déserte dont le sol était tapissé de pétales d'une magnifique glycine avant de déboucher sur la place d'une église.

— C'est le plus vieux monument de la ville, la basilique Notre Dame. L'édifice existait déjà en l'an 1000, précisa Ari sur le ton d'un guide touristique.

Les fugitifs observèrent le haut avant-corps du bâtiment, se prenant au jeu, quand quatre officiers SS débarquèrent à leur tour sur la placette.

— Pas de panique, balbutia Ari, suivez-moi.

Le groupe talonnait le passeur tel des chiens peureux. Il se dirigeait droit sur les SS, qui s'étaient arrêtés devant l'entrée de la basilique. Au moment où ils franchirent la grande porte, ils entendirent un des soldats lancer sur un ton hypocrite :

— *Ach, wie schön ! Ein Pilger.*

Tu parles d'un pèlerinage ! se dit Esther terrifiée, les jambes tremblotantes.

Ari s'immobilisa derrière quelques personnes agenouillées devant la statue de la Madone Étoile de la Mer.

— Prions pour que la Sainte Vierge Maria Sterre der Zee nous protège, chuchota-t-il.

Tom rouspéta, voulant quitter sur-le-champ ce lieu qui n'était à ses yeux qu'idolâtrie mariale. Mais il fut retenu par le bras musclé du jeune passeur qui siffla entre les dents :

— Priez ou faites au moins semblant, à moins que vous ne préfériez vous faire cueillir par les *moffen* ? Le pèlerinage marial de L'Étoile de la Mer est très populaire. Je ne crois pas que vous perdriez au change en vous faisant passer pour un dévot !

Tom ravala sa hargne et prit son mal en patience.

Esther et Flip, qui n'avaient rien perdu de cet échange se regardèrent d'un air complice.

Quand ils quittèrent Notre Dame une vingtaine de minutes plus tard, les Allemands avaient disparu.

Les « pèlerins » progressèrent d'un pas alerte vers la sortie de la ville.

Esther se plaça à plusieurs reprises à côté d'Ari et tenta maladroitement d'engager la conversation. Voyant au loin une statue, elle lui demanda qui elle représentait.

— C'est D'Artagnan ! Le mousquetaire, tué à Maastricht le 25 juin 1673, par une balle de mousquet en pleine gorge, lors de la guerre de Hollande.

— Celui des Trois Mousquetaires ? demanda-t-elle soulagée d'avoir enfin trouvé matière à discussion.

Ari opina de la tête.

— Alexandre Dumas s'est inspiré de la vie du lieutenant D'Artagnan de la Compagnie des Mousquetaires pour écrire ses aventures. Il était membre de l'état-major du Roi Louis XIV qui voulait briser la triple alliance de La Haye.

Esther n'aimait pas particulièrement l'histoire, mais faisait l'effort de s'y intéresser.

— Voyez-vous, continua Ari passionnément, malgré les tarifs douaniers français très protectionnistes, nous étions toujours de redoutables concurrents...

Un sifflement admirateur interrompit la tirade historique. Ari se retourna vers Tom, les sourcils relevés d'étonnement.

— Oh là là ! Quel buste ! s'exclama Tom d'un air gourmand après avoir croisé une femme à la poitrine miraculeuse. Ce n'est pas une paire de nichons, ce sont deux obus ! Il éclata d'un rire gras.

Jeanne, gênée de l'attitude grossière de son mari, voulut l'excuser :

— La tension de ces derniers temps le fait divaguer.

— Et vous Ari, les femmes, vous les aimez comment ? poursuivit Tom imperturbable.

— Tom, je t'en prie, arrête !

Mais ce dernier n'écoutait pas et répéta sa question.

Pour y couper court, Ari lui fit une proposition :

— Si vous en sentez le besoin et pour vous rassurer, je peux vous réciter quelques Ave ou Pater !

— Je vois que je n'ai pas affaire à un virtuose, bougonna Tom.

Ari accéléra le pas. Ils gagnèrent la montagne Saint Pierre en silence.

En réalité, c'était plutôt une colline d'une centaine de mètres.

Ils entamèrent la montée et quand le dénivelé pesait trop dans les jambes, ils faisaient une courte pause pour reprendre leur souffle !

Esther était émerveillée par le paysage, envahie par la sérénité qu'il dégageait ; ils en avaient tant besoin.

De là où ils se trouvaient, ils avaient une vue imprenable sur Maastricht et la Meuse qui traverse la ville en se partageant en deux bras.

Quand ils atteignirent les pelouses calcaires peuplées de fleurs, le petit groupe à la recherche de la liberté retrouvée oublia qu'il n'était composé que de clandestins et non pas de simples promeneurs du dimanche.

— À partir de maintenant nous devons être sur nos gardes, ne plus parler ou alors à voix très basse ! Les patrouilles allemandes sont nombreuses même si on n'en voit aucune en ce moment !

— C'est vraiment très beau par ici, chuchota Esther. Et toutes ces fleurs !

— La fin du printemps est de loin la meilleure période pour visiter ce site et voir toutes les orchidées qui nous entourent, fit doucement Ari en fin connaisseur.

— Des orchidées ? demanda Jeanne incrédule.

— Oui, ce sont bien des orchidées. Nous n'avons pas le temps pour que je vous montre les différentes variétés qui poussent ici, mais ce sont effectivement des orchidées ! Pas aussi spectaculaires que leurs cousines des terres tropicales... Au premier abord, on ne pense pas à une orchidée...

Il se baissa et ramassa deux tiges de fleurs et les tendit aux femmes.

Esther admira la fleur rose composée d'une multitude de petites fleurs en épi, en forme d'orchidée. Ari savait beaucoup de choses, décidément, il lui plaisait.

Il leur expliqua que la combinaison du sol calcaire avec la présence du fleuve ainsi que l'exposition sud-ouest de la colline favorisait un microclimat relativement chaud donnant ce paysage luxuriant.

Ils longèrent à présent une muraille et Esther étouffa un cri quand des bestioles surprises s'enfuirent dans un tourbillon joyeux. Dans sa course folle, l'une d'elles se cassa la queue qui continua pourtant à s'agiter.

Esther était horrifiée.

— Pauvre petite bête, murmura-t-elle malgré son dégoût.

Ari sourit, s'approchant de la jeune femme :

— Ce ne sont que des lézards, encore une de ces choses dont vous ignorez l'existence, se moqua-t-il gentiment. Quant à la queue des lézards, elle se casse facilement pour leur permettre d'échapper à leurs prédateurs en constituant un leurre vis-à-vis de l'attaquant. Une queue de remplacement repousse progressivement.

— Cela me servirait bien, tient ! avança Tom.

Ses compagnons faillirent éclater de rire.

— Chut ! fit doucement Ari.

Ari connaissait les environs comme sa poche. Bientôt ils abandonnèrent la piste principale pour bifurquer sur un petit sentier creusé entre les roches.

Les feuilles de l'automne couvraient entièrement le sol pierreux et il fallait être très prudent pour ne pas glisser.

Les roches couvertes de Capillaires des murailles, de fleurs jaunes comme posées en corbeille de-ci de-là, offraient un nouveau spectacle tout aussi plaisant.

Ari s'arrêta, écartant à l'aide de son bâton des rosiers sauvages et des branches de mûriers qui barraient le passage du visiteur impromptu. Ils se glissèrent sous cette arche rustique connue que de lui seul, non sans se faire quelques égratignures.

Ils se retrouvèrent devant une roche imposante de pierre blanche, envahie par la végétation. Ari leur indiqua d'un mouvement de main l'entrée de la grotte, à trois mètres du sol, puis posa le doigt sur ses lèvres pour leur rappeler le respect du silence.

Il grimpa aussitôt le long du mur avec l'agilité d'un singe, posant ses mains et pieds dans les trous naturels du rocher.

Jeanne déglutit avec difficulté, elle ne saurait faire pareil.

Et pourtant, ils allaient tous devoir passer par là !

Médusés, les fugitifs regardèrent Ari lancer une corde.

Le dos courbé, ils avançaient prudemment dans la cavité. Un profond silence régnait, interrompu seulement par le bruit de leurs pas et des dynamos de leurs lampes.

Jeanne et Esther, craintives, marchaient la main levée, prêtes à aveugler une chauve-souris qui aurait l'audace de se réveiller.

Il y avait en effet de nombreuses hibernantes, entassées comme dans une boîte de conserve pour garder la chaleur et suspendues au plafond.

Osant à peine respirer, le cœur tambourinant dans leurs poitrines, les deux femmes marchaient sur la pointe des pieds pour les laisser en paix.

Ari s'immobilisa. D'un geste, il leur fit signe d'en faire autant. Il sortit un petit marteau de son sac à dos. Il frappa sur la paroi de la roche, suivant un rythme convenu, signalant ainsi leur présence aux Belges.

La réponse ne se fit pas attendre, aussitôt un martèlement différent leur parvint.

— Ma mission prend fin ici et maintenant chuchota le passeur. Vous êtes en Belgique ! Continuez tout droit, puis à la prochaine intersection, prenez sur votre gauche, puis de nouveau à gauche. Là on vous attend. Bonne chance !

Le passage était encore plus étroit que les galeries précédentes. Trouvant l'air irrespirable, ils leur tardait d'arriver. Leurs mains étaient fatiguées de devoir actionner sans cesse les dynamos.

Une dizaine de minutes s'étaient écoulées quand ils tournèrent pour la seconde fois à gauche. Ils aperçurent enfin une ombre humaine. L'éclairant de leurs faisceaux, ils constatèrent qu'elle avait bel et bien une barbe blanche et qu'un chien lui tenait compagnie. Soulagés, ils s'approchèrent.

L'homme les salua d'un geste, mais ne pipa mot.

Drôle de personnage, songea Flip.

Le chien vint renifler chacun d'entre eux, administra même un coup de langue à Esther. Elle le remercia en lui caressant l'encolure et vit que c'était une femelle.

— Tu es bien jolie toi, la cajola-t-elle.

Le Barbu se dirigea vers la sortie.

Le tunnel, bien qu'extrêmement étroit, fut bien plus haut à présent. Avec un grand soulagement, ils purent redresser le buste.

Un halo de lumière apparut.

Le cœur des compagnons bondit de joie : la Belgique.

Poussant les branches envahissantes obstruant la sortie, ils débouchèrent dans une forêt sombre, dense, non entretenue, ensevelie de feuilles mortes.

Flip s'étonnait que celles-ci résistent, malgré leur fragilité, aux vents, aux pluies et certainement aussi à la neige dans cette région.

De nombreuses branches cassées jonchaient le sol. Des lianes de lierre grimpaient sur les rochers, couraient le long des arbres, les étouffant pour certains.

Le Barbu grimaça de satisfaction. Dans un fort accent belge, il s'adressa aux clandestins :

— Bienvenu sur le plateau de Caesert ! Dans moins d'une heure, nous arriverons à la ferme. Vous pourrez vous laver, vous reposer.

À cette bonne nouvelle, Tom prit la main de sa femme dans la sienne et y déposa un tendre baiser.

Esther adressa un sourire lumineux à son frère, il s'en souviendrait sa vie durant.

Flip, pris par un besoin urgent, prévint le passeur qui riait sous sa barbe.

Alors que ses compères pénétrèrent dans un chemin carrossable, Flip leur faussa compagnie. Il se trouva un endroit, derrière une roche, à l'abri des regards. Il dégrafa son pantalon et se soulagea. Il avait l'estomac barbouillé, les intestins en vrac. La terrible tension qui l'habitait depuis la veille surpassait tout ce qui lui avait été infligé depuis le début du conflit.

Soudain, venu de nulle part, un cri traversa son cœur :

— Haut les mains !

Flip se redressa d'un bond, son regard fouillant les environs.

Il entendit à présent d'autres voix, mais ne vit âme qui vive.

Au nom du ciel ! Esther !

Le Barbu, recherché par la Sûreté belge, n'était pas un novice. D'une lenteur calculée, il fit volte-face aux soldats sortant de derrière les buissons et au travers de sa poche tira sur un des Allemands. Mortellement blessé, l'officier s'écroula tandis que son meurtrier s'enfuit en courant vers la falaise où il serait malaisé et dangereux de le suivre.

Des coups de feu crépitèrent.

Une chassa à l'homme s'engagea.

Esther, Jeanne et Tom, restèrent pétrifiés, les mains en l'air, comme cloués au sol.

Un soldat, jeune, tout juste sorti de l'adolescence, gardait un fusil menaçant braqué sur les clandestins.

— Que faites-vous ici ?

Oui, que faisaient-ils en plein milieu du plateau de Caesert ?

Sûrement pas pour cueillir des fleurs de montagne ! Ils n'avaient pas d'alibi standard, ne surent inventer une explication plausible et restèrent muets comme des carpes, ayant perdu toute bravoure.

113. SIX PETITS MOIS

Le lendemain, le front moite, les joues rouges et la langue sèche d'avoir tant couru par cette chaleur, Betty déboula dans la cuisine.

Aussitôt Munkie vint à sa rencontre. Elle jappa de joie en faisant des cabrioles.

— Ah Munkie, je t'ai manqué, hein ? Pas vrai, que je t'ai manqué ? Oui ! Oui ! Oui ! lui lança-t-elle tout en la soulevant pour la serrer sur son cœur. Tu sais que je t'aime !

Elle remit l'animal sur ses pattes. Elle sauta sur l'évier en prenant appui sur ses avant-bras, coucha son buste et s'abreuva à même le robinet.

Elle but l'eau fraîche à grosses goulées tellement elle était assoiffée. Elle n'entendit pas sa mère s'approcher d'elle.

Francine souffla en secouant la tête d'un air désolé. Arrivera-t-elle un jour à rendre sa progéniture un tant soit peu féminine ?

— Combien de fois faudra-t-il te répéter de ne pas boire comme une souillon ?

Betty sursauta, manqua s'étouffer.

— Tu vois bien que j'ai raison ! la gronda sa mère en lui tapotant dans le dos. Là ! Calme-toi.

Elle la tira doucement par les épaules, la déposa sur le sol pour la tourner vers elle. Elle lui prit le menton dans sa main, la toisant du regard.

— Maman, j'ai faim ! Qu'est-ce que je peux goûter ? minauda-t-elle avec le charme d'un ange.

— Je vais te préparer une tartine. Ma nous a apporté quelques fraises, ajouta-t-elle en prenant la miche.

Pendant que Francine s'affairait, la petite babilla joyeusement.

— Le maître est malade, du coup nous avons fait sport toute l'après-midi avec la maîtresse des grands, dans la cour. C'était génial.

— Voilà ce qui explique l'état dans lequel tu es ! Avant que papa ne rentre, tu iras te laver : il a horreur de te voir ainsi délabrée, fit-elle en écrasant à l'aide d'une fourchette une belle fraise juteuse sur la mie de pain.

— Je pourrais bien sortir encore un peu, maman ! Il fait si beau ! J'ai rendez-vous avec Koky et Frans.

— Commence par te laver les mains, pour le reste nous verrons après !

— Pfff, râla la demoiselle. Je suis sûre que tu ne me laisseras pas sortir après ! Alors je ne goûte pas ! Je vais dehors maintenant !

— Hop, hop, hop ! Attention, Betty ! Tu ne joues pas à cela avec moi, tu as compris ? Lave-toi les mains ! Dépêche-toi !

D'humeur bougonne l'enfant s'exécuta.

Elle croqua sa tartine à pleines dents.

— Hmmm, se délecta-t-elle, c'est bon !

Munkie restait à côté d'elle au cas où quelque chose vint à tomber.

Francine souriait, se régalant du spectacle que lui offrait sa fille.

— Qu'est-ce qu'on mange ce soir ? demanda-t-elle après avoir avalé la dernière bouchée, car en réalité la collation lui avait ouvert l'appétit.

En haut, la sonnette retentit. Munkie s'affola et s'élança aussitôt dans l'escalier.

— J'y vais, cria Betty.

— Tu n'ouvres à personne, tu regardes seulement par le loquet ! l'avertit encore Francine.

Betty poussa la porte vitrée du vestibule. Elle vit qu'une ombre se terrait sous le porche de l'entrée. Elle avança jusqu'au judas, se leva sur la pointe des pieds et l'ouvrit.

— Qui est là ? fit-elle d'une voix troublée.

— C'est moi ! Flip !

— Flip ? demanda la petite incrédule.

— Oui, va demander à ta mère si je peux entrer. Fais vite, Betty ! la pressa-t-il.

Betty, affolée, courut chercher sa mère.

— Maman ! Maman ! C'est Flip !

— Ce n'est pas Flip, Betty. C'est tout simplement impossible. Flip est parti en Suisse.

— En Suisse ? répéta la fillette sceptique. Mais il est devant la porte maman ! C'est vrai, il faut me croire !

Francine monta l'escalier quatre à quatre et s'approcha de la petite ouverture. Ce qu'elle vit l'effraya.

— Flip, c'est bien toi ?

— Ouvre-moi, Francine, je t'en prie !

La jeune femme s'empressa d'ouvrir la porte à son ex beau-frère, avant de la refermer rapidement tout en jetant un bref coup d'œil inquiet dans la rue.

Francine, appuyée contre le battant, les mains jointes devant son visage, regarda Flip, les yeux inquisiteurs.

— Je suis désolée Francine, mais j'ai nulle part où aller... Esther a été arrêtée... Alors je suis revenu ici...

Un long silence s'installa.

Betty, bouche bée se tenait à côté de Flip.

Au bout d'un moment, Francine décida d'en venir à bout.

— Écoute Flip, commença-t-elle d'une voix émouvante en s'humectant les lèvres. Mon Dieu, c'est difficile. Je suis navrée... Pour ta sœur. Pour toi aussi ! Mais..., elle secoua la tête, tu ne peux pas rester ici ! Tu nous mets tous en danger, tu en es bien conscient ! Tu es au courant de la dernière ordonnance : six mois d'emprisonnement pour celui ou celle qui cache un Juif !

Le jeune homme opina du chef.

— Et si on demandait à papa ? lança Betty sur un ton de défi.

Francine, se passant la main sur le visage, la mitrailla du regard.

Flip prit ce coup d'œil, qui ne lui était pourtant pas destiné, en plein cœur.

— Je crois que je ferais mieux de partir sur-le-champ. Au revoir petite.

Au moment où il déposa un baiser sur la tendre joue de la fillette, ils entendirent une clé s'insérer dans la serrure de la porte d'entrée.

— Voilà Johan, fit Francine d'un geste impuissant.

— Papa ! jubila Betty en bondissant.

— Est-ce que tu dors ? chuchota Francine, quelques heures après l'arrivée impromptue de Flip.
— J'essaie !
— Viens contre moi, tu finiras par t'endormir.
— Je risque de réveiller la petite.
— Il faudra bien qu'elle s'y fasse, le plus tôt sera le mieux ! Allez, viens !

La fillette dormait au milieu du lit entre ses deux parents, alors que Flip occupait la chambre de la petite.

Francine se glissa hors du lit, en fit le tour et s'allongea le long de son mari. Il se tourna et la prit dans son creux, l'enlaçant de ses bras.

— J'ai peur ! souffla sa femme.
— Je sais.

Johan savait que s'il avait repoussé Flip, il aurait assuré la sécurité de sa famille. Maintenant il était obligé de s'en remettre à la Providence.

— Six mois d'internement pour sauver la vie d'un homme, qu'est-ce que c'est ? Six petits mois contre une Vie ? Je n'ai jamais reculé devant le danger, Francine, et ce n'est pas aujourd'hui que je vais commencer. Il faut avoir du courage, allons ! Et puis il est question de Flip. Il ne s'agit pas d'un parfait étranger que nous ne connaissons ni d'Ève ni d'Adam ! Il est question de Flip, l'homme dont ta sœur est éperdument amoureuse, même si elle a rompu. Depuis de nombreuses années, nous entretenons une belle amitié. Flip nous a rendu de multiples services dans le passé ! C'est un ami et je le lui prouve !

Il n'y avait rien à ajouter.

C'était dit, c'était décidé.

La jeune femme savait qu'il ne reviendrait pas sur cette décision. Les larmes lui piquaient les yeux, mais elle ne voulait pas pleurer. Elle ne voulait pas être lâche. Pourtant, en cet instant précis, elle n'en avait cure de la loyauté ni de la gratitude. Tout cela faisait partie du domaine de l'abstrait alors que la présence de Flip dans sa demeure était une menace réelle. Elle voudrait qu'il parte, loin d'ici, loin de sa famille. Ce qu'elle éprouvait à son égard, en ce moment précis, n'était pas de l'amour. C'était de la haine. Cet homme, beau, adorable d'un charisme étonnant, cet ami, l'amoureux de sa sœur, elle le haïssait.

— Je veux qu'il parte, Johan. Je ne veux pas qu'il nous arrive malheur.
— Hmmm, fut la seule réponse de son mari, je dors !
— Johan !
— N'aies pas peur mon ange ! la réconforta-t-il. Tout ira bien, tu verras. Allez, laisse-moi dormir maintenant !

114. PRISE DE CONSCIENCE

Flip était allongé sur le dos, les mains croisées sur son ventre, il se recueillait. Il était couché dans la petite chambre de Betty, dans son lit d'enfant et dans le noir.

Cette méditation l'amenait vers des contrées lointaines, vers les déserts de la Palestine, vers des terres inconnues.

Une musique étrange emplissait son cerveau. Ce chant, qui était languissant, chaud et envoûtant résonnait tout au fond de son être.

Il se demandait comment il était possible d'entendre une mélodie alors que tout autour de vous s'écroulait ?

Si au moins elle pouvait calmer les battements irréguliers de son cœur !

Dieu leur viendrait-il en aide ?

Cette seule pensée fit naître un sourire amer sur son visage, car elle le ramenait indéniablement à Neel.

N'avait-il en sa présence, évoqué Dieu à plusieurs reprises ?

— Dieu n'est pour rien dans cette histoire, répondait-elle à chaque fois. Ce serait trop simple. C'est une affaire où seuls les hommes peuvent agir, en mal ou en bien. Dieu n'est pas un ravaudeur ! Et toi non plus ! Il ne te suffira jamais à faire passer et repasser des fils à l'endroit endommagé de manière à reconstituer votre communauté déchirée. Vos actions de raccommodage sont des reprises inutiles !

Combien elle avait eu raison !

Il l'avait compris, il l'avait finalement admis, deux jours auparavant.

Ce samedi-là, qui devait être son tout dernier jour au Conseil juif, avait été chaotique, même si ce mot ne lui semblait pas assez fort pour décrire les scènes qui s'y étaient déroulées.

La veille de cette fameuse journée, le 21 mai 1943, Asscher et Cohen, dirigeants du Conseil, furent convoqués dans le bureau du chef de la déportation, Aus der Fünten. Ils y reçurent l'ordre de choisir 7000 employés du Conseil pour la déportation.

Ils tergiversèrent, ergotèrent, louvoyèrent l'Allemand, le suppliant d'effectuer ce choix, mais à la fin ils durent se rendre à l'évidence.

Le tri leur appartenait.

Une réunion d'urgence s'en suivit. Certains membres, comme Flip, refusèrent d'un bloc, d'autres restèrent d'avis qu'il valait mieux coopérer pour éviter le pire.

Éviter le pire...

Trois simples mots.

Quelques syllabes.

Douze lettres, comme douze Apôtres, pour faire face au martyre, sans renier sa foi.

Une phrase à laquelle ils s'étaient désespérément raccrochés.

Une personnification.

La Bouée de Sauvetage.

À portée de main et pourtant cruellement inaccessible. Car il devenait clair à présent qu'ils ne l'atteindraient jamais. Elle resterait pour toujours un mirage, un espoir, une tromperie. Elle les avait accompagnés telle une maléfique bienfaitrice durant de longs mois d'isolement, créant un dilemme moral quasi insupportable.

Quand les responsables revinrent, les employés furent mis au courant de la nouvelle tâche à accomplir. Consternés, ils s'exécutèrent avec une lenteur non feinte, sabotant ouvertement cette mission machiavélique.   Une extraordinaire activité éclata.

Flip assista à un rush incessant entre différents bureaux.

Un chaos d'aller-retour de bacs à cartes, contenant des centaines de noms de privilégiés, traduisait la panique qui habitait à présent chaque membre.

Un branle-bas général reflétait la démoralisation, la fin de la solidarité et peut-être même la chute de la dignité.

D'un air pitoyable, le jeune homme regardait les secrétaires dresser des listes, les modifier, les réviser, les barrer.

Des listes pour les personnes absolument indispensables, d'autres pour celles nécessaires au travail et une dernière pour celles devenues inutiles.

Le siège du Conseil juif brillait de mille feux pendant de longues heures de cette soirée de sabbat.

Pouvait-on imaginer meilleur moment pour laisser la main de l'homme choisir du destin de son prochain ?

Flip soupira lourdement, il lui était difficile de revivre ces moments. Une formidable oppression le faisait haleter.

Il eut encore une pensée émue pour Max, cet homme qui s'était épris d'Esther. Pendant longtemps il se souviendrait de son visage aux traits défaits par l'angoisse puis frappé de stupeur à la découverte de son propre nom sur la mauvaise liste. Le garçon prit aussitôt ses jambes à son cou et déguerpit.

La décision de Max avait été contagieuse et Flip était rentré chez lui, fort décidé à fuir ce théâtre de guignols manœuvré par un opérateur oh combien visible ! Il avait chamboulé ses projets, avancé son départ, prenant une voie plus hasardeuse que celle qui était initialement prévue avec les conséquences que l'on sait.

Il se tourna sur le côté, faisant craquer le cadre du lit. Un mince filet de clarté entourait la fenêtre, il lui tardait de voir le jour se lever. La nuit ne laisse place qu'aux idées plus noires les unes que les autres.

Il se demandait où Esther se trouvait actuellement. Il avait entendu dire que les déportations sur le sol belge étaient moins virulentes.

Il voulait tant y croire !

115. LA TOUR D'IVOIRE

Vers l'âge de huit ans, Bart passait souvent en vélo devant la maison de détention d'Amsterdam. Il regardait alors la façade de cette *Huis van Bewaring* aux multiples fenêtres, guettant l'apparence d'une silhouette de détenu derrière un des carreaux. Avec ses camarades de classe, ils jouaient aux gendarmes et aux voleurs à proximité de cette prison. Parfois, quand la chance leur souriait, ils assistaient au transfert d'un prisonnier. C'était très excitant.

À cette époque-là, il était loin de s'imaginer qu'un jour, il en franchirait lui-même la porte, méconnaissable, menotté et poussé par des soldats allemands.

Un mois s'était écoulé depuis son arrestation. Son séjour en ce lieu, qui l'avait tant fait fantasmer petit enfant, se transformait lentement en un épouvantable cauchemar qui effaçait ingénieusement jusque dans les moindres recoins les souvenirs de jeux heureux.

La maison d'arrêt était surpeuplée. Une même pièce devait désormais servir pour quatre prisonniers, mais Bart jouissait d'un cruel isolement avec comme seule compagnie une ampoule nue pendue au plafond qui diffusait une lumière blafarde.

Son corps immobile était endolori par les longues heures passées les mains et pieds écartés, attachés au montant d'un lit. Il avait beaucoup maigri. Quand il devait se lever, il avait les jambes flageolantes et de petites étoiles se mettaient à danser devant ses yeux.

Sa carcasse meurtrie à force de rester dans la même position, à même l'ouvrage en fer, le faisait énormément souffrir, mais plus que la faim et la souffrance corporelle, il peinait à supporter sa solitude. Les heures s'égrenaient avec une lenteur insupportable. Bart passait des jours entiers à scruter la vitre minuscule, occultée par du papier noir très épais, ne laissant passer que d'infimes rayons de lumière. Seules les sorties aux toilettes et la prise de collation interrompaient la monotonie des longues journées. Il en vint même à aimer déféquer à côté d'autres hommes, seules infractions à cette mortelle retraite imposée. Ces moments éphémères qu'il partageait alors avec d'autres prisonniers, courte trêve où fusaient librement plaisanteries et conversations futiles, étaient devenus toute sa vie.

Vivre.

Allait-il continuer à vivre ?

C'était la question qu'il s'était posée lors de l'interminable interrogatoire qu'il avait subi au QG de la Gestapo, dans la rue Euterpe, à Amsterdam.

Pendant une vingtaine d'heures, ces messieurs de la Gestapo s'étaient intéressés à son sort, inventant des jeux toujours plus cruels, cherchant à ébranler son moral, fouillant le mécanisme d'ouverture de son cerveau pour en faire sortir tous ses secrets.

Au bout de ce laps de temps, un nouvel intervenant fit son entrée remarquable sur la scène des tortures.

Contrairement à ses collègues, il ne portait pas d'uniforme. Grand, élancé, les cheveux blonds peignés en arrière, il arborait une jolie moustache et Bart lui trouva des airs de Clark Gable, portrait flatteur aussitôt gâché par une vilaine excroissance violacée qui lui poussait dans le cou.

Voilà un spécimen d'une tout autre trempe, pensa fugacement Bart. Après les voyous, on me sert le juge.

Bart ne se trompa guère.

Chose plutôt inhabituelle, l'officier qui se tenait devant lui se présenta poliment :

— *Herr* Lumke.

Bart ignora son salut.

L'officier ne s'en offensa pas, s'installa confortablement dans un fauteuil qu'il avait demandé qu'on lui porte et sortit de sa poche une boîte en métal à l'insigne de la S.S.

D'un air détaché, Lumke disposait du tabac dans le moule. Il y plaça une feuille de papier qu'il mouilla de ses lèvres, enclencha le mécanisme pour en faire sortir une cigarette. Il l'alluma, aspira lentement en fixant de ses yeux torves le terroriste qu'il avait en face de lui.

— Vous en voulez peut-être une ?

Bart acquiesça.

Le S.S. s'exécuta avec autant de soin qu'il l'avait fait auparavant. Il approcha courtoisement la boîte pour que Bart pût coller la cigarette d'un coup de langue. Lumke la lui coinça ensuite entre les lèvres, et l'alluma avec son briquet.

Bart, le regard baissé, fit une profonde aspiration, espérant calmer ses nerfs.

L'Allemand ne perdit une miette de cette vision, satisfait de voir le prisonnier se détendre, premier signe d'effritements de sa garde.

Contrairement à la plupart de ses collègues, Lumke ne prenait aucun plaisir à torturer. Il considérait son intelligence investigatrice bien au-delà de celui du simple bourreau. Il procédait d'une manière bien plus perspicace pour transformer les sujets interrogés en simples instruments psychiques, qui satisfaisaient alors largement sa curiosité inquisitrice. C'était un travail de patience, de profondeur où il devait faire abstraction totale de ses propres émotions. Un exercice difficile, qui nécessitait un esprit clair et vif, où il excellait.

Lumke alla entrouvrir la fenêtre, l'air était oppressant. Au loin, l'orage grondait. Bart tira fiévreusement sur sa cigarette en fermant les yeux. Un merle chantait obstinément son bonheur.

L'inspecteur se leva, déplia délicatement une feuille de papier et entonna une valse lugubre de personnes ayant déjà été arrêtées.

Pour cet Allemand, ces noms étaient aussi imprononçables qu'ils étaient terrifiants pour Bart. Sur cette liste se trouvaient non seulement des amis, des connaissances, mais également sa sœur Jane.

La terreur que Lumke pouvait alors lire sur le visage de Bart le réconfortait, il approchait du but.

Mais Bart se ressaisit, se disant qu'il y avait de grandes chances pour que tout cela ne soit que du bluff. Un masque d'incompréhension, d'injustice s'installa à nouveau sur ses traits. Il continuerait à tout nier.

L'officier l'épia, se caressant pensivement le menton, prêt à récolter la moindre information que Bart refusait à lui donner, mais que ses traits pouvaient trahir.

Le jeune homme réalisa soudain que leur plus grosse erreur venait de leur charte tacite d'entraide aux différents réseaux. Leurs multiples activités trop diversifiées avaient créé de nombreux liens, dévoilés de trop nombreuses adresses. Lumke effilait lentement mais sûrement les membres de la résistance, bien décidé à n'en laisser courir qu'une charpie pour en faire tomber d'autres entre les mailles de son filet.

À toutes les questions, Bart répondit inlassablement :

— Wahnsinn, ich weiss von nichts.

« C'est du n'importe quoi, je n'en sais rien » étaient les seuls mots qu'il avait ordre de prononcer. Il n'en démordrait pas !

C'était en tout cas ce qu'il s'était promis et jusqu'à aujourd'hui il avait résisté !

Malheureusement Lumke de son côté n'abdiquait pas non plus et lui rendait de courtes visites de courtoisie. Avant chaque prise de congé, il murmurait à l'oreille du prisonnier quelque phrase assassine sur une nouvelle découverte, guettant avidement une réaction. Bart luttait de toutes ses forces pour interdire *Herr* Lumke d'ébranler son moral. Il était cependant certain que Jane n'était pas encore passée dans ses griffes.

Il gardait donc l'espoir.

Mais pour combien de temps pourrait-il résister encore ?

Le temps nécessaire !

Quitte à être le dernier maillon de la chaîne, ce ne serait pas lui qui la romprait.

116. L'ENFER DU THÉÂTRE

Henriëtte claqua la porte en sortant de la Crèche, traversa en hâte la chaussée, salua d'un signe de tête le garde devant l'entrée centrale du théâtre.

Ce dernier, apparemment plutôt bien luné, lui adressa un grand sourire. Dès que la directrice eut franchi le seuil du Théâtre, elle plongea dans un autre monde. Bien plus que le vacarme insoutenable du lieu, elle fut saisie par l'odeur nauséabonde. Elle réprima un haut-le-cœur et s'efforça d'installer un air rassurant sur son visage alors que tous ceux qu'elle croisait n'exprimaient que l'angoisse de l'incertitude.

Jouant des coudes, elle se fraya difficilement un chemin à travers les personnes agglutinées les unes contre les autres et qui occupaient tout l'espace de la salle, jusqu'au moindre recoin.

Il lui arrivait souvent de retrouver de vieilles connaissances qui l'agrippaient par la main ou les vêtements, les yeux suppliants : « Sauvez-nous ! »

À chaque traversée elle étouffait sous les sentiments de compassion et d'injustice. Elle assistait à des scènes tragiques.

Elle atteignit enfin la cage d'escalier qui menait aux bureaux. L'œil attentif et le pied hésitant de peur de blesser quelqu'un, elle gravit laborieusement les marches où des familles entières s'entassaient.

Des enfants pleuraient, d'autres avaient le regard consterné. Des mères chuchotaient à l'oreille de leur progéniture des mots qui se voulaient rassurants, tentant certainement de leur expliquer qu'ils allaient devoir se séparer.

Henriëtte se faisait souvent la remarque que le Schouwburg ressemblait à une maison de fous.

En voyant des petits vieux, parfois estropiés, elle avait bien du mal à croire qu'ils partaient pour des camps de travail. Mais quand ils avaient eu à choisir la meilleure solution entre deux mauvaises possibilités, ils avaient évidemment préféré la moins pire. Et personne ne savait ce qui les attendait. Ils avançaient tous dans un épais brouillard où chacun se demandait comment il s'en tirerait.

Elle arriva devant la porte du bureau de Walter Süskind, toqua et entra sans attendre d'y être autorisée.

La table était parsemée de dossiers. Walter, submergé de travail, leva à peine son nez plongé dans les documents. Un mince sourire éclaircit sa mine sombre à la vue de la directrice.

— Je suis à vous dans quelques instants, Henriëtte.

Sa voix d'ordinaire si posée et mélodieuse trahissait la grande tension qui l'habitait. Il apposa sa signature sur plusieurs documents puis se leva pour aller chercher des feuilles cachées sous un tas de livres comptables. Il les tendit à Henriëtte qui les parcourut rapidement.

— Mais il y en a trop ! lança la directrice affolée.

Elle parlait des enfants qu'ils allaient tenter de sauver.

— Pas encore assez ! Il faut nous presser.

— Je l'entends bien, Walter, mais je ne vais pas avoir assez de place. La plupart de ces enfants-là ont entre six et dix ans, je peux difficilement les cacher !

— J'y ai pensé. Cependant vous pourrez les installer au grenier le temps nécessaire.

— C'est une idée... Mais sans personne pour les amuser, les surveiller... cela me semble difficile.

— C'est un faux problème. J'ai demandé à Willem de les occuper durant la matinée.

— Mais il est déjà débordé par l'ampleur de sa tâche !

— Je sais. Mais je ne veux pas mettre une autre personne dans cette combine. Et puis ce sera de toute façon que pour une très courte durée. Il n'y a plus beaucoup de Juifs à Amsterdam, Henriëtte. Nous n'aurons bientôt plus à en sauver. Walter eut un sourire désolé avant d'ajouter :

— Après viendra notre tour. Je sauve des enfants qui me sont totalement étrangers alors que je ne pourrais peut-être pas sauver les miens.

Il soupira d'épuisement.

Henriëtte observa ce bel homme toujours souriant et aimable en public. Ce n'était pas le même entre ces quatre murs. Le masque de la bienveillance, qu'il n'utilisait que pour mieux leurrer l'Occupant, tombait dès qu'il y était. La plupart des gens de leur communauté le détestaient parce qu'il avait l'air tellement satisfait de collaborer. Ils ne savaient pas qu'il remuait ciel et terre pour épargner de nombreuses vies.

— Vous voulez que je vous dise, Henriëtte ? J'en ai assez ! Je suis fatigué de faire semblant d'être enjoué. J'en ai marre de me saouler avec les *moffen* pour mieux les tromper. Je n'en peux plus de devoir choisir à qui je donnerais l'opportunité de s'échapper par la porte secrète, quels seront les enfants qui auront la vie sauve. Telle personne plutôt qu'une autre. C'est une charge bien trop lourde pour mes frêles épaules !

— C'est une sélection qui vous incombe, car vous êtes la seule personne à pouvoir le faire, alors arrêtez de vous en plaindre !

Walter ricana malgré lui. Ils étaient faits pour s'entendre. Ils se renvoyaient constamment la balle, se réconfortaient mutuellement.

— Allez, *Mevrouw* Pimentel, à votre liste ! Il n'y a pas de temps à perdre : le prochain transport est pour demain après-midi !

La directrice glissa les feuilles dans son bustier, prit congé et gagna rapidement le rez-de-chaussée.

Elle rejoignit l'entrée où d'autres hommes et femmes continuaient d'affluer.

Elle secoua désespérément la tête : où allaient-ils trouver de la place ? Il n'y en avait pas ! À moins d'enlever les quelques paillasses mises à la disposition des plus âgés.

Quand elle revint à la crèche, elle convoqua les auxiliaires de puériculture dans son bureau, les unes après les autres pour leur donner les dernières instructions.

Le protocole était toujours le même.

Les auxiliaires s'approchaient des parents inscrits sur les listes et éventuellement disposés à laisser leur enfant.

Tous les parents n'étaient pas disposés à les confier à de parfaits inconnus jusqu'à la fin de la guerre, mais préféraient les garder auprès d'eux.

C'était une délicate bataille pour les jeunes femmes, une rude épreuve pour les mères et pères dont ils ne pouvaient absolument pas parler. Une séparation douloureuse, une déchirure quasi insupportable qu'ils devaient pourtant garder secrètes. Tel était bien le prix à payer pour sauver un des leurs, parfois même une fratrie entière.

Les employées de la Crèche mettaient tout leur cœur pour convaincre les pauvres gens et peinaient à se retrouver devant des parents immuables, mais leur accord était toutefois indispensable. Un scandale risquerait de faire démasquer cette belle mascarade.

— Nous n'avons plus de couvertures *Mevrouw* Pimentel, annonça une des femmes conviées au bureau de la directrice.

Les couvre-pieds leur étaient d'une grande aide. Les mères les roulaient en boule pour les substituer à leurs bébés, et les serraient sur leurs poitrines comme des enfançons sagement endormis.

— C'est fâcheux, marmonna Henriëtte. Il nous faut pourtant en trouver. Je vais de ce pas au service du Secours aux Déportés. Avec un peu de chance, il leur en reste encore.

Quand elle en revint, les bras chargés, de nouveaux enfants arrivaient d'en face, escortés par les gardes. Les plus âgés ouvraient grand leurs yeux, curieux qu'ils fussent de découvrir si des camarades ou même des cousins éloignés se trouvaient ici, mais surtout heureux d'échapper au monde englouti de l'autre côté.

Henriëtte s'arrêta un court instant sur le seuil de la porte. La tête lui tourna en voyant leur nombre. Elle s'avança lentement dans le couloir, passa devant les salles de jeux transformées en dortoirs. Il y avait des tas de petits lits accolés, des paillasses. Il y avait peu de place pour passer entre les couchages. Et pourtant il en arriverait encore d'autres aujourd'hui. L'arrivage était continuel tout au long de la journée, rythmé par les camions chargés qui s'immobilisaient devant le Théâtre.

Mais que faisait-elle là, à faire une place au spleen alors qu'il y avait tellement à faire, des vies à sauver ? Elle inspira profondément, se redressa, le buste bombé, se frotta les mains et s'élança maintenant vers les derniers arrivés, un sourire rassurant aux lèvres.

117. JOUR D'ÉTÉ

Francine sortait le linge de sa machine à laver que Johan venait de lui offrir. C'était la première fois qu'elle l'utilisait. Les sourcils froncés et l'œil sceptique, elle inspectait soigneusement chaque vêtement avant de le déposer dans un panier en osier. Étaient-ils aussi blancs que quand elle les lavait à la main ? Le résultat était plutôt satisfaisant.

Elle prit la corbeille sous le bras et se rendit dans le jardinet.

Flip accourut pour l'aider. Il guetta le ciel d'encre :

— Tu es bien certaine de vouloir étendre à l'extérieur ?

Francine haussa les épaules en souriant.

— Avec ce vent, mon linge devra sécher rapidement.

C'était le premier jour de l'été, tout au moins d'après le calendrier, mais un vent froid soufflait sur la capitale et les nuages sombres ne laissaient guère l'espoir de voir le soleil.

Ils étendirent la lessive en silence jusqu'à ce que Flip suspendit délicatement une charmante petite culotte en dentelle. Un sourire d'amusement éclaira son visage :

— Je doute que ceci fasse partie de la garde-robe d'une matrone campagnarde ! plaisanta le jeune homme.

Francine s'empourpra, puis cramoisie, lui tourna le dos.

— Il n'y a pas de raison d'avoir honte Francine, tu es jeune et jolie ! Mais rassure-toi, ces quelques rubans me faisaient tout simplement penser à Neel...

Francine, comme frappée de l'incongruité de la situation, réalisa soudain qu'ils étaient là, dehors tous les deux, au vu et au su de tout regard avoisinant.

— Flip, rentre immédiatement ! lui ordonna-t-elle.

Devant son air ahuri, Francine l'incita d'un signe de la main à se dépêcher. Flip se résigna et gagna la porte de la cuisine.

Cela faisait presque un mois qu'il vivait chez ses amis et l'oxygène frais, celui des grands airs, lui manquait. À vrai dire, il avait suivi Francine sans réfléchir, voulant seulement se rendre utile. Il participait d'ailleurs à de nombreuses tâches ménagères, il avait même appris à repasser. Et la serpillière n'avait plus de secret pour lui !

Ses hôtes lui rendaient la vie aussi agréable que possible. Ils avaient compris que ce dont il avait à présent le plus besoin, était la protection bienveillante qu'offrait leur maison. Fallait-il donc se retrouver à la rue pour se rendre compte que d'avoir un chez soi, aussi minuscule soit-il, fait partie des besoins primaires de l'être humain ?

Malgré tout il se sentait perdu. Pendant la journée il s'occupait, mais dès la tombée du jour, l'angoisse grandissait. Le repas du soir lui pesait sur l'estomac quand il ne lui restait pas carrément coincé dans le gosier ! Par ailleurs il détestait les lundis, comme aujourd'hui, car il devait alors attendre jusqu'au samedi pour revoir Neel.

La jeune femme le rejoignait toutes les fins de semaine pour le quitter dès le lendemain avant le couvre-feu. Se retrouver au creux de ses bras, se noyer dans son corps était au-delà de ses espérances. Le manqué qui s'en suivit n'était que plus cruel. Il rêvait de passer toutes les nuits à côté d'elle, mais il ne fallait pas éveiller la curiosité des voisins.

Flip se dirigea vers le cellier. Il s'installa devant une table où de nombreux outils étaient éparpillés au milieu de pièces détachées appartenant à la petite radio qui prônait jusqu'alors fièrement sur le meuble du salon.

Il était désormais interdit d'en avoir une : les Allemands, persuadés que les dernières grèves étaient alimentées essentiellement par Londres, plus précisément par *Radio Oranje*, voulaient priver la population de ses propagandes.

Le jeune homme ricana en pensant que les *moffen* pouvaient s'imaginer qu'il suffirait de si peu pour empêcher les Hollandais à écouter les ondes anglaises ! Bien sûr il y avait toujours ceux qui suivaient comme des moutons : les couards, les chiffes molles. Ceux-là se pressaient à déposer leurs appareils. Bien sûr les héros, les Batman ne se ramassaient pas non plus à la pelle. Mais il n'y avait qu'à lire les menaces de l'autorité dans les quotidiens pour comprendre que la récolte était loin d'être bonne, sauf peut-être en récepteurs caducs. À présent les articles de journaux stipulaient en plus des intimidations habituelles, que toute radio enregistrée devait être en état de fonctionnement !

Johan, lui, avait refusé d'aller livrer même un vieil appareil.

— Non seulement il nous faut céder nos radios, mais en plus ils ont le toupet de nous faire payer le formulaire d'enregistrement cinq cents ! Qu'ils aillent au diable ! De toute façon, ils ont bien trop de choses à contrôler ! J'ai envie de courir le risque, nous verrons bien ! avait-il rétorqué agacé.

Alors Flip lui avait conseillé de jouer la carte de la prudence. Il s'était proposé de camoufler la radio dans une boîte à cigares.

Le geste précis, il souda maintenant plusieurs pièces à l'intérieur du coffret en prenant garde de ne pas brûler le bois.

Au bout d'une heure de travail, il actionna le bouton pour allumer le récepteur. Un crépitement se fit aussitôt entendre. Il lui restait à trouver les ondes.

Au moment où Francine glissa la tête par le chambranle de la porte, de joyeuses notes de musique inondèrent la pièce. La chanson fit naître un grand sourire sur son visage : un bouquet de mots peu flatteurs mettait en scène la vie ordinaire d'un NSB.

Elle rejoignit son ami, qui l'œil pétillant imitait un chef d'orchestre à l'aide d'un tourne vis. Quand la voix masculine du présentateur se fit entendre, Flip lui coupa la parole en refermant la boîte.

— Vous êtes très adroit, Monsieur Premseler ! Je vous félicite !

Flip rayonna tel un enfant qu'on glorifie.

— J'ai préparé un peu de café, annonça Francine.

Ce n'en était pas un, il y avait longtemps qu'elle en avait bu, mais elle refusait d'appeler le breuvage autrement.

— *Koffie !* chantonna-t-elle en sortant.

— *Erstaz !* répliqua Flip.

À ces mots, la jeune femme s'immobilisa :

— Rien ne t'oblige d'en boire !

— Ne prends pas la mouche ! Si on ne peut plus plaisanter...

118. UNE PAGE SE TOURNE

Neel et sa collègue dépoussiéraient les rayonnages pour installer la nouvelle collection de l'automne pour homme : quelques rares gilets en cachemire d'Écosse sobres, quelques costumes en flanelle, à peu près autant de pantalons aux plis parfaits. Aucun manteau en laine prime, c'était devenu un produit introuvable. Elle détestait toujours mettre en rayon ces couleurs sombres, signes du retour imminent de l'hiver.

Son travail lui pesait depuis quelque temps, l'ambiance était morose.

Tout l'était en somme !

À l'instar de la gamme proposée, la clientèle se raréfiait. Des prix exorbitants en étaient la cause essentielle. Quant au front, les victoires ennemies du mois de mai et du mois de juin avaient donné un espoir énorme. Nombreux étaient ceux qui avaient cru proche la fin du conflit ! Neel se souvint combien ils avaient festoyé avec ses parents, à l'annonce de la prise de Tunis par les Anglais. Cette victoire dans le nord de l'Afrique leur avait donné un immense espoir. L'enthousiasme du présentateur de *Radio Oranje* avait été jusqu'à rappeler aux auditeurs qu'en 1918, lors de la dernière guerre, Churchill avait estimé la fin de celle-ci pour l'année 1919 voire même 1920. Or, à peine quelques mois plus tard, elle avait pris fin et il voulait croire que la même chose était possible aujourd'hui.

Mais malgré le départ de Mussolini fin juillet 1943, l'Italie était toujours en guerre et ne semblait pas vouloir capituler, les Russes regagnaient bien du terrain et partout dans le monde le pouvoir allemand s'étiolait, mais pas de paix à l'horizon !

Pa était très pessimiste et craignait même une nouvelle guerre de Quatre-Vingts Ans, comme celle qu'avaient connue les Pays-Bas au XVIe et XVIIe siècle !

Et déjà l'automne s'annonçait sur ses pas de velours et ses jours qui raccourcissaient à vive allure, avec toujours plus de restrictions, d'interdictions et de menaces.

Neel se sentait déprimée et la fille avec qui elle travaillait en ce moment l'énervait avec ses éternelles louanges à l'égard de l'Occupant. Pour être bien lotie celle-là, elle l'était ! Elle s'engraissait, cette femme d'un NSB, littéralement et au sens figuré ! Il devait en remplir de sales missions pour les *moffen*, son mari !

Comme Neel les détestait, comme toute la clique NSB d'ailleurs avec leurs airs suffisants !

Elle se concentra sur sa tâche, préférant s'occuper pour ne pas trop penser. Quand elle releva enfin la tête, elle croisa le regard de l'homme aux yeux d'un gris profond, qui semblait l'observer.

L'air amusé, il la salua d'un geste amical et Neel fut contrainte d'esquisser un sourire d'abord timide, mais qui s'épanouit rapidement pour gagner jusqu'à ses yeux quand le client singea sa collègue. La jeune femme pouffa et fut obligée de lui tourner le dos pour ne pas se laisser gagner par un fou rire.

Cet inconnu venait par moments lui rendre visite juste pour la saluer. Elle ne connaissait rien de lui, ni son nom, ni l'âge qu'il pouvait bien avoir. Il était plus vieux qu'elle, un bon peu sûrement, mais il lui était difficile de lui donner un âge. Nul besoin de le connaître pour constater qu'une grande tristesse l'habitait. Il faisait le pitre pour mieux se cacher, elle en était certaine !

Neel se retourna et le vit s'approcher d'elle.

C'est nouveau !

— Mademoiselle, euh, il se racla la gorge, permettez-moi de vous inviter pour boire un café à la terrasse d'en face, après votre service.

Neel était perplexe. Il ne lui avait jusqu'alors jamais adressé la parole et s'était contenté de lui rendre hommage.

— Je suis fiancée, s'entendit-elle rétorquer d'un ton plus sec qu'elle n'aurait voulu.

— Je ne vous fais pas la cour, mademoiselle ! Je veux seulement passer quelques instants en votre compagnie. Je suis tellement seul, voyez-vous. Mon épouse est décédée, il y a quelques mois... Nous allions souvent prendre un café ensemble. C'était notre plaisir. Nous regardions les gens traverser la place, nous commentions leurs tenues, nous riions de certaines dégaines. Sa voix se brisa. Tout seul, on ne fait pas ces choses-là ! Il darda la jeune femme de ses yeux aux couleurs de l'orage, la suppliant d'accepter.

— Bon d'accord ! Un petit quart d'heure.

— Je vous remercie.

Il lui demanda à quelle heure elle terminait son service et lui fixa rendez-vous au café en face du grand magasin où elle travaillait.

Deux jours plus tard, ils se retrouvèrent à la même table, à la même heure.

Flip était très agité. Il n'arrivait pas à canaliser ses pensées. Il avait beau essayer, il n'y parvenait pas. La fin du Conseil juif occupait tout son être.

Sans cesse il tentait de s'imaginer comment avait pu se dérouler la vie des derniers employés du bureau durant ces trois derniers mois. Et de quelle manière surtout !

Vers la fin du mois de juin, une nouvelle razzia avait eu lieu que les Allemands avaient appelé *Die Grossaktion*.

Ce 20 juin là, Flip prêtait main-forte à Francine et l'aidait à dénoyauter des cerises. Sa belle-sœur, comme il aimait à l'appeler, s'était rendue dès l'aurore au marché noir où elle avait pu acheter — à prix d'or — des cerises provenant de la région du Betuwe. Elle voulait les mettre en bocaux, une précieuse provision pour l'hiver.

Dans la cuisine, en bas, ils plaisantaient ensemble, riant de tout et de rien, chantant à tue-tête des airs de leur jeunesse et les doigts couleur de sang à force de les planter dans la chair rouge des fruits. À quelques rues de là, la Grossaktion s'occupait de vider le reliquat de Juifs de la capitale. Leurs brassards blancs ne signifiant plus rien et n'assurant plus aucune protection ni pour ceux qui les portaient ni pour leurs familles.

Envolé le temps du bouclier !

Le soir venu, Johan leur avait décrit en détail quelques scènes horribles auxquelles il avait involontairement assisté.

Il s'était en effet trouvé dans le bureau d'un de ses clients dont la fenêtre donnait sur le terrain vague où les déportés avaient été regroupés.

Avec peu de mots, il avait dressé un tableau terrifiant du lieu. Flip avait fermé les yeux, la bouche amère et derrière ses paupières closes, il avait partagé la douleur de son peuple. Il avait senti le soleil brûlant, la chaleur étouffante, la soif, la peur, le cri des petits enfants impatients, les murmures de désespoir.

— Il n'y a donc plus de représentants de notre communauté, avait-il prononcé d'une voix enrouée à la fin du récit hideux.

— À vrai dire, je ne sais pas, Flip, avait répliqué le maître de la maison. Mais je vais te faire une confidence. Avant de rentrer, j'ai croisé Willem. Tu te souviens de lui, je pense.

— Oui ! Il est journalier chez tes beaux-parents.

— C'est bien lui. Il a également été témoin de ce qui s'est passé aujourd'hui et il n'a pu me cacher sa haine envers toi.

— Et tous ceux de mon espèce ! Je traduis, fulmina Flip à présent, tous les requins du Conseil !

Johan avait tiqué. C'était exactement l'expression que Willem avait utilisée. Il était dans une colère noire quand il l'avait croisé et le jeune homme avait eu du mal à se maîtriser. Il bégayait tellement que Johan avait dû le faire répéter à plusieurs reprises.

— Willem a dit qu'il ne restait désormais que les requins aux longues dents. Je suppose qu'il a voulu parler d'Ascher et de Cohen.

La tête de Flip avait dodeliné d'effroi.

119. L'ESPOIR

Il était près de dix-neuf heures et Hanneke, Jane, Paul ainsi que Tony se retrouvaient autour de la radio dans le local de la Rombière. C'était devenu un rituel quotidien depuis qu'il était strictement interdit d'écouter les ondes anglaises. Depuis que Bart avait été fusillé, ils changeaient presque constamment de lieu de résidence, à l'exception de Hanneke qui avait réussi à s'introduire comme dame de compagnie dans la famille d'un haut-commissaire allemand, ce qui la lavait des moindres soupçons.

Leur moral était au plus bas. Ils avaient vraiment besoin d'entendre quelque nouvelle positive pour pouvoir continuer le combat. Tant d'amis avaient péri au cours de l'été que cela en devenait angoissant. Tous les matins ils se réveillaient avec le même sentiment de désarroi. Dès qu'ils ouvraient les yeux, un étau venait encercler leurs gorges, une boule désagréable s'installait au fond de leur estomac et le manque de sommeil devenait lourd à porter.

Mais ce soir, en ce 8 septembre 1943, la voix du présentateur de *Radio Oranje* était victorieuse à l'annonce de la signature de l'Armistice entre l'Italie et les Alliés.

Les jeunes gens poussèrent des cris de joie à l'unisson, et bientôt ce fut un tapage infernal.

Tony se leva pour serrer Jane dans ses bras musclés. À l'instar de son ami, Paul s'approcha de Hanneke. Il voulut l'embrasser tendrement, mais quand il croisa son regard tout son être s'enflamma. Il en oublia ses compagnons et posa sa bouche sur celle de la jeune femme. Cette dernière fut d'abord surprise, car elle ne croyait plus en ce baiser qu'elle attendait depuis tellement longtemps. Aussi garda-t-elle les yeux grands ouverts, incrédule avant de succomber par la suite à la magie de l'instant. Leur baiser fougueux n'en finissait plus. Tony se crut obligé de se racler la gorge pour les faire revenir à la réalité.

Hanneke s'empourpra alors que Paul, l'homme de toutes les situations, restait planté là, les bras ballants.

Devant son air ahuri, Jane pouffa la première et bientôt ils rirent tous aux éclats.

Tony se reprit le premier :

— Et dire Paul, qu'il t'a fallu tout ce temps pour déclarer ta flamme !

Jane renchérit :

— Il y a ceux qui sont frappés par un coup de foudre... Heureusement qu'il y a eu cette éclaircie de lumière dans nos sombres temps pour t'enlever tes œillères à triple épaisseur ! Tony et moi commencions vraiment à nous demander comment te faire comprendre que tu étais amoureux fou de Hanneke sans oser te l'avouer !

Paul grimaça en soulevant d'un air navré ses épaules.

— Vous le savez comme moi, je vous l'ai toujours répété : je ne voulais pas mélanger travail et vie sentimentale.

— Oui, Paul, certes, lança Tony. Mais il y a la théorie et il y a la vie. Elle vient comme elle en a envie sans tenir compte de nos préjugés. Elle se moque de nos valeurs morales.

Hanneke ne pipa mot. Elle gardait les yeux baissés, n'osait pas bouger de peur de rompre le charme. Elle avait tant espéré un signe de lui, un sourire, un espoir, une caresse, une promesse. Elle savait cependant qu'il se battait contre des montagnes infranchissables. Et pourtant... Paul avait fini par faire fi de sa résistance. Il avait lutté autant que possible. Il leur restait à présent à rattraper le temps perdu.

Pour donner le change, il glissa son bras autour des frêles épaules de sa bien-aimée. Il prit une profonde inspiration avant de proposer de trinquer sur le coin du voile qui se levait à l'Est. Il n'y avait que deux bières qu'ils burent à même le goulot.

Serait-ce enfin le signal d'un revirement de situation ?

Quelles seraient les conséquences de cette capitulation ?

Ils avaient le cœur en fête. Ils n'avaient pas le goût au travail.

Tony et Jane partirent rapidement laissant les nouveaux amoureux seuls.

Paul prit Hanneke à même le sol. Ils s'aimèrent dans l'urgence comme on n'en est capable qu'en cas de guerre. Comme seuls peuvent le faire des amants qui sont incertains du lendemain !

120. TOURMENTS

Ma, les bras croisés sur sa poitrine, regardait d'un air satisfait Willem engloutir avec avidité le bouillon de poule dont elle conservait jalousement la recette. Elle n'avait pu la suivre scrupuleusement bien sûr, certains ingrédients étant introuvables, ni la rendre aussi onctueuse qu'en d'autres temps, mais elle avait su concocter quelque chose qui excitait pour autant les papilles !

Willem se frotta la bouche d'un air gourmand et Ma lui proposa une autre louchée, ce qu'il accepta sans se faire prier. Le jeune homme avait considérablement maigri, tout le monde perdait du poids, mais du fait qu'il était célibataire, Ma s'inquiétait de sa santé. Elle lui coupa deux tranches de pain noir et les lui glissa à côté de son assiette.

Willem la remercia vaguement. Il était grincheux ce soir et bien plus bougon que de coutume.

— Dis-moi ce qui te tracasse, mon garçon, susurra-t-elle.

Willem leva sur elle des yeux orageux.

— Tu peux tout me confier, si tu en sens le besoin !

D'un geste de la main, Willem balaya tout ce que ces quelques mots éveillaient en son esprit et qu'il tentait en vain d'oublier, de peur qu'il ne trahisse ses activités secrètes.

Ma planta son regard dans le sien, un tendre sourire aux lèvres.

— Je ne vais tout de même pas te tirer les vers du nez, tu sauras bien me trouver... Un peu de flan, peut-être ?

Willem acquiesça. Cette femme était d'une telle bonté qu'il aurait presque envie de lui raconter sa vie, les missions de ravitaillement, le pillage des bureaux de distribution, les quêtes de logements. Ou encore sa haine qu'il voulait faire exploser aujourd'hui, mais qu'il devait encore enfouir. Il la regarda s'affairer à lui servir une bonne part de dessert, privant assurément son mari de cette portion. Il souffla, une méchante moue envahissait ses traits. Il pensait au professeur Cohen et à Asscher. Les dirigeants du Conseil avaient été pris à leur tour, hier, le 30 septembre 1943, ainsi que les autres têtes restantes. Et d'après ce qu'on lui avait raconté, ils avaient été tellement persuadés d'éviter leur sort qu'ils n'avaient même pas de valises prêtes !

Ils étaient arrivés au camp de concentration de Westerbork les mains dans les poches ! Willem s'en gaussait. De toute façon, ils avaient des réserves ; ils s'étaient empiffrés alors que leurs frères se privaient ! D'après ce que Willem savait, ce n'était pas une suite luxueuse qui les hébergeait à présent, mais un baraquement ordinaire, commun, semblables aux autres.

Ce n'était que justice !

À cette seule pensée Willem jubilait, mais cette joie ne durait guère, car aussitôt il pensait à Walter Süskind, frappé lui aussi par la fatalité.

Cet homme, détesté par la plupart des gens de la communauté parce qu'il collaborait avec les nazis alors qu'il avait au contraire profité de l'aubaine d'une façade légale pour mettre sur pieds un véritable plan de sauvetage d'enfants ! Walter avait fait preuve d'un grand courage pour utiliser le Conseil comme instrument de résistance.

Willem souffla bruyamment, faisant froncer les sourcils de Ma.

Elle lui posa une main réconfortante sur l'épaule, ce qui le fit sursauter. Le jeune homme grimaça, mais replongea aussitôt dans ses sombres pensées.

Il pensait à présent à ce traître de Cohen, car il était à ses yeux bel et bien un judas.

On lui avait raconté que David Cohen était un être ambitieux qui ne cherchait finalement qu'une seule chose : la reconnaissance officielle de son statut en tant que dirigeant de la communauté juive tout en oubliant que sa seule tâche était de sauver les siens ! Et pour l'obtenir, il n'avait pas hésité à faire les pires compromis, veillant toujours à rester en bons termes avec l'Occupant.

Willem tenta de se calmer. Il y parvint partiellement en se disant que le Conseil avait tout de même porté un grand soutien à leur communauté, il ne voulait pas l'oublier non plus. Tant de braves gens avaient réellement tenté d'apporter du réconfort. L'organisation d'une cuisine centrale pour nourrir ceux qui n'avaient pas les moyens de s'acheter le peu de nourriture disponible en était un des plus beaux exemples.

Willem en voulait surtout à ses dirigeants, à Asscher et à Cohen. Il voulait leurs peaux !

Et de nouveau, le visage de Walter Süskind vint danser devant ses yeux. Il n'arrivait pas à chasser son image.

Walter qui avait sauvé tant d'enfants n'avait pu préserver les siens et la rage de Willem, cette haine profonde qu'il traînait depuis la veille gonflait à nouveau son cœur.

Ma épiait du coin de l'œil son protégé, attentive aux expressions qui envahissaient son visage.

— Allons donc Willem, il serait temps de te détendre un peu ! Je ne sais ce que tu mijotes, d'ailleurs je ne veux pas le savoir. Mais tu as vraiment sale mine, il faudrait penser à te reposer un peu.

La porte de la cuisine s'ouvrit et Neel apparut dans l'embrasure.

— Bonsoir, lança-t-elle joyeusement en allant embrasser sa mère.

Elle s'installa en face de Willem.

— Tu as toujours aussi bon appétit, à ce que je vois.

— Ta mère est une ma…, ma…, magicienne, bégaya-t-il. Son potage est divin !

Il remua nerveusement les pieds sous la table. Il perdait ses moyens quand il se retrouvait face à Neel. Sa beauté le mettait mal à l'aise, mais c'était surtout l'association du souvenir de Flip qui l'agaçait. Il se leva brusquement, adressa un remerciement à Ma et s'éclipsa rapidement.

— Eh bien, je lui fais peur apparemment ! Enfin, bref, nous n'allons pas déblatérer là-dessus… J'ai mis un temps incroyable pour rentrer ! Le tram, souffla-t-elle, on ne peut plus y compter ! De plus en plus de pannes, des wagons bondés et j'en passe ! Elle se frotta le front puis lissa ses sourcils. Je suis épuisée ! Je vais aller me laver et me coucher avec un bon livre.

— Mais après le repas !

— Non, je n'ai pas très faim ce soir. J'ai l'estomac un peu barbouillé.

Elle quitta la cuisine et s'engouffra dans sa chambre, ferma la porte derrière elle et appuya son dos contre le battant. Elle venait de mentir à sa mère, elle ne se sentait aucunement malade. Elle venait de dîner avec Marius, l'homme qu'elle avait rencontré sur le lieu de son travail et qu'elle voyait à présent régulièrement.

Marius l'avait invitée dans un restaurant où la guerre ne semblait pas exister. Le serveur leur avait servi l'apéritif sans qu'ils en fassent la demande. Un deuxième verre avait suivi peu après. Neel s'était sentie délicieusement éméchée, ce qui l'avait aidée à se détendre et à profiter de l'instant présent.

Ils avaient dégusté de la limande à la sauce au beurre, à 10 florins pièce ! Elle avait bu du vin blanc, le meilleur qu'elle n'ait jamais goûté ! Marius était d'une agréable compagnie, il employait de jolis mots, utilisait de belles phrases et ne manquait pas d'humour. Elle avait beaucoup ri. Elle avait passé une excellente soirée. Pas une seconde elle n'avait pensé à Flip et elle s'en fit le reproche.

Neel avait été tellement absorbée par la présence de Marius que le monde autour d'elle avait été enseveli dans une sorte de brouillard. Elle n'avait pas remarqué son beau-frère qui était pourtant assis à seulement quelques tables de là où elle se trouvait.

Johan venait régulièrement dans ce restaurant qui était en réalité un lieu d'échange de bons de rationnement et de troc en tout genre. Il n'était pas surprenant de donner une casserole contre un lapin, ou bien du café contre du sirop. Il y avait matière au troc et les hommes qui y participaient s'entraidaient du mieux qu'ils le pouvaient. C'était incroyable le lien qui se créait en ces temps difficiles. Point besoin de se connaître depuis des années pour ancrer une amitié réelle et profonde. Ils passaient du bon temps ici, les rires et les blagues fusaient.

Johan avait vu passer la jeune femme en compagnie d'un homme qu'il ne connaissait pas. Il avait constaté avec stupéfaction qu'elle ne faisait pas que boire avec l'individu en question, mais qu'elle soupait avec lui. Il avait jeté un œil sur sa montre pour vérifier l'heure et constata qu'il était encore bien tôt pour manger. Il l'avait épiée durant le repas, elle était rayonnante. Johan en était resté perplexe et s'était promis qu'il allait se renseigner sur l'identité de ce bel inconnu.

Quand il rentra chez lui, il trouva son frère dans le salon qui l'attendait pour clôturer les comptes. Arthur, son frangin et comptable, était toujours d'une ponctualité exemplaire et d'une efficacité redoutable. À eux deux ils faisaient une sacrée équipe et l'entreprise de Johan s'en portait à merveille. Ce n'avait pas été le cas du temps de Klaas, l'ex de sa belle-sœur Neel. Cette canaille du NSB accumulait des retards d'écritures énormes.

Arthur était en vive discussion avec Flip. Ils parlaient de la fin du Conseil juif et ne remarquèrent pas la présence de Johan. La tension dans la pièce était palpable.

— C'en est fini des derniers des Mohicans, fit ironiquement Arthur, ce qui lui valut un regard noir de la part de Flip.

— Les *moffen* avaient prévu qu'Amsterdam serait *Jüdenrein* cet été, or il y a encore pas mal de Juifs présents, cachés certes, mais présents quand même. On leur aura donné du fil à retordre. Ce n'est finalement pas aussi simple de nettoyer la capitale de notre peuple, rétorqua Flip.

Il s'interrompit un instant, se mordant l'intérieur de la joue puis continua d'une voix éraillée :

— Le Conseil juif a été. Point ! C'est terminé ! Il n'a pas existé parce que quelques notables farfelus ont voulu le créer... Sa création nous a été imposée après les évènements de février 1941 ! Les débats sont nés en même temps... J'ai fait partie de cette organisation... D'abord, parce qu'il m'offrait un emploi, ce qui m'évitait la déportation, ensuite mon emploi a protégé les miens ! Le Conseil est devenu un « État dans l'État[45] », avec sa bureaucratie interne qui générait tant d'emplois salariés ! Nous traitions tous les aspects de la vie de notre communauté et nous augmentions volontairement nos besoins en main-d'œuvre, pour épargner le plus grand nombre.

— Mais vous *coopériez* avec les *moffen* !

— Nous subissions un chantage permanent... Le Conseil coopérait en espérant sauver une partie de notre communauté...

— Force est de constater que cette stratégie a été une accablante erreur !

Flip ignora cette remarque et continua comme s'il était tout seul à présent.

— Le Conseil juif était devenu un organe essentiel de survie quotidienne... Il avait délibérément augmenté ses besoins en main-d'œuvre. Il y avait des salariés et des bénévoles. Environ quinze mille individus, tous protégés par des tampons spéciaux !

— Mais ce n'était qu'une protection temporaire de la déportation ! insista Arthur.

Le jeune Juif poursuivit sans relever :

— Tout un chacun a forcément eu recours un jour au Conseil. Ne serait-ce que par l'intermédiaire du Bureau d'Aide aux personnes déplacées qui s'occupait activement d'assister les gens ?

On les aidait à régler le moindre détail de leur départ imminent pour « le service de travail à l'Est ». Notre organisation était un refuge et le seul endroit où ils pouvaient trouver de l'assistance !

— Mais tous ces emplois n'offraient qu'un sursis provisoire ! Le Conseil n'a pas réussi à mener à bien sa mission ! Cela doit t'être difficile de constater son incapacité à protéger votre communauté !

— Oui !

Flip planta son regard troublé dans celui d'Arthur. Ce dernier put y lire tout le désarroi qui troublait profondément son âme.

— Oui, nous avons échoué... Cette impuissance à protéger ne serait-ce qu'une partie restreinte de notre communauté est très lourde à porter. Et il y a une question qui me revient sans cesse. Une question qui me réveille la nuit. Une question accusatrice.

Flip se racla la gorge, il avait le pharynx tellement serré par l'angoisse que sa voix était quasi inaudible quand il ajouta :

— Est-ce que le Conseil n'a été finalement qu'un piège mortel ? Cette question Arthur, cette question... Elle me fait tellement souffrir... Elle me fait tellement peur aussi... Elle me fait horreur !

---

[45] Jacob Presser « De Ondergang 1 » op. cit., p. 391

Sa voix se mourrait avant de reprendre dans un souffle à peine audible :

— J'ai attendu bien trop longtemps pour quitter le navire... J'aurai dû refuser dès le départ, quand j'ai commencé à comprendre que ce que nous faisions n'était rien d'autre qu'une coopération avec compromission. De lâches compromissions, avec pour seul but... *sauver ma peau !*

Un lourd silence s'installa dans la pièce que Francine vint interrompre en leur proposant de passer à table.

Ce ne fut qu'à ce moment-là que Flip et Arthur remarquèrent Johan.

Le repas se déroula dans une ambiance morose. Seule Betty piaillait joyeusement, déridant de temps à autre le visage tendu de Flip.

Johan n'avait pas la tête à supporter ses pitreries et l'intima à plusieurs reprises de se calmer. Mais rien ne l'arrêtait. La fillette était énervée, elle était décidée à amuser les adultes, trop tristes à son goût.

Flip, qui connaissait bien son beau-frère, comprit qu'il allait sévir. Pour dénouer la situation, il lança :

— J'ai peut-être une idée pour que tu te calmes, ma puce. Si tu te trempes dans la baignoire d'eau froide, là tout de suite, non seulement je te garantis que tu ne seras plus du tout excitée, mais en plus je te donnerais dix cents !

Betty cria un « oui » si fort que le petit chien, qui dormait jusque-là paisiblement dans son panier, sursauta. Munkie accourut et jappa gaiement.

L'enfant sortit de table, et gagna l'escalier en compagnie de Munkie.

Dans la salle de bains, la baignoire restait continuellement remplie d'eau froide pour combattre un éventuel incendie. Betty toucha le liquide de sa petite main, eut un frisson puis décida de se déshabiller. Elle s'assit sur le rebord de la cuvette et trempa les pieds.

— Oh là là ! Ce que c'est froid Munkie ! s'adressa-t-elle à son petit chien qui ne perdait pas une miette de ce que faisait sa maîtresse.

Betty entendit sa mère arriver et eut soudain un élan de courage. Elle glissa son corps dans l'eau au moment même où sa mère pénétra dans la pièce.

— Je suis dans la baignoire Flip, s'époumona-t-elle.

Francine sourit devant cette spontanéité juvénile.

Alors que Flip sortit de la salle à manger pour aller chercher son portefeuille, Johan s'approcha de son frère.

— Écoute-moi attentivement Arthur. Il y a un problème. J'ai vu Neel en galante compagnie. Je ne sais pas qui est cet homme, mais vu la situation dans laquelle nous nous trouvons, par rapport à Flip, je veux que tu te renseignes sur lui.

— Et comment vais-je faire ?

— J'ai demandé à un ami de le suivre, je suppose que j'aurais son adresse. Je te la communiquerai. Tu t'adresseras à un détective privé. Tu feras bien cela pour moi ?

— Il n'y a pas de souci frérot, tu peux compter sur moi !

121. SUSPICIONS

Hanneke devait se rendre à son travail, mais elle voulait à tout prix parler à Koky avant de partir.

Le garçonnet dormait d'un air paisible et Hanneke eut bien de la peine à le réveiller.

— Qu'est-ce qu'il y a ? fit Koky d'une voix éraillée de sommeil.

— Rien de grave, mon trésor, je te l'assure. La jeune femme s'assit sur le bord du lit, caressant le front de l'enfant.

— Tu me fais peur quand tu es comme ça.

— Chut, fit-elle tendrement. Il faut juste que tu m'écoutes attentivement. Aujourd'hui à onze heures trente précises, on viendra sonner à notre porte. Nous allons accueillir une autre famille.

— Une autre famille ? Mais nous n'avons plus de place ! J'en ai marre moi ! Bientôt on ne va même plus pouvoir se tourner dans cette maison !

— Karl ? fit-elle en lui prenant le menton dans la main. Que serais-tu devenu si je ne t'avais pas recueilli ?

Koky tourna agressivement la tête. Il n'aimait pas quand Hanneke lui rappela qu'il s'appelait Karl, qu'il était allemand et un fugitif tout comme les Juifs qui vivaient sous son toit.

Hanneke cachait déjà deux couples, qui aux dires du garçon, occupaient trop d'espace. En réalité, ils dormaient dans sa chambre. Deux époux dans son petit lit et l'autre sur un matelas qu'ils rangeaient au grenier tous les matins.

Koky, quant à lui, utilisait le canapé qu'il trouvait bien inconfortable.

— Il y aura deux enfants. À peu près de ton âge. Tu auras de nouveaux compagnons de jeu.

— Je n'en ai pas besoin. J'ai Frans et puis Betty surtout ! Et puis de toute façon, je suppose qu'ils ne pourront jamais sortir, alors à quoi vont-ils me servir ? Je vais devoir leur prêter mes jeux, partager mon goûter et par-dessus le marché, il me faudra les supporter !

— Là tu deviens carrément désagréable !

— Tu n'avais qu'à pas me réveiller !

Hanneke souffla. Il grandissait, son petit protégé, et avec lui ses traits de caractère. Il lui rappelait parfois sa mère, Inge, qui avait également un caractère fort.

— Écoute-moi, Koky. Je ne vais pas m'en aller sans t'embrasser. Je t'aime plus que tout, tu le sais ! Je sais que ce n'est pas facile pour toi au quotidien, de supporter les sauts d'humeur de nos invités. Mais mets-toi à leur place. Ils sont enfermés ici jour après jour. Ils ne voient personne d'autre que nous. Ils n'ont pas de véritable occupation si ce n'est un peu de lecture, des jeux de cartes. Tu ne crois pas que c'est normal qu'ils s'énervent ?

Koky grommela quelque chose d'incompréhensible qui semblait vouloir dire qu'il approuvait ce que disait Hanneke. La jeune femme lui posa une bise sur la joue et s'en alla.

Elle sortit de la maison et se rendit en vélo sur le lieu de son travail.

La famille allemande pour laquelle elle travaillait n'avait qu'un enfant et Hanneke s'en félicitait tous les jours parce que c'était un sacré garnement, qui se prenait pour le centre du monde ! C'était certes un très beau gosse, correspondant parfaitement aux normes ariennes — tout membre du parti nazi souhaiterait avoir un héritier comme lui —, mais c'était un véritable démon.

Hanneke arriva devant la belle demeure de ses patrons, ouvrit le portillon, gagna le fond du jardinet pour y laisser son vélo.

Elle se dirigea ensuite vers le perron. Elle s'apprêtait à tirer la sonnette quand la porte s'ouvrit à la volée. Une Hollandaise d'âge moyen, bien mise et très coquette sortait de la maison en riant, accompagnée par le haut dignitaire allemand pour lequel travaillait Hanneke.

— *Heil Hitler*, s'empressa de saluer cette dernière. Bonne journée *Herr* Dahmen von Buchholz. Madame, salua-t-elle encore en grimaçant un semblant de sourire à la femme qui l'accompagnait.

Mais l'officier ignora totalement la gouvernante de son fils. Quand il passa devant elle, Hanneke vit ses yeux injectés de sang. Une fois de plus il avait bu, sa voix était d'ailleurs pâteuse. Elle se retourna juste avant de refermer la porte sur elle et vit la femme monter dans la voiture, riant aux éclats. C'est alors que Hanneke la reconnut. Elle fut frappée de stupeur. Cette personne n'était autre que Cornelia Zus ! À cet amer constat, Hanneke manqua de souffle. Une sourde douleur étreignit sa gorge et elle faillit s'étouffer.

Cornelia et Hanneke ne s'étaient vues en tout et pour tout que deux fois. Mais Hanneke avait une incroyable mémoire visuelle et même si Cornelia avait à présent les cheveux relevés et un air de grande dame, elle avait bel et bien été une des leurs, une résistante ! Alors que faisait-elle là, en compagnie du commissaire de police d'Amsterdam, cet homme détestable qui passait ses journées à traquer les Juifs cachés ?

Hanneke était perplexe et surtout très inquiète, car tout portait à croire que Cornelia n'était plus du même bord, celui de la résistance, mais plutôt du côté nazi. Hanneke adressa une prière au ciel pour qu'elle ne l'ait pas reconnue à son tour ! Il fallait absolument qu'elle en informe Paul !

Arthur prenait place dans le confortable fauteuil en cuir noir du bureau de Johan. Son frère n'était pas encore revenu de Rotterdam où il était allé effectuer des contrôles, comme il le faisait une fois par quinzaine.

Arthur déposa sur la table de travail le dossier qu'il avait constitué sur l'inconnu que fréquentait la belle-sœur de son frère, Neel.

L'inconnu qui du fait n'en était plus un s'appelait Marius Krol. Il avait quarante-quatre ans, était veuf depuis une dizaine d'années et avait été prisonnier de guerre en Allemagne jusqu'en septembre 1942, date à laquelle, soi-disant, il avait été renvoyé dans sa patrie pour cause de maladie. Soldat qualifié portant le titre de lieutenant, il avait été blessé par le gaz au cours d'une bataille dans les tranchées en 1917. Asthmatique, crachant souvent ses poumons depuis ces temps-là, il aurait été congédié du camp de Pinneberg, près de Hambourg en septembre 1942.

Arthur referma le dossier. Il allongea ses jambes sur le plateau, alluma une cigarette, aspira nerveusement quelques bouffées tout en réfléchissant.

Le détective qui lui avait livré tous ces détails était un des meilleurs dans son domaine, un fin limier qui flairait d'instinct les truands, les imposteurs, les agents doubles. Il était certain de la véracité des faits, mais Arthur avait bien du mal à croire que quelqu'un pût revenir d'un camp en Allemagne pour cause de maladie.

Quand Johan arriva enfin, Arthur lui glissa le dossier de Marius Krol. Il l'examina attentivement à deux reprises.

— Pas de maîtresse connue à ce jour, mais veuf éploré, casier judiciaire vierge, officier de réserve, pensa-t-il tout haut. Une vie rangée en somme. Je ne sais pas très bien que penser de cet homme. On ne peut apparemment rien lui reprocher.

— Non, approuva Arthur. Il a l'air tout à fait correct !

— Espérons-le, pour nous tous !

Arthur acquiesça.

122. HENK DE BEST

En descendant du tram, Flip et sa fiancée pressèrent leurs pas en direction de la rue Spui où se trouvait la maison parentale de la jeune femme. Ils s'y rendaient à présent au moins une fois par semaine pour laisser un peu de liberté à la famille de sa sœur.

Bien sûr ces escapades n'étaient pas sans risques, mais Flip sentait que c'était devenu plus qu'une nécessité pour Francine et Johan de se retrouver seuls de temps à autre. Betty ne dormait-elle pas au milieu de ses parents les privant ainsi de toute intimité ?

Flip et Neel en avaient longuement parlé et avaient fini par adopter l'idée de passer une nuit par semaine chez Pa et Ma. Et de toute façon, ses nouveaux papiers lui avaient donné une nouvelle identité, ce qui lui permettait de sortir en toute liberté, même si cela restait dangereux.

Le jeune homme portait un feutre noir bien enfoncé sur la tête, avait remonté le col de son manteau et portait une large écharpe de laine qui lui cachait une bonne partie du visage, espérant ainsi passer incognito.

Ils arrivèrent à hauteur de la maison, grimpèrent hâtivement les quelques marches amenant sur le perron. Neel fourra la clé dans la serrure et ouvrit le battant. Elle poussa Flip à l'intérieur et avant de refermer la porte, elle jeta fiévreusement un coup d'œil dans la rue noire. Elle semblait déserte. Soulagée, elle suivit son fiancé à l'étage.

Ses parents les attendaient dans le séjour. En voyant le jeune couple, leur mine inquiète s'évanouissait comme neige au soleil.

— Vous voilà enfin, s'exclama Ma. Vous en avez mis du temps aujourd'hui. Je me rongeais les sangs !

— C'est qu'il y avait du monde dans la rue de Francine. Chez leur voisine d'en face, tu sais bien la *mof* ! Elle doit en fréquenter du beau monde à voir les voitures garées devant sa maison ! Nous n'osions pas sortir de peur de tomber nez à nez avec un officier. Ils ont fini par déguerpir et nous voilà !

— Oui, je vois de qui tu veux parler. Francine ferait bien de se méfier de cette vieille chouette. S'il le faut, elle épie leurs moindres faits et gestes. Je le lui rappellerai.

— Je pense que ce n'est pas nécessaire, ils sont très prudents, marmonna Pa. Ça te dirait, une partie d'échecs Flip ?

— Avec grand plaisir ! répondit-il avant d'être secoué par une quinte de toux.

— Excusez-moi, fit-il quand il se fut calmé. Je n'arrive pas à me débarrasser de cette bronchite.

Pendant que Pa sortait la table d'échecs, Ma servit le thé. Elle ajouta avec parcimonie un peu de miel dans la tasse de son futur gendre pour apaiser sa gorge.

Neel avait des bas à repriser et s'installa près du feu. Il faisait froid en cette soirée de novembre. L'hiver s'annonçait sévère.

Les hommes installèrent les pièces à leurs emplacements et commencèrent à jouer. Les pions avançaient à petits pas.

— Les Allemands dégustent en ce moment. As-tu entendu les avions anglais passer dans le ciel hier soir ? J'en ai compté près de quatre cents ! Il paraît qu'ils ont réduit Berlin en miettes ! Il n'en resterait qu'un quart ! Ah la belle affaire ! se gloussa Pa. Ils ont largué quelques tonnes de bombes !

— Malgré tout ce dont les Allemands se rendent coupables, les soldats tués, les prisonniers assassinés, les traitements infligés à notre communauté, malgré tout je ne peux pas me réjouir de ces destructions... Je pense à toutes ces femmes, ces enfants, toutes ces victimes innocentes.

— Holà mon garçon ! Comme tu y vas ! Ils n'ont que ce qu'ils méritent ! Qui sème le vent récolte la tempête ! cracha le vieil homme en faisant faire un bond à sa Reine.

Flip était distrait et il ne jouait pas très bien. Il posa son Cheval de biais sans prendre garde à la Reine que Pa venait de déplacer. Il pensait à ces Allemands qui avaient tant glorifié Hitler et qui découvraient à présent l'horreur de la guerre sur leur propre territoire.

— Échec et mat, lança joyeusement Pa.

Flip était ébahi. Il n'avait rien vu venir alors que d'habitude il était souvent le vainqueur du jeu !

— Bravo Pa ! Ce fut un coup de maître, gloussa-t-il. J'ai un peu la tête ailleurs ce soir. Hitler doit commencer à craindre une fin tragique pour son pays, vous ne croyez pas ?

— C'est un âne ! Il joue aux échecs, mais sur un tableau géant. Il est le Roi et le Fou qui se trouve à son côté n'aura été qu'un mauvais conseiller ! Et c'est à son tour de payer !

Flip allait rétorquer que c'était plutôt Hitler le Fou, mais il fut pris d'une toux convulsive.

Neel se leva et lui apporta un verre d'eau fraîche. Décidément sa santé ne s'améliorait pas. Et il n'était pas question de faire venir un docteur. Déjà parce qu'il était devenu difficile d'en trouver un, la plupart ayant été mobilisées, de plus c'était trop risqué. On ne savait jamais à qui on avait à faire !

En fin de soirée, Neel gagna l'ancienne chambre de Francine alors que Flip dormait dans celle de sa fiancée.

Les amoureux ricanaient à chaque fois qu'ils s'embrassaient sagement avant le coucher : Pa et Ma, croyaient-ils vraiment que Neel passerait toute la nuit dans la chambre laissée vacante par sa sœur ? Mais, « les vieux » avaient leurs principes comme elle disait, il fallait faire avec. C'était déjà bien qu'ils acceptent Flip sous leur toit une nuit par semaine.

Neel vint se lover au creux de ses bras une heure plus tard. Ils ne firent pas l'amour, car Flip n'était pas au meilleur de sa forme.

Dans la pénombre de la pièce, Neel gardait les yeux ouverts, écoutant la respiration un peu bruyante de son fiancé.

Elle se sentait bien contre son corps, mais se surprit à penser à Marius. Elle se remémora sa façon de lui sourire d'un petit air entendu. Elle imaginait son visage, ses bras musclés. Elle se demandait quelle sensation elle éprouverait couchée contre lui. Il était de plus de dix ans l'aîné de Flip. Était-ce une grande différence ? Se pouvait-il qu'elle ressente cette différence d'âge ? Puis elle s'interdisait d'y songer davantage. Elle se méprisait de rêver à quelqu'un d'autre.

À nouveau, Flip se réveilla en toussant aux larmes.

Dans la chambre juste au-dessus de celle de Neel se trouvait celle des locataires de Pa.

Le couple était réveillé.

L'homme rejeta d'un geste coléreux les couvertures. Il se leva d'un bond.

— Que fais-tu Henk ? demanda sa femme. J'ai froid ! râla-t-elle en remontant les couvertures sur son maigre corps.

— Anna, cette fois-ci j'en ai assez ! Ce youpin d'en bas m'empêche de dormir ! Il est quatre heures du matin et je ne dors toujours pas. Il ne peut pas fermer sa gueule ?

— Calme-toi, Henk. Il doit être malade. Ils ne font pas de bruit d'ordinaire.

— D'ordinaire peut-être ! Mais-là on dirait qu'il est prêt à vomir ses tripes, ce gros porc !

Sa femme fit la moue. Traiter Flip de gros porc était tout de même exagéré. Il était Juif mais ce n'était pas un gros porc ! Il était élancé, musclé, plutôt bel homme en fait, tout le contraire de son mari. Elle était d'ailleurs certaine que c'était une des raisons pour laquelle Flip lui inspirait tant de haine. Henk de Best était jaloux, voilà tout.

Ancien champion de boxe ayant participé aux Jeux olympiques de Paris en 1924, Henk avait eu son heure de gloire. Mais en vieillissant, il ne s'arrangeait guère. Ses traits grossiers s'affaissaient et avec sa mâchoire proéminente, Anna lui trouvait des airs de bouledogue français !

Un jour avant qu'il y ait la guerre, l'épouse de Henk avait osé faire un commentaire sur Flip. Elle l'avait complimenté sur sa tenue vestimentaire et l'avait comparé à Clark Gable. Depuis ce temps-là, Henk, maladivement possessif, ne supportait pas l'idée de se trouver sous le même toit qui lui.

Quand les mesures contre les Juifs avaient été proclamées, Henk ne s'était pas gêné de dire ses quatre vérités et avait clairement affirmé à son propriétaire qu'il appréciait les nouvelles lois qui mettaient les Juifs à l'écart.

Henk s'approcha du lit et tira sa femme par le bras.

— Allez, tu vas de ce pas appeler ton frère et dénoncer ce putain de Juif !

Anna, bien que d'origine allemande, n'approuvait guère les idéaux nazis, contrairement à son frère, qui lui se faisait un honneur à les appliquer à la lettre.

— Non je ne le ferai pas !

Henk la saisit par les cheveux et réitéra l'ordre.

— Lâche-moi, cria l'Allemande, je t'en supplie ! C'est le milieu de la nuit. Je ne vais tout de même pas le réveiller ! D'ailleurs nous n'avons pas de téléphone, il faut réveiller la vieille. Je ne vais quand même pas dénoncer son futur gendre avec son téléphone ! Tu divagues ! Allez, calme-toi et viens te coucher contre moi. Je vais te faire tout oublier...

Henk maugréa encore un :

— C'est bien la dernière fois que je passe l'éponge ! Tu m'entends ? À quoi ça sert d'avoir un beau-frère SS si ce n'est pour dénoncer ce sale Juif ?

— Dis-toi que tu t'y refuses à cause du vieux. Il ne t'a jamais fait de mal le vieux, ni la vieille d'ailleurs ! Ils nous ont gracieusement prêté leur camion quand nous avons aménagé. Le loyer n'est pas cher. Ils sont charmants et généreux. Voilà pourquoi tu ne le dénonceras pas. Et puis, Flip ne vient ici que de temps à autre. Tu voudrais leur faire endosser l'entière responsabilité ? Et Neel dans tout ça ? Tu l'adores ! Tu ne voudrais pas lui faire du mal !

Ah Neel ! Voilà un sacré brin de fille ! Henk la trouvait terriblement séduisante. Quand l'ex-champion avait besoin de téléphoner, il devait se rendre chez son propriétaire et il se débrouillait toujours de le faire en l'absence des parents de la jeune femme. Ainsi il l'avait un peu rien qu'à lui. Il s'approchait dangereusement d'elle, la frôlait, lui saisissant parfois le bras avec force. Quand un peu effrayée, Neel s'ébrouait comme un jeune chien, il lui disait qu'il était un vrai homme, un mâle et qu'elle avait bien tort de ne pas vouloir le goûter ! Elle le faisait bander. Un jour il la ferait sienne. L'idée qu'il pût lui arriver malheur fit aussitôt retomber sa colère.

Anna, à qui ce changement d'attitude n'échappa pas, en profita pour embrasser son mari avec fougue. Elle savait que ce serait le seul moyen pour qu'il retrouve un peu de quiétude. Et la seule façon pour qu'il ne se venge pas sur elle en la battant. Quand l'amour l'aura bien fatigué, il s'endormira d'un bloc. Et demain sera un nouveau jour !

123. LA CACHETTE

En cet après-midi de décembre, Francine, lovée dans un fauteuil, un journal posé sur les genoux, regardait par la fenêtre la danse joyeuse des flocons blancs qui voltigeaient dans le ciel chargé d'Amsterdam.

Bientôt la neige recouvrirait la ville et ferait le bonheur des enfants.

Son petit animal de compagnie, Munkie, dormait paisiblement à ses pieds dans son panier recouvert d'une vieille couverture.

Dans quelques jours Noël, songea la jeune femme. C'était étrange. Le temps où elle adorait les préparatifs de cette réjouissance n'était pas si lointain et pourtant il lui semblait que c'était il y a une éternité. Nombreux étaient ceux qui ne voulaient pas faire de fête cette année, mais Johan y tenait absolument.

— Nous avons la chance d'être encore tous en vie, rétorquait-il chaque fois que Francine abordait le sujet. Puis il nous faut penser à la petite ! Noël c'est Noël !

Francine souffla. Elle se sentait lasse, car en cette fin de 1943, l'ambiance de la capitale était plus que morose. La guerre s'éternisait, le moral était en berne. Les rayons des magasins étaient désespérément vides et il fallait faire des heures de queue pour obtenir à peine de quoi nourrir sa famille.

Pourtant, Francine n'était pas à plaindre. Elle avait les moyens de fréquenter le marché noir. Elle se fera même un mal de chien pour dégotter cette année encore des victuailles dignes de ce nom !

Mais le cœur n'y était pas. Elle vivait dans une angoisse permanente depuis que Flip vivait à la maison, mais se gardait bien d'en parler. Elle se trouvait bien égoïste, mais c'était plus fort qu'elle. Elle avait comme un poids au creux de l'estomac qui créait une sensation de malaise. Elle ne trouvait aucune explication à cette impression. Était-ce un mauvais pressentiment qui la rongeait et qui l'empêchait souvent de dormir ? Elle ne saurait le dire.

Flip était pourtant d'une agréable compagnie, l'aidant dans toutes les tâches. Il était toujours de bonne humeur, ne rechignant jamais quand Betty lui réclamait une ultime partie de cartes ou de petits chevaux.

D'un geste enragé, elle jeta le quotidien sur la table de la salle à manger et se leva brusquement. Elle n'en pouvait plus de ses inquiétudes qui la rendaient folle. Il fallait qu'elle s'occupe, seul le travail lui changerait les idées. Elle décida de ranger et de nettoyer de fond en comble son boudoir.

Elle descendit au sous-sol, Munkie la suivant de près. Elle trouva Flip dans le cellier qui sifflotait un air endiablé et sourit en le voyant.

À l'occasion de Saint Nicolas, Flip avait fabriqué une maison de poupée pour Betty. Il lui restait maintenant à créer les petits meubles, chose difficile, car il manquait cruellement de matière première. Heureusement le jeune homme était très inventif et utilisait du papier mâché pour arriver à ses fins. Le résultat était surprenant.

— Si tu as besoin de moi, tu me trouveras dans mon boudoir, lança Francine.

Tout à son ouvrage, Flip acquiesça vaguement de la tête.

Francine gagna la petite pièce où elle adorait se retirer pour être seule. Dès qu'elle ouvrit la porte, une agréable odeur lui chatouilla les narines ! Un pot-pourri de sa propre fabrication parfumait l'endroit. Elle alluma la lampe d'albâtre qui diffusait une douce lumière. Elle ricana. Pour un peu on pourrait croire qu'il s'agissait d'un cabinet de duchesse ! Rien n'y manquait ! Une table de toilette en noyer — certes moins belle que celle de sa chambre — et son miroir ovale biseauté, un fauteuil, un coffre à clous d'acier, une armoire à linge, un joli tableau représentant deux jeunes ballerines. Les murs tendus de soie bleue conféraient à l'endroit une délicieuse intimité. Francine aimait ce lieu parce que d'y pénétrer suffisait souvent à l'apaiser.

Elle poussa les meubles, épousseta les tentures, vida complètement le bahut de ses draps, toiles et lingeries. Quand elle eut fini de tout remettre, Johan passa la tête par l'embrasure de la porte.

Il vint l'embrasser, un sourire gourmand sur ses lèvres :

— Je pensais te trouver en petite tenue, dommage ma jolie Cendrillon ! la taquina-t-il. Je vais me changer, j'ai une faim de loup. Que mangeons-nous ce soir ?

— Beh, je ne sais pas... bredouilla-t-elle. En fait, je n'ai pas vu le temps passer !

— Ne t'inquiète donc pas ! Il est encore tôt, je suis sorti de bonne heure ce soir. J'en avais plus qu'assez !

Le carillon de la maison retentit à plusieurs reprises, réveillant Munkie qui s'était confortablement installé sur un tas de linge. Le chien se rua dans l'escalier en jappant gaiement pour aller accueillir sa petite maîtresse qu'il avait déjà reconnue à sa façon de s'exciter sur la sonnette.

Betty claqua énergiquement les portes, hurla un joyeux « Coucou c'est moi ! », comme s'il était possible d'avoir un doute sur la personne qui venait d'entrer dans la maison avec grand fracas !

Plus tard dans la soirée, après le repas, eut lieu la séance familiale d'entraînement hebdomadaire. Il s'agissait d'un exercice bien particulier.

Après que Flip eut fait son entrée dans la maison, il avait fallu créer une cachette sûre où il pourrait se retrancher en cas de danger.

Celle-ci fut construite dans la cage d'escalier.

En effet, sur ce mur trônait un grand tableau représentant des femmes au début du siècle. Elles regardaient accoster le navire sur lequel se trouvaient leurs marins.

Johan et Flip avaient ouvert le mur à cet endroit-là et y avaient aménagé un garde-manger où furent stockés des bocaux et des boîtes de conserve sur une seule rangée. Ils avaient cassé la cloison derrière les denrées, créant un espace qui, cette fois-ci, s'ouvrait sous la volée de marches de la maison d'à côté. Cela ne posait aucun problème puisque Johan en était également l'heureux propriétaire. Le trou béant fut caché par un volet en bois léger, facile à manier.

Dans la cachette, derrière l'étagère à provisions, fut installé un matelas pour absorber tout bruit que Flip pourrait faire en y entrant.

Les séances d'entraînement étaient scrupuleusement suivies par toute la maisonnée.

L'emportement, la précipitation à chercher une réplique quand des *Rechercheurs* ou des hommes de la SD viendraient sonner à leur porte, compromettrait à coup sûr la mise à l'abri de Flip.

La préparation était méthodique comme s'il s'agissait d'un sportif qui s'entraînait en vue d'une épreuve. Pour Francine c'était un travail intellectuel, pour Flip une activité sportive, le tout était un apprentissage par répétition méthodique. Tous étaient conscients que seuls le perfectionnement et une parfaite maîtrise de soi feraient la réussite de l'opération.

Johan savait que si on venait arrêter Flip, ce serait à l'aube.

Cela se passait toujours ainsi.

Le père de famille réitéra son plan :

— Betty, quand ils viendront, tu te mettras dans ton propre lit, ordonna Johan. Moi j'irai ouvrir le portail du jardin. Francine, tu monteras en négligé charmant et ouvriras le vasistas. Quand ces chiens se seront présentés, tu leur diras que tu vas descendre pour te mettre un peignoir pour les recevoir. Pendant ce temps-là, continua-t-il en regardant Flip, tu décrocheras le tableau, tu ouvriras puis refermeras le volet derrière toi et tu attendras qu'on te prévienne que la voie est libre à nouveau. En descendant, Francine, tu remettras le tableau en place, tu t'habilleras et remonteras pour ouvrir aux malfrats. Est-ce clair pour tout le monde ?

Chacun acquiesça d'un air sérieux. Même la petite ne faisait pas le pitre. Elle n'aimait guère ces exercices qu'ils effectuaient maintenant depuis plusieurs mois et qui semblaient parfaitement maîtrisés. C'était toujours pareil, pourtant elle avait peur qu'à force de s'entraîner de la sorte, le malheur finisse par arriver.

Elle ne se doutait pas qu'il ne lui restait plus que quelques mois d'insouciance à vivre.

124. QUESTION DE CŒUR

Neel était sur son lieu de travail. Elle rangeait les rayons de telle façon qu'ils aient l'air un tant soit peu remplis. De les voir si peu garnis la déprimait ! Ses collègues se fichaient d'elle et ricanaient. Qu'avait-elle à s'acharner sur ces étagères comme si sa vie en dépendait ? C'était devenu comme une obsession. Tout devait être impeccable autour d'elle, car dans sa vie, c'était le désordre total, tout se mélangeait. Et le chaos qui régnait à présent dans sa tête portait le nom de Marius.

Car là était bien son problème : son esprit était continuellement occupé par Marius !

La veille, ils étaient allés au cinéma ensemble. Ils avaient vu une comédie au titre prometteur de « Le ciel peut attendre ».

Le film parlait d'un jeune homme qui, persuadé de mériter le feu éternel, se présente juste après sa mort auprès du diable. Le démon ne sait pas quel sort lui réserver et lui demande donc de raconter l'histoire de sa vie ou plutôt toutes ses aventures avec les femmes qu'il a fréquentées.

Ce bijou d'humour et de tendresse les avait fait énormément rire.

Mais ce que Neel avait le plus aimé pendant cette soirée-là, c'était le moment où Marius avait caressé ses mains. La jeune femme s'attendait à ce qu'il poursuive dans cette nouvelle voie, mais Marius était avant tout un gentleman. Pendant plusieurs minutes elle avait patienté puis le sentant indécis, elle s'était décidée à profiter de la situation.

De ses doigts elle avait effleuré son visage et malgré l'obscurité de la salle, elle le vit sourire. Une envie irrésistible s'était alors emparée d'elle, elle s'était enhardie et avait fougueusement posé ses lèvres sur les siennes. Et elle ne s'était pas arrêtée là ! Une impulsion violente l'avait poussée à poser la paume de la main de son ami sur son sein. Après avoir eu un hoquet d'étonnement, elle l'avait senti frémir quand son pouce avait découvert son téton tout dur sous l'étoffe fine de sa robe.

Il n'avait pas été le seul à être surpris !

Flip aimait ses seins et elle aimait qu'il les caressât...

Le geste de Marius avait été très furtif, mais jamais auparavant elle n'y avait pris autant de plaisir.

Qu'est-ce qui pouvait bien y avoir de nouveau ?

Et ce qui la laissait plus perplexe encore, c'était le fait d'avoir eu cette audace de prendre l'initiative de l'embrasser fougueusement, puis d'avoir osé poser sa main sur son sein !

Qu'est-ce qui avait bien pu la changer ainsi ? C'était bien la première fois de sa vie qu'elle avait eu de tels désirs !

Cela devait venir de la personnalité de Marius, de sa façon de la traiter en femme mûre et non en tant que femme-enfant comme Flip aimait à le faire.

Une réelle complicité s'était rapidement installée entre. Une profonde intimité qui donnait l'impression à la jeune femme de pouvoir tout lui dire, de pouvoir tout faire et de n'avoir rien à réprimer.

Une question la tarabustait sans cesse : en quoi Marius était-il si différent de Flip ? Ce n'était pas un séducteur et en ce point-là il était tout à fait à l'opposé de son fiancé.

Il n'était pas condescendant non plus, ne se pavanait pas.

Elle se demandait comment elle s'était entichée de lui, en si peu de temps.

Cette pensée l'effrayait autant qu'elle l'interpellait.

L'après-midi passait mollement et Neel fut soulagée quand sa journée de travail se termina enfin.

En sortant du magasin, elle prit le tram pour se rendre chez sa sœur.

Assis devant la fenêtre, l'œil rivé sur le miroir-espion, Flip surveillait la rue, guettant l'arrivée de sa fiancée. Il était tellement impatient de la retrouver ! Le temps qui séparait leurs retrouvailles semblait toujours s'éterniser, les secondes s'égrener telles des heures !

Neel était le seul rayon de soleil que la providence lui ait laissé, sa seule envie de vivre ! Il priait souvent pour que jamais personne ne vienne la lui ôter.

Enfin la silhouette familière de sa bien-aimée se dessina sur la surface polie du miroir. Flip fit un bond, se précipita dans le vestibule et ouvrit la porte à la volée pour cueillir Neel dans ses bras. Il la souleva de ses bras musclés, la fit virevolter tout en fermant d'un coup de pied le battant.

— Tu sens bon, fit-il en humant son cou.

Il déposa la jeune femme sur le sol avec douceur, commença à déboutonner son manteau.

— Mais qu'est-ce que tu fais ? s'étonna Neel dans un rire de gorge. Nous devons y aller, Pa et Ma nous attendent !

Flip fit la sourde oreille, la débarrassa de son pardessus et l'entraîna dans le bureau de Johan.

— Où est Francine ? s'enquit Neel encore.

— Elle est allée chez sa belle-mère avec la petite, Johan devrait les rejoindre. Nous sommes tout seuls !

Il attira sa fiancée tout contre lui, lui caressa la nuque.

— J'ai bien l'intention de profiter de ce moment de répit, lui souffla-t-il à l'oreille d'une voix rauque.

— Mais enfin Flip, protesta Neel.

— Laisse-toi faire, ma chérie, tu ne le regretteras pas !

Il dégrafa à présent sa robe et la fit descendre le long de son corps.

Comme elle était belle, là devant lui, dans sa petite tenue. Ses seins délicieusement galbés, sa taille fine, son ventre plat, ses hanches rondes à souhait et ses fesses divinement rebondies ! Ah ! Il en avait de la chance de pouvoir aimer cette beauté fatale !

Il enfouit son nez dans sa chevelure épaisse et parfumée avant de descendre ses lèvres vers sa poitrine.

Neel tenta de le repousser, il le sentait bien, mais son désir était trop fort. Il fallait qu'il la possédât, là, immédiatement. Maintenant ! Son sexe trop tendu le faisait souffrir.

Il la coucha à même le parquet, se déshabilla promptement et s'allongea contre elle. Il fit glisser sa main dans son soutien-gorge et en fit déborder un sein. Il embrassa le mamelon, soupira d'aise quand de sa langue il fit durcir le bout.

— J'adore tes tétons, gémit-il, c'est incroyable comme je les aime !
Neel ne pipa mot.

Flip promena un court instant sa main sur son ventre, puis il la plongea entre ses cuisses, découvrant ses lèvres légèrement humides, fouillant son sexe avec frénésie.

Neel eut un léger gémissement de surprise devant cette précipitation. Elle l'avait connu plus patient, la préparant avec plus de douceur.

Flip prit cette manifestation pour un petit cri de plaisir un peu timide. Sans plus attendre, il se glissa en elle. Il la pénétra violemment. Quelques secondes plus tard, il se répandait en elle, secoué par de fougueux spasmes, haletant.

Épuisé, il laissa ensuite tout le poids de son corps retomber sur la silhouette frêle de sa fiancée.

Neel suffoqua. Les yeux rivés au plafond, elle avait l'impression que le monde s'abîmait. Un affreux désespoir la prit.

Le lendemain soir, Flip et Neel quittèrent la maison parentale. Ils se glissèrent dans la rue étroite et noire. La lune était voilée, mais ils avaient une torche pour guider leurs pas.

Neel avait pris l'habitude de raccompagner Flip chez sa sœur, persuadée qu'un couple d'amoureux attirerait moins l'attention des soldats qu'une personne seule.

Flip n'était pas très bavard. À vrai dire, il était plutôt de mauvaise humeur. Les deux jours qu'il venait de passer chez Pa et Ma, avaient été houleux.

Neel ne l'avait pas rejoint dans la nuit. Quand il avait essayé d'en comprendre la cause, elle l'avait salement remballé ! Il se demandait ce qu'il avait fait de mal. Ou ce qu'il avait pu omettre. Hélas, il n'avançait guère et le résultat fut qu'il se renfermait sur lui-même.

Quant à Neel, elle était furieuse. Elle n'avait pas du tout apprécié son comportement de l'autre soir, quand il l'avait prise dans le bureau de Johan. C'était en tout cas ce qu'elle voulait se faire croire, à force de se le répéter, car jusqu'alors, elle avait toujours été fière d'attiser son désir.

Ils venaient de quitter la maison parentale et marchaient côte à côte sans décrocher un seul mot, pressés sans doute de retrouver la joyeuse maison de Francine.

À seulement deux rues de là, à hauteur du croisement, ils entendirent des pas. Aussitôt un faisceau aveuglant d'une lampe inonda furtivement leurs traits, révélant leur présence.

Flip, paralysé, n'osa quant à lui illuminer de sa torche le visage du ou des personnes se trouvant face à eux.

Neel, gardant son sang-froid, salua poliment les inconnus tout en empoignant le bras de Flip, l'incitant ainsi à poursuivre leur chemin.

Ils ne se retournèrent pas, mais s'empressèrent de s'éloigner. Ils ne virent pas l'un des deux passants rebrousser chemin, s'arrêter pour se cacher un court instant avant de les suivre à pas de loup.

125. LA LETTRE

Tôt le lendemain matin, Pa s'apprêtait à sortir pour acheter du pain frais. Il se couvrit le chef de son feutre noir quand ses yeux se posèrent sur une enveloppe glissée sous la porte d'entrée. Un peu étonné, il la ramassa et vit qu'elle lui était personnellement adressée. Il la tourna à plusieurs reprises avant de se diriger vers la cuisine pour l'ouvrir à l'aide d'un couteau.

À l'intérieur se trouvait une feuille manuscrite d'une écriture particulièrement soignée, mais Pa n'arrivait pas pour autant à la lire sans ses lunettes. Agacé, il la posa sur la table et se mit à la recherche de ses loupes dont il s'était pourtant servi la veille, mais qui étaient évidemment introuvables quand il en avait le plus besoin !

Tandis que Pa fouillait le séjour en maugréant, Ma arriva pour préparer le petit-déjeuner. Elle vit aussitôt la lettre posée sur la table et commença à la lire. Elle demeura d'abord immobile, puis reprit la lecture comme pour s'assurer qu'elle avait bien tout compris avant de retomber dans une profonde stupeur.

C'est ainsi que Pa la trouva.

— De quoi s'agit-il ? s'inquiéta-t-il en voyant sa femme.

Ma, dont le flegme imperturbable était connu de tous, était d'une pâleur de craie.

— Vas-tu me dire enfin ce qu'il y a dans cette fichue lettre pour te mettre dans un état pareil ?

Pour toute réponse Ma lui tendit le papier.

Pa le lui arracha littéralement et le lui brandit devant les yeux.

— Et que veux-tu que j'en fasse si je ne trouve pas mes binocles, hein ? fit-il agressivement.

— Assieds-toi, je vais te la lire. Ma se racla la gorge. Je ne connais pas cette écriture, mais ce torchon est soigneusement calligraphié.

— À quoi tu joues là ? Tu me la lis ou...

Ma ne lui laissa pas le temps de poursuivre sa menace :

— Celui qui l'a écrite n'a pas fait d'études littéraires, mais ses phrases vont te bouleverser, l'avertit-elle.

— Bonté divine ! Tu vas me faire attendre encore longtemps ?

— Ben,... avec tes problèmes de cœur, je préfère te prévenir, ça va te couper la chique !

— Vas-y ! cria Pa à bout de patience.

Ma déglutit, puis d'une voix rauque se lança :

« Monsieur,

puisque nous avons découvert que vous cachez dans votre demeure un Juif, nous vous conseillons vivement et dans votre propre intérêt (pour vous assurer de notre silence) d'apporter la somme de 5000Florins.

En cas de refus nous avertirons la Sicherheits Polizei.

Et vous en connaissez les conséquences.

Faites remettre <u>ce soir</u> à vingt heures, par sa **fiancée** et sans autre accompagnateur, un paquet avec ladite somme en billets de banque ne dépassant pas les 100Florins, à la jeune femme qui l'attendra devant l'entreprise Van Gent en Loos, à l'angle des quais N.Z. Voorburg et

N.Z.Kolk.

Toute tentative de changement d'adresse par les personnes citées plus haut est inutile, car nous connaissons également l'autre adresse, votre maison étant sous constante surveillance.

P.S.

Ne posez aucune question à la jeune femme qui doit réceptionner la somme, car elle n'est au courant de rien.

<u>Mettez ce mot dans le paquet.</u> [46]»

— Le fumier ! Le salaud ! L'infâme délateur ! Je vais le crever, fulmina Pa, écumant de rage.

— C'est effectivement une possibilité, répondit Ma avec placidité, à condition de connaître l'auteur de cette infamie...

— Putain ! Tu dis vrai !

— Surveille tes paroles, s'indigna Ma, la grossièreté est signe de faiblesse et de peur ! Je vais faire du vrai café, nous en avons plus que besoin ! Le temps qu'il passe, tu peux aller acheter le pain.

Pa se glissa dans l'obscurité glaciale de cette matinée d'hiver de la mi-janvier 1944. Ses pas le guidèrent machinalement à la boulangerie, il gardait les poings serrés de colère, enfoncés dans les poches de son manteau. Il avait la vue brouillée et une forte sensation d'irréalité s'emparait de lui. Pourtant il savait que c'était tout le contraire. Il ne s'agissait pas d'un canular qu'un quelconque plaisantin lui avait envoyé. Non. C'était bel et bien une délation ! Quelqu'un les espionnait et ils allaient être victimes de cette sale manie de délation qui régnait sur la capitale. Mais qui ? Un voisin ?

Klaas, ce foutu NSB et rival éconduit ? Il ne pouvait tout de même pas s'agir d'un proche parent ! Encore qu'aujourd'hui il ne fallait plus s'étonner de rien ! Pa cracha par terre tout en marmonnant :

— Je l'aurai, je vous en fais la promesse mes enfants, je l'aurai ! Il ne vous arrivera rien, je saurai vous protéger !

Quand Pa regagna la maison, Ma avait déjà téléphoné à Johan qui s'était aussitôt précipité chez ses beaux-parents.

Il avait les traits tendus et salua Pa d'un air maussade.

Ma servit le café fumant qu'ils burent en silence sans même le déguster alors qu'il était si rare !

Johan souffla et relut pour la énième fois la lettre comme s'il s'attendait à y lire quelque chose qui aurait pu lui échapper. Puis d'un geste résolu, il la posa sur la table. Il enleva ses lunettes et se frotta les yeux.

— Ce qui est certain c'est qu'il ne faut en aucun cas que Neel ou Flip soit au courant de cette affaire, ils vivent déjà suffisamment dans l'angoisse... Après plusieurs lectures, et à voir les tournures des phrases, je suis persuadé que le délateur en est à son premier coup d'essai.

Pa et Ma acquiescèrent, ils étaient également de cet avis.

---

[46] Note de l'auteure : Ma mère et moi-même avons pu voir cette lettre manuscrite qui est soigneusement gardée par le **Nationaal Archief**, *Den Haag*, Rijksinstituut voor *Oorlogsdocumentatie* (RIOD)

— Cependant, poursuivit Johan, ce n'est pas pour autant qu'il nous faille prendre cette menace à la légère. Ce petit poète-là exige que Neel en personne se rende sur place ! C'est donc qu'il la connaît !
— Pauvre enfant ! soupira Ma avec une légère pointe de désespoir.
— Mais, continua Johan imperturbable dans son stratagème, avec un peu de chance, la jeune femme qui doit récupérer le colis ne l'a peut-être jamais vue.
— Que proposes-tu donc ? Tu veux y envoyer Ma ?
Malgré la situation, cette remarque fit ricaner Johan.
— Non, je ne pensais pas à vous Ma, dit-il en lui adressant un sourire chaleureux et bienveillant. Non, nous allons recourir à un subterfuge.
Si ce qu'ils vivaient n'était pas une situation dramatique, Johan aurait ri à gorge déployée devant ces petits vieux à l'air complètement ahuris, qui buvaient ses paroles comme s'il était le Messie en personne ! Il s'efforça à rester sérieux :
— Je vais aller à ce rendez-vous !
Les yeux de Pa et Ma s'écarquillèrent d'étonnement.
— Beh quoi ? Je vais me déguiser en femme ! objecta-t-il joyeusement. Mais devant les mines déconfites de ses beaux-parents, Johan se rembrunit.
— Tu ne peux pas t'y rendre tout seul Johan, ce serait insensé. Nous ne savons pas à qui nous avons à faire.
— J'y ai pensé. J'ai des contacts sûrs. Ne vous inquiétez pas.

C'est donc soigneusement travesti que Johan quitta Pa et Ma une demi-heure avant l'ultimatum.
Aussi étrange que cela pût paraître, tous les trois avaient passé en cette fin d'après-midi un moment agréable, d'une grande complicité.
Ma avait pris particulièrement soin au déguisement de Johan. Neel était toujours très coquette, aussi s'était-elle donnée un mal fou à rendre son gendre le plus élégant et le plus efféminé possible. Elle avait mis une touche délicate de rose sur ses joues, un peu d'ombre à paupières illuminait son regard et à l'aide d'un pinceau elle avait badigeonné ses lèvres de rouge. Une perruque aux boucles brunes parachevait le travestissement. Malgré la tension qui les habitait tous les trois, ils avaient beaucoup ri devant le travail accompli. Johan s'était même moqué de sa belle-maman parce qu'il ferait nuit et que personne ne remarquerait son maquillage subtil !
Il repensait à ces bons moments pour ne pas se laisser gagner par l'angoisse maintenant qu'il marchait dans les rues sombres d'Amsterdam. Il devait avoir un drôle de déhanchement, perché sur les talons de ces chaussures de femme. Il n'avait marché que depuis cinq minutes et pourtant ses orteils malmenés le faisaient déjà souffrir. Il allait avoir des ampoules et se demandait quelle explication il allait fournir à son épouse.
Pa, Ma et lui-même avaient été d'accord pour ne rien révéler à Francine de l'affaire qui se jouait ce soir, car ils comptaient bien en découdre avec ce traître !
Johan avait cependant connu un grand moment de solitude le matin

même quand il avait quitté ses beaux-parents. Il leur avait assuré qu'il avait des « contacts sûrs », mais il avait bluffé ! En réalité il ne voulait impliquer personne dans cette histoire et pourtant il savait pertinemment bien qu'il était imprudent de s'y rendre seul.

Au bureau, il avait passé la matinée à réfléchir. Il avait eu beau faire le tour de ses connaissances proches, le seul nom qui lui revenait sans cesse était celui de Paul. Seul son ami d'enfance pouvait lui venir en aide. Il savait que Paul était en vie et toujours dans la résistance. Il avait de vagues nouvelles de lui. De plus il savait par quel moyen le contacter même s'il n'aimait pas du tout en user : il pouvait demander à Willem.

En effet, par l'intermédiaire de Willem, Paul avait parfois fait passer des messages à son copain. Johan lui avait de ce fait rendu des petits services. Dans quel but exactement, Johan ne voulait même pas le savoir !

Willem se plierait en quatre pour lui être agréable sauf s'il sût qu'il s'agissait de sauver la peau de Flip...

Il ne subsistait rien du Conseil juif, ses hauts fonctionnaires avaient été déportés à leur tour, mais Willem gardait une haine profonde à son égard et à tous ceux qui y avaient participé, de loin ou de près, comme Flip.

Mais dans un laps de temps aussi court, Johan n'avait pu trouver une autre solution. Il avait donc prié Willem de se rapprocher de Paul.

Par chance, ce dernier était dans la capitale et les deux amis s'étaient retrouvés au Café De Kroon à quatorze heures.

Après avoir écouté attentivement Johan, Paul avait immédiatement élaboré un plan.

Ils, Willem et lui-même, sécuriseraient les alentours du lieu de rencontre. Johan avait été sceptique quant à la participation de Willem, mais Paul l'avait rassuré.

— Tu pourras compter sur lui, Johan, même dans ces circonstances, lui avait-il dit d'un ton convaincant.

Johan arriva maintenant au croisement des quais où devait avoir lieu la remise de l'argent. Il s'avança jusqu'à l'entreprise de transport Van Gent en Loos.

Commença alors une longue attente.

Johan faisait les cent pas sur le trottoir en jetant de temps à autre un regard inquiet aux alentours.

En plus il faisait un froid de canard. Et ce vent violent qui donnait la sensation de gel était terrible ! Le baromètre devait friser zéro degré !

Et quelle idée de mettre ces fichus souliers de femme qui lui faisaient un mal de chien en plus d'avoir les orteils gelés !

Et les copains ? Il priait le ciel pour qu'ils soient bien à leur poste, prêts à le défendre.

Il n'y avait aucun bruit si ce n'était le doux clapotis de l'eau du canal.

Enfin il lui semblait entendre au loin des pas.

Oui, et ils se rapprochaient rapidement.

Le cœur de Johan commença à battre la chamade.

La demi-lune n'éclairait pas grand-chose et il avait du mal à distinguer s'il s'agissait d'un homme ou d'une femme.

Johan fit quelques pas nonchalants devant l'entreprise, ouvrit son sac à main. Il fouillait à l'intérieur et fit semblant d'y chercher quelque chose. En réalité il n'osait regarder ailleurs.

— Bonsoir ma belle, je peux te tenir compagnie ? lui demanda l'homme qui se rapprochait.

— Je suis déjà prise, répondit Johan d'une voix qu'il espérait fluette.

— Qu'à cela ne tienne ! Une belle femme comme toi doit bien avoir besoin de deux hommes pour être complètement satisfaite ! haleta l'inconnu. Et en plaisir je m'y connais. On m'appelle Baron de Montplaisir, t'as qu'à voir !

Il se rapprocha dangereusement de Johan. Ce dernier avait bien du mal à croire que ce scénario était prévu au spectacle.

D'un geste d'une rapidité effroyable, le gaillard enserra la taille de Johan et posa ses mains sur ses fesses.

— Hmmmm, c'est qu'elles sont fermes, chuchota-t-il.

Johan le repoussa de toutes ses forces.

— Dégagez ! cria-t-il en retrouvant du coup sa voix de mâle. Il abattit son poing sur le nez de son adversaire.

— Espèce de pédé ! fut la seule réponse du dragueur qui prenait déjà ses jambes à son cou.

C'était à peine croyable. Johan était là pour mettre la main sur des délateurs et c'était lui qui se faisait mettre les mains sur les fesses ! Il scruta les environs, persuadé que ce petit divertissement ferait sortir ses amis de l'ombre, tordus de rire...

Ce ne fut pas le cas. Johan devenait de plus en plus inquiet.

Peut-être ses amis avaient-ils été repérés ?

Les minutes passèrent et bientôt une heure.

Toujours personne.

Johan était frigorifié. Il en avait plus qu'assez. Il décida de rentrer.

Au moment où il tourna sur l'autre quai, il fut rejoint par Paul et Willem qui lui emboîtèrent le pas.

— Ils ne viendront pas, Johan. Ou bien ce n'était qu'un canular, histoire de vous donner une bonne frayeur, ou alors..., hésita Paul.

— Ou alors quoi ?

— Et bien, ou alors ils savent que tu as essayé de les berner, dans quel cas je n'aimerais pas être à votre place.

Il tapota sur l'épaule de Johan avant d'ajouter :

— Désolé mon vieux !

126. LA ROULETTE

Un agréable brouhaha régnait dans le café où Hanneke et Paul s'étaient donné rendez-vous.

La jeune femme but une gorgée de thé brûlant. Elle serra la tasse fumante entre ses mains rougies par le froid de ce mois de janvier 1944.

Elle écoutait attentivement toutes les informations que lui fournissait Paul à propos de cette femme qu'elle avait croisée chez son patron en décembre dernier. Elle avait bien du mal à garder son calme, car tout ce qu'elle entendait l'enrageait, la faisait bouillir. Elle aurait volontiers tapé de son poing sur la table en bois pour faire éclater la haine qui montait en elle.

Depuis quelques semaines, Paul avait donné l'ordre à ses agents de prendre Cornelia Zus en filature, comme Hanneke le lui avait demandé après l'avoir reconnue chez son employeur, Rudolf Dahmen von Buchholz.

Les jeunes femmes ne s'étaient pas revues depuis leur dernière rencontre, deux ans auparavant. Pour autant, Hanneke, habile physionomiste, avait immédiatement identifié cette ancienne camarade de résistance, et ce, malgré sa nouvelle apparence de bourgeoise.

Hanneke était la gouvernante du fils du commissaire de police d'Amsterdam, ce qui lui assurait non seulement un salaire, mais surtout une entrée dans le monde confiné des hauts dignitaires nazis. Étant parfaitement bilingue, elle était parfois invitée en tant qu'interprète à des réceptions que le commissaire donnait à son domicile.

Hanneke avait fréquenté le gratin berlinois d'avant-guerre, grâce aux parents du petit Karl — alias Koky — et il lui arrivait parfois de retrouver de vieilles connaissances, ce qui émerveillait Rudolf, surtout quand les bulles champenoises commençaient à égayer son esprit.

L'officier racontait alors à qui voulait l'entendre, qu'il était devenu le meilleur traqueur de Juifs de la capitale.

Et c'était vrai ! Rudolf semblait se dépasser dans l'art de traquer et de débusquer le Juif !

Mais Hanneke n'était pas dupe et depuis qu'elle avait vu la jeune Cornelia en compagnie du commissaire, une idée désagréable s'était insinuée en elle.

Elle en avait fait part à Paul et ce dernier avait fourni un travail de fourmi pour tenter de comprendre comment Cornelia, ayant pourtant effectué quelques missions pour la résistance, avait pu tomber dans le filet du commissaire.

Le journaliste avait découvert — non sans un profond dégoût — que ce n'était qu'une simple affaire d'argent !

En effet, Cornelia fréquentait depuis longtemps les bars du quartier rouge. Et c'était là qu'elle avait fait la connaissance au printemps dernier d'un certain Joop, que le journaliste avait identifié, non seulement comme étant un escroc et proxénète, mais également comme un membre de l'ancienne Colonne Henneicke ! Paul savait que les hommes de cette branche de la *Zentralstelle* avaient été chargés de trouver les Juifs cachés et qu'ils avaient bénéficié d'un bon portefeuille pour récompenser les indics.

Comme tant d'autres, Cornelia n'avait su résister à la tentation de toucher des sommes rondelettes contre quelques adresses. Mais depuis le mois de septembre 1943, la Colonne Henneicke, devenue inutile, avait cessé d'exister. Dès lors, pour arrondir ses fins de mois, la jeune femme s'était rapprochée du commissaire de police Rudolf Dahmen von Buchholz, qui lui avait été présenté par Joop lors d'une soirée à une table de jeu.

Quand Paul eut fini son récit, il prit la main de sa bien-aimée et la porta à ses lèvres.

— Tu as vraiment du flair, ma chérie. Cette Cornelia va nous permettre de remonter la chaîne de ses salauds de *Rechercheurs*. Nous avons du pain sur la planche.

Ses yeux brillaient d'un feu ardent et Hanneke savait que ce n'était pas l'amour qui les illuminait en ce moment, mais plutôt la détermination féroce de la vengeance.

À la fin de cette même journée, Cornelia, élégamment vêtue, se regardait dans la glace. Elle était tout à fait satisfaite de l'image que l'étain piqué lui renvoyait. Elle s'adressa un sourire éclatant. Elle était très heureuse ce soir et elle avait de quoi l'être !

Jusqu'alors, elle n'avait fait que prêter main-forte pour l'organisation des soirées de jeux. Elle empochait de trente à cinquante florins à chaque fois. Mais ce soir, c'était elle qui l'organisait ! La cagnotte lui reviendrait en entier !

Joop lui avait trouvé une cave abandonnée, qu'elle avait nettoyée et frottée jusqu'à ce que le sol et les murs aient repris leur éclat d'origine. Joop lui avait également fourni une table de casino de taille réelle avec sa roulette française et quelques tableaux en guise de décoration. Elle ne s'y connaissait pas en peinture, mais elle les trouvait magnifiques. Elle se doutait bien qu'ils aient appartenu à des Juifs, mais ils faisaient du plus bel effet, dès lors à quoi bon s'occuper de leur provenance ?

Cornelia travaillait maintenant pour le *Devisenschutzkommando*[47] (DSK), le Groupe de contrôle des devises. Elle était devenue ce que l'on appelait à Amsterdam une V *Frau*, autrement dit une informatrice. Et c'était grâce à cette activité qu'elle avait reçu l'autorisation de programmer des jeux. La grande bonté que lui accordait Rudolf Dahmen von Buchholz était simple à comprendre. Le commissaire de police était persuadé que les divertissements et le champagne qui coulerait à flots favoriseraient le contact entre les patrons de grandes sociétés et les riches particuliers. Quelques veillées suffiraient à briser la glace, déliant du coup leurs langues. Cornelia n'aurait plus qu'à ouvrir grandes ses oreilles !

Elle jeta un coup d'œil à sa belle montre en or, un cadeau de Joop,

---

[47] Les Devisenschutzkommandos sont des unités allemandes chargées de procéder à la saisie ou à la vente forcée de devises, d'actions, d'or et de diamants possédés par des personnes privées et devant être déclarés auprès des services fiscaux.

et constata que ses invités n'allaient plus tarder.

127. JOYEUX ANNIVERSAIRE BETTY

Mère était encore profondément endormie quand son réveil sonna. Elle tâta de sa main sur la table de chevet pour faire cesser cette horrible chose qui l'arrachait à un sommeil bienfaisant. Mais la sonnerie stridente continua jusqu'à ce que la vieille femme allume la lampe pour littéralement assener un coup sur l'objet de sa colère.

— Voilà saleté ! maugréa-t-elle, grâce à toi je suis de mauvaise humeur, au moins c'est fait !

Elle s'extirpa avec difficulté du lit. Elle se faisait vieille. Sa bouche se tordit un instant dans un rictus amer : elle était bientôt bonne à jeter !

Après une toilette matinale rapide, mais efficace, elle s'habilla avec hâte. Elle avait tant à faire aujourd'hui.

C'était l'anniversaire de sa petite fille, Betty. Elle s'étonnait parfois en pensant à l'infinie tendresse qu'elle avait pour cette enfant alors qu'elle n'éprouvait pour sa bru qu'une effroyable indifférence.

Mère avait longuement réfléchi à ce qui pourrait faire plaisir à une gamine de onze ans et qu'elle pourrait effectivement se procurer. Le choix n'était évidemment pas vaste. Côté nouveau jouet c'était devenu impensable.

Mère eut un sourire fugace en imaginant la petite tête d'ange de Betty, cachant mal sa déception devant un gilet tricoté par ses soins. Fabriqué certes avec amour, mais avec des fils de laine, qui à force d'être réutilisée, donnerait à l'ensemble l'idée de feutre bouilli.

Non, Betty méritait mieux. Et une idée s'était affichée comme une évidence. La fillette était très gourmande et en ces temps difficiles de rationnement, la pensée de la voir saliver devant un de ses mets préférés l'avait décidée à prendre des risques. Elle allait se rendre à la campagne et trouver une ferme pouvant lui vendre du poulet, des œufs frais, du lait et du boerenkool, une variété de chou vert frisé dont Betty raffolait particulièrement. Elle partirait donc de très bonne heure dans l'espoir de voir Francine concocter un repas de fête avant l'heure de la sortie d'école. Mère voulait que la surprise soit totale et ressentait déjà au fond de son estomac un petit frétillement de bonheur. Du coup elle retrouva un peu de gaieté dans son cœur endurci.

Quelques heures plus tard, Mère regardait défiler les paysages devant ses yeux fatigués. Elle reposa quelques instants sa tête contre la vitre du train et ferma même un instant les paupières. Cette virée à la campagne l'avait épuisée. Ce n'était pas tant le moyen de transport qui l'avait fatigué, ni même la longue marche avant d'arriver à la ferme qu'on lui avait indiquée. Non, c'était plutôt le marchandage et toute l'énergie qui lui avait fallu déployer pour que la fermière acceptât de lui vendre un poulet, six œufs et quelques légumes parmi lesquels se trouvait le fameux chou Kale. Il lui en avait fallu compter des « piécettes » comme disait cette grippe-sous de paysanne.

Des piécettes ! Elle avait ressenti une grande haine envers cette femme, qui profitait de l'interdiction allemande de vendre des produits de la ferme directement au consommateur, pour obtenir des gains sordides.

Mère les avait obtenus, oui, mais à prix d'or !

Décidément, ils vivaient désormais dans un monde de jean-foutre et de paltoquets ! La tête lui tournait en pensant à la somme dépensée ! Elle souffla profondément et tellement bruyamment que bientôt tous les regards interrogateurs des autres voyageurs se posèrent sur elle. Elle se pinça les lèvres et devînt toute rouge. Gênée, elle se racla la gorge et fit semblant d'avoir avalé de travers, serrant fermement son panier entre les jambes.

Le train arriva enfin en gare d'Amsterdam et Mère fut particulièrement soulagée de quitter le compartiment. Elle laissa d'abord descendre les hommes d'affaires, pressés de regagner leurs bureaux.

Son cabas était relativement lourd, mais elle n'en fit rien paraître. Elle pressa le pas vers l'extérieur de la station, désireuse de rejoindre au plus vite le domicile de son fils. Elle espérait qu'il y aurait un tram, car le poids de son sac à provisions la faisait pencher sur le côté.

Elle arriva à la hauteur de la porte et reconnut le monsieur qui avait voyagé en face d'elle, dans la même cabine, en vive discussion avec un soldat de faction. Il lui destina un sourire narquois au moment où le soldat l'interpella :

— *Papieren Bitte !*

Il lui demanda poliment ses papiers, obligeant Mère à poser ses précieux achats sur le sol. Elle ne put s'empêcher de bougonner tout en fouillant dans son sac à main. En lui tendant les documents, elle réussit à articuler en souriant « Bitte schön », mais son sourire laissa le soldat de marbre.

Le garde étudia pensivement la carte d'identité, compara Mère à la photo collée dessus, acquiesça avant de lui rendre ses papiers.

Mère les rangea puis se figea quand l'Allemand saisit son panier.

L'homme du train eut un large sourire quand le militaire souleva le torchon qui cachait jusqu'alors les victuailles. Il eut un bref échange avec le soldat avant de s'adresser à Mère avec un fort accent guttural :

— Un beau poulet, des œufs, des légumes... Il hocha lentement sa grosse tête blafarde. Vous pensez les vendre au marché noir, je suppose ?

— Mais pas du tout, glapit Mère sans réfléchir.

L'homme plissa les paupières et son regard dubitatif en dit long sur ce qu'il pensait.

— Je vous assure, Monsieur, c'est pour ma petite-fille, s'empressa de lui expliquer Mère. C'est son anniversaire et j'ai pensé...

— Foutaises ! lui coupa-t-il la parole. Vous savez qu'il est interdit d'acheter directement à la ferme !

— Je n'ai pas...

— Cessez de mentir, madame, je vous ai vue ! bluffa-t-il d'un ton autoritaire, certain de son effet, tout en saisissant le cabas. Passez votre chemin ou souhaiteriez-vous m'accompagner et faire un tour à la *Kommandatur* ?

Mère était indigène. Elle eut bien du mal contenir les mots vulgaires qui lui venaient à l'esprit et qui colleraient si bien à la peau de ce sale individu. Lentement elle pivota, se redressa telle une reine, avança d'un pas puis s'arrêta un instant pour se retourner et le fusiller des yeux.

Et c'est ainsi, les mains affreusement vides, que Mère débarqua chez sa belle-fille.

Francine écouta attentivement son récit et la réconforta du mieux qu'elle put. La jeune femme lui fit un « ersatz » de café, s'assit en face de la vieille femme. Elle éprouva une sorte de pitié pour sa belle-mère, car sa déception était sincère. La grand-mère était vraiment désolée de ne pouvoir gâter Betty, de ne pas avoir un seul présent à lui offrir.

Mais en même temps, Francine ressentait une petite satisfaction de la voir ainsi diminuée. D'ordinaire Mère conservait son air hautain en toute circonstance et Francine ne fut pas mécontente de constater que cette bourgeoise, qui se faisait un plaisir de lui rappeler qu'elle n'était pas digne de leur belle lignée, n'était au final qu'une femme comme les autres.

Francine trouva la matinée en sa compagnie interminable. De plus, Flip, qui trouvait la grand-mère carrément insupportable avec ses airs de grande dame endimanchée, se terrait en bas, faisant semblant ne pas être au courant de son arrivée. Cette animosité était d'ailleurs réciproque, car Mère l'ignorait totalement.

Le repas était prêt et Francine se demandait comment occuper le temps avant que son époux ne rentrât pour prendre la relève et faire la conversation avec sa chère mère.

Mère, quant à elle, lisait devant la fenêtre, ne prêtant aucunement attention à sa bru.

Francine s'éclipsa de la cuisine et s'installa devant le piano dans la pièce à côté.

Bientôt ses doigts agiles se posèrent sur les touches blanches et de délicieuses notes de musique remplirent les airs. Elle inspira profondément et interprétait cet air Nocturne de Chopin comme si sa vie même en dépendait. Elle ferma les yeux pour mieux se laisser envahir. Plus rien ne comptait, seule la mélodie existait. Ses mains volaient sur le clavier, le temps n'existait plus.

Elle n'entendit pas sa belle-mère s'approcher.

Mère veilla cependant à rester bien derrière sa bru. Elle ne voulait pas que cette dernière l'aperçût, rompant ainsi le charme, car il fallait bien l'admettre, cela en était un !

La mère de Johan n'avait en effet jamais pris la peine d'écouter Francine jouer, elle était tellement persuadée que tout ce que faisait cette fille n'était pas bien, voire indigne. Or il fallait se rendre à l'évidence : côté piano, Francine était particulièrement douée. Une vraie musicienne ! Pour autant, elle ne la féliciterait pas.

La sonnette retentit, Francine se retourna brusquement, se trouvant face à face avec la vieille femme.

— Je venais chercher..., balbutia-t-elle, cherchant désespérément du regard quelque chose qui justifierait sa présence. Heu... Le journal !

Francine haussa les épaules en se levant, elle ne voulait pas polémiquer. Mère devait considérer qu'elle avait autre chose à faire que de jouer au piano. Mais ce qu'elle pouvait bien penser l'importait peu après tout. Elle se dirigea vers le hall et fut soulagée d'accueillir sa sœur qui ferait diversion.

Par chance, Betty n'avait pas école l'après-midi, son maître étant absent.

Flip, qui aurait volontiers passé plus de temps en compagnie de sa fiancée, mais ne pouvait souffrir Mère, eut alors une excellente idée. Pourquoi ne pas aller au zoo pour fêter l'anniversaire de Betty ?

Point besoin de faire d'autres propositions, l'enfant était ravie ! Seule Mère rouspétait, fidèle à son caractère hostile et austère. Mais Neel, beaucoup plus audacieuse que sa sœur, eut vite fait de lui clouer le bec. L'œil complaisant et la voix mielleuse, elle lui dit :

— Il est vrai que vous avez eu une journée particulièrement éreintante, et au vu de votre âge, nous comprendrons parfaitement que vous préféreriez rentrer chez vous pour vous reposer.

— Non ! répondit un peu trop sèchement Mère, qui piquée à vif, ne voulait pas passer pour une vieille. Je ne suis pas fatiguée du tout ! C'est... une excellente idée d'amener Betty à Artis. Et c'est moi qui vous invite !

Sur le chemin, Betty avait croisé Koky. Elle l'avait spontanément invité à les accompagner à Artis. Le garçon aurait volontiers accepté s'il avait eu de l'argent. Tous les regards s'étaient alors tournés vers Mère qui n'eut d'autre solution que d'inviter le copain de sa petite-fille. Neel, à qui la moue désapprobatrice de la vieille femme n'avait point échappé, avait adressé un clin d'œil malicieux à sa sœur et elles avaient eu bien du mal à contenir un fou rire.

Dès qu'ils eurent franchi la barrière, ils se retrouvèrent dans un autre monde. Artis avait cette magie-là. Et même si la nature luxuriante du printemps faisait défaut en ce mois de janvier lugubre, on ressentait un étrange calme vous envahir.

Betty et Koky partirent devant en sautillant joyeusement.

Le garçon voulait d'abord voir les aquariums, il avait une véritable passion pour les poissons. Il y en avait de très beaux, de très colorés, mais Betty le tirait constamment par la manche de sa veste pour le faire avancer.

— Allons voir les singes, proposa-t-elle quand elle en eut assez de le voir s'extasier devant un poisson-perroquet aux couleurs de l'arc-en-ciel.

Mais Koky était occupé à lire les explications sur la pancarte :

— Écoute un peu ça Betty. Ce poisson-perroquet s'entoure d'une enveloppe muqueuse pendant son sommeil pour ne pas que son odeur attire les prédateurs ! Tu te rends compte ? Si nous pouvions en faire autant pour ne pas être vus... nous dormirions plus tranquille, pas vrai ?

Betty resta songeuse un instant. Pourquoi lui disait-il cela ? Est-ce que Koky avait également un lourd secret ? Se pouvait-il que chez lui vive également une personne qui se cachait ? Si tel était le cas, elle aurait bien voulu en parler avec lui pour lui dire à quel point elle était angoissée toutes les nuits. Peur qu'on frappe à leur porte, peur de voir les siens en danger, peur de les perdre. Mais elle ne pouvait en aucun cas soulever ce coin du voile.

La fillette s'ébroua pour laisser tomber ces idées noires, c'était son anniversaire et elle voulait en profiter pleinement.

— J'en ai marre de tes poissons ! piailla-t-elle. Moi je vais aller voir tes frères !

— Mes frères ? s'étonna Koky avant de regretter aussitôt sa question.

— Ben voyons, les singes ! s'esclaffa Betty. Le premier arrivé a gagné ! lança-t-elle avant de prendre ses jambes à son cou.

Les deux garnements arrivèrent hors d'haleine devant les Primates.

Betty leur tira la langue et Koky fit le clown pour attirer leur regard. Mais les animaux n'en avaient cure et continuaient à leur tourner le dos. On n'avait pas le droit de les nourrir, aussi il était difficile d'attirer leur attention. Heureusement, les enfants furent bientôt rejoints par les adultes. La voix sensuelle de Neel fit apparemment sensation, car la plupart des bêtes firent volte-face en même temps. Elles les observaient maintenant de leurs yeux foncés.

Une des femelles avait un petit agrippé sous son ventre. Elle leur tendit la main avec des yeux implorants.

— Elle a faim ! cria Betty. Regarde comme elle est maigre ! Et son petit, il n'a que la peau sur les os !

— Oui, les animaux sont en effet efflanqués, ma puce, les temps sont difficiles pour tout le monde, personne n'y échappe, voulut la rassurer Neel tout en caressant la tête de sa nièce.

Betty souffla de déception, elle aurait tant voulu pouvoir donner à manger à cette mère et à son petit. Elle ne put davantage supporter le regard de cette dernière et fouilla ardemment l'espace à la recherche d'un singe plus en chair. Il y en avait, semblait-il, de l'autre côté de l'enclos. La fillette tira sur le bras de Koky pour l'inciter à la suivre.

Des mâles étaient assis sur différents rochers au bord de la petite mare. Trop absorbés par ce qu'ils faisaient, l'environnement ne les intéressait guère.

Betty et Koky, médusés par le spectacle, les observèrent d'abord sans piper mot. Puis n'y tenant plus s'écroulèrent de rire.

Non loin d'eux se tenait un visiteur très digne et élégamment vêtu. Il regarda les enfants d'un air amusé.

Mère arriva dans leur dos sans faire de bruit et s'approcha des bambins avec la ferme intention de les rappeler à l'ordre. Elle ne savait pas ce qui avait bien pu provoquer cette bruyante hilarité, mais il était inconcevable que sa petite-fille pût se comporter ainsi. C'était assurément la faute de son jeune ami, c'était lui qui la dévergondait !

Mère se racla la gorge afin d'éclaircir sa voix. Elle ouvrit la bouche, mais fut stoppée net dans son élan dès qu'elle saisit l'activité des singes.

Ceux-ci semblaient la regarder, la braver, la narguer même, tout en continuant à se masturber sans aucune gêne ! Les enfants, qui s'étaient rendu compte de sa présence, redoublèrent d'éclats de rire.

Francine et Neel arrivèrent au moment où Mère, indignée, sentit son visage s'empourprer. Quelques secondes suffirent aux jeunes femmes pour comprendre ce qu'il se passait et elles s'esclaffèrent à leur tour.

La colère s'empara de Mère et si ce n'avait été cet homme qui les épiait du coin de l'œil, elle aurait bien voulu mettre ces jeunes créatures incongrues à leur place ! Au lieu de quoi, elle décida de se ressaisir : elle redressa dignement la tête puis adressa un salut glacial à l'inconnu.

Le visage du spectateur s'éclaircit et un large sourire railleur illumina ses traits. Il fit un clin d'œil à la vieille femme dont le visage se colorait de pourpre pour la seconde fois avant qu'elle ne s'enfuie à grandes enjambées.

128. JUSTE QUELQU'UN DE BIEN

Hanneke accéléra le pas. Elle n'aimait pas être dehors après le couvre-feu, l'obscurité de la capitale l'effrayait. Elle rasait les murs, espérant passer inaperçue. Elle frissonna, il faisait froid ce soir.

Le début de ce mois d'avril 1944 avait été plutôt clément, mais à présent la température avait de nouveau chuté. Tout au long de la journée, il n'y eut que de rares éclaircies. Les averses avaient été nombreuses malgré un vent de force cinq.

Une bruine fine tombait. Elle était froide et pénétrante.

Après son service chez le commissaire de police, Hanneke s'était rendue chez son amant Paul. Cette visite, totalement imprévue, avait été nécessaire après tout ce qu'elle avait entendu lors de la réception à laquelle elle venait d'assister.

Le Kommissar et son épouse, avaient en effet reçu ce soir quelques officiers avec lesquels ils étaient devenus intimes.

Le jeune fils du dignitaire avait eu le droit de partager le repas avec les convives et du coup Hanneke aussi en tant que gouvernante.

Le champagne avait coulé à flots et rapidement les sujets graves avaient été remplacés par des propos bien plus légers sur la vie nocturne de la capitale.

Hanneke était restée bien concentrée, notant mentalement les nouveaux lieux à la mode des Allemands.

C'était ainsi que le nom de Cornelia était tombé.

L'ancienne résistante semblait organiser des soirées roulette au cœur de la capitale. Hanneke en avait été perplexe, mais quand elle avait observé du coin de l'œil la mine réjouie du *Herr* Kommissar, elle avait senti un frisson désagréable lui descendre le long du dos.

Que tramait encore cet homme, qu'elle surnomma secrètement la Fouine ? Mais avant d'avoir pu obtenir d'autres renseignements sur lesdites soirées de jeux, des thèmes bien plus frivoles encore furent abordés et l'enfant dut bien évidemment quitter la table.

Après avoir couché le petit garçon, Hanneke avait décidé d'aller chez Paul.

Elle avait passé une grande partie de la soirée lovée au creux de ses bras, tout en élaborant un nouveau plan pour démasquer les activités secrètes de Cornélia. Il était manifeste pour les amoureux que la jeune femme était en mission lors de ses activités nocturnes. Il fallait absolument découvrir ce qu'elle cherchait.

Hanneke fut soulagée quand elle s'appuya enfin un instant sur la porte close de sa maison. Elle remercia fugitivement le ciel, par les temps qui couraient rentrer chez soi sain et sauf était à chaque fois une bénédiction !

Il faut dire qu'elle était tellement inquiète depuis quelques jours. Paul n'avait plus de nouvelles de Jane ni de Tony. Depuis la mort de Bart, ils évitaient de se voir, c'était devenu bien trop dangereux. Ils ne venaient même plus dans le local de la Rombière et Hanneke se languissait de leur présence.

L'Artiste et la sœur de Bart changeaient sans cesse de domicile et cela leur avait plutôt réussi jusqu'à présent. Tony fabriquait toujours les fausses cartes d'identité dont le réseau avait tellement besoin et Jane s'occupait de la distribution du courrier. Willem le récupérait par la suite chez un boulanger.

Il n'y avait plus eu de lettres depuis exactement trois jours aujourd'hui !

Hanneke et Paul en avaient longuement parlé ce soir. La jeune femme était certaine qu'ils avaient été arrêtés, mais le journaliste voulait continuer de croire le contraire.

Faites qu'il ait raison, Seigneur, protégez-les ! Je vous en supplie !

Hanneke avança sur la pointe des pieds jusqu'à sa chambre, ne voulant pas réveiller ses hôtes. Tout le monde semblait dormir et Koky, avec lequel elle partageait désormais son lit, ne bougea pas d'un poil quand elle se glissa sous les draps. À peine eut-il un soupir de soulagement quand son inconscient reconnut la tiédeur du corps de sa maman de substitution.

Elle eut bien du mal à trouver le sommeil. Elle n'arrivait pas à calmer son esprit. Le bavardage mental était devenu son pire ennemi, s'en suivait toujours des nuits très agitées et peu reposantes.

Elle s'approcha un peu plus du jeune corps de son protégé. Elle huma l'odeur d'ordinaire si familière de ses cheveux, mais qui en cet instant gardaient des relents de crêpes !

Et soudain, ses souvenirs la ramenèrent des années en arrière, dans la cuisine de la demeure familiale à Berlin.

Elle riait alors à gorge déployée, devant la mine déconfite du petit Karl, alias Koky. Devant le grand fourneau en fonte, le garnement apprenait à tourner les crêpes en les faisant sauter. Mais il venait de rater l'atterrissage. La promptitude du garçonnet pour la ramasser ne suffit pourtant pas. Le pannequet disparut aussitôt dans la gueule du caniche attentif et trop heureux de cette occasion inespérée.

La jeune femme repensa au beau visage de la maman de son protégé et au doux sourire de son papa.

Comme ils étaient heureux alors, sans même en avoir une once d'idée !

Comme la vie était simple !

Comme ce temps semblait loin !

Et oh combien les temps avaient changé !

Plus rien ne sera jamais plus pareil.

La paix reviendrait-elle bientôt ?

Karl reverrait-il un jour sa mère ? Et si c'était le cas, comment pourraient-ils arriver à combler le gouffre qui les séparait désormais ? Pourrait-il un jour lui pardonner de l'avoir abandonné, d'avoir épousé l'idéologie nazie plutôt que celui de la résistance qui avait coûté la vie à son père ? Voudrait-il regagner le pays de son enfance ou bien ne voudrait-il plus en entendre parler ?

Égoïstement, elle préférerait le garder pour elle, elle l'aimait tellement. Comme s'il était vraiment de son sang à elle ! Parfois, elle en venait à se demander si sa mère biologique l'avait un jour autant aimé. Inge était toujours si froide !

Ses pensées continuèrent à vagabonder avant que la fatigue n'ait finalement raison de sa résistance.

Alors que Hanneke dormait enfin, Paul restait quant à lui éveillé. Il fumait cigarette sur cigarette. Tout son être dégageait une grande nervosité et c'était quand il était dans ces états-là qu'il élaborait ses batailles les plus violentes en couchant sur le papier ses sentiments les plus profonds.

Il devenait de plus en plus difficile de trouver du papier et de l'encre pour continuer à faire vivre son journal clandestin. Mais il y tenait comme à la prunelle de ses yeux. Et il avait tant à dire ! C'était étrange, car il avait parfois l'impression que là-haut, bien au-dessus de lui, quelqu'un en était conscient et le poussait à cracher la vérité.

Et il y avait plus fort encore : quand il était à bout de provisions, que l'encre ou le papier lui faisait défaut, on lui en trouvait comme par miracle ! Il prenait ceci pour un message. Il était sur cette terre, il existait pour réveiller les esprits, faire prendre conscience de tout ce qui se passait de misérable dans ce bas monde à l'heure actuelle.

Ce soir il pensait énormément à Jane et à Tony. Et en le faisant, un sentiment de révolte était apparu au fond de ses entrailles envers ceux qui s'étaient rangés du côté allemand. Il saisit son crayon à papier et griffonna fiévreusement les grandes idées de son prochain article. En les relisant, il grimaça. L'ensemble donnait l'impression d'un traité de philosophie dont le sujet pourrait bien s'intituler « Qui peut se considérer comme un bon patriote ? ».

Être un bon citoyen, voilà de quoi il voulait parler !

Qui pouvait s'estimer en fait comme étant moralement un bon Hollandais ?

Tous ceux qui tentaient de résister à l'oppression allemande bien sûr !

Mais ce critère était-il suffisant pour estimer que ceux-là étaient effectivement des « bons Hollandais » ?

Avec la plus grande indifférence, quelque cent mille compatriotes fricotaient avec l'ennemi. Des membres du NSB, des marginaux, des ratés de la société, des maraudeurs cherchant fortune... Certes ! Mais des Hollandais tout de même, non ?

Le journaliste voulait bien accepter qu'il s'agît là d'une minorité ! Mais alors, que penser de tous ces bébés qui naissaient aujourd'hui de père... allemand ? Pourquoi les femmes de son pays ne suivaient-elles pas l'exemple des Norvégiennes qui semblaient avoir bien plus de vertu civile ! Pourtant, s'il osait seulement les pointer du doigt, elles protesteraient de leur bonne foi !

Les tempes échauffées par l'écriture, Paul s'arrêta un court instant, mais reprit quasiment aussitôt.

Puisqu'il se trouvait dans le monde du plaisir, il allait gribouiller quelques mots à l'attention des artistes et des spectateurs.

En Pologne, les salles de cinéma où se projetaient des films de propagande nazie restaient désertes. Ici, à Amsterdam, la vérité était bien autre. On faisait la queue pendant des heures pour avoir une place et assister à une belle projection !

En Pologne encore, la plupart des acteurs refusaient de monter sur scène. Certains d'entre eux qui avaient osé braver cette solidarité nationale n'avaient pas fait long feu, on leur avait tiré dessus ! Et que voyait-on aux Pays-Bas ? Des salles combles malgré la présence de nombreux officiers nazis en uniforme.

La célèbre danseuse Yvonne Georgi, amie d'Hitler fut chaleureusement accueillie et reçut des applaudissements retentissants à vous faire vibrer les tympans !

Paul s'efforça de reprendre une respiration plus sereine, il fallait qu'il débatte de façon non passionnée, or il était en train de s'énerver.

Mais c'était plus fort que lui. Il s'occupait maintenant de la police nationale. Depuis quelques années déjà, elle prêtait main-forte aux *moffen*, arrêtant et internant des patriotes qui avaient d'une façon ou d'une autre déplu à l'autorité allemande. En Belgique, le corps de police soutenait la Brigade Blanche, qui sabotait les actions allemandes ! La force publique hollandaise pourrait rompre la terreur nazie en laissant s'échapper des résistants, mais ils ne savaient rien faire d'autre que d'obéir « bonnement » aux ordres.

Et que penser du personnel des chemins de fer ? Des braves gens, n'est-ce pas ? Pourtant ils facilitaient quotidiennement le transport militaire de wagons remplis de Hollandais à destination de Vught, de Westerbork, de la Pologne ou vers d'autres camps de concentration ou lieux incertains. Ils prenaient soin en plus de bien condamner les portes avec des clous et du fil de fer barbelé...

« La prudence est une vieille fille riche et laide courtisée par Incapacité » comme le disait si bien le poète et peintre William Blake.

Mais en France, on préférait se référer à Jules Renard. On ne faisait pas de la prudence une vertu et pas un seul jour ne se levait sans qu'un train ne déraillât !

Et puis que penser des hauts fonctionnaires ? Des personnes faisant partie d'un système de valeur morale, respectées comme des héros nationaux. Des gens tellement bons pour lesquels la maxime « un minimum de collaboration et un maximum de résistance » se résumait souvent à des retrouvailles de connivence autour d'une table aux mets parfumés où les affaires sinueuses et l'amitié s'entrelaçaient dangereusement.

Et quoi de plus normal que de voir les moins gradés de la hiérarchie marcher dans ce chemin tout tracé. Pour autant, Paul pouvait leur attribuer une valeur supérieure à celle du méchant, du vrai Collabo ! Non ?

Le mot Collabo lui raviva le souvenir de l'assassinat du roi de la presse française, Maurice Sarraut, en décembre 1943. À trop vouloir louer quotidiennement l'ennemi dans ses articles, on avait préféré le faire taire à jamais. Ici, à Amsterdam, les mensonges nazis étaient répandus dans les journaux, pour autant leurs auteurs restaient persuadés d'être de bons citoyens !

Paul s'interrompit et se passa les mains devant les yeux. Il était fatigué, mais il devait encore rendre des comptes à l'égard des banquiers.

Avait-on seulement remarqué avec quelles facilités les banques prêtaient des millions de florins aux Allemands ? Et pas un petit Cent à un individu représentant une organisation clandestine !

Monsieur le Banquier ne voulait pas se salir les mains en participant à des actions illégales. Cela était bien trop dangereux, voyons !

La peur, le danger, l'exposition...

Voilà ce qui faisait que de nombreuses personnes se pressaient pour obtenir un certificat attestant de leur chrétienté, que certains se précipitaient à se constituer prisonnier de guerre ou encore que d'autres se hâtaient à porter leur poste de radio aux autorités allemandes.

Paul ricana amèrement à présent. Pas étonnant alors que le commissaire du Reich, le redoutable Seys-Inquart, avait confié au Führer que les Hollandais se présentaient et s'annonçaient joyeusement !

Quel bon peuple tout de même ! songea Paul alors qu'un rictus amer lui barrait le visage.

Pour le journaliste, seul celui qui aidait activement les clandestins à se cacher, qui participait à la prolifération de journaux illégaux, qui faisait sauter les rails voire des trains, qui prenait part à l'embrasement des usines travaillant pour l'industrie de guerre de l'ennemi, ou encore qui renseignait les espions antiallemands était « bon ». Les autres avaient des comportements discutables souvent en opposition avec ce qu'ils prétendaient défendre. Ils étaient couramment en contradiction avec leur propre valeur morale.

Pour Paul il y avait des milliers de façons pour aider à détruire le système nazi.

« Collaborer un minimum en contrecarrant un maximum », voilà quelle était la devise de Paul. Et celui qui ne le faisait pas ou ne l'osait pas faisait partie des passifs, des indifférents, des impartiaux.

Paul relut à plusieurs reprises son brouillon, barrant des mots par-ci, changeant des expressions par-là. Il était tard dans la nuit quand le jeune homme se laissa tomber sur son lit, enfin satisfait du travail fourni.

129. JOUR DE CHANCE

Arthur venait de quitter le domicile de son frère. Il était content, car pour une fois Johan et lui avaient bouclé la comptabilité à grande vitesse. Ce qui lui laissait du coup un peu de temps avant de rentrer chez lui.

Il avait entendu parler d'une certaine Cornélia qui organisait des soirées casino. Plusieurs de ses amis y participaient régulièrement et parlaient de cet endroit avec beaucoup d'entrain. C'était donc d'un pas ferme qu'il s'y rendait.

Dès qu'on lui ouvrit la porte, l'ambiance chaleureuse de la cave l'enveloppa. La pièce était bondée, il n'en croyait pas ses yeux : une vraie ruche ! Une table de jeu se trouvait au milieu, des joueurs passionnés se tenaient tout autour. De leurs yeux enfiévrés, ils observaient le croupier lancer la boule. Arthur sentait leur excitation monter. Ils étaient sur le pied de guerre, prêts à faucher les mises.

Il regrettait de ne pas avoir assez d'argent sur lui ce soir. Il fouilla dans les poches de sa veste et y trouva un billet de dix florins. Ce n'était pas grand-chose. Un peu déçu, il se dirigea vers le bar pour prendre une bière puis se ravisa. Pourquoi ne pas tenter sa chance au final ? Une petite mise valait tout de même mieux que rien du tout. Pourquoi se priver du plaisir du jeu ? Il échangea donc son argent et n'obtint évidemment que quelques maigres jetons.

Il attendit que le râteau eût fini de ramener tous les jetons et plaques. Le croupier effectua les paiements puis annonça :

— Mesdames et messieurs, faites vos jeux.

Arthur jeta nonchalamment ses pièces sur la table.

On le dévisagea d'un air moqueur, le prenant pour un de ces blancs-becs hésitant et anxieux, n'osant miser une somme importante. Une femme à ses côtés lui adressa un sourire narquois en mettant sur le tapis plusieurs plaques. À son tour il la regarda d'un air amusé.

Personne ne vint sur la même case de peur que ce novice leur portât la poisse.

— Les jeux sont faits et rien ne va plus !

La bille roula sournoisement et finit par s'immobiliser sur le vingt-sept. Tous les regards se tournèrent alors vers Arthur, car c'était lui le seul gagnant ! Ce dernier afficha une moue où triomphe et ironie se mélangeaient.

À partir de ce moment-là, une nouvelle page se tourna dans le livre de la vie d'Arthur.

La fièvre du jeu s'empara de lui, gagna la plus petite de ses cellules, s'imprégna dans le moindre tissu de son être. Elle était tel un poison qui se diffuse de façon saugrenue dans l'ensemble du corps. Une étrange langueur à la fois enivrante et diabolique prit racine en lui.

Cornélia, la patronne des lieux, l'observait du coin de l'œil. Elle l'épiait depuis qu'il avait fait son entrée dans la cave. Installée nonchalamment sur un tabouret de bar, elle faisait causette avec les clients, aussi accoutumée avec eux que si elle les fréquentait depuis de longues années. C'était sa manière à elle pour photographier tout un chacun.

Elle flairait en Arthur un grand joueur même s'il n'en était pas encore conscient. Il venait une nouvelle fois d'empocher un gain important. De jolies femmes se pressaient maintenant autour de lui, le couvrant de mots flatteurs et de caresses égarées. Décidément, la chance lui souriait. Cornélia demanda au garçon de lui servir deux coupes de champagne. Elle s'empressa de lui en porter une.

— Je n'ai pas eu l'honneur de vous être présentée alors j'y remédie en portant un toast à votre bonne étoile ! Elle leva son verre, plantant ses beaux yeux dans ceux d'Arthur. Ils trinquèrent en silence ce qui réjouit la jeune femme. Elle n'avait pas souvent à faire à des timides et celui-ci lui plaisait particulièrement.

Quant à Arthur, il n'avait plus les pieds sur terre. Il venait de gagner beaucoup d'argent ce soir. En arrivant, il n'avait que dix misérables florins sur lui et les seuls regards qu'on lui adressait étaient remplis de mépris. Comme par un coup de baguette magique, il venait de renflouer son portefeuille ! Il n'avait pas assez de bras pour entourer les belles créatures qui voulaient se coller contre lui, pour ne pas mentionner la superbe Cornélia, propriétaire du « Petit Casino » qui s'intéressait également à sa petite personne ! Et il la passionnait, c'était certain. Il n'y avait qu'à la regarder pour en être convaincu. En plus, elle voulait tout savoir de lui, ce qu'il faisait, s'il était marié, s'il avait des enfants, s'il était heureux dans son couple. Arthur se sentait flatté d'éveiller autant de curiosité.

De l'autre côté de la table de jeu, un homme de belle allure était à l'affût de tout ce qui se passait dans la cave.

Paul avait pris l'habitude de se rendre dans ce lieu de divertissement au moins deux fois par semaine. C'était à son avis la meilleure façon de passer inaperçu. Il devait même s'avouer que désormais il se laissait prendre au jeu qui semblait l'attirer comme un aimant. Parfois il était tellement passionné qu'il en oubliait presque la raison de sa présence. En plus il gagnait régulièrement, mais il n'arrivait pas à la cheville du frère de Johan. Cet Arthur avait une chance extraordinaire !

À plusieurs reprises, Arthur avait dévisagé le journaliste comme s'il lui rappelait quelqu'un. Paul était resté de marbre, du moins en surface, car son sang n'avait fait qu'un tour.

Enfants, ils avaient fait les quatre cents coups, Johan, Arthur et lui. Puis il l'avait revu une seule fois chez Johan et Francine, mais cela remontait à quelques années en arrière et son nouvel aspect n'avait plus rien à voir avec ce qu'il fut jadis. Mais il avait quand même eu une belle frayeur quand les yeux perspicaces d'Arthur s'étaient posés sur lui. Enfin, le danger semblait à présent écarté et de toute façon Cornélia était devenue son centre d'intérêt et c'était tant mieux !

Il ne se passa rien d'intéressant durant le reste de la nuit. Paul n'avait toujours pas découvert ce que faisait réellement Cornélia. Il avait bavardé avec elle quand Arthur était parti, mais la discussion était infructueuse, comme à chaque fois. Elle s'intéressait à votre vie, mais sans jamais insister, elle savait rester discrète. Elle ne vous tirait pas les vers du nez par exemple alors qu'il s'y attendait. Elle semblait plutôt attendre qu'on se livre soi-même pour rebondir. Paul n'avançait guère dans ses investigations et il en était agacé. Peut-être que

Hanneke pouvait lui expliquer comment s'y prendre avec une telle femme. Il avait déployé tous ses charmes, mais il n'avait en aucun instant su l'enchanter de quelque manière que ce soit.

Il rentra chez lui penaud et frustré d'avoir perdu de l'argent sans avoir obtenu un seul renseignement.

130. SS-OBERSTURMFÜHRER ROHR

Au fond de la cave humide se tenait un semblant de boule humaine. Des cheveux en désordre entouraient un visage qui avait été jadis si charmant. Le teint délicatement frais et illuminé par de multiples tâches de rousseurs avait fait place aux boursouflures aux couleurs de l'arc-en-ciel.

L'individu recroquevillé dans un coin de la pièce n'avait plus rien à voir avec celui d'une jeune femme à l'air mutin. Ce n'était plus qu'un misérable petit tas de chair et d'os.

Ah ! Ils l'avaient bien amochée les gars de la Gestapo ! Ils n'y étaient pas allés de main morte ! Une déferlante de coups s'était abattue sur son petit corps frêle, même ses doigts n'avaient pas été épargnés. Certains bouts de ceux-ci étaient décorés d'une couche de sang séchée qui cachait mal l'absence d'ongles. Eh oui, c'était toujours ainsi quand la malchance s'occupait de vous et venait vous régler ses comptes !

Jane avait été arrêtée après une course-poursuite dans la Centraal Staation. Pour essayer de sauver leur peau, Tony et elle s'étaient dispersés. Elle n'avait aucune certitude quant à l'état de vie ou de mort de son compagnon. Des coups de feu avaient retenti de partout, des gens avaient hurlé, le bruit de bottes venant de toute part l'avait clouée sur place ; elle s'était fait prendre sans livrer bataille.

Des milliers de fois, elle avait imaginé son arrestation. Mais jamais elle n'avait pensé réagir ainsi : liquéfiée sur place ! Toute vie semblait avoir quitté son corps, et ses jambes affreusement ramollies par la terreur, n'avaient pu avancer.

La porte s'ouvrit et à travers la rousseur de ses mèches collées à son front, elle vit une ombre venir à sa rencontre. Mais elle ne levait pas la tête. Elle n'attendait de toute façon plus rien de la vie et rêvait secrètement que la mort l'emporte. Qu'on en finisse de Jane la Mutine, criait tout son être. Mais Saint Pierre n'avait cure de ses prières.

L'homme s'approcha dangereusement et déjà Jane se recroquevilla davantage, si toutefois c'était encore possible. À son grand étonnement, il lui couvrit le dos. Ce fut une sensation des plus agréables. Ce devait être de la fourrure ou quelque chose de ce genre. Elle continuait pourtant à frissonner.

— Levez-vous, lança la voix d'un ton jovial.

Jane fit mine de ne pas entendre.

— Allez ! Vous allez attraper la mort en restant ici ! fit le soldat d'une manière autoritaire, mais douce. Il la saisit par les épaules tentant de la redresser. Il lui leva le menton.

— Regardez-moi ça ! Si ce n'est pas dommage.

Jane fronça les sourcils, elle n'était pas habituée à entendre la moindre compassion dans ce lieu et fut grandement surprise. Elle osa un regard en oblique et vit un homme élancé d'une quarantaine d'années. Son sourire franc la désarma un instant, mais quand il lui tendit courtoisement la main pour l'aider à se redresser, elle se renfrogna. Ici, au QG de la SD, il ne pouvait pas y avoir de bonté, il ne fallait pas se leurrer ni se laisser piéger. Ici la cruauté était souveraine et ce pantin charitable qui se tenait devant elle n'était rien d'autre qu'un instrument supplémentaire, un presse-citron envoyé pour extraire le jus d'information que les autres abrutis n'avaient réussi à extirper d'elle. S'ils la jugeaient sotte, elle saurait se montrer digne de son intelligence. Ils voulaient jouer à ce jeu-là ? Qu'à cela ne tienne ! Malgré tout ce qu'ils lui avaient fait subir, elle sentait son instinct de survie reprendre le dessus. Même si « arrestation » rimait dans la plupart des cas avec « mort sans miséricorde », on ne l'avait pas encore enterrée ! Et c'était d'une moue déterminée qu'elle se redressa, camouflant l'état de son corps endolori derrière un sourire déterminé.

— *Sehr gut !* Voilà qui est mieux ! L'Allemand lui ordonna d'enfiler maintenant le manteau et de le boutonner. Jane s'exécuta. C'était de loin la chose la plus plaisante qu'on lui ait sommé de faire depuis qu'elle était emprisonnée.

L'officier la poussa dans le couloir et Jane, après avoir passé plusieurs jours dans le noir, cligna des yeux, trouvant la lumière du jour aveuglante. Ils croisèrent plusieurs militaires avant de rentrer dans ce qui semblait être le bureau de son accompagnateur. Il l'invita cordialement à s'asseoir.

— Je suis Emil Rohr, *meine Fräulein*, se présenta l'officier,...

Mais Jane ne broncha pas, elle n'en avait cure de comment il s'appelait ou quelle pouvait bien être sa fonction au sein de l'armée allemande. Elle se concentra sur le bout de ses chaussures pour ne pas entendre son improvisation de diatribes enflammées contre les résistants.

L'homme n'était pas dupe et pour captiver son attention, il lui tendit une cigarette qu'elle refusa d'abord, avant de se raviser. Il l'alluma, puis la lui donna.

La jeune femme ferma un instant les yeux tout en se laissant aller contre le dossier du fauteuil. La tête en arrière elle tira longuement sur la cigarette inspirant la nicotine bienfaisante qui se dispersait rapidement dans ses veines.

L'Allemand lui accorda une minute de répit tout en l'observant avec un amusement non dissimulé. Elle était sale, amochée et sentait mauvais. Mais il avait vu des clichés d'elle et n'avait aucune difficulté à l'imaginer telle qu'elle pouvait être. Il se racla la gorge de manière à ramener Jane auprès de lui.

Cette dernière ouvrit un œil, mais resta avachie. Elle était livide, hagarde et n'avait aucune envie de revenir à la réalité.

— *Fräulein*,

— Excusez-moi *Herr* Rohr, mais pouvez-vous m'indiquer quel jour nous sommes aujourd'hui ? Je n'en ai aucune idée, voyez-vous et c'est bientôt l'anniversaire de ma mère, sa voix se brisa et elle éclata en sanglots bruyants. Il aurait fallu bien la connaître pour savoir que ce n'était qu'une feinte. De vraies larmes coulaient le long de son visage et le regard qu'elle jetait à celui qui lui faisait face semblait le bouleverser. Il se leva pour lui passer son mouchoir. Jane se moucha puis ses pleurs redoublèrent.

Le soldat n'était pourtant pas naïf à ce point-là, même si la silhouette frêle l'émouvait bien plus qu'il n'aurait voulu l'admettre. Il aimait les belles femmes comme celle-ci, mais détestait les voir pleurer.

Selon lui les belles créatures étaient faites uniquement pour les jeux de la séduction et de l'amour, pour être déshabillées avant d'être sauvagement dominées.

— *Fräulein*, reprit-il à voix basse pour qu'elle fût attentive. Cessez ces gémissements. Vous savez la raison de votre présence en ces lieux. Je dois dire que vous n'en finissez pas de m'étonner. Il sortit une autre cigarette du paquet et aspira une bouffée avant de poursuivre.

Jane ne pleurait plus. Elle s'était redressée, sa profonde inquiétude avait envahi ses traits.

— À vrai dire, j'admire votre courage. Le dossier que j'ai ici, continua-t-il alors que sa main tapotait une chemise cartonnée sur laquelle Jane pouvait lire son nom écrit en gros caractères, est rempli de vos actes terroristes. Pour autant que je sache, vous niez en être l'auteur.

Rohr sortit une enveloppe remplie de photographies. Il y avait plusieurs clichés d'elle, mais il lui présenta celui où Tony s'affichait en sa compagnie, lui encerclant la taille de ses bras musclés. Jane déglutit avec difficulté. Elle se rappelait très bien où cette vue avait été prise : à Zandvoort l'été dernier. Où avait-il eu cette photo ? Qui la lui avait fournie ? Son estomac se noua un peu plus.

— Tout comme vous refusez d'avouer que ce falsificateur est votre amant !

Jane ne pipa mot.

— Je vais jouer franc jeu avec vous *Fräulein*. Il n'est pas dans mes habitudes de maltraiter les femmes. Il s'interrompit brièvement, sondant Jane du regard. Vous l'aimez, n'est-ce pas ? Bien plus que votre propre vie ! Il a beaucoup de chance cet homme.

Jane sursauta. Rohr avait utilisé le présent, cela signifiait-il que Tony était toujours vivant ?

— Est-ce qu'il est en vie, ne put s'empêcher de prononcer Jane. Les mots avaient jailli de sa bouche comme un flot incontrôlable.

— Évidemment qu'il l'est ! Et il ne tient qu'à vous de l'y laisser !

Sur les joues de la résistante ruisselèrent à présent de grosses larmes et cette fois ce n'était plus de la comédie. Elle se mordit l'intérieur de la joue, elle avait tant souffert pour protéger Tony, c'était inimaginable. Seules quelques minutes avaient suffi à ce porc pour que tout s'envole en éclat ! Elle se sentait minable, atrocement vide. Elle venait de commettre sa première erreur.

Un sourire narquois traversa fugacement le visage de l'officier, fier de sa réussite en un temps record. En général, il n'était pas partisan de manières brutales, il préférait arriver à ses fins par d'autres moyens. Mais là, il devait s'avouer qu'il avait fait fort. Une nouvelle aventure allait pouvoir commencer pour cette petite rousse et elle ne se doutait pas de ce qu'il lui préparait !

131. DES FEMMES ET LEURS JEUX

Arthur était rapidement devenu un habitué des soirées de roulette chez Cornélia. La jeune femme en était ravie, car elle flairait en lui un homme de bonne maison, toujours élégamment vêtu et au vu de ce qu'il dépensait parfois lors d'une seule soirée, il devait être relativement riche.

L'homme lui avait confié qu'il était marié et père d'une famille comptant trois enfants. Quant à sa profession, il restait plutôt vague, ce que Cornélia traduisait comme un besoin de discrétion. Il avait donc des secrets et elle comptait bien les découvrir. C'était bien là le but premier des soirées qu'elle organisait.

Il y avait beaucoup de monde ce soir-là, et la pièce était déjà tout enfumée.

Arhtur venait de miser gros quand Cornélia s'approcha de lui, un sourire radieux inondant son joli visage.

— Alors, fit-elle nonchalamment, qu'est-ce que cela dit ce soir ?

Pour toute réponse le joueur grommela quelques bribes incompréhensibles et la jeune femme comprit que la chance n'était pas de son côté. Elle décida de rester un peu près de lui, tout en jetant des regards chaleureux à droite et à gauche, de manière à n'oublier personne. Elle lui murmura quelque chose à l'oreille. Arthur rougit aussitôt et elle éclata de rire. Qu'il était gauche ! C'était ce qu'elle appréciait le plus en cet homme ; ce n'était pas un coureur.

Rien à voir avec son chef, le *Rechercheur* Joop, qui convoitait chaque jupon qui passait dans son entourage, songea-t-elle alors que ce dernier fit justement son apparition. Il n'était pas sensé venir au Petit Casino même s'il fréquentait le monde de la nuit. De loin il lui fit signe de venir et elle en fut agacée, mais acquiesça. Elle se glissa rapidement derrière le bar pour lui servir une coupe de champagne.

— Tu es ravissante ce soir Cornélia, lança Joop de sa voix mielleuse alors que ses yeux se perdaient dans son décolleté.

— Je préfère que tu me regardes dans les yeux quand tu me donnes un compliment. Côté savoir-vivre tu as du travail !

— Doucement la garce, susurra-t-il en empoignant son avant-bras et en regardant la montre qu'il lui avait offerte.

— Tu me fais mal, lâcha-t-elle tout en s'efforçant à sourire et en contrôlant sa voix, car elle ne voulait pas qu'un client pût l'entendre.

Pour toute réponse Joop l'attira un peu plus vers lui au-dessus du comptoir.

— Tu me dois tout Cornélia, tout ce que tu possèdes aujourd'hui, y compris cette jolie montre en or, alors je regarde où je veux ! Continue à sourire comme si je t'excitais.

Elle pouvait difficilement agir autrement, ils se feraient remarquer. Alors elle gloussa comme une idiote.

— Voilà qui est mieux ! Surtout, ne t'arrête pas. Tu ne sembles pas très efficace en ce moment Cornélia. Le Kommissar Rudolph Dahmen von Buchholz s'impatiente, il est déçu. Tu ne rapportes pas assez. Souris te dis-je ! Même si tu as un beau cul, tu lui coûtes cher et c'est la raison de ma venue. Plus de perspicacité Cornélia, plus de perspicacité ! Il la libéra brutalement, caressa sa joue, vida sa coupe d'un trait et tourna les talons pour disparaître.

Cornélia en avait l'estomac retourné. Elle avait pourtant un bon carnet de contacts, elle se renseignait toujours de façon ingénieuse auprès de toute sa clientèle, mais les affaires ne se concluaient pas toujours.

Elle se servit à boire sans s'apercevoir qu'un client jusque-là tapi dans un coin sombre de la pièce se leva et sortit à son tour.

Paul, qui avait suivi toute la scène aurait payé cher pour entendre la conversation. Une chose était certaine toutefois : Joop était venu pour la menacer, mais la menacer de quoi ? De coups, de dénonciation, d'expulsion ?

Dans la rue le jeune homme vit qu'il pleuvait à présent. Tant mieux, il lui serait plus facile de suivre le *Rechercheur*, la pluie assourdirait ses pas. Il enfonça un peu plus son chapeau sur la tête, monta le col de sa veste et s'élança à la poursuite de l'individu. Il se tenait à une distance respectueuse, car il savait Joop redoutable.

L'homme semblait se diriger vers le quartier rouge. Quelques minutes plus tard, il tourna à la rue Zeedijk puis entra dans le Café 't Mandje alors que Paul poursuivit encore un peu son chemin.

Il connaissait très bien cet endroit et pour cause. C'était ici même qu'étaient nées les prémices de la destruction du fichier de recensement de la population hollandaise en mars 1943 !

Ce café était toujours bondé, on y croisait des gens de tout bord. Pour Bet, la tenancière du bar, tout le monde étaient bienvenus. Prostituées, proxénètes, ouvriers, intellectuels, artistes, homosexuels et même les Allemands. Ces derniers, outrepassant l'interdiction de fréquenter ce quartier pour éviter toute contamination d'une MST, aimaient venir en ce lieu accueillant.

Seules deux règles étaient de mise, que Bet défendait corps et âme.

La première était le respect de l'autre, qu'importe sa nationalité, métier, sexe ou orientation sexuelle, pro ou antiallemand.

La deuxième était qu'elle, Bet, était le Chef.

L'acceptation obligatoire de ces normes dictées par une femme imposante autant par sa personnalité que par ses formes, faisait de cet endroit un des lieux le plus en vogue de la capitale. Ici on pouvait pour un court laps de temps oublier les différences qui séparent si souvent les gens.

Paul s'était immobilisé un peu à l'écart du bar pour fumer une cigarette, il allait attendre quelques minutes avant d'entrer à son tour dans le café. Il aspira une longue bouffée de nicotine et s'appuya contre le mur. Il était las en ce moment. Les temps devenaient de plus en plus incertains pour les opposants des nazis. Il se faisait beaucoup de soucis pour Hanneke. Il avait tellement peur que l'on découvre son travail dans la résistance. Elle avait beau lui certifier qu'il n'y avait pas de meilleure couverture que de travailler pour le Kommissar de la police d'Amsterdam en personne, il tremblait pour elle.

Il lâcha un profond soupir de volutes bleues, la vie était dure tout de même. Quand enfin on trouve l'amour de sa vie, il faut que ce soit pendant la guerre.

L'ironie du sort voulait qu'il ne pût aimer que quand chaque minute qui passait semblait être une bravade pure ! Il vit quelqu'un s'approcher. À sa démarche claudicante, il reconnut Willem.

Ce dernier venait de terminer sa tournée de livraison de cartes et de tickets de rationnement. En procurer était une tâche de plus en plus difficile. Aux nombreux Juifs cachés s'étaient ajoutés les réfractaires au travail forcé qui avaient du coup plongé dans la clandestinité.

— J'ai bien peur que dans un avenir proche je ne puisse plus assurer une répartition équitable, les dépôts sont de mieux en mieux gardés ! Tu penses bien... Les boches ont réfléchi à tout, quelle putain de méthode pour contrôler la population et débusquer les rebelles ! Je dois encore me rendre au Mandje pour une dernière commande, je te paie un coup à boire !

— Tu tombes à pic ! lança Paul vraiment heureux d'avoir rencontré son ami. J'allais justement m'y rendre, laisse-moi t'expliquer pourquoi.

— J'ai bien saisi, fit Willem d'une voix grave après l'avoir attentivement écouté. Allons voir si nous pouvons en apprendre un peu plus.

Un brouhaha joyeux accueillit les camarades. Bet adressa un sourire entendu à Willem et vint à sa rencontre. Elle débarrassa rapidement une table où ils purent s'installer et le hasard les plaça tout proche de Joop qui était en vive discussion avec une brune dont le visage rappelait vaguement quelqu'un à Willem. Malheureusement ils se levèrent au bout de quelques minutes et s'en allèrent ensemble, laissant le journaliste sur sa faim. Quand il voulut se mettre debout à son tour, Willem le retint par le bras.

— Patience mon ami, le café ne va plus tarder à fermer et nous pourrons tranquillement parler avec Bet, elle en sait souvent beaucoup sur les gens qui fréquentent son établissement. Tu ne perds rien pour attendre. Je vais chercher une autre bière, tu en veux une aussi ?

Paul acquiesça, mais la moue sur son visage en disait long sur ce qu'il pensait.

Et pourtant.

Une fois la porte du café dûment close, Bet s'installa auprès d'eux avec une bouteille de Schnapps et des petits verres.

— *Proost* ! lança-t-elle gaiement malgré la fatigue qui marquait ses traits. Contente de te revoir, fit-elle en entrechoquant le verre de Paul.

— *Proost* ! lui répondirent les deux autres.

— Willem, j'ai de nouveaux locataires et tu vas devoir m'apporter davantage de tickets alimentaires.

— C'est que cela ne va pas être facile, Bet !

— Allons mon beau, rien n'est jamais trop compliqué pour toi, tu trouveras bien une solution, assura-t-elle en lui faisant un clin d'œil.

— Tu as la parole facile, Bet. Mais dis-moi, combien de personnes loges -tu et où ?

— Juste cinq de plus, un couple avec trois enfants. Ils se sont installés dans la cave au milieu des bouteilles de Schnapps, ricana-t-elle.

— Au milieu des bouteilles de Schnapps ? Tu en as tant que cela ?

Bet rit de plus belle.

— Ah oui, il faut que je te raconte cette histoire, tu vas adorer ! Mais avant tout, donne-moi l'enveloppe.

Willem la sortit de la doublure de son manteau et la lui tendit. Elle en vérifia rapidement le contenu.

— Sincèrement, je ne sais pas ce que je ferai sans toi. Bon , écoutez-moi ça : l'autre jour un boche, un officier, est venu, fort sympathique au demeurant. Il est resté un long moment et je me suis bien occupée de lui, fit-elle d'un air entendu. Je lui en ai tiré les vers du nez à cet ivrogne, mais je t'en parlerai un autre jour. En tout cas, à un moment donné, il m'a demandé si je ne rencontrais pas de problème en tant que femme seule... Elle s'interrompit pour vider son verre et s'en resservir un autre. S'il se doutait un seul instant que je n'aime que les femmes ! glapit-elle. Bref, il me demande donc si je ne rencontre pas de problème en tant que femme seule, à quoi je lui ai répondu : « Oh si ! Schnapps ! » « Schnapps ? » a-t-il répété. « Oui mon problème c'est que je n'ai plus du tout de Schnapps ! » Eh bien, les gars, deux jours plus tard j'ai eu droit à une livraison expresse de Schnapps ! Plusieurs caisses de Schnapps que les soldats, sous l'œil vigilant de l'officier, ont déposé dans ma cave. Du coup comme ma cave venait d'être inspectée et que j'ai du Schnapps pour un certain temps, j'y ai mis mes invités.

— Bien joué, la félicita Paul en riant puis d'un air plus sérieux il ajouta : Tu connais la brune qui était attablée avec le *Rechercheur* ?

— Ans ? Oui je la connais. Son visage se rembrunit. Et je peux te garantir que je préférerais ne pas connaître ce genre de personnes, mais bon ici j'accepte tout le monde, c'est ma devise et souvent fort utile pour vous les gars, car mes oreilles captent tout à la fois.

— Et donc à propos de cette Ans, qu'as-tu à dire de plus ? insista Paul.

Bet se tourna vers Willem :

— Ans van Dijk. Tu dois la connaître, elle vient de ton milieu. Elle a d'abord soutenu les vôtres en les cachant, tout comme toi, sauf qu'elle s'est fait pincer par la SD. Ils lui ont donné le choix : camp de concentration ou collaboration... Elle a pris la deuxième option. De victime elle est devenue bourreau. Vous jugerez par vous-mêmes. Il paraît que la Sipo-SD et ses auxiliaires trouvent autant d'indicateurs qu'ils veulent, même chez les Juifs. C'est l'officier dont je vous parlais tout à l'heure qui me l'a dit. Ceci dit, je n'aimerais pas devoir choisir un camp...

Un court silence s'installa.

— Elle rencontre souvent Joop ici. Son humeur est toujours plus joviale au départ qu'à l'arrivée, ce qui me fait penser qu'elle doit être efficace dans son boulot.

Quand Paul rentra chez lui, il n'était pas franchement des plus sobres, mais boire lui avait fait du bien. Finalement cette affaire lui plaisait. Ce Joop allait lui servir certains traîtres sur un plateau d'argent. Il n'avait pas encore fait de lien entre cette Ans et Cornélia, si ce n'était que toutes deux travaillaient pour la SD. Il se demandait toutefois si elles se connaissaient et décida de poursuivre ses recherches en ce sens.

132. OBJECTIONS

Le SS-Obersturmführer Rohr était avachi dans un fauteuil Napoléon III et tapotait nerveusement ses doigts sur le velours capitonné pourpre des accoudoirs. Ses pieds, posés sur un tabouret assorti, accompagnaient la cadence de ses mains. Il continuait de scruter le visage de Jane.

La jeune femme immobile sur sa chaise prit une profonde inspiration tout en gardant les yeux fixés sur un tableau accroché au mur. Pour ne pas subir le regard perçant de l'Allemand, elle fouilla frénétiquement sa mémoire pour en retrouver l'auteur. C'était un peintre de l'école hollandaise représentant un docteur et sa patiente. Le médecin prenait le pouls de sa cliente. Elle était très mal en point et avait mis la tête sur un oreiller posé sur la table. Par terre, il y avait un moulin à poivre et un bol contenant sûrement des herbes ou baies moulues. Jane s'imaginait que la dame avait pris la préparation dans l'espoir d'en mourir. La jeune rousse ferma un instant les paupières et souffla bruyamment.

— Ce tableau vous intrigue, *meine schöne Fräulein* ? Vous pouvez vous en approcher, si, si, allez-y !

Jane s'avança jusqu'au tableau, bien heureuse d'échapper un moment à cet interrogatoire silencieux.

— Il est beau, vous ne trouvez pas ? Voyez-vous la douleur de ce visage, ma chère, demanda l'officier, la précision des traits ? Il se leva pour s'approcher de Jane. C'est une copie de l'œuvre de Jan Steen, la vie quotidienne constituait son sujet de prédilection, mais cela vous le saviez déjà, il me semble. Ce tableau transpire la connaissance du cœur humain, qu'en pensez-vous ?

La résistante restait coite. Mais où voulait-il en venir ?

— Cette femme vous ressemble Jane.

Intriguée, cette dernière se tourna vers Rohr.

— Si, si, je vous l'assure, susurra-t-il. Elle a perdu son amoureux et est prête à mourir pour cela. Vous comprenez où je veux en venir ?

Il se leva et s'approcha de la jeune femme d'un pas vif et prit son menton pour la forcer à le regarder dans les yeux.

— Pour elle il est trop tard, chuchota-t-il, mais pour vous il est encore temps. L'heure de la mort n'a pas encore sonné et l'espoir vous est toujours permis... Votre amant attend de vous que vous le sauviez, sa vie est entre vos mains...

Jane ferma les yeux et tenta de se contrôler. Son cœur tambourinait dans sa poitrine. Elle aimerait tant croire Rohr, admettre que Tony soit en vie, avoir confiance qu'une autre chance leur serait donnée !

— Vous mentez ! balbutia-t-elle les lèvres tremblantes. À présent les larmes coulaient sur ses joues.

— Bon..., si c'est ce que vous vous obstinez à penser, vous ne me laissez guère le choix. Je vais vous faire raccompagner dans votre chambre, le diner vous sera servi aux alentours de six heures. Peut-être je vous ferai descendre après, ou alors demain, vous verrez bien. De toute façon, rien ne presse, n'est-ce pas ? Vous êtes bien traitée ici, vous mangez à votre faim et dormez dans des draps propres, n'est-ce

pas ? s'enquit-il la voix remplie d'ironie.
Emil Rohr se saisit de la sonnette pour appeler un soldat.

Marius tenait fermement la main gauche de Neel pour mieux observer la bague qu'il venait de glisser sur son annulaire.
— Cette bague te va à merveille.
— Merci, fit timidement la jeune femme. J'ai une préférence pour l'or blanc, le savais-tu ?
— Non, mais l'or jaune c'est plus commun. La plupart des femmes se voient offrir des bagues en or doré... Tu n'es pas une femme ordinaire, tu es une pépite d'or à toi toute seule.
Neel rit en secouant la tête :
— Tu es un charmeur Marius, tu sais y faire avec les femmes, nul doute là-dessus !
— Je sais y faire avec toi, précisa-t-il. Je suis relativement timide, tu ne peux le nier. Les mots ne me viennent pas facilement. Il m'est plus simple de communiquer à travers des symboles.
Neel redressa la tête, l'air interrogateur, avant de tourner à nouveau son attention sur la pierre précieuse qui ornait l'anneau brillant.
— Et ? osa-t-elle.
— Le rubis, expliqua Marius d'une voix plus hésitante qu'il ne l'aurait souhaité, c'est la pierre des familles royales, celle des rois, des puissants. On le trouve sur tous leurs joyaux... Cette gemme symbolise la vitalité et l'amour... Le rubis était considéré comme l'emblème du bonheur dans l'Antiquité. Voilà pourquoi j'ai choisi le grenat, car depuis que je t'ai rencontrée je suis heureux, j'ai retrouvé la joie de vivre. Je t'aime. Je veux faire de toi ma reine ! Tu mérites mieux que ce que tu as aujourd'hui et je peux te l'offrir. Je suis assez riche pour satisfaire tous tes besoins. Tu n'auras plus besoin d'aller travailler sauf si tu le désires. Nous aurons des domestiques qui s'occuperont de la maison, tu n'auras qu'à t'occuper de toi, de moi, de nous quoi ! Tu pourras organiser des soirées et recevoir des personnes intéressantes. Tu brilleras au milieu d'elles !
Neel était aux anges, cet homme savait dire les choses qu'elle aimait entendre, mais la réalité la rattrapa aussitôt.
— Tout cela va trop vite pour moi, Marius. Nous nous connaissons que depuis quelques mois.
— Il faut savoir prendre le train quand il passe, insista-t-il en lui embrassant fiévreusement les mains.
— Tu as raison sauf que je suis déjà fiancée, tu sembles l'oublier !
Il eut un mouvement d'agacement et balaya l'air de la main comme s'il pouvait ainsi faire disparaître ledit fiancé.
— Tu n'as qu'à rompre ! Où est le problème ?
— Je te pensais différent..., s'étonna Neel.
— Je me suis laissé emporter, s'excusa-t-il. Tu me rends fou. Je n'ai plus envie de te partager avec ce..., cet homme. Je veux t'épouser.
Neel prit sa tête dans les mains et soupira. Elle pensait à tous les meubles qu'elle et Flip avaient achetés et qui étaient stockés quelque part dans la ville, à tous leurs projets. Y'en avait-il seulement ou était-

ce de l'utopie ? N'avaient-ils pas simplement tiré des plans sur la comète ?

Marius l'observait attentivement et la moue dubitative qui venait de se glisser sur le joli visage de sa maîtresse ne lui avait pas échappé.

— Tu dois lui dire la vérité, lui avouer que tu aimes quelqu'un d'autre.

— Je ne peux pas faire cela !

— Et pourquoi donc ?

— Tu sembles oublier sa situation !

— Bien sûr que non, se défendit Marius, je n'oublie pas que ton fiancé vit dans la clandestinité, qu'il se cache chez ton beau-frère, que sa vie est loin d'être drôle ! Mais puisque tu ne l'aimes plus, bon sang ! s'emporta-t-il à nouveau.

— Je ne peux pas ! confirma Neel d'un ton strident.

— Tu ne peux pas, tu ne peux pas ! Tu ne peux pas ou tu ne veux pas ? Pardon, mais il y a une nuance !

La jeune femme éclata en sanglots, mais continua pourtant, la voix brisée :

— Est-ce vraiment si difficile pour toi de comprendre que je ne peux pas le laisser tomber maintenant ? Que sa vie est déjà un enfer ! Il est sans nouvelles des siens. Nous sommes sa seule famille, est-ce que tu saisis ?

— Vous n'êtes pas mariés, par conclusion...

— Arrête ! siffla Neel.

— D'accord. Mais nous reprendrons cette discussion ma chérie, je veux que tu lui parles.

— Pas avant la fin de la guerre.

— J'espère que tu n'es pas sérieuse ?

— Si je le suis ! Berlin se fait bombarder tous les soirs. L'Airforce américaine attaque les bases d'industries aériennes ! La fin de cette maudite guerre est proche, je le sens.

— Puisses-tu avoir raison, rétorqua-t-il. Et intérieurement il ajouta : Car sinon je devrais m'en occuper moi-même...

Jane se rongeait les poings de colère. Elle se demandait ce que le SS Rohr mijotait. Elle attendait depuis la veille qu'il la fît appeler. Elle n'avait évidemment pas pu fermer l'œil. Toute la nuit, longue et interminable, n'avait été qu'un cauchemar éveillé, où elle avait revécu sa vie de résistante auprès de Tony et de ses amis.

La rousse aurait préféré mourir. La plupart des gens comme elle portaient en permanence une capsule de Cyanure sur eux, pourquoi n'en avait-elle pas fait autant ?

Non !

Jane la rebelle se pensait plus forte que les autres !

Jane la mutine voulait être différente !

Jane l'insoumise se sentait invincible !

Maintenant elle regrettait amèrement son caractère d'indomptable.

Pourquoi avait-elle été aussi stupide ? Bon sang ! Elle s'agenouilla sur le lit et envoya des coups d'une rare violence dans l'oreiller jusqu'à ce que des plumes s'en libèrent. Quand sa rage fut retombée, elle cria de toutes ses forces avant de s'effondrer et de pleurer à chaudes larmes. Elle n'entendit même pas la porte de sa chambre se déverrouiller, ni les pas sur l'épaisse moquette. Elle fut tellement effrayée quand un domestique lui ordonna de descendre, qu'elle faillit le frapper.

Dans le magnifique salon de la demeure qu'occupait l'Allemand, Emil était installé dans son fauteuil préféré Napoléon III. En s'y enfonçant, il se sentait roi, puissant, à l'image du monarque de Hollande, Louis Bonaparte, frère de Napoléon Ier et père de Napoléon III.

La tête bien dressée, le torse droit comme un i, le regard fier et hautain, l'ambiance de ce siège semblait l'habiller d'une atmosphère particulière où on lui devait l'obéissance absolue, où la décision de vie ou de mort lui était léguée. À chaque fois qu'il devait user d'un stratagème adroit, c'était là qu'il aimait venir réfléchir.

Jane fit son entrée dans la pièce, le menton levé, le regard dédaigneux.

L'Obersturmführer Rohr ne put s'empêcher d'admirer ce petit bout de femme qui tentait désespérément de se tenir fièrement devant lui. L'officier était un grand amateur de femmes et ne comptait plus ses conquêtes. Mais cette rousse, majestueuse, si noble de tout son être, l'excitait énormément. Il sentait une érection venir et se promit que cette beauté de hautaine vertu coucherait dans son lit de plein gré, ce n'était plus qu'une histoire d'heures !

Mais il avait d'autres chats à fouetter pour le moment. Il caressa de ses longs doigts et d'une lenteur extrême le velours rouge du mobilier, ce qui fit frissonner la jeune femme.

Rorh lui adressa un sourire narquois qui glaça Jane.

— Comment avez-vous dormi *schöne Fräulein* ?

— Comme un loir Obersturmführer Rohr !

— Excellent ! Vous m'en voyez ravi ! Avez-vous pris votre petit-déjeuner ?

— Je me suis gavée Obersturmführer Rohr !

Elle riposte du tac au tac. Les choses vont devenir très amusantes, songea l'officier.

— Bien, avez-vous réfléchi à ma proposition ?

— Toute la nuit Obersturmführer Rohr.

— Cela me réjouit et vous avez évidemment pris la seule bonne décision ?

— Évidemment Obersturmführer Rohr !

Cette petite garce commençait à l'agacer.

— Toujours aussi effrontée, n'est-ce pas, *meine schöne Fräulein* ?

Pour seule réponse Jane osa afficher une moue triomphante.

— Hmmm...

Emil saisit un paquet posé sur le tabouret. Il était joliment enveloppé d'un papier rose tendre. Il le tendit à la belle rousse.

Jane n'avait pas très envie de l'accepter. Il pensait vraiment pouvoir l'acheter aussi facilement ?

Le militaire sentit qu'elle voulait refuser le présent.

— Allez-vous me gâcher ce moment de...

— De plaisir ? explosa la jeune femme en lui coupant la parole. Elle croisa les bras en signe de mépris.

— Chut ! Pas un mot de plus, ordonna l'officier en chuchotant dangereusement. Je vous le demande une dernière fois : êtes-vous prête à collaborer avec nous et à sauver par la même occasion votre amant ?

La résistante restait silencieuse.

— Je vous ordonne, la voix de l'homme s'était durcie, d'ouvrir ce cadeau que j'ai soigneusement fait préparer pour vous. Ceci est un ordre ! cria-t-il à présent.

Jane se vit donc contrainte d'ouvrir le colis. Exaspérée elle déchira littéralement le papier, ouvrit le couvercle. Elle contempla ce qu'il y avait dans le carton sans comprendre ce qu'elle voyait. Puis peu à peu, elle saisit. Son sang se glaça, son visage devînt d'une extrême blancheur. Sous le choc sa bouche s'ouvrit, elle voulut crier, mais rien ne sortait de son gosier.

— *Meine schöne Fräulein* où est donc passé votre franc parler ? J'attends toujours votre réponse, mais qui ne dit mot consent, n'est-ce pas ?

Neel et Flip s'étaient rendus dans la Spuistraat où habitaient les parents de la jeune femme, comme ils le faisaient une fois par semaine pour donner un peu d'intimité à Francine et Johan.

Pa avait décidé d'amener Ma au cinéma pour permettre aux jeunes amoureux d'être un peu seuls.

Neel était de mauvaise humeur alors que Flip tentait de la divertir du mieux qu'il pût. Ils avaient joué aux cartes, elle avait perdu, c'était sûrement la raison de sa bouderie.

— Je suis fatiguée, grogna-t-elle, je vais me coucher.

Le jeune homme lui sourit, se leva aussitôt et la devança dans la chambre. Quand il s'approcha langoureusement de sa fiancée, voulant la serrer dans ses bras musclés, elle s'esquiva.

— Arrête ! lui lança-t-elle. Je te vois venir ! Tu ne penses donc qu'à cela ?

— Qu'est-ce qui t'arrive ma chérie ? Je te vois très nerveuse depuis quelque temps. Qu'est-ce qui ne va pas mon chaton ? Il passa derrière elle et commença à dégrafer sa robe.

— Ce que tu peux être lourd ! Comment faut-il te le dire ? Laisse-moi tranquille ! fulmina-t-elle.

Flip un peu abasourdi par cet emportement joua la carte de la douceur.

— Viens dans mes bras Neel. Dis-moi ce qui te tourmente. Je peux tout entendre, tu le sais bien.

— Tu peux tout « entendre » ! Non, mais, vraiment, est-ce que tu le penses sérieusement ? siffla-t-elle. Tu n'as même pas la plus petite idée de ce que j'aimerais te dire ! cria-t-elle à présent.

— Peut-être..., mais commence par baisser le ton Neel, les voisins...

— Je n'en ai rien à faire des voisins ! Je ne peux jamais m'exprimer ! Chez ma sœur il faut se comporter correctement, ici il faut penser aux parents. Et toi tu y ajoutes leurs locataires ! J'en ai assez, comprends-tu ?

— Je l'entends en tout cas, mais pour mieux comprendre tu dois m'en dire davantage, se défendit Flip la voix posée.

— Voilà ! Voilà ce qui m'irrite le plus chez toi ! Tu restes-là planté devant moi comme si... comme si rien ne pouvait t'atteindre ! Tu restes de marbre alors que je suis prête à m'effondrer, tonna Neel. Notre vie ne ressemble à rien ! Nous voilà aussi bas qu'un vulgaire couple d'amants chipant une heure de plaisir, hurla-t-elle. Je dois supporter le fait que toi tu es juif. Je n'y suis pour rien. Je veux vivre librement. J'en ai assez ! Est-ce que c'est plus clair pour toi à présent ? brailla-t-elle en déversant sa rage.

Henk de Best, le locataire de Pa n'en finit plus de fulminer. La mâchoire serrée, les narines palpitantes telles celles d'un cheval impatient, il marchait de façon erratique à travers la chambre à coucher, qui se trouvait juste au-dessus de celle de Neel.

Sa femme, Anna tenta en vain de le calmer :

— Je t'en supplie Henk, viens te recoucher.

— Oh non Anna ! Les entends-tu ? Les vieux doivent être de sortie et ce sale Juif en profite pour dominer la petite, peut-être même qu'il la bat ! Écoute ! Elle hurle !

— Tu exagères comme toujours, Henk ! C'est un jeune couple. Ils se disputent voilà tout. Tout comme nous le faisons parfois.

— Je n'ai qu'une envie : descendre et casser la gueule de ce sale youpin pour la lui fermer ! Alors ne me demande rien d'autre !

— Je pense que tu es un peu surmené en ce moment Henk... C'est pour cette même raison que tu te laisses emporter.

Anna s'était levée à son tour. Elle connaissait trop bien les états d'âme de son mari pour ne pas reconnaître que ce dernier allait atteindre un sans retour possible, alors il fallait agir vite.

Quand elle l'avait rencontré quelques années en arrière, elle était tombée follement amoureuse de son corps de champion de boxe, bien proportionné et tellement musclé. Elle se sentait en sécurité auprès de lui. Oui, mais c'était il y a longtemps. Aujourd'hui, cette même personne aux traits avachis, l'effrayait bien plus qu'elle ne l'aimait. Il pouvait être d'une violence atroce. Parfois il lui administrait des coups, mais c'était son secret.

Anna enlaça son mari, cherchant ses lèvres. Seule la transformation de sa violence en désir pourrait stopper l'ardeur furieuse grandissante en lui. Elle chercha son sexe et le prit à pleine main pour le caresser.

— Haha ! Cela t'excite de les entendre, ma petite garce. Tu en veux aussi !

Il lui flanqua une belle fessée. Anna eut un cri de surprise qu'il interpréta à sa guise.

— Hmmm, je vois que tu en désires davantage !

Mais avant qu'il eût levé la main, Anna tomba à genoux devant lui, voulant le supplier d'arrêter. Henk fut parcouru de frissons, l'alchimie eût lieu. Il saisit sa femme par les cheveux en lui ordonnant :

— Prends-moi dans ta bouche puisque tel est ton désir, à moins que tu ne préfères que je descende pour lui faire avaler ses couilles à l'autre ?

Anna s'exécuta.

Henk grogna :
— Oui c'est bien, continue ainsi ! Je lui règlerai son compte demain à ce gros porc.
Anna leva les yeux et croisa ceux enflammés de son mari.
— Beh quoi, il ne perd rien pour attendre, non ?

133. LA CHEVALIÈRE

Jane était couchée sur son lit. La douleur au niveau de son abdomen devenait insupportable. L'énorme tension que son corps subissait la rendait folle. L'étau qui encerclait sa gorge l'empêchait de respirer.

Qu'allait-elle donc devenir ?

Les mêmes images tournaient sans cesse dans sa tête. Des clichés identiques passaient et repassaient. Une pellicule digne d'un film d'horreur se déroulait encore et encore. Elle n'arrivait pas à y mettre fin.

Elle revoyait en boucle le moment où elle avait ouvert le paquet.

Son incompréhension.

Le froncement de ses sourcils.

Sa bouche qui s'était ouverte.

Le manque d'air.

L'impossibilité d'émettre un quelconque son.

Son regard incrédule qui avait désespérément cherché de l'aide dans les yeux de l'Allemand.

Ses pupilles qui s'étaient dilatées quand elle avait osé de nouveau regarder le contenu du petit carton : la main de son amant soigneusement installée sur un coussin rouge carmin, où ornait si fièrement la chevalière qu'elle lui avait offerte pour Saint Nicolas.

Le rire diabolique de l'Obersturmführer Rohr.

Puis la question fatidique de ce dernier :

— Pour la toute dernière fois, meine schöne *Fräulein*, êtes-vous prête à collaborer avec nous et à sauver par la même occasion votre amant ? Il peut très bien vivre avec une seule main.

Jane, prise de soubresauts, avait secoué négativement la tête. Rohr avait fait semblant de ne pas le voir et s'était levé pour venir se poster derrière elle. Il l'avait encerclée de ses bras et serrée contre lui. Il lui avait susurré des mots mielleux. Il avait caressé sa chevelure sauvage. Il l'avait tournée vers lui, lui avait pris le menton et d'une voix rauque d'excitation il avait lancé :

— Meine schöne *Fräulein*, dites-moi que vous êtes désormais prête à collaborer avec nous et à sauver par la même occasion votre amant ?

Aucun son n'avait pu sortir de sa bouche. L'officier avait pris cela pour une acceptation alors qu'elle était juste incapable de réagir ! Il l'avait allongée à même le sol et l'avait sauvagement violée.

Et elle n'avait eu aucune réaction quand, après sa besogne, il l'avait traitée de *meine Liebchen*, petite chérie. Il lui avait murmuré tout un tas d'autres choses, mais elle n'en avait aucun souvenir. Seuls les derniers mots du militaire continuaient à résonner jusqu'au fin fond de ses entrailles :

— Je te ferai monter des feuilles blanches et un joli stylographe. Tu y noteras les noms de tes plus proches collaborateurs. Au moins cinq d'ici demain, sans quoi je me trouverai dans la désagréable obligation de t'offrir l'autre main de ton amant. Il est gaucher, me semble-t-il ? C'est difficile pour un grand artiste, falsificateur hors pair de devoir apprendre à peindre avec la bouche...

134. UNE PAGE SE TOURNE

Les doigts de Francine survolaient les touches blanches du piano à un rythme endiablé et la maison s'emplit de notes de musique. Flip qui jusqu'à là tentait de réparer une lampe torche dans la cave, se hâta de monter l'escalier et de rejoindre la jeune femme. Les temps étaient plus que moroses et la joie qu'apportait la musique était bonne à prendre.

À son entrée dans le séjour, sa belle-sœur lui adressa un sourire radieux tout en restant concentrée, car la partition était complexe.

— C'était superbe Francine, merci, susurra le clandestin. Le gramophone nous manque bien, mais heureusement que les *moffen* n'ont pas encore réquisitionné les pianos !

— Ce serait un désastre, je ne me vois pas vivre sans musique.

— Certainement... mais vois-tu, les grands auteurs allemands, je ne sais pas si un jour je pourrais les écouter à nouveau, et la voix de Flip se brisa.

— Je comprends, approuva Francine le ton grave. Depuis que les nazis galvanisent le courage de leurs troupes avec de la musique de Richard Wagner... Être obligé au cinéma d'écouter les informations montrant les victoires de l'Allemagne et les bombardements des villes alliés sous sa « Chevauchée des Walkyries », c'est... indigeste.

— Beh, Wagner n'a été choisi que parce que l'axe central de son œuvre transpire le rejet voire la haine des Juifs.

— De toute façon aujourd'hui ce n'est plus le talent d'un artiste qui compte, mais seulement son idéologie proche de celle d'Hitler !

— C'est bien pour cela que j'aime autant le swing ! D'ailleurs, c'est bien demain soir que vous allez voir le spectacle d'adieu d'Evelyn Künneke, non ?

— Nous serons déjà le 15 avril demain ? Le temps défile à grande vitesse ! Oui, c'est à Rotterdam.

— Tu voudrais bien me jouer une de ses chansons ?

Francine fouilla dans ses partitions et en sortit une qu'elle agita fièrement devant les yeux de Flip. Elle se réinstalla devant le clavier et commença à jouer les premières notes quand la porte d'entrée s'ouvrit avec fracas.

— Voilà le petit monstre ! constata-t-elle tout en continuant.

Betty attirée par la musique les rejoint aussitôt, jeta son sac de l'école par terre, prit la main de Flip et se mit joyeusement à chanter :

— *Bapp-a-dudel dudel-dadelu de-i, Haben Sie schon mal im Dunkeln geküsst, ja?*

Flip éclata de rire.

— Et toi, as-tu déjà embrassé quelqu'un dans le noir ? la taquina-t-il. Se laissant entraîner par sa bonne humeur il la souleva pour la faire virevolter.

La fillette était ravie, elle chanta maintenant à gorge déployée, accompagnée par la jolie voix de sa mère. Quand la pianiste fredonna un dernier *Ich liebe dich*, Betty souffla sur sa main comme pour envoyer un baiser à Flip. Quel délicieux petit pitre que cet enfant !

Flip se retrouvait tout seul dans la grande maison. Francine et Johan étaient partis à Rotterdam pour le concert alors que Betty restait chez ses grands-parents jusqu'à leur retour. Ils ne rentreraient que le lendemain dans l'après-midi. Il était le maître des lieux pour quelques heures.

Il aurait préféré assister à la dernière représentation d'Evelyn Künneke. Il adorait cette chanteuse, sa fraîcheur, sa musique endiablée et joyeuse sans oublier sa beauté. Et peut-être qu'il aimait surtout le swing parce que les Allemands l'interdisaient...

Il avait eu l'intention de se coucher tôt, mais le sommeil le fuyait ces derniers temps. Il décida d'aller lire un peu dans la salle à manger. Il détestait le silence morbide qui y régnait. En réalité, il était surtout déçu d'être seul alors que lui et Neel auraient pu profiter de l'absence de ses hôtes pour passer une nuit d'amour intense.

Sa fiancée n'avait pas voulu le rejoindre et il avait l'impression qu'elle voulait mettre un terme à leur relation. Ce n'était plus qu'une question de temps. Elle était tellement différente aujourd'hui, il n'arrivait plus à suivre ses raisonnements.

Flip s'efforça de se concentrer sur son livre qui pourtant le passionnait, mais rien n'y fit. Il jeta le roman sur la table basse et décida d'aller se faire un thé. En passant devant le piano, ses yeux virent la photo d'Evelyn Künneke qui était imprimée sur la couverture de la partition que Francine avait jouée la veille. Il la saisit et s'affala dans un fauteuil. Il scruta le joli visage sans comprendre ce qu'il y cherchait. Il feuilleta le livret et vit le titre du premier grand succès de l'artiste en 1941 : *Sing, Nachtigall, sing* du film « L'Heure des Adieux. »

Son esprit se mit aussitôt à vagabonder. Il se retrouva dans une petite salle de cinéma de quartier en compagnie de Neel.

L'intérêt de l'histoire et des personnages de la comédie dramatique qu'ils étaient allés voir ensemble s'étaient étiolés peu à peu avec le temps, mais il gardait un souvenir ardent du temps passé dans l'obscurité avec la jeune femme.

Par la suite ils avaient souvent chanté cette mélodie du film.

Flip se glissa devant le piano, ouvrit le couvercle et se mit à déchiffrer les notes. Il pianotait d'un seul doigt et fredonna les paroles en même temps, car il les connaissait par cœur !

Quand il eût terminé, il ferma doucement le piano. Il avait soudainement dix ans de plus. Il n'aurait pas dû jouer cette musique avec son cortège de souvenirs. Le texte parlait d'amour et lui rappelait à quel point il avait aimé goûter les douces lèvres de Neel, son intense émoi quand il l'avait embrassée pour la première fois, la certitude dès lors qu'il n'aimerait à jamais qu'elle.

Au moins j'ai connu le paradis sur terre comme on peut le voir au cinéma, songea-t-il amèrement, et je n'ai point besoin de mourir pour connaître l'enfer, j'y suis déjà !

À quelques rues de là, Willem venait de faire irruption chez Paul qui était en pleine discussion avec Hanneke.

— Je... je tttt ttt te dis qu'il l'a reconnue ! cria à présent le disgracieux qui commençait à perdre patience.

— J'entends bien ce que tu nous dis ! Essaie de te calmer, tu bégaies. Tiens, fit le journaliste tout en lui versant un peu de liqueur de genièvre dans une tasse, bois !

Pour toute réponse Willem but d'un coup sec.

Hanneke ne pipa mot, mais se rongeait les ongles jusqu'au sang.

Depuis plusieurs jours Tony et Jane étaient introuvables. Aucune information quant à une éventuelle arrestation n'avait filtré. Paul voulait donc continuer à croire qu'ils se terraient quelque part, en lieu sûr.

Willem se servit une autre rasade d'eau-de-vie et l'avala d'un trait.

— Respire un grand coup et viens t'asseoir avec nous. Explique-nous calmement ce que tu sais, l'encouragea son ami.

— C'est Eddy ! C'est Eddy ! insista Willem comme si cela coulait de source.

— Et alors, qu'est-ce que je devrais comprendre là ?

— Mais enfin, je te parle d... de... ddde d'Eddy, celui qui livre les *moffen* !

— D'accord. Tu me parles d'Eddy, celui qui livre quotidiennement le pain dans l'Euterpestraat ?

— Oui, au QG des *moffen* ! cria Willem impatient, reniflant ses larmes de rage. Il l'a vue !

— Il a vu qui ?

— Jane pardi !

— Il l'a vue où ? Dans la prison ? C'est impossible ! Dans la cour au milieu d'autres prisonniers ?

— Non, elle était en voiture !

— En voiture ? Qu'est-ce que tu me chantes là ?

— Arrêtes de me cou... coup... couper la parole ! s'enragea le jeune Juif.

Paul eut une moue dubitative.

— Elle se trouvait dans la voiture de l'Obersturmführer Rohr quand il l'a croisée !

— Qu'est-ce qu'elle fait avec lui ? Comment est-ce possible ?

— C'est juste impossible, intervint à son tour Hanneke avec un flegme apparent. Il doit s'agir de quelqu'un d'autre. Quelqu'un qui ressemble à Jane.

— C'était Jane ! Eddy en est persuadé !

— Il la connaît à peine ! Je te dis que c'est impossible ! Pour plusieurs raisons ! Si Hanneke se trouvait entre la main des Allemands, j'en aurais eu vent chez le Kommissar. Tous les jours j'entends parler de leurs nouvelles captures et jamais encore le nom de Jane ou de Tony n'est tombé !

Il y eut un grand moment de silence que Paul interrompit :

— Nous n'avons aucune certitude ! Nous ne savons pas s'il s'agit bien de Jane ou pas. Je n'ose l'imaginer...

— Le fait est que si c'est Jane, nous sommes tous foutus ! ajouta Willem froidement.

Le lendemain matin Flip fut réveillé brusquement. Il entendit la porte d'entrée s'ouvrir, son cœur faillit s'arrêter. Il jeta un rapide coup d'œil au réveil et vit qu'il n'était que huit heures. Johan avait prévu de rentrer pour midi. Il jeta les couvertures, il était trop tard pour monter dans la cachette en haut de l'escalier, mais il pouvait peut-être fuir de par le jardin. Il ouvrit la fenêtre de la petite chambre de Betty, prêt à l'enjamber quand il reconnut la voix de sa fiancée. Il courut alors vers elle dans un élan de joie immense.

— Bonjour Flip, je suis venue te dire que notre histoire est terminée, je suis vraiment désolée.

— Pardon ? Neel, je…

Cette dernière ne le laissa pas s'exprimer davantage et lui coupa la parole d'une voix sèche :

— Il n'y a rien à ajouter. C'est fini, c'est mieux ainsi.

— Je n'en reviens pas. J'avais préparé tout un discours pour te convaincre de rester avec moi… J'ai bien senti que tu t'éloignais de moi ces derniers temps. Et là, devant le fait accompli, je ne trouve rien à dire ! Mon cerveau est vide, totalement bloqué, incapable presque de formuler une seule phrase.

Neel regardait Flip droit dans les yeux, aucune émotion ne traversa son visage.

— Tu ne peux pas me laisser comme cela, Neel. Mais regarde-toi un peu ! Tu demeures de glace ! On dirait que je suis un parfait inconnu pour toi ! Tu débarques ici au petit matin sans crier gare, tu m'annonces que tu me quittes comme si tu m'avertissais d'un changement d'emploi. Est-ce que je te laisse à un tel point indifférent ? En es-tu arrivée à me haïr ?

— N'exagérons rien tout de même.

— N'exagérons rien ? C'est là toute ta réponse ? Je te rappelle que nous projetions de nous marier dès la fin de cette maudite guerre !

— La guerre m'a changée, je n'y suis pour rien, c'est ainsi.

— C'est plutôt ce vieux oui ! Il a dû t'en promettre des choses pour que tu oses m'abandonner ainsi !

— N'essaie pas de te faire plaindre, tu n'as jamais aimé jouer la victime.

Flip secoua désespérément la tête, totalement abasourdi.

— Je vais t'avouer que je m'attendais à ce que tu me quittes ma chérie. Mais je pensais que tu aurais du mal à me le dire, que les larmes envahiraient ton visage, que tu aurais l'air déchiré… La voix du clandestin se brisa. Je n'avais pas un seul instant imaginé que tu me jetterais comme un simple objet devenu inutile…

— Apparemment tu t'es trompé ! À présent il faut que j'y aille, à bientôt Flip. La jeune femme se dirigea vers l'escalier. Avant de monter, elle se retourna :

— Je te demande encore une dernière faveur Flip : comme tu loges chez ma sœur, tâches de te comporter correctement quand nous aurons l'occasion de nous croiser ici même. Je te remercie.

La vue de Flip se brouilla. Il chancela sur ses jambes et était blême comme un cadavre. Il ne vit pas celle qu'il avait tant aimé gravir les marches et c'était à peine qu'il entendit :

— À bientôt Flip.

135. UNE AFFAIRE RONDEMENT MENÉE

Koky était désemparé. De sa main il caressait les cheveux de Hanneke quasi inerte sur son lit. Il ne supportait pas de la voir ainsi, les traits défigurés, mais les yeux hagards, comme si quelque chose d'horrible lui eût apparu. En plus la blancheur de son visage le faisait frissonner. Il l'aimait plus que tout, enfin presque, car ce serait sans compter sur Betty dont il était amoureux.

— J'ai fait un peu de thé, tu devrais en boire un peu...

Il n'y eut aucune réaction de la part de la jeune femme.

— Tu me fais peur...

Il tenta d'approcher une petite cuillère à café de sa bouche, mais elle le repoussa.

— Est-ce que tu es malade ?

L'enfant réfléchit un instant puis demanda :

— Est-ce que j'ai fait quelque chose de mal ? Je n'ai rien dit à personne ! Je te le jure ! Je ne parle jamais de l'Allemagne ni de toi ! Tu me crois, dis ?

La voix du garçonnet transpirait la peur.

— Je te le jure Hanneke, je n'ai rien dit ! À personne ! Jamais je ne parlerai des gens qui se cachent chez nous ! Plutôt mourir !

C'en fut trop pour la résistante qui avait jusque-là fait acte de bravoure en retenant ses cris et larmes. Tout son corps fut soulevé par de grands spasmes et des cris rauques sortaient à présent de sa gorge.

Koky fut terrifié. Il regarda celle qui lui avait certainement sauvé la vie avec des yeux ahuris. Qui avait pu lui faire autant de mal au point de la mettre dans un pareil état ? Ils avaient vécu des moments difficiles ensemble, pourtant jamais encore il ne l'avait entendue crier ainsi. Elle pleurait comme si on lui transperçait le cœur.

La sonnette d'en bas retentit, mais tous deux firent semblant de ne pas l'entendre. Après un court instant, quelqu'un frappa avec insistance.

— Va voir s'il te plaît, murmura Hanneke dans un sanglot.

— Non ! J'ai peur !

— Tu n'as rien à craindre, Karl.

— J'aimerais bien te croire, mais quand tu m'appelles Karl...

— Alors vas-y ! Sois grand ! Moi je n'y arriverai pas, je ne tiens pas sur mes jambes...

Les coups sur la porte redoublèrent.

— J'arrive, s'égosilla-t-il. Mais avant de descendre l'escalier, Koky passa sa tête dans le trou du mur derrière lequel se cachaient les Juifs et vérifia que tout le monde s'était mis à l'abri. Il repoussa l'armoire pour camoufler l'ouverture, dévala les marches et hors d'haleine ouvrit la porte.

— Tu en as mis du temps, bon sang ! rouspéta l'homme. Qu'est-ce que tu foutais ?

— Moi ? Mais rien... C'est ma mère, elle est souffrante. Mais qui êtes-vous ?

— Tu n'as pas à le savoir ! Tu donneras ceci à ta mère, sur-le-champ !

L'individu lui fourgua l'enveloppe dans la poche de sa veste et disparut aussitôt.

Koky hésita, il mourrait d'envie de savoir ce qu'elle contenait, mais elle était fermée.

Il remonta à l'étage, libéra les Juifs cachés et alla voir Hanneke.

— Qui était-ce ? s'empressa de demander cette dernière.

— Je ne sais pas, mais il m'a dit de te remettre ceci, fit-il en lui donnant le pli cacheté.

— Je n'aime pas cela, souffla la jeune femme tout en ouvrant la lettre. Ses yeux gonflés parcoururent les quelques mots puis elle les referma en murmurant :

— Oh, Seigneur, ayez pitié de nous. Elle eut un instant d'hébétude. Elle plia les genoux et se mit à prier silencieusement.

Koky comprit que ce qui se passait était très grave, contrairement à ce que prétendait sa maman d'adoption. Il ramassa la feuille de papier tombée par terre et déchiffra à haute voix le gribouillis dont les lettres s'enchevêtraient.

— « Et voilà pour le neuvième. Je t'attends. »

L'enfant posa de grands yeux interrogatifs sur Hanneke avant de poursuivre :

— Qu'est-ce que cela peut bien vouloir dire ?

— C'est un code mon cœur, ne t'inquiète donc pas. Nous contrôlons la situation. Tu n'as rien à craindre.

Elle se leva et enlaça le petit Allemand. Elle le serra très fort dans ses bras et répéta :

— Tout va bien. Je dois partir.

Elle l'embrassa et sortit de la chambre.

Hanneke se rendit en vélo au quartier rouge. Quand elle arriva à la hauteur de la rue Zeedijk, elle gara son vélo et puis entra dans le Café » t Mandje. Une grande boule dans la gorge l'empêchait de bien respirer. Elle y était venue tant de fois avec Paul...

Le café était bondé, comme toujours. Bet, la tenancière du bar, l'aperçut aussitôt et vint à sa rencontre :

— Allez ! Vient ma jolie, il t'attend en haut. Vous serez tranquille. Suis-moi !

Les femmes traversèrent le café, personne ne fit attention à elles.

Willem était assis à une grande table, l'air maussade.

— Salut Hanneke.

— Willem c'est affreux ! et elle fondit en larmes.

— Le temps n'est pas aux larmes, râla le résistant. Si je ne t'avais pas écoutée, nous n'en serions pas là ! On aurait pu éviter beaucoup de drames.

— As-tu des nouvelles de Paul ?

— Non, pas vraiment. À mon avis il est toujours vivant. Mais lui, il ne parlera pas !

— Il faut le faire libérer ! avança la jeune femme.

— Nous y pensons.

— Je veux y participer !

— Ce n'est pas l'ordre du jour. Il faut d'abord faire taire Jane. C'est elle qui a fourni la liste aux *moffen*, j'en suis sûr ! fulmina Willem, la rage dans les yeux.

— Rien n'est certain.

— Certes... mais c'est elle qui livrait le courrier, elle connait toutes les adresses. Nos pauvres gars tombent comme des mouches. Il faut la faire taire ! insista le jeune Juif.

— C'est au-dessus de mes forces... Je ne peux pas.

— Tu ne pourras pas ! Tu ne pourras pas ! Mais je n'en ai que faire de tes états d'âme ! Tu veux te faire arrêter à ton tour ? Et s'ils m'arrêtent, moi, tu y as pensé ? Tu oublies que de nombreuses personnes dépendent de moi ! cria-t-il à présent. Et tous les enfants que nous avons pu sauver avec Walter et Henriëtte, tu en fais quoi ? Cela ne te suffit pas que ces héros aient été déportés ? Il faut en plus que leurs efforts soient anéantis ? Tu sais bien que si moi...

— Je t'en prie, arrête !

— Non je ne vais pas arrêter ! fit-il en se levant brusquement et en frappant de son poing la table. Il faut la faire taire ! Et si tu ne veux pas m'aider, je me débrouillerai tout seul ! J'ai bien perdu suffisamment de temps avec toi ! Salut !

Sur quoi il tourna les talons, laissant la jeune femme seule avec son désespoir.

Willem avait pris contact avec le commando CS-6, qui au fur et à mesure de l'avancée de la guerre, s'était spécialisé en liquidations d'éminents Allemands et de collaborateurs.

Le résistant leur avait expliqué de quelle façon leur réseau avait été infiltré et que depuis les arrestations pleuvaient. Il était venu leur demander de l'aide, car c'était le seul moyen d'y mettre fin.

Le groupuscule accepta, après avoir reçu l'accord d'exécution immédiate de Londres.

Des hommes furent envoyés pour observer les faits et gestes de Rohr. Cela prenait du temps ! Or ils n'en avaient guère ! Ils constatèrent rapidement qu'une voiture venait chercher Jane tous les après-midi à quinze heures précises.

Quatre hommes étaient à leur poste pour surveiller la rue : deux du côté de la maison qu'occupait Rohr, deux en face. Willem se trouvait proche du tireur d'élite du commando CS-6.

Jane, élégamment vêtue, sortit à l'heure de la demeure et s'avança d'un pas alerte vers la voiture.

Le chauffeur lui ouvrit la porte quand Willem s'écria :

— Jane ! Tu es un traître !

À partir de là, le temps sembla s'accélérer.

Affolée la jolie rousse tourna la tête pour jeter un regard en arrière. Aussitôt elle reçut une balle entre les yeux et s'effondra. Le chauffeur eut juste le temps de saisir son pistolet quand il vacilla à son tour.

Willem, qui sous ses apparences d'homme sans cœur était en réalité très sensible, crut nécessaire d'ajouter :

— Il fallait te tuer pour sauver ceux qui restent !

Les hommes satisfaits de leur mission déguerpirent.

« L'affaire Rousse » était réglée.
Une question continuait pourtant à tarabuster le jeune résistant.
Si Jane avait donné le nom de Paul, pourquoi avait-elle épargné Hanneke ?

136. IL COURT TOUJOURS !

Le *Rechercheur* Joop ouvrit la porte de la cave à son acolyte Klaas.

Le Petit Casino connaissait un succès grandissant auprès de joueurs invétérés. Tous les soirs Cornélia, la patronne des lieux, faisait carton plein.

Joop se rendit directement vers le bar alors que Klaas se dirigea du côté de la table de jeu, pour prendre la température.

Il y régnait une grande effervescence et le *Rechercheur* eut un rictus moqueur en voyant l'agitation des passionnés. Des cris de félicitations retentirent et tous les yeux se dirigèrent vers un seul homme que Klaas reconnut aussitôt. Il lui laissa le temps d'empocher ses gains et alla à sa rencontre.

— Salut Arthur, tu es devenu la coqueluche de ce lieu, semble-t-il !

— Ah, bonsoir Klaas ! fit ce dernier un peu gêné. Toujours aussi flatteur, hein ? lança-t-il pour dissiper son désarroi. C'est amusant de se retrouver ici... Eh oui, la chance me sourit, mais cela ne plaît pas à tout le monde, bien évidemment... Que veux-tu y faire ? Enfin, c'est ainsi, hein ? Excuse-moi vieux, mais tant qu'elle est de mon côté je continue ! sur quoi il lui tourna le dos et se replongea immédiatement dans le jeu.

Nonchalamment Klaas rejoignit Joop au bar.

Cornélia était justement en train de lui servir du champagne. C'était parfait, il avait grandement besoin de boire un coup. Revoir le frère de son ex-beau-frère avait réveillé sa colère.

L'idée d'avoir perdu la belle Neel lui était toujours aussi insupportable. Malgré les années, son désir pour elle restait ardent. C'était absolument incroyable. Il avait jeté son dévolu sur elle, il avait beau s'en défendre, mais c'était ainsi. Et le fait que c'était elle qui l'avait viré augmentait son envie de la posséder à nouveau.

Cornélia s'approcha de lui et les ondulations de son corps en disaient long sur ses pensées. Klaas restait indifférent et eut un long soupir. Il vida d'un trait sa coupe puis la lui tendit orgueilleusement.

— Un peu plus ? demanda la jeune femme de sa voix chaleureuse.

— Tranquille, mon grand, il est encore tôt et nous avons une longue nuit devant nous, le taquina Joop.

Klaas acquiesça sans dire un mot. Heureusement qu'il avait son travail qui occupait largement son esprit. Cela lui laissait bien moins de possibilités de penser à Neel. Il continuait à dénicher les youpins qui pour l'instant étaient miraculeusement passés à travers les mailles du filet. Même si ce n'était plus la première tâche de son emploi, cette chasse-là était devenue une passion. Plus cela devenait difficile, plus il y prenait plaisir. Et il n'avait toujours pas délogé l'amant de Neel ! C'était impensable ! Car s'il y en avait un qu'il voulait voir vraiment disparaître, c'était bien lui ! Cela lui donna soudain une idée. Il héla Cornélia qui n'attendait qu'un signe de ce bel homme.

— Écoute, fit-il avec un geste de la main. Tu vois ce gars là-bas, le gagnant de ce soir ?

— Oui, un homme charmant. Je n'ai rien pu tirer d'intéressant de lui. C'est stérile.

— Ce n'est pas si sûr. Sa belle-sœur est fiancée à un Juif qui court toujours quelque part !

— Merci pour l'info. Je vais m'en occuper. Je te tiendrai au courant.

Klaas retrouva instantanément son entrain. Il se redressa et toucha rapidement les fesses rondes de Cornélia.

— Toujours aussi taquin, hein ? le cajola-t-elle.

Joop à qui rien n'échappait jamais vint se coller contre elle. Il lui prit le menton et lança d'un ton désinvolte :

— La prochaine fois que je poserai mes mains sur tes douceurs, je veux la même réaction de ta part. Compris ? Et il claqua les fesses de Cornélia qui tenta de lui sourire.

À seulement quelques rues de là, Flip tournait en rond. Il était de plus en plus nerveux.

Johan observait cet homme qui avait tout perdu. Son cœur se gonfla de compassion à l'idée que maintenant ce pauvre gars n'avait plus que lui sur terre. Personne d'autre sur qui pouvoir compter.

Ses parents étaient partis en Allemagne et il n'avait pas d'autres nouvelles. Sa sœur Esther avait été arrêtée lors de leur tentative d'évasion, il n'y avait guère espoir de la revoir. Sa fiancée, qui n'était autre que sa propre belle-sœur, l'avait troqué contre un homme riche et surtout libre de ses faits et gestes.

Que lui restait-il sinon Francine, Betty et lui-même ?

Ils étaient devenus malgré eux son unique univers.

Et pourtant, même énervé, Flip restait courtois, chaleureux, aimable.

Une leçon de vie !

Flip avait cette capacité de vivre au jour le jour. Il ne pensait pas aux lendemains, il vivait le moment présent.

Johan souffla alors qu'un air de commisération s'installait sur son visage. Plus il regardait son ami, plus il l'admirait.

C'est lui qui a raison au final, admit-il en son for intérieur. Pourquoi n'en fais-je pas autant ? Je n'ai qu'à le décider en fait. Ras-le-bol de la morosité ! C'en est assez des pensées pessimistes ! Il se leva et alla chercher sa femme dans la cuisine qui finissait de faire la plonge.

— Francine, veux-tu venir nous jouer un de tes airs favoris ? J'ai besoin de gaieté !

— Une chanson d'Evelyn Künneke ? s'écria Betty qui frottait une assiette. S'il te plaît, maman ! Dis oui, j'adore chanter avec Flip !

— Finis d'abord de sécher la vaisselle, ordonna Francine.

— Laisse là ! Tu finiras après, proposa Johan.

Aussitôt dit, aussitôt fait.

De joyeuses notes de musiques s'élevèrent dans les airs de la salle à manger. Les doigts de Francine volèrent sur les touches en ivoires du piano. Johan tourna les pages de la partition, Flip et Betty chantèrent à l'unisson.

La musique transporta bientôt toute la maisonnée vers de lointaines contrées où seul existait un bonheur à l'état pur : celui d'un partage authentique sans jugements, sans jalousies, sans peur.

Tout cela dura environ une heure, au bout de laquelle Francine fut prise de crampes aux doigts.

— Je n'en peux plus, riait-elle malgré la douleur. J'exige une pause ! Je vais de ce pas nous faire un peu de thé. Quant-à toi ma fille, il est grand temps d'aller au lit.

Betty fit la moue, mais obéit cependant sans se faire prier. Il restait encore pas mal de vaisselle à sécher et à ranger, mais loin d'elle l'idée de le rappeler à quiconque !

Les hommes accompagnèrent les femmes en bas.

— Je n'en peux plus d'être enfermé ainsi, s'énerva à nouveau le jeune Juif.

— Va prendre l'air au jardin, suggéra Francine.

— Ce n'est pas suffisant. J'ai l'impression de passer mon temps à trépigner comme un enfant en colère. J'ai besoin de marcher, de faire de grands pas, de respirer l'air à pleins poumons.

Un silence gênant s'installa dans la cuisine. Que pouvait-on lui proposer ? Rien de plus !

— Et puis au diable le couvre-feu ! Il faut que j'aille prendre l'air. Tu m'accompagnes Johan ?

— Euh… Oui. Bien sûr, céda ce dernier.

— Vous n'allez tout de même pas courir un tel risque ? C'est insensé ! Et si vous vous faites arrêter ? s'inquiéta Francine dans un cri strident.

Johan ne savait que faire. Il comprenait tellement Flip, enfermé à longueur de temps entre ces quatre murs, mais sa femme avait raison.

Flip vit l'hésitation et s'empressa d'affirmer :

— Écoutez-moi vous deux ! Pour rien au monde je ne veux vous mettre en danger. Je me sens déjà suffisamment coupable de vous imposer ma présence. Ces derniers jours ont été très difficiles pour moi. Cette rupture, sa voix n'était plus qu'un murmure, cette rupture m'est insupportable. Neel me faisait tenir debout. Sans elle j'ai l'impression de m'effondrer. Mon corps me fait mal. J'ai du mal à respirer… J'étouffe ! Il me faut sortir ! C'est une question de vie ou de mort. Je vais sortir par derrière, et toi Johan, tu restes auprès des tiens. Si jamais je ne reviens pas, alors priez pour moi !

Il se dirigea vers la porte donnant sur le jardinet. Johan le stoppa net.

— Je t'accompagne ! Qu'ils osent s'approcher de nous les *moffen* ! Je leur réserve des coups droits dont ils se souviendront longtemps, ricana-t-il pour rassurer la jeune femme.

Impuissante, Francine ferma un instant les yeux avant de les saluer d'un geste de la main.

— Soyez prudents !

Les hommes sortirent par le petit porche à l'arrière de l'habitation et se retrouvèrent dans la rue pavée. Ils se dirigèrent vers le quai et décidèrent de longer le canal. Après quoi ils feraient le tour des pavés de maisons pour se retrouver au point de départ.

Comme ils connaissaient parfaitement l'endroit, la lune blafarde leur suffisait, nul besoin de torche.

Le quai était désert. Sur l'eau rien ne bougeait. Un profond silence régnait. C'était délicieux, ils avaient l'impression que la ville leur appartenait.

Flip, les bras ouverts en croix inspira de grandes bouffées d'air. Il sentait ses poumons se gonfler, se débloquer. C'était tellement bon d'être dehors !

Ils flânaient tranquilles, nullement pressés de rentrer. Ils ne parlaient pas et profitaient de ce moment de répit.

À l'angle de la rue ils tombèrent nez à nez avec un Allemand.

— Papiere ! aboya le soldat aussitôt en illuminant tour à tour leur visage avec son faisceau lumineux.

Il puait l'alcool à dix mètres. Sans se concerter, Johan lui envoya un coup droit en pleine mâchoire.

Le gars chancela.

Flip recula d'un pas, inspira et lui envoya son poing au milieu de la figure.

L'homme cria de douleur en touchant son nez qui saignait.

— Schweine, cria-t-il cherchant son pistolet.

Johan joignit ses mains et lui assena un coup de grâce sur la nuque.

— Voilà pour toi gros porc ! jubila-t-il. On dégage !

Ils pressèrent le pas, sur le qui-vive, mais ne rencontrèrent plus personne.

Arrivés chez eux, ils déboulèrent dans la cuisine le cœur battant la chamade et riant comme des enfants, les joues rouges d'excitation.

Francine eut droit à une explication digne d'un film de combat, elle était furieuse !

— Qu'ils viennent le chercher les *moffen*. Je leur tire directement dans les couilles, crâna Johan en se gaussant.

137. TU NE JUGERAS POINT

Allongé sur le lit de sa petite chambre, Willem laissait errer son regard dans la pièce.

Il était las, dépité, dégoûté.

Ses yeux se posèrent sur l'étagère où quelques bibelots lui rappelaient son enfance.

Le temps de l'insouciance, quel bonheur ! Et dire que l'on ne s'en rend absolument pas compte !

Ils n'avaient pas grand-chose chez lui. Ses parents étaient pauvres. Mais ils riaient, partageaient le peu qu'ils possédaient et étaient heureux.

Sur la tablette il y avait également quelques livres, mais il n'appréciait guère la lecture. Ils faisaient office de décoration, tout comme les babioles.

L'un d'entre eux se faisait pourtant particulièrement remarquer, car il était plus haut et la tranche très épaisse.

C'est le Borgne qui le lui avait jadis offert. Un livre de poésies et de citations d'auteurs de différentes nationalités. Il ne l'avait jamais ouvert.

Il se leva, le prit et l'ouvrit au hasard. Il tomba sur un texte d'Alphonse de Lamartine :

« Ainsi tout change, ainsi tout passe
Ainsi nous-mêmes nous passons,
Hélas ! sans laisser plus de traces
Que cette barque où nous glissons
Sur cette mer où tout s'efface »

Willem était perplexe ! Ces phrases résumaient clairement toutes les pensées qui l'avaient assailli ces dernières heures.

Les gens disaient de lui qu'il était simplet. Il était loin de ressembler à Fred Astaire, c'était une certitude. Mais de quel droit les gens vous classifient-ils par rapport à votre allure ?

Il avait du mal à parler parfois... est-ce que cela suffit pour vous étiqueter ?

La preuve que non ! Lui, Willem, le naïf, avait un cerveau qui fonctionnait à merveille même si la plupart des gens l'ignoraient.

Il devait bien s'avouer qu'il avait lui aussi longtemps douté de ses capacités intellectuelles. Il avait cru ce que les autres disaient de lui.

Et ce jusqu'à l'obligation de s'inscrire sur les registres de la population en tant que Juif.

Jusqu'à l'obligation de porter l'étoile jaune qui vous étiquetait d'office comme erreur de la nature.

Jusqu'au moment où il avait compris qu'il fallait désobéir aux directives allemandes.

C'était à cet instant-là qu'il avait accepté d'avoir une tête bien-pensante.

« Ainsi tout change » Oui, il s'était transformé. Grâce à cette maudite guerre, il avait pu faire tout ce chemin.

« Ainsi tout passe » La confiance qu'avait eue la plupart des siens dans le Conseil juif avait fini par s'essouffler, mais hélas bien trop tard !

« Ainsi nous-mêmes nous passons » L'argument de protection « pour éviter le pire » utilisé par les dirigeants Asscher et Cohen, fut définitivement caduc quand ils furent déportés à leur tour.

« Hélas ! sans laisser plus de traces que cette barque où nous glissons » Parlera-t-on plus tard de ce qui s'est réellement passé, ici, à Amsterdam ? De ce Conseil qui s'est enfermé dans un abominable dilemme, qui avait accepté de choisir entre deux options contradictoires, mais également insatisfaisantes d'une alternative qui n'en était pas une, de l'étiquetage des leurs sur des listes de personnes de « valeur », « de moins grande valeur » ou de « sans valeur » ? Quelle abomination !

« Sur cette mer où tout s'efface » Auront-ils un jour à répondre de tout cela ? Ou est-ce que l'histoire l'éclipsera ? Quel sera le regard posé sur ce dilemme cornélien auquel ils ont dû faire face ?

Comment les futures générations analyseront-elles ces choix impossibles qui ont été pris ?

Car c'était bien la question de choix qui lui posait problème. Le choix que l'on prend à un moment donné dans notre vie. Car même si l'on pense ne pas avoir le choix, on fait un choix !

Willem avait beaucoup critiqué le Conseil. Tous les mots qu'il avait utilisés pour en parler traduisaient son profond dégoût.

Il avait été un fervent opposant.

Puis il y eut l'arrestation de son ami Paul et de tant d'autres. Tout s'était accéléré. Il avait dû prendre une terrible décision : faire taire Jane. Sur le coup, la rage qui l'avait habité fut tellement intense qu'il n'avait pas hésité. Ce ne fut que quand elle s'effondrât, que toute vie quittât son corps, qu'il comprit que ce choix lui pèserait tout au long de sa vie.

Il avait fait ce qu'il pensait être le mieux.

Mais qui était-il pour décider de la vie ou de la mort de quelqu'un ?

Qui était-il au final pour critiquer quiconque ?

Une chose était maintenant certaine pour lui : tant que nous ne sommes pas confrontés à un problème donné, il est aisé de critiquer. Ce que nous avons dans les tripes n'est connu que face à une épreuve.

D'ailleurs il était bien lui-même passé du brave au bourreau !

Et puis que dire de tous les autres ?

Les instances en place prêchaient la coopération avec les Allemands...

Est-ce que le gouvernement en exil donnait des directives suffisamment claires ?

Et que dire de tous ces collaborateurs ? De tous ces délateurs ? De tous les profiteurs ?

Hormis ceux qui coopéraient pour un motif financier ou raciste, il y avait quand même tous ceux qui suivaient aveuglément, comme les moutons d'un troupeau !

La police, organisme censé défendre la population, collaborait avec l'occupant et participait activement aux rafles et autres horreurs.

Le personnel des transports ferroviaires vérifiait soigneusement la fermeture des wagons. Les conducteurs assuraient les voyages vers les camps sans discuter.

Le résultat de tout cela ?
Un grand bordel !
Tout le monde avait au final sa part de responsabilité.
Tout le monde aurait dû s'armer de courage pour faire des actes de désobéissance raisonnés !

138. QUEL ACCUEIL !

La sonnerie retentit et Betty courut vers le vestibule. La porte s'ouvrit sur un énorme bouquet de fleurs derrière lequel se cachait sa tante.

— Kaki ! s'écria l'enfant en se blottissant contre le corps frêle de Neel.

— Bonjour ma chérie, eh bien quel accueil !

— Tu ne viens presque plus, la gronda la petite. Heureusement que c'est l'anniversaire de maman pour que je te voie.

Neel eut un hochement de tête avant d'ajouter :

— Tu racontes des bêtises, allez sois mignonne !

— C'est parce que tu n'aimes pas voir Flip malheureux, hein ? C'est bien pour cela que tu ne viens plus chez nous ? Si cela te fait souffrir alors reviens avec lui ! chuchota-t-elle à présent. Tu l'aimes encore ?

Neel jeta quasiment les belles tulipes à la figure de sa nièce, geste d'agacement plus violent qu'elle ne l'aurait voulu et qu'elle regretta aussitôt.

— Mêle-toi de ce qui te regarde ! Et ne reste pas plantée là, tu vas te transformer en statue de sel ! Va plutôt chercher un vase !

Betty ne bougea pas d'un pouce. De ses grands yeux bleus, elle fixa ceux de la femme qui l'avait presque faite tomber.

— Et arrête de me regarder ainsi ! cria Neel.

Fort heureusement la sonnerie retentit à nouveau laissant la possibilité à la jeune femme de faire diversion.

Toute la famille avait été réunie en ce 13 mai 1944 pour fêter les trente-et-un ans de Francine.

À son grand bonheur, elle avait reçu de nombreuses compositions florales qu'elle avait soigneusement disposées un peu partout dans la maison. Ces fleurs à elles seules avaient égayé l'atmosphère de cet après-midi.

Flip et Neel avaient agi comme si de rien n'était et ce spectacle de faux-semblant avait créé une ambiance pesante.

La principale discussion avait bien évidemment tourné autour de la prochaine libération des Pays-Bas.

La Reine Wilhelmina avait par le biais de la presse illégale en mars dernier, rassuré son peuple : ils n'étaient pas seuls !

La fin de la guerre semblait proche. Des bombardements anglo-américains frappaient l'Allemagne. Même si les Alliés comptaient de nombreuses pertes, la victoire finirait par l'emporter.

Ce n'était plus qu'une question de jours, de semaines. Au plus tard pour la mi-août, assurait-on un peu partout.

— Il faut que l'invasion vienne maintenant, avait clamé Johan. Les gens n'en peuvent plus de toute cette tension. Il est temps de mettre fin à cette guerre de nerfs !

Tout le monde avait applaudi ses propos.

Ils sentaient pourtant tous qu'ils allaient être encore confrontés à d'autres épreuves.

Parfois des bombes alliées se perdaient et explosaient par erreur sur des villes hollandaises, comme ce fut encore le cas en février dernier...

Les Américains avaient bombardé par erreur Enschede, Nijmegen, et Arnhem. Résultat : 900 personnes tuées.

— La victoire aura de toute façon un goût très amer, avait conclu Flip, qui était resté très discret jusque-là.

Les gens autour de lui avaient encore tout à gagner alors que lui avait déjà perdu l'essentiel dans sa vie. Son visage inexpressif n'avait échappé à personne.

Quand Francine ferma enfin la porte derrière le dernier invité, elle souffla profondément.

Quel après-midi, songea-t-elle.

Elle regagna la salle à manger et s'attaqua à remettre de l'ordre. Les jours commençaient à se rallonger agréablement. Le printemps était l'époque qu'elle affectionnait particulièrement.

Aujourd'hui le temps fut plus clément que d'habitude, l'été arriverait peut-être en avance.

La jeune femme se mit à rêvasser.

La chaleur...

La mer...

La plage...

Est-ce qu'elle pourrait cet été à nouveau se promener librement à Zandvoort comme jadis ?

Est-ce qu'elle et sa petite famille allaient pouvoir chercher des coquillages et des crustacés ?

Est-ce qu'ils allaient pouvoir enfin se relaxer et prendre le soleil sur la belle plage ?

Elle l'espérait de tout son cœur.

Munkie vint lui léchotter la jambe, comme pour la rassurer.

Francine croisa le regard pénétrant du petit chien et un grand frisson la parcourut.

Deux jours plus tard, au petit matin Francine ouvrit brusquement les yeux. Elle éprouva aussitôt un horrible saisissement, une sensation d'effroi qui lui serra l'estomac. Quelque chose de terrible allait se produire, elle en était certaine !

Elle tendit le bras pour saisir le réveil ainsi qu'une lampe dynamo et vit qu'il était trois heures du matin.

La maison était calme, il n'y avait presque aucun bruit. Seul un léger ronflement troublait le silence. Johan semblait plongé dans un sommeil profond.

Betty dormait paisiblement entre ses parents et Francine sentait le jeune corps de sa fille auprès d'elle.

Francine décida de se lever et sortit de la chambre à pas de loups. Elle voulait vérifier que tout était en ordre.

Doucement, elle ouvrit la porte de la chambre de la fillette. Elle ne pouvait distinguer la présence de Flip dans le noir, mais entendait sa respiration régulière.

Elle examina pareillement la cuisine, le boudoir, la cave puis gagna l'étage. Dès qu'elle y arriva, une agréable odeur de fleurs l'envahit.

Ah mince ! songea-t-elle. J'ai oublié de mettre les vases dans le vestibule pour la nuit.

Pour conserver au mieux la fraîcheur des fleurs, elle avait pris l'habitude de les mettre dans le hall d'entrée, car il y faisait toujours plus frais qu'ailleurs dans la maison. Elle y transvasait donc les différents bouquets. Elle sourit devant l'effet de cet assemblage, on se croirait presque dans une boutique de fleurs !

Elle eut un soupir de soulagement. Elle avait visité toutes les pièces de leur habitation. Elle avait jeté un coup d'œil dans la rue par le vasistas : rien à signaler. Elle avait même contrôlé la fermeture à double tour de la porte d'entrée. Tout était en ordre. Il n'y avait aucune raison de s'inquiéter.

Elle avait dû faire un cauchemar.

Elle redescendit dans la cuisine pour se faire une tisane de tilleul. Elle grignota un bout de pain sec. Elle prit le journal et le parcourut. Malgré la censure on pouvait sentir l'inquiétude des Allemands. Ces derniers jours il y eut plusieurs alertes aériennes la nuit. Ils ne se levaient même plus pour aller dans les abris, il aurait fallu y rester dormir !

Le quotidien parlait du succès de tirs sur des avions anglais et ignorait les bombardements que Berlin subissait.

Francine s'étira en baillant. Elle rangea sa tasse, passa par les toilettes avant de regagner sa chambre.

Personne n'avait remarqué son absence, tant mieux !

Elle se glissa sous les draps. Betty se tourna instinctivement vers sa maman tel un chaton. Francine l'enlaça et se rendormit, le cœur en paix.

La sonnette retentit à sept heures du matin, réveillant d'un coup toute la maisonnée.

Johan sauta du lit.

Francine secoua Betty qui ouvrit de grands yeux et où on pouvait lire toute la frayeur qui traversait l'enfant.

— On garde son calme, tonna la voix de son père pourtant légèrement tremblante. Nous avons suffisamment préparé ce moment pour pouvoir y faire face en toute sérénité. Nous n'avons rien à craindre.

— Va cacher les habits de Flip sous tes draps ! Au fond de ton lit, comme prévu ! dépêche-toi ! ordonna Francine.

La petite, les yeux voilés, courut dans sa chambre et trouva Flip assis sur la couchette, pétrifié par la peur.

— Vite ! Ils sont là ! Lève-toi ! Je t'en supplie ! Vite ! le supplia-t-elle tout en ouvrant le lit afin d'y fourrer les quelques affaires du clandestin.

Francine monta les escaliers en prenant de grandes inspirations pour contrôler ses tremblements.

Ce n'est pas le moment de faire ta mauviette !

De par la porte de la cuisine restée ouverte, Flip pouvait entendre les pas de Johan dans le jardin, puis le grincement de l'ouverture du portail.

Si Johan sifflait, il devrait prendre ses jambes à son cou pour fuir par l'arrière de la maison.

Au lieu du signe prévu, il perçut des sons de voix. Un grand frisson parcourut alors son corps, mais il se ressaisit aussitôt et monta les marches quatre à quatre.

Arrivé à moitié escalier et à la hauteur de la cachette il entendit la jeune femme ouvrir le vasistas et demander :

— Qui est là ?

— *Sicherheitsdienst* ! Vous cachez quelqu'un ! Ouvrez immédiatement !

Tout en grimpant sur la rampe, Flip tenta de décrocher le tableau. Ses mains tremblaient et il eut beaucoup de mal à l'enlever. Dans sa hâte il arracha le crochet et le tableau représentant une famille de pêcheurs au bord de la mer du Nord tomba !

Tant pis !

— Bien sûr, messieurs, un instant je vous prie, le temps que j'enfile quelque chose de plus décent..., s'efforça de rire Francine qui entendit le fracas. Je suis en négligé, je ne peux tout de même pas vous recevoir en petite tenue. Elle referma la lucarne en ayant un rire de gorge enjoué.

Mais qu'est-ce qu'il fait ? s'interrogea-t-elle affolée. Il est trop bruyant, pourvu que ces types la *Grüne Polizei* ne l'entendent pas !

Flip avait en effet beaucoup de mal à exécuter ses gestes pourtant répétés tant de fois en douceur ! Il fit du bruit en entrant dans le trou du mur, bouscula bruyamment les bocaux de conserves qui cachaient l'accès de l'abri et referma le volet avec fracas.

Francine se prit la tête entre les mains dans un geste de désespoir, grimpa à son tour sur la rampe et rangea rapidement les bocaux pour camoufler l'ouverture. Elle avait été fabriquée sous les escaliers de l'étage de la maison d'à côté, qui leur appartenait également, et qui était inoccupée depuis le malheureux départ du diamantaire, Monsieur Groen. Comme elle ne pouvait pas rependre le tableau, elle l'emporta avec elle.

En bas des escaliers Betty l'attendait.

— Maman, ils sont dans le jardin ! Ils parlent avec papa avec un fusil sur sa poitrine. J'ai peur !

Francine fit de grands yeux à sa fille qui ordonnaient de se ressaisir immédiatement. La petite avala aussitôt ses sanglots.

La jeune femme posa le tableau sur une commode et enfila un peignoir. Quand elle sortit de la chambre, elle entendit des voix s'approcher.

— Ils entrent dans la cuisine maman, chuchota Betty terrifiée.

Francine posa un doigt sur ses lèvres pour faire taire son enfant et grimpa les escaliers pour aller ouvrir. Betty préféra la suivre.

L'air guilleret, Francine ouvrit.

Les hommes de la SD se présentèrent tour à tour avec un claquement de talons :

— Gerrit Mozer.

— Peter Schaap.

Ces noms-là se gravirent à jamais dans la mémoire de la jeune femme.

— Mais quel acceuil madame ! Toutes ses fleurs pour nous souhaiter la bienvenue ! ironisa Mozer.

Fancine grimaça tout en faisant un geste de la main pour les inviter à entrer.

En descendant, ils virent le trou dans le mur.

— C'est quoi ça ? demanda brutalement Mozer.

— Ma remise, assura la jeune femme en souriant. C'est ici que je conserve mes bocaux.

Les hommes se regardèrent et dans un accord mutuel ils continuèrent leur descente. Quelqu'un qui veut dissimuler quelque chose le cache !

Ils rejoignirent les autres soldats en bas et commencèrent à fouiller tous les coins et recoins de la maison.

La fouille dura un bon moment sans résultat.

Un des Verts tenait toujours Johan en joue au bout de son fusil, dans la cuisine et lui reposa sans cesse la même question :

— Vas-tu finir par nous dire où il se cache, espèce de crétin ?

Mais Johan nia tout en bloc :

— Je vous le répète : il n'y a que ma femme, ma fille et moi-même dans cette maison ! Vous voyez bien, vos hommes ne trouvent personne ! Il n'y a personne d'autre ici, vous pouvez me croire, affirma-t-il la voix calme.

Schaap et Mozer décidèrent d'explorer la maison attenante, car ils avaient entendu du bruit après qu'ils aient sonné. Il y avait donc forcément quelqu'un ! Ils réclamèrent les clés à Johan.

Francine trouva le temps long et pour contrecarrer son état d'angoisse elle décida de faire du vrai café et envoya Betty chercher des petits pains frais chez le boulanger. Quand ils sentiront la bonne odeur, ils arrêteront peut-être leur recherche...

Quand la petite revint, les bras chargés de brioches, les hommes sortirent bredouilles de la maison d'à côté.

— Où est-ce qu'il peut bien se cacher ? se demanda Schaap tout haut en poussant la porte du vestibule.

— Franchement, je ne sais pas. C'est un malin en tout cas, s'enragea Mozer.

Betty leur passa devant et se dépêcha de descendre, espérant intimement qu'ils la suivraient. Et à son grand soulagement, c'est ce qu'ils firent.

Cependant, arrivés à la hauteur du trou de la cage d'escalier, ils appelèrent Francine.

— Nous voulons quand même voir ce trou de plus près. Avez-vous une échelle ?

Francine acquiesça et revint après un instant avec un escabeau.

— Ce n'est qu'une réserve, regardez par vous-mêmes ! garantissait-elle.

La jeune femme constata avec horreur que Schaap écartait les conserves. Elle déglutit.

— Tiens donc ! Passe-moi la torche Mozer !

Ce dernier s'exécuta, jubilant déjà, relevant la lèvre supérieure pour mieux sentir l'odeur de la peur qui se dégageait à présent de la jeune femme.

— Il y a un volet ! Où mène ce volet madame ?

Aucun mot ne sortit de sa bouche.

L'ouverture émit un son sinistre.

Schaap illumina la cachette avec la lampe. Le faisceau lumineux eut vite fait d'éclairer le visage terrifié de Flip.

— Ah ! Te voilà enfin ! Tu nous as donné du fil à retordre. Allez ! Dehors ! Et que ça saute avant que je ne te casse la gueule !

Les larmes coulèrent le long du visage de Francine.

Et maintenant ?

Qu'allait-il se passer ?

Elle lança une prière pour que Dieu épargne au moins les siens.

Un fusil dans le dos, Flip gagna la cuisine à son tour.

— Alors comme ça il n'y avait personne d'autre que vous trois, hein ?

Johan ne pipa mot.

— Allez vous habiller, vous êtes en état d'arrestation !

Les militaires suivirent Flip et Johan.

Francine tenta de protéger sa fille en l'entourant de son bras. Elle se sentait tellement impuissante et affreusement désolée de devoir faire supporter cette scène à sa fille. Pour autant elle ne voulait pas l'en soustraire et n'en était d'ailleurs nullement capable.

Devant les portes donnant dans les chambres elles regardèrent Johan et Flip s'habiller. Un soldat fit le tour de la petite chambre de l'enfant. Il ramassa sa petite poupée noire. Il cracha dessus et ajouta la voix pleine de hargne :

— Une négresse avec sa jupe en paille ! Quel déshonneur pour une fillette pure comme toi ! Une belle blanche ne doit pas jouer avec un poupon noir ! et il le balança avec dégoût à travers la pièce.

Johan et Flip gagnèrent les escaliers, le cœur lourd.

Les soldats riaient, leur prise était bonne !

Francine et Betty suivaient, le cœur au bord des larmes.

Les soldats étaient restés pendant deux longues heures.

Ce laps de temps leur avait paru interminable.

Et pourtant maintenant que les prisonniers allaient franchir le seuil de la maison, tout cela semblait s'être passé en quelques instants.

Dans le hall, Johan enlaça furtivement sa fille puis Francine. Il lui prit le menton et les yeux rivés dans les siens il lui glissa :

— Soyons fiers d'avoir tout fait pour lui éviter le pire !

Flip embrassa à son tour Francine puis la petite et lui murmurant à l'oreille :

— Betty ma chérie, s'il te plaît, peux-tu dire à Neel que je lui pardonne ? Tu m'entends ? Dis-lui bien que je lui pardonne tout !

Juste avant de sortir, Schaap se tourna vers l'enfant et lui dit la voix mielleuse :

— Ne t'inquiète donc pas ! Ton papa va bientôt revenir !

La porte se referma derrière les hommes dans un bruit ténébreux.

Francine chancela et dut s'appuyer sur la porte pour ne pas tomber.

— Nous ne le reverrons jamais ! murmura-t-elle d'une voix à peine audible.

Bibliographie

AALDERS, Roof. De ontvreemding van joods bezit tijdens de Tweede wereldoorlog. Den haag, 1999
BLOK, Els, Uit de schaduw van de mannen Vrouwenverzet 1930-1940, Feministische Uitgeverij Sarah, 1985
BOLLE, Mirjam, Ik zal je beschrijven hoe een dag er hier uitziet. Dagboekbrieven uit Amsterdam, Westerbork en Bergen-Belsen. Pandora, Amsterdam, 2003
DUGAIN, Marc, Heureux comme Dieu en France, Gallimard, 2002
FRIEDMAN, Philip, Roads to extinction : Essays on the Holocaust. Jewish Pub. Society, 1980
FRIEDMAN, Oscar, Une seconde de bonheur, Calmann-Lévy,1975
Film, BERT, Jan, Omdat hun hart sprak. Geschiedenis van de georganiseerde hulp aan joodse kinderen in Nederland. 1942-1945
FRANK, Anne, Het Achterhuis. Dagboekbrieven 12 juni 1942 - augustus 1944, samenst. Otto Frank en Mirjam Pressler, Amsterdam 1991
FRANK, Thaisa, Brieven van Elie, De Boekerij, Amsterdam 2011
GILBERT, Joseph, Une reine sous l'occupation, Albin-Michel, 2005
GOLD, Alison Leslie Gold, Mon amie, Anne Frank, Bayard Editions, 1998
Het Parool, http://www.hetillegaleparool.nl/
HERZBERG, Abel, J. Kroniek der jodenvervolging 1940- 1945, Singel Uitgevers
HILLESUM, Etty, Un itinéraire spirituel, Amsterdam 1942 – Auswitz 1943, Albin Michel poche, 2001
HILLESUM, Etty, Une vie bouleversée, suivi de Lettres de Westerbork, Seuil, 1985
JONG, Louis de, Het koningkrijk der Nederlanden in de tweede wereldoorlog
JOODSE WEEKBLAD, het, (Amsterdam 1941-1943)
KNOOP, Hans, De Joodsche Raad, Het drama van Abraham Asscher en David Cohen, Elsevier 1983
MECHANICUS, Philip, In Dépôt, Dagboek uit Westerbork.: http://www.dbnl.org/titels/titel.php?id=mech011inde01
MEERSHOEK, Guus, Dienaren van het gezag : de Amsterdamse politie tijdens de bezetting, Van Gennep, 1999
LIEPT, van, Ad, Kopgeld, Nederlandse premiejagers op zoek naar joden 1943, Uitgeverij Balans, 2002
LINDWEHR, Willy, Het Fatale Dilemma – De Joodsche Raad voor Amsterdam
PEREC, Georges, W ou le souvenir d'enfance, Edition Denoël, 1975
PRESSER, Jacob, Ondergang. De vervolging en verdelging van het Nederlandse jodendom, tome 1 et 2, 1965
REVUE D'HISTOIRE DE LA SHOAH, les Conseils Juifs Dans L'Europe Allemande, N°185, Juillet-Décembre 2006
RICHTER, Hans Peter, Damals war es Friedrich, Desclée de Brouwer, 1963
SCHULTE, Addie, De geschiedenis van de Tweede Wereldoorlog, Van

gennep Asterdam

SCHAAF, Eric, Walraven van Hall, premier van het verzet (1906-1945), Stichting Uitgeverij Noord-Holland, 2006

SCHMITT, Éric-Émmanuel, La part de l'autre, Le Livre de poche, 2003

SHIRER, William L., Opkomst en ondergang van het derde rijk, H. J. W. BECHT'S uitgeversmaatschappij N.V. AMSTERDAM, Tomes 1&2, 1961

SIJES, B.A., De Februari-staking, 25-26 februari 1941, La Haye, 1954

SJENITZER VAN LEENING, T.M., Dagboekfragmenten 1940-1945, http://www.dbnl.org/tekst/sjen001dagb01_01/

STEGEMAN, H.B.J. en VORSTEVELD, J.P., Het Joodse Werkkamp in de Wieringermeer, 1934-1941, Zutphen, 1983

STIGTER, Bianca, De bezette stad, Plattegrond van Amsterdam 1940-1945, Athnaeum-Polak & Van Gennep, 2005

TOON, van, Willem, De Rivier, Em. Querido's uitgeverij b.v. 2002

Verstopt, Vervalst, Verzameld, De collectie van het Verztsmuseum Amsterdam

VERHOEVEN, Rian, Een mooie zomerdag in 1942, uitgeverij Piramide, 1995

VOGEL, Loden, Dagboek uit een kamp, 1946

WASSERSTEIN, Bernard, Gertrude van Tijn en het lot van de Nederlandse joden, Nieuw Amsterdam Uitgevers, 2013

WIJSMULLER-MEIJER, Truus, Geen tijd voor tranen, Amsterdam, 1961

ZEE, van der, Sytze, Vogelvrij, uitgever Bezige Bij b.v., 2010

ZWARTE-WALVISCH, Klaartje, het oorlogsdagboek, Uitgeverij Balans, 2009

De nombreuses citations de ce livre proviennent de la DBNL, Digitale Bibliotheek voor de Nederlandse Letteren : http://www.dbnl.org/

De Dokwerker, De Tweede Wereldoorlog met een link naar Amsterdam :
http://www.dedokwerker.nl/niod.html
du JOODS MONUMENT, website : https://www.joodsmonument.nl/
des archives du NIOD :
http://www.archieven.nl/nl/search-modonly?miadt=298&&mivast=298
du Verzetsmuseum Amsterdam :
https://www.verzetsmuseum.org/museum/nl/museum

Extrait de l'Erelijst, La Haye, Pays-Bas : http://www.erelijst.nl/johan-gerrit--wark

Composition réalisée par Rémy ROBERT